Barbara Whitnell hat einen Großteil ihres Lebens mit Reisen nach Afrika, den Westindischen Inseln und Hongkong verbracht. Sie lebt heute mit ihrem Mann, mit dem sie vier erwachsene Kinder hat, in Fowey, Cornwall.

D1925465

Von Barbara Whitnell sind außerdem erschienen:

Blick in den verzauberten Garten (Band 60232)
Ein Sommerhaus in Cornwall (Band 60353)
Wirbelsturm der Liebe (Band 60412)
Und am Himmel keine Wolke (Band 60457)

Deutsche Erstausgabe Mai 1998
Copyright © 1998 für die deutschsprachige Ausgabe
Droemersche Verlagsanstalt Th. Knaur Nachf., München
Das Werk einschließlich aller seiner Teile ist urheberrechtlich geschützt.
Jede Verwertung außerhalb der engen Grenzen des Urheberrechtsgesetzes ist ohne Zustimmung des Verlages unzulässig und strafbar.
Das gilt insbesondere für Vervielfältigungen, Übersetzungen,
Mikroverfilmungen und die Einspeicherung und Verarbeitung
in elektronischen Systemen.
Titel der Originalausgabe »The Ring of Bells«
Copyright © 1982 by Barbara Whitnell
Originalverlag Hodder and Stoughton Ltd, London
Umschlaggestaltung Agentur Zero, München
Umschlagabbildung Andrea Schmidt, München
Satz MPM, Wasserburg
Druck und Bindung Ebner Ulm
Printed in Germany
ISBN 3-426-60505-8

2 4 5 3 1

BARBARA WHITNELL

Mein Herz kehrt zurück zu dir

Roman

Aus dem Englischen von
Beate Beheim-Schwarzbach

Knaur

In Liebe für Bill

INHALT

PROLOG

London, 1887

»O dieses törichte, törichte Mädchen«, sagte mein Großvater mit seiner sanften, vertrauten Stimme und dem Tonfall, der typisch für die Leute vom Land war. »Wie kann man nur so töricht sein? Warum hat sie uns denn nichts gesagt?«

Nachdem das Begräbnis vorbei war, saß er auf einem altersschwachen Stuhl und betrachtete traurig das abgewetzte Wachstuch auf dem Tisch – ein großer Mann mit rosigem Gesicht und Tränen in den Augen.

»Wir dachten, es würde ihr gutgehen«, fuhr er fort. »Weil sie zu Weihnachten nur ein paar Zeilen geschrieben hat, haben wir gedacht, daß sie inzwischen zu vornehm für uns geworden ist. Ich verstehe einfach nicht, warum sie nicht wieder nach Hause gekommen ist.«

Einen Augenblick lang schwieg ich und sinnierte über die Gründe nach, die sie wohl gehabt haben könnte.

»Sie war vielleicht zu stolz«, vermutete ich.

»Ja, das kann gut sein. Eleanor war immer so stolz.« Sein trauriges Gesicht hellte sich ein bißchen auf, und er lächelte mich wie ein Kobold an, während er mit einer hochgezogenen Augenbraue aufsah. »Wie kann man ein kleines Mädchen nur Genevieve nennen! Das ist doch kein Name!«

»Ich bin aber immer nur Jenny genannt worden, Großvater.«

»Du bist ein liebes Kind, das glaube ich wohl – ein großartiges, kleines und sehr hübsches Mädchen.« Er seufzte schwer und wurde wieder ganz traurig. »Aber es war nicht recht von ihr, uns nichts davon zu sagen, wie schlecht es um sie stand – weder dir gegenüber noch Sarah oder mir. Wir hätten euch beide doch mit offenen Armen aufgenommen. Aber was passiert ist, ist passiert; jetzt ist es zu spät, und Eleanor kann nicht mehr zurückkommen. Aber du gehst doch mit, mein Mädchen? Du kommst doch nach Hause, oder?«

Nach Hause!
Der Gedanke hatte mich immer gequält. Manchmal, wenn ich durch die schmutzigen, endlosen Londoner Straßen lief, dann überfiel mich die Sehnsucht so heftig, daß ich vor Schmerz fast geschrien hätte.
»Ich würde so gern wieder nach Hause zurückkehren!« weinte mein Herz – auch wenn ich gar nicht so recht wußte, was das eigentlich bedeutete.
Wir wohnten schon seit zehn Jahren in der Ackerly Street 32. Seit meinem siebten Lebensjahr war das hier mein Zuhause. Damals hatte sich mein Vater keck seinen Hut schief auf den wohlgeformten Kopf gesetzt, hatte nach dem Spazierstock mit dem silbernen Knauf gegriffen, sein charmantestes irisches Lächeln aufgesetzt und war ein für allemal aus unserem Leben verschwunden.
Und jetzt würde ich diesem verhaßten Haus den Rücken kehren. Ich spürte, daß ich mich schuldig fühlte – schließlich beging ich doch eine Art Verrat, oder nicht? Schließlich hatte sich meine Mutter immer vehement einer Rückkehr widersetzt. Aber selbst sie würde jetzt bestimmt verstehen, daß ich mich nach einem Neuanfang sehnte, daß ich nach dieser schrecklichen Woche die Tür ein für allemal schließen wollte.
Es war an einem Winterabend gewesen, und der Lampenanzünder drehte gerade seine Runde. Vor dem BARLEY MOW, das an der Ecke Ackerly Street und Loft Street lag, fegte ein kalter Wind. Meine Mutter lief raschen Schritts mit klappernden Absätzen über das Pflaster, und ich rannte neben ihr her. Ich war acht oder neun und hatte mich eng an ihren Arm gedrückt, damit mir nicht so kalt war.
Wir lachten.

Wir waren den ganzen Weg von Chelsea aus zu Fuß gelaufen, wo meine Mutter bei einer vornehmen Dame für ein Ballkleid Maß genommen hatte. Weil der Weg so weit war und um mich bei Laune zu halten, hatten wir die ganze Zeit gesungen, und ich hatte so getan, als sei ich ein Pferd.

In dieser oder einer ähnlichen Nacht hatte meine Mutter mir zum ersten Mal vom RING OF BELLS erzählt, und damals erfuhr ich, daß sie in einem Gasthaus aufgewachsen war.

»Aber doch hoffentlich nicht in so einem wie dem BARLEY MOW!« hatte ich voller Angst gerufen.

»Nein, natürlich nicht«, hatte meine Mutter mich beruhigt, dann hatte sie sich wieder über ihre Näharbeit gebeugt und geschwiegen.

»Wie war es denn dann?« fragte ich.

»Ach, das ist alles schon so lange her. Bestimmt interessiert dich das gar nicht.«

»Doch, das tut es schon!«

Ihre Hände lagen ruhig da, ihre Augen blickten unbestimmt in die Ferne und fixierten etwas, das ich nicht sehen konnte. Als sie dann zu sprechen begann, klang ihre Stimme verträumt.

»Auf dem Land ist alles ganz anders«, sagte sie. »Das Leben in London ist so heftig, daß viele Leute zu trinken anfangen, um das Elend zu vergessen. In Collingford, wo ich herkomme, da treffen sich die Männer auf ein gemütliches Bier und erzählen sich Abenteuergeschichten. Und ich sage dir was, Jenny, wenn deine Großmutter glaubt, daß sie zu lange von zu Hause weg sind oder daß sie Geld verplempern, dann schickt sie die Männer auf der Stelle nach Hause. Gegen deine Großmutter traut sich keiner was zu sagen, gegen die nicht.«

»Heißt das, die Leute betrinken sich da nicht?«

Auf meine Frage lachte Mutter nur.

»Ich möchte mal das Gesicht deiner Großmutter sehen, wenn sich jemand das erlauben würde«, erwiderte sie. »Das RING OF BELLS ist ein ehrenhafter Ort.«

»Ist das Leben auf dem Land denn einfacher?« wollte ich wissen.

»Das Leben ist überall hart. Auf dem Land gibt es auch arme Leute, wie überall. Aber es gibt kein solches Elend. Außerdem kann man das RING OF BELLS nicht mit einer normalen Bierwirtschaft vergleichen. Es war schon immer ein Gasthaus, und das läßt sich bis in die Zeit zurückverfolgen, als es in Collingford noch ein Kloster gab, das Oliver Cromwell dann niedergebrannt hat –«

»Hat er das Gasthaus auch abgebrannt?«

»Nein, natürlich nur das Kloster. Das RING OF BELLS hielt allem stand. Später wurde es ein Postkutschenhof.«

Sie begann wieder zu nähen und ließ einen tiefen, sehnsüchtigen Seufzer los.

»Es klingt wirklich sehr schön«, wagte ich mich irgendwann nach vorne. »Warum gehen wir nicht wieder dorthin zurück, Mutter?«

Meine Mutter schwieg ziemlich lange.

»Als dein Vater und ich geheiratet haben«, sagte sie dann, »habe ich mich mit deiner Großmutter schrecklich gestritten. Ich habe mich so mit ihr entzweit, daß ich ihr niemals mehr unter die Augen treten kann. Und jetzt schon gleich gar nicht, wo uns dein Vater verlassen hat, denn das ist nur Wasser auf ihre Mühlen.«

»Aber das ist doch alles schon so lange her!«

»Ich werde es nie vergessen – und sie wahrscheinlich auch nicht. Deine Großmutter verzeiht nicht so schnell.«

Ich glaube, damals habe ich angefangen zu träumen. Ich quälte meine Mutter mit Fragen über Collingford, bis sie irgendwann barsch meinte, sie würde es bedauern, daß sie überhaupt davon erzählt hätte.

»Warum wollten sie nicht, daß du Papa heiratest?« fragte ich.

»Ihrer Meinung nach taugte er zu nichts. Auch mein Vater hielt nicht viel von ihm, aber seinetwegen gestritten habe ich nur mit meiner Mutter. Er ist Schauspieler gewesen – aber das weißt du doch längst alles! Er hatte ein Engagement am Theater in Oxford, und als das Stück zu Ende war, ist er irgendwie nach Collingford gekommen. Er gab mit einem Mann zusammen Konzerte im Gemeindehaus. Alle Mädchen fanden ihn wunderbar, weil er so ein Gentleman war. Daran mußt du immer denken, Jenny, ganz egal, was passiert.«

Ich schwieg. Daß mein Vater ein Gentleman war, hatte ich gehört, solange ich mich erinnern konnte, und obwohl ich noch sehr jung war, stand ich dem mit einer beachtlichen Portion Zynismus gegenüber. Ich mußte dabei immer an die schwierigen Lebensumstände denken, unter denen wir uns durchschlagen mußten.

Wir froren oft. Manchmal hatten wir Hunger, aber ich durfte nie ohne einen Bissen aus dem Haus gehen, auch wenn meine Mutter nur mit Brot und Tee auskommen mußte. Der äußere Schein wurde immer aufrechterhalten. Ich durfte nie wie die anderen Kinder auf der Straße spielen, und meine Mutter tat ihr möglichstes, damit ich immer anständig gekleidet war. Sie selbst hatte sich den Oxford-Slang nicht abgewöhnt, aber immer, wenn sie bei mir auch nur ein kleinstes bißchen Dialekt hörte, verbesserte sie mich unerbittlich. Ich sah, wie meine Mutter sich in ihrer Aussprache den Damen der Oberschicht anpaßte, wenn sie für diese Kleider nähte. Sie war fest entschlossen, alles dafür zu tun, daß mein Tonfall meine Herkunft später einmal nicht verraten sollte.

Bei meinen Freunden konnte ich damit natürlich keinen Eindruck machen. Bei denen galt ich als eingebildet, und sie ließen mich nicht mitspielen. Mein einziger Trost blieben Bücher.

Ich kann mich gar nicht mehr an die Zeit erinnern, als ich noch nicht lesen konnte. Meine Mutter hatte mir Lesen beigebracht, und als ich in die Schule kam, konnte ich es schon so gut, als hätte ich mein ganzes Leben nichts anderes getan. Vielleicht war das auch der Grund dafür, daß ich mich in der Schule recht leicht tat, und mit neun konnte ich eine Klasse überspringen.

Ich verließ die Schule mit vierzehn, was damals für ein Mädchen ziemlich spät war, und wurde Angestellte bei Gilroys, einem der neuen Warenhäuser in der Oxford Street.
Als ich den zweiten Winter bei Gilroys war, wurde meine Mutter krank. Sie weigerte sich, zum Arzt zu gehen, und behauptete, sie würde sich schon wieder aufrappeln, sobald es Frühling würde. Als es ihr aber statt dessen immer schlechter ging, überredete ich sie, den Arzt zwei Straßen weiter aufzusuchen.
Danach meinte sie: »Das ist doch alles nur rausgeschmissenes Geld.« Sie beugte sich über unser kleines Feuerchen und rieb ihre Hände gegeneinander, damit ihr Kreislauf wieder in Schwung kam. »Diese Ärzte haben keine Ahnung! Und dann die ganzen Leute da, die andauernd nur husten und keuchen! Glaub mir, selbst wenn du da gesund hineingehst, spätestens dort fängst du dir was ein. Ich brauche einzig und allein etwas zur Stärkung, aber das weiß ich auch ohne Doktor!«
Meine Mutter wollte absolut nichts mit Ärzten zu tun haben. Und so spielte es auch überhaupt keine Rolle, daß sich die Krankheit ihrer immer rascher bemächtigte. Sie magerte zusehends ab, und ihre Haut färbte sich aschfahl. Als es Sommer wurde, ohne daß es ihr besserging, bekam ich es mit der Angst zu tun. Ich wußte, daß sie Schmerzen hatte, aber es wurde immer schwieriger, mit ihr auszukommen, weil ihre Schmerzen sie zu grausamen, verletzenden Bemerkungen verleiteten. Später wurde sie dann von Gewissensbissen gequält, bat mich um Verzeihung, und dabei liefen ihr die Tränen über die Wangen.
Eines Nachts ging es ihr so schlecht wie nie zuvor, sie schrie vor Schmerzen und fand keine Ruhe. Ich war verzweifelt und wußte nicht, wie ich ihr helfen konnte.
Ich wußte, daß ich in ihr Zimmer gehen und meiner Mutter ins Antlitz blicken mußte. Das war die schwierigste Situation meines bisherigen Lebens.
Sie lächelte mich an. »Du weißt es, nicht wahr?«
»Was sollte ich wissen?« fragte ich.
»Wie die Krankheit heißt, die ich habe.«

»Ich weiß, daß du zum Arzt gehen solltest«, antwortete ich. »Und morgen werde ich dafür sorgen, daß das auch passiert, ganz egal, was du sagst.«

»Jenny, ich bin nicht nur einmal beim Doktor gewesen.«

»Und was sagen die Ärzte?«

»Sie meinen, es gibt keine Hoffnung. Es ist nur noch eine Frage der Zeit – vielleicht habe ich noch ein paar Monate. Wir müssen der Tatsache ins Auge blicken.«

»Ach, Mutter!«

Ich ging zu ihr und umarmte sie und spürte, wie sich ihr dürrer Körper an mich drückte.

»Jenny, du mußt jetzt tapfer sein und auf Gott vertrauen.«

Ich wußte nicht, was ich darauf sagen sollte.

Plötzlich verspürte ich den Wunsch zu beten. Ich zog meinen Mantel an, setzte den Hut auf und schlüpfte leise aus dem Zimmer, um meine Mutter nicht zu stören.

Die Kirche war voller Leute. Der Abendgottesdienst war fast zu Ende, und die Menschen warfen mir neugierige Blicke zu, während sie sich von ihren Knien erhoben, um die Kirche zu verlassen. Vermutlich sah ich ziemlich merkwürdig aus, so verwirrt, wie ich war.

Ich betete um ein Wunder. Ich versprach, daß ich mein ganzes Leben in den Dienst Gottes stellen wollte, wenn meine Mutter nur wieder genesen würde.

Ich betete um Mut und Trost – für mich und für meine Mutter.

Zu Hause lief ich schnell die Treppe hoch. Ich hatte Angst, meine Mutter zu stören, doch zu meiner großen Erleichterung schlief sie tief und fest.

Ich legte mich auch hin. Anfangs befürchtete ich, daß ich nicht einschlafen könnte, doch ich war völlig übermüdet.

Als ich morgens aufwachte, hing über London ein bleiern grauer Himmel. Im Bett neben mir lag meine tote Mutter. Ich konnte es nicht glauben. Ich konnte überhaupt nicht verstehen, daß sie schon so kalt war. Ich kletterte eilends aus dem Bett, schlüpfte in

meine Kleider und rannte die Treppe hinunter, um Doktor Lawley zu holen, der den Totenschein ausstellte.
Ich war alleine. Es gab niemanden, den ich um Unterstützung bitten hätte können. Meine Mutter war eine wahre Expertin darin gewesen, sich auf sich selbst zu beschränken.
Dann fiel mir plötzlich wieder ein, daß ich ja Großeltern hatte. Bestimmt war es meine Pflicht, sie von dem Tod ihrer Tochter zu informieren.
Ich hatte mir meine unbekannten Großeltern nie vorstellen können. Ob sie wohl immer noch hart und unversöhnlich waren? Ich hatte nicht die geringste Vorstellung.
Heute weiß ich es besser. Nachdem mein Großvater meinen Brief erhalten hatte, war er sofort zum Begräbnis nach London gekommen und hatte sich als überaus freundlicher und herzensguter Mensch erwiesen. Ich verstand überhaupt nicht, warum sich meine Mutter so viele Jahre gegen einen Besuch bei ihren Eltern gewehrt hatte.
Sie wollten mich zu sich holen! Ich konnte es kaum glauben, aber mein Großvater versicherte mir andauernd, daß dem so war.
»Bist du dir denn sicher, daß Großmutter sich auch freut, wenn ich komme?« wollte ich schüchtern wissen.
»Ihr eigen Fleisch und Blut? Aber ganz sicher!«, und dabei lächelte er mich an. »Sie freut sich bestimmt über dich. Im Gasthaus ist jede Hand willkommen, und außerdem wird Sarah auch nicht jünger. Darüber hinaus steht Weihnachten vor der Tür, und das ist immer mit viel Arbeit verbunden. Also, Mädchen, ich schlage vor, du fährst mit mir nach Hause, heim ins RING OF BELLS.«
Er breitete seine Arme aus, ich ließ mich hineinfallen und weinte um meine tote Mutter. Während die Tränen strömten, kam es mir so vor, als würden sie ein paar Verletzungen der letzten Tage heilen. Und dann tauchte unter all der Trauer wieder mein alter Traum auf.
Ich würde nach Hause fahren.

BUCH 1

1887 – 1889

1

Genevieve!«

Meine Großmutter sprach meinen Namen so zögernd aus, als wollte sie den letzten Tropfen Reiz aus ihm herauspressen. An ihrem Gesichtsausdruck erkannte ich, daß sie den Namen überhaupt nicht billigte.

»Wie kann man einem Mädchen nur so einen arroganten Namen geben! Das war doch bestimmt die Idee deines Vaters, oder?«

Ich blickte die kleine, schwarzgekleidete Person nervös an, die dort in der Gasthaustür stand, und mir sank der Mut. Schließlich hatte ich bereits Geschichten über meine Großmutter gehört. Doch ich hatte immer noch gehofft, daß sie mir einen herzlicheren Empfang bereiten würde.

Als wir in Collingford ankamen, hatten sich mein Großvater und ich bereits mühelos aneinander gewöhnt, weil er so überaus freundlich war.

Doch mit einem Blick auf meine Großmutter wurde mir klar, daß sie, wie man so schön sagt, wirklich aus einem anderen Holz geschnitzt war. Sie wirkte streng und machte den Eindruck, als würde sie nur darauf warten, daß ich auf irgendeine Weise ihr Mißfallen erregen würde. Sie schien direkt auf den Grund meiner Seele zu blicken, wodurch mir all meine Unzulänglichkeiten bewußt wurden.

»Ich werde Jenny genannt«, flüsterte ich nervös.

»Na gut, Jenny, sprich laut und deutlich! Bist du an harte Arbeit gewöhnt? Kannst du saubermachen, Schuhe putzen, kochen und nähen?«

»Aber Sarah«, wandte mein Großvater sanft ein. »Das kann

doch bestimmt noch ein bißchen warten, oder? Das Mädchen hat eine schlimme Zeit hinter sich.«
»Harte Arbeit hat noch niemandem geschadet!«
»Jetzt laß das Mädchen doch erst einmal zu Hause ankommen.«
Er griff nach meinem Gepäck, deutete mir mit einem Kopfnicken an, daß ich ihm folgen sollte, und meine Großmutter gab den Weg frei.
»Das Beste wird sein, du gehst erst einmal in dein Zimmer hinauf«, sagte sie. »Bestimmt willst du dich nach der Reise säubern, bei dem ganzen Dreck und Schmutz in den Zügen heutzutage. Du wirst dein Zimmer mit Annie teilen – du mußt zwei Treppen nach oben gehen, und dann ist es die linke Tür.«
Sie ging mir bis zur Treppe voraus und redete einfach vor sich hin, ohne sich umzudrehen und ohne zu kontrollieren, ob ihre Befehle auch ausgeführt wurden. Sie war sich ihrer Autorität vollkommen sicher.
Ich ging hinter ihr her und sah mich neugierig um. Wir durchquerten einen Raum mit Steinfußboden und niedrigen Balken, an dessen Wänden überall Stühle standen und wo in einer Kaminecke ein Feuer glomm.
»Hier nehmen die vornehmen Leute ihre Drinks«, erklärte sie. »Die anderen kommen in die Küche.«
»Ich verstehe«, antwortete ich.
Doch das stimmte nur zum Teil. Ich hatte mir überhaupt noch nie Gedanken darüber gemacht, wo »vornehme Leute« wohl ihren Drink genießen. Bei uns in Fulham verkehrten in den Wirtschaften eher ordinäre Menschen. Und obwohl mich meine Mutter mit ihrer kurzen Schilderung auf etwas Besseres als eine gewöhnliche Kneipe eingestimmt hatte, hatte ich mir doch kein so weitläufiges Gebäude vorgestellt. Der Gedanke an Leute, die in der Küche trinken, erweckte in mir ein unerwartet heimeliges und vertrautes Bild.
»Wenn du Annie oben siehst«, fuhr meine Großmutter fort,

»sag ihr, daß sie sich mit der Arbeit beeilen und herunterkommen soll. Sie wird in der Küche gebraucht. Wenn du fertig bist, dann kannst du zum Tee kommen.«

Während sie geschäftig in der Küche verschwand, stieg ich das düstere Treppenhaus empor, das eng und verwinkelt war. Aus dem unteren Zimmer leuchtete ein kleines Licht herauf, aber nach dem ersten Treppenabsatz mußte ich mir den Weg ertasten. Als ich ganz oben angekommen war, öffnete sich eine Tür zur Treppe hin, und dadurch fiel etwas Licht heraus. Dann erschien ein Mädchen etwa in meinem Alter in einem dunkelblauen Kleid und mit einer weißen Schürze, die an den Schultern mit Rüschen besetzt war. In der Hand hielt sie eine Lampe. Als sie mich aus dem Schatten treten sah, machte sie vor Entsetzen einen Satz zur Seite.

»Puh«, sagte sie lachend, während sie sich eine Hand gespielt furchtsam vor die Brust schlug. »Du hast mir vielleicht einen Schreck versetzt! Du bist bestimmt die Enkelin von Mrs. Austin, stimmt's? Schön, daß du hier bist, wirklich. Warte einen Moment, ich zünde nur gerade die Lampe hier an.«

Sie stellte die Lampe, die sie in der Hand hielt, auf den Boden und zündete dann eine größere auf einer Truhe an der Wand an.

»So, jetzt sieht man wenigstens etwas.«

Sie schaute mich an, und anscheinend gefiel ich ihr, denn sie lächelte mir sehr viel warmherziger als meine Großmutter zu. Ihre blonden Haare waren zu einem Zopf geflochten, der nach oben gebunden und mit einem blauen Band zusammengehalten war. Sie war ein hübsches, rosiges, rundliches Mädchen, mit ein klein wenig hervorstehenden Zähnen.

»Ich heiße Annie«, sagte sie. »Du ziehst zu mir ins Zimmer.«

»Hoffentlich macht es dir nichts aus.«

Sie lachte. »Nein, jedenfalls nicht, solange du nicht schnarchst.«

»Ich glaube nicht, daß ich schnarche. Und du?«

»Bisher hat sich jedenfalls noch niemand beschwert. Los komm, ich zeige dir unser *Boudoir*.«

Sie ging zum anderen Ende des Flurs, wo eine enge Treppe weiter nach oben führte.

»Ich hoffe, es gefällt dir hier«, sagte sie. »Das mit deiner Mutter tut mir leid.«

»Danke.«

»Hier ist es ziemlich ruhig, nicht wahr? London hört sich ja toll an – all die Geschäfte, die Varietés und die vielen *Restaurants!* In Collingford ist es ganz anders. Hast du schon einmal die Queen gesehen?«

»Nein, leider noch nicht.« Ich sah, wie enttäuscht sie war, und beeilte mich, ihr einen Ersatz anzubieten. »Aber ich habe einmal den Prince of Wales durch den Park reiten sehen.«

»War Mrs. Langtry bei ihm?«

»Ich weiß nicht genau. Es waren eine ganze Reihe von Damen in seiner Gesellschaft.«

Annie kicherte. »Das ist ein Kerl, nicht wahr? Warte, das hier ist es. Paß auf, sonst stößt du dir den Kopf an.«

Ich konnte mir überhaupt nicht vorstellen, wie in dieser winzigen Dachstube mit den schrägen Wänden und dem Mansardenfenster noch ein zweites Bett Platz haben sollte. Doch irgendwie gelang das, und dann teilten Annie und ich uns den wenigen Raum freundschaftlicher, als wir uns das am Anfang hatten träumen lassen.

Annie sprudelte über vor guter Laune. Ich hatte in meinem ganzen Leben noch nie so ein Mädchen kennengelernt. Ihre Gesellschaft und die harte Arbeit, in die ich sofort hineingeschmissen wurde, waren genau das richtige, um den Trübsinn wegen des Todes meiner Mutter und die beunruhigenden Umstände darum herum zu vergessen.

Kurz nach meiner Ankunft begann die Vorweihnachtszeit, und mein Großvater hatte nicht übertrieben, als er gesagt hatte, daß jede Hand gebraucht werde.

Im Gasthaus wurden vier Zimmer vermietet, und jedes Jahr zu Weihnachten kam dieselbe Familie – Mr. und Mrs. Castle, ihr verheirateter Sohn und dessen Frau mit ihren beiden kleinen Kindern, zwei nicht verheiratete Töchter und ihr vierzehnjähriger Sohn. Diese Familie hatte es sich offensichtlich zur Gewohnheit gemacht, an Weihnachten ins Ring of Bells zu kommen. Sie sagten immer, daß Weihnachten auf dem Land ganz anders gefeiert würde, und außerdem nahmen sie jedesmal begeistert an der Jagd am 27. Dezember teil.

Meine Großmutter hatte natürlich wochenlang im voraus dafür gearbeitet. Bereits im Oktober hatte sie mit den ersten Pasteten begonnen, aber auch noch in der Woche vor Weihnachten ging es schrecklich hektisch zu. Die Zimmer mußten für die Gäste vorbereitet werden, und die Stechpalmen, der Efeu und die Mistelzweige mußten in Girlanden im Salon und im Speisezimmer aufgehängt werden. Dann wurde der Baum aufgestellt und mit Lametta und Geschenken für die Kinder aller Leute, die jemals im Gasthaus gearbeitet hatten, behängt – es gab Süßigkeiten und Orangen und Beutel mit Nüssen. Für die Erwachsenen wurden Fleisch und Säcke mit Kartoffeln vorbereitet.

Für mich war alles sehr aufregend. So ein Weihnachten hatte ich noch nie erlebt.

Am 23. Dezember stand ich den ganzen Tag in der Küche und war dann in unser Zimmer hinaufgegangen, um mich zu waschen und umzuziehen, weil ich beim Servieren der Drinks im Salon gebraucht wurde. In diesem Moment hörte ich die Kinder singen, die am Weihnachtsabend von Haus zu Haus ziehen. Ich beugte mich aus dem kleinen Fenster und entdeckte eine bunte Ansammlung von Sängern mit flachen Wollkappen und Melonen. Weil es bitterkalt war, stampften sie mit ihren Füßen, bis plötzlich auf ein Signal hin alle ihre rauhen, unharmonischen Stimmen erhoben, um »Macht hoch die Tür, die Tor macht weit« zu singen. Anschließend traten sie lachend ins Haus, bekamen heißes Bier und gefüllte Pastete, und dann setzten sie ihre Runde im Dorf fort.

Am nächsten Tag hatten wir genausoviel zu tun. Am frühen Abend trat ich vor die Tür und hob die Nase schnuppernd in die Luft, um festzustellen, ob wir in diesem Jahr wohl weiße Weihnachten bekommen würden. Endlich hatte ich einen Augenblick Ruhe. Über mir schimmerten die Sterne groß und hell, und hinter dem Dorfanger, der bis an die Eingangstür des Gasthauses reichte, konnte ich die großen, grauen Steinquader der Kirche mit ihrem burgartig gebauten Turm erkennen. Ohne eine Vorwarnung begannen plötzlich die Glocken zu läuten. Ich hätte am liebsten vor Glück laut geweint.

Am Morgen des ersten Feiertags gingen wir alle gemeinsam zum Gottesdienst, und nach unserer Rückkehr bedienten wir zuerst frohgelaunt die Castles, um dann selbst unglaubliche Mengen Essen zu verzehren. Der zweite Weihnachtstag war wunderbar erholsam, und am Tag danach fand das Jagdtreffen statt, ein Anblick, den ich mir niemals hätte träumen lassen.

Die Jagdgesellschaft versammelte sich vor dem Gasthaus zu einem Abschiedstrunk. Die Herren trugen scharlachrote Jakken – farbenprächtig, schneidig und romantisch –, die Damen waren zurückhaltend elegant in ihrer schwarzen, wallenden Kleidung. Sie beugten sich anmutig aus ihrem Sattel, um ihr Glas entgegenzunehmen. Sie lachten und scherzten und gestikulierten mit ihren kurzen Reitpeitschen, murmelten ihren nervösen Pferden beruhigende Worte ins Ohr, die endlich los wollten und über das gefrorene Land galoppieren.

Ich fand es wunderbar. Wie ein Bühnenstück – genauer gesagt, eine Komödie, denn als sich die Jäger versammelt hatten und sich die zweirädrigen Einspänner, die Eselskarren und die vierrädrigen Wagen der Bauern mit den Zuschauern ihren Platz gesucht hatten, hörte man jemanden laut rufen und schreien, und auf der Straße tauchten auf einmal drei ungewöhnliche Gestalten auf. Gekleidet waren sie zwar ganz normal, aber anstelle von Hüten trugen sie einen Kopfputz aus Federn, so wie die Indianer in meinem bebilderten Erdkundebuch in der Schule.

Die meisten Besucher lachten und johlten, aber einige der älteren Jagdteilnehmer runzelten die Stirn über einen derartigen Jux anläßlich eines so althergebrachten Feiertags.

»Das sind die Leytons«, kicherte Annie. »Das sind vielleicht Kerle, findest du nicht? Das paßt wieder zu ihnen. Ehrlich, bei denen weiß man nie, was sie als nächstes vorhaben.«
Der Anführer des Trios ritt mit erhobener Hand auf den Jagdleiter zu.
»Ich komme in friedlicher Mission, großer, weißer Häuptling«, verkündete er lautstark.
»Das ist Mr. Roger«, flüsterte Annie mir zu. »Sieht er nicht schmuck aus? Aber ich wette, daß der Colonel das nicht so sieht.«
Der Jagdleiter Colonel Farquarson wirkte reichlich wütend und brachte stotternd seine Vorbehalte vor. Auf einem riesigen Grauschimmel neben ihm saß ein schon etwas älterer, aber immer noch eindrucksvoller Gentleman, der mit einem Schwung sein Glas leerte und schallend laut loslachte. Das war anscheinend das Signal für allgemeines Gelächter, und der Colonel nickte amüsiert.
»Das ist Lord Bollinger«, erklärte Annie. »Der große Mann auf dem grauen Pferd. Daß der wieder reitet! Letztes Jahr hieß es, daß er zum letzten Mal dabei ist, aber ich vermute, daß er so lange mitmacht, bis er herunterfällt – ein großartiger, alter Herr ist das!« Sie kicherte wieder. »Man sagt, früher sei er ein ziemlicher Haudegen gewesen, und ich glaube auch, daß das stimmt. Er ist zwar alt, aber wenn er mich ansieht, dann kommt es mir so vor, als wünschte er sich, wieder jung zu sein. Ich hoffe, du verstehst, was ich damit meine.«
»Und wer sind die Leytons?« fragte ich, weil mich die drei schillernden jungen Männer weitaus mehr interessierten.
»Ihrem Vater gehört das große Priors-Anwesen im Tal unten, in der Nähe der Straße. Mr. Roger ist gerade aus Amerika zurückgekommen. Manche Leute behaupten, er würde jetzt hierbleiben, aber das glaube ich nicht. Der dunkelhaarige ist Mr. Mark. Er geht noch zur Schule und bereitet sich aufs Oxford College vor.«
Mit ihrem dramatischen Auftritt hatte das Trio alle Aufmerk-

samkeit auf sich gezogen, auch wenn die Männer inzwischen ihren farbenprächtigen Kopfschmuck gegen etwas Konventionelleres eingetauscht hatten. Roger ritt auf uns zu, und einen kurzen Augenblick lang dachte ich, er würde sich zu uns gesellen. Doch dann lenkte er sein Pferd neben eine schwarzhaarige Schönheit und lächelte sie so an, daß ich vor Neid ganz blaß wurde. In diesem Moment hätte ich alles dafür gegeben, wenn ich ebenfalls in gutgeschnittener Reiterkleidung und mit einem solchen Damenmantel im Sattel sitzen und meine Haare unter einem so hübschen Haarnetz tragen könnte.

»Roger, du bist vielleicht ein kindischer Kerl«, sagte die Schönheit und gab ihm mit ihrer Reitpeitsche einen leichten Klaps auf den Arm. »Was um alles in der Welt fällt dir als nächstes ein? Woher habt ihr denn den Kopfputz?«

»Das ist ein Souvenir aus Nordamerika.«

Er sieht wie ein weitgereister Prinz aus, dachte ich. Einem Mädchen wie mir, das höchstens einmal einen Tag im Wimbledon Common oder im Richmond Park verbracht hatte, schien seine Ausstrahlung von grenzenlosem Zauber zu sein.

2

Die grauen Wochen Anfang Januar waren unvermeidlich so etwas wie ein negativer Höhepunkt. Der Frost wich Regen, der endlos grau und trüb niederrann. Niemand wagte sich weiter weg als unbedingt nötig. Ab und an gingen wir ins Dorf, um ein paar unentbehrliche Dinge einzukaufen, doch die meiste Zeit verbrachten wir innerhalb der Mauern des Gasthauses. In diesen Wochen richtete ich mich dort ein bißchen ein und lernte die laufenden Arbeiten kennen, die nötig waren, um das Ring of Bells funktionstüchtig zu halten. Nach und nach bekam ich das Gefühl, ein Teil des Ganzen zu sein.

Meine Großmutter erwies sich als nicht ganz so schrecklich, wie ich befürchtet hatte. Am Abend meiner Ankunft hatte mir Annie versichert, daß Großmutter zwar oft lospolterte, aber selten wirklich verletzend war. Anfangs hatte ich ziemlich Angst vor ihr, doch dann merkte ich, daß ich mich einfach nur bemühen und hart arbeiten mußte. Ihr war wichtig, daß ich laut und deutlich sprach und nicht zu bescheiden war, dann reagierte sie überaus freundlich. Sie war gerecht und manchmal rücksichtsvoll, und sie bewirtete uns königlich.

Sie war eine strenge Aufseherin und ein Perfektionistin. Sie gab Annie, mir und Susan, dem anderen Mädchen, das jeden Tag kam, genaue Anweisungen, so daß wir genau wußten, was wir zu tun hatten. Auf ihr Geheiß hin kümmerte sich Jim Parkes um die Ställe und verrichtete sämtliche Arbeiten im Freien. Meine Großmutter hatte die Schankgehilfen unter sich, die jeden Abend kamen, und sie trug meinem lieben, langsamen Großvater so lange etwas auf, bis schon heimlich Witzchen darüber gemacht wurden, wer von den beiden denn nun eigentlich die Hosen anhätte.

Doch Großvater machte den Eindruck, als sei er überaus zufrieden mit dieser Regelung. Er pflanzte im Garten Gemüse, kümmerte sich um die Alkoholvorräte, herrschte abends kritisch über die Bar im Salon, und wenn ihm die ständigen Befehle seiner Frau ein bißchen zu viel wurden, fiel ihm ein, daß er sich wieder einmal um seine verwitwete Schwester Millie kümmern mußte, die arme Seele. Binnen kurzem war er fröhlich pfeifend entschwunden und hatte somit eine Stunde oder mehr Ruhe vor neuen Anweisungen.

Die besseren Gäste, die zum Fischen kamen, fanden sich mit Großmutters Strenge ab, weil ihr guter Ruf als Köchin weit und breit einzigartig war. Sie praktizierte ihre Kunst so geheimnisvoll wie eine Geisterbeschwörerin, hatte ihre besten Rezepte (sie nannte sie Anweisungen) in irgendwelchen Winkeln ihres Gedächtnisses aufbewahrt oder in ihrem Wohnzimmer im Schreibtisch eingeschlossen. Ich erfuhr, daß sie vor vielen Jahren bei einem berühmten Koch in Watersmeet gelernt hatte, auf dem Herrensitz der Bollingers, und offensichtlich hatte sie dort gut aufgepaßt. Sie war sehr stolz auf ihre vorzügliche Kost und auf den Ruf, den das Gasthaus genoß.

Egal, ob es regnete oder die Sonne schien, jeden Sonntag marschierten wir hinüber zu St. Peter zum Gottesdienst und saßen immer auf den Plätzen, die für das RING OF BELLS reserviert waren. Zwischen der Kirche und dem Gasthaus bestand eine langjährige Beziehung, die noch auf das Kloster zurückging, von dem meine Mutter mir einmal erzählt hatte. Damals hatte es Jahr für Jahr ein Abendessen für den Glöckner gegeben, ein Erntedankmahl, im großen Eßzimmer im ersten Stock im RING OF BELLS.

Großmutter pflegte diese Verbindung und auch das Ansehen, das dem Gasthaus dadurch entstand. Für mein Gefühl war die energische Frau eine perfekte Verkörperung dessen, was viktorianische Aufrichtigkeit verlangte.

Nach einigen Gottesdiensten in St. Peter konnte ich die Gesichter anderer Gläubiger mit bestimmten Namen in Verbindung bringen. Da waren beispielsweise die Händler, verschiedene Besucher im Gasthaus, der Arzt, der Jim behandelt hatte, nachdem ein Pferd nach ihm getreten hatte, und natürlich Lord und Lady Bollinger, der Gutsherr und seine Frau.

Lady Bollinger hatte ein freundliches Gesicht und wirkte immer auf unbestimmte Art und Weise gütig. Sie schien nicht so recht von dieser Welt zu sein, insbesondere dann, wenn sie nach rechts und links den Frauen aus dem Dorf zulächelte, die voller Respekt einen Knicks machten, während sie und ihr Mann nach dem Gottesdienst die Kirche verließen und zu ihrer wartenden Kutsche am überdachten Friedhofstor gingen.

Immer wenn in einem Gespräch der Name der Lady fiel,

lächelte Großmutter überlegen und ziemlich mitleidig. Lady Bollinger ist zu weichherzig und wird oft ausgenutzt, sagte sie. Ich spürte genau, daß meiner Großmutter das nie passieren würde.

Lord Bollinger war ein stattlicher, beeindruckender Mann mit stolzem Gang und Hang zur Arroganz, was aber niemand beanstandete. Man war allgemein der Auffassung, daß er jedes Recht der Welt hatte, arrogant zu sein; denn wer in Schwierigkeiten war, konnte sich selbstverständlich auf ihn verlassen. Es hieß immer, daß man wirklich spürte, wie er sich kümmerte. Und er konnte lachen! – Im Geschichtenerzählen konnte er es mit jedem aufnehmen. Ich erlebte, wie sein Blick auf dem Weg zur Kutsche wohlwollend an einem hübschen Mädchen hängenblieb und daß er alle Leute beim Namen kannte. Seine Augen lächelten unter den schweren Lidern hervor, und obwohl sein Bart schon weiß war, umspielte seine Lippen ein so lausbubenhaftes Grinsen, als wäre er noch ein ganz junger Kerl.

Mich beeindruckten die Bollingers und ihre Macht. Doch Großmutter hielt sich, aus welchem Grund auch immer, im Hintergrund, wenn die beiden vorbeigingen. Ich glaubte, daß das mit ihrer Arbeit in der Küche von Watersmeet zusammenhing, an die sie nicht mehr erinnert werden wollte. Sie war viel zu eigensinnig, um mit den anderen Frauen von Collingford gemeinsam einen Knicks zu machen.

Zu meinem großen Bedauern kamen die Leytons nicht jeden Sonntag in die Kirche. Ich hatte oft an ihren dramatischen Auftritt bei der Jagd gedacht und mich danach gesehnt, sie einmal wiederzusehen. Während Annie mir die Eltern der drei jungen Männer zeigte, mußte ich lange warten, bis ich die Söhne wiedersah. Als ich sie so direkt in meiner Blickrichtung in einer Bank sitzen sah, fiel es mir ziemlich schwer, mich auf den Gottesdienst zu konzentrieren.

Reverend Thorogood ließ sich immer zu einer stundenlangen Predigt hinreißen, die aufrichtig und markant war und in der

es oft um Hölle und Verdammnis ging. Mein Großvater sagte jedesmal, Mr. Thorogood sei sein Geld wirklich wert.
An diesem gewissen Sonntag ging es in seiner Predigt um die Unverletzlichkeit des eigenen Heims – ein Thema, dem sich der Reverend liebend gern immer mal wieder widmete – und um den unschätzbaren Einfluß einer gottesfürchtige Hausfrau und Mutter. Unglückseligerweise konnte das zwei alberne siebzehnjährige Mädchen weniger begeistern als die geballte Anwesenheit der Leytons gegenüber.
John sah so aus, als würde er unter der Kirchenbank, auf der sein Gesangbuch lag, etwas lesen. Dann entdeckte ich, daß mich der dunkle, gutaussehende Mark mit seinen kühnen Augen interessiert ansah – oder jedenfalls kam mir das in meinem törichten Optimismus so vor. Ich wandte meinen Blick schnell ab, meine Augen wanderten aber einfach wieder von selbst in seine Richtung. Roger, der dritte, schien sich mehr für das farbenprächtige Ostfenster und für die kunstvollen Bögen des Querschiffs zu interessieren. Er wirkte so, als sei er in Gedanken weit weg und ein bißchen amüsiert.
Sie waren ohne Zweifel eine schmucke Familie. Mrs. Leyton war ein Bild von einer Frau, die auch noch mit modischem Gesäßpolster im Kleid eine gute Figur machte. Ihr Mann wirkte sehr viel älter. Er war ziemlich groß, dünn, ging immer ein bißchen nach vorn gebeugt und erinnerte mit seiner vornehmen Ausstrahlung an einen ungezähmten Falken. Auch wenn ich nicht gewußt hätte, daß er der Besitzer des Priors-Anwesens ist, so hätte ich ihn bestimmt nicht für einen Bauern gehalten.
Auf dem Weg nach Hause sagte Annie zu mir: »Diese Leytons! Hast du gesehen, wie Mark mir zugezwinkert hat? Das sind wirklich Spitzbuben – aber so liebenswert, alle miteinander.«
»Das sind vielleicht ein paar Kerle«, wiederholte mein Großvater ein bißchen später, während er den Sonntagsbraten aufschnitt. Es gab Lende mit Backkartoffeln, gebratene Peter-

silienwurzeln, Yorkshire-Pudding und süßen, nussigen Rosenkohl, dessen Anblick und Wohlgeruch mir bereits vor Vorfreude das Wasser im Mund zusammenlaufen ließen.

Momentan war das Wetter sogar für den leidenschaftlichsten Sportler aus der Stadt zu schlecht, und deswegen hatten wir keine Übernachtungsgäste, nur Großtante Millie lebte bei uns ihm Haus. Sie war eine liebenswürdige, bedeutungslose Frau, über die sich meine Großmutter möglicherweise ohne böse Absicht unablässig lustig machte.

»Millie hat einfach keine Ahnung«, sagte sie bei jeder Gelegenheit.

Sie ging zwar nie näher darauf ein, aber das war auch gar nicht nötig. Ohnehin wußte jeder genau, was sie sagen wollte.

Bei diesem Mittagessen war Annie nicht mit dabei, weil sie den Schankkellnern unten beim Mittagessen half (viele Männer aus dem Dorf kehrten nach der Kirche im RING OF BELLS ein) und später essen würde. Plötzlich war ich froh, daß sie nicht mit am Tisch saß, denn so hatte ich vielleicht Gelegenheit, ein bißchen mehr über die Leytons herauszufinden, ohne Annies Hänseleien ausgesetzt zu sein.

»Mr. Leyton ist doch Bauer, oder?« fragte ich beiläufig. »Besitzt er viel Land?«

»Für Mrs. Leytons Geschmack könnte es gut und gern noch ein bißchen mehr sein«, antwortete meine Großmutter. »Sie hält sich für was Besonderes, die Gute. Vor zwei Generationen waren die Leytons noch Pächter bei den Bollingers. Doch als der Priors-Hof zum Verkauf anstand, haben sie irgendwie ihr Geld zusammengekratzt.«

»Sie ist eine gute Frau, das kannst du nicht leugnen, Sarah«, wandte Tante Millie ein. »Wenn jemand arm ist und Essen oder Decken braucht, dann hilft sie immer.«

»Wohltätig ist sie, das stimmt«, nickte Großmutter königlich. »Aber sie hat keinen Stil.«

Joe kaute gedankenverloren.

»Ich habe die Leute vom Priors-Hof immer gemocht«, be-

merkte er und ging gar nicht auf das Ansehen der Leytons ein. »Ich finde, er ist der schönste Hof in ganz Collingford.«
»Aber sie haben keinen Stil«, wiederholte meine Großmutter. »Von Stil kann bei ihnen wirklich keine Rede sein.«
»Das hängt davon ab, was du darunter verstehst«, erwiderte Großvater, der eine ganze Weile geschwiegen hatte.
»Du weißt ganz genau, was ich damit meine!«
»Die Leytons sind feine, ehrliche Menschen. Solche Leute sind das Rückgrat von England. Ich finde es auch nicht richtig, daß der alte Lord das Priors-Anwesen dem Vater von Mr. Leyton verkauft hat. Aber damals bin ich ja noch ein junger Kerl gewesen. Weißt du, Jenny«, fuhr er fort und deutete mit der Gabel in meine Richtung. »Der Priors-Hof war früher einmal das Herrschaftshaus, aber dem alten Lord war es nicht groß und nicht repräsentabel genug. Der alte Samuel Leyton war damals nur sein Pächter – und wohnte dort, wo jetzt der Hof von den Morrisons steht. Doch als der alte Lord sich ein neues Haus in Watersmeet baute, da haben die Leytons das Priors-Anwesen gekauft.«
»Und seither tun sie so, als wären sie was Besseres«, ergänzte meine Großmutter.
»Na ja, so spielt das Leben eben«, sagte Großvater philosophisch und aß weiter. »Der eine kommt, der andere geht.«
»Mrs. Leyton ist eine ganz Eingebildete«, Großmutter ließ nicht locker. »Sie führt gern das große Wort.«
Zu meinem großen Erstaunen fanden es weder Großvater noch Tante Millie komisch, daß ausgerechnet meine Großmutter so etwas sagte.
»Sie kommt einfach nicht über die Tatsache hinweg, daß ihr Vater Geld besaß. Er war es auch, der die Jungen in dieses komische Internat geschickt hat. Eigentlich waren die Leytons Leute aus dem Dorf, so wie du und ich, bis seine Frau wollte, daß aus ihnen was Besseres wird. Noch ein paar Kartoffeln, Joe? Millie? Der Braten ist gut geraten, auch wenn ich das selbst sagen muß!« Großmutter sah mich an und sagte: »Denk

dran, immer langsam und beständig, Jenny. Langsam und beständig und immer gut begießen. Und ja nicht knausern. Schlechte Fleischqualität ist Zeitvergeudung, Geldverschwendung, und es ist schade um jedes Stück Kohle oder Holz, das dafür in den Ofen wandern muß. Daran solltest du immer denken.«

Ich versprach es ihr und dachte noch darüber nach, wie ich das Gespräch wieder auf die Leytons bringen könnte. Da kam mir Großvater zuvor.

»Die Bauern haben es nicht leicht zur Zeit«, sagte er. »Und was Roger angeht, habe ich gehört, daß er sich nicht soviel aus dem Land macht, wie er eigentlich sollte.«

»Ich dachte, er würde zu seinem Onkel nach Amerika fahren«, sagte Millie, die oft in ihrer eigenen Welt lebte. Von manchen Ereignissen nahm sie offensichtlich erst Notiz, wenn sie längst vorbei waren.

Großmutter schnaubte wütend. »Er war auch weg, aber er ist längst wieder *zurückgekommen.* Der hat auch nichts Besseres zu tun mit seinem Geld, als ständig über den Atlantik zu fahren.« Es hörte sich so an, als würde das der junge Leyton mehrmals die Woche machen. »So ein junger Kerl muß doch wissen, wohin er gehört, und etwas Ordentliches arbeiten.«

»Er ist doch noch so jung, Sarah«, versuchte Großvater sie zu bremsen.

»Vierundzwanzig«, erwiderte sie. »Ich weiß das genau. Er wurde in dem Jahr geboren, als Dr. Linley ins Dorf kam.«

»Das würde ja heißen, daß Mark schon zweiundzwanzig und John achtzehn ist. Sarah, mit dieser Pastete hast du dich selbst übertroffen, sie zergeht einem ja fast auf der Zunge.«

Großmutter neigte den Kopf wie eine Monarchin, die soeben die Huldigungen ihres Volkes entgegennimmt. Sie blickte mich so nachdenklich an, daß mir schon ganz flau im Magen wurde.

»Ich dachte gerade«, sagte sie, »daß ich dir doch eigentlich kochen beibringen könnte, Jenny. *Versuchen* könnten wir es ja, oder?« fügte sie noch hinzu, »jedenfalls solange es mir nicht zuviel wird. Ich bin zufrieden mit dir, so wie du dich machst. Du packst ordentlich mit an.«

Ich konnte mich vor lauter Stolz kaum retten.

»Sie ist wirklich voll und ganz wie Eleanor«, meinte Millie wohlwollend.

Großmutter runzelte die Stirn und sagte gar nichts.

Seit ich jetzt in Collingford war, hatte ich einiges über die Kindheit meiner Mutter in Erfahrung gebracht. Ich gewann den Eindruck, Großmutter hatte ihr immer noch nicht verziehen, daß sie ihr Zuhause verlassen hatte. Vielleicht aber, so überlegte ich, fühlte sich Großmutter ja auch schuldig, daß sie sich im Laufe der Jahre nicht stärker bemüht hatte, herauszufinden, wie es ihrer Tochter ging. Egal, was der Grund war, offensichtlich hatte sie kein Interesse, über meine Mutter zu sprechen.

Großvater war da ein bißchen entgegenkommender. Er zeigte mir eine Ecke im Garten, die meine Mutter bearbeitet hatte, und den Apfelbaum, an dem sie als kleines Mädchen geschaukelt hatte.

»Einmal ist sie mit einem enormen Krach heruntergefallen«, sagte er. »Aber sie hat keine Miene verzogen, unsere Eleanor nicht. Sie hat schon immer das Gesicht gewahrt. Vielleicht hätte sie ein Junge werden sollen.«

»Hättest du denn nicht gern einen Sohn gehabt?« wollte ich wissen.

»Gottes Wege sind unergründlich«, antwortete er. »Wir waren froh über Eleanor. Sie ist damals fast zwei Monate zu früh zur Welt gekommen – eine richtige Frühgeburt –, und ich hatte Angst, daß wir sie gar nicht durchbringen. Aber nochmals ist uns das Glück nicht vergönnt gewesen.«

Ich fand es unsäglich traurig, daß er sein einziges Kind auf so tragische Weise verloren hatte.

Sonntagnachmittags hatten Annie und ich frei. Das war der

einzige offizielle Zeitpunkt in der ganzen Woche, an dem wir nicht zu arbeiten brauchten. Wenn wir uns davonstahlen, um die Beine auszuruhen oder um eine Tasse Tee zu trinken, drückte Großmutter auch ein Auge zu.

An diesem Sonntag forderte ich Annie auf: »Los komm, wir machen einen Spaziergang.«

Doch Annie sah wenig interessiert aus dem Fenster.

»Es fängt bestimmt gleich wieder zu regnen an«, erwiderte sie.

»Ich muß aber endlich mal wieder rausgehen, ich komme mir schon richtig eingeschlossen vor! Los, mach schon, Annie – ein bißchen Luft schnappen kann nie schaden. Außerdem will ich ein bißchen was von Collingford sehen. Weil es andauernd so schlechtes Wetter ist, habe ich außer der Hauptstraße im Dorf noch nichts weiter kennengelernt.«

»Na gut, wenn's unbedingt sein muß ...«

Annie nörgelte ein bißchen, während wir in unsere Mäntel schlüpften und uns die Baskenmützen über die Ohren zogen. Doch als wir dann auf der Straße waren, hängte sie sich glücklich bei mir ein, und so gingen wir die Straße, die aus dem Dorf führte, entlang. Zuerst kamen wir am Dorfanger vorbei, und dann gelangten wir hinter die Kirche mit dem Friedhofstor und den umkippenden Grabsteinen. Anschließend waren wir auch schon fast auf dem Land. Auf der einen Seite reichten die Felder bis an ein Dickicht mit kahlen, schwarzen, blattlosen Bäumen. Auf der anderen Seite ging es in ein kleines Tal hinab.

Als wir um eine Kurve bogen, lag vor uns plötzlich noch eine Senke mit einem Haus in der Mitte. Es bestand aus graubraunen Feldsteinen, war viereckig, hatte einen Giebel, sah robust aus, und rechts und links neben dem Portal befanden sich große Fenster. Aus hohen, reich verzierten und nebeneinanderliegenden Schornsteinröhren kräuselte sich Rauch, der sich in der klammen Luft kaum auflöste. Ich blieb wie angewurzelt stehen und atmete tief ein.

»Das ist das Priors-Anwesen«, erklärte mir Annie.

Ich ging zu der Bank, die am Straßenrand stand, und lehnte mich gegen eine graue Steinmauer, um das Haus besser betrachten zu können.

»Ist das schön«, sagte ich leise.

Annie kam zu mir herüber.

»Früher hat es einmal den Bollingers gehört, aber dann haben sie sich Watersmeet gebaut. Das solltest du erst einmal sehen! Letzten Sommer bin ich dort bei einem Fest des Wohltätigkeitsvereins gewesen. Jenny, so was Schönes habe ich lange nicht gesehen, ehrlich. Das Haus hat an jeder Ecke Türme, runde Türme wie in einem Märchenbuch, und auf der Terrasse standen Kübel mit Blumen, und zur Eingangstür hinauf führte eine breite Treppe, und die ganze Vorderfront war mit Säulen geschmückt. Im Garten gab es einen See, Zierblumenbeete mit Springbrunnen und in der Mitte des Sees eine Insel mit einem Sommerhaus, und man konnte mit einem kleinen Boot hinüberrudern und ...«

»Ich finde, das klingt nur halb so hübsch wie das Priors-Anwesen hier.« Ich starrte zu dem Haus in der Senke hinüber, als hätte ich eine Halluzination.

»Wie bitte?« Annie schaute mich an, als hätte sie Zweifel an meinem Geisteszustand. »Du hast Watersmeet doch noch gar nicht *gesehen,* Jenny! Es ist wie ein Palast. Ich meine, das Priors-Anwesen ist schön und gut, aber es ist nichts Besonderes.«

Sie fröstelte, während ich immer noch unverwandt das Haus anstarrte.

»Los komm, Jenny. Mir wird kalt! Laß uns weitergehen.«

»Noch eine Minute«, antwortete ich.

Aus irgendeinem Grund konnte ich mich nicht losreißen. Ich fühlte mich auf einmal so friedlich. *Daran* habe ich immer gedacht, sagte ich mir in Gedanken. Wenn ich mich in meinem tiefsten Inneren nach einem Zuhause gesehnt hatte, dann hatte ich immer ein Bild wie dieses hier vor Augen gehabt.

»Für mein Gefühl«, sagte ich, »ist das hier das schönste Haus, das ich jemals gesehen habe. Es ist vollkommen ... vollkommen ...« Verzweifelt schwieg ich und schüttelte meinen Kopf. Ich fand kein Wort für diese perfekte *Harmonie*.

In meiner Vorstellung waren die Steine einmal honigfarben angemalt gewesen, so wie die neueren Häuser im Dorf auch. Wenn die Sonne herauskäme, dann würde es ja vielleicht ebenfalls honiggelb leuchten. Jetzt wirkte es grau, doch der Farbton kam mir warm vor. Es war ein verwittertes, angenehmes Grau. Die symmetrischen Giebel und die Fenster mit den Mittelpfosten gefielen mir außerordentlich gut. Der Stall stand neben dem Wohnhaus und paßte sich harmonisch an. Die Gebäude wirkten wohlproportioniert und strahlten beständige Stabilität aus.

Ich glaubte, daß ich mich in diesem Haus sicher und geschützt fühlen würde. Für mein Empfinden war dieses Haus die Summe all meiner Sehnsüchte.

Außerdem lebten hier die Leytons: Roger, Mark und John. Wo sollten sie sonst leben, fragte ich mich. Wo sonst?

»Du siehst ja aus, als hätte dich der Blitz getroffen«, lachte Annie und versetzte mir einen Stoß mit dem Ellbogen. »Was ist denn mit dir los? Komm, wir gehen weiter. Ich habe keine Lust, hier zu erfrieren, auch wenn dir das anscheinend nichts ausmacht. Der schmale Weg dort drüben führt ganz nah ans Haus. Von dort aus hast du noch einen besseren Blick.«

Auf dem Pfad versanken wir jedoch knöcheltief im Schlamm, und das Ganze wirkte ganz und gar nicht einladend.

Ich hatte den Plan schon aufgegeben, näher an das Priors-Haus heranzukommen. Aber das Gebäude faszinierte mich, und etwas in mir sträubte sich dagegen, wieder mit Annie zurückzubummeln. Halb hoffte ich, halb fürchtete ich, daß einer von den Leytons auftauchen würde. Ich spürte, daß es unter meiner Würde war.

Aber andererseits – wie mußte es wohl sein, in so einem Haus zu leben? Einem Mädchen wie mir, die in einer Zweizimmer-

wohnung in der Ackerly Street in London-Fulham aufgewachsen war, erschien das Leben in so einem Haus wie ein weit entferntes, sonniges Land.
Ich konnte mir überhaupt nicht vorstellen, warum mir der Anblick so vertraut vorkam.

3

Die Küche im Ring of Bells war groß und warm und duftete nach Kuchen. Von den Dachsparren hingen Schinken und Zwiebelzöpfe, und in der Mitte stand ein Holztisch, der ganz hell geschrubbt war. In einer Ecke war ein riesiger Ofen, und gegenüber befand sich eine große Küchenanrichte für die glänzenden Kupferpfannen. Daneben standen die Holzgestelle mit den Bierfässern von der Brauerei aus dem Dorf. Von hier aus kam man in den Hof hinaus. Das alles wurde mein Zuhause.
Meine Großmutter hielt ihr Wort und nahm meine Ausbildung in die Hand. Anfangs war ich aufgeregt, hatte Angst, sie zu enttäuschen, weil ich womöglich keine Begabung fürs Kochen hatte. Doch offensichtlich hatte ich ein natürliches Talent, und schon bald vertraute sie mir so einfache Dinge wie Brot und Pastetenbacken fast völlig an.
Ich hatte mich mein ganzes Leben lang so unsicher gefühlt und war so wenig selbstbewußt, daß ich jetzt kaum Worte fand, um meine Freude darüber auszudrücken, daß sie soviel Vertrauen in mich setzte. Wenn es darum ging, mit Fremden zu sprechen, war ich immer noch schüchtern, aber ich versteckte mich nicht mehr länger. Schließlich hatte ich inzwischen einen Platz im Ring of Bells, den ich mir durch harte Arbeit erkämpft hatte.
Im diesem Winter bestand das Leben aber nicht nur aus Arbeit. Im Gemeindehaus fand ein Bazar statt, und in der Schulaula veranstaltete Mr. Greenwood Lesungen. Er war

Lehrer in Witney und biß sich bei seinen Veranstaltungen jede Woche durch die Höhepunkte der Schaffenskunst von Dickens hindurch. Außerdem gab es Andachten, bei denen sich die Augen der Mädchen und Jungen errötend über den Gesangbüchern begegneten. Das beste von allem war aber das jährliche Gemeindekonzert.
Der Erfolg des Abends war jedoch unzweifelhaft der Auftritt von Roger und Mark Leyton. Annie hatte mir schon erzählt, daß die beiden ganz sicher einen kleinen Auftritt zum besten geben würden, und ich wartete ungeduldig darauf. Ich wurde nicht enttäuscht. Mark war als schurkisch aussehender Dorftölpel verkleidet und stand vermeintlich würdevoll und mit ernstem Gesicht neben einem Stuhl, auf dessen Rückenlehne seine Hand ruhte. Auf dem Stuhl saß Roger, er war wie eine Frau geschminkt, trug einen Schal, Frauenrock und eine Damenkappe und lachte albern zu ihm hinauf. Beim bloßen Anblick der beiden lachte das Publikum und lauschte ihnen dann fröhlich erwartungsvoll.
Voller Ernst sang Mark:

Auf diesem grünen Hügel dort
sitzt eine hübsche Maid;
ich seh sie an in einem fort,
mein Herze ist so leid.

In diesem Augenblick sprang Roger auf und war im Stehen einen halben Kopf größer als sein Bruder. Dann kreischte er mit durchdringender Fistelstimme:

O nein, mein Lieber, nein, nein, NEIN!

Die ganze Halle bebte vor Lachen, als es Vers um Vers so weiterging, und alle klatschten Beifall, bis die Hände weh taten.
»*Das* sind vielleicht Kerle«, sagte Annie und wischte sich die Lachtränen aus den Augen.

Ich mußte ihr recht geben. Mir kam es so vor, als wollten die beiden sagen, das Leben ist dazu da, daß man es genießt – los kommt, lacht einfach mit.
Es gab Zeiten, da spürte ich plötzlich mit einem Schlag mein Gewissen wieder. Vielleicht hatte ich ja viel zuviel Spaß am Leben? Ich vergaß ja völlig, über meine Mutter zu trauern. Ich vermißte sie nicht mehr so wie am Anfang, und während jeder um mich herum meinte, daß das nur normal sei, quälte mich immer noch irgendwo unter der Oberfläche meines Denkens ein Gefühl der Treulosigkeit. Meine Mutter war noch nicht einmal drei Monate tot; sie hätte doch bestimmt erwartet, daß ich länger trauerte.
Irgendwann gestand ich Annie meine Schuldgefühle.
»Sie würde sich am meisten freuen, wenn du glücklich bist«, sagte Annie. »Niemand kann ewig mit so einem traurigen Gesicht durch die Welt laufen, das ist doch wohl klar.«
»Ich hoffe nur, sie weiß, daß ich sie nicht ganz vergessen habe«, meinte ich.
»Wenn sie im Himmel ist, dann weiß sie es sicher«, meinte Annie mit großer Überzeugungskraft.
In diesem Februar begann es noch einmal zu schneien, und der Winter schien überhaupt kein Ende mehr zu nehmen. Irgendwann hatte jedoch auch das schlimmste und trübsinnigste Winterwetter ein Ende. Für die Bauern war es ebenfalls eine schlimme Zeit gewesen, denn die hatten in den unzähligen Schneestürmen über dem hügeligen Land viele Schafe verloren. Doch das Leben ging weiter. Das erste Schöllkraut zeigte sich unter den Hecken, und die Zweige zierte das erste Grün.
Als die Kastanien ihre rosa und weißen Kerzen trugen und sich die Maifliegen über dem Fluß sammelten, war ich bereits bis zur Ersatzköchin avanciert und arbeitete in der Küche fast allein. Es erfüllte mich mit sehr viel Stolz, daß sich Großmutter mehr und mehr auf mich verließ.
Zurückgezogenheit war das einzige, was mir fehlte. Ich wußte,

daß ich glücklich war, jedenfalls glücklicher als jemals zuvor in meinem Leben. Aber ich wäre so gern hin und wieder einmal allein gewesen. Glücklicherweise konnte ich in so einem Moment fast immer behaupten, ich habe dringend etwas im Wäscheschrank zu tun, und so gelang es mir, kurzfristig zu entkommen.

Manchmal fragte ich mich, ob das wohl mein ganzes Leben so weitergehen sollte. Auch wenn ich einräumte, daß ich glücklich war, so war ich andererseits auch sicher, daß mich diese Art von Arbeit auf die Dauer nicht befriedigen würde. Ich wünschte mir ein eigenes Haus. Dort wollte nur ich daheim sein und nicht die ganzen Leute von Collingford. Dann kam mir wieder der Anblick des Priors-Anwesens in den Sinn und ließ mich das Bettuch vergessen, das ich gerade ausbesserte, und ich dachte: *Das* ist es, was ich gern hätte! In so einem Haus würde ich gern leben.

Glücklicherweise brachte mich dieses Echo aus der Vergangenheit (wie gut konnte ich meine Mutter das sagen hören!) normalerweise zum Lächeln, denn mir war sehr wohl bewußt, wie falsch diese Behauptung war. Andererseits konnte ich meinen Wunsch nach Stabilität auch nicht verleugnen. Schließlich war ich ja meistenteils zufrieden. Es gab Zeiten, da beneidete ich Annie. Sie schien durch die Tage voller harter Arbeit mit nie nachlassender guter Laune hindurchzusegeln. Annie machte auf mich den Eindruck, als könnte sie ständig mit den Gästen Scherze machen.

In der Gaststube gab es immer jede Menge junger Männer. Manche waren freundlicher als andere, und nach und nach wurde ich ein bißchen lockerer. Wenn die Leytons kamen, war ich jedenfalls nie auf den Mund gefallen. Die drei hatten anscheinend immer gute Laune, und mit ihren Einfällen und Scherzen standen sie immer im Mittelpunkt, ganz egal, zu welcher Tageszeit sie das Gasthaus betraten. Sogar der älteste Arbeiter drückte das Kreuz durch und gab eine möglichst anzügliche Anekdote zum besten, um ihre Aufmerksamkeit zu erregen.

Man sprach immer von den Leytons als gemeinsamem Haufen, und anfangs fand ich sie alle gleich. Nach und nach stellte ich aber fest, daß sie sich sehr wohl unterschieden. Mark war ein attraktiver Extrovertierter, der gern lachte und darin schwelgte, wenn er im Mittelpunkt stand. Er machte mir übertriebene Komplimente, aber ich wußte, daß sie nichts bedeuteten. Er lachte über mich, wenn ich rot anlief, und ich spürte, daß unter all seiner Jovialität und Ausgelassenheit ein ganz anderer Mark Leyton steckte, den niemand je zu Gesicht bekam. Ich spürte, daß er auch ziemlich grausam sein konnte. Er hatte etwas an sich, das mich unsicher machte.

Roger war stiller, vorsichtiger und sensibler gegenüber den Empfindungen anderer. Mir fiel auf, wie freundlich und zugewandt er auch den langweiligsten Geschichten lauschte, selbst wenn er sie schon hundertmal gehört hatte. Auch dem niedrigsten Landarbeiter gegenüber war er übertrieben höflich. Wenn es aber um Scherze und Witzchen ging, stand er Mark in nichts nach.

Von John bekam ich kaum etwas mit, denn er war fast immer irgendwo außerhalb in einem Internat. Wenn er daheim war, kam er immer mit seinen Brüdern zusammen ins Gasthaus, und er wirkte so, als gefiele ihm das sehr gut. Er war ziemlich überzeugt von seinen akademischen Künsten und rezitierte immerzu lateinische Deklinationen und seltsame Zitate. Es war offensichtlich, daß er damit nur die armen, ungebildeten Dorfmädchen wie Annie und mich beeindrucken wollte. Den überragendsten Erfolg meines Lebens erzielte ich, als ich einmal einen seiner Aussprüche aus den *Pickwickiern,* die ich beinahe auswendig konnte, zu Ende zitieren konnte. Gekrönt wurde der Erfolg noch dadurch, daß Roger daneben gestanden hatte.

Im Sommer kamen die drei Brüder und viele andere regelmäßig ins RING OF BELLS. In Collingford waren alle begeisterte Kricket-Anhänger, und an den langen Abenden übte die

Mannschaft auf dem Dorfanger. Danach kamen sie dann für gewöhnlich ins Gasthaus, um ihren Durst zu löschen. An diesen Abenden verwischten die gesellschaftlichen Grenzen zwischen arm und reich ein bißchen, aber im Alltag waren sie eindeutig festgelegt.

Lord und Lady Bollinger standen an der Spitze unserer gesellschaftlichen Pyramide, die nach unten ständig breiter wurde. Es folgten andere, weniger vermögende Landbesitzer wie die Leytons, dann der Vikar und andere einflußreiche Leute, wobei der Rechtsreferent und der Arzt sich fast auf derselben Ebene befanden. Anschließend kamen die wohlhabenderen Handelsleute, die erfahrenen Handwerker und so weiter bis hinunter zur breiten Grundfläche der Pyramide. Die bestand aus ungelernten Arbeitern, die nur von der Hand in den Mund lebten.

In dieser Hierarchie standen wir vom Ring of Bells in etwa auf gleicher Stufe mit den Geschäftsbesitzern, und ich glaube, mir war das auch verschwommen bewußt. Aber erst als Großmutter meinte, sie sei nach langem Nachdenken zu der Überzeugung gekommen, daß Percy Wisden eine gute Partie für mich sei, wurde mir so richtig klar, was es mit der gesellschaftlichen Hierarchie auf sich hatte.

An dem Tag waren wir gerade im Garten beim Himbeerenpflücken, und ich hätte vor lauter Bestürzung und Panik fast meine Schüssel fallen lassen. Großmutter jedoch arbeitete beständig weiter und hatte meine Reaktion ganz offensichtlich gar nicht mitbekommen.

»Sie haben einen gutgehenden, seriösen Laden«, sagte Großmutter. »Solange ich mich erinnern kann, besitzen die Wisdens in Collingford eine Metzgerei. Und ich habe gehört, daß der junge Percy das Geschäft in Witney übernehmen wird, damit hättest du ausgesorgt. Ich habe mitbekommen, wie er dich anschaut. Wahrscheinlich braucht er nicht viel Zuspruch, um auf den Punkt zu kommen. Ich weiß, wovon ich spreche.«

Ich war derartig in Panik, daß ich überhaupt keine Worte für meine Gefühle fand und nur murmelte, daß ich eigentlich mit der momentanen Situation rundum zufrieden sei.
»Aber nur bis zu dem Tag, an dem du über deinen Platz nachdenkst«, sagte Großmutter streng. »Daß du mir nur ja nicht auf die Idee kommst, den Adeligen schöne Augen zu machen, hörst du?«
Ich hatte sehr wohl verstanden – doch meine Phantasien beeinflußte das nicht. All meine Träume drehten sich fast nur noch um Roger Leyton – und in diesen Träumen war für die unromantische Gestalt von Percy Wisden überhaupt kein Platz.
Eines Sonntagnachmittags im Juli besuchte Annie ihre Familie in einem nahe gelegenen Weiler, und ich ging allein am Fluß spazieren. Ein Stück außerhalb des Dorfs hatte ich plötzlich das Gefühl, jetzt würden meine kühnsten Träume Wirklichkeit, denn vor mir saß Roger auf einem umgefallenen Baum und starrte trübsinnig auf den Fluß. Mein Weg führte ganz knapp an ihm vorbei. Ich schickte ein Stoßgebet zum Himmel, daß er mich ansprechen und daß ich dann auch noch, ohne rot zu werden, antworten würde.
Er sprach mich tatsächlich an. Er wirkte genauso froh darüber, daß ich vorbeikam, wie ich über seine Anwesenheit. Es war unvergleichlich einfach, sich mit ihm zu unterhalten, und völlig normal, daß er mich dann begleitete.
Ich sprach mit ihm über das Priors-Anwesen.
»So ein schönes Haus habe ich mein ganzes Leben noch nicht gesehen«, sagte ich. »Stimmt es, daß auf dem Grundstück früher einmal ein Kloster gestanden hat?«
»Das erzählt man sich jedenfalls. Das Haus ist wirklich wunderschön, aber ich empfinde es von Tag zu Tag stärker als Mühlstein, der mich belastet.«
»Ein Mühlstein? Was um alles in der Welt meinen Sie damit?«
Er zuckte mit den Schultern. »Einfach so. Ich bin der älteste

Sohn, und von mir wird erwartet, daß ich dort lebe und das Land bebaue. Der Haken an der Sache ist nur, daß ich mir gar nicht sicher bin, ob ich wirklich Bauer werden will. Ehrlich gesagt, weiß ich überhaupt nicht, *was* ich werden will.«

»Sie sind doch schon einmal in Amerika gewesen, oder?«

»Ja. Ein Onkel von mir lebt in New York und hat mit der Bank zu tun. Meine Familie hier fand es eine wunderbare Idee, daß ich mein Glück an der Wall Street versuchen sollte, zumal ich mit der Landwirtschaft nicht so recht etwas anfangen konnte. Aber es war ein Reinfall. Ich fand die Arbeit an der Bank schrecklich, und ich haßte die Stadt. Zu meinem Erstaunen hatte ich Heimweh nach Collingford.«

»Was wollen Sie denn jetzt machen? Sie haben in der Schule eine Menge gelernt – da muß Ihnen doch die ganze Welt offenstehen.«

In diesem Augenblick stützten wir uns auf die Brüstung einer kleinen Steinbrücke.

»Mir fallen immer nur tausend Dinge ein, die ich nicht tun will«, sagte er dann endlich. »Ist das nicht schrecklich? Jetzt bin ich vierundzwanzig Jahre alt und weiß immer noch nicht, was aus meinem Leben werden soll.«

»Was sagt Ihre Mutter denn dazu?«

Er lachte. »Ach, meine Mutter weiß nur ein Heilmittel für alle unruhigen Männer. Sie ist sich ziemlich sicher, daß die Liebe einer guten Frau aus mir einen wertvollen, konventionellen, hart arbeitenden Bauern machen würde, der brav zu Hause bleibt. Dabei denkt sie natürlich bevorzugt an eine Frau mit ansehnlichem Vermögen.«

Ich lächelte pflichtbewußt, obwohl es mir weh tat. Ich hätte gern ein Vermögen gehabt, das ich ihm dann zu Füßen gelegt hätte.

»Und werden Sie den Wünschen Ihrer Mutter folgen?« fragte ich.

»Ach, ich habe nur die besten Absichten«, antwortete er. »Aber oftmals erfüllt meine Leistung nicht ihre Ansprüche.

Mir kommt es immer so vor, als würde ich nicht in die Form passen, die andere für mich vorgesehen haben. Das ist ärgerlich für meine Eltern und unbequem für mich.« Roger Leyton starrte über das Wasser, hatte aufgehört zu lächeln, und sein Gesicht wirkte bestürzt. »Ich könnte ganz sicher erfolgreich sein«, sagte er nach einer Weile. »Die Frage ist nur, auf welchem Gebiet.« Plötzlich blickte er zu mir herunter. »Entschuldigen Sie bitte«, meinte er. »Es gehört sich eigentlich nicht, daß ich Sie mit meinen ganzen Zweifeln und Enttäuschungen überhäufe.«

»Mir macht das nichts aus«, sagte ich wahrheitsgemäß. »Ich wünschte nur, mir würde etwas für Sie einfallen.«

Er schaute mich einen Augenblick lang lächelnd an. »Das ist nett von Ihnen«, sagte er dann endlich. »Ich bin ein selbstsüchtiger, dummer Kerl, der nur von sich selbst spricht. Erzählen Sie doch mal, wie haben Sie sich an das Leben in Collingford gewöhnt?«

Wie vermutet, konnte er sehr gut zuhören, und ich war auf einmal ungewöhnlich redselig. Er interessierte sich wirklich für das Leben hinter den Kulissen im Gasthaus, und ich brachte ihn mit meinen Beobachtungen des Dorflebens aus meinem Blickwinkel zum Lachen.

»Und Sie gehen gern zu den Lesungen von Mr. Greenwood, oder?« fragte er, nachdem ich ihm geschildert hatte, wie der ganze Saal nach dem dramatischen Vortrag des Lehrers vom Tod der kleinen Nell ins Taschentuch geschnieft hatte.

»Ganz gern«, antwortete ich. »Aber lieber noch lese ich selbst, wenn ich ehrlich bin. Ich mag Dickens, Sie auch? Und Thomas Hardy. Hardy vielleicht sogar noch mehr.«

Von dem Punkt an wurde die Unterhaltung noch einfacher. Er las auch gern, und während wir am Fluß entlangliefen, tauschten wir unsere Meinungen und Beobachtungen auf eine Art und Weise aus, die neu und wunderbar für mich war.

Irgendwann war der Weg zu Ende. Dann kamen wir an einen Zauntritt und eine Weggabelung.

»Welchen Weg müssen Sie gehen?« wollte Roger wissen.
»Eigentlich wollte ich hier umkehren«, antwortete ich.
»Ach nein, nicht an so einem schönen Nachmittag! Kommen Sie, wir setzen uns noch ein bißchen auf die Bank hier.«
Ich tat so, als würde ich darüber nachdenken. Doch ich war mir gegenüber ehrlich genug, um zuzugeben, daß ich nicht wirklich unentschlossen gewesen war. Das hier war die Chance meines Lebens. Bisher war es mir noch nie in den Sinn gekommen, daß es Spaß machen könnte, sich mit einem Mann zu *unterhalten.* Die Konversation mit Roger war genauso leicht wie das Geplapper mit Annie, nur viel interessanter und aufregender. Selbst heute, wenn ich den Geruch von warmem Gras und Geißblatt in der Nase habe und summende Bienen höre, bin ich in Gedanken wieder an dem Flußufer, siebzehn Jahre alt und kurz davor, mich zu verlieben.
Leider zeichnete sich an diesem Nachmittag keine dramatische Änderung meines Lebens ab. Immerhin war Roger der Kapitän der Kricketmannschaft, und deswegen bekam ich ihn hin und wieder in der Gastwirtschaft zu Gesicht.
In diesem Sommer sahen Annie und ich bei einigen Kricketspielen zu. Jeder konnte glauben, daß wir glühende Anhängerinnen dieses Spiels waren, so wie die meisten andere Bewohner von Collingford auch. In Wahrheit interessierte ich mich dafür nur wegen Roger.
Lord Bollinger fuhr oft mit einem leichten, zweirädrigen Einspänner nach Watersmeet und parkte dann auf dem Rückweg am Dorfanger. Dort brüllte er lauthals für die Mannschaft von Collingford und machte die Gegner mit Ausdrücken nieder, über die man die Stirn gerunzelt hätte, wenn er keine so hochgestellte Persönlichkeit gewesen wäre.
In diesem Sommer trug er immer einen Panamahut, den ihm eines Tages der Wind vom Kopf wehte und mir fast vor die Füße rollte. Ich hob ihn auf und ging zu ihm hinüber.
»Ihr Hut, gnädiger Herr«, sagte ich.
»Danke, danke.« Er nahm ihn entgegen. »Du bist sehr höflich,

mein Kind.« Er lächelte mich an, und ich erkannte den Blick, den Annie schon beschrieben hatte: Ein Blick, der sagte »bei Gott, schönes Kind, du hättest mich mal vor vierzig Jahren erleben sollen!«.

Er nahm seinen Hut an sich, doch bevor ich weggehen konnte, griff er nach meiner Hand.

»Warte«, sagte er. »Du bist noch nicht lange in Collingford, habe ich recht?«

»Ich bin Jenny Fitzgerald, mein Herr«, antwortete ich. »Meine Großmutter ist Mrs. Austin vom RING OF BELLS.«

Daraufhin ließ er zwar meine Hand los, starrte mich aber durchdringend an.

»So was, ich glaub, ich spinne!« meinte er.

Ich mußte mir auf die Zunge beißen, um nicht laut loszulachen.

»Gut, daß meine Großmutter Sie nicht hören kann, mein Herr«, sagte ich. »Sie wirft Männer aus ihrer Küche, die weniger drastische Ausdrücke benutzen.«

Er lachte offen darüber, und seine blauen Augen funkelten lebhaft unter den weißen, buschigen Augenbrauen.

»Das glaube ich dir gern«, sagte er. »Kannst du dir vorstellen, warum ich nie hinkomme? Die Lady mißbilligt mein Verhalten.«

»Ich bin sicher, daß Sie sich da täuschen, mein Herr«, sagte ich so zurückhaltend wie irgend möglich. Doch gleichzeitig mußte auch ich lachen und war fast über mich selbst geschockt, weil mir bewußt wurde, daß ich mit ihm flirtete. Die Worte, die wir wechselten, hatten überhaupt keine Bedeutung.

»Du mußt die Tochter von Eleanor sein«, sagte er.

»Jawohl, gnädiger Herr. Sie ist letzten Dezember gestorben.«

»Ja, das ist mir zu Ohren gekommen. Eine traurige Angelegenheit.«

»Kannten Sie meine Mutter?« fragte ich.

»Ich kenne alle Leute in Collingford«, sagte er und lächelte wieder. »Meine Herde, meine Kinder.«

Dann fiel mir nichts mehr ein, und meine Kühnheit ebbte langsam ab.
»Entschuldigen Sie bitte, gnädiger Herr«, sagte ich und machte einen Knicks. Er neigte seinen Kopf.
»Ganz zu Diensten, Madam«, erwiderte er und machte sich über mich lustig. Befangen ging ich zu Annie zurück, die im Gras saß. Ich war mir sicher, daß er mir nachschaute, doch als ich mich wieder hingesetzt hatte und in seine Richtung sah, hatte er sich längst wieder dem Spiel zugewandt.
»Was war denn das?« wollte Annie wissen.
»Er wollte wissen, wer ich bin.«
Sie kicherte. »Er ist ganz schön gerissen, nicht wahr? Meine Mutter behauptet, daß er als junger Mann noch viel draufgängerischer gewesen ist.«
»Das glaube ich gern«, meinte ich. »Sind seine Söhne auch so?«
»Er hat keine, der arme Herr – es gab zwar mal einen, aber der ist in die Armee gegangen und in Indien umgekommen. Seine Tochter hat einen Yankee geheiratet und lebt jetzt in Amerika.«
So ging der Sommer dahin, und die nächste große Aufregung kam zur Erntezeit. Die Leytons veranstalteten für ihre Arbeiter immer ein großes Essen, wenn die letzte Garbe Getreide im Speicher war, und man sagte mir, daß das ein fröhliches Gelage für alle war. Die Frauen und Familienangehörigen aller Leute, die etwas mit dem Hof zu tun hatten, konnten sich satt essen und trinken, soviel sie wollten, und bis tief in die Nacht zur Musik eines Geigers tanzen.
Das RING OF BELLS war für das traditionelle Kirchenmahl ein paar Abende später zuständig. Ich wußte, daß Mr. und Mrs. Leyton wegen ihrer Stellung in der Gemeinde zum Kommen verpflichtet waren. Ich betete ernsthaft, daß ihre Söhne sie begleiten würden, und gab mir an diesem Abend große Mühe mit meinem Aussehen, weil ich hoffte, daß Roger mir einen Blick zuwerfen würde.

Als ich in der Küche zu tun hatte, hörte ich Stimmen und Gelächter und schwere Schritte über mir, woraus ich schloß, daß die Gäste langsam eintrudelten. Ich mußte mich auf Annies Informationen verlassen, die ständig zwischen der Küche und den Besuchern hin und her pendelte.
»Sind die Leytons nicht schon da?« fragte ich endlich, als sie schon alle Namen aufgezählt hatte, nur nicht den, auf den ich wartete.
»Bis jetzt noch nicht«, rief sie über die Schulter zurück, während ihre Haubenbänder hinter ihr herflogen. Kurz darauf war sie wieder zurück. »Mr. und Mrs. Leyton sind jetzt eingetroffen, aber ohne die Jungen. Du kannst dir nicht vorstellen, wie gut sie aussieht, wenn man bedenkt, daß sie schon fünfundvierzig ist, vielleicht sogar älter. Und stell dir vor: Molly Johnson behauptet, angeblich hat Mr. Roger etwas mit Miss Dodwell. Ihr Vater besitzt einen großen Bauernhof in der Nähe von Standlake, das würde also bestens passen.«
»Die Suppe ist schon in der Terrine«, sagte ich. »Du solltest sie langsam mal reintragen.«
Annie verließ die Küche ohne einen Blick, und ich hielt mich am Tisch fest. Um mich herum brandete die Geschäftigkeit, die ein Essen für dreißig Leute hervorrief, doch in diesem Moment war ich nicht in der Lage weiterzuarbeiten.
»Steh nicht so verträumt herum, Mädchen«, sagte Großmutter und drückte mir einen Stapel Teller in die Arme. »Wo bist du mit deinen Gedanken? Die hier werden oben gebraucht.«
Ich trug die Teller hinauf. Ich brachte sie wieder herunter, als sie leer gegessen waren. Ich lächelte und sagte: »Möchten Sie nicht noch ein bißchen?« oder: »Ja, Sie haben recht, hier drin *ist* es wirklich sehr warm.«
Ich konnte es nicht erwarten, in mein Zimmer zu verschwinden, nachdem das Fest vorbei war. Annie und ich hatten hart gearbeitet, deswegen brauchte ich keine Entschuldigung dafür, daß ich nicht wie sonst noch ein bißchen ratschen wollte, bevor wir einschliefen. Lange nachdem ich die tiefen, gleich-

mäßigen Atemzüge hören konnte, die anzeigten, daß Annie wie üblich ungestört schlummerte, starrte ich schlaflos in die Dunkelheit. Mir war jämmerlich zumute.

Du dumme Kuh, schalt ich mich selbst, Idiotin! Hast du im Ernst etwas anderes erwartet? Hast du ehrlich gedacht, daß ein einziger wunderbarer Nachmittag irgend etwas ändern könnte? Er ist freundlich gewesen, weil er sich allein fühlte und weil ihm langweilig war. Mehr nicht. Tränen rannen mir die Wangen herab in meine Ohren, und am allerliebsten wäre ich einfach tot gewesen.

Annie bemerkte mein Herzeleid nicht weiter, denn sie selbst hatte sich auch verliebt. Doch in ihrem Fall ging alles reibungslos vonstatten.

Jed Stephens arbeitete als Hilfsgärtner in Watersmeet auf dem Besitz der Bollingers, er war Mitglied der Kricket-Mannschaft und ein regelmäßiger Gast im RING OF BELLS, auch wenn er nur an einem kleinen Bier herumnuckelte und Annie anstarrte.

Während ich Annies Ergüssen über Jed lauschte, staunte ich über diesen fremden und unerklärlichen Zustand, der Liebe genannt wird. Wenn man Annie glauben durfte, dann hatte es noch niemals einen so hübschen und freundlichen Mann wie Jed gegeben.

Ich war mir sicher, daß Annie ihm die unterschiedlichsten erdachten Qualitäten zuschrieb, denn soviel ich wußte, hatten sie nur kurze Zeit miteinander allein verbracht und konnten sich gegenseitig noch gar nicht so gut kennen.

Obwohl Annie und Jed den ganzen Sommer umeinander herumgeschlichen waren, fällten sie erst anläßlich des jährlichen Jahrmarktes eine Entscheidung. Auf dem Dorfanger vor dem Gasthaus wurden Buden und Stände aufgebaut. Es gab Schießbuden, Schiffschaukeln, ein Karussell und einen Hau-den-Lukas.

Meine Großmutter war ganz und gar gegen den Jahrmarkt, weil er ihrer Meinung nach nur die Raufbolde aus der gesam-

ten Umgebung anzog. Hast du dort auch vornehme Leute gesehen? Nein, hast du natürlich nicht! Und warum nicht? Weil sie einen besseren Geschmack haben, deswegen.
Doch die Musikkapelle spielte und wetteiferte mit der Musik des Leierkastens, und Mädchen in Sommerkleidern und mit Blumen umkränzten Hüten bummelten gemeinsam mit den jungen Männern im besten Sonntagnachmittagsausgehanzug über den Platz. Die Herbstsonne hatte zwar schon ein bißchen an Wärme eingebüßt, schien aber von einem wolkenlosen Himmel, und für Annie und mich stand so sicher wie das Amen in der Kirche fest, daß wir den Jahrmarkt besuchen wollten.
Dank Großvaters Fürsprache durften wir dann wenigstens eine Stunde hinschauen, aber nur mit der strikten Auflage, daß wir auch die ganze Zeit zusammenblieben. Wir trafen Jed am Kokosnußstand, und wir drei versuchten erfolglos unser Glück, während Annie wahre Lachsalven losließ.
Dann gingen wir zur Schiffschaukel und saßen im Karussell auf zwei benachbarten Pferden im Damensattel. Ich hatte Jed noch nie so guter Laune gesehen. Zum ersten Mal mußte ich zugeben, daß ihn sein Lachen attraktiv wirken ließ und seine sonst so düsteren, braunen Augen freundlicher machte.
Annie und er waren mir gegenüber die Freundlichkeit in Person, auch wenn mir unglücklicherweise nur allzu deutlich bewußt war, daß die beiden lieber ohne meine Begleitung gewesen wären. Als zur Musik der Blaskapelle einige Paare zu tanzen begannen, blickte Annie sehnsuchtsvoll in ihre Richtung.
»Geh schon«, sagte ich. »Mach dir um mich keine Sorgen. Ich warte hier auf dich.«
Ich sah den beiden zu, wie sie mit wesentlich mehr Begeisterung als Können zur Musik des Wiener Walzers herumwirbelten, und suhlte mich ein bißchen im Selbstmitleid, als ich plötzlich hörte, wie jemand meinen Namen nannte. Das konnte nur Roger sein – sonst gab es niemanden mit dieser Stimme. Ich schnellte voller Freude herum, doch dann mußte ich

enttäuscht feststellen, daß John Leyton und nicht sein älterer Bruder vor mir stand.
»Ganz allein?« fragte er.
»Nur für einen Augenblick. Annie tanzt gerade mit Jed.«
»Haben Sie auch Lust?«
Ich lächelte ihn frech und respektlos an, weil er noch so jung war und zur Schule ging.
»So fordert man aber keine Lady zum Tanz auf!«
»Ich bitte um Verzeihung!« Er verbeugte sich. »Madam, darf ich bitten?«
Ich knickste, und dann führte er mich lachend zu der behelfsmäßigen Tanzfläche.
»Ich tanze nicht besonders gut«, gab ich zu, nachdem ich ein paarmal über meine eigenen Füße gestolpert war. »Um ehrlich zu sein, habe ich noch nie in meinem Leben getanzt.«
»Sie hätten gar keinen besseren Lehrer als mich treffen können, auch wenn es sich nicht ziemt, so etwas von sich selbst zu sagen. Aber in Wahrheit ist Tanzen ganz einfach.« Er erklärte mir ein paar Dinge, und bald schon wirbelte ich fast genauso perfekt wie alle anderen über die Bühne; jedenfalls konnte John meinen Füßen ausweichen.
Als der Tanz vorbei war, meinte er: »Los, kommen Sie, ich spendiere eine Limonade.« Ich hielt nach Annie und Jed Ausschau. Sie standen in der Nähe, er hatte ihre beiden Hände umfaßt, sie lächelten sich gegenseitig an und hatten offensichtlich vergessen, daß ich oder sonst wer um sie herum war.
»Wir müssen uns aber sehr beeilen«, antwortete ich. »Eigentlich sollten Annie und ich schon seit zehn Minuten wieder im Gasthaus sein.«
»Ach, am Jahrmarktstag spielt die Zeit doch keine Rolle«, sagte er leichthin.
»Ich glaube, meine Großmutter ist da anderer Meinung«, erwiderte ich. Aber ich hatte einfach Lust, meiner Großmutter in diesem Punkt nicht zu gehorchen. Ich ging mit ihm zu einer Bude, und kurz darauf hielt ich eine gallige, sprudelnde Flüs-

sigkeit in Händen, die er für mich gekauft hatte. John rümpfte die Nase.
»Sie ist nicht mal halb so gut wie die Limonade im Gasthaus.«
»Die macht meine Großmutter nach einem Geheimrezept. Dabei fällt mir ein, sie ist felsenfest davon überzeugt, daß von den vornehmen Leuten bestimmt niemand zum Jahrmarkt kommt.«
»Wir Leytons haben unsere eigenen Gesetze!«
»Sind Ihre Brüder denn auch hier?« fragte ich möglichst beiläufig. Diese Frage lag mir schon von dem Moment an auf der Zunge, als John mich angesprochen hatte. Doch seine Antwort war ziemlich ernüchternd.
»Mark treibt sich hier irgendwo herum, aber Roger ist zu Hause auf dem Hof geblieben. Ich weiß auch nicht, was zur Zeit mit ihm los ist, er ist zu gar nichts mehr zu gebrauchen.«
Besonnen fuhr ich mit dem Finger über den Glasrand.
»Vielleicht denkt er ja über die Zukunft seiner Bindung zu Miss Dodwell nach?«
Wenn ich insgeheim darauf gehofft hatte, ich würde jetzt erfahren, daß Roger doch nichts mit Miss Dodwell zu tun hatte, so wurde ich enttäuscht.
»Das kann ich mir nicht vorstellen«, antwortete John. »Sie ist immer so vergnügt. Eigentlich sollte man doch meinen, daß sie ihm nur guttut.«
»Wann heiraten die beiden denn?« fragte ich.
John zuckte mit den Schultern. »Mir erzählt Roger ja nichts. Meine Mutter meint, daß es wohl nicht mehr lange hin ist, aber ich glaube, er läßt sich noch Zeit.«
»Glauben Sie denn, daß er sie liebt?«
»Weiß der Himmel. Irgendwie kommt es mir nicht so vor.«
Ich hätte ihn umarmen können.
»Natürlich hat sie diesbezüglich bestimmte Erwartungen an ihn«, bemerkte John. »Und meiner Erfahrung nach entstehen dadurch ganz andere Bedingungen, als wenn sich ein Mann einfach so leichthin in eine Frau verliebt –«

»Für einen Schuljungen sind Sie ja ganz schön zynisch«, sagte ich weniger erfreut.
»Ich bin kein Schuljunge mehr. Ende des Monats gehe ich nach Oxford.«
»Glückwunsch.« Meine Stimme klang zurückhaltend.
»Jetzt habe ich Sie verärgert!«
Ich beeilte mich, ihn vom Gegenteil zu überzeugen. »Nein, natürlich nicht – warum sollte ich auf einmal ungehalten sein? Ich bin nur sehr sensibel, wenn es um Reichtum geht. Dann muß ich immer daran denken, daß ich einem Mann nichts dergleichen bieten kann.«
Als er zu lachen anfing, blickte ich erstaunt auf.
»Was ist daran so lustig?« fragte ich.
»Ich würde Ihnen empfehlen, sich mal im Spiegel anzuschauen«, sagte John. »Dann sehen Sie mit einem Blick, was Sie einem Mann bieten können. Ich weiß zufällig, daß meine Brüder Sie mächtig bewundern.«
Mein Herz begann wie wild zu klopfen; ich hatte schon Angst, daß man das Trommeln durch den dünnen Stoff meines Kleides sehen könnte.
»Das glaube ich nicht«, brachte ich dann heraus. »Mark flirtet mit jedem Mädchen, das ihm über den Weg läuft – und Sie doch auch«, sagte ich streng. »Und Roger – Roger ist mit Miss Dodwell liiert.«
»Noch nicht«, wandte er ein. »Offiziell sind sie nicht verlobt. Roger wird für eine kurze Weile nach Hereford gehen, um dort den Hof meines Onkels zu übernehmen, solange der mit meiner Tante unsere Verwandten in Amerika besucht. Ich bin mir ziemlich sicher, daß er erst danach eine offizielle Bindung mit Miss Dodwell eingeht.«
Das war ein winziger Trost, an dem ich mich hartnäckig festhielt.
»Ach, Jenny, *hier* bist du! Ich habe schon befürchtet ... ich dachte, womöglich bist du ohne mich zurückgegangen, und jetzt wäre der Teufel los!«

Annies Stimme erinnerte mich daran, daß wir eigentlich schon lange wieder im Gasthaus sein sollten, und ich trank rasch meine restliche Limonade aus.

Wir hatten Glück. Großmutter wirkte so, als wäre unsere Missetat nicht der Rede wert, und meinte nur streng, wir sollten wieder an die Arbeit gehen, weil an diesem Tag schon viel zuviel Zeit vergeudet worden sei. Wir erkannten, daß wir gut davongekommen waren, warfen uns gegenseitig einen erleichterten Blick zu, banden unsere Schürzen um und stellten uns auf die zusätzliche Arbeit ein, die der Jahrmarkt dem Gasthaus bescherte.

Es mochte zwar unlogisch sein, doch seit dem Gespräch mit John war mein Herz viel leichter als davor. Der gesunde Menschenverstand sagte mir, daß sich im Grunde nichts verändert hatte und daß mein Anliegen sowenig Aussicht auf Erfolg wie eh und je hatte; doch eigentlich hatte der gesunde Menschenverstand nichts zu melden. Solange es Leben gab, bestand Hoffnung, und auch wenn es noch so unlogisch war, würde ich erst dann die Hoffnung aufgeben, wenn der Bund zwischen Roger und seiner Braut geschlossen war.

Dann fesselte uns der Winter wieder ans Haus, und es war noch kälter als im Jahr davor. Einerseits konnte ich kaum glauben, daß ich jetzt schon zwölf Monate im RING OF BELLS war, andererseits kam mir die Zeit ewig vor.

Collingford hatte mich in sein Herz geschlossen, und die Zeit vor dem Tod meiner Mutter schien bereits ewig weit zurückzuliegen. Jetzt lebte ich in einer ganz anderen Welt, und ich war ein anderer Mensch.

Aber ich war nicht ganz so kindlich zufrieden wie im Jahr davor. Ich fühlte mich oft unruhig. Annie und Jed gingen nun offiziell miteinander aus und waren rundum glücklich. Ich fragte mich manchmal voller Selbstmitleid, ob man mir nicht ansah, daß ich an Herzeleid litt. Roger tauchte überhaupt nie in Collingford auf, und langsam überlegte ich, ob er wohl überhaupt noch einmal zurückkommen würde. Vielleicht hat-

te er sich ja entschieden, was er in Zukunft tun wollte, und womöglich mußte er aus diesem Grund wieder fortgehen. Vielleicht würde ich ihn ja nie wiedersehen.
Annies Hochzeit war für Anfang Juni geplant. Ein kleines Haus in einem Weiler, der zum Landsitz von Watersmeet gehörte, wurde frei, und Jed hatte sich darum beworben. Lord Bollingers Verwalter hatte Jed zugesagt, und Annie seufzte jede Nacht vor lauter Aufregung und Ungeduld und beschwerte sich, daß es noch bis zum Juni so lange hin sei. Für mich verging die Zeit schnell, weil wir so viel Arbeit hatten, daß wir von frühmorgens bis zum späten Abend herumrennen mußten.
Wir unterhielten uns viel in den Wochen vor Annies Hochzeit und steckten die Köpfe oben in der Dachstube zusammen. Wir redeten über Männer im allgemeinen und über Jed im besonderen; über die Leute im Dorf, über Kleider und Frisuren, Hochzeit, Babys, Tod und Leben. Nachdem Annie gemeint hatte, sechs Kinder seien mehr als genug (ihre Mutter hatte neun gehabt), schwieg ich einen Moment und überlegte, wie ich die Frage, die ich ihr schon seit Monaten stellen wollte, am besten formulieren könnte.
»Sag mal, Annie«, sagte ich dann endlich schüchtern. »Wie machen *es* die Leute eigentlich?«
»Was meinst du damit?« fragte sie.
»Du weißt schon, wie machen sie das mit den Babys?«
Ich hörte, wie sie mit ihrer Bettdecke raschelte, um den Kopf zu heben und mich anzuschauen.
»Heißt das, du hast wirklich keine Ahnung?« fragte sie mich erstaunt.
»Sonst würde ich dich doch nicht fragen«, antwortete ich rauh und fühlte mich ziemlich dumm in diesem Moment.
»Du liest doch andauernd Bücher –«
»Aber darin steht nichts zu *dem* Thema. Die Damen schmelzen in den Armen der Herren dahin, und das war's dann auch. In der Bibel steht etwas davon, daß man ›mit einem Mann

vertraut ist‹ oder daß sich die Frau ihm ›zuwendet‹. Aber es muß doch noch mehr als das sein, oder? Wer erklärt mir das? Meine Mutter hat mir davon nie etwas gesagt, und ich hatte noch nie eine so enge Freundin wie dich jetzt.«

Annie erklärte mir, wie einfach es geht, und ich schwieg überwältigt.

»Mach dir deswegen keine Sorgen«, tröstete sie mich. »Es kann gar nicht schlecht sein, sonst würden die Leute es nicht so oft tun.«

»Mir kommt das so – so *außergewöhnlich* vor!« sagte ich. »Ich meine, Gott hätte sich doch auch etwas weniger Unbequemes ausdenken können, oder?« Je länger ich darüber nachdachte, desto erstaunlicher kam mir der ganze Vorgang vor. »Stell dir doch mal vor«, fiel mir ein, »der Reverend und Mrs. Thorogood! Und Lord und Lady Bollinger! Ja sogar *Großmutter*!«

»Und sogar die Queen«, setzte Annie respektvoll hinzu.

Dieser Gedanke machte mich ein paar Minuten sprachlos, bis mir eine andere Beobachtung in den Sinn kam.

»Meine Güte, Annie«, sagte ich schwach, »das heißt ja, daß deine Mutter es *neunmal* gemacht hat!«

Ich konnte überhaupt nicht verstehen, warum meine Bemerkung eine derartige Heiterkeit bei Annie auslöste.

4

Als die Kricket-Saison begann, war das Gasthaus jeden Abend gesteckt voll, weil die Mannschaft nach dem Spiel immer ihr Bier hier trank. An einem Abend im späten Mai bat mich mein Großvater, noch eine Flasche Brandy in den Salon zu bringen, und plötzlich sah ich Roger mit einem Zinnkrug in der Hand an einem Türpfosten lehnen, als wäre er nie weg gewesen.

Mein Herz schlug mir bis zum Hals, und auf einmal hatte ich

Schwierigkeiten mit dem Atmen. Ich händigte meinem Großvater die Flasche aus und suchte fieberhaft nach einem Grund, im Raum zu bleiben. Ohne einen weiteren Blick auf Roger konnte ich den Salon auf keinen Fall verlassen.

Diesmal sah er mich an und lächelte. In dem langen Winter ohne ihn hatte ich mir oft vorgestellt, daß er mich mit seinen grauen Augen genauso anschaute. Ich hatte auf einmal keine Hemmungen, meinen Gefühlen freien Lauf zu lassen und lächelte zurück. Mit einem Mal schien das Leben freundlicher und heller. Ich stand dort, wo im Winter immer der Weihnachtsbaum aufgestellt wurde, und hatte den Eindruck, ich würde genauso leuchten.

Als ich mich schweren Herzens umdrehte und aus dem Zimmer ging, kam er hinter mir her in das dunkle Niemandsland, wo der Treppenaufgang lag. Ich hörte ihn meinen Namen rufen. Als ich mich umdrehte, stand er unten an der Treppe. Ich machte kehrt und kam zu ihm zurück.

»Sie sind also wieder im Lande«, sagte ich albern.

»Ja, und ich bin froh darüber. Wie geht es Ihnen, Jenny?«

»Danke gut.«

»Sie haben sich verändert.«

»Das liegt an den Haaren.« Ich wußte überhaupt nicht, was ich sagen sollte, weil mein Herz so laut pochte und meine Stimme so merkwürdig klang.

»Sie sehen sehr gut damit aus. Jenny, ich habe so oft an Sie gedacht, während ich weg war. Erinnern Sie sich noch an unseren Spaziergang am Fluß?«

Was für eine Frage, natürlich erinnerte ich mich noch. Ich nickte stumm.

»Ich habe oft darüber nachgedacht. Fast hätte ich Ihnen sogar geschrieben, aber dann dachte ich ...« er sprach nicht weiter und schüttelte den Kopf. »Ich war so uneins mit mir selbst und wußte überhaupt nicht, was ich tun sollte. Es ist schrecklich, wenn man andere Menschen enttäuschen muß – jemanden anderen im Stich lassen muß. Vielleicht könnten wir ja ...« er hielt nochmals inne und starrte die Treppe hinauf. Auch ohne mich umzudrehen, wußte ich, daß meine Großmutter dort oben aufgetaucht war und offensichtlich die Treppe zu uns herunterkam.

Sie begrüßte ihn: »Guten Abend, Mr. Leyton.« Dann wandte sie sich zu mir. »Jenny, ich habe dich schon gesucht. Das braune Kleid, das du für mich ändern wolltest – kannst du dir das bitte einmal anschauen? Ich fürchte, es ist nicht mehr viel Stoff drin, um es zu verändern.«

Eigentlich nähte ich immer recht gern, doch in diesem Moment wünschte ich sie samt ihrer ganzen Garderobe weit, weit weg.

Ich sah wieder zu Roger hin, der sich höflich vor meiner Großmutter verbeugte und mich dann anlächelte.

»Bitte verzeihen Sie«, sagte er. »Ich möchte die beiden Ladys nicht bei der Arbeit stören.« Einen kurzen Moment lang trafen sich unsere Blicke, und dann ließ er uns allein.

»Komm, Jenny«, sagte Großmutter, drehte sich um und ging die Treppe hinunter.

Dort angekommen, blickte sie mich streng an.

»Ich hoffe doch sehr«, sagte sie, »daß du keine Dummheiten machst.«

»Was meinst du damit, Großmutter?« fragte ich unschuldig.

»Ich denke dabei an Mr. Leyton, und das weißt du ganz genau. Hör bloß auf, mich mit deinen großen, blauen Augen wie ein Unschuldslamm anzustarren.«

»Wir haben uns nur begrüßt, Großmutter. Er ist gerade erst wieder nach Collingford zurückgekehrt.«

»Das ist mir sehr wohl bewußt. Und mir ist auch bewußt, daß du wie eine Katze schaust, die gerade einen Kanarienvogel verschluckt hat – und wenn du noch einen Funken Verstand im Hirn hast, dann hörst du auf mich und beherzigst meine Worte. Mach dir klar, wohin du gehörst, Mädchen, und dann richte dich danach. Alles andere bringt nur Unglück.«

Ich schwieg und gab es auf, meine Unschuld zu beteuern.

»Manchmal«, sagte ich langsam, »bin ich mir nicht so ganz sicher, wohin ich gehöre.«
»Red keinen Unsinn, Jenny! Du gehörst hierher, zu uns, jedenfalls so lange, bis du einen netten, zuverlässigen jungen Mann triffst. Laß die Adeligen in Ruhe.«
»Aber die Fitzgeralds waren auch Adelige!«
»Wir wissen das nur, weil dein Vater das behauptet hat, aber ich habe schon beim ersten Mal erkannt, daß er ein Lügner ist. Hör mir genau zu, was ich jetzt sage, Mädchen. Dieser Roger Leyton ist ein ausschweifender Kerl; das habe ich schon immer gewußt. Er kann nur übers Land reiten, von einem Pferderennen zum nächsten oder auf dem Dorfanger Kricket spielen. Da wartet doch nur Unglück auf dich, glaube mir. Er lächelt dich an, macht viele schöne Worte, bis du ihn küßt und weiß der Himmel noch was mit ihm treibst! Aber er wird dich nie anständig behandeln. Glaub deiner Großmutter, die mehr Lebenserfahrung hat als du.«
Ich hätte ihr liebend gern widersprochen. In mir kochte es, aber ich hielt mich im Zaum und sagte nichts weiter, nahm nur das braune Kleid und zwang mich dazu, den Saum zu begutachten.
»Da sind noch etwa zweieinhalb Zentimeter drin«, sagte ich und brach damit jede weitere Diskussion ab.
»Ich wäre dir dankbar, wenn du das für mich tun würdest.« Meine Großmutter hatte das Thema auch fallengelassen. Sie hatte alles gesagt. »Ich würde das Kleid gern zu Annies Hochzeit tragen.«
Eine Woche später klangen Glockengeläute über den Dorfanger, denn Annie hatte sich entschieden, im RING OF BELLS zu heiraten. Annie trug ein weißes Musselinkleid mit einer großen blauen Schärpe, die ich ihr gemacht hatte. Jed hatte sich zur Feier des Tages einen neuen schwarzen Anzug gekauft. Er fühlte sich nicht wohl in seiner Haut und fuhr ständig mit dem Finger unter seinem Hemdkragen entlang, um den Hals von der ungewohnt steifen Enge zu entlasten.

Meine Großeltern richteten als Teil ihres Geschenks an Annie die Hochzeit aus. Wir hatten in der Küche ein üppiges, fürstliches Mahl vorbereitet. Es gab Freibier für alle. Die Damen nippten vornehm an ihrem Sherry oder an der Limonade des Hauses, für die meine Großmutter bekannt war.

Normalerweise war Großvater ein enthaltsamer Mann. Er sagte immer voller Stolz, daß man ein mieser Gastwirt ist, wenn man seine eigenen Vorräte austrinkt. Doch das freudige Ereignis hatte ihn dazu verführt, seine Prinzipien für einen Tag über Bord zu werfen, und ich sah, wie Großmutter ihn mißbilligend ansah, als sich sein Gesicht langsam rot färbte und sein Lachen lauter wurde.

»Ich möchte gern auch noch einen Trinkspruch anbringen«, sagte er, erhob sich und schwenkte seinen Krug durch die Luft. »Bitte um Ruhe, Ladies und Gentlemen.« Er strahlte die Gäste an, verbeugte sich, als man ihm applaudierte, Beifallsrufe erklangen und gepfiffen wurde. Er bat um Ruhe.

»Nun also«, sagte er, nachdem er sich sicher war, daß ihm jeder zuhörte. »Wir haben dieses wunderschöne junge Paar hier, Annie und Jed, die heute den Bund der Ehe – der Ehe –« Er wußte nicht mehr weiter, wartete ab und grinste breit. »Na ja, ist ja auch egal. Ich muß euch ja nicht erzählen, was sich da heute getan hat, oder? Sie haben geheiratet, das sagt doch alles.«

»Joe!« Meine Großmutter neben ihm zerrte an seinen Rockschößen. »Joe, setz dich. Du bist ja betrunken!«

»Nun haben wir ja nicht jeden Tag eine Hochzeit bei uns im Haus, nicht wahr? Und deswegen möchte ich dem Paar sagen, und *ihr* wollt sagen, und wir *alle* wollen sagen ...«

»Los, komm schon, dann spuck's endlich aus!« rief jemand von der anderen Seite der Tafel.

»Ja, Joe, mach schon«, grölten die Gäste.

»Na ja, ihr wißt ja alle, was wir sagen wollen. Wir wünschen den beiden Gesundheit und Wohlergehen und Glück und ...« er zwinkerte und sein Grinsen wurde noch breiter.

»Daß sie sich nur über ihre Kinder ärgern.«
»Das *reicht,* Joe! Genug jetzt! Setz dich hin.«
Er streifte die Hand seiner Frau von seinen Rockschößen ab.
»Hör auf, Sarah, ich bin noch nicht fertig. Ich möchte, daß alle aufstehen – nun kommt schon, jeder soll mitmachen! – Und dann erheben wir unser Glas auf Annie und Jed. Füllt eure Gläser, Ladies und Gentlemen, und erhebt sie auf Annie und Jed.«
»Annie und Jed!« Freunde und Verwandte kämpften sich auf ihre Beine hoch, und in dem anschließenden Hin und Her stand plötzlich Roger neben mir.
In der Zimmerecke an der Tür entstand kurzfristig ein Durcheinander, denn der Geiger begann zu spielen. Dann lockte er uns wie der Rattenfänger von Hameln durch das Gasthaus auf den Dorfanger hinaus und alle Hochzeitsgäste folgten ihm.
»Kommen Sie doch mit!« sagte Roger und griff nach meiner Hand. »Da draußen wird sicher getanzt.«
Wir folgten der lachenden, drängelnden Menge ins Freie. Draußen standen schon die Helfer bereit, denn an diesem Tag durften Annie und ich uns einfach nur amüsieren.
Ich trug ein cremefarbenes Musselinkleid, das mit gelben und blauen Blumen bestickt war, und während ich mit Roger zum Klang der Fiedel herumwirbelte, schwang das Kleid hin und her, bis wir irgendwann atemlos zusammenbrachen und lauthals lachten.
»Wissen Sie«, sagte Roger und blickte mich aus seinen warmen, grauen Augen an, »ich finde, Sie sind ein ziemlich ordentliches und anständiges Mädchen.«
»Das bin ich auch, Sir.« Ich senkte den Kopf und parodierte so meine eigene Prüderie, und er lachte über mich, stützte sich auf seine Ellbogen und schlug die langen Beine übereinander.
»So sah das gerade aber gar nicht aus, als Sie um den Dorfanger gehüpft sind.«
Plötzlich bekam ich es mit der Angst zu tun und meinte: »Ich frage mich, wo meine Großmutter abgeblieben ist.« »Hüpfen«

war nicht die Art von Beschäftigung, die ihr Wohlwollen erregte, und ganz besonders nicht mit Roger Leyton.
»Vermutlich hat sie genügend mit Joe zu tun. Ich glaube, der alte Junge hatte ein oder zwei Gläser zuviel, oder? Aber sei's drum, sie hätte doch bestimmt nichts dagegen, wenn Sie bei Annies Hochzeit tanzen, oder?«
Ich konnte ihm kaum erzählen, daß er derjenige war, gegen den sie etwas einzuwenden hatte.
»Sie legt eben viel Wert auf anständiges Verhalten«, sagte ich.
Roger lachte. »Ja, ich weiß, was Sie meinen. Sie sieht unserer gnädigen Queen so ähnlich, daß mir ganz angst und bange wird.«
»Aber zu mir ist sie sehr gut gewesen.«
»Warum denn nicht? Ganz abgesehen davon, daß Sie eine wunderbare Enkelin sind, haben Sie sich doch auch zu einer unglaublichen Hilfe für das Gasthaus entwickelt. Sie sind inzwischen die rechte Hand Ihrer Großmutter, stimmt's?«
»Das wäre nicht schlecht.«
»Natürlich stimmt es, und das weiß das ganze Dorf. Ihr Großvater und Ihre Großmutter verlassen sich weitgehend auf Sie. Und langsam spüren sie wahrscheinlich auch, daß sie selbst nicht mehr dic Jüngsten sind.«
»Möglicherweise haben Sie ja recht. Mir ist auch schon ein paarmal aufgefallen, daß Großmutter ein bißchen langsamer geworden ist. Oh!« Ich setzte mich auf und schlang die Arme um meine Knie. »Das Alter ist wirklich was Schreckliches!«
»Sie haben noch ein oder zwei Jahr Zeit, bevor Sie sich ihretwegen Sorgen machen müssen.« Er nickte lächelnd zu Annie und Jed hinüber, die glücklich zusammen über den Dorfanger tanzten und viel zu sehr mit sich selbst beschäftigt waren, als daß sie noch auf die Musik geachtet hätten. »Schauen Sie sich bloß die beiden an, du meine Güte. Ich habe Jed noch nie so glücklich gesehen. Auf mich hat er immer so mürrisch gewirkt. Haben Sie nicht auch den Eindruck, daß dieser Tag für die beiden ein Höhepunkt ist?«

»Was wollen Sie damit sagen?«
»Na ja, es wird nicht jeden Tag eitel Sonnenschein sein, oder? Nächstes Jahr um die Zeit haben Annie und Jed ein Kind, und ein zweites ist vielleicht schon unterwegs. Annie wird eine gesetzte Familienmutter. Sie wird all die reizende Unverfrorenheit verlieren, die sie so, so *anniehaft* macht, und Jed wird Angst haben, ob er mit seinen Einkünften auskommt.«
»Oh, wie kann man nur so etwas sagen!« Plötzlich kam es mir so vor, als wäre das ganze Leben bedroht. Annies und Jeds Glück konnte doch nicht derart flüchtig sein! »Sie werden bestimmt glücklich, ich bin mir da ganz sicher«, sagte ich. »Sie lieben sich schließlich.«
»Und Liebe besiegt alles, oder wie?«
Sein Tonfall klang spöttisch, und ich runzelte die Stirn, weil ich es nicht mochte, daß er mich auslachte.
»Nein, so meine ich das nicht. Zu einer gelungenen Ehe gehört auch sich mögen und Respekt.«
»Sie haben ja bereits alles durchdacht.«
»Ja, na ja. Schließlich ist die Ehe ja etwas, worüber eine Frau nachdenken sollte. Viele andere Möglichkeiten hat sie ja nicht. Ich meine«, fuhr ich fort und kam ein bißchen ins Schwimmen, während Roger mich amüsiert betrachtete. »Ein Mann kann heiraten, oder er entscheidet sich dagegen; jedenfalls hat er freie Wahl. Eine Frau kann nur warten und hoffen, daß der richtige Mann sie fragt. Wenn sie sich gegen die Ehe entscheidet, dann hält sie doch jeder für eine Verrückte. Hören Sie auf, mich auszulachen«, endete ich wütend.
»Ich lache Sie nicht aus, ehrlich.« Mit einem Mal wurde er vernünftig. »Sie haben völlig recht – die Welt *ist* ungerecht; Ihre Ernsthaftigkeit ist reizend.« Dann lächelte er mich wieder an. »Verzeihen Sie mir, ja? Mir ist schon bewußt, daß wir Männer im großen und ganzen den besseren Schnitt machen. Es gibt viele Gesetze, die Frauen benachteiligen. In der Theorie sind sie eindeutig diejenigen, die am meisten schikaniert werden. Aber in der Praxis, liebe Jenny ...« Er

verstummte, legte den Kopf in den Nacken und lachte hemmungslos.
»Ich wüßte gern, was daran so witzig ist!«
»In der Praxis ist es nicht immer so. Ich dachte gerade an meine eigene Mutter und auch an Ihre Großmutter. Beide sind nicht gerade typische Beispiele für unterdrückte Frauen.«
Ich mußte lächeln.
»Ich kenne Ihre Mutter nicht«, sagte ich, »aber ich habe aus der Ferne immer bewundert, wie gut sie aussieht. Und was meine Großmutter angeht, da haben Sie recht. Sie ist bestimmt alles andere als unterdrückt.«
»Sehen Sie?« sagte er. »Es ist alles ein Witz, nicht wahr? Männer, die unter dem Pantoffel stehen, haben etwas unglaublich Komisches an sich.«
»Sie kann ich mir nicht in dieser Rolle vorstellen.«
»Das will ich wohl meinen.« Er sprach zwar leichthin, aber ich spürte, daß seine Augen auf mir ruhten, und als ich merkte, wie sich meine Wangen rot verfärbten, wurde ich wütend.
»Schauen Sie sich doch bloß Ihren Bruder an«, sagte ich und tat so, als wäre ich an der Tanzerei vor uns interessiert. »Es sieht aus, als würde er versuchen, mit mindestens drei Mädchen zugleich zu tanzen.«
»Ach, Mark ist ein großer Schürzenjäger«, sagte Roger. »Jedenfalls versucht er, einer zu sein. Er und John sind richtige Haudegen.«
»Und Sie sind dann wohl der Vernünftige?«
Roger lachte. »Ich glaube nicht, daß ›vernünftig‹ das richtige Wort dafür ist – jedenfalls nicht heute. Oder eigentlich nie, wenn ich meinen Eltern glaube«, fügte er hinzu und redete fast mit sich selbst.
»Haben Sie sich denn jetzt entschieden, in Collingford zu bleiben?«
»Weiß der Henker!« Sein Lachen erstarb, dann schwieg er einen Moment und schließlich sprang er auf.

»Los, kommen Sie. Heute ist nicht der Tag für düstere Innenschau. Ich würde gern noch mal tanzen.«
Annie und Jed hatten keine Flitterwochen. Nachdem ich ihr dabei geholfen hatte, vom Hochzeitskleid wieder in das dunkelblaue Seidenkleid zu schlüpfen, das sie an Sommersonntagen nachmittags immer trug, stand sie einen Augenblick da und schaute sich in dem engen, kleinen Zimmer um, das wir über ein Jahr geteilt hatten.
»Ich werde dich vermissen, Jenny«, sagte Annie.
Wir umarmten uns, und einen Moment lang waren wir zu bewegt, um etwas zu sagen.
»Du bist vielleicht ein Gänschen«, sagte ich halb lachend. »Du tust ja so, als würdest du nach Übersee ziehen und nicht nur einfach die Straße rauf nach Berry Cross.«
»Trotzdem wird es nicht wie früher sein«, antwortete sie.
Sie lud ihre paar Habseligkeiten auf einen Karren, den sie sich in Watersmeet ausgeliehen hatten, und unter lautem Gejohle und Gewinke der Hochzeitsgäste fuhren sie davon in ihr neues Leben in dem kleinen Haus.
»Ich muß nach Hause«, sagte Roger, als die beiden verschwunden waren. »Haben Sie nicht Lust, mich bis zum Ende des Fahrwegs zu begleiten?«
Ich blickte um mich. Meine Großmutter war herausgekommen, um sich von Annie und Jed zu verabschieden, doch anschließend war sie wieder im Gasthaus verschwunden. Die Gäste entfernten sich in kleinen Gruppen, aber ein harter Kern von Feiernden mit Mark in der Mitte, hatte sich außerhalb des Gasthauses um die Stühle geschart.
»Kommen Sie«, drängelte Roger. »Die paar Minuten werden Sie doch wegbleiben können, ohne daß sie sofort nach Ihnen sucht.«
»Na gut, bis zum Abzweig zum Priors-Haus«, willigte ich ein.
Ohne viel zu sprechen, gingen wir quer über den Dorfanger und bogen in die Straße hinter der Kirche ein. Ich konnte einzig und allein nur daran denken, daß der Spaziergang sehr

bald zu Ende sein würde. Plötzlich wurde mir klar, daß ich heute unbedingt in Erfahrung bringen mußte, welche Gefühle Roger gegenüber Miss Dodwell hegte.
Ich entschloß mich, das Thema direkt anzugehen, und holte tief Luft.
»Ich habe gehört«, fing ich an, »daß Sie eine Lady aus Standlake heiraten werden – eine Miss Dodwell, stimmt das?«
»Ach, das haben Sie gehört? Dann sind Sie aber falsch informiert.«
»*Wirklich?*« Ich blieb stehen. Bis zu diesem Punkt hatte ich das Gefühl gehabt, mich fehlerlos verhalten zu haben. Ich war freundlich gewesen, aber dennoch weiblich. Jetzt wußte ich, daß mir die Freude ins Gesicht geschrieben stand, aber das kümmerte mich überhaupt nicht, denn Roger lächelte zu mir herunter und legte mir seine Hände auf die Schultern.
»Sie sind wirklich das süßeste Mädchen, Jenny«, sagte er. »Das allersüßeste.«
Er umarmte mich und küßte mich vorsichtig, dann legte er mir seinen Arm um die Taille, und wir gingen weiter.
»Für meine Familie war meine Verbindung mit dieser Lady aus Standlake sehr von Vorteil«, sagte er, »nur für mich nicht. Sie besitzt Geld und Land – die beiden wichtigsten Dinge für einen Bauern. Aber sie war eine dieser armen, unterdrückten Kreaturen, über die wir heute nachmittag gesprochen haben. Sie ist wirklich ein nettes Mädchen, ganz bestimmt, aber nicht für mich. Ich habe meinen Eltern gesagt: ›Wenn ich eine Frau suchen soll, dann treffe ich selbst die Entscheidung, vielen herzlichen Dank!‹«
»Genauso habe ich bei Percy Wisden reagiert.«
»Percy Wisden!« Roger blieb abrupt stehen und blickte mich entsetzt an. »Sie und Percy Wisden! Was für ein unglaublicher Blödsinn! Er sieht doch aus wie einer seiner Schinken.«
»Jetzt sind Sie aber ungerecht«, sagte ich, mußte aber dennoch lachen.
»Wissen Sie was?« fragte er und wechselte plötzlich das

Thema. »Ich glaube, Sie haben mich noch nie beim Namen genannt. Ich heiße Roger, falls Ihnen das entgangen sein sollte.«

Wir waren fast an der Stelle angekommen, wo die Zufahrt zum Priors-Haus von der Straße abzweigte.

»Annie sagt Mr. Roger zu Ihnen«, fiel mir dazu ein. »Und Großmutter nennt Sie Mr. Leyton. Ich weiß nicht, was in meinem Fall angemessen ist.«

»Warum nicht ganz schlicht und einfach Roger? John nennen Sie doch auch beim Vornamen, oder?«

»John ist doch noch ein Junge!«

In dem Moment hatten wir die Bäume erreicht, Roger blieb im Schatten stehen und legte mir die Hände auf die Schultern.

»Sprich mir nach«, sagte er mit gespielter Strenge. »Von diesem Tag an nenne ich dich Roger.«

»Von diesem Tag an nenne ich dich Roger.«

»Und ich werde dir eine aufrechte, gute Freundin sein.«

»Und ich werde dir eine aufrechte, gute Freundin sein.«

Meine Stimme war nur noch Flüstern, ein Hauch in der duftenden Sommerluft. Sein Griff wurde fester. Seine Augen waren jetzt ganz ernst, und er umfaßte mich mit seinem Blick. Plötzlich grinste er und versetzte mir einen kleinen Stoß.

»Also wirklich, Percy Wisden!«

Ich lachte ihn an, und plötzlich waren seine Lippen auf meinen, warm und suchend, er umarmte mich, und löste damit ein nie erlebtes Wirrwarr von Gefühlen in mir aus. Wir schmiegten uns aneinander, küßten uns und murmelten dummes Zeug.

»Meinst du, du könntest mich lieben?« fragte Roger endlich.

Ich lehnte meinen Kopf gegen seine Schulter. Ich war weder beherrscht noch auf der Hut, noch damenhaft.

»Ich liebe dich«, antwortete ich. »Ich liebe dich bereits seit langer Zeit. Im letzten Winter, als du nicht hier warst, dachte ich, daß ich es nicht überstehe.«

»Bei mir war es genauso. Ich bin deinetwegen weggegangen.

Ich hatte mich langsam, aber sicher – ich meine, ich wußte ja, daß es Schwierigkeiten geben würde. Ich dachte, ich bin es meinen Eltern schuldig, wenigstens einen Versuch zu starten, ›vernünftig‹ zu sein, wie sie es nennen.«

Ich legte ihm meinen Finger auf die Lippen.

»Sag jetzt nichts mehr.« Ich konnte es nicht aushalten, nicht in diesem Augenblick. Er brauchte mir nicht zu erklären, was seine Eltern dazu sagen würden, wenn er ihnen eröffnete, daß er das Mädchen aus dem RING OF BELLS liebte.

»Ich liebe dich«, sagte Roger jetzt mit festerer Stimme. »Das ist, was zählt. Und sie werden dich auch lieben, wenn sie dich erst einmal besser kennenlernen.«

»Überstürz nichts.« Auf einmal hatte ich Angst, war eingeschüchtert, wenn ich an die wohlhabenden, selbstsicheren Leytons dachte.

»Wann kann ich dich wiedersehen?«

»Du weißt ja, wo du mich findest. Ich bin immer im RING OF BELLS.«

»Ich meine, ohne die anderen – allein.«

»Ich habe nur am Sonntag frei.«

»Morgen? Können wir uns morgen treffen? Ich gehe erst, wenn du einwilligst, daß du mich morgen wiedersehen willst.«

»Natürlich will ich dich wiedersehen. Wo?«

»Hier. Um halb drei.«

Wir nahmen lange und nur unwillig Abschied, und ich schaute ihm hinterher, wie er den Weg zum Priors-Anwesen ging. Ich wartete, bis er aus meinem Blickwinkel verschwunden war und die Hunde ihn laut bellend begrüßten. Dann ging ich langsam wieder die Straße ins Dorf zurück.

Als ich zu der Stelle kam, wo man das Priors-Haus in all seiner Pracht sehen konnte, blieb ich stehen. Mit dem Rücken an der Wand starrte ich zu dem Haus hinunter.

Bei dem Gedanken, daß es eines Tages mir gehören könnte, bekam ich fast keine Luft mehr. Und wieder wunderte ich mich über das Gefühl des Nachhausekommens, das ich schon beim ersten Mal empfunden hatte.

»Bewundern Sie unser Zuhause?« fragte eine Stimme von hinten. Ich hatte Mark nicht kommen hören, weil ich so versunken das Priors-Anwesen betrachtet hatte.

»Es ist wunderschön«, sagte ich und lächelte ihn über die Schulter an.

John hatte auf dem Jahrmarkt behauptet, daß mich seine beiden Brüder bewunderten. Ich hegte daran immer noch so meine Zweifel, zumindest was Mark anbelangte, in dessen Gegenwart ich mich befangen fühlte. Eine Zeitlang verstand ich nicht, woher das kam, doch dann fiel mir die Erklärung ein. In Marks Augen war ich kein vollwertiger Mensch, höchstens eine dekorative Schale, die er anlächeln konnte, mit der er flirten oder die er auch ignorieren konnte, ganz wie es ihm im Augenblick paßte. In diesem Augenblick wollte er sich anscheinend mit mir unterhalten, und deswegen lehnte er sich neben mich an die Wand.

Einen Moment lang schwieg er. Ich warf ihm einen kurzen Blick von der Seite zu. Er sah gut aus, da gab es keinen Zweifel. Er hatte drahtige, dunkle Haare, und seine weiche, braune Haut ließ ihn gesund aussehen. Er war ein bißchen kleiner und stämmiger als Roger, aber sein Körper war wohlproportioniert und athletisch.

»Du sollst nicht begehren deines Nächsten Haus«, sagte er.

Ich wurde über und über rot.

»Es ist nicht, daß ich ... glauben Sie mir, ich finde es nur so schön ... nicht mal im Traum würde ich ...« Ich verhaspelte mich in einem Morast von Halbwahrheiten. Er lächelte.

»Mein Bruder ist heil zu Hause angekommen, stimmt's?«

»Wir haben uns am Ende des Weges vor nicht einmal fünf Minuten verabschiedet.«

»Ein reizender Kerl, nicht wahr? Natürlich ein bißchen weich in der Birne, aber wunderbar.«

»Ja«, antwortete ich. »Wunderbar trifft es gut.«

»Das glaube ich gern.« Er drehte sich so, daß er mit dem Rücken direkt an der Wand lehnte. Gedankenverloren beobachtete er mich durch seine fast geschlossenen Augen.
»Ich habe Sie hier schon einmal gesehen«, sagte er. »Das Priors-Haus übt ja anscheinend eine besondere Anziehung auf Sie aus.«
»Ich habe doch bereits gesagt, daß ich das Haus wunderschön finde.«
»Schön und gut, aber Sie sollten auch nicht zu ehrgeizig werden.«
»Ich verstehe nicht, was Sie meinen.«
»Sie verstehen nicht?« Seine Stimme klang immer noch angenehm, fast täuschend freundlich. »Ich glaube, Sie verstehen ganz gut, meine liebe Jenny. Ich habe absolut etwas gegen den Gedanken, daß eine durchschnittliche, kleine Aufsteigerin meinen unschuldigen Bruder dazu benutzt, die gesellschaftliche Leiter hinaufzuklettern. Suchen Sie sich einen anderen, Jenny. Lassen Sie die Leytons in Ruhe und auch das Priors-Haus.«
Ich starrte ihn mit offenem Mund voller Verblüffung an und wußte nicht, wie ich die Wut, die in mir brodelte, mit Worten ausdrücken sollte. Ich schluckte krampfhaft, und irgendwann brachte ich ein paar unzusammenhängende Sätze heraus.
»Was bilden Sie sich eigentlich ein? Was ich für Roger empfinde und er für mich hat überhaupt nichts mit Ihnen zu tun. Sie reden ja so, als hätte er keinen eigenen Verstand, keine Gefühle und kein Herz.«
»Ganz im Gegenteil, Roger ist nur Gefühl und Herz. Wenn er seinen Verstand ein bißchen benutzen würde, dann würde er vielleicht sehen, wer Sie wirklich sind – ein hübsches, kleines Ding, aber im Grunde ein Nichts.«
»Meine Großeltern sind das Salz der Erde.«
»Und wer war Ihr Vater? Kein Mensch weiß das!«
»Ich bin *ich*. Und Roger liebt mich.«
Mark lachte.

»Sie wollen ihn doch nur heiraten – und dann eines Tages die Herrin dieses Hauses dort unten werden? Vergessen Sie das, Jenny. Wenn Sie Roger heiraten, dann würde er Sie auf den Priors-Hof holen, schließlich ist das ja sein Zuhause. Können Sie sich wirklich vorstellen, dort das Zepter zu schwingen? Meine Mutter ist noch vergleichsweise jung und vital.« Er lachte wieder. »Glauben Sie mir, das wird die Hölle für Sie! Meine Mutter würde Ihnen das Leben schwermachen. Sie weiß genau, wie das Mädchen sein soll, das Roger heiratet, und glauben Sie mir, da können Sie nicht auch nur im geringsten mithalten.«
Er blickte wieder zu mir hoch, lächelte immer noch, aber seine Augen waren kalt.
»Ich bin zufälligerweise stolz auf meinen Bruder«, sagte er dann, »und ich versichere Ihnen, daß ich alles menschenmögliche tun werde, um Sie aus unserer Familie herauszuhalten. Für Sie ist das Priors-Anwesen nicht gedacht.«
Er stieß sich von der Mauer ab, deutete einen Gruß an, ging davon und ließ mich mit Tränen ohnmächtiger Wut zurück. Wie konnte er nur – wie *konnte* er nur! Ich trommelte mit meinen Fäusten vor lauter Enttäuschung gegen die Wand! Es gab so viel, was ich hätte sagen müssen! Warum war ich so sprachlos geworden – so unfähig, um mich und meine Beweggründe zu verteidigen?
Am schlimmsten fand ich jedoch, daß ein so wunderbarer Tag mit einem Mal eine derartige Wendung genommen hatte. Ich ging zum RING OF BELLS zurück. Alles war so ungeheuerlich ungerecht. Ich hatte das Priors-Haus in mein Herz geschlossen, das stimmte. Aber mir war auch klargeworden, daß ich Roger mehr als das liebte.

5

Im Gasthaus herrschte eine merkwürdig verlassene Stimmung. Mein Großvater war von seinem Nickerchen aufgetaucht und machte sich an die Arbeit, indem er die Flaschen im Salon überprüfte. Sein Verhalten war noch viel unterwürfiger als sonst.

In der Küche hielten sich immer noch die beiden Frauen auf, die zum Aufräumen gekommen waren, und tratschten mit Susan, die die Tellerstapel im riesigen Geschirrschrank verstaute. Als ich eintrat, blickten sie auf.

»Deine Großmutter hat dich gesucht«, sagte Susan eine Spur zu rechtschaffen und vorwurfsvoll. »Sie ist oben in ihrem Wohnzimmer.«

»Wahrscheinlich ist es besser, wenn ich die heiligen Hallen erst mal nicht betrete«, erwiderte ich.

»An deiner Stelle würde ich schon zu ihr gehen«, mischte sich Mrs. Tomkins ein. Ihre kleine, scharfe Nase zitterte vor lauter Aufregung. »Deine Großmutter ist ziemlich außer Fassung gewesen.«

Ich brauchte nicht nach dem Grund zu fragen, und mein Herz wurde mir noch schwerer. Wahrscheinlich hatte Großmutter mich mit Roger davongehen sehen – oder jemand hatte ihr freundlicherweise davon berichtet. Wie auch immer, vermutlich stand mir die nächste Standpauke bevor, und jeder Aufschub würde sie nur noch verschlimmern. Resigniert stieg ich die Treppe hinauf.

Meine Großmutter saß in ihrem Sessel und las in der Tageszeitung. Als ich hereinkam, ließ sie das Blatt sinken, schaute mich streng über den Rand an und fixierte mich mit ihren stahlgrauen Augen aus der Goldrandbrille.

»Erinnerst du dich noch daran, was ich dir gesagt habe?« fragte sie ohne jegliche Einleitung.

Ich schloß die Tür hinter mir und stand einfach nur stumm da, weil ich nicht wußte, was ich darauf antworten sollte.

»Ich habe dich gefragt, ob du noch weißt, was ich dir gesagt habe«, begann sie erneut.
»Zu welchem Thema, Großmutter?« fragte ich.
»Zu welchem Thema! Natürlich über Mr. Roger Leyton, was sonst! Ich habe dich hier aus dem Fenster mit ihm über den Dorfanger schleichen gesehen.«
Ich wies diesen Vorwurf weit von mir.
»Niemand ist geschlichen! Er bat mich, ihn zu begleiten, und ich habe ihm den Gefallen getan.«
»Dann solltest du dich schämen, weil du ein undankbares und ungehorsames Mädchen bist. Habe ich dir nicht gesagt, daß du dich nicht mit ihm einlassen sollst?«
»Was ist so verwerflich daran, wenn ich mit ihm die Straße hinuntergehe?«
»Ich verbitte mir diese Widerworte!« Sie knallte die zusammengefaltete Zeitung auf den Tisch neben sich. »Solange du unter meinem Dach lebst, tust du, was ich dir sage.« Sie legte eine Hand auf die Stirn und schloß die Augen. »Du hast mich sehr enttäuscht, mir geht es gar nicht gut.«
Ich sah sie kalt an und war fest entschlossen, mich durch einen vermeintlichen Schwächezustand nicht erpressen zu lassen.
»Du verstehst nicht«, entgegnete ich. »Ich liebe ihn, und er liebt mich.«
»Dummes Zeug!« Großmutter öffnete die Augen und starrte mich an. »Ich sehe deine Mutter hier stehen, wie sie sich mir genauso wie du jetzt widersetzt. Sie ist ihre eigenen Wege gegangen – so, wie sie es am besten fand –, und was ist aus ihr geworden?«
»Aber bei mir ist es doch ganz anders«, wandte ich ein, und in meinen Augen bildeten sich Tränen der Enttäuschung. »Warum bist du so gegen Roger eingenommen?«
»Die Leytons halten sich für etwas Besseres. Ich habe gesehen, wie die Leyton-Burschen dort unten die Mädchen aus dem Dorf umgarnen und, ohne sich etwas dabei zu denken, mit ihnen herumpoussieren. Roger Leyton ist ganz genau wie die

anderen. Er wird dir nicht guttun, und wo wirst du dann landen?«
»Er ist nicht wie die anderen. Er liebt mich!«
»Dummes Zeug«, sagte Großmutter noch einmal.
»Aber Großmutter, ich kenne ihn doch ganz anders!«
»Hör mir zu, Jenny!« Sie drohte mir mit dem Finger. »Hör mir gut zu, denn ich sage es nicht zweimal. Wenn du hierbleiben willst, dann versprich mir, daß du Roger Leyton nie mehr wiedertriffst – jedenfalls nicht allein. Ich dulde keinen Trotz! Ich weiß, was gut für dich ist.«
»Das weißt du nicht, das weißt du überhaupt nicht!« schrie ich hemmungslos. Als hätte mir Marks Schimpfkanonade nicht schon genügend zugesetzt, das hier war jetzt wirklich zu viel, ich konnte nicht mehr an mich halten. »Du kannst nicht über mein Leben bestimmen, Großmutter. Ich bin gern hier und will hier bleiben. Aber nichts auf der Welt bringt mich dazu, Roger nicht wiederzutreffen – nichts, nichts.«
Sie erhob sich mit geballten Fäusten und zusammengebissenen Zähnen, doch weil sich in dem Moment hinter mir die Tür öffnete und Susan ihren Kopf ins Zimmer steckte, unterdrückte sie den Wutschwall, den sie gerade auf mich ausschütten wollte.
»Mrs. Tomkins und Mrs. Dean würden gerne gehen, Madam«, sagte sie. »Sie lassen fragen, ob sie morgen wegen ihrem Lohn vorbeischauen dürfen.«
»Sag ihnen, daß sie ein andermal wiederkommen sollen«, antwortete Großmutter. »Los, Mädchen, mach, daß du wegkommst, und steh hier nicht so dumm mit offenem Mund herum.«
Susans Gesichtsausdruck war eine Mischung aus Entsetzen und Wonne, als sie meine wütende Großmutter und mein tränenüberströmtes Gesicht sah. Ich konnte mir gut vorstellen, daß sie alles haarklein weitererzählen würde.
Ich wollte hinter ihr hergehen.
»Ich habe dir noch etwas zu sagen«, begann meine Großmut-

ter erneut. »Du bist ein Dummkopf, wenn du von dem Kerl irgend etwas Gutes erwartest. Er wird dich nicht heiraten. Männer wie er heiraten keine Mädchen wie dich.«
Ich tastete nach dem Türgriff, weil ich keine Vorwürfe mehr ertragen konnte. Langsam begann ich zu glauben, daß sie recht hatte, weil sie so überzeugt und sicher auftrat. Dann rief sie hinter mir her: »Ich werde seine Mutter aufsuchen – und ihr meine Meinung sagen –«
Ich konnte nicht mehr und floh aus dem Haus.
Mein erster Impuls war, zu Roger zu laufen, aber mir wurde bewußt, daß ich das unmöglich machen konnte. Ich raffte meinen Rock und rannte über den Dorfanger. Ich japste nach Luft, verlangsamte meinen Schritt, erklomm mühsam einen Grashügel und steuerte ein Weißdorngehölz an.
Mit dem Gesicht nach unten warf ich mich auf das Gras und schluchzte los.
Ich würde ihr die Stirn bieten. Ich *mußte* ihr die Stirn bieten. Ich war meiner Großmutter dankbar, und ich haßte den Gedanken, das RING OF BELLS zu verlassen, aber auch das würde nicht das Ende der Welt bedeuten. Ich hatte inzwischen Fähigkeiten erworben, für die man mich anderswo bezahlen würde. Ich würde mühelos irgendwo eine Anstellung finden, wo Roger mich besuchen konnte.
Unglücklich drehte ich mich auf den Rücken und starrte in den wolkenlosen Himmel.
»Und was ist, wenn sie doch recht hat?« flüsterte ich einer Amsel zu, die neben mir auf einem Zweig saß.
Ich sehnte mich so sehr danach, daß mir Roger nochmals seine Liebe versicherte. Meine Großmutter war eine starke Frau, und zum ersten Mal konnte ich Mutters Entschluß verstehen, nicht mehr nach Collingford zurückzukehren. Plötzlich war meine Erinnerung an sie wieder so lebhaft wie schon monatelang nicht mehr. Ich dachte an ihren Mut und ihre Entschlossenheit zur Unabhängigkeit. Mir fiel wieder die resolute Art ein, in der sie mich erzogen hatte, weil ich einmal

ein besseres Leben haben sollte als in unserer düsteren Umgebung.

Sie muß eine starke Frau gewesen sein, dachte ich; stark genug, um einen so heftigen Streit mit ihrer Mutter auszufechten und dann immer noch ihren eigenen Kurs zu verfolgen, auch wenn die Vorkommnisse am Schluß gezeigt hatten, daß sie sich getäuscht hatte. Sarah Austin Paroli zu bieten war keine leichte Angelegenheit. Sie war eine Alleinherrscherin – eine Despotin. Am einfachsten wäre es, ihr klein beizugeben und zuzugeben, daß ihre Sichtweise die beste war.

Aber ich war die Tochter meiner Mutter und mußte genauso tapfer sein wie sie. Der Gedanke daran, meinen Großvater und das Gasthaus verlassen zu müssen, machte mich traurig. Aber wenn ich nur unter der Bedingung bleiben konnte, daß ich Roger verließ, dann mußte ich gehen.

Ich stand auf und zupfte mir das Gras und die kleinen Zweige vom Rock. Ich beschloß, weiteren Streitigkeiten so lange aus dem Weg zu gehen, bis ich am nächsten Tag mit Roger gesprochen hatte. Wenn Großmutter immer noch darauf bestand, dann würde ich das Gasthaus verlassen. Ich rang mir ein gequältes Lächeln ab, als ich überlegte, wo sie jemanden finden würde, der so billig wie ich kochte, nähte und putzte.

So versunken in meine eigenen Gedanken und Gefühle, sah ich erst im letzten Moment, daß sich vor dem RING OF BELLS eine kleine Menschenmenge versammelt hatte.

Irgendwer sah mich kommen, rief meinen Namen, ich blieb stehen, blinzelte und konnte langsam die einzelnen Gestalten deutlicher erkennen. Irgend etwas stimmte nicht. Der Einspänner stand vor der Tür, und ein kleiner Junge kraulte dem Pferd von Dr. Linley den Hals. Ich raffte meinen geblümten Rock und rannte über den Dorfanger.

Es sei vor einer knappen halben Stunde passiert, sagte mir jemand.

»Vermutlich genau in dem Augenblick, als du aus dem Haus

gelaufen bist«, warf die Frau von schräg gegenüber ein. »Du bist ja gerannt, als wäre der Teufel in Person hinter dir her.«
»*Was* ist passiert?« drängte ich.
»Sei froh, daß Dr. Linley in der Nähe war, um Mrs. Meachems Zwillinge auf die Welt zu bringen. Er ist sofort zur Stelle gewesen.«
»Was ist *passiert?*« wollte ich wissen.
»Es ist die alte Lady – die alte Sarah.«
»Sie ist hingefallen. Das Treppenhaus ist aber wirklich furchtbar dunkel.«
Susan, Mrs. Tomkins und Mrs. Dean saßen noch am anderen Ende der Küche dicht aneinandergedrängt und flüsterten miteinander. Als ich eintrat, sahen sie mich an und schwiegen auf einmal.
»Was ist passiert?« fragte ich die drei. »Wie schlecht geht es ihr wirklich?«
»Wir machen uns Sorgen«, murmelte Mrs. Tomkins im Flüsterton und drehte sich zur Seite.
»Wir wissen auch nichts Genaues«, sagte Susan ein bißchen freundlicher. »Niemand hat uns etwas gesagt. Wir wissen auch nur, daß sie hingefallen ist.«
Großmutter habe einen Schlaganfall gehabt, sagte der Doktor, als er endlich aus ihrem Zimmer herunterkam. Deswegen war sie gestürzt und nicht wegen des düsteren Treppenhauses, das sie bestimmt auch mit geschlossenen Augen durchquert hätte. Sie hatte einfach unglaubliches Pech, daß sie den Schlaganfall oben auf der Treppe bekommen hatte.
Großmutter lebte noch vier Tage.
Mein Großvater war untröstlich. Immer wenn ich die Treppe hinaufkam, stand er irgendwo herum, verschwand hilflos und elend im Schatten des Treppenabsatzes oder saß am Bett seiner Frau und versuchte unauffällig zuzusehen, während ich oder eine der Nachbarinnen ihr behilflich waren.
Am meisten beeindruckte mich, daß alle Leute so freundlich zu uns waren. Unsere Nachbarin, Mrs. Oliver, die in dem

kleinen Haus neben dem RING OF BELLS lebte, tröstete mich, als ich ihr erzählte, daß ich mich von meiner Großmutter am letzten gesunden Tag ihres Lebens so wütend getrennt hatte.

»Es war nicht einfach, sie zu mögen«, sagte Mrs. Oliver. »Und ich weiß, wovon ich spreche. Wir sind schon als Kinder zusammen zur Schule gegangen. Es gibt kaum jemanden in Collingford, der nicht aus dem einen oder anderen Grund irgendwann einmal ihre spitze Zunge zu spüren bekommen hat.«

»Sie ist aber sehr wütend auf mich gewesen.«

»Sie hat sehr große Stücke auf dich gehalten! Sie hat eben ihr Leben lang Haare auf den Zähnen gehabt, und Joe ist nie stark genug gewesen, ihr zu widersprechen.«

Trotz dieses Urteils betrachtete ganz Collingford sie wie eine Institution und war traurig, daß sie von uns gegangen war. Viele Dorfbewohner erkundigten sich nach unserem Wohlergehen. Lord Bollinger schrieb mit einer merkwürdig anrührenden Hochachtung für das hübsche, junge Mädchen, das er kennengelernt hatte, als sie in Watersmeet für ihn gearbeitet hatte. Roger kam jeden Tag zu Besuch. Er half mir bei den unangenehmen Arbeiten und versuchte, Tante Millie aufzuheitern, die vorübergehend zu uns gezogen war. Mein Großvater war so verwirrt, daß er anscheinend gar nicht mitbekam, daß sich Roger wie jemand aus der Familie verhielt.

Natürlich hatte ich Roger an diesem Sonntag nicht wie verabredet treffen können. Ich wußte, daß Collingford ein kleines Nest war und daß die Nachricht von Großmutters Sturz ihn bestimmt längst erreicht hatte; aus diesem Grund wunderte ich mich auch nicht, als er noch vor der verabredeten Zeit im RING OF BELLS auftauchte und seine Hilfe anbot.

Ich hatte Mark an Annies Hochzeitstag wütend und voller Zorn verlassen, und der Streit mit meiner Großmutter hatte diese Gefühle nur gesteigert. Jetzt mußte ich Roger alles erzählen, auch wenn es inzwischen bedeutungslos geworden schien, weil im Lichte dieser Tragödie Marks verletzende

Worte an Heftigkeit verloren hatten. Roger hatte nicht gefragt, ob ich ihn heiraten würde. Aber es würde noch Zeit genug sein, um sich wegen der Reaktionen seiner Familie Sorgen zu machen, wenn wir beide uns ein bißchen sicherer waren.

Der Totenbahre meiner Großmutter folgten etwa einhundert Trauergäste über den Dorfanger in die Kirche. Mein Großvater wirkte völlig verloren und durcheinander, und die in Tränen aufgelöste Tante Millie war ihm überhaupt keine Hilfe. Mit einem Mal lag alle Verantwortung über das Haus bei mir, und ich hoffte inständig, daß diese Situation nicht sehr lange andauern würde, denn es standen zu viele weitreichende Entscheidungen an.

Wenn ich an die Zukunft dachte, dann ging ich davon aus, daß, solange Großvater noch lebte, er und ich gemeinsam das RING OF BELLS führten, jedenfalls bis Roger und ich heirateten. Auch wenn wir davon noch nicht explizit gesprochen hatten, so hatte er mir doch oft versichert, daß er mich liebte, und ich hegte nie auch nur den kleinsten Zweifel daran. Dieser Gedanke erfüllte mich mit Vorfreude. Ich dachte gern daran, eines Tages meinen eigenen Haushalt zu führen.

Tante Millie brachte die Sache unabsichtlich ins Rollen. Sie wohnte in einem kleinen Haus mit einem winzigen Garten in der Oxford Road. Seit dem Tod ihres Mannes klagte sie, daß sie niemanden für den Garten hatte, der auch mal nach den Schweinen oder Hühnern dort sah.

»Wie wäre es, Joe, wenn du zu mir ziehen würdest?« fragte sie traurig.

»Ich habe auch schon daran gedacht«, gab er zu. »Irgendwie macht es mir keinen Spaß mehr im RING OF BELLS. Aber was soll dann aus unserem kleinen Mädchen hier werden?« Er schaute mich an und sagte: »Ich will sie nicht einfach so zurücklassen.«

»Mach dir um mich keine Sorge, Großvater«, entgegnete ich. Mein Herz klopfte wie wild. In dieser Situation würde Roger doch sicherlich um meine Hand anhalten! »Wenn du das Gasthaus verkaufst, dann hast du wenigstens eine kleine Rente.«

»Oje – hörst du, was sie sagt, Millie?« fragte mein Großvater voller Bewunderung. »Sie ist wirklich eine Geschäftsfrau, und ihr fällt immer etwas ein, unserer Jenny.«

Und dabei kennt ihr nicht einmal die Hälfte davon, dachte ich, während ich die Straße hinunterlief, um Roger am Ende des Wegs zu treffen. Dabei betete ich inständig, bitte lieber Gott, bitte laß ihn auch stark sein. Ich war mir ganz sicher, daß ihn der Widerstand seiner Familie zurückhielt.

Ich konnte sehen, wie er auf mich wartete. Als er mich entdeckte, kam er mit großen Schritten die Straße herunter, und ich verlangsamte mein ungestümes Tempo, um ein bißchen würdiger zu gehen, einfach weil ich die Freude verlängern wollte, ihn auf mich zukommen zu sehen. Er zog mich in den Schatten der Hecke, um mich zu umarmen und zu küssen.

»Ist irgendwas nicht in Ordnung?« fragte Roger, ließ mich los und schaute mir ins Gesicht. »Du bist ja so ruhig.«

»Ich mache mir Sorgen«, sagte ich. »Ich weiß nicht, was mit mir werden soll. Großvater will das Gasthaus verkaufen.«

»Verstehe.« Roger wandte den Blick von mir, als sei er in Gedanken versunken, und kaute auf der Lippe herum. »Los komm«, sagte er dann auf einmal, »wir gehen ein paar Schritte.«

Wir schlugen unseren Lieblingsweg ein. Roger hatte mir einen Arm um die Taille gelegt, und ich erzählte ihm von Tante Millies Problemen und daß Großvater das RING OF BELLS verlassen wollte.

»Und was wird dann aus dir?« fragte Roger.

Ich antwortete nicht, bis sich die Stille zwischen uns endlos in die Länge zog. Er blieb stehen und drehte sich zu mir hin, legte mir mit ernstem Gesicht die Hände auf die Schultern.

»Ach Jenny, ich liebe dich, und ich will dich auch heiraten. Diese schreckliche Unschlüssigkeit über meine Zukunft hält mich davon ab, um deine Hand zu bitten. Ich will kein Bauer werden. Ich habe versucht, mich anzupassen, aber es nützt nichts. Ich kann dir nichts bieten, verstehst du – jedenfalls nicht im Moment, solange ich meinen Weg noch nicht deutlich vor Augen habe.«

Ich hörte ihm nicht weiter zu. Er hatte es gesagt! Er wollte mich heiraten! Das war das einzige, was für mich zählte.

Eine innere Stimme warnte mich dennoch davor, daß Rogers Heiratsabsichten die Bedenken seiner Familie bestimmt nicht zerstreuen würden. Marks Wutanfall am Nachmittag von Annies Hochzeit war verhängnisvoll genug gewesen. Ich seufzte schwer.

»Wir werden eine Lösung finden«, tröstete mich Roger, und seine gedrückte Stimmung hob sich ein bißchen. »Schließlich lieben wir uns, und das ist das Wichtigste.«

Wir gingen bis zum unteren Rand des Feldes und dann auf einen der Hügel oberhalb des Priors-Anwesens. Das Getreide stand hier höher, und die Gerste wogte und rauschte im Wind. Noch ein Gatter und wir befanden uns draußen auf dem federnden Rasen, von wo aus man auf das Dach des Hauses und die angrenzenden Gebäude blicken konnte. Roger setzte sich hin und zog mich neben sich.

»Ich gebe das Priors-Anwesen auf«, sagte er einen Augenblick später. »Das ist die einzige Lösung. Mark hat mir das klargemacht –« seine Stimme brach ab.

»Ich weiß, was Mark klipp und klar gesagt hat«, meinte ich verbittert. »Mir gegenüber hat er das auch getan. Ich wäre im Priors-Haus fehl am Platze.«

»Ich habe ein bißchen Geld gespart. Nicht viel – nur ein kleines Erbe meines Großvaters. Vielleicht gibt mir mein Vater noch etwas dazu, wenn ich auf meine Ansprüche auf das Priors-Anwesen verzichte.«

»Aber Roger – warum *solltest* du das überhaupt? Du bist doch der älteste Sohn –«

»Und Mark ist der Bauer in der Familie. Wir hätten genau

umgekehrt zur Welt kommen sollen. Ihm bedeutet das Haus viel mehr als mir. Ich werde schon etwas anderes finden.«
»Hast du denn etwas Spezielles im Sinn?«
»Nicht direkt.« Sein Gesicht war starr, und er wirkte verstört. »Ich bin zu nichts nutze!« fuhr er fort. »Nichtsnutz. Vielleicht sollte ich zum Theater gehen –«
»O nein!« warf ich eilig ein. »Das ist ein schreckliches Leben.«
»Na ja, jedenfalls ein Beruf. Oder sollte ich besser einen Laden eröffnen? Ich kenne niemanden, der so unbegabt wie ich ist! Wenn ich mir dagegen dich anschaue – du bist so tüchtig wie eine Frau, die zweimal dein –«
Er beendete den Satz nicht und starrte mich statt dessen an.
»Ich überlege gerade«, sagte er, als wäre ihm plötzlich etwas eingefallen. »Mir ist nur gerade etwas durch den Kopf gegangen!«
»Was denn?« fragte ich neugierig und lächelte, weil er auch lächelte. »Was überlegst du?«
Er schlug mit der flachen Hand neben sich aufs Gras.
»Jenny, mir ist gerade etwas Umwerfendes eingefallen! Das ist die Antwort auf alle Fragen!«
»*Was?* Roger, du machst mich wirklich unglaublich wütend –«
»Das Gasthaus! Das RING OF BELLS! Du hast doch erzählt, daß der alte Joe es verkaufen will – na ja, warum soll ich es ihm nicht abkaufen, und wir beide führen es? Du kennst dich mit der Arbeit im Haus aus, und ich werde es lernen. Ich habe keine Angst vor harter Arbeit. Ich hoffe nur, daß ich genug für den Kaufpreis zusammenbekomme – weißt du, wieviel Joe dafür haben will? Für die Umbauten könnte ich vielleicht ein Darlehen von der Bank bekommen. Dann könnten wir das Haus vergrößern und in den Garten einen ganzen Flügel anbauen. Und vielleicht sogar noch das Haus daneben dazu kaufen.«
Ich weiß nicht mehr, wie lange es dauerte, bis ihm klar wurde, daß ich aus Furcht schwieg und nicht, weil ich so freudig überrascht war.

»Was ist denn, Jenny?« fragte er endlich. »Gefällt dir die Idee nicht?«
Ich erhob mich und sah auf das Priors-Haus hinunter.
»Du hast keine Ahnung«, sagte ich zu ihm. »Du hast nicht die geringste Vorstellung, wie das ist. Die Arbeit hört nie auf. Und man hat keine Ruhe oder Privatsphäre.«
Ich drehte mich zu ihm hin.
»Du hast immer ein Zuhause gehabt. Du hast immer vier Wände um dich gehabt und eine dicke, stabile Tür, die du vor dem Rest der Welt schließen konntest. Kannst du dir auch nur im entferntesten vorstellen, wie es in einem Gasthaus zugeht? Immerhin ist dort das ganze Dorf zu Hause. Jeder kann jederzeit hereinkommen, sich hinsetzen und will dann bedient werden. Ich habe niemals wirklich gedacht, daß so ein Haus wie das Priors-Anwesen mein Zuhause werden könnte – nicht wirklich, das wäre zu schön, um wahr zu sein. Aber ich möchte gern ein Zuhause für mich allein. Es muß nicht groß oder hochherrschaftlich sein, nur für uns und unsere Kinder und mit einem Garten, in dem die Kleinen spielen können. Ein Rückzugsort, wo wir uns geborgen fühlen können.«
»Das hört sich ja fast wie ein Elfenbeinturm an. Man kann sich vor dem Leben nicht schützen, Jenny.«
»Du weißt nicht, wie es ist, wenn man nie ein richtiges Zuhause gehabt hat«, antwortete ich. »Mutter und ich – wir haben nur zwei Zimmer bewohnt, und vor unserer Tür schrien und stritten die anderen Leute. Das RING OF BELLS ist zwar besser, aber es ist immer noch kein *Zuhause!*«
Roger stellte sich neben mich und schlang seine Arme um mich.
»Wir könnten es zu unserem Zuhause machen, Jenny. Überall, wo wir zusammen sind, kann unser Zuhause entstehen.« Er rieb seine Wange gegen meine Haare. »Du kennst dich doch darin so gut aus – und bist so tüchtig ...«
»Versuch nicht, mir zu schmeicheln.«
»Aber ich habe doch recht! Und ich bin sicher, daß es dir viel

mehr Spaß macht, mit mir anstatt mit deiner Großmutter zu arbeiten. Ich habe nicht allzuviel Ähnlichkeiten mit Queen Victoria.«

»Ach, Roger!« Ich mußte gegen meinen Willen lachen. »Und was werden deine Eltern dazu sagen? Sie reagieren bestimmt völlig entsetzt.«

»Das wird ihnen nicht viel helfen. Ich vergrößere das Gasthaus und nehme ein paar Verbesserungen vor, und dann nennen wir es das HOTEL RING OF BELLS – dann ist es kein Gasthaus mehr, und die Leute werden von nah und fern kommen, um das beste Essen im ganzen Land zu probieren.«

»Aber ich will nicht mein ganzes Leben in der Küche verbringen!«

»Das wird auch gar nicht nötig sein, glaub mir! Wir werden so viel Erfolg haben, daß wir einen französischen Koch direkt aus Paris anstellen können, und dann baue ich dir ein Haus mit jeder Menge Türen, die du nach Herzenslust hinter dir schließen kannst.«

»Ich kann es kaum ertragen, daß du das Priors-Haus aufgeben willst.«

»Darling, ich bin ganz begeistert von dieser Idee! Bestimmt ist das *die* Lösung für mich, und ehrlich gesagt bin ich erstaunt, daß es mir nicht schon früher eingefallen ist. Ich bin gern unter Leuten. Und ich mag die Idee, sie zu verwöhnen. Ich weiß schon, daß ich ein elender Ignorant bin, aber ich kenne nun mal keine bessere Lehrmeisterin als dich.« Roger wandte sich ab und wies mit einer großzügigen Geste auf die Landschaft vor uns. »Sieh doch bloß diese wunderschöne Gegend hier – hast du schon jemals so etwas Schönes gesehen? Jetzt, wo es überall eine Eisenbahn gibt, kann jeder hierherkommen. Die Leute kommen aus Oxford für einen Tag zum Fischen hier heraus. Und glaube mir, das Fahrrad hat noch eine große Zukunft.«

Es war unmöglich, sich seinem Enthusiasmus zu entziehen.

»Wenn ich zustimmen würde«, sagte ich. »*Wenn*, hörst du,

dann möchte ich die Biertrinker nicht mehr in der Küche haben. Vielleicht könnten wir eine getrennte Schankstube einrichten, irgendwie? Ich will die Küche für mich allein haben.«
»Liebling, nichts leichter als das!«
»Ach Roger!« Halb lachend, halb wütend rückte ich von ihm ab. »Ich bin immer noch nicht völlig sicher, ob du wirklich weißt, was du da machst. Du mußt zuerst einmal das Geld zusammenbringen. Und ich habe außerdem gesagt, daß Großvater erst darüber *nachdenkt*, ob er verkaufen soll – das letzte Wort ist noch gar nicht gefallen.«
»Ich kann mir überhaupt nicht vorstellen, wie er ohne deine Großmutter fertig werden will.«
»Nein«, gab ich zu. »Das kann ich auch nicht.«
»Morgen rede ich mit ihm – und mit meinem Vater.«
Ich tat ein paar Schritte zur Seite und blickte noch einmal auf das Priors-Anwesen hinunter. Hatte ich im Grunde meines Herzens womöglich doch erwartet, einmal hier zu leben? Aber das Leben war hart und alles andere als märchenhaft.
Was zählte, war, daß ich mit Roger zusammensein konnte, selbst wenn das bedeutete, daß ich mein Leben genauso wie meine Großmutter zwischen Küche, Bar und den Gästeschlafzimmern verbringen würde. Ich würde Essen planen und Fremde willkommen heißen und kaum eine Minute für mich haben.
Roger kam zu mir herüber und zog meinen Kopf zu sich, so daß ich ihn anschauen mußte.
»Wir können es doch zumindest versuchen«, sagte er ernsthaft und ohne zu lachen. »Wenn es nicht geht, dann verkaufen wir es und machen etwas anderes. Es muß ja nicht gleich für die Ewigkeit sein, oder?«
»Ganz wie du meinst«, nickte ich und gab ihm einen Kuß, um mir meine Zweifel zu nehmen.
Als wir durch die Wiese zurückgingen, kam ein Collie auf uns zugelaufen und sprang wild schwanzwedelnd an ihm hoch. Wir blickten auf und sahen, daß Mark auf uns zukam. Instink-

tiv wollte ich umdrehen und weglaufen, aber Roger blieb stehen und wartete, bis sein Bruder uns erreicht hatte.
»Von allen schlecht erzogenen Tieren …« fing er an.
»Aber er ist doch noch so jung«, sagte Mark leichthin. »Aus ihm wird schon noch was, du mußt nur ein bißchen warten. Die Abstammung schlägt schon noch durch.« Ich sah ihn nicht an, aber ich spürte, daß der Pfeil eigentlich mir galt. »Was ist denn mit dir los, alter Junge?« fuhr er fort. »Du wirkst so zufrieden mit dir.«
»Ich muß zugeben, so fühle ich mich auch«, antwortete Roger. Dann machten wir alle drei kehrt und gingen langsam zusammen wieder die Wiese hinauf. »Mark, möchtest du nicht Priors haben?«
Mark blieb abrupt stehen und blickte seinen Bruder erstaunt an.
»Was soll das – bist du verrückt geworden, alter Knabe?«
»Nein, keineswegs.« Roger machte eine schwungvolle Geste in Richtung auf das Haus. »Hier hast du es – es gehört dir.«
»Das ist doch lächerlich! Du kannst es doch gar nicht weggeben.«
»Nein, jetzt noch nicht, das stimmt. Aber wenn sich alles normal entwickelt, dann wird das irgendwann schließlich möglich sein. Doch die Dinge nehmen nicht ihren normalen Lauf. Ich trete zurück, Mark, und setze mich dankbar zur Ruhe. Ich hoffe, unser alter Herr zahlt mir meinen Anteil aus und läßt mich mein eigenes Leben leben.«
»Was willst du denn machen, um Himmels willen?«
Roger blinzelte unsicher, und ich konnte erkennen, daß er in diesem Moment seinen ganzen Mut zusammennehmen mußte.
»Ich habe vor, das RING OF BELLS zu kaufen. Jenny und ich werden heiraten und uns die Arbeit teilen.«
»Aber das – sag mal, mein Guter, hast du sie noch alle?«
»Ich bin völlig bei klarem Verstand.« Roger legte mir seinen Arm um die Schultern. »Ich bin mir so sicher wie selten zuvor in meinem Leben. Seit vielen Monaten fühle ich mich heute zum ersten Mal wieder glücklich.«
»Haben Sie ihm diesen Floh ins Ohr gesetzt?« Mark ging gar

nicht weiter auf seinen Bruder ein und wandte sich an mich, doch Roger kam mir mit einer Antwort zuvor.
»Jenny war dagegen, daß ich auf das Priors-Haus verzichte«, sagte er, und mit Schrecken erkannte ich seine unglückliche Wortwahl.
»Und was das Gasthaus angeht, da hatte sie auch Vorbehalte, aber die konnte ich ihr ausreden. Du darfst sie also als neues Mitglied unserer Familie begrüßen.«
Mark begann verhalten zu lachen, wobei sich sein dunkles, arrogantes Gesicht zynisch verzog.
»Das glaube ich wohl, daß sie ihre Zweifel hatte«, sagte er. »Und daß sie vor allem deinen Verzicht auf das Priors-Haus gänzlich abgelehnt hat. Das muß ja wirklich ein ziemlicher Schlag gewesen sein!«
Er lachte immer lauter, und weil ich das nicht länger ertragen konnte, ging ich weg.

6

Rogers Unentschlossenheit fiel regelrecht von ihm ab. Auf einmal war er sich völlig sicher. Seine Eltern akzeptierten sein Vorhaben, als sie erst einmal überzeugt waren, daß ihn nichts mehr abbringen konnte. Sie waren zwar nicht außer sich vor Freude, aber willigten resigniert ein. Im Grunde waren sie liebende Eltern und hatten darunter gelitten, daß ihr Sohn so offensichtlich unzufrieden war. Ich war dennoch dankbar, daß ich nicht mit Mrs. Leyton unter einem Dach wohnen mußte.
Mir war bewußt, daß Mark erheblichen Einfluß auf seine Eltern hatte, was deren mögliches Einlenken Rogers Wünschen gegenüber anging. Ich konnte es ihm schlecht verübeln, daß er das Priors-Anwesen haben wollte. Aber ich nahm ihm den triumphierenden Spott übel, der jedesmal in seinem Blick lag, wenn er mich anblickte.

Mein erster Eindruck vom Inneren des Priors-Hauses war eine Enttäuschung. Mrs. Leyton trat immer so gut gekleidet in der Öffentlichkeit auf. Der kleine Einspänner, mit dem sie bei ihren zahlreichen Besorgungen durch den Ort fuhr, war elegant und frisch gestrichen. Aus diesem Grund hätte ich innerhalb des Hauses die gleiche Ordnung erwartet, doch statt dessen stellte ich fest, daß die wunderschön geschnittenen Räume schäbig wirkten und daß es überall nach Hunden roch. Die Möbel und das Silber waren stumpf, und überall lagen Berge von Zeitungen und landwirtschaftlichen Fachzeitschriften herum. Im Wohnzimmer stand in einer Ecke eine Schachtel mit Sämlingen auf dem Fußboden. Die Falten der Samtvorhänge waren verblichen, und von der Decke hingen Spinnweben. Ich konnte mir nur allzugut vorstellen, wie meine Großmutter auf eine solche Unordnung reagiert hätte.

Trotz allem hatte Mrs. Leyton ein eindrucksvolles Auftreten, und bei unserer ersten Begegnung war ich völlig eingeschüchtert. Sie goß uns Tee aus einer wunderschönen, alten Teekanne ein, die furchtbar angelaufen war. Sie saß aufrecht auf einem Roßhaarsofa und reichte mir die Tasse mit einem strahlenden, geselligen Lächeln.

»Reiten Sie, Miss Fitzgerald?« fragte sie.

»N – nein«, stammelte ich.

»Jenny hat kaum die Gelegenheit dazu gehabt, Mutter«, erklärte Roger.

»Nein, natürlich nicht.« Sie lächelte erneut. »Wie dumm von mir, so etwas zu fragen! Was machen Sie denn so die ganze Zeit, Miss Fitzgerald?«

Mein Kopf war mit einem Mal völlig leer, und ich schwitzte nervös. Wollte sie wirklich hören, wie ich ständig kochte, nähte und putzte?

»Jenny liest gern«, antwortete Roger höflich, und lächelte mir aufmunternd zu.

»*Wirklich?* Das ist aber schön!«

Ein paar Minuten lang herrschte peinliche Stille.

»Da Roger nun heiraten will«, sagte Mrs. Leyton schließlich, und in ihrer Stimme schwang eine Spur von Abscheu, »schlage ich vor, daß wir einmal über die Pläne sprechen sollten.«
»Wir wollen nur eine bescheidene Hochzeit, Mutter.«
»Dann werden sich aber alle Leute fragen, aus welchem Grund wir uns so schämen!«
»Unsinn!« Roger stellte die Tasse lautstark auf die Untertasse zurück und starrte seine Mutter an. »Jenny und ich wollen es lieber so, und zum Henker mit den Leuten. Vergiß nicht, Jennys Großmutter ist vor noch nicht einmal einem Monat gestorben. Da wäre eine große Hochzeit wirklich fehl am Platze.«
»Dann warte doch noch ein halbes Jahr.« Mrs. Leytons Stimme klang vernünftig und freundlich. Sie beugte sich nach vorn und tätschelte meinen Arm. »Kein Mädchen will gedrängt werden, Roger. Du mußt Miss Fitzgerald die Möglichkeit geben, ihre Aussteuer zusammenzubekommen.«
Und nimm dir die Zeit, das Ganze noch einmal zu überdenken, klang unausgesprochen zwischen den Zeilen hindurch. Ich konnte genau sehen, was in ihrem Kopf vor sich ging.
»Mutter«, sagte Roger geduldig und ärgerlich zugleich. »Wir haben darüber mindestens schon ein dutzendmal gesprochen. Mit Joe Austin ist bereits alles abgemacht. Er zieht so bald wie möglich aus dem Gasthaus aus, und wir wollen es nach dem Kauf übernehmen. Und außerdem, jetzt, wo Jenny zur Familie zählt, könntest du sie doch eigentlich beim Vornamen nennen, oder?«
»Sicher doch, wenn sie das wünscht. Aber Roger, ich will auf keinen Fall, daß ihr eine heimliche Affäre eingeht. Du siehst doch bestimmt ein, daß das nun wirklich keine Lösung ist!«
Ich saß äußerlich still da, während in mir die Einwände tobten. Ich war mit allem einverstanden, was Roger entschied, solange es mich betraf. Doch als er aufsprang, von Gretna Green redete und dabei im Zimmer auf und ab lief, beschloß ich, mich an der Unterredung zu beteiligen.

»Könnten wir denn nicht ruhig und ohne großen Pomp in der Kirche heiraten?« fragte ich bescheiden.
Mrs. Leyton betrachtete mich nachdenklich.
»Ich glaube, ich habe die Lösung«, sagte sie. »Vielleicht könnten wir ja, ohne Kritik zu erregen, die Liste der Hochzeitsgäste auf etwa einhundert zusammenstreichen, wenn wir den Bischof der Diözese bitten. Das würde dem Ganzen ein gewisses Ansehen geben. Und wie du schon gesagt hast, sollte eigentlich der Trauerfall als Begründung dafür ausreichen, daß wir nicht das ganze Land einladen.«
»Mutter, es ist uns *egal* –«
Ich schüttelte den Kopf und bat ihn, nicht weiterzusprechen. Jetzt wirkte Mrs. Leyton glücklich, oder jedenfalls so zufrieden, wie schon lange nicht mehr, seit ihr ältester Sohn diese Mesalliance eingegangen war. Sie sprang sofort auf und begann die Zeitungen zu durchwühlen, die auf ein Schreibpult am Fenster gestapelt waren.
»Ich werde dem Bischof sofort schreiben«, sagte sie. »Der gute Mann wird sicher nur zu gern einwilligen. Weißt du, er ist weitläufig mit mir verwandt – der Cousin des Mannes, der deine Tante Augusta geheiratet hat. Ich werde ihn einfach über Nacht einladen.«
Oje, dachte ich. Wie sehen wohl erst die Schlafzimmer hier aus? Wahrscheinlich wäre der Bischof besser im RING OF BELLS aufgehoben.
Der Bischof war es, der dann auch den Hochzeitstermin festlegte. Unglücklicherweise mußte er zu einer Tagung nach Canterbury reisen und konnte erst am Sonntag, dem ersten September, wieder nach Oxfordshire zurückkommen. Am darauffolgenden Mittwoch wollte er in Urlaub fahren.
»Wir heiraten am Dienstag, dem dritten«, sagte Roger.
»Aber an einem Dienstag heiratet doch kein Mensch«, jammerte seine Mutter.
»*Wir* schon!« Roger klang bestimmt und duldete keinen Einwand. Mark lächelte zynisch und sagte nichts, während

sein Vater kaum mehr von sich gab. Ich spürte, daß ich Mr. Leyton kein bißchen besser kannte als beim ersten Zusammentreffen in der Kirche. Er war höflich und heiter und distanziert – in Gesellschaft schwieg er, vorausgesetzt, er konnte sich in sein Arbeitszimmer zurückziehen, um seine landwirtschaftliche Lektüre zu studieren; möglicherweise aus diesem Grund plapperte Mrs. Leyton ständig vor sich hin. Andererseits erzählte mir Roger, daß sein Vater mich als anständiges, junges Fohlen empfunden hatte, und ich spürte, daß seine ursprünglichen Vorbehalte mir und unserem ganzen Plan gegenüber ein bißchen zu bröckeln begannen.
Die Leytons hatten ihre Freunde fast ausschließlich über die Jagd, vom Wettschießen oder aus der Landwirtschaft.
Ich wußte, daß Roger seiner Gesellschaftsschicht den Rücken zukehrte, indem er mich heiratete. Trotzdem konnte ich Mrs. Leytons Bemühungen nicht so recht anerkennen, die die Situation mit viel Großtuerei verändern wollte, bis ich sie eines Tages zufällig mit ein paar Freunden reden hörte. Sie wußte nicht, daß Roger und ich im Garten genau vor dem Fenster saßen und jedes ihrer Worte verstehen konnten.
»Ach, ihr Lieben«, sagte sie in ihrer hohen, getragenen Stimme. »Meine Söhne sind doch immer wieder für eine Überraschung gut! Alle drei sind sie so verwegen – bestimmt haben sie das aus meiner Familie, woher sonst! Uns Eltern bleibt gar nichts anderes übrig, als gute Miene zum bösen Spiel zu machen. Außerdem ist die ganze Sache in Rogers Augen auch nur ein großer Witz. Ich habe ihm gesagt, daß er nach London fahren muß, um sich ein Lederwams schneidern zu lassen. Wenn er Gastwirt spielen will, dann muß er sich schließlich auch entsprechend kleiden.«
Dann waren von drinnen Äußerungen höflicher Fröhlichkeit zu hören, und anschließend sagte jemand etwas, das ich nicht verstand.
»Jenny?« fuhr Mrs. Leytons Stimme fort. »Ach, ein kleines, süßes Ding – wir haben sie schon fest in unser Herz geschlos-

sen. Ihr Vater hatte sehr gute Verbindungen, wißt ihr. Die Fitzgeralds sind natürlich eine bekannte irische Familie, und Jennys Vater hatte es ziemlich weit gebracht. Er war ein begnadeter Shakespeare-Schauspieler. Wenn er noch leben würde, wäre er bestimmt ein zweiter Henry Irving geworden.«

Roger und ich sahen uns belustigt und erstaunt an und mußten rasch unsere Sitzplätze verlassen, sonst hätten wir uns durch unser unkontrolliertes Gelächter verraten.

Für mich war es noch völlig unvorstellbar, daß ich in ein paar kurzen Wochen im RING OF BELLS das Sagen haben sollte und daß im guten wie im schlechten der Erfolg oder der Mißerfolg unseres Unterfangens einzig und allein in unserer Hand lag.

Ich war mir gar nicht so sicher, ob unser Entschluß weise gewesen war. Ich erkannte, daß Roger gar keine Vorstellung davon hatte, wieviel Arbeit auf ihn zukommen würde. Aber andererseits wirkte er wie ausgewechselt und sprudelte nur so vor Ideen und Tatendurst. Er hatte sich auch bereits mit einigen Architekten beratschlagt. Es würde vier zusätzliche Schlafzimmer geben und unten ein neues Eßzimmer mit kleinen Tischen anstelle der großen oben. Das alte Speisezimmer wollten wir für Versammlungen und private Feste reservieren, die wir uns in unserem Haus erhofften. In dem neuen Anbau sollte ein Bad untergebracht sein mit einer Wassertoilette.

Dann würde es einen Schankraum mit einer Tür nach draußen geben, so daß meine Küche nicht länger durch verschmutzte Schuhe verunreinigt würde. Ich würde ein neues Porzellanbecken mit einer Kupferleitung anstelle der Pumpe bekommen. In einer Zeit, als die meisten Leute nur eine Pumpe im Hinterhof hatten, erregte die Wasserleitung in Collingford mehr Aufregung als alles andere. Mir persönlich gefiel der neue Küchenherd am besten.

Roger wollte den Salon komplett neu aufpolieren. Es war meine Aufgabe, neue Möbel auszusuchen, um dem Raum eine warme und freundliche Atmosphäre zu verleihen.

Aufregend war das Ganze, das mußte ich zugeben, und als ich laut darüber nachdachte, ob sich diese Verbesserungen jemals rechnen würden, da wischte Roger meine Zweifel beiseite.
»Wir müssen nur einfach bekannt werden«, sagte er. »Ich werde alle Kontakte nützen, die ich besitze. Schließlich können wir hier alles anbieten – Forellen im Fluß und wunderbare Jagdreviere. In unserer Nähe gibt es eine Universitätsstadt voller unternehmungslustiger junger Leute. Eine Sache habe ich während meiner kurzen Zeit in Amerika gelernt – Reklame zahlt sich aus, Jenny, und deswegen werden wir Reklame machen. Ich sehe schon die Plakate überall in Oxford hängen. Und wir werden in der Heimatzeitung Anzeigen aufgeben – und auch in den Zeitungen von London und Birmingham, warum eigentlich nicht?«
»Dann nehmen wir aber anderen Häusern ihre Gäste weg.«
»Wir sind nicht einfach irgendein Gasthaus! Wir sind das HOTEL RING OF BELLS. Hier sind schon Pilger auf ihrem Weg nach Canterbury eingekehrt, und die Passagiere der Postkutsche haben hier übernachtet. Wir können auf eine lange, lange Geschichte zurückblicken, Jenny, und die Leute kommen meilenweit, wenn es das wert ist.«
Seine Begeisterung ließ sich nicht bremsen. Trotz meiner Vorbehalte spürte ich, wie mich sein Optimismus immer mehr ansteckte.
Mrs. Leyton bestand darauf, mir mein Hochzeitskleid zu schenken. Zuerst hatte ich mich voller Stolz dagegen gewandt, doch um sich ihr zu widersetzen, mußte man einen weitaus stärkeren Willen als ich haben. Am meisten lag ihr am Herzen, daß ich auf dem Weg zum Altar den Leytons keine Schande machen würde. Anfangs hatte ich mich ein bißchen darüber geärgert, daß sie anscheinend meinem Geschmack nicht traute; doch als ich die Bilder von dem Kleid gesehen hatte, das sie mir zugedacht hatte, und den Stoff angefaßt hatte, gab ich klein bei.
Etwas Derartiges hatte ich noch nie in meinem Leben beses-

sen. Ich bedauerte, daß meine Mutter das nicht miterleben konnte. Sie wäre begeistert gewesen – und erst von der Hochzeit!
Mrs. Leyton hatte eine Schneiderin gefunden, die mein Hochzeitskleid und für Mrs. Leyton ein elegantes, blaues Kleid nähen wollte. Pflichtbewußt erschien ich zu den Anproben im Priors-Haus.
Die letzte Anprobe fand ein paar Tage vor der Hochzeit statt.
»Hübsch«, erklärte Mrs. Leyton, während sie um mich herumging und mich mit zusammengekniffenen Augen prüfend betrachtete. »Ich muß schon sagen, Jenny, es lohnt sich, dich so auszustaffieren.«
»Vielen Dank«, antwortete ich bescheiden. Das war die freundlichste Bemerkung gewesen, die ihr bisher über die Lippen gekommen war.
»Ich glaube«, bemerkte sie dann, »für nächsten Dienstag sind wir gewappnet. Du siehst richtig nett aus.«
Zähl bis zehn, sagte ich zu mir selbst. Halte deine Gefühle im Zaum. Es ist ganz normal, daß sie es so empfindet. Aber schließlich heiratest du Roger – nur das zählt.
Ich wußte, daß ich ihr für die Großzügigkeit dankbar sein sollte, mit der sie mir dieses wunderschöne Kleid schenkte. Aber irgendwie blieben mir die Worte im Hals stecken. Die Schneiderin löste die angesteckten Knöpfe wieder vom Kleid, und ich schlüpfte so stumm wieder heraus, daß Mrs. Leyton es gar nicht mitbekam.
»Mark muß nach Collingford zur Post«, sagte sie. »Bestimmt nimmt er dich gern mit – eigentlich wollte er jeden Moment los.«
»Ich glaube, ich würde lieber gehen.«
Roger war an diesem Tag in Oxford und schloß die juristischen Angelegenheiten ab, die im Zusammenhang mit dem Kauf des Gasthauses anstanden.
»Unsinn!« antwortete Mrs. Leyton und war felsenfest davon überzeugt, daß sie natürlich die bessere Lösung parat hatte.

»Du willst doch sicher dein Kleid mitnehmen. Es ist wirklich unnötig, so eine große Schachtel zu Fuß zu schleppen.« Sie drückte auf eine Klingel, und daraufhin erschien ein kleines, unordentliches Mädchen, während ich immer noch mein Kleid aufknöpfte.
»Flossie, sag doch bitte Mr. Mark, daß er auf Miss Fitzgerald warten soll, ja? Er ist wahrscheinlich schon unten im Hof vor dem Stall.«
Alle Einwände nützten nichts.
»Das ist sehr freundlich von Ihnen«, meinte ich steif, als ich in den Einspänner gestiegen war und mich neben ihn gesetzt hatte.
»Meine Mutter befiehlt, ich gehorche«, antwortete er und ließ keinen Zweifel daran, daß er mich nicht aus freien Stücken mitnahm.
Wir fuhren stumm dahin, bis wir das Sträßchen erreicht hatten. Auf mich wirkte die Stille bedrückend.
»Ich – ich möchte gern Waffenstillstand schließen«, sagte ich irgendwann. »Ich weiß, wie Sie über mich denken, aber Sie sehen doch sicherlich auch, daß Roger jetzt so glücklich wie schon lange nicht mehr ist. Sie sollten uns alles Gute wünschen.«
Er schwieg lange.
»Ich wünschte bloß, ich hätte nicht erlebt, wie Sie das Priors-Haus so sehnsüchtig angeschaut haben«, sagte Mark irgendwann. »Wenn ich das nicht miterlebt hätte, dann könnte ich Ihre Verehrung für Roger eher hinnehmen.«
»Sie verstehen mich falsch«, sagte ich. »Ich mag das Priors-Anwesen, weil es so schön aussieht, mehr nicht.«
»Nein«, widersprach Mark. »Das stimmt nicht. Ich habe doch Ihr Gesicht gesehen.«
Ich drehte meinen Kopf weg und starrte blind auf das Feld neben der Straße. Ich schüttelte hilflos den Kopf und biß mir auf die Lippe. Es war mir nicht möglich, die Sehnsucht nach Sicherheit, die das Priors-Haus in mir geweckt hatte, in Worte zu kleiden.

»Ich kann nicht erwarten, daß Sie es verstehen«, sagte ich.
»O doch, das fällt mir nicht schwer«, antwortete Mark glatt. »Jedes Mädchen würde dieses Haus gern ihr eigen nennen, insbesondere ein Mädchen, das nirgendwoher kommt.«

»So ist es nicht!«

»Sie brauchen mir gegenüber nicht zu heucheln. Sie sind doch ein ehrgeiziges, kleines, kokettes Weibsbild. Ich frage mich nur, wie lange mein armer, irregeführter Bruder braucht, um die Wahrheit über Sie herauszufinden.«

»Bitte lassen Sie mich hier aussteigen. Ich will keinen Meter mehr mit Ihnen fahren.«

»Seien Sie doch nicht verrückt. Ich werde Sie an Ihrer Haustür absetzen, um den äußeren Schein zu wahren, wenn schon nichts anderes.«

Ich saß da, biß die Zähne zusammen und preßte die Kleiderschachtel gegen meine Knie. Ich fixierte meinen Blick auf die Ohren des Pferds.

Am Dienstag kam Annie – bereits schwanger –, um mir mit dem Kleid zu helfen.

»Jenny«, sagte sie, trat einen Schritt zurück und schaute mich an, als ich fertig war und mein Schleier am richtigen Platz saß. »Du siehst bezaubernd aus!«

Ich mußte bestürzt erkennen, daß meine Vorstellung von einer kleinen Hochzeit ganz und gar nicht mit der von Mrs. Leyton übereinstimmte. Die Kirche war fast bis auf den letzten Platz besetzt. Ich sah nur, daß sich mir lauter verwischte Gesichter zuwandten und daß elegant herausgeputzte Gestalten neugierig den Hals reckten. Wahrscheinlich wollten sie alle das kleine Nichts sehen, das Roger Leyton irrtümlicherweise zu seiner Frau machte, dachte ich. Aber ich war nicht in der Stimmung, mir deswegen Sorgen zu machen oder zu erkennen, wer alles gekommen war.

Als alles vorbei war, konnte ich mich nicht erinnern, ob ich glücklich und aufgeregt gewesen war. Ich hatte mich in einer Art Trance befunden, während ich langsam auf Roger zuging,

der am Altar unter dem leuchtendbunten Ostfenster auf mich wartete. Ich erinnerte mich einzig und allein noch an seinen verwunderten Gesichtsausdruck, als er mir ein paar Schritte entgegenkam.
Wir gaben uns unser Eheversprechen. Der Chor sang, und der Bischof faßte sich erfreulich kurz. Dann ging die Hochzeitsgesellschaft in die Sakristei, um dort die Formalitäten zu erledigen. Die Leute sprachen mich an, und ich lächelte, aber außer Roger nahm ich niemanden richtig wahr.
Als wir die Sakristei verließen, stimmte die Orgel triumphierend den Hochzeitsmarsch an, und wir durchquerten langsam die Kirche. Meine Hand lag auf Rogers Arm. Ich fühlte ihn neben mir, schlank und groß und liebenswert, und ich wußte, daß er jetzt meinen Schleier heben würde, so daß die ganze Welt meine strahlende Freude sehen konnte.
Sollen sie es ruhig sehen, dachte ich. Ein so glückliches Mädchen wie mich hatte es noch nie gegeben. All diese eleganten Leute sollten ruhig meine Freude sehen; und auch alle Tanten und Cousinen und alten Freunde – sogar die Bollingers in ihrer Kirchenbank. Ich lächelte überglücklich alle an, und die Welt lächelte zurück.
Draußen wartete eine mit bunten Bändern geschmückte Kutsche, um uns zum Hochzeitsfrühstück ins Priors-Haus zu fahren. Zurückhaltendes, aber freudig-würdevolles Auftreten wurde von uns erwartet – jedenfalls dachten wir das. Aber wir hatten nicht mit unseren Freunden aus dem Gasthaus und dem Kricket-Team gerechnet. Während der Trauung hatten sie die Pferde von den Deichseln losgemacht, und jetzt, während die Glocken läuteten und körbeweise Rosenblätter aus dem wolkenlosen Himmel auf uns herunterschwebten, umringten sie die Kutsche und schubsten und zogen uns unter lautem Gejohle den ganzen Weg zum Priors-Haus zurück.
»Es war sehr bewegend«, sagte Mark, nachdem alle Ansprachen zu Ende waren, der Kuchen angeschnitten und Roger und ich uns unter die Gäste gemischt hatten. Ich war einen

Moment von ihm getrennt worden, weil eine ältliche Tante ihn voll und ganz in Beschlag genommen hatte und ich unbeobachtet ein paar Schritte zur Seite gegangen war.

»Es freut mich, daß du es so empfunden hast«, antwortete ich und wußte doch, daß er die Zeremonie ganz und gar nicht besonders gefunden hatte.

»Das unterdrückte, gerührte Schluchzen der Menge hat fast den Text von ›Oh, Perfect Love‹ übertönt«, sagte er. »Die ganze Kirche hat mitgeheult.«

»Außer dir«, meinte ich. »Du kannst mir doch nicht erzählen, daß *du* zu Tränen gerührt warst, lieber Schwager.«

»Ganz und gar nicht.« Er warf mir ein kühles Lächeln aus seinen feindlichen Augen zu. »Ich wäre am liebsten in hysterisches Gelächter ausgebrochen, liebe Schwägerin. Findest du es denn nicht lustig, daß du mit all deinen Bemühungen, die soziale Leiter emporzuklettern, einzig und allein meinen Bruder zu dir heruntergezogen hast?«

»Das ist wirklich die schönste Braut, die ich jemals gesehen habe«, sagte eine Stimme hinter mir, und ich drehte mich dankbar von Mark weg. Die Stimme gehörte Lord Bollinger, und ich lächelte ihn erleichtert an.

»Vielen Dank, Mylord.«

»Der junge Leyton ist zu beneiden – ah, da sind Sie ja, Sir«, sagte er, als Roger zu uns trat. »Ich sagte gerade zu deiner Gattin, daß du ein Glückspilz bist. Ich will dir was sagen, meine Liebe«, meinte er und beugte sich vertrauensvoll zu mir hinüber. »Wenn er nicht gut zu dir ist, dann laß es mich wissen, nicht wahr? Dann bekommt er es mit mir zu tun.«

»Ich werde mich daran erinnern, Mylord«, meinte Roger lächelnd.

»Gott segne euch, liebe Kinder«, sagte der Lord, und ich hätte schwören können, daß in seinem Blick wirkliche Zuwendung mitschwang.

»Er ist wirklich ein liebenswürdiger alter Kerl, nicht wahr?« fragte Roger, als wir uns wieder den anderen Gästen zuwandten. »*Ihm* wirft niemand vor, er sei ein Snob.« Es war klar, was er damit andeuten wollte, denn es gab andere, denen man das vorwerfen konnte. Aber ich ging nicht darauf ein. Der Tag war viel zu schön, als daß ich ihn mir durch Marks Verachtung verderben lassen wollte.

Die Hochzeitsnacht sollten wir in Cheltenham verbringen und am nächsten Tag nach Südwales aufbrechen, um dort unsere Flitterwochen zu verbringen.

Als wir dann endlich allein im Zugabteil saßen, war ich sehr erleichtert. Wir beugten uns aus dem Fenster und winkten den Leuten, die uns in ihren Kutschen zum Bahnhof begleitet hatten, so lange zu, bis sie aus unserem Blickfeld verschwunden waren. Dann lehnten wir unser Köpfe aneinander, und ich steckte meine Hand in Rogers. Wir legten unsere Füße auf den Sitz gegenüber und genossen einen Augenblick die Stille.

Plötzlich spürte ich, wie sich in mir eine kleine, nörgelnde Unruhe breitmachte und anfing, an meinem Glück zu nagen. Ich hatte einzig und allein Annies Auskünfte, die mich auf die Ehe vorbereiteten, und mit einem Mal fühlte ich mich schrecklich unzulänglich. Was wurde von mir erwartet? Ich schaute auf die grüne Landschaft hinaus, die hinter dem Zugfenster vorbeischwebte, und biß mir nervös auf die Lippen.

»Als Lord Bollinger heute vormittag mit uns sprach, kam mir eine wunderbare Idee«, sagte Roger.

Ich sah ihn an, legte meine Wange an die Rücklehne, so daß unsere Augen nur ein paar Zentimeter voneinander entfernt waren.

»Was für eine wunderbare Idee?«

»Wenn der Ausbau des Ring of Bells fertig ist, machen wir ein großes Eröffnungsfest, bei dem Lady Bollinger ein rotes Band durchtrennt und zu dem es Champagner für alle gibt.«

Ich begann zu lachen.

»Ach Liebling, Roger Liebling! Heute ist doch dein Hochzeitstag! Laß uns das Gasthaus nur für einen Tag vergessen, einverstanden?«

Roger lachte auch und beugte sich vor, um mir einen Kuß zu geben.

»Entschuldige bitte«, sagte er. »Ich möchte dich so gern glücklich machen, Jenny – und ich verspreche, daß mir das auch gelingt. Ich werde dich immer lieben.«

»Auch wenn wir alt und grau sind?«

»Sogar wenn wir alt und grau sind und überhaupt keine Haare mehr haben – und keine Zähne mehr, kein gutes Augenlicht mehr und kein was weiß ich noch. Sogar noch an unserer goldenen Hochzeit. Dann liebe ich dich nur um so mehr.«

»Unsere goldene Hochzeit! Um Himmels willen!« Ich schloß die Augen und versuchte mir das vorzustellen. »Wann wird das sein, Roger?«

Er überschlug es kurz im Kopf.

»Am 3. September 1939. Ich wüßte gern, wie viele Enkel wir dann haben.«

»Ich auch!«

Ich dachte über diese Frage weiter nach. Enkel bedeuteten, daß wir zuerst Kinder in die Welt setzen mußten. Und Kinder bedeuteten, daß wir zuerst – ich zog heftig die Luft ein, und Roger sah mich fragend an.

»Stimmt etwas nicht?«

Ich schaute ihn an, sah seine Kraft und seine Freundlichkeit und lächelte über seine Sorge und über meine eigenen dummen Befürchtungen.

»Nein«, antwortete ich. »Es ist alles in Ordnung, und bestimmt geht alles gut.«

BUCH 2

1889 – 1918

7

Sie kamen nicht ins Ring of Bells.

All die Männer, die unter der autoritären Regentschaft der alten Sarah immer hergekommen, ihr Bier getrunken und an ihrer Pfeife gezogen hatten, die auf ihr Benehmen und ihre Ausdrucksweise geachtet hatten und die heim zu Weib und Kindern geeilt waren, wenn Sarah sie dazu aufgefordert hatte, sie alle mieden nachdrücklich die neue Schankstube, die binnen kurzem fertiggestellt war.

Der Umbau des Lagerraums, der an das Haus angrenzte, war leicht gewesen. Es war nur ein Fenster nötig, ein Kamin, ein neuer Fußboden und eine Menge Farbe. Die alten Bänke aus der Küche wurden im Raum aufgestellt, und zur Küche hin wurde eine Durchreiche gebrochen, um die Bedienung zu erleichtern. Das Feuer brannte hell, und es gab eigentlich keinen Grund, warum sich unsere Gäste nicht genauso willkommen und wohl fühlen sollten wie in den vergangenen vierhundert Jahren. Dennoch nahmen sie uns den Umbau bitter übel.

»Hier fühlt man sich ja wie ein Affe im Käfig«, beschwerte sich Goosey Parslow, einer der alten Stammkunden. Er steckte seinen Kopf durch die Luke und wirkte weniger wie ein Affe, sondern eher wie ein müder, alter Mann, der über einen Zaun schaut, und ich mußte lachen.

»Ach, lach du nur«, murmelte Noah Babcock aus der Schankstube. »Lach du nur, Wirtin, lach du nur. Wir sind jetzt nicht mehr gut genug für dich.«

Ich tat mein Bestes, um sie vom Gegenteil zu überzeugen. Ich fragte, ob es ihren Frauen wohl gefallen würde, wenn deren

Küche voller Männer wäre und sie zugleich Essen für eine ganze Reihe von Gästen zubereiten müßten.

Daraufhin lachten die Männer. »Wo ist denn die Reihe von Gästen?« wollten sie spöttisch wissen. »Wir sehen nichts.«

Roger wirkte so, als berührten ihn diese Vorkommnisse nicht weiter. Wir waren sehr glücklich.

Wir waren aus unseren Flitterwochen voller Vorfreude zurückgekehrt, und der einzige Wermutstropfen in unserer sonst perfekten Welt war, daß die Gäste ausblieben.

»Mach dir keine Sorgen«, sagte ich zu Roger – obwohl er sich in Wirklichkeit kaum Sorgen machte. »An Weihnachten kommen bestimmt die Castles wieder wie jedes Jahr.«

Doch die Castles kamen nicht. Ich hatte ihnen geschrieben, daß meine Großmutter gestorben war, daß das RING OF BELLS in neuen Besitz übergegangen war, daß aber die Qualität und der Service gleich geblieben seien. Trotz meiner Zusicherung antworteten sie, daß sie für dieses Jahr eine andere Vereinbarung getroffen hatten.

Im Januar fand das traditionelle Essen für die Glöckner statt, und ich sorgte dafür, daß es eine üppige Mahlzeit wurde, weil ich wollte, daß das in ganz Collingford bekannt wurde. Dann folgten andere Feierlichkeiten. In diesem Winter fanden zwei Konzerte statt, bei denen Rauchen gestattet war, und das jährliche Festessen des Wohltätigkeitsvereins. Roger war felsenfest davon überzeugt, daß damit bessere Zeiten begannen, und sobald im Frühjahr das Wetter aufklarte, fing er mit dem neuen Gebäude an, das er geplant hatte.

Weil wir aber immer nur zur Hälfte ausgebucht waren, hatten Rogers Verwandte nichts Besseres zu tun, als uns zu sagen, daß wir – vorsichtig formuliert – doch reichlich verwegen seien.

»Du schmeißt das Geld zum Fenster hinaus«, sagte Rogers Vater hoffnungslos. »Warum vergeudest du dein Erbe so? Du siehst es doch nie wieder.«

»Wir bauen für die Zukunft«, antwortete Roger. »Wir vertrauen drauf, daß es besser wird.«

»All eure Gäste sind in den WAGGON oder zu NAG'S HEAD abgewandert«, sagte Mark, und ich stellte fest, daß in seiner Stimme ein Anflug von Schadenfreude lag. »Jenny hat sie durcheinandergebracht, weil die Männer jetzt nicht mehr bei ihr in der Küche sitzen dürfen.«

»Ich finde den Bau der Schankstube ganz vernünftig«, erwiderte Roger, der immer sofort für mich Partei ergriff. »Du weißt doch, wie die Leute auf dem Land sind. Sie brauchen immer Zeit, um eine neue Idee zu akzeptieren. Irgendwann kommen sie schon wieder zurück.«

In diesem Sommer 1890 hätten wir auch gar nicht so viele Leute bewirten können, denn das Gasthaus war ein einziges Durcheinander, weil überall Bauhandwerker arbeiteten. Wir mußten vielen Anglern absagen, die Jahr für Jahr bei uns Quartier gemacht hatten, aber wir versuchten das so behutsam wie nur möglich zu machen, indem wir ihnen schrieben und erklärten, daß wir im nächsten Jahr wieder mit neuen und verbesserten Möglichkeiten für sie dasein würden.

Zum Glück hielten uns wenigstens unsere Freunde von der Kricket-Mannschaft die Treue, und an Sommerabenden, wenn der Salon voller junger Männer mit offenen Hemden war, die über die Taktiken und Stärken und Schwächen der gegnerischen Mannschaft laut debattierten, dann kam mir die Stimmung fast wie früher vor.

Aus diesem Grund verschleppte sich die Arbeit am Salon. Eigentlich hatten wir vorgehabt, den Raum zu tapezieren und die alten Möbel durch neue zu ersetzen. Doch dann entschieden wir uns dagegen, um nicht auch noch die einzigen Gäste zu verlieren, die uns bis zum Ende der Kricket-Saison ständig die Treue gehalten hatten. Doch im Oktober dieses Jahres schaute Roger neugierig hinter die Wandbespannung, weil er wissen wollte, was frühere Generationen wohl an die Wände geklebt hatten. Dabei entdeckte er unter diversen Lagen billigem Papier eine wunderschöne Wandtäfelung.

Bei dieser Entdeckung lief uns ein Schauer den Rücken hinunter, und wir zogen eigenhändig alle Papiertapeten herunter, um nachzuschauen, ob das Holz noch unbeschädigt war. Als wir es gesäubert und poliert hatten, begann die leuchtende, seidenmatte Oberfläche zu glänzen, und mit einem Mal wurde uns klar, daß die modernen Möbel, die wir eigentlich hatten kaufen wollen, nicht hierher paßten. Deswegen entschlossen wir uns, über Land zu fahren und nach guten, gediegenen Stücken aus der Vergangenheit zu suchen. Falls nötig, wollten wir sie aufpolstern, damit sie Rogers Vorstellung von schlichter Gemütlichkeit entsprachen.

Danach kam mir der Salon vor, als wäre er der wärmste und angenehmste Raum, den ich jemals gesehen hatte, und ich dankte den längst nicht mehr lebenden Mönchen für diese wunderschöne Wandtäfelung.

Trotz der enormen Kosten mußten wir einfach optimistisch sein. Langsam machten wir das RING OF BELLS zu einem Ort der Behaglichkeit und der Schönheit, und mit der Zeit sprach es sich überall in der Umgebung herum, daß es bei uns gutes Essen gab. Wenn in Collingford Markttag war, kamen die Bauern auf ein Mittagessen vorbei – anfangs ein bißchen zögerlich, als wüßten sie nicht so recht, was sie hier erwartet, doch mit der Zeit wurden die Besuche immer regelmäßiger und voller Anerkennung. Einer oder zwei unserer alten Stammkunden kehrten zurück und kippten trotzig ihr Getränk in der Schankstube, als würden sie erwarten, daß wir eine Bemerkung machen. Das Beste von allem war, daß Roger und ich zusammensein konnten, und ich war dem Schicksal von tiefstem Herzen dankbar.

Alles, was wir machten – jede Entscheidung, jedes neue Risiko –, teilten und besprachen wir gemeinsam, oft unter viel Gelächter. Manchmal sahen wir uns nur mit leuchtenden Augen über die Köpfe unserer Gäste hinweg an.

Als ich feststellte, daß ich ein Kind erwartete, das im Oktober 1890 zur Welt kommen sollte, freuten wir uns beide. Roger sorgte sich um meine Gesundheit, doch ich hätte Bäume

ausreißen können und war entschlossen, so lange wie möglich zu arbeiten.
Eines der Schlafzimmer bekam neue Möbel, die Kommoden, die bisher in den Gästezimmern gestanden hatten, waren ins Dachgeschoß geschafft worden, wo einmal die Bediensteten schlafen sollten, wenn erst einmal ein Dienstmädchen bei uns wohnen würde. Bisher half uns nur Susan, die jeden Tag kam. Die alten Möbel aus dem Dachkämmerchen zu Annies Zeiten brauchten wir also nicht mehr.
»Ich finde, wir sollten ihr die Möbel bringen«, schlug ich vor. Ich wußte, daß Annie und Jed nicht in Saus und Braus lebten. Ihr erster Sohn Robbie war neun Monate nach der Hochzeit zur Welt gekommen. Und jetzt war Annie wieder schwanger. Jed spielte nicht mehr Kricket, und Roger vermutete, daß er sich das Bier nach dem Spiel im RING OF BELLS nicht mehr leisten konnte.
Für ihn war es eine ziemlich harte Zeit, wie für viele Leute vom Land. Die Stimmung war meistens ziemlich gedrückt. Manche kannten nichts anderes als stundenlange Plackerei für wenig Lohn und erwarteten auch nichts anderes mehr; doch Jed war alles andere als unterwürfig oder resigniert. Ich hatte gehört, daß er Unruhe unter die Gutsarbeiter in Watersmeet gebracht hatte, und sympathisierte mit ihm, aber ich sorgte mich ein bißchen um Annie und das Baby. Sie waren vom Wohlwollen von Lord Bollinger abhängig, und ich wußte, daß Annie diesen Grundsatzdiskussionen nur Unverständnis entgegenbringen würde, vor allem wenn sie zum Verlust von Jeds geringem Einkommen führten. Annie hatte einen jungen Mann geheiratet, der offensichtlich politisch ein bißchen wacher war als die meisten seiner Freunde und der trotzdem die meiste Zeit fügsam war und hart arbeitete. Keiner von uns hatte erkannt, was für ein Feuer unter seinem unergründlichen Äußeren loderte.
An dem Tag, als wir nach Berry Cross fuhren, war schönstes Wetter. Wir fühlten uns rundum zufrieden, weil wir Annie

ein Geschenk mitbrachten. Sie würde sich sicherlich sehr über die so liebgewonnene, alte Kommode freuen.
Jed öffnete uns die Tür. Er war zufällig über Mittag zu Hause, weil er in der Nähe von Berry Cross zu tun hatte und kurz zum Mittagessen gekommen war, anstatt mit den anderen wie sonst üblich unter einem Baum im Garten zu vespern.
Er deutete mit dem Kopf verächtlich auf unser Wägelchen und meinte: »Fahrt das da weg.«
»Ach, Jed!« Annie wischte sich die Hände an ihrer Schürze ab, biß sich auf die Lippen vor lauter schmerzlicher Verlegenheit. »Das ist aber unhöflich, Jed. Jenny und Mr. Roger haben es doch nur nett gemeint – wir haben ja wirklich nicht viel.«
»Ich brauche kein Almosen«, erwiderte Jed halsstarrig.
Ich lachte über ihn.
»Aber Jed, das ist doch kein Almosen! Das sind Annies Möbel aus ihrer Zeit im Gasthaus, und deswegen hat sie doch am meisten Anrecht darauf.«
»Vielen Dank«, meinte er steif. »Aber ich wäre euch wirklich dankbar, wenn ihr die Sachen wieder mit nach Hause nehmen würdet.«
»Ich dachte immer, wir wären Freunde, Jed«, sagte ich.
»Das können wir auch bleiben, wenn du uns nicht plötzlich Almosen bringst.«
»Nimm doch Vernunft an, Mann.« Rogers Stimme klang eine Spur gereizt. »Das hier hat überhaupt nichts mit Almosen zu tun. Einzig und allein der gesunde Menschenverstand gebietet es, euch zu fragen, ob ihr die Möbel brauchen könnt. Ihr würdet uns einen Gefallen tun, wenn ihr sie uns abnehmt.«
»Eigentlich könnten wir sie schon brauchen, Jed«, meinte Annie sehnsüchtig.
»Du bekommst das, was ich zur Verfügung stellen kann.«
Dann standen wir unschlüssig herum und wußten nicht so recht, was wir mit der Situation anfangen sollten. Ich sah an Rogers Gesicht, daß er wütend war, und wäre am liebsten wieder gefahren, aber Annie wirkte so, als würde sie gleich

loswеinen, und ich wollte sie nicht so zurücklassen. Zum Glück rettete Jed die ausweglose Situation, weil er sich mit verschlossenem Gesicht entschuldigte und wieder zur Arbeit zurückgehen mußte.

Annie bat uns auf eine Tasse Tee ins Haus, was wir dankbar annahmen. Doch die sonst immer so leichte Beziehung zwischen Annie und mir war durch die Peinlichkeit überlagert.

Am letzten Tag im September kam unser kleiner Sohn zur Welt, aber er lebte nur ein paar Stunden. Er hatte eine Funktionsstörung des Herzens, sagte Dr. Linley, und er wäre sein Leben lang krank gewesen; vielleicht sollten wir dankbar sein, daß ihm viel Leiden erspart worden ist.

Es ist schwer, dankbar zu sein, wenn man etwas so Wertvolles verloren hat, auf das man so aufgeregt gewartet hat und das man so voller Liebe willkommen geheißen hat. Wir hatten eine schwere Zeit – es gibt keine Worte, die das beschreiben können. In diesem Herbst regnete es ununterbrochen, so als würde die Natur unsere Situation widerspiegeln. In dieser Lage war die Arbeit ein Allheilmittel.

Da tauchte ein ganz unerwarteter Trost auf.

Meine Schwiegermutter war ein harter Fels an Verläßlichkeit und zeigte sich verständnisvoller als alle anderen, sogar als Roger. Sie sagte wenig, aber irgendwie spürte ich, daß sie zum ersten Mal ganz auf meiner Seite war.

Mit der Zeit lief das Geschäft besser. Wir hatten keine Zeit, uns im Unglück zu suhlen, und in Kürze war ich in der Lage, den kleinen Grabstein im Kirchhof jeden Sonntag anzusehen, ohne daß mir sofort die Tränen kamen. Andererseits war ich mir sicher, daß der Schmerz des Verlustes niemals ganz heilen würde, auch wenn ich in Zukunft noch viele Kinder auf die Welt bringen würde.

Erst ein Jahr später war ich wieder schwanger, und trotz aller Befürchtungen ging dieses Mal alles gut. Unsere Tochter nannten wir Eleanor nach meiner Mutter, und sie kam im Juli 1892 zur Welt. Bei der Geburt wog sie nicht einmal drei Kilo,

aber sonst war sie völlig gesund, hatte dunkle Haare, und wir beide hatten das Gefühl, daß sie das perfekteste Wesen der Welt sei. Als Eleanor knapp zwei war, wurde Lucy geboren, und falls wir enttäuscht darüber waren, daß wir noch mal eine Tochter bekommen hatten, so wurde dies rasch durch die Schönheit dieses zweiten Kindes vertrieben.
Wiederum zwei Jahre später, 1896, bekamen wir einen kräftigen Jungen, den wir Roger Benjamin nannten – er wurde Ben genannt. Ich war traurig, daß mein Großvater nicht mehr am Leben war, um seinen ersten Enkelsohn zu erleben, denn er war im Winter 1895 ganz ruhig in seinem Stuhl am Kamin gestorben, ebenso unspektakulär, wie er auch gelebt hatte.
Inzwischen hatten mich die Leytons akzeptiert. Mr. und Mrs. Leyton freuten sich über ihre Enkel, und sogar der furchtbare Umstand, daß ihr Sohn die Konzession für ein Gasthaus innehatte, stieß sie anscheinend nicht mehr ganz so vor den Kopf, weil es jetzt das Ring of Bells Hotel hieß und weil eine ganze Anzahl angesehener Bürger dort Stammkunden waren. Rogers Eltern konnten sehen, daß ihr Sohn glücklich war, und das zählte für sie. Sein Leben hatte sich ganz und gar verändert, doch er wirkte nicht so, als würde er seine Vergangenheit bedauern.
In dieser Zeit amüsierte ich mich königlich über Mark und seine Haltung mir gegenüber. Er war immer gern mit Roger zusammen, denn trotz ihrer unterschiedlichen Charaktere kamen sie gut miteinander aus. Nachdem seine Eltern mich und die Kinder akzeptiert hatten, die im Priors-Haus aus und ein gingen, als wäre es ihr zweites Zuhause, wurde es für ihn immer schwieriger, mir gegenüber offene Feindschaft an den Tag zu legen, und deswegen wurde er peinlich höflich. Weil seine Höflichkeit jedoch schrecklich eisig war, spürte ich, daß sich im Grunde nichts geändert hatte.
Eines Abends speiste Mark mit Freunden im Ring of Bells, und ich durchquerte das Zimmer, als sie gerade mit dem Essen fertig waren und noch vor ihrem Portwein saßen, bevor sie

sich in unser Wohnzimmer zum Bridgespielen mit Roger treffen wollten – was er immer sehr gern tat. Ich lächelte den Männern zu, wünschte ihnen einen guten Abend und wollte gerade wieder gehen, da gratulierte mir ein Freund von Mark, den ich nicht kannte, lang und breit zu dem wunderbaren Essen.

»Ich beneide Sie um Ihren Koch«, sagte der Mann. »Ich wünschte, wir in Oxford hätten auch so gute.«

»Die meisten Sachen koche ich selbst«, sagte ich.

»Nein so was! Stimmt das wirklich? Sie wissen schon, Madam, daß Sie in gar manchem Hotel in London und Paris besser aufgehoben wären.«

Ich bedankte mich, und hinterher fiel mir auf, daß Mark während dieser Begebenheit stumm am Tisch gesessen und mich überhaupt nicht als seine Schwägerin vorgestellt hatte. Das sagte eine Menge über Mark aus; zum Beispiel, daß er sich meiner schämte, auch wenn er und seine Freunde sich in meinem Wohnzimmer den Rest des Abends breitmachten.

Etwa zur selben Zeit kam Catherine Godfrey mit ihren Verwandten nach Collingford. Sie war im benachbarten Gloucestershire bei ihrem Vater aufgewachsen, einem erfolgreichen Landbesitzer, der vor kurzem gestorben war. Von ihm hatte sie große Besitztümer und ziemlich viel Geld geerbt.

Mit aller Fairneß gegenüber Mark glaube ich nicht, daß es nur ihre soziale Stellung und ihr Reichtum war, der ihm imponierte. Auch wenn Catherine keinen Pfennig gehabt hätte, so war sie doch ein Anblick, bei dem den meisten Männern die Augen aufgingen. Sie war eine außergewöhnliche Frau, ganz zart und so zerbrechlich, daß alle Männer und auch Roger sie vor den Tücken und Fallstricken des Lebens bewahren wollten. Ihr zerbrechliches Aussehen wurde noch unterstrichen durch die strenge Reitkleidung, die sie fast ständig trug, weil Pferde ihr ein und alles waren.

Mark wirkte so, als könnte er überhaupt nicht mehr von ihr lassen. Solange ich ihn kannte, hatte er in Collingford und der

Umgebung nichts anbrennen lassen. Ich hatte immer noch das Gefühl, daß Frauen für ihn nur zum Vergnügen auf der Welt waren. Jetzt wirkte er so, als wäre er in der Lage, dieses Schürzenjäger-Gehabe abzulegen, und mit all seinem Charme warb er jetzt um Catherine.

Bald zählte sie zu den ständigen Besuchern im Priors-Haus, und überall im Dorf wurden sie und Mark bereits als Paar gesehen. Ich brauche nicht zu betonen, daß Mr. und Mrs. Leyton Catherine viel herzlicher in der Familie willkommen hießen, als sie es mir gegenüber jemals getan hatten. Sie brachten der Verbindung zwischen Mark und Catherine in der Tat derartiges Wohlwollen entgegen, daß vor ihrem Besuch das Haus vom Keller bis zum Boden saubergemacht und alles Silber auf Hochglanz poliert wurde.

Und wieder hatte ich das Gefühl, daß Roger und ich Mark in Verlegenheit brachten. Wir zählten zur Familie, und Mark konnte nicht viel tun, außer uns Catherine rasch und selbstverständlich vorzustellen, als wäre es ganz normal, daß reiche Farmer Söhne in die Welt setzten, die dann Gastwirte werden.

»Das ist aber drollig!« sagte Catherine, als sie hörte, was wir taten. Sie sprach mit einer hohen Kleinmädchenstimme, die mir persönlich dümmlich und affektiert vorkam – dieser erste Eindruck wurde mit der Zeit nicht besser.

Die Verbindung zwischen Mark und Catherine war nicht ohne Probleme. Der Onkel, bei dem Catherine lebte, war ein belesener Gentleman, der an der Universität von Oxford gearbeitet hatte und der sich jetzt in Collingford zur Ruhe gesetzt hatte. Seine Frau war zurückhaltend, aber elegant, und früher hatte sie als eine der ersten Studentinnen Lady Margaret Hall in Oxford besucht – deswegen hatte ich vor ihr ziemliche Ehrfurcht. Dieses belesene Paar empfand Mark jämmerlich ungebildet. Er ging gern auf die Jagd und zum Fischen, und er konnte gut schießen. Außerdem umgab er sich gern mit ähnlich gearteten jungen Männern und war kurz gesagt ein ganz typisches Beispiel seiner Zeit und seiner

sozialen Stellung. Doch das beeindruckte die Godfreys ganz und gar nicht.
Catherine jedoch hatte unabhängiges Vermögen, war sehr willig und voll und ganz entschlossen, Mark zu heiraten. Die Einwände der beiden Alten bröckelten an ihren Wutanfällen ab, oder – so meinte Roger insgeheim zu mir – vielleicht kamen sie ja auch nur zu dem Entschluß, daß ein Mann mit einem scharfen Verstand dieses Mädchen sowieso nicht heiraten würde. Mein Mann war bald ziemlich desillusioniert von der faszinierenden Miss Godfrey.
Also wurde eine große, teure Hochzeit geplant, und Catherine gelang es, jeden gegen sich aufzubringen, auch wenn er nur am Rande mit ihr zu tun hatte. Sie wollte immer das Beste von allem. Ihr Kleid mußte in Paris angefertigt werden; Schuhe und Handschuhe der richtigen Qualität gab es nur in London, und der Stoff für die Kleider der Brautjungfern sollte einen außergewöhnlich purpur-violetten Farbton haben.
Roger verlor schnell die Geduld mit ihr. »Sie macht aus jedem Mann einen Trinker«, brummte er düster.
»Was meinst du, wie deine Mutter es die ganze Zeit mit ihr im gleichen Haus aushält?« fragte ich.
»Weiß der Henker! Wahrscheinlich wird sie verrückt.«
Ich weiß nicht, ob ich Catherine wohl mehr gemocht hätte, wenn sie freundlicher zu mir gewesen wäre. Von unserer ersten Begegnung an zeigte sie mir deutlich, daß sie gesellschaftlich auf mich herabblickte. Roger bezog sie hin und wieder ins Gespräch mit ein, aber ich hätte ebensogut unsichtbar sein können, da sie von mir nie Notiz nahm – andererseits machte sie das fast mit jedem so, nicht nur mit mir. Sie stand gern im Mittelpunkt und fühlte sich wohl, wenn sich das Gespräch einzig und allein um sie drehte, um ihre Kleider, ihre Hoffnungen für die Zukunft, ihre früheren Eroberungen, dann kam sie in Schwung und wurde lebendig, und man konnte verstehen, daß Mark von ihr so bezaubert war. Ohne diese exklusive Aufmerksamkeit wurde sie krittelig und gelangweilt.

Es verblüffte sie, daß ich sowohl Mutter als auch Gastwirtin war. Mit Hinweis auf die Karriere ihrer Tante bemerkte ich einmal, wie ungerecht es doch sei, daß Studentinnen in Oxford und Cambridge keine akademischen Würden erreichen konnten, auch wenn sie ein ausgezeichnetes Abschlußexamen gemacht hatten. Daraufhin sah mich Catherine mit weitaufgerissenen Augen erstaunt an.
»Ich verstehe überhaupt nicht, warum sich eine Frau den Kopf mit so unnötigen Dingen vollstopft«, meinte sie. »Den Männern können sie damit jedenfalls nicht imponieren. Frauen sollten Frauen bleiben meiner Meinung nach – und nicht versuchen, Männer nachzumachen.«
»Ihre Tante ist da aber bestimmt anderer Meinung, oder?« fragte ich.
»Ach, Tante Florence ist ein bißchen wie Sie, Jenny. Sie hat auch so einen klugen Kopf.«
So, wie Catherine das Wort aussprach, klang es eher wie geistesgestört.
Auf dem Heimweg meinte ich zu Roger: »Mir ist wirklich lieber, ich habe einen klugen Kopf, als daß ich so dümmlich wie Catherine bin. Meine Güte, ich darf gar nicht dran denken, was ich mit ihren Möglichkeiten und ihrem Geld gemacht hätte!«
»Was meinst du damit?« fragte Roger und lächelte mich an. »Was hättest du denn dann gemacht?«
Ich dachte sehnsüchtig an die Bücher, die ich nie lesen, und an all das, was ich nie lernen würde. Dann gingen mir die neuen Colleges für Frauen durch den Kopf – wie *gern* wäre ich nach Oxford gegangen! Ich dachte daran, wie Frauen ausgebeutet werden, und an diejenigen, die sich gegen dieses Unrecht eingesetzt hatten. Mir fielen Florence Nightingale, Elizabeth Garrett Anderson und Josephine Butler ein; alles starke Frauen. Frauen mit klugem Kopf, wie Catherine verächtlich sagen würde.
Ich wollte gern zu ihnen gehören und mithelfen, gleiche Rechte und Chancen für Frauen durchzusetzen.

Dann sah ich Roger an und dachte an meine drei Babys daheim.
»Weißt du was?« sagte ich dann. »Ich glaube, ich hätte dich geheiratet.«
Roger lachte, zog an den Zügeln, schnalzte dem alten Braunen zu, legte mir seinen Arm um die Schulter, und so fuhren wir zufrieden wieder ins RING OF BELLS zurück.

8

Ben war ein reger, lustiger, kleiner Kerl, der schon früh sprechen konnte und von da an nicht mehr zu bremsen war. Ellie und Lucy hatten ihn in ihr Herz geschlossen und wetteiferten um seine Gunst. Carrie, sein Kindermädchen, war ein freundliches Ding, doch seine Lebhaftigkeit erschöpfte sie. Als er zwei war, hatte ich große Vorbehalte, ihn diesem doch ziemlich gleichgültigen Mädchen zu überlassen. Ihr einziges Kriterium für gutes Benehmen war, daß er »wie ein guter Junge stillsitzen sollte« – ein Befehl, dem Ben aber in keiner Form gehorchen konnte.
Ich wollte auch mehr Zeit mit Ellie und Lucy verbringen, denn inzwischen gingen sie tagsüber in die kleine Kirchenschule von Collingford. Doch immer wenn sie nach Hause kamen, hatte ich am meisten zu tun. Finanziell ging es uns inzwischen besser, und deswegen konnten wir nach jemandem Ausschau halten, der mir das Kochen abnahm, auch wenn ich natürlich immer noch die Verantwortung dafür trug.
Die erste Bewerberin war Mrs. Kingsley. Ich war so aufgeregt, daß ich die Hände ganz fest falten mußte, um das Zittern in den Griff zu bekommen. Sie war eine schwarzhaarige Frau mit buschigen Augenbrauen, so dünn wie eine Bohnenstange, die sich die Haare in einem engen Knoten nach hinten kämmte. Ihre Unterlagen waren tadellos, und sie machte mir unmißverständlich klar, daß ich sie nehmen sollte, bevor irgendwel-

che gekrönten Häupter Europas sich um sie rauften. Sie war einschüchternd, und obwohl ich eigentlich gar nicht wollte, willigte ich demütig ein, wenn sie sofort beginnen könnte – mit einem Monat Probezeit für beide Seiten, fügte ich noch schnell hinzu und versuchte eine Spur von Autorität durchklingen zu lassen.
Nach diesem Monat war ich fest entschlossen, falls nötig gegen alle gekrönten Häupter Europas und sämtliche östliche Potentaten noch dazu anzutreten. Wir konnten es uns gar nicht mehr vorstellen, wie wir es jemals ohne Mrs. Kingsleys Hilfe geschafft hatten. Ich fand heraus, daß sie nicht im entferntesten so schrecklich war, wie sie aussah, und daß ihre schroffe Art hauptsächlich aus ihrer Schüchternheit resultierte. Wir entwickelten einen gesunden Respekt voreinander und waren beide bereit, von den Erfahrungen der anderen zu lernen. Es war ein wunderbares Gefühl, zu wissen, daß das RING OF BELLS sicher in ihren Händen lag. Wir legten gemeinsam fest, was auf die Speisekarte kam, und da wir auch im Hotel wohnten, konnte ich mich jetzt ums Saubermachen und um den alltäglichen Ablauf im Haus kümmern. Ich war zwar ein Teil des RING OF BELLS, doch andererseits wurde ich immer mehr zu einer Vollzeitmutter. Zum ersten Mal seit zehn Jahren mußte ich mich nicht mehr um alles selbst kümmern und konnte mich auch über meine Kinder freuen.
Eines Morgens im Juni 1899 saß ich zufrieden und friedlich beim Erbsenpulen im Garten. Die Sonne schien warm, und die Eintagsfliegen schwebten durch die Luft. Ben buddelte begeistert in einem kleinen Beet, das wir für ihn angelegt hatten, und füllte eifrig ein paar kleine Förmchen mit Erde.
Ich hörte, wie sich das Gartentürchen öffnete, und wandte mich lächelnd um. Weil ich wußte, daß Roger ins Dorf gegangen war, vermutete ich jetzt, daß er durch den Garten wieder zurückkehrte.
Er gab mir einen Kuß.
»Was würdest du dir am meisten wünschen?« fragte er.

»Tja, also, wenn ich es so recht bedenke«, antwortete ich. »Dann vielleicht einen Mann, der sich nicht im Ort mit irgendwelchen übel beleumundeten Freunden herumtreibt.«
»Du verzeihst mir bestimmt, wenn du hörst, was ich dir zu sagen habe. Jetzt komm schon, was hättest du am liebsten?«
Ich dachte angestrengt nach.
»Vielleicht neue Vorhänge für unser Wohnzimmer?« meinte ich. »Nein – vielleicht eine neue Nähmaschine. Hast du mir eine gekauft, Roger?«
Er grinste mich an und freute sich über sein Geheimnis. In den Jahren seit unserer Hochzeit hatte er sich einen Bart stehenlassen, um ein bißchen würdevoller auszusehen. Doch abgesehen davon hatte er sich in meinen Augen kaum verändert.
»Ich glaube mich zu erinnern«, sagte er, »daß dir vor langer Zeit einmal enorm wichtig war, daß du die eigene Tür hinter dir schließen kannst –«
»Hast du etwa ein *Haus* gekauft?« Ich schlang ihm meine Arme um den Hals. »O Roger, ist es das? Welches Haus – wo? Ich habe recht, oder? Ist es ein Haus?«
Er lachte mich an, und seine Augen sprühten so aufgeregt wie die meinen.
»Immer mit der Ruhe! Ich habe es noch nicht richtig gekauft. Zuerst einmal wollte ich deine Meinung dazu hören.«
»Welches Haus, Roger?«
»Das alte von Miss Truscott. Die Besitzverhältnisse sind inzwischen geklärt, und die Erben wollen es verkaufen.«
»Das Haus an der Brücke? Oh, Roger, das fand ich immer so schön! Nach dem Priors-Anwesen ist es das zweitschönste in ganz Collingford.«
»Aber es ist eine ganze Ecke kleiner, vermute ich.«
»Ach komm, es ist ein *wunderschönes* Haus. Ich werde es bestimmt in mein Herz schließen.«
Das Haus stand am Ende der Hauptstraße, dort, wo sie enger wurde und auf eine buckelige Brücke führte. Ich war schon oft daran vorbeigekommen, aber war noch nie innen dringewe-

sen. Es war ein altes Haus mit einer schlichten Fassade und mit eleganten Fenstern rechts und links neben der Eingangstür, die in der Mitte von einem großen, messingfarbenen Türklopfer verziert war. Zu Miss Truscotts Zeiten war er immer auf Hochglanz poliert gewesen und hatte selbst am finstersten Tag vor der massiven Holztür geleuchtet. Nach ihrem Tod war er jedoch matt geworden und hatte nicht mehr länger geglänzt. Ich konnte es kaum erwarten, ihn wieder zu polieren. Es war zwar nicht das Priors-Anwesen, aber ein Haus, das man ins Herz schließen konnte. Ich umarmte Roger noch einmal aufgeregt.

»Vielleicht ist es innen ziemlich enttäuschend«, warnte er.

»Ach, dann gestalten wir es einfach um, bis es wunderschön ist. Können wir es uns überhaupt leisten, Roger?«

»Ich glaube schon, vorausgesetzt, daß wir so weitermachen können wie bisher. Ich muß eine Anleihe aufnehmen – deswegen war ich heute vormittag auf der Bank –, aber ich sehe keinen Grund, warum das Geschäft in diesem Jahr nicht genauso gut wie im letzten laufen sollte, oder?«

Roger sah mich mit zusammengekniffenen Augen an.

»Du freust dich doch, oder?«

»Ach, Liebling, das weißt du doch.«

An diesem Nachmittag gingen wir zum Haus an der Brücke hinaus, und obwohl noch viel Arbeit nötig sein würde, wie Roger bereits vermutet hatte, so war es doch ein geräumiges, gut geschnittenes Haus und innen ebenso ansehnlich, wie es von außen wirkte.

»Wenn wir erst einmal hier wohnen«, sagte Roger, »dann brauchst du dich nicht mehr um das RING OF BELLS kümmern. Ich habe dir bei unserer Hochzeit versprochen, daß du nicht dein ganzes Leben lang arbeiten brauchst, und das will ich jetzt einlösen. Du sollst nicht länger in die Küche eingesperrt sein.«

»Das bin ich doch schon längst nicht mehr«, widersprach ich. »Und Mrs. Kingsley wäre ziemlich gekränkt, wenn sie das hören würde.«

»Solange wir im Hotel leben, wirst du immer etwas zu tun haben. Und wenn du möchtest, daß Tante Millie hierher zieht, dann bin ich sicher, daß sich auch für sie noch eine Ecke findet.«

»Das wäre eine große Erleichterung!« Tante Millie machte uns ständig Sorgen. Seit Großvaters Tod hatte sie mehr recht als schlecht in ihrem Haus gelebt und war von Woche zu Woche vergeßlicher geworden. Ich besuchte sie zwar regelmäßig, aber in absehbarer Zeit würden Besuche nicht mehr ausreichen, um sicherzugehen, daß sie genügend aß und umsorgt war. Wir hatten schon darüber gesprochen, ob wir sie nicht im RING OF BELLS unterbringen konnten. Doch bestimmt hätten sie die vielen Fremden im Hotel und drum herum nur verwirrt, und dann würde es ihr noch schlechter gehen. Im Haus an der Brücke wäre das etwas völlig anderes.

»Alles deutet darauf hin, daß wir umziehen sollten, nicht wahr?« sagte ich, während wir im leeren Vorderzimmer standen.

Roger runzelte die Stirn.

»Höre ich recht, daß in deiner Stimme ein gewisser Zweifel mitschwingt?«

»Nein – nein, ganz und gar nicht«, beeilte ich mich zu sagen. »Solange wir es uns leisten können.«

»Aber Liebling, wie kommt es, daß du so vorsichtig bist? In den letzten Jahren ist das Geschäft beständig besser geworden. Warum sollte sich daran jetzt etwas ändern?«

In der Tat, warum?

Unsere Umzugspläne ins Haus an der Brücke nahmen Form an, und eines Nachmittags besprachen Roger und ich gerade, was der Zimmermann am nächsten Tag tun sollte.

»Ich hätte gern viele Regale für Bücher«, sagte ich. »Glaubst du, wir könnten die Nischen rechts und links des Kamins dafür hernehmen?«

»Das wollte ich auch gerade vorschlagen!«

»O Roger, das ist ja lustig!« Gut gelaunt legte ich ihm einen

Arm um den Hals, stellte mich auf die Fußspitzen, um ihm einen Kuß zu geben. Wir hatten nicht gehört, daß Mark zur Haustür hereingekommen war, die allen Eindringlingen offenstand.

»Ach, wie rührend«, sagte er, nachdem er mich auf frischer Tat ertappt hatte.

»Wie lange seid ihr denn verheiratet?«

»In drei Monaten sind es zehn Jahre«, lächelte Roger mich an. Ich schenkte Mark ein strahlendes, bedeutungsloses Lächeln, das ich nur für ihn immer parat hatte.

»Es kommt mir vor, als wäre es erst gestern gewesen, oder Mark? Aber egal, wie gefällt dir unser neues Haus?«

Er drehte mir den Rücken zu und ging zum Fenster vor, wo er stehenblieb und kritisch die Fußleiste darunter beäugte. Roger und ich warfen uns einen belustigten Blick zu, weil wir wußten, daß Mark bestimmt irgend etwas Verdrießliches sagen würde.

»Das hier unten könnte Trockenfäule sein, alter Knabe.«

Roger zwinkerte mir zu.

»Da liegst du völlig recht, alter Knabe. Ich habe bereits deswegen jemanden kommen lassen.«

»Hm.« Mark richtete sich wieder auf und wippte mit den Händen in der Tasche von den Fußspitzen zu den Fersen, streckte neugierig seinen Hals und sah sich um, als suche er verzweifelt nach einem anderen Fehler, auf den er uns hinweisen könnte.

»Hm«, sagte er noch einmal. »Gar nicht schlecht, vermute ich. Gar nicht mal so schlecht.«

»Tatsächlich ein Lob«, murmelte Roger.

»Obwohl ihr ja recht nah am Fluß seid, und da könnte es immerhin feucht werden.«

»Lieber Mark«, sagte ich freundlich. »Wie schön, daß du immer so ermutigend optimistisch bist!«

»Man darf die Augen nicht vor dem verschließen, was noch auf einen zukommt.«

»Das hatte ich auch nicht vor«, antwortete Roger trocken. »Was verschafft uns die Ehre, Mark?«
»Catherine wollte gern zum Stoffhändler, und da dachte ich, ich könnte die Gelegenheit nutzen, um mal euer neues Wagnis in Augenschein zu nehmen. Ihr traut euch ja was, oder?«
»Warum nicht? Das Hotel läuft gut, und wenn wir ausziehen, dann werden vier weitere Zimmer im Ring frei, die wir vermieten können. Hier können wir uns als Familie auch mal ein bißchen ausbreiten.«
»Ja«, meinte Mark langsam.
Ich hatte gerade eben den Kamin untersucht, doch irgendwas in seinem Ton ließ mich aufhorchen und ihn anschauen – nicht meinen Schwager, meinen alten Widersacher, sondern einen Mann, der anscheinend viele Vorzüge des Lebens genoß. Die Bauern hatten eine schlimme Zeit hinter sich, aber die Schafsbesitzer waren gut davongekommen, und dann gab es ja noch Catherines Vermögen, das auch nicht gerade klein war.
Dennoch wirkte er irgendwie niedergeschlagen, als wäre ein Großteil seiner arroganten Vitalität ausgelöscht. An seiner Jacke baumelte ein Knopf, der nur noch an einem Faden hing. Sein Hemdkragen wirkte zerknittert. Um ihn kümmert sich niemand – dachte ich – und dabei hatte ich nicht nur seine Kleidung im Sinn. Ein ganz und gar unwürdiges Triumphgefühl durchschoß mich. In diesem Augenblick kam es mir fast wie eine poetische Gerechtigkeit vor, daß Mark, der mir Roger geneidet hatte und der sich an seiner Fähigkeit geweidet hatte, mir das Priors-Anwesen entziehen zu können, daß ausgerechnet dieser Mann nicht so recht das Glück gefunden hatte.
Erst nach ein paar Wochen sah ich ihn im Ring of Bells wieder. Zu dem Zeitpunkt wohnten wir zwar noch dort, doch der Umzug sollte in den nächsten Tagen stattfinden.
Ich drehte gerade meine abendliche Runde nach dem Essen, wechselte ein paar Höflichkeitsfloskeln mit den Gästen, als an

der Bar mit einem Mal ein unruhiges Hin und Her war. Als ich hinübersah, entdeckte ich Mark, der gerade Freunde und Fremde gleichermaßen formvollendet wie eh und je begrüßte. Die Damen wurden sichtlich aufmerksam, wenn auch gänzlich schicklich und gut kaschiert.

Wie merkwürdig, dachte ich. Bei der letzten Begegnung mit ihm war ich mir ganz sicher gewesen, daß all seine altbekannte jugendliche Anziehungskraft irgendwie verschwunden war. Doch plötzlich saß hier ein verwegener, kühner, ehemals junger Mann, und aus den schnellen Wortwechseln und dem Gelächter der Herren schloß ich, daß er noch nicht viel von seiner Anziehungskraft eingebüßt hatte.

Ich war neugierig. Irgendwas war passiert – er hatte irgendwelche Neuigkeiten verbreitet, dessen war ich mir sicher. Und als er und Roger die Gäste verließen und auf die Treppe hinauf zu unserem eigenen Wohnzimmer zusteuerten, ließ ich einen respektierlichen Abstand, verabschiedete mich bei den Damen und folgte ihnen.

Als ich oben ankam, hatten sie gerade die Gläser erhoben, und offensichtlich feierten sie etwas.

»Auf den Sohn und den Erben«, sagte Roger.

»Catherine bekommt ein Baby? Das sind ja angenehme Nachrichten«, sagte ich und freute mich, wie jeder bei einer solchen Gelegenheit. »Richte ihr bitte unsere Glückwünsche aus, ja? Das ist sicher eine große Freude für euch. Wann wird es denn zur Welt kommen?«

»Etwa um Weihnachten herum.« Er lächelte mich an, offenherzig und glücklich wie ein kleiner Junge, und auf einmal gab es anscheinend keinen feindlichen Unterton mehr zwischen uns.

Während der nächsten Woche verbrachte ich soviel Zeit wie möglich im Haus an der Brücke mit Tapetenproben, Einrichtungsmustern, und ich war fest entschlossen, daß dieses, mein erstes, richtiges Zuhause, so werden sollte, wie ich es mir schon immer erträumt hatte.

In dieser Zeit kursierten die wildesten Gerüchte über die Vorkommnisse in Südafrika. Überall in der Bar und im Salon des Ring of Bells wurden Chamberlains Haltung gegenüber Krüger und dessen Einstellung gegenüber Sir Alfred Milner diskutiert und analysiert, wobei die öffentliche Meinung eher für die südafrikanischen Ausländer Stellung bezog.
Aus irgendeinem, mir nicht so recht einsichtigen Grund nahm Mark regen Anteil an den Renovierungsarbeiten im Haus an der Brücke. Häufig kam er zu Besuch, fand stets irgendeinen bedauerlichen Fehler, der, wie er uns glauben machen wollte, leichterdings das ganze Haus zum Einsturz bringen konnte. Mit der Zeit ermüdete mich dieser nicht nachlassende Pessimismus.
Bei einem dieser Besuche – Mark hatte gerade eindeutige Hinweise auf Erdabsenkungen gefunden, auf die er uns mit düsterer Zufriedenheit hinwies –, da vergaß er mit einem Mal all seine Besorgtheit um unser Wohl und überschüttete Roger mit einer flammenden Rede über das Für und Wider der Lage in Südafrika.
Ich wurde langsam ungeduldig. Wir mußten einige Entscheidungen treffen, was das Haus anging, und Roger hatte nicht ewig Zeit. Mir bereitete Südafrika auch Kopfzerbrechen, aber in diesem Moment hatten wir offensichtlich dringendere Probleme. Joseph Chamberlains vermittelnde Haltung gegenüber den Buren war für mich in diesem Moment sekundär.
»Es ist schon merkwürdig«, sagte ich, als Mark einen Moment schwieg, um Luft zu holen, »welches Aufsehen ein paar Südafrikaner im Parlament erregen, denen die Bürgerrechte entzogen worden sind, wo doch die Frauen seit Menschengedenken entrechtet sind, und danach kräht kein Hahn.«
Ich wollte Mark mit dieser Bemerkung ärgern und hatte auch vollen Erfolg, weil er mich erstaunt ansah.
»Du bist doch nicht eine von diesen unheimlichen Weibern, die das Frauenwahlrecht fordern, oder?«
In Wahrheit war das für mich zu diesem Zeitpunkt kein

dringendes Anliegen, doch Marks Tonfall machte mich angriffslustig.

»Ich habe noch kein überzeugendes Argument dafür gehört, daß eine Frau weniger in der Lage zu wählen ist als ein Mann.«

»Und was, wenn ich fragen darf, sagt Roger dazu?« Mark schaute seinen Bruder an, der unserem Wortwechsel amüsiert gelauscht hatte.

»Ich vertraue Jennys gesundem Menschenverstand«, antwortete er. »Ich habe keinen Grund zu glauben, daß sie mit dem Wahlrecht nicht genauso verantwortungsvoll umgehen würde wie die Männer in meinem Bekanntenkreis.«

»Du bist ja schon immer leicht belemmert gewesen«, gab Mark zurück. »Und Jenny war natürlich immer schon so ehrgeizig.«

Mein Gott! dachte ich, als ich sah, wie kalt seine Augen waren. Wie gern würde ich erleben, daß dieser Mann einmal gedemütigt wird! Warum ließ er uns bloß nicht in Ruhe? Er wirkte so, als würde er es verabscheuen, wenn wir glücklich sind, und könnte uns dennoch nicht einfach links liegenlassen.

»Es ist wirklich wunderbar, daß wir im Hotel jetzt mehr Platz haben werden«, sagte Roger auf dem Weg ins RING OF BELLS. »In diesem Jahr haben wir viele Vorbestellungen.« Er betrachtete das Hotel nachdenklich mit zusammengekniffenen Augen, nachdem er den Einspänner davor zum Halten gebracht hatte. »Ich glaube wirklich«, sagte er, »es wurde langsam Zeit, daß wir in unser kleines Haus umziehen.«

Die Tatsache, daß das kleine Häuschen neben dem Gasthaus nicht uns gehörte, ärgerte Roger beständig, und er hatte sich in den Kopf gesetzt, es zu kaufen und dem RING OF BELLS anzugliedern.

»Solange Mrs. Oliver lebt, wirst du es nicht bekommen«, entgegnete ich. »Und das ist auch gut so! Sie hat da gelebt, seit sie mit meiner Großmutter zusammen zur Schule gegangen ist und solange sie verheiratet war – sie ist sicher schon neunundsiebzig Jahre alt. Es wäre nicht fair, von ihr jetzt zu erwarten, daß sie auszieht.«

»Auf der anderen Seite des Dorfangers gibt es kleine Häuser, wo sie es genauso bequem hätte.«

»Darum geht es doch nicht, Roger. Das Häuschen ist seit über fünfzig Jahren ihr Zuhause.«

Er seufzte. »Unglücklicherweise ist Lord Bollinger derselben Auffassung. Ich habe gehört, daß ihr Mietvertrag in Watersmeet nächstes Jahr verlängert werden muß, und ich bat ihn, mich auf die Warteliste zu setzen, aber er wollte nichts davon hören. Er meint, daß ich es nach ihrem Tod kaufen könnte, aber nicht davor.«

»Er ist ein netter Mann«, sagte ich. »Außerdem haben wir doch momentan mit dem Umzug ins Haus an der Brücke genug um die Ohren. Du brauchst einzig und allein ein bißchen Geduld.«

Unsere Mädchen waren völlig aus dem Häuschen bei dem Gedanken umzuziehen und darüber, daß wir dann so viel Platz haben würden. Auch Tante Millie war erleichtert über den Gedanken, in Zukunft mit uns zusammenzuleben, aber sie wollte so lange wie möglich unabhängig bleiben, und deswegen vereinbarten wir keinen festen Termin, zu dem sie bei uns einziehen wollte.

Ich erinnere mich, daß ich in diesem Sommer einmal zu Annie hinausfuhr und ein paar Kleider mitnahm, aus denen meine Kinder herausgewachsen waren und die ihre kleinen Töchter vielleicht brauchen könnten. Damals war ich schon taktvoll genug, ihr die Sachen erst dann zu zeigen, nachdem wir eine Tasse Tee zusammen getrunken und uns eine Weile unterhalten hatten.

Das Zimmer war kaum besser möbliert als bei unserem mißlungenen Besuch kurz nach unserer Hochzeit. Doch die Wohnung war sauber, es gab ein paar einfache Gegenstände, und das Fensterbrett zierte eine Geranie. Auf dem Herd stand ein Topf, aus dem es wunderbar duftete, und ich schnupperte voller Anerkennung.

»Oh, das duftet aber gut! Gibt's bei euch heute etwas besonders Gutes zum Abendbrot?«

»Das ist doch nicht der Rede wert«, sagte Annie und wischte meine Anerkennung beiseite. »Zwiebeln duften immer so gut, findest du nicht? Ach, Jenny, es ist wirklich schön, dich mal wiederzusehen, das kannst du mir glauben.«
Sie lief geschäftig in dem kleinen Zimmer hin und her, stellte Tassen auf den Tisch und holte den braunen Tontopf vom Kessel, der auf dem Kamineinsatz kochte. Ich beobachtete sie bestürzt, und ihre Taille sah weitaus weniger gut in Form aus als beim letzten Mal.
»Annie«, fragte ich, »bist du schon wieder schwanger?«
»Männer!« sagte sie. »Es gäbe längst nicht so viele Kinder, wenn sie selbst sie kriegen müßten, oder?« Sie seufzte schwer. »Ich will nicht behaupten, daß ich mich freue, obwohl Jed für Robbie bei Lord Havering ab kommendem Frühjahr einen Platz gefunden hat, so daß wenigstens ein Maul weniger zu stopfen ist.«
»Gott im Himmel«, sagte ich schwach und war erschrocken darüber, wie schnell die Jahre vorbeiflogen. »Ist er denn schon alt genug für so etwas?«
»Er wird bereits elf.«
»Ist es möglich! Annie, ist das wirklich wahr? Es ist doch noch gar nicht so lange her, da waren wir die beiden kichernden Mädchen, die zusammen das Zimmer geteilt haben. Rosie ist jetzt also bereits zehn Jahre alt?«
»Stimmt. In Bälde wird sie ihre erste Stellung antreten.« Annie setzte sich erschöpft an den Tisch. »Vielleicht ist es ganz gut, daß wir nicht wissen, was uns die Zukunft bringt, oder? Ich finde, Frauen haben ein hartes Leben.« Sie hatte die düsteren Worte gerade ausgesprochen, als sie zu lachen begann. »Du bist so vorsichtig gewesen!« sagte sie. »Erinnerst du dich noch, als ...« Ich nickte und mußte auch lachen, weil ich wußte, daß sie an die Nacht dachte, in der sie mich in die Tatsachen des Lebens eingeführt hatte, und war dankbar dafür, daß ich jetzt schon zehn Jahre verheiratet war.
»Hast du gehört, daß Mark und Catherine ein Kind erwarten?«

»Das sind ja gute Nachrichten«, sagte sie. »Hat ja weiß Gott lange gedauert.«
Es kam mir so vor, als würde in ihrer Stimme ein Vorbehalt mitschwingen – als fehlte es ihr an Begeisterung, was sonst gar nicht Annies Art war.
»Was stimmt nicht, Annie?«
Sie schürzte die Lippen.
»Jenny, du weißt, daß ich keine Tratschtante bin. Und ich bin auch nicht gehässig.«
Ich wartete ab.
»Aber ich finde, manche Menschen sind einfach nicht reif für eigene Kinder, bitte verzeih mir meine Offenheit.«
»Ich verstehe nicht, was du meinst, Annie.«
»Ich spreche von Mrs. Mark Leyton.«
»Los komm, spuck's schon aus. Was hat sie gemacht?«
Annie zögerte wieder und sah mich empört an. Dann beugte sie sich nach vorn und senkte ihre Stimme, um mir vertrauensvoll etwas zuzuflüstern.
»Es war letzte Woche«, sagte sie. »Mrs. Leyton ist über die große Weide hier hinten in Richtung Dickicht geritten. Du kennst ja das hohe Gatter zwischen der Weide und dem Gehölz. Und weil die Lady dort den kleinen Willy Smith entdeckte, hat sie ihm zugerufen, er sollte ihr das Tor öffnen. Weil der Kleine aber gerade voller Konzentration auf Schmetterlingsjagd an der Hecke herumlief, kapierte er zuerst nicht so recht, was sie eigentlich von ihm wollte. Na ja, keiner von den Smiths ist besonders hell im Köpfchen, und Willy noch am allerwenigsten. Trotzdem hat sie keinen Grund gehabt, ihn gleich so zu schlagen.«
»Sie hat ihn *geschlagen?*«
»Ja, mit ihrer Reitpeitsche. Als er später nach Hause kam, hat er sich fast die Augen ausgeweint. Der Kleine ist doch gerade erst sechs.«
»Annie, das ist ja schrecklich! Hat sie ihn schlimm verletzt?«
»Seine Mutter sagte, er hätte überall Blutergüsse gehabt, und

über dem einen Auge und im Nacken war die Haut aufgeplatzt.«
»Hat jemand Mark Bescheid gesagt?«
»Das kannst du glauben! Willys Vater ist hingegangen und hat ihm gedroht, daß er das Gesetz auf seiner Seite habe. Daraufhin hat Mr. Mark ihm ein paar Geldmünzen in die Hand gedrückt, und Willys Vater hat weiter nichts gesagt. Aber Jenny, das ist doch nicht richtig, oder? Ich finde, eine anständige Frau macht so etwas nicht.«
»Ich kann es kaum glauben. Bist du sicher, daß der Junge weiter nichts getan hat? Vielleicht hat er ja einen Stein nach dem Pferd geworfen oder sonst irgendwas?«
»Jenny, so wahr ich hier sitze, dieser Junge könnte nicht einmal einer Fliege etwas zuleide tun.«
»Catherine braust schnell auf, das stimmt«, gab ich zu. Ich hatte das mehr als einmal miterlebt. Aber deswegen ein Kind zu schlagen! Ich schüttelte ungläubig den Kopf.
Bevor wir weitersprechen konnten, hörten wir Kindergeschrei näher kommen; dann weinte ein Baby, ein Hund bellte, und man hörte, wie sich Leute zankten.
»Ach, meine Liebe«, sagte Annie resigniert. »Das war's dann wohl mit der Ruhe für heute.«
Annies Kinder standen in der Tür. Robbie war nicht dabei, aber der Raum war trotzdem im Nu voll.
Ich blieb lange genug, um mit jedem der Kinder ein paar Worte zu wechseln, aber wie Annie schon gesagt hatte, der Friede war dahin und an eine Unterhaltung war nicht zu denken. Ich sah, daß die Kinder Hunger hatten und daß Annie ihnen Tee geben wollte, deswegen machte ich mich wieder auf die Socken.
»Ganz egal, was da in diesem Topf drin ist, ihr könnt froh sein, daß ich es nicht längst aufgegessen habe«, erklärte ich ihnen.
Ich war in dem Einspänner zu Annie hinausgefahren, und jetzt begleitete sie mich noch bis zu Brownie, unserem alten, freundlichen Pferd, das außerhalb ihres zusammengefallenen

Törchens graste. Der schwarze Jagdhund kam hinter uns her, als wollte er mich bis zum Grundstücksende bringen.

»Das ist vielleicht ein Tier!« rief ich und brachte meinen Rock vor ihm in Sicherheit.

»Er sieht aus, als hätte er irgendwo im Schlamm einen wundervollen Nachmittag verbracht. Schau doch, Annie, wie schlau er aussieht.«

Annie lachte. »Das ist der gerissenste Hund, den ich je erlebt habe.«

»Schon komisch, aber diese Jagdhunde erinnern mich immer unglaublich an Wilddiebe«, sagte ich einfach so dahin, während ich mit meiner Aufmerksamkeit bei meinen Handschuhen war.

Annie war völlig verstummt, und ich hob den Kopf und sah, daß sie ihre Augen vor lauter Schreck weit aufgerissen hatte. Ihr Gesicht war ein einziges Schuldbekenntnis.

»Annie, stimmt etwas nicht?« fragte ich. Aber eigentlich hatte ich es längst erraten. Der angenehme Geruch, den Annie so schnell abgetan hatte, kam bestimmt von einem Kaninchen oder einem Hasen, den Jed mit dem Hund unerlaubterweise gejagt hatte.

»Du sagst es aber doch nicht weiter, oder?«

»Annie, ich bitte dich! Natürlich nicht. In der letzten Zeit gab es zwar viele Gerüchte über Wilddiebe, aber ich würde es furchtbar finden, wenn man Jed fassen würde. Lord Bollinger sitzt in der Kommission, die über solcherlei Vorkommnisse zu befinden hat, nicht wahr? Für Jed wäre es das Ende, was würde er denn dann machen?«

Annie zuckte mit den Schultern und verzog angstvoll das Gesicht.

»Ich weiß nicht, Jenny. Ich weiß es wirklich nicht. Das sage ich ihm auch immer. Aber bei Gott, ich wüßte nicht, wie wir ohne diese zusätzlichen Mahlzeiten auskommen sollten. Bei so vielen Mäulern macht es einen erheblichen Unterschied, ob man hin und wieder ein Kaninchen oder einen Fasan hat. Jed verdient nur sechzehn Shilling in der Woche, und davon gehen drei für das Haus ab. Und von dem Rest muß ich acht Menschen satt kriegen und anziehen ...«

»Ich weiß, Annie, ich weiß – du brauchst mir das nicht erzählen. Aber gestern abend war Mr. Bainbridge im RING OF BELLS und hat sich lautstark darüber beschwert, daß er im letzten Jahr so viele Fasane verloren hat.« Hugh Bainbridge war Lord Bollingers Stellvertreter, ein guter Freund von Roger und normalerweise ein sanftmütiger Mann. Das Thema Wilddiebe jedoch brachte ihn schrecklich auf. »Er hat angekündigt, daß sie in Zukunft doppelt so viele Wildhüter einsetzen wollen. Bitte sag Jed, daß er vorsichtig sein soll.«

Mit ihrer Zusicherung im Ohr machte ich mich wieder auf den Weg. Annie wollte Jed warnen. Aber sie warnte Jed immer.

Auf meinem Weg nach Hause dachte ich über vieles nach. Zum Beispiel über Annies mißliche Lage. Wie recht Roger leider mit seiner Prophezeiung gehabt hatte, daß das Leben für sie hart werden würde, und wie merkwürdig Jed geworden war.

Dann ging mir Catherine durch den Kopf. Ob sie wohl wirklich wutentbrannt mit ihrer Reitpeitsche über den kleinen Jungen hergefallen war? Was war das für eine Frau, die so etwas tat? Und wie lebte Mark mit ihr? Verglichen mit anderen hatte ich es doch wirklich sehr gut, dachte ich dankbar.

9

Als wir in das Haus an der Brücke zogen, waren alle Zweifel, was die Ereignisse in Südafrika anging, wieder zerstreut, und Großbritannien befand sich im Kriegszustand mit den Buren. Eine ganze Reihe Männer aus Collingford hatten sich freiwillig zur Armee gemeldet. Sie wurden am Bahnhof in Witney unter heftigem Flaggenschwenken und

lautem Gejohle verabschiedet, und die Dorfkapelle intonierte »Soldaten der Königin«.
Ich nahm die Kinder mit, um in einer Aufwallung patriotischer Leidenschaft dem Spektakel beizuwohnen, doch ich fragte mich auch, ob es der Anlaß wirklich wert war, das Leben dieser Männer aufs Spiel zu setzen. So etwas äußerte man aber besser nicht öffentlich, jedenfalls nicht im Oktober 1899.
Nach dem kleinen Ausflug kehrten wir ins Priors-Anwesen zurück. Großvater Leyton war es in der letzten Zeit nicht gut gegangen, aber jetzt befand er sich auf dem Wege der Besserung und hatte sich auch nach den Kindern erkundigt. Er sah schrecklich elend aus, und ich fühlte mich schuldig, daß wir ihn schon so lange nicht mehr besucht hatten. Der Umzug ins Haus an der Brücke reichte als Entschuldigung aus, vermute ich mal. Doch eigentlich gab es noch einen anderen Grund, warum ich die Kinder nicht mehr mit ins Priors-Haus genommen hatte.
Jetzt, wo Catherine schwanger war, bestand sie drauf, wie eine Gebrechliche behandelt zu werden. Bei den beiden letzten Besuchen hatte sie sich derart über den Lärm der Kinder aufgeregt – obwohl sie im Garten gespielt und sich meiner Meinung nach tadellos betragen hatten –, daß ich mir schwor, sie in der nächsten Zeit nicht mehr so bald mitzunehmen.
Als wir uns um einen Tisch versammelt hatten und die Kinder wie kleine Mäuse auf den riesigen Stühlen saßen, erklärte Catherine: »Niemand – wirklich *niemand* weiß, wie ich mich fühle. Unglücklicherweise war ich immer viel empfindlicher als die meisten anderen. Dr. Linley versteht mich auch nicht. Für meine Niederkunft werde ich einen Spezialisten aus London kommen lassen.«
»Wozu soviel Aufhebens«, murmelte Mr. Leyton. Er saß in einem Stuhl neben dem Kaminfeuer und hatte sich trotz der Wärme eine Schottendecke über die Knie gebreitet. »Jenny hat nicht so ein Trara gemacht, und für Rogers Kinder war Dr. Linley auch gut genug.«

»Für *meine* ist er aber *nicht* gut genug!« Catherine ließ ihre Teetasse auf den Tisch knallen und wurde puterrot. »Warum weiß in diesem Haus bloß jeder immer alles besser als ich?«
Ellie, Lucy und Ben sahen sie mit weitaufgerissenen Augen an. Sie brachten Mr. Leyton Achtung und großen Respekt entgegen, und dieser Ausbruch von Zorn und Trotz jagte ihnen Angst ein. Mrs. Leyton drückte Catherine wieder in ihren Stuhl zurück und klopfte ihr beruhigend auf die Schulter.
»Reg dich nicht auf, das wird schon«, sagte sie. »Natürlich wird alles so gemacht, wie Mark und du es wollen.« Dann wandte sie sich mir zu und wechselte beherzt das Thema. »Soviel ich gehört habe, haben die beiden Mädchen eine neue Lehrerin«, fuhr sie fort. »Ist sie denn genauso gut wie Miss Allday?«
»Miss Hodgson ist sehr nett«, antwortete ich strahlend, »sie will für die Mädchen nur das Beste.« Ellie warf mir einen kühlen Blick zu, als hätte ich sie verraten. Sie trauerte ihrer alten Lehrerin nach, die die Dorfschule warmherzig und voller Verständnis geführt hatte. Für die Neue hatte meine Tochter nichts übrig. Mir war bewußt, daß sie es als ungerechte Verbrüderung der Erwachsenen sah, wenn ich die neue Lehrerin verteidigte, doch in diesem Augenblick ging es mir eher um meine Schwiegermutter als um Ellie.
Denn erstaunlicherweise tat sie mir von Herzen leid, weil solche Szenen mit Catherine offensichtlich an der Tagesordnung waren. Außerdem war ihr Mann derart schwach und miesepetrig, daß ich mühelos erkennen konnte, wie hart ihr das Leben im Moment mitspielte. Trotzdem hatte meine Schwiegermutter anscheinend gute Laune. Rogers Mutter hatte zweifellos ihre schrecklichen Seiten, aber in dieser Situation empfand ich ziemlichen Respekt vor ihr.
Unser erstes Weihnachten im Haus an der Brücke war für die Kinder eine unglaublich aufregende Angelegenheit. Die Neuigkeiten aus Südafrika waren denkbar schlecht, doch trotz

unserer Sorge um die britischen Soldaten – natürlich insbesondere um die aus Collingford, die wir kannten – waren Roger und ich entschlossen, das Fest für die Kinder zu einer freudigen Angelegenheit zu machen.
Catherine brachte am Weihnachtsabend einen Jungen zur Welt, und als sich die ganze Familie am Morgen des ersten Weihnachtsfeiertags im Priors-Haus zu Truthahn und Plumpudding versammelte, durften unsere Kinder das Neugeborene anschauen und für einen kurzen Moment sogar auf den Arm nehmen.
Catherine sah blaß und hübsch aus, wie sie so in rosa Seide und Schwanendaunen in ihren Kissen ruhte und die Anerkennung der versammelten Leytons entgegennahm. Angesichts der Tatsache, daß Dr. Linley einen neuen Assistenzarzt bekommen hatte – einen ziemlich gutaussehenden Mann mit blauen Augen namens Richard Fenwick –, hatte Catherine ihre Forderung nach einem Spezialisten aus London fallengelassen und eingewilligt, Dr. Fenwicks Dienste in Anspruch zu nehmen. Unnötig zu sagen, daß es ihr wirklich *fürchterlich* ergangen war.
Für Catherine war eine zusätzliche Hilfe engagiert worden, und Mark lief tagsüber andauernd die Treppe hinauf, um sicherzugehen, daß es ihr an nichts fehlte. Er fühlte sich großartig, freute sich über seinen Sohn und Erben und genoß es, wieder einmal mit seinen Brüdern zusammenzusein.
An diesem Weihnachtsfest waren die drei Brüder zum ersten Mal nach einigen Monaten wieder zusammen und alberten wie früher gemeinsam herum – »den Kindern zuliebe«, behaupteten sie –, aber sie hatten so viel Spaß miteinander, daß ich um den Vorwand froh war, den ihnen die Kinder geliefert hatten.
Die Kinder sangen zur Klavierbegleitung mit ihren hohen, dünnen Stimmchen »Schneeflöckchen, weiß Röckchen« und schnitten aus Zeitungspapier große Schneekristalle aus. Dann folgte eine melodramatische und unglaublich komische Version von »Von drauß vom Walde komm ich her«. Die Kinder waren aufgedreht, daß sie überhaupt nicht mehr mit Lachen

aufhören konnten, und sogar Mr. Leyton lachte tonlos und mußte sich die Augen trocknen.

»Den Kindern zuliebe« spielten wir dann später noch Ratespiele und Scharade und »Fang den Hut«, bis Mark und John nach den Pferden sahen, weil die meisten Landarbeiter einen Tag frei bekommen hatten.

Kurz nach dem Tee trat eines der jungen Mädchen, an dessen Namen ich mich nicht mehr erinnere, ins Zimmer. Im Priors-Haus war immer ein reges Kommen und Gehen der Dienstmädchen, weil es keine von ihnen mit Dora aushielt, dem alten Drachen, der dort in der Küche das Zepter schwang.

Weil ich direkt neben ihr stand, fragte ich das Mädchen, was passiert sei.

»Es geht um Mrs. Mark«, antwortete sie. »Sie möchte Mr. Mark sprechen, bitte, Madam.«

»Er ist nur einen Augenblick raus in den Stall gegangen«, antwortete ich. »Ist Mrs. Myers denn nicht bei Mrs. Mark?«

»Sie ist gerade in der Küche, um eine Tasse Tee zu trinken, Madam.«

»Ach so. Na, dann gehe ich doch einfach mal zu ihr hinauf.«

Das Mädchen knickste nervös und hastete eilig davon.

Ich stieg dic Treppe hinauf – die wunderschön geschwungene Treppe mit dem abgetragenen Läufer und den Verzierungen am Treppengeländer, die vor lauter Schmutz kaum mehr zu erkennen waren – und dann den Gang hinunter bis zu Catherines Zimmer. Als ich eintrat, war sie in Tränen aufgelöst.

»Wo ist Mark?« wollte sie wissen, als ich die Tür schloß. »Was denkt er sich eigentlich, daß er ausgerechnet dich herschickt? Ich will meinen Mann. Wo ist er? Es kümmert ihn anscheinend überhaupt nicht, daß ich allein bin – ganz allein, nach der schrecklichsten Erfahrung meines Lebens!«

»Er ist doch erst vor einer halben Stunde hiergewesen«, sagte ich. »Er hat gesagt, du schläfst.«

»Schlafen? So ein Unsinn! Wie soll man denn bei diesem Lärm schlafen? Es ist wirklich unglaublich egoistisch von allen, insbesondere von dir, daß du deine lauten Kinder hergebracht hast, wo ich doch einzig und allein Frieden, Ruhe und Aufmerksamkeit brauche.« Sie schnupfte geräuschvoll in ihr Taschentuch, und ich setzte mich auf ihre Bettkante, tätschelte ihr die Schulter und tat alles, um Verständnis für sie zu empfinden. Wenn ich mich konzentrierte, konnte ich sehr weit entfernt ein Kind lachen hören.

»Mark kümmert sich nicht«, schluchzte Catherine. »Nicht ein bißchen! Wie soll denn ein Mann wissen, wie das ist – wie sehr ich gelitten habe?«

»Er kümmert sich«, versicherte ich ihr. »Ich habe ihn noch nie so glücklich und stolz erlebt.«

»Du lügst, ich weiß genau, daß du lügst! Ich bin ihm ganz egal. Sonst wäre er doch jetzt bei mir.«

»Er kommt sicher jeden Augenblick. Er hat nur schnell nach den Pferden geschaut.«

»*Pferde!* An so einem Tag denkt er an nichts weiter als an seine *Pferde! Dein* Mann hätte das natürlich nicht machen können, oder? Ihn hättest du sicher nicht gehen lassen.« Ich hörte Schritte näher kommen und sah mich erleichtert um, als Mark eintrat. Mir war es mehr als recht, meine Rolle als Trostspenderin aufgeben zu können.

»Wo liegt das Problem?« fragte Mark besorgt.

»*Du* bist das Problem«, schrie Catherine zornentbrannt. »Du bist brutal, brutal! Wie konntest du mich nur allein lassen? Ich hasse dich – faß mich nicht an, komm mir niemals mehr zu nahe!«

Sie griff nach dem nächsten Gegenstand in ihrer Nähe, und das war zufällig eine Vase mit Nelken aus dem Gewächshaus in Watersmeet. Catherine schleuderte sie Mark entgegen und verpaßte ihn nur um ein paar Zentimeter. Doch anschließend war das Bett mit Blumen und Grünzeug überhäuft und völlig naß. Meine Schwägerin warf sich in die Kissen, wobei sie wie wild stöhnte und schluchzte.

»Catherine, du darfst nicht – bitte hör auf!« flehte ich sie an.

»Reg dich bitte nicht so auf. Denk an das Baby!« Ich wußte, daß es völlig sinnlos war, aber ich versuchte, die Blumen vom Boden aufzuheben und die nasse Decke wegzulegen.
»Laß gut sein«, sagte Mark knapp, mit kreidebleichem Gesicht und wild entschlossener Miene. »Bitte geh und hol meine Mutter, ja? Sie weiß, wie man damit umgehen muß.«
Er schaute Catherine an, wich meinem Blick aus und machte keine Anstalten, sie zu trösten. Es war ihm peinlich, daß ausgerechnet ich jetzt hier im Zimmer weilte.
Ich machte mich auf die Suche nach Mrs. Leyton und gab Roger zu verstehen, daß wir uns langsam auf den Heimweg machen sollten. Das Fest war vorbei.
Erst als an diesem Abend die Kinder im Bett waren, konnte ich nochmals auf die Ereignisse am Nachmittag im Priors-Haus zurückkommen und mich darüber mit Roger unterhalten.
»Roger«, begann ich, »Catherine ist heute schrecklich schlecht gelaunt gewesen.« Er wußte bereits, was sich in ihrem Schlafzimmer zugetragen hatte. »Ich frage mich wirklich, ob sie nicht ein bißchen verwirrt ist. Eigentlich bestätigt das nur Annies Geschichte darüber, daß sie Willy geschlagen hat. Ich habe noch nie jemanden erlebt, der sich so wenig beherrschen kann.«
»Der arme Mark.«
»Und erst das arme Baby.«
Catherines Baby mit Namen Peter entwickelte sich gar nicht gut. Und es war nicht weiter überraschend, daß sie keine Milch für ihn hatte. Kuhmilch und verschiedene raffinierte Speisen brachten keinen Erfolg, und nachdem sich herausstellte, daß ihm eine Mischung aus Ziegenmilch, Zucker und Wasser schmeckte, nahm er langsam ein bißchen zu.
Meine Bewunderung für Mrs. Leyton war grenzenlos. Sie wurde anscheinend mit allen Problemen fertig, auch wenn die Kinderschwester, die für Peter eingestellt worden war, wieder gekündigt hatte, wie so oft im Priors-Haus. Wie immer hatte Dora ihr das Leben schwergemacht, und daraufhin suchte sie sich Arbeit in Oxford.

Das war der Beginn einer traurigen Zeit. Rogers Vater starb nach kurzer Krankheit Ende Februar; ich konnte nicht zum Begräbnis kommen, weil unsere Kinder gerade die Masern hatten und ich mich um sie kümmern mußte. Nach der Trauerfeier kam Roger ganz und gar durchgefroren und traurig zurück. Es war ein öder, windiger Tag mit Schneeregen – einer dieser Wintertage, an denen man kaum glauben konnte, daß es jemals wieder Frühling werden würde.
»War es schrecklich?« wollte ich wissen.
Er nickte. »Ja. Eine furchtbare Angelegenheit.«
»Und wie geht es deiner Mutter?«
Er nahm einen Schluck Schnaps und runzelte die Stirn.
»Ich mache mir Sorgen um sie, Jenny. Sie wirkt – abgespannt. Catherine hat ihr die ganze Verantwortung für das Baby aufgebürdet – und liegt selbst, soviel ich weiß, fast nur noch im Bett.«
»Sie ist doch nicht krank, oder?«
»Ganz genau weiß ich das nicht, aber mir kommt es so vor, als hätten sie Stillschweigen vereinbart.«
»Haben sie denn keine neue Kinderschwester eingestellt?«
»Doch, das schon. Aber das Mädchen hat sich als unbrauchbar erwiesen und ist letzte Woche wieder gegangen. Mark sagt, daß Peter immer noch andauernd schreit.«
»Der arme kleine Kerl! Deine Mutter sollte eine Reise machen, Roger. Sie hat einen schrecklichen Winter hinter sich und muß sich mal gründlich erholen.«
»Sobald das Wetter besser wird, spreche ich mal mit ihr darüber.« Roger zitterte. »Jenny, es ist schrecklich kalt hier drin.«
Ich warf ihm einen mißtrauischen Blick zu.
»Du weißt doch genau, daß das nicht stimmt. Ich habe den ganzen Nachmittag eingeheizt, damit du es schön warm hast, wenn du zurückkommst. Fühlst du dich wirklich gut, Liebling?«
Roger goß sich noch einen Schnaps ein und rückte näher ans

Feuer. »Ach, ich vermute, ich bin nur ein bißchen niedergeschlagen. Irgendwie strapaziert so ein Begräbnis immer die Nerven. Der arme alte Knabe. Ich frage mich, was er wirklich über die ganze Entwicklung gedacht hat. Weißt du, er hat sich nie geäußert. Keiner von uns kannte ihn richtig.«

Ich umarmte Roger und drückte ihn an mich. Insgeheim war er immer stolz auf seinen Vater gewesen, und so niedergeschlagen hatte ich ihn noch nie gesehen.

Am nächsten Tag mußte er sich ebenfalls mit Masern ins Bett legen.

Wenn ich bereits davor geglaubt hatte, daß das Leben schwierig war, so war ich jetzt völlig sicher. Ich stellte noch eine Frau ein, die Carrie zur Hand ging, und mir kam es so vor, als würden wir drei den ganzen Tag nur treppauf und treppab laufen.

Roger wurde ziemlich krank. Er sorgte sich ständig um das Hotel, und diese Aufgabe mußte ich auch noch irgendwie bewältigen. Weil ich mich als einzige mit den verschiedenen Tätigkeiten dort auskannte, überließ ich die Kranken der Pflege von Carrie und Mary Anne, packte mich dick ein, um mich gegen den schneidenden Wind zu schützen, und kämpfte mich ins RING OF BELLS, wo ich die Vorräte überprüfte, die Löhne und die Rechnungen der Lieferanten zahlte und alles organisierte, um unser Einkommen während der Wintermonate zu sichern.

Langsam wurde Roger wieder gesund und ungeduldig, weil er schon längst wieder zur Arbeit gehen wollte. Ich wünschte, wir hätten Ferien machen können, doch das stand außer Frage. Was für ein trauriger Beginn eines neuen Jahrhunderts, dachte ich.

Natürlich kam irgendwann doch der Frühling, und mit der steigenden Temperatur wurde auch unsere Laune besser, insbesondere als aus Südafrika zu hören war, daß sich die Lage entspannte. Ladysmith wurde abgelöst, und plötzlich lag ein ungeheurer Optimismus in der Luft.

Roger mußte das noch mehr gespürt haben, denn als er wieder gesund war, eröffnete er mir, daß er am liebsten noch ein zweites Gasthaus dazukaufen würde.

»Was paßt dir denn nicht am RING OF BELLS?« wollte ich wissen.

»Nichts, kleine Gans. Ich meine nur, ich würde einfach gern zwei solche Häuser haben – und vielleicht sogar drei oder vier oder fünf. Ich würde gern irgendwo eines finden, das in Vergessenheit geraten ist, ein Haus, auf das ich mich mit Haut und Haaren stürzen könnte, um es auf den heutigen Stand zu bringen.«

Für mein Gefühl war die Idee eine Nummer zu groß. Aber anscheinend hatte mich der Winter doch mehr ausgezehrt, als ich vermutet hatte, und ich beneidete Mrs. Leyton, als sie nach Hereford fuhr, um dort den Bruder ihres verstorbenen Mannes und dessen Frau zu besuchen.

Ihre Reise war überhaupt erst möglich geworden, weil es Catherine wieder besserging und weil Peter inzwischen die Nacht durchschlief. Weil Roger und die Kinder krank gewesen waren, hatte ich dem Priors-Haus schon lange keinen Besuch mehr abgestattet. Doch Mark berichtete, daß jetzt alles reibungslos lief und daß sie sogar eine ausgezeichnete Kinderschwester gefunden hatten. Deswegen fiel ich aus allen Wolken, als eines Morgens einer der Landarbeiter mit einer dringenden Mitteilung auftauchte. An diesem Tag waren Mark und Hugh Bainbridge zum Rennen nach Ascot gefahren, Roger hielt auf dem Markt in Witney nach einem neuen Pferd Ausschau, und deswegen war Catherine allein im Priors-Haus.

»Dora geht es schlecht«, sagte der Mann vom Priors-Anwesen. »Und Daisy ist gegangen, weil die Lady einen Krug nach ihr geworfen hat. Im Haus ist alles von unten nach oben gekehrt, ich glaube, Sie sollten mal besser kommen.«

Auf dem Weg zum Priors-Haus versuchte ich, noch ein paar Informationen mehr aus ihm herauszulocken, doch ohne Erfolg. Er murmelte nur immer wieder, daß es ein ziemliches Durcheinander gegeben habe, die junge Frau habe Zeter und Mordio geschrien, das Baby habe geweint und das Dienstmädchen sei gegangen.

Ich war darauf gefaßt, daß überall Tote herumlagen, doch in der Küche fand ich nur einen Berg schmutziger Teller und einen Haufen benutzte Babywindeln in einer Ecke.

»Wie lange geht das schon so?« fragte ich. »Hätte nicht längst jemand kommen können, um ein bißchen sauberzumachen. Gibt es denn kein Küchenmädchen?«

»Doch, Madam, die gibt es. Aber sie paßt oben auf das Kind auf.«

Er machte eine Kopfbewegung Richtung Decke. Peter begann zu schreien, entweder weil er wütend war oder Hunger hatte oder beides, und damit verscheuchte er die Labradorhündin *Honey* aus der Küche. Ich ließ das ganze Durcheinander hinter mir und stieg die Treppe hinauf.

Oben traf ich auf ein armes Mädchen, das höchstens zwölf oder dreizehn war und sich redlich anstrengte, das Baby zu waschen, das offensichtlich gerade sein letztes Essen ausgespuckt hatte. Sie war den Tränen nah und sah mich verstört und erleichtert an, als ich in der Tür stand.

»Oh, Madam. Wie gut, daß Sie gekommen sind. Ich bin ja so froh.«

»Wo ist deine Herrin?« fragte ich, während ich ins Zimmer trat und ihr Peter abnahm.

»Sie hat sich im Schlafzimmer eingeschlossen, Madam. Sie schreit herum und macht da drin ein wüstes Durcheinander – sie sagt, das Baby schreit zuviel, der arme, kleine Kerl. Ich glaube, er hatte nur Hunger. Ich habe versucht, ihn zu füttern, aber er hat alles wieder ausgespuckt.«

»Was hast du ihm denn gegeben?«

»Seine spezielle Milch, Madam, Ziegenmilch.«

»Hast du sie mit Wasser verdünnt? Ich glaube, man muß sie verdünnen ... aber ich fürchte, so genau kenne ich mich damit auch nicht aus. Hat dir denn Mrs. Leyton nicht genau gesagt, was du tun sollst?«

»Man kann mit ihr nicht reden, Madam«, sagte das arme Mädchen und wirkte verängstigt. »Ich habe es versucht – ganz bestimmt, Ehrenwort!«

»Ich glaube dir. Und was ist mit Dora?«

»Sie hat Fieber bekommen, Madam. Ich habe versucht ...«

Sie brach ab, und wir beide lauschten den hysterischen Schreien, die aus Catherines Zimmer kamen. Ich reichte dem Küchenmädchen das Baby und lief den Flur hinunter. Wie das Mädchen schon erzählt hatte, war Catherines Tür verschlossen, und obwohl ich nach ihr rief, bekam ich keine Antwort. Jetzt war nur noch ein leises Wehklagen zu hören, das von Zeit zu Zeit von einem etwas lauteren Schluchzer unterbrochen wurde.

Ich ging wieder ins Kinderzimmer.

»Geh bitte und sag dem Mann, der mich geholt hat, daß er Dr. Fenwick oder Dr. Linley Bescheid sagen soll«, bat ich. »Besser Dr. Fenwick. Und bitte sag ihm, daß er sich beeilen soll.«

Ich nahm das Baby wieder an mich, und sie rannte voller Dankbarkeit davon.

Ich wandte mich Peter zu und versuchte, die Geräusche aus Catherines Schlafzimmer zu ignorieren. Ich wusch ihn, wickelte ihn und zog ihm etwas Frisches an und überlegte, was ich ihm am besten zu essen geben könnte. Auf dem Weg nach unten entschloß ich mich zu einer Mischung halb Wasser, halb Milch mit einem bißchen Zucker.

Armer Kerl, ging mir ständig durch den Kopf. Er war ein liebes Baby – zwar jetzt mit hochrotem Kopf, doch als ich ihm die Flasche gab, beruhigte er sich rasch wieder. Noch bevor er alles ausgetrunken hatte, war er vor lauter Erschöpfung vom vielen Brüllen eingeschlafen. Ich setzte mich in einen Lehnstuhl in der Diele, wo im Kamin ein paar Holzklötze vor sich hin glommen, drückte ihn eng an mich, rieb meine Wange an

seine Haare und atmete seinen warmen, pudrigen Babygeruch ein.
So fand mich Mark, der mit einem erstaunten Gesicht in der Tür stand. Ich war von seiner Ankunft nicht überrascht, weil kurz davor die Hunde aufgeregt im Hof hin und her gelaufen waren. Doch nichts hatte ihn auf mich vorbereitet, wie ich in einem Sessel am Feuer saß und seinen Sohn auf dem Arm hielt. Er schaute mich stirnrunzelnd und verwirrt an, und sein Blick wanderte in dem Raum hin und her, der noch unordentlicher als sonst war; als er den Lärm aus Catherines Zimmer hörte, blickte er nach oben.
»Catherine«, sagte er klanglos. Es war eher eine Feststellung als eine Frage.
»Ich glaube, sie ist krank«, meinte ich. »Ich habe nach dem Arzt geschickt.«
Mark rannte die Treppe hinauf, immer zwei Stufen auf einmal, hämmerte an die Schlafzimmertür und rief eindringlich den Namen seiner Frau. In diesem Augenblick kam Richard Fenwick an und traf Mark, als der gerade wieder die Treppe herunterkam.
»Ich muß das Fenster einschlagen«, sagte Mark. »Ich kümmere mich um eine Leiter. Fenwick, würden Sie bitte so freundlich sein, hinaufzugehen und vor der Tür zu warten? Es dauert sicher nur einen Augenblick.«
Ich blieb, wo ich war, ziemlich ruhig und mit dem Baby auf dem Arm. Ich fühlte mich merkwürdig ängstlich; fast krank. Ich hatte keine Ahnung, was mit Catherine los sein könnte; zweifellos konnte sie sich nicht mehr selbst helfen. Doch der Gedanke, daß dieses kleine, wehrlose Baby in meinen Armen darunter zu leiden hatte, machte mich wütend.
Binnen kurzem war Mark durch das Fenster ins Zimmer eingedrungen und hatte Dr. Fenwick durch die Tür hereingelassen. Ich konnte hören, wie sie besänftigend auf Catherine einredeten. Eine Weile wurden ihre Schreie anscheinend immer lauter, doch zum Schluß war sie still – das Ergebnis,

erfuhr ich später, der Tropfen, die ihr der Arzt verabreicht hatte. Ich hörte, wie das Mädchen das Kinderzimmer aufräumte, und kurz darauf kam sie die Treppe herunter, um in der Küche ihre Arbeit fortzusetzen. Mark erschien ebenfalls, verabschiedete Richard Fenwick und ließ sich dann mir gegenüber in einen Sessel fallen.

Ein paar Minuten saßen wir stumm da.

»Wir – wir dachten, sie sei auf dem Wege der Besserung«, bemerkte Mark dann endlich. Er sah müde aus, grau, mitgenommen und alt.

»Hat sie das vorher schon einmal gemacht?«

»Seit Peters Geburt hin und wieder. Sie wurde anscheinend überhaupt nicht mit ihm fertig – oder mit dem Leben im allgemeinen.«

Dann erhob er sich und ging zu einem Tisch am Ende des Raums und goß sich ein Glas Whisky ein.

»Ich weiß nicht, was ich tun und an wen ich mich wenden soll«, sagte er.

»Falls ich behilflich sein kann – vielleicht nützt es etwas, wenn ich das Baby für eine Weile nehme –«

Er unterbrach mich mit einem rauhen, freudlosen Lachen.

»Mein Gott! Für dich muß das ja großartig sein. Ich hoffe, du genießt deinen Triumph!«

»Mark, darum geht es nicht!« sagte ich leise, weil ich an das schlafende Baby dachte, doch mein Tonfall ließ nichts an Deutlichkeit vermissen.

»Tu doch nicht so, Jenny«, sagte er verbittert. »Seit Jahren haßt du mich, seit dem Tag, als ich dich aufgefordert habe, deine Finger von Roger zu lassen.«

»Jedes Mädchen hätte dir das übelgenommen, was du da gesagt hast – und wie du mich genannt hast. Ja, vermutlich habe ich dich gehaßt, Mark, aber das heißt keineswegs, daß ich jetzt glücklich bin. Es tut mir leid, das ist alles, und ich habe Angst wegen Catherine. Sie braucht mehr Hilfe, als sie hier bekommen kann. Viel zu lange haben wir alle gedacht, daß sie sich schon wieder fängt und daß sie sich nur zusammenreißen muß. Aber inzwischen glaube ich, daß sie das nicht kann. Sie ist nicht launenhaft und versucht auch nicht, schwierig zu sein –«

»Willst du damit sagen, daß sie verrückt ist?«

»Ich sage doch nur, daß sie Hilfe braucht.«

Er seufzte lange und zittrig, ging zum Kamin hinüber, stützte seine Arme auf den Sims und legte seinen Kopf darauf.

»Du hast recht, natürlich«, sagte er dann endlich und schwieg erneut.

Dann hob er den Kopf und sah mich an. »Du kannst dir nicht vorstellen, wie sehr ich dich beneidet habe.« Er sprach jetzt ganz leise, fast so, als sollte ich gar nicht hören, was er sagte. »Immer wenn ich dich und Roger über einen dummen Scherz lachen gehört habe oder wenn ich mitbekam, wie ihr euch berührtet. Am liebsten hätte ich nicht hingeschaut, und doch konnte ich den Kopf nicht wenden.«

Mir ging durch den Kopf, wie oft ich mein Glück stolz vor ihm zur Schau getragen hatte, und ich schämte mich.

»Und ich habe dich auch bewundert, weißt du – vor vielen Jahren, als du ein süßes, schüchternes, kleines Mädchen warst. Aber du hattest nur Augen für Roger.«

Ich mußte lächeln.

»Du hättest mich nie geheiratet!«

»Nein, ich hatte eindeutig schändliche Absichten.«

»Was du nicht sagst!«

Daraufhin lachten wir beide frei heraus, offen und vergnügt, doch Mark wurde ganz schnell wieder ernst.

»Was soll ich tun?« fragte er mich.

»Was meint denn Richard Fenwick?«

»Er meint, daß sie schon immer labil war und daß die Geburt das nur verstärkt hat. Ich hatte bereits am Anfang den Eindruck, daß sie ein bißchen verzogen und halsstarrig ist, aber erst kurz nach unserer Hochzeit habe ich gemerkt, daß sie ganz schön gewalttätig ist. Aber meine Mutter und ich wissen auch nur die Hälfte.«

»Ich finde, du solltest sie zu einem Arzt nach London bringen, Mark«, drängte ich. »Ich kann Peter so lange nehmen, bis sich alles wieder geklärt hat.«
Er sah mich lange an, öffnete den Mund, als wollte er etwas sagen, doch dann wandte er stumm den Kopf. Ich hatte den Eindruck, als wüßte ich, was in ihm vorgeht.
»Ach Mark, laß einfach die Vergangenheit ruhen«, schlug ich vor. »Der Vater eines solchen Babys kann nicht von Grund auf schlecht sein. Sollten wir nicht gegenseitig versuchen, das Gute im anderen zu sehen?«
Er sah mich wieder an, diesmal blitzte bereits wieder sein verwegenes Lächeln auf.
»Meinst du, daß du fündig wirst?«
»Wenn man tief genug gräbt, warum nicht?«
Wieder mußten wir lachen. Das ist wirklich merkwürdig, dachte ich und wunderte mich über die Freundschaft, die auf einmal nach so vielen Jahren Feindseligkeit zutage zu kommen schien. Irgendwie würde ich das richtig vermissen. Schließlich war es inzwischen zu einer Art Sport geworden, Punkte gegen Mark zu sammeln – und trotzdem war ich erleichtert, daß ich ihm letztendlich herzlich begegnen konnte. Wir hatten uns beide verändert seit unserer Hochzeit. Zwar tat sich Mark hart mit Entschuldigungen, aber offensichtlich war ihm längst klargeworden, daß ich Roger ganz und gar nicht nur wegen seines Geldes hatte heiraten wollen.
»Ich frage mich, wann Dora wohl wieder gesund ist«, bemerkte er dann.
»Vermutlich wäre es am besten, wenn das nie geschehen würde.« Vom Gefühl her war ich mir völlig sicher, daß Dora die Ursache für viele Probleme im Priors-Haus war. »Es ist Zeit, daß ihr sie los werdet, Mark. Wegen Dora kündigen doch alle Mädchen bei euch, und das geht schon ewig so. Schau doch mal, in welchem Zustand das Haus ist! Es kann einfach nicht gutgehen, daß Dora alle Mädchen vertreibt, die dir nahekommen.«

»Das ist Mutters Bereich.«
»Na ja, wenn sie aus Hereford zurückkommt, dann sag ihr, daß sie Dora aufs Altenteil setzen soll.«
Mark stimmte mir zu und ging dann, um Peters Kleidung und Gegenstände zusammenzusuchen. Während ich das schlafende Kind in meinen Armen ansah, war ich plötzlich unglaublich froh darüber, daß es in unserem Kinderzimmer noch einmal ein Baby geben würde.

10

Peter blieb viel länger bei uns, als wir uns das gedacht hatten.
Dora erholte sich sehr schnell von ihrer Grippe, doch Catherines Zustand wurde nicht besser. Mark hatte wegen Catherine die Godfrey-Verwandten um Hilfe gebeten, die im vergangenen Jahr von Collingford nach London übergesiedelt waren, und sie empfahlen ihm eine Privatklinik in Wimbledon. Catherines Verwandte versprachen, die Kranke regelmäßig zu besuchen, und daraufhin konnte er sich ein bißchen ausruhen. Er hatte das Gefühl, daß sie die Hilfe von Fachleuten bekam, die sie brauchte.
Der Sommer war ein einziger Alptraum, denn Ellie schluchzte unter der Bettdecke über ihre Noten, und Lucy war oft körperlich richtig krank, bevor sie das Haus verließ, um in die Schule zu gehen. Als Ellie eines Tages leichenblaß zurückkam und erzählte, daß sie und Lucy vor der ganzen Schule kritisiert worden seien, weil ihr Vater ein Wirt und ein Sünder sei, konnte ich Roger – der vor lauter Wut genauso blaß wie seine Töchter geworden war – dazu bewegen, zu Miss Hodgson zu gehen und ihr zu sagen, was er von ihrer Intelligenz, ihrer Menschlichkeit und ihren Lernmethoden hielt. Das Drama endete damit, daß wir die Kinder unverzüglich von der Schule nahmen, und den Rest des Schuljahres hatten sie Ferien.

Es war schön, sie endlich wieder sorglos zu erleben. Wir beschlossen, sie im September auf eine kleine Privatschule außerhalb von Collingford zu schicken, die sich merkwürdigerweise und gänzlich unpassend Unterrock-Akademie nannte.

An einem wunderschönen, sonnigen Tag im Juli ging ich mit den Kindern die Allee am Harts Dickicht entlang – der Tag war für die beiden auch deswegen so schön, weil sie wußten, daß alle ihre Freunde in der Schule schwitzen mußten –, als wir nach einer Wegbiegung auf Lord Bollinger trafen, hinter ihm kam sein Spaniel her. Der alte Herr lehnte an einem hohen Gatter und betrachtete offensichtlich seinen Landbesitz. Als wir näher kamen, wandte er uns sein Gesicht zu und lächelte uns an.

»Ich habe deine Stimme gehört«, sagte er zu mir. »Ich wußte, daß du es bist, ich hätte drauf wetten können.«

»Guten Morgen, Mylord«, sagte ich formeller. »Wie schön, daß Sie hier sind, ich habe Sie ja schon ewig nicht mehr gesehen.«

»Das verdammte Bein macht mir zu schaffen«, sagte er. »Habe versucht, nicht dran zu denken, und gehofft, daß es dann weggeht – aber es mag irgendwie nicht mehr. Alt zu sein ist schrecklich, meine Liebe.«

»Aber Sie sind doch nicht alt.«

»Mein Geist ist auch höchstens fünfundzwanzig«, sagte er. »Unglücklicherweise wird das Fleisch beim nächsten Geburtstag neunundsiebzig. Und das hier sind wohl deine Mädchen, wie? Guten Morgen, die Damen. Eleanor, nicht wahr, nach deiner – Gott habe sie selig, deiner Großmutter! Wie die Zeit vergeht!«

»Und ich bin Lucy«, sagte meine andere Tochter.

»Wer könnte Lucy je vergessen! Sag mal, weißt du denn auch, wie die Blumen heißen, die du da gepflückt hast?«

Lucy lächelte ihn an, wobei ihre Augen sittsam von ihren dichten Wimpern bedeckt waren.

»Ich weiß, welche die Butterblumen sind«, lispelte sie gewinnend.
»Butterblumen kennt doch *jeder*«, warf Ellie ein, die über diese Art der Zurschaustellung immer völlig verwirrt war. Sie schnappte nach einer Blume aus Lucys Strauß und bot sie Lord Bollinger an.
»*Das* ist eine purpurne Flockenblume«, sagte sie bestimmt. »Und *die* ist krätzig.«
»Ein schlaues Mädchen!« Lord Bollingers Miene drückte wirkliche Hochachtung aus. »Ein gebildetes Mädchen, mein Respekt! Nun, meine Damen, ich habe einen Wettkampf für euch. Irgendwo auf diesem Feld vor uns habe ich einen Wiesenstorchschnabel entdeckt – man nennt ihn auch blaue Geranie. Eine runde, blaue Blume mit ausgefransten, schlapp herunterhängenden Blättern. Die Botanikerin, die das Blümchen als erste entdeckt, bekommt von mir eine Sixpence-Münze.«
Sie waren so schnell wie der Blitz auf und davon, und der alte Mann sah ihnen nach und gluckste stillvergnügt in sich hinein.
»Brave Mädchen«, sagte er. »Brave Mädchen, beide. Wahrscheinlich wird deine Lucy über kurz oder lang die ersten Herzen brechen. Das erinnert mich an deine Großmutter.«
»Meine *Großmutter?*« Ich sah ihn erstaunt an. »Meinen Sie Mrs. Austin?«
»Die junge Sarah war das hübscheste Mädel, das ich in meinem ganzen Leben gesehen habe«, sagte er. »Die Zeit ist wie ein ständig dahinfließender Fluß, Jenny, und reißt all seine Söhne mit sich fort – jaja, und die Töchter auch. Sag mal«, fragte er und rückte ein bißchen näher zu mir heran, »er behandelt dich doch gut, oder? Der junge Mann, den du da geheiratet hast?«
Ich lachte.
»Das ist doch schon mehr als zehn Jahre her, Mylord, und der junge Mann ist inzwischen auch schon Mitte Dreißig. Aber es stimmt, er behandelt mich gut.«

Lord Bollinger gab ein paar Grunzlaute von sich.
»Das ist gut. Von euch sieht man ja nicht sehr viel, aber ich freue mich, wenn es dir gutgeht. Siehst du dort die Rebhühner?« Er deutete mit seinem Stock auf das Feld, wo sich ein Schwarm Vögel in die Luft erhoben hatte.
»Die armen Dinger«, sagte ich. »Wie wenig sie doch wissen.«
»Was wir wissen, ist doch auch nicht viel mehr!« Er hatte seine Stimme gesenkt. In der Ferne konnte ich die Stimmen der Kinder hören, und um uns herum hörte und roch man den Sommer.
Wir hatten uns nie gegenseitig besucht. Ich war immer nur dann in Watersmeet gewesen, wenn auch das ganze Dorf dort zu Besuch gewesen war: zum jährlichen Fest des Wohltätigkeitsvereins oder anläßlich eines besonderen Kricket-Turniers. Lord Bollinger war nur recht unregelmäßig im Ring of Bells aufgetaucht, und in unserem Haus hatte er uns noch nie besucht. Aber immer wenn einer von uns krank war, ließ er Früchte und Blumen schicken. Es gab keinen vernünftigen Grund, daß ich mich auf irgendeine Weise von den Frauen aus dem Ort heraushob, doch aus irgendeinem Grund war ich mir ziemlich sicher, daß dem so war.
»Alt zu sein ist eine furchtbare Sache«, sagte Lord Bollinger noch einmal nachdenklich. »Es heißt immer, daß man auch etwas davon hat. Aber ich wüßte nicht, was. Hoffe, daß ich schnell abtrete, wenn es soweit ist.«
»Bitte nicht«, sagte ich aufrichtig betrübt.
»Das passiert allen. Man kann nicht entkommen.«
»Nein, aber – ich werde Sie vermissen. Wir alle werden Sie vermissen.«
Er räusperte sich.
»Hatte ein gutes Leben. War meistenteils erfreulich.« Er drehte sich zu mir hin, sah mich wieder an, und einen Augenblick lang hatte ich den Eindruck, er wollte etwas Wichtiges sagen. Doch dann liefen die Mädchen mit verschiedenen Blumen in den Händen auf uns zu, und die Chance war vorbei.

Obwohl keine von beiden den Wiesenstorchschnabel gefunden hatte, bekamen beide eine Münze, weil sie sich zumindest auf die Suche gemacht hatten. Nachdem sich beide Mädchen überschwenglich bedankt hatten, verabschiedeten wir uns von ihm.

»Hast du ihn nach Mrs. Olivers kleinem Nachbarhaus gefragt?« fragte Roger, als ich ihm erzählte, was passiert war.

»Ach Roger, wie kommst du denn auf die Idee? Das habe ich natürlich nicht gemacht.«

»Ich will ja nur eine schriftliche Bestätigung, die auch noch nach seinem Tode gültig ist.«

»Hätte ich deiner Meinung nach sagen sollen: ›Mein Mann glaubt nicht, daß Sie es noch lange machen, also bringen Sie doch bitte Ihre Angelegenheiten in Ordnung!‹ Das hätte ich wirklich nicht über die Lippen gebracht. Der alte Lord erschien mir irgendwie traurig und einsam.«

Roger seufzte bekümmert. »Wenn ich Mrs. Oliver sehe, muß ich an Lord B. denken, und dann frage ich mich, wer von beiden wohl das Rennen in den Himmel gewinnt. Vielleicht sollte ich eine Wette darüber abschließen.«

»Ach, sei doch nicht so gefühllos! Außerdem könnte es sein, daß Lord Bollingers Neffe das Haus vielleicht verkauft, wenn er erbt, oder?«

»Ich weiß gar nicht, ob er das überhaupt will. Meiner Meinung nach ist er schwer einzuschätzen. Und dabei will ich doch nur auf Nummer *Sicher* gehen!«

Mir blieb nichts anderes übrig, als mich in Geduld zu fassen, und Roger ging mit verärgertem Blick davon. Das kleine Nachbarhaus nagte an ihm.

Am Tag, als Tante Millie ins Haus an der Brücke einzog, kam Roger ungewöhnlich geistesabwesend nach Hause. Dann berichtete er, daß er sich im Laufe der letzten paar Tage zwei Gasthäuser angeschaut hatte, die sich seiner Meinung nach beide für einen Kauf eigneten.

»Wo liegen sie denn?« fragte ich.

»Das eine ist in Long Branstead. Ein ziemlich großes Haus – früher war es einmal eine Postkutschen-Station, die heute in erbärmlichem Zustand ist, aber eine gute Lage an der Hauptstraße hat. Es ist wirklich ein historisches Gebäude, noch ganz wie früher, und hat einen Torweg nach hinten in den Hof. Seit Generationen ist es im Besitz der Familie von Lord Branstead, aber jetzt haben sie kein Geld, und deswegen will er verkaufen. Es ist billig, weil sehr viel zu renovieren ist.«

»Und das andere?«

»Das ist völlig anders. Es ist klein – es gibt nur zwei Schlafzimmer, aber es hat einen Garten, der bis an den Fluß hinunterreicht, und bis nach Oxford sind es nur etwa zwanzig Minuten zu Fuß. Wegen der Lage und weil es so gut in Schuß ist, kostet es mehr als das erste Gasthaus, aber irgendwie werde ich das Gefühl nicht los, daß es sich als Goldgrube erweisen könnte.«

»Es klingt eher nach einer Bierkneipe als nach einer Gastwirtschaft.«

»Und du klingst so, als hättest du ziemliche Vorbehalte!«

Er hatte recht, ich *mißbilligte* die Idee. Für mein Gefühl war das RING OF BELLS längst über den Status eines einfachen Lokals hinausgewachsen, wenn es das überhaupt jemals gewesen war, und ich wollte mich nicht einschränken müssen.

»Denk doch bloß an all die Studenten!« sagte Roger.

»Und denk auch an die Konkurrenz. In Oxford gibt es jede Menge Gasthäuser.«

»Aber nicht so wie dieses. Es liegt außerhalb der Stadt – höchstens eine nachmittägliche Bootsfahrt auf dem Fluß entfernt. Es liegt in einem Dorf mit dem Namen Stavercote; ein nettes Dorf, das nur aus ein paar kleinen Häusern besteht. Wir könnten vielleicht Boote vermieten. Oder Musikabende veranstalten. So was mögen Studenten!«

»Es klingt nicht so, als wäre es für uns geeignet«, wandte ich ein. »Ich hatte eher gedacht, daß wir uns einen Namen für gutes Essen und komfortable Unterbringung machen wollen.«

»Ich weiß, ich weiß. Aber dieses Gasthaus hat irgendwas, das mich fasziniert. Es heißt ANGLER'S REST.«
»Ich verstehe eigentlich überhaupt nicht, warum du unbedingt expandieren willst«, sagte ich. »Wir haben es doch gut mit dem RING OF BELLS. Warum gehst du das Risiko ein, wo es doch gar nicht nötig ist?«
Roger boxte seine rechte Faust in den Handteller seiner Linken. »Weil das für mich das Leben ist, Jenny – das müßtest du doch inzwischen mitbekommen haben.«
Ich zuckte mit den Schultern. »Du tust zweifellos das, was du am sinnvollsten findest«, meinte ich. »Schließlich ist es deine Entscheidung.«
Als die Verkäufer des ANGLER'S REST plötzlich einen Rückzieher machten, stand sein Entschluß fest. Ich hatte den Eindruck, daß das RED LION in Long Branstead eher unser Format hatte, aber im Grunde sah ich immer noch nicht ein, warum wir überhaupt irgendwas kaufen sollten.
In dieser Zeit ging es meiner Schwiegermutter offensichtlich sehr gut in Hereford, und ihren Briefen zufolge hatte sie ein neues Leben begonnen, hauptsächlich wegen der Hilfe des Arztes, den sie nach ihrer Ankunft wegen ihrer Erschöpfung aufgesucht hatte.
Sie schrieb oft und berichtete in ihrer sicheren, flotten Schrift Seite um Seite von ihren Erlebnissen, doch über ihre Heimreise und Rückkehr ins Priors-Haus verlor sie kaum ein Wort. Dafür fiel immer öfter der Name von Dr. Gough.
»Dieser Mann hat anscheinend einen ziemlichen Einfluß auf sie«, meinte Roger mißbilligend, nachdem er einen ihrer langen Ergüsse gelesen hatte. »Es wird Zeit, daß sie nach Hause kommt.«
»Aber Roger, sie kann doch tun und lassen, was sie will.«
»Sie hat geschrieben, daß er eine Privatklinik eröffnen will. Ich hoffe nur, er glaubt nicht, daß sie eine reiche Frau ist, die ihm seine Projekte finanziert. Ich werde den Verdacht nicht los, daß er ein Scharlatan ist.«

»Auf mich wirkt deine Mutter nicht gerade wie eine unschuldige Leichtgläubige«, erwiderte ich amüsiert. »Ich habe eher den Eindruck, sie genießt seine Aufmerksamkeit und ist froh, sich nicht mit Catherines Wutanfällen beschäftigen zu müssen. Dabei fällt mir ein – hat Mark etwas davon verlauten lassen, daß seine Frau demnächst wieder nach Hause kommt?«

»Mir gegenüber nicht.«

Aber zwischen den Godfrey-Verwandten in London und Collingford gab es einen regen Briefwechsel, und schließlich und endlich einigte man sich darauf, daß Catherine ins Priors-Haus zurückkehren sollte. Sie machte einen wesentlich besseren Eindruck, auch wenn sie noch nicht wieder so gesund war, daß sie ihren eigenen Haushalt führen konnte. Deswegen wurde beschlossen, daß eine entfernte Cousine sie begleiten und als eine Mischung aus Gesellschafterin und Haushälterin bei ihr wohnen sollte. Diese Frau war Witwe, deren Mann umgekommen war, und mir kam es so vor, als ob die Godfreys mit dieser Lösung hochzufrieden seien, weil sie damit zwei Fliegen mit einer Klappe schlugen. Damit wurde nämlich sowohl Catherines Problem gelöst als auch das der unglücklichen Witwe, die anscheinend keine nennenswerte Rente bezog.

Ich würde Peter vermissen – aber nicht allzu sehr, denn ich war plötzlich noch einmal schwanger geworden. Roger und ich freuten uns über die Aussicht, Zuwachs zu bekommen. Die drei anderen gingen jetzt bereits zur Schule, und ich spürte, daß das Kinderzimmer ohne Peter ziemlich leer sein würde. Catherines bevorstehende Rückkehr in Begleitung ihrer Cousine, von der ich Mrs. Leyton in einem Brief mitgeteilt hatte, veranlaßte sie zu einer umgehenden Antwort.

> Deine Neuigkeiten [schrieb sie], freuen mich sehr, weil ich jetzt das Gefühl habe, ich kann ungehindert meinen Neigungen folgen. Dr. Gough wartet jetzt schon seit einigen Wochen auf meine Einwilligung zu einer Ehe-

schließung. Weil aber meine Pflichten als Christenmensch im Priors-Haus bei Mark liegen, jedenfalls so lange, bis wir sicher sein können, daß Catherine wieder völlig gesund ist, konnte ich ihm bisher keinen positiven Bescheid geben.

Jetzt, wo ich weiß, daß sie in Begleitung ihrer Cousine zurückkommt und daß für Mark und das Baby angemessen gesorgt sein wird, möchte ich gern Dr. Gough die Antwort geben, die er von Herzen ersehnt.

Dr. Gough ist ein lieber Mann, und ich hoffe, ich kann ihn euch bald einmal vorstellen. Ich weiß wohl, daß ihr Jungen lange Gesichter ziehen werdet! Ihr werdet sagen, daß Altersdummheit wirklich das Schlimmste ist, usw., und ich werde hier und jetzt auch keine Zeit mehr verschwenden, Dr. Goughs zahlreiche Tugenden aufzuzählen, denn ich bin mir sicher, daß ihr alles, was ich schreibe, als Übertreibung wertet! Dennoch, Ihr könnt sicher sein, daß er ein guter, freundlicher Mann ist, der mich liebt und mir Respekt entgegenbringt, genauso wie ich ihm auch. Wenn ihr ihn erst einmal kennengelernt habt, werdet ihr mich bestimmt zu meiner Wahl beglückwünschen.

Roger schnaubte wütend, während er den Brief las, und reichte mir jede Seite einzeln über den Frühstückstisch. Seine Unruhe wuchs von Minute zu Minute.

»Zu meiner Wahl beglückwünschen, in der Tat! Ich verstehe nicht, warum meine Tante und mein Onkel zugelassen haben, daß sie so einem Mann in die Klauen fällt.«

»Ach Roger – was ist er denn für ein Mann? Er ist Arzt – ein gebildeter Mensch. Deine Mutter versichert uns, daß er gut und freundlich ist. Wir sollten uns mit ihr freuen.«

»Hm.« Er blickte mich skeptisch an, während er noch einmal den Brief zur Hand nahm. »Ich bin ja mal gespannt, was Mark dazu sagt.«

»Ich weiß, was Mark sagen wird! Er wird wie immer schrecklich pessimistisch sein und alle möglichen gräßlichen Konsequenzen voraussagen, genauso wie deine Mutter geschrieben hat. Wenigstens du könntest doch warten, bis du diesen Dr. Gough gesehen hast. Vielleicht ist es der Beginn eines wunderbaren neuen Lebens für deine Mutter.«
»Aber warum sollte sie überhaupt ein neues Leben wollen? Das Priors-Anwesen ist doch ein schönes Zuhause, dort hat sie ihre Familie, ihre Hunde und die Pferde.«
»Und sie soll wohl zufrieden damit sein, sich jetzt ein Häubchen aufzusetzen, am Feuer zu sitzen und über ihre vergangene Jugendzeit nachzudenken? Das ist doch Unsinn, Roger! Wie alt ist deine Mutter? Dreiundfünfzig oder vierundfünfzig? Sie sieht gut und gern zehn Jahre jünger aus und hat die Energie einer Zwanzigjährigen. Würde man denn auch von einem Mann in diesem Alter erwarten, daß er sein Leben als beendet ansieht?«
Roger hob amüsiert eine Augenbraue und schwieg.
Der nächste Brief kündigte an, daß Mrs. Leyton und ihr zukünftiger Ehemann über Weihnachten kommen würden und in Collingford in aller Stille am heiligen Abend getraut werden würden.
Weil Catherine und ihre Cousine, Mrs. Charlotte Mannering, ebenfalls ein paar Tage vor Weihnachten eintreffen sollten, nahm ich Mark wegen des Priors-Anwesens ins Gebet.
»Mach das, was du für das Beste hältst«, sagte Mark. »Stell jemanden ein, der Dora zur Hand geht, und sprich ein ernstes Wort mit ihr.«
Ich schaute ihn böse an. Viele Dienstmädchen waren engagiert worden, und fast alle hatten wieder gekündigt. Und was das ernste Wort angeht, das hatte noch kein Leyton in den letzten dreißig Jahren geschafft. Dennoch hielt ich nach einer wirklich tatkräftigen Person Ausschau – nicht nach einem bescheidenen, unerfahrenen kleinen Mädchen, sondern nach einer reifen Frau, die Dora die Stirn bieten konnte. In der

Zwischenzeit begann ich selbst mit dem Saubermachen im Priors-Haus.
Das Leben war so dicht, daß ich mich fragte, wie ich es früher geschafft hatte, auch noch im RING OF BELLS zu arbeiten. Tante Millie war inzwischen bei uns eingezogen und wirkte glücklich, aber sie war oft geistesabwesend und durcheinander, brauchte Hilfe beim An- und Auskleiden, sonst ließ sie die Knöpfe offen oder vertauschte den rechten und linken Schuh. Manchmal wußte sie nicht, wer sie war. Unsere beiden Dienstmädchen behandelten sie freundlich, doch Tante Millie war nicht gern mit Fremden zusammen, und deswegen brachte ich von Tag zu Tag mehr Zeit damit zu, um sie wieder in ihr Zimmer zurückzubringen und um beruhigend mit ihr über ihre irrationale Angst zu sprechen, die sie anscheinend gegenüber allem und jedem empfand.
Zum Glück hielt sie sich fast immer in ihrem Zimmer auf. Als ich eines Nachmittags gerade nähte, kam Annie zu uns zu Besuch. Doch meine Freude erstarb, als ich sah, wie traurig sie war.
»Es geht um Jed«, sagte Annie und weinte fast. »Sie haben ihn beim Wildern im Harts Wäldchen gefaßt. Diesmal ist er reif fürs Gefängnis, Jenny – schließlich hat ihn Lord Bollinger oft genug gewarnt. Bestimmt verliert er jetzt seine Arbeit.«
Ich konnte sie nicht so recht trösten, aber ich sicherte ihr meine Unterstützung zu. Wenn Roger aus Long Branstead zurück war, wo er den ganzen Tag im RED LION zugebracht hatte, würde ich die Angelegenheit mit ihm besprechen. Obwohl das Gasthaus dort keine so umfassende Renovierung nötig hatte, wie es beim RING OF BELLS erforderlich gewesen war, mußte das Gebäude doch dringend ausgebessert werden. Bevor Roger sich zum Kauf des Hauses entschlossen hatte, war ich einmal mit ihm dort gewesen und hatte mich nur schwer dafür erwärmen können.
»Bist du dir wirklich sicher, daß wir das tun sollten?« fragte ich ihn. »Was ist, wenn das kleine Nachbarhaus jetzt doch frei

wird? Möglicherweise ärgerst du dich, daß du das Geld dafür dann nicht zur Verfügung hast, glaubst du nicht?«

Er wischte meine Zweifel beiseite, schloß den Kauf ab, verhandelte mit den Bauhandwerkern und Malern. Ich hatte keine Zeit gefunden, mir die Veränderungen anzuschauen, die er vollbracht hatte, weil ich mich um Peter und Tante Millie kümmern mußte. In einer ungewöhnlich ruhigen Minute vor dem Abendessen ergriff ich die Gelegenheit und erzählte ihm von Annies Besuch.

»Wir müssen ihr irgendwie helfen«, sagte ich. »Ich bin ziemlich sicher, daß Jed entlassen werden wird.«

»Aber natürlich wird er das!« Roger klang ungeduldig. »Lord B. hatte ihn immer und immer wieder gewarnt. Ich kenne niemanden, der so nachsichtig ist.«

»Aber Annie und die Kinder müssen darunter leiden.«

»Mein liebes, gutes Mädchen – Jed ist für seine eigene Familie verantwortlich, und du erinnerst dich sicherlich noch sehr gut daran, wie er sich dagegen verwehrt hat, daß sich jemand einmischt. Wir haben doch schließlich genug um die Ohren mit dem kleinen Peter, gar nicht zu reden von meiner neuen unternehmerischen Herausforderung, oder?«

Seine Worte hinterließen in meinem Herzen eine kleine Entmutigung, eine Entmutigung, die voller Schuldgefühl war. Ich wußte, daß ich ihn ausgeschlossen hatte. Es hatte Tage gegeben, da war er freudestrahlend aus Long Branstead heimgekommen und hatte alles mit mir besprechen wollen. Doch viel zu oft leistete sich dann Tante Millie eine ihrer rastlosen Wanderungen, oder eines der Kinder forderte meine Aufmerksamkeit. Und jetzt auch noch Annie und ihre Schwierigkeiten; ich war damit über ihn hergefallen, bevor er noch eine Möglichkeit hatte, sich hinzusetzen und sich eine Pfeife anzuzünden.

»*Unsere*, Roger«, sagte ich. »*Unsere* neue Herausforderung.«

Er lächelte mich flüchtig an und stopfte den Tabak in die Pfeife. »Natürlich. Vielleicht hast du einen Moment Zeit für mich, dann kann ich dir gelegentlich davon erzählen.«

11

Aus den zahlreichen Bewerberinnen für die Stelle eines Hausmädchens im Priors-Anwesen wählte ich Izzie Newton aus.

Sie war Ende Zwanzig und hatte in einem Pfarrhaushalt im Nachbardorf gearbeitet. In ganz Oxfordshire war bekannt, daß ihr Arbeitgeber von dem Schlag Leute war, die im Dienstmädchenzimmer die Kerzen abmessen, um keine Verschwendung aufkommen zu lassen, und die ständig in die Speisekammer gehen, um festzustellen, wie viele Scheiben von der Hammelkeule abgeschnitten worden sind, nachdem der Braten ins Eßzimmer getragen worden war.

Sie hatte fünf Jahre bei ihm gearbeitet und war dann, wie sie sagte, nach einer Meinungsverschiedenheit gegangen. Sie konnte keine Empfehlung vorweisen und schwieg sich über den Inhalt der Meinungsverschiedenheit aus. Weil ich aber den Ruf des Pfarrers kannte, war ich der Auffassung, daß sie vermutlich gute Gründe für ihr Gehen gehabt hatte. Für mein Gefühl sprach ihre Verschwiegenheit für sie. Mein Instinkt sagte mir, daß sie eine harte und ehrliche Arbeitskraft sein würde und daß sie genügend Charakterstärke hätte, um sowohl mit Dora als auch mit Catherine fertig zu werden. Ihr Gesicht war schmal und freundlich, und sie wirkte respektvoll, aber nicht unterwürfig. Sie würde dem Priors-Haus guttun, dachte ich.

Etwa zwei Wochen nach ihrer Vorstellung besuchte ich das Priors-Anwesen, wo mir eine verschlagen triumphierende Dora eröffnete, daß das Mädchen gekündigt habe. Sie war der Meinung, das Dienstmädchen habe bereits ihre Sachen weggeschickt.

»Sie ist in Schwierigkeiten«, sagte Dora fröhlich. »In anderen Umständen. *Deswegen* hat sie den Pfarrer verlassen. So eine will ich nicht hierhaben, ganz egal was passiert. Ich werde mich doch nicht selbst erniedrigen. Raus, habe ich ihr gesagt, sofort raus.«

Ich sah mich in der Küche um und fand sie sauberer als jemals davor, was offensichtlich auf Izzies Bemühungen zurückzuführen war.

»Wo ist sie jetzt?« wollte ich wissen.

»Oben, sie packt ihre Sachen zusammen.«

Ich ließ Dora stehen und stieg die hintere Treppe zu den Dienstbotenzimmern hinauf. Als ich eintrat, schnürte Izzie gerade einen kleinen Blechkoffer, während ihr die Tränen die Wangen hinunterliefen.

»Izzie«, sagte ich vorwurfsvoll. »Warum hast du mir denn nichts davon gesagt?«

»Weil Sie mich sonst nicht genommen hätten, Madam. Ich mußte doch etwas finden, wo ich bleiben konnte. Mir blieb sonst nur noch das Armenhaus. Ich kann noch gut und gern vier Monate arbeiten, Madam – vielleicht sogar mehr, weil ich ziemlich stark bin. Ich hätte bis fast zum Ende weitermachen können.«

Ich setzte mich auf das Bett auf dem Eisengestell mit der dünnen, harten Matratze und sah sie an.

»Was ist mit deinen Eltern, Izzie? Kannst du nach Hause gehen?«

»Ich habe nur noch meinen Vater, und der will nichts von mir wissen.«

»Und der Vater des Kindes?«

Izzie zog die Nase hoch und schüttelte den Kopf.

»Von dem würde ich nichts nehmen. Ich schaff' es schon allein.«

Und so, wie sie ihr Kinn dazu reckte, glaubte ich ihr sogar.

»Wann soll das Baby zur Welt kommen?« fragte ich.

»Ende März, Madam. Noch fünf Monate, nicht mehr so lange.«

»Fast genau zur selben Zeit wie meines.«

Ich stand auf, ging zum Fenster und blieb dort einen Augenblick stehen, während ich gedankenverloren mit der kleinen hölzernen Eichel spielte, die am Ende der Gardinenschnur befestigt war. Wie konnte ich sie hinauswerfen und sie ins Armenhaus treiben, wo sie genau wie ich ein Baby erwartete? Ich seufzte. Dora würde ihr ohne Zweifel das Leben zur Hölle machen, und Mark würde mir vorwerfen, daß ich dümmlich sentimental sei; aber ich wollte, daß sie blieb.

»Setz deinen Hut wieder ab, und zieh den Mantel aus. Ich werde mit Dora reden. Ich weiß nicht, wie wir das regeln können, wenn du niederkommst, aber bis dahin ...«

»Oh, ich weiß gar nicht, wie ich Ihnen danken soll, Madam.«

Wieder rollten ihr die Tränen über die Wangen, und ich klopfte ihr unbeholfen auf die Schulter, holte tief Luft und begab mich dann in die Schlacht mit Dora.

Das Gespräch war keineswegs einfach, doch weil Mark den ganzen Tumult zu Hause leid war und weil ihn Izzies ordnender Einfluß auf den Haushalt beeindruckte, billigte er meinen Entschluß. Am Schluß packte Dora ihre Sachen und ging leise fluchend davon, wobei sie wie eine mißgünstige Hexe wirkte.

Ich hatte Mitleid mit ihr, als ich sah, wie schmal und buckelig sie in den Einspänner stieg, der sie zum Bahnhof bringen sollte. Schließlich war das Priors-Haus lange ihr Zuhause gewesen. Mark hatte ihr ein nicht unerhebliches Geschenk mitgegeben, und Mrs. Leyton, die noch rasch telegrafisch verständigt worden war, hatte ihr eine kleine Rente zugesichert. Im Endeffekt war sie anständiger behandelt worden, als es ihr möglicherweise zustand.

Nachdem Dora aus dem Haus war, fand sich im Nu ein neues Küchenmädchen, und Izzie, die dankbar und eifrig war, machte sich daran, die Betten für Catherine und Mrs. Mannering zu schrubben, zu polieren und herzurichten, denn mit ihrer Ankunft wurde jetzt jederzeit gerechnet. Außerdem erwies sich Izzie als Meisterin der bürgerlichen Küche, und Mark berichtete begeistert, daß er noch nie so gut gegessen habe. Ich stellte erleichtert fest, daß sich mein Instinkt bezüglich Izzie nicht als falsch erwiesen hatte, und ich stellte noch ein Mädchen ein, die bei der zusätzlichen Arbeit mit anpacken sollte, wenn erst einmal alle Hausbewohner zurück und Peter wieder im Priors-Haus war.

Catherine und Mrs. Mannering trafen an einem feuchten Dezemberabend ein. Mark hatte darauf gedrungen, daß Roger und ich zur Begrüßung anwesend sein sollten. Ich glaube, daß er auf diese Weise einer möglichen Spannung vorbauen wollte, doch ich hatte so meine Zweifel, ob diese Entscheidung weise war. Catherine hatte mich nie besonders gern gemocht, und ich hatte nicht den Eindruck, daß sie sich über meine Anwesenheit freute.

Vor Mrs. Mannering war mir zwar auch ein bißchen bange, aber andererseits wollte ich Marks Wunsch ohne allzu viele Einwände nachkommen. Wir hatten den kleinen Peter ins Herz geschlossen, als wäre er unser Sohn. Er war ein sonniges, reizendes Kind mit einem hellblonden Lockenkopf, und er krabbelte mit enormer Geschwindigkeit durch die Räume. Ich war gespannt auf die Frau, in deren Hände ich jetzt die Verantwortung für ihn legte.

Zu meiner großen Erleichterung mochte ich sie von der ersten Minute an. Sie war groß und strahlte eine gebildete Autorität aus, und obwohl sie schwarz trug, wie es sich für eine Witwe ziemte, hatte sie enormen Elan. Sie war jünger, als ich erwartet hatte, und keineswegs traurig und leidend, wie meine Phantasie es mir vorgegaukelt hatte. Im Grunde ihres Herzens war sie es vielleicht schon, aber nach außen hin wirkte sie neugierig auf das, was das neue Leben ihr wohl bieten würde.

Catherine sah so schön wie immer aus und wirkte ziemlich unverändert nach ihrem Aufenthalt in der Privatklinik, auch wenn sie mir ein bißchen gedämpft vorkam. Sie küßte Peter so, als könnte sie sich nur mühsam an ihn erinnern, dann verschwand sie mit Mark in ihrem Zimmer und überließ mich Mrs. Mannering.

»Ich hoffe, Sie werden sich hier wohl fühlen«, sagte ich höflich, als wir zusammen die Treppe hinaufstiegen.
Sie lächelte mich warmherzig an, und ich wußte, daß ich gut mit ihr auskommen würde.
»Ich bin sicher, daß es mir hier gutgehen wird«, meinte sie. »In – in der letzten Zeit bin ich in einer Art Niemandsland gewesen, und ich wußte nicht so recht, wohin ich gehen soll. Es wird mir bestimmt guttun, mich jedenfalls eine Zeitlang um Catherine zu kümmern.«
»Mögen Sie kleine Kinder?«
»Ich mag kleine Kinder, auch wenn ich nicht sehr viel Erfahrung mit ihnen habe. Ich spreche nicht besonders gern darüber, Mrs. Leyton, aber kurz nachdem ich erfahren hatte, daß mein Mann umgebracht worden war, habe ich mein Baby verloren – es war eine Fehlgeburt.«
Ich starrte sie an und war völlig versteinert bei dem Gedanken an das Grauen.
»Das tut mir schrecklich leid«, sagte ich dann endlich.
Mrs. Mannering drehte sich wieder zur Frisierkommode und ordnete ihre Frisur.
»Das Leben geht weiter. Ich glaube, ich bin inzwischen über das Schlimmste hinweg. Wenn man so etwas erlebt, dann denkt man im ersten Moment, daß man nie damit umzugehen lernt – dabei gibt es so viele schöne Dinge im Leben.«
Ich hatte meine Zweifel, ob das auch auf das Leben mit Catherine zutraf.
»Collingford ist ein ruhiges Plätzchen«, sagte ich. »Ich hoffe, Ihnen wird es nicht zu langweilig.«
»Ach, die paar Monate werde ich schon durchhalten!«
»Ein paar Monate!« rief ich erschrocken.
Sie blickte mich wieder an.
»Aber natürlich – vielleicht sogar ein Jahr. Länger möchte ich mich aber nicht festlegen. Wir haben berechtigte Hoffnung, daß Catherine bis dahin wieder völlig genesen ist und daß meine Anwesenheit nicht mehr nötig ist.«

»Ich verstehe«, meinte ich zweifelnd.
»Eigentlich hatte ich in London eine andere Arbeit, doch die habe ich aufgegeben, um hierher zu kommen.«
»Ich verstehe«, nickte ich erneut. »Welche Arbeit war das, Mrs. Mannering?«
»Bitte nennen Sie mich doch Charlotte, schließlich sind wir ja praktisch Verwandte. Ich habe Mrs. Fawcett bei der Leitung des NUWSS geholfen.«
Wahrscheinlich zog ich ein ziemlich dummes Gesicht, denn sie lachte.
»Das ist der Dachverband aller Gruppierungen, die sich für das Frauenstimmrecht einsetzen«, erklärte sie. »Es gibt verschiedenste Vereine mit mehr oder weniger derselben Politik, und die wollen sich zusammenschließen. Wir dachten, daß wir auf diese Weise mehr erreichen könnten.«
»Das heißt ja, daß Sie eine Suffragette sind!«
Mrs. Mannering lachte wieder. »So, wie Sie das sagen, klingt es, als ob ich besser im Zirkus aufgehoben wäre oder ausgestopft in einem Glaskasten.«
Ich korrigierte diesen Eindruck, so rasch ich konnte.
»O nein, das denke ich ganz und gar nicht – im Gegenteil. Mark kann Ihnen berichten, daß ich mich sehr zu seinem Mißfallen immer für das Frauenstimmrecht eingesetzt habe.«
»Dann wird er mit mir sicher auch nicht einverstanden sein.«
Bei dieser Perspektive wirkte sie unerschrocken, als sei sie schon von ganz anderen Männern als Mark Leyton scheel angesehen worden.
»Für ihn ist wichtig, daß zu Hause alles glattläuft«, sagte ich. »Das letzte Jahr war nicht gerade einfach für ihn. Aber jetzt sollten Sie erst einmal mitkommen – Sie können sicher eine Erfrischung gebrauchen, und unten ist bestimmt schon der Tee fertig. Es gibt eine Menge zu besprechen. Ich muß Sie mit Peter und Izzie und den anderen Dienstboten bekannt machen, und Ihnen alles erklären, was sonst noch wichtig ist – aber das hat auch bis nach dem Tee Zeit. Und dann müssen Sie

mir von dieser Vereinigung erzählen – wie heißt sie noch? Ach ja, dieser NUWSS. Das hört sich ziemlich aufregend an!«

»Wie findest du sie denn?« fragte mich Roger auf dem Weg nach Hause.

»Ich mag sie«, antwortete ich. »Ich mag sie gern. Aber Roger, sie plant nur kurz hierzubleiben. Was um alles in der Welt wird sein, wenn sie wieder geht?«

»Himmel noch mal, die Frau ist doch gerade erst angekommen! Mach dir doch nicht schon jetzt Sorgen darüber, was in einem Jahr sein wird.«

»Ja, du hast natürlich recht. Es gibt wirklich dringendere Probleme, zum Beispiel die von Jed und Annie.«

Roger rutschte ungeduldig hin und her.

»Jenny, das mit Jed und Annie tut mir leid – es geht mir näher, als ich sagen kann; aber sie sind *nicht* unser Problem!«

Wie befürchtet, hatte Lord Bollinger Jed eine Geldstrafe aufgebrummt und ihn entlassen, als er auf dem Gericht vor ihm gestanden hatte. Immerhin war er menschlich genug, um die Familie nicht noch vor Weihnachten aus ihrem Haus zu werfen. Aber sie mußten zu Beginn des neuen Jahres ausziehen, und das war in drei Wochen. Annie war dankbar für die Frist, aber Jed reagierte verbittert. Er lehnte Rogers Angebot ab, der ihm das Geld für die Strafe vorstrecken wollte, und statt dessen verkaufte er seine Gartengeräte, die er sich im Laufe der Jahre zugelegt hatte.

»Ich habe ihm gesagt, daß er komplett verrückt ist«, meinte Annie mir gegenüber. »Ganz egal, wohin wir gehen, wir müssen unser eigenes Gemüse anbauen. Ich kann mir überhaupt nicht vorstellen, was in ihn gefahren ist, wirklich nicht.«

Jed war voller blindem, hilflosem Ärger, und ich konnte seine Gefühle gut nachvollziehen. Er hatte so viele Jahre auf dem Watersmeet Grundstück gearbeitet, hatte die Verschwendung dort erlebt, die nicht nur im Haus, sondern auf dem ganzen Besitz herrschte. Für die Landbevölkerung, die mit ein paar

Shilling ums Überleben kämpfen mußte, mußte so etwas reichlich verrucht wirken. Lord Bollinger war vielleicht ein freundlicher, gerechter Mann, der auf seinem Land Hunderte von Arbeitern beschäftigte, doch er konnte mit nichts dieses System rechtfertigen.

»Ich frage mich nur, wo Jed und der Rest von Collingford ohne Watersmeet wäre?« meinte Roger und zog auf dem Heimweg irritiert heftig an den Zügeln, während ich meine Ansichten kundtat. »Lord B. ist ein umsichtiger Großgrundbesitzer, das weiß doch jeder.«

»Aber warum sollten ihm Menschen wie Jed und Annie dankbar sein, nur weil sie zu Weihnachten einen Geschenkkorb und ansonsten anderer Leute abgelegte Kleidung bekommen?« fragte ich. »Sie arbeiten hart, Stunde um Stunde. Eigentlich würde ihnen genügend Geld zustehen, um ihre Selbstachtung aufrechtzuerhalten. Menschen wie du können sich überhaupt nicht vorstellen, wie man sich als Angehöriger der Arbeiterklasse fühlt.«

»Menschen wie ich?« Rogers Stimme neben mir in der Dunkelheit klang mit einem Mal eiskalt.

»Ja, Menschen wie du! Du bist blind und taub gegenüber allen Ungerechtigkeiten, weil du noch nie etwas entbehrt hast.«

»Hat dir mein Verhalten jemals Anlaß dafür gegeben, daß du so etwas sagst?«

»Wenn du jemals Hunger gelitten hättest –«

»Ach, um Himmels willen! Ich bitte untertänigst um Verzeihung, daß ich als Leyton zur Welt gekommen bin; erspar mir die tragische Geschichte deiner minderbemittelten Kindheit.«

Eine Sekunde oder zwei war ich vor lauter Wut völlig sprachlos, aber dann stritten wir wie noch nie davor, und kurz bevor wir zu Hause ankamen, beruhigten wir uns nur deswegen, weil wir den Kindern und Tante Millie gegenüber einen normalen Eindruck erwecken wollten. Die arme Seele war beunruhigt, weil ich einige Stunden aus dem Haus gewesen war, während sie in jeder Ecke nach ihrem namenlosen Ding gesucht hatte, ohne es zu finden. Ellie brauchte Hilfe bei ihren Rechenaufgaben, und Ben entschuldigte sich zwar, wenn er mir einen Schrecken einjagen würde, doch er war sich ganz sicher, daß sich in der Diele ein Riese aufhielt. Nachdem all diese Probleme gelöst waren, war Roger ins RING OF BELLS gegangen, um sicherzustellen, daß das Weihnachtsfestessen der Freemasons nach Plan ablief, und der Ärger zwischen uns war einem frostig formellen Umgangston gewichen.

Ich konnte mich auf nichts konzentrieren. Ich versuchte zu lesen, legte den Roman aber bald wieder zur Seite, weil ich immer nur an den Ärger mit Roger denken mußte. Ich starrte mich im Spiegel über dem Kamin an, doch das Gesicht, das ich sah, kam mir völlig fremd vor. Noch *nie* war ich so wütend gewesen, sagte ich mir. Meiner Meinung nach war Roger immer einfühlsam und verständnisvoll gewesen; jedenfalls war es mir so vorgekommen. Jetzt wußte ich überhaupt nicht mehr so recht, was ich glauben sollte. Zugegebenermaßen hatte Jed sich seine Schwierigkeiten selbst eingebrockt, aber jeder, der nur einen Funken Mitgefühl hatte, konnte doch sehen, wie alles gekommen war.

Wir hatten uns so weit voneinander entfernt, dachte ich traurig. Es war schon Wochen her, seit ich gehört hatte, was im RED LION geschehen war, und auch über die Ereignisse im RING OF BELLS wurde nicht mehr sehr oft gesprochen.

Aber es ist doch nicht meine Schuld, dachte ich empört und hieb mit den Fäusten auf die Sessellehne ein. Ich habe die Kinder und Tante Millie versorgt, und Peter und das Priors-Haus haben meine ganze Aufmerksamkeit in Anspruch genommen.

Auch kam es mir so vor, als würde sich diese Schwangerschaft über Jahre anstelle von Monaten hinziehen; ich war viel dicker als bei den anderen Kindern. War das der Grund dafür, daß ich Roger so in Wut und Raserei versetzt hatte? Lag es womöglich daran, daß ich seine Aufmerksamkeit irgendwie auf mich lenken wollte?

Ich saß ruhig da, starrte ins Leere und hatte meinen Kopf auf eine Armlehne des Sessels gelegt.

Der Streit war so dumm gewesen. Wenn Roger nach Hause kam, wollte ich mich bei ihm entschuldigen. Er war ein freundlicher und nachdenklicher Mann, der nicht mehr Schuld an den Verhältnissen trug als ich auch, und ich konnte es nicht ertragen, mit ihm im Streit zu liegen.

Zwei Tage später tauchten Mrs. Leyton und Dr. Gough im Priors-Haus auf. Ich hatte einmal zu Roger gesagt, daß sie zehn Jahre jünger aussähe. Jetzt hätte ich sogar noch ein paar Jahre draufgelegt, denn sie strahlte in einem neuen marineblauen Kleid. Sie sah jugendlich und elegant zugleich aus und ziemlich wohlhabend, denn sie trug einen Zobelmantel, ein Geschenk ihres Bräutigams.

Ich zog eine Augenbraue hoch. Ob er wohl ein Mitgiftjäger war?

Mrs. Leyton umarmte uns und auch die Hunde, die schwanzwedelnd auf sie zusprangen. Sie freute sich darüber, wie sehr Peter gewachsen war und wie gut Catherine aussah, und sie genoß es, wieder zu Hause zu sein. Izzie und Charlotte hatten alles dafür getan, daß das Priors-Haus wieder in neuem Glanz erstrahlte. Doch darüber äußerte sie sich nicht – vielleicht hatte sie es ja auch gar nicht bemerkt.

Dr. Gough lächelte über ihre Ausgelassenheit. Er hatte offensichtlich völlig vergessen, daß die Begrüßung durch Mrs. Leytons Söhne allerhöchstens höflich genannt werden konnte, aber mehr auch nicht. Er wirkte ruhig und so, als würde er sich alles genau ansehen, und maß jeden von uns mit einem kurzen Blick ab. Als Fremde, die ihre Lektion bereits gelernt hatte und die den Blick von draußen nach drinnen kannte, kam es mir so vor, als würde ich mehr als die anderen verstehen, was Dr. Gough in diesem Moment bewegte.

Plötzlich blickte er über Mrs. Leytons Kopf hinweg zu mir herüber und lächelte, als habe er erkannt, wie ähnlich wir uns sind. Er war ziemlich groß, hatte dunklen Teint, und seine dunkelbraunen Augen wirkten so, als hätten sie schon eine Menge von der Welt und den Menschen gesehen. Sein Gesicht drückte Stärke aus, aber auch Güte. Doch all das waren nur Interpretationen – denn bisher hatte er noch kaum etwas gesagt.

Beim Essen ein bißchen später war er nicht ganz so still. Im Gegenteil, seine Anwesenheit bei Tisch führte dazu, daß der Abend anregender als jemals zuvor im Priors-Haus wurde. Meistenteils hatten sich die Gespräche hier nämlich um Landpreise gedreht oder darum, ob es wünschenswert sei, daß Schafe früh ihre Lämmer bekämen, und um den vermehrten Einsatz von landwirtschaftlichen Maschinen. Falls es um Politik gegangen war, dann hatte sich Mark über die Liberalen empört, Roger hatte sich für Chamberlain und seine Tarifreform eingesetzt. Jahrelang waren die Reaktionen der beiden Brüder auf die Tagespolitik derart vorhersagbar gewesen, daß ich mich bereits schwertat, einen interessierten Blick aufzusetzen.

Während ich jetzt Charlotte und Dr. Gough zuhörte, wurden die Probleme viel direkter und lebhafter, hauptsächlich deswegen, weil beide davon ausgingen, daß es nur noch eine Frage der Zeit war, bis das Frauenstimmrecht durchgesetzt sein würde. Vor mir tat sich plötzlich eine gänzlich neue Welt auf, eine Welt, in der meine Meinung genausoviel Wert hatte wie die der Männer aus meinem Bekanntenkreis.

»Und dennoch«, sagte Dr. Gough, »dennoch sehe ich nicht, daß die Liberalen den Frauen ihr Stimmrecht bald geben, auch wenn so viele von ihnen dafür sind. Sie haben zu viel Angst davor, daß die Frauen die Konservativen wählen.«

»Was folgt denn daraus?« fragte Charlotte und beugte sich mit funkelnden Augen nach vorn. »Die Konservativen halten doch überhaupt nichts davon!«

»Das will ich doch nicht hoffen«, sagte Mark lachend und hob sein Glas zum Mund. »Eigentlich müßten sie es besser wissen.«

»Was hast du eigentlich dagegen, Mark?« fragte ich und bemühte mich, ruhig und freundlich zu bleiben. Bei Gelegenheiten wie dieser vergaß ich nur zu schnell, daß Mark und ich nicht länger Feinde waren.

Er zuckte beiläufig mit den Schultern, als wäre ihm das ganze Thema viel zu banal, als daß er sich noch länger damit beschäftigen wollte.

»Es ist einfach so – so völlig *überflüssig!*«

»Das stimmt«, pflichtete Catherine ihm bei und nickte nachdrücklich.

»Mark hat völlig recht.«

Doch ihr gegenüber war jeder allenfalls höflich.

»Ich meine«, fuhr Mark fort, »die meisten Ehefrauen werden doch genau das wählen, was ihre Männer ihnen geraten haben, daran gibt es doch wohl nichts zu rütteln.«

»Aber nicht jede Frau hat einen Mann«, warf Charlotte ein.

»Und manche Frauen haben eine eigene Meinung«, fügte ich hinzu.

Mark lächelte überlegen und griff nach der Karaffe, als wollte er den Geschmack wegspülen, den unser verrücktes Geschwätz hinterlassen hatte.

»Ich finde«, sagte Dr. Gough, »daß die neue unabhängige Labour Partei noch am meisten für die Frauen tut. Jedenfalls haben sich Keir Hardie und Philip Snowden eindeutig für das Frauenwahlrecht geäußert.«

Ich warf meiner Schwiegermutter einen ängstlichen Blick zu und erwartete, daß jetzt der Himmel einstürzen würde. Zu meinem Erstaunen blickte sie jedoch ihren Verlobten nur zärtlich an, als würde sie jedes seiner Worte billigen.

»Der Kerl ist ja ein richtiger Radikaler«, empörte sich Roger auf dem Heimweg. »Ich bin erstaunt, daß Mutter das alles so ruhig nimmt.«

»Er ist ziemlich charmant – ich glaube, ihr gefallen seine kraftvolle Ausstrahlung und seine Ideen.«

»Ich fand ihn auch angenehm«, gab Roger zu. »Ungeachtet

seiner radikalen Auffassungen. Und er hat anscheinend jede Menge Zaster, da fällt mir ein Stein vom Herzen.«

»Ich glaube, er ist reizend«, schwärmte ich und setzte noch eines drauf. »Ich mag Menschen mit Ideen und eigener Meinung. Ihr Leben wird sich sehr verändern, weil er so ganz anders als dein Vater ist.«

»Meine Güte – mein armer Vater würde sich im Grabe herumdrehen! Frauenwahlrecht, also wirklich! Und dann auch noch die Labour Partei!«

»Du hast aber nichts dagegen, daß Frauen wählen dürfen, oder Roger?« fragte ich ängstlich. Ich spürte, daß ich es nicht ertragen hätte, wenn er die Frage genauso belanglos wie Mark abgetan hätte.

»Warum sollte ich dagegen sein?« fragte er. »Du weißt doch, daß ich das noch nie war. Ich verlasse mich in so vielen Dingen auf dich, und das seit dem ersten Tag unserer Ehe. Genauso wie der alte Joe, der sich auf deine Großmutter verlassen hat. Wie sollte ich denn unter den Bedingungen auf die Idee kommen, daß du und Frauen, die so wie du sind, nicht ihre Stimme abgeben können?«

Ich hängte mich bei ihm ein, lehnte mich an und fühlte mich so verbunden wie schon lange nicht mehr.

Am Weihnachtsabend trafen wir uns alle wieder zur Hochzeitsfeier.

»Ich wußte gar nicht, daß Omas genauso heiraten können wie andere Leute auch«, meinte Lucy, als wir zur Kirche aufbrachen. Sie war inzwischen sechs und ein hübsches, kokettes Mädchen, deren goldene Ringellocken so lange gebürstet worden waren, bis sie glänzten. Ellie war acht und sehr viel reifer, eine wilde Leseratte und neigte dazu, ihren Bruder und ihre Schwester unbarmherzig herumzukommandieren. Sie konnte mit Ben mehr anfangen als ihre Schwester, auch wenn er erst vier war.

Alle drei strahlten in ihren neuen Sachen, und auch Roger wirkte elegant und vornehm in Gehrock und Zylinder. Ich hatte mir einen prächtigen, großen, neuen Hut gekauft, der mit Samt verziert war, von dem ich hoffte, daß er einen Ausgleich zu meinem enormen Körperumfang darstellte, aber ich war überhaupt nicht sicher, ob dieser Trick funktionieren würde.

Weil Roger der älteste Sohn war, führte er seine Mutter, und während sie nebeneinander zum Altar vorgingen, hätte niemand erraten, wie die beiden miteinander verwandt sind. Die Braut sah erstaunlich jung aus in ihrem kaffeebraunen Wollkostüm mit dem Pelzkragen und dem braunen Federhut.

Im Priors-Haus traf sich anschließend nur die Familie. Natürlich waren John und seine Frau Angela aus Oxford gekommen. Und auch die Tante und der Onkel aus Hereford, die enge Freunde von Dr. Gough waren, hatten sich aus diesem Anlaß nach Collingford aufgemacht. Wegen des winterlichen Wetters und weil Weihnachten war, hatte man sich nur für eine Feier im engsten Kreis entschlossen. Aber trotzdem war es ein sehr frohes Ereignis. Ich war stolz auf Roger, der eine Rede auf seine Mutter und ihren Mann hielt, in der er gratulierte und seine besten Wünsche anbrachte und die liebevoll und witzig zugleich war. Dr. Gough antwortete ähnlich, während ihn seine Frau anbetete, und alle waren sich einig, daß die beiden ein rührendes und charmantes Paar seien.

Am Neujahrstag kam Annie vorbei, um sich zu verabschieden. Jed war schon vor ein paar Wochen von Collingford nach Manchester gereist, wo er in einer Fabrik Arbeit gefunden hatte. Sobald er auch noch eine Bleibe auftat, sollten Annie und die Kinder nachkommen.

»Inzwischen hat er eine kleine Wohnung«, sagte sie. »Es ist zwar nicht soviel Platz wie in dem kleinen Haus, aber irgendwie werden wir es schon schaffen. Lord Havering hat zugesagt, daß er Robbie schon jetzt nimmt und nicht erst im April, damit ist uns schon eine Last vom Herzen genommen. Es ist doch ein Unterschied, wenn er nicht mehr bei uns ist.«

Ich nickte, zeigte ihr aber nicht, wie bestürzt mich der Gedan-

ke machte, daß sie sich mit noch weniger Platz als in dem kleinen Haus in Berry Cross arrangieren mußten. Ich konnte es mir kaum vorstellen.
»Ich hoffe, wir haben freundliche Nachbarn«, fuhr Annie fort. »Jed hat erzählt, daß wir in einem kleinen Reihenhaus wohnen, an das direkt Rücken an Rücken das nächste angebaut ist. Du siehst, Jed hatte doch recht damit, daß er seine Gartengeräte verkauft hat.«
»Ach Annie, ich hoffe wirklich, du wirst glücklich«, sagte ich besorgt.
»Wir schaffen es schon«, antwortete sie.
»Schreibst du mir?«
»Ich bin keine große Schreiberin, Jenny, das weißt du doch; aber ich werde mein Bestes tun. *Du* schreibst mir aber, nicht wahr? Ich will wissen, wie es dir mit dem Baby ergeht. Ich glaube ja immer noch, daß Dr. Fenwick auf dem Holzweg ist und daß du doch Zwillinge bekommst!«
Wir lachten und umarmten uns, doch ich ahnte nichts Gutes, als Annie mit ihren Kindern und ihrem gesamten Hab und Gut auf dem Wagen davonfuhr, den Roger ihnen zur Verfügung gestellt hatte.
Noch im Januar erfuhren wir, daß Queen Victoria gestorben war. Für uns war es kaum faßbar; ohne sie würde England nicht mehr dasselbe sein. In Collingford galt der Prinz von Wales als Lebemann in den besten Jahren, trotzdem versammelten sich eine Menge Leute in London, um dabeizusein, wenn er als König Edward VII ausgerufen wurde. Und nicht nur einmal hörte ich, daß der deutsche Kaiser, der Enkel der Queen, einen besseren König als Edward abgegeben hätte. Dennoch war dessen Thronbesteigung der Anlaß für ein großartiges Fest, zu dem Lord Bollinger einen Ochsen am Grill spendete, während die Musik spielte und keiner mehr daran dachte, daß in Südafrika noch Krieg herrschte – die mächtige britische Armee war nämlich bisher noch nicht in der Lage gewesen, den Burenaufstand zu beenden. Weil der

Prinz von Wales dann auch noch ernsthaft krank geworden war, wurde er erst im August 1902 zum neuen König ausgerufen.
Zu der Zeit hatte ich bereits mein viertes Kind zur Welt gebracht. Richard Fenwick hatte doch recht gehabt; denn trotz meines Umfangs hatte ich keine Zwillinge, sondern ein gesundes, starkes Baby geboren. Wir nannten ihn Philip John, und das ganze Haus war in ihn vernarrt.
Den ganzen Winter über war Roger mit der Renovierung von RED LION beschäftigt gewesen, aber ich hatte nicht viel davon mitbekommen. Zum Teil sicher deswegen, weil er ja wußte, daß ich Zweifel daran hatte, das Haus zu kaufen. Ich erkannte, daß es sich zwar gut zum Übernachten eignete, aber die nötigen Reparaturen erschreckten mich, vorsichtig formuliert. Ein anderer Nachteil war meiner Meinung nach, daß Long Branstead ein verschlafenes, kleines Dorf war und kein aufblühendes Zentrum wie Collingford, das in den letzten zehn Jahren über seine Dorfgrenzen derart hinausgewachsen und jetzt eigentlich eine Stadt geworden war.
Ich fragte Roger, woher unsere Gäste kommen sollten.
Er war überzeugt, daß sie aus Oxford und der weiteren Umgebung kommen würden. In dieser Zeit gab es eine große Bewegung zurück aufs Land, weil das Sicherheitsfahrrad das Leben der durchschnittlichen Leute von Grund auf verändert hatte. Am Wochenende schwärmten ganze Scharen von jungen Menschen aus den Städten. Vielleicht hatte Roger ja recht. In der Vergangenheit hatte er sich fast immer richtig entschieden – aber irgendwie überzeugte er mich diesmal nicht.
Er war erpicht darauf, mir an einem schönen Tag Anfang Juni die Umbauten zu zeigen, die er in Auftrag gegeben hatte, und mit Philip auf dem Arm fuhren wir im Einspänner nach Long Branstead hinüber. Trotz aller Entschlossenheit hatte sich keine Gelegenheit für ein ruhiges Gespräch mit Roger ergeben. Vielleicht würde ja ein solcher Ausflug eine gute Ge-

legenheit bieten. Ich kam mir zehn Jahre jünger vor, als wir aus Collingford hinaus aufs offene Land fuhren. Der Himmel war blau, und die Sonne schien uns auf den Rücken. In der Luft lag ein süßer Duft nach Heu, und im Dickicht blühten Holunder und die ersten wilden Rosen.

»Bist du froh, daß du mitgekommen bist?« fragte Roger und lächelte mich an.

»Ja, auf alle Fälle! Ich hatte schon fast vergessen, wie schön das Land ist und wie wunderbar es ist, wenn man einfach nur so dasitzt und das alles genießt, ohne daran zu denken, daß man tausend andere Dinge tun sollte.«

»Eigentlich reicht die Zeit nie, oder?«

»Nie! Manchmal habe ich den Eindruck, daß ich so alt wie Tante Millie werden muß, um Zeit zu haben, daß ich mich mal umdrehen kann.«

Roger lachte. »Du siehst gerade aus, als wärest du achtzehn, wenn dich das tröstet.«

»So ein Unsinn«, meinte ich nicht ganz ernst und dankbar für das Kompliment. »Roger, wir haben in letzter Zeit nicht viel miteinander geredet – ganz egal, ob Unsinn oder etwas anderes.«

»Ach, ich weiß nicht. Ich erinnere mich noch deutlich daran, daß ich dich vorgestern bat, mir das Salz zu reichen.«

»Idiot!« Ich lehnte meinen Kopf an seine Schulter. »Du weißt ganz genau, was ich meine.«

»Na ja, heute haben wir jedenfalls die Gelegenheit dazu«, antwortete er.

Wir fuhren einige Zeit still dahin, und auch wenn wir nicht miteinander sprachen, so hatte unsere Verbindung in dem Moment doch eine andere Qualität als die ganzen Monate davor.

»Roger, ich habe nachgedacht«, sagte ich irgendwann, als mir plötzlich eines der Themen wieder in den Sinn kam, die ich mit ihm besprechen wollte. Ich hob meinen Kopf von seiner Schulter und setzte mich aufrecht. »Ich mache mir Sorgen wegen Ellie.«

Roger seufzte. »Ich dachte schon, es sei zu schön, um wahr zu sein. Was stimmt denn nicht mit Ellie?«
»Na ja, bis zu einem gewissen Grad. Sie ist nicht ängstlich oder beunruhigt oder elend wie bei Miss Hodgson, aber ich habe den Eindruck, daß sie in dieser Schule nicht viel lernt. Dabei ist sie so ein schlaues kleines Mädchen, Roger.«
»Das ist mir wohl bekannt, Liebling.«
»Ich habe bereits mit Charlotte gesprochen«, fuhr ich nach kurzem Zögern fort. »Sie ist ja auf das Mädchencollege in Cheltenham gegangen, weißt du. Und sie erzählt so begeistert davon und von Miss Beale, der Direktorin – und ehrlich gesagt zählt Charlotte zu den gebildetsten Frauen, die ich kenne.«
Vor lauter Begeisterung drückte ich seinen Arm. »Die Schule ist einfach wunderbar, Roger – die beste im ganzen Land, da bin ich mir sicher. Sollten wir Ellie nicht dort hinschicken?«
Roger verzog seinen Mund verärgert.
»Können wir denn zur Zeit überhaupt nichts mehr vernünftig besprechen, ohne daß andauernd Charlottes Name fällt? Jenny – die Tatsachen sehen doch so aus: Gerade jetzt bin ich wirklich alles andere als gut bei Kasse. Vielleicht wird sich das wieder ändern, wenn Ellie alt genug ist, um auf eine andere Schule zu gehen. Momentan jedoch muß ich gestehen, daß ich mich finanziell übernommen habe. Ein extravagantes Internat für meine Töchter ist das letzte, was ich momentan in Erwägung ziehen kann.«
Ich starrte ihn bestürzt an.
»Was ist schiefgelaufen?« fragte ich.
Einen Augenblick lang schwieg Roger.
»Im Red Lion ist mehr Arbeit angefallen, als ich anfangs gedacht hatte«, antwortete er endlich. »Die Kanalisation mußte neu verlegt werden und eine ganze Reihe Balken hatte Trockenfäule.« Er brach plötzlich ab, und ich wußte, daß noch mehr kommen würde. Ich wartete schweigend und beäugte ihn mißtrauisch.
»Außerdem«, sagte er und starrte auf den Weg vor sich,

»erinnerst du dich an das ANGLER'S REST in Stavercote – das andere Gasthaus, das ich in die engere Wahl gezogen hatte?«

»Du meinst das, das die Besitzer letztendlich doch nicht verkaufen wollten?«

»Vergangenen Monat haben sie es doch wieder angeboten. Und ich habe es gekauft. Ich wußte schon, daß das riskant war« – fuhr er fort und ging gar nicht darauf ein, daß ich voller Schrecken tief Luft geholt hatte. »Aber es war ein kalkuliertes Risiko, Jenny; ein Wagnis, dem ich einfach nicht widerstehen konnte. Ich *wußte* einfach, daß es ein Gewinn sein würde. Als ich den RED LION gekauft hatte, tat es mir leid, daß ich jetzt das ANGLER'S REST nicht haben konnte, und deswegen mußte ich zugreifen, als die Chance zum zweiten Mal kam.«

»Wie hast du dir das denn leisten können?«

»Ich habe auf das RING OF BELLS eine Hypothek aufgenommen. Aber mach dir deswegen keine Sorgen. In einem oder zwei Jahren werden wir die Ernte einfahren, ganz bestimmt.«

»Und bis dann sind wir bis über beide Ohren verschuldet!«

»Eine Hypothek aufzunehmen ist alles andere als verschuldet zu sein. Mit dem RING erwirtschaften wir genug, um unsere Rückzahlungen leisten zu können. Nur leider waren die Renovierungsarbeiten im RED LION viel teurer als erwartet –«

»Warum hast du das gemacht, ohne es mit mir zu besprechen?« fragte ich. Dieser Sachverhalt bekümmerte mich an dieser Angelegenheit am meisten.

Roger seufzte verärgert.

»Weil nie Zeit oder Gelegenheit dafür ist und weil ich weiß, wie vorsichtig du bist.«

»Wenigstens hast du mich ja zum Schluß darüber informiert«, meinte ich verbittert. »Ist denn das RED LION inzwischen eröffnet worden, oder gibt es noch etwas, das ich wissen sollte?«

»Es geht sehr zäh vorwärts«, gab Roger zögernd zu. »Aber eigentlich habe ich nichts anderes erwartet. Du weißt ja, wie die Leute auf dem Dorf sind. Wenn man eine Sache in den letzten vierhundert Jahren so und so gemacht hat, dann weigern sie sich, das zu verändern. So etwas braucht sehr viel Zeit.«

»Hast du gutes Personal? Wer ist in der Küche?«

Jetzt, wo ich darüber nachdachte, wurde mir klar, wie wenig ich über dieses neue geschäftliche Abenteuer wußte.

»Ich habe eine Frau eingestellt, die in Abingdon Hall eine Weile als Köchin gearbeitet hat. Sie macht einen guten Eindruck.«

Im RED LION marschierte ich als erstes in die Küche und war aufs Schlimmste gefaßt. Meine Freude über den Tag auf dem Land war gänzlich verflogen und hatte ein sehr schales Gefühl zurückgelassen. Was war passiert, daß wir uns so sehr auseinandergelebt hatten? Es war schlimmer, als ich es mir vorgestellt hatte. Obwohl sich meine Stimmung so drastisch verändert hatte, mußte ich zugeben, daß die Küche einen guten Eindruck machte und sauber war und daß Mrs. Hardcastle sich bemühte, uns zu gefallen. Sie servierte uns einen einfachen, aber guten Imbiß, auch wenn es, wie ich schäbigerweise bemerkte, fast unmöglich ist, eine gute Forelle kaputtzukriegen.

Mich überraschte im RED LION, daß es so gemütlich wirkte, und das hauptsächlich durch die Art, wie Roger es möbliert und dekoriert hatte. Ich war im RING OF BELLS für die Möblierung verantwortlich gewesen und hatte vergeblich darauf gewartet, daß mich Roger beim RED LION um Rat fragen würde. Ich spürte, wie der Ärger an mir nagte – völlig zu Unrecht, denn wann hätte ich dafür Zeit haben sollen? –, Roger war sehr gut ohne meine Unterstützung ausgekommen, und außerdem strahlten die Räume einen bezaubernd rustikalen Charme aus, was ich ihm nicht zugetraut hätte. Roger hatte die Idee von William Morris aufgegriffen, der das Landleben der Vergangenheit durch eine romantische Brille betrachtete. Die acht Schlafzimmer waren geschmackvoll mö-

bliert, und weil es ursprünglich einmal zehn Schlafzimmer gewesen waren, hatte er die beiden kleinsten in Badezimmer umfunktioniert.
»Kein Wunder, daß du knapp bei Kasse bist«, sagte ich endlich. »Das muß ja ein Vermögen gekostet haben.«
»Eins hat das andere nach sich gezogen«, verteidigte sich Roger. »Außerdem bin ich der Meinung, wer nichts wagt, der gewinnt auch nichts.«
»Das wird dir jeder betrunkene Händler am Renntag bestätigen. Ich verstehe nur nicht, wie du da wieder herauskommen willst. Wer soll denn hier herkommen, Roger?«
»Genau das hast du auch beim RING OF BELLS gesagt«, wandte er ein. »Und jetzt schau mal, wieviel wir dort zu tun haben. Du brauchst bloß zu warten, bis all diese Wochenendfahrradfahrer das Haus entdecken. Sie werden aus der Stadt strömen.«
»Das hoffe ich sehr«, sagte ich voller Gefühl. »Und ich hoffe, daß deine Mrs. Hardcastle da drin in dem Fall auch in der Lage sein wird, diese Ströme zu bewältigen.«
»Ach, da habe ich keine Sorgen.«
Zu dem Zeitpunkt waren wir bereits wieder auf dem Heimweg, und Philip war gefüttert und schlief.
»Was willst du mit dem anderen Haus machen? Dem ANGLER'S REST?« wollte ich wissen. »Du hast doch nicht vor, dort genausoviel Geld auszugeben wie hier, oder?«
»Dafür gibt es gar keine Gelegenheit – ich habe es einfach nicht. Es funktioniert ganz gut, so wie es ist – es wird gut geführt, und die verantwortliche Frau ist ausgezeichnet. Alle Veränderungen dort müssen warten, bis die Zeit dafür reif ist.«
»Hast du das Personal übernommen, das bereits da war?«
»Ja. Die Frau, die es leitet, ist sehr fähig und führt es mit eiserner Faust, so ähnlich wie deine Großmutter im RING. Irgendwann will ich Mrs. Rose Burdett noch eine effizientere Buchführung beibringen, doch abgesehen davon kann ich ihr sämtliche Entscheidungen überlassen.«

»Und was ist, wenn jetzt das kleine Nachbarhaus vom Ring of Bells frei wird?« fragte ich. »Ich dachte immer, das sei der Traum deines Lebens – daß du es kaufst und ans Hotel angliederst.«
»Eines Tages werde ich das auch tun. Aber ich habe Mrs. Oliver erst gestern gesehen, und ich schwöre dir, sie sah gesünder aus als je zuvor. Deswegen glaube ich nicht, daß ich mich demnächst darum kümmern muß, das Geld dafür aufzutreiben.« Gedankenverloren kniff er die Augen zusammen. »Ich fände es immer noch besser, wenn Lord B. die Sache so schnell wie möglich regeln würde. Vielleicht muß ich einfach noch einmal mit ihm darüber reden. Ich verstehe einfach nicht, warum er mir das Haus nicht verkauft – ich verjage Mrs. Oliver doch nicht aus ihrem Haus, solange sie noch am Leben ist.«
»Aber Roger, du hast doch gar kein Geld dafür!«
»Ich würde es schon irgendwo auftreiben, wenn es soweit wäre. Ich muß einfach – es wäre verrückt, wenn ich es nicht kaufen würde. Es eignet sich doch so unglaublich gut für uns.«
Ich seufzte. Die alten Tage, als wir noch beide im Ring of Bells gearbeitet hatten, schienen so weit weg. Aller Kummer von damals war vergessen, in diesem Augenblick waren mir nur unsere Triumphe in Erinnerung. In Gedanken sah ich uns nach einem langen Tag vor einer Tasse Tee am geschrubbten Küchentisch sitzen und über ein bereits nebensächlich gewordenes Malheur lachen.
Den Rest des Weges schwiegen wir, aber es war keine gemeinsame Ruhe.

12

In diesem Sommer verbrachte Roger viel Zeit außerhalb von Collingford, und es kam schon vor, daß ich nicht wußte, ob an einem Tage eher das Red Lion oder das Angler's Rest seine Aufmerksamkeit beanspruchte. Als ich mich daraufhin

danach erkundigte, wurde mir nur ärgerlich erklärt, daß ich mir deswegen nicht den Kopf zerbrechen sollte.
Eines Morgens verließ ich das Haus an der Brücke durch die Vordertür, um einkaufen zu gehen. In dem Augenblick hielt vor dem Haus ein Wagen an, der mit Holz beladen war. Ein älterer, grauhaariger Mann kletterte herunter und kam auf mich zu. Ich hatte ihn noch nie gesehen und wartete neugierig, was er wohl von mir wollte.
Eigentlich hatte er vorgehabt, mit Roger zu sprechen. Doch nachdem er eine ganze Weile peinlich gezögert hatte, eröffnete er mir, daß er vor einem halben Jahr für Roger einige Aufträge ausgeführt hatte und daß er dafür siebenundfünfzig Pfund bekäme. Ich gab ihm das ganze Geld, das ich in meinem Geldbeutel hatte – fünfzehn Pfund –, und versprach ihm, daß er am nächsten Tag den Rest bekommen würde. Er nahm das Geld dankbar entgegen. Nachdem er weg war, ging ich ins Haus zurück, setzte meinen Hut wieder ab und verwarf die Idee mit dem Einkaufsbummel. Ich war unglaublich verärgert.
»Wieviel noch?« wollte ich von Roger wissen, als er abends heimgekommen war. Mit versteinertem Gesicht hatte ich ihn aufgefordert, mit ins Schlafzimmer zu kommen, wo wir ungestört miteinander sprechen konnten. »Wem schuldest du noch etwas?«
Er setzte sich auf die Bettkante, und seine Schultern bebten. Ich hatte damit gerechnet, daß er versuchen würde, sich zu entschuldigen oder wütend zu werden, doch nichts dergleichen geschah.
»Inzwischen ist es eine ganze Menge«, sagte er. »Der Mann, den du heute gesehen hast, bekommt eine verhältnismäßig kleine Summe.«
Ich setzte mich neben Roger, und als ich erkannte, wie bedrückt er war, verpuffte meine ganze Wut.
»Was sollen wir tun?« fragte ich. »Du kannst doch nicht arme, kleine Händler wie den von heute darben lassen, nur weil du

dich verkalkuliert hast. Ich habe ihm versprochen, daß er den Rest morgen bekommt.«

»Das bekommt er auch«, antwortete Roger. »Ich habe für die Abzahlung der Hypothek am Ende des Monats Geld zur Seite gelegt. Das nehme ich dafür.«

»Und was willst du am Ende des Monats machen?«

»Bis dahin sind noch zwei Wochen. Mir fällt schon etwas ein.«

»Was für Schulden haben wir noch, Roger?«

»Die Brauerei bekommt noch zweihundert Pfund, aber das hat Zeit. Und dann schulde ich dem Kaufhaus noch etwa hundert für die Möbel im RED LION.«

Ich schwieg. Wie war es möglich, daß unser kleines, vor zwei Jahren noch blühendes Hotel inzwischen derart schlecht lief, daß wir nicht einmal vergleichsweise unbedeutende Summen zur Verfügung hatten, um damit unsere Schulden zu bezahlen?

»Und dann ist da noch der Bankkredit«, meinte Roger.

Mein Herz rutschte immer tiefer.

»Was für ein Kredit ist das?«

»Für das ANGLER'S REST habe ich mehr gebraucht, als ich über die Hypothek zur Verfügung hatte – aber das sind nur ein paar hundert.«

»Was hast du dir dabei bloß gedacht?« flüsterte ich.

»Jenny, sei doch mal ehrlich, ich *mußte* es einfach machen. Was hätte es für einen Sinn ergeben, wenn ich das RED LION zwar gekauft, aber nicht renoviert oder nicht neu möbliert oder die Bar nicht aufgefüllt hätte? Und beim ANGLER'S REST bin ich mir sicher, daß es ein Glücksgriff ist. Wir müssen jetzt nur noch eine Weile durchhalten –«

»Und in der Zwischenzeit?«

Roger seufzte. »Bis jetzt ist die Bank mir sehr entgegengekommen; ich kann jederzeit zu Mr. Bannister gehen und ihn bitten, meinen Überziehungskredit zu erweitern.«

»Ganz egal, was passiert, auf alle Fälle müssen der Holzhändler und die Möbellieferanten ihr Geld bekommen.«

»Das tue ich schon, mach dir keine Sorgen.«
»Ich glaube, ich habe wenig Sinn für deine Spielernatur«, bemerkte ich. »Ich persönlich brauche diese Art von Aufregung nicht.«
»Was die Aufregung angeht, da fällt mir ein, daß ich eine Neuigkeit für dich habe, die dich vielleicht ablenkt«, fiel Roger ein. »Stell dir vor, ich habe bei einem Essen mit Randolph Lord Bollinger getroffen.«
»Jetzt sag bloß nicht, er will das kleine Nachbarhaus verkaufen!« rief ich. »Langsam ist mein Bedarf an Neuigkeiten gedeckt.«
Roger lachte kurz.
»Nein, davon hat er nichts gesagt, und zum ersten Mal war ich froh darüber. Aber er hat uns zum Essen eingeladen.«
»Er hat *was*?«
»Er hat uns für Samstag abend nach Watersmeet eingeladen. Ich glaube, sein Neffe und dessen Frau sind zu Besuch, und er dachte, daß wir ganz gut dazu passen würden.«
Mein Herz sank noch tiefer.
»Ach Roger, nein! Ich will da nicht hingehen!«
»Lord B. wollte aber unbedingt, daß du kommst.«
»Aber warum, um alles in der Welt?«
Ich spürte, daß ich völlig zu Recht erstaunt war. Selbst die Leytons in ihrer Blütezeit waren normalerweise nicht in Watersmeet zu Gast.
»Warum sollte er uns nicht einladen?« Roger klang ungeduldig. »Schließlich machen wir doch nicht den Eindruck, als würden wir uns eines schrecklichen Vergehens schuldig machen.«
»Sie kennen sich doch alle«, sagte ich jämmerlich. »Und mich halten sie für eine verrückte Person, weil ich im Gasthaus gearbeitet habe. Und außerdem habe ich nichts Modisches zum Anziehen.«
Das letzte stimmte, denn nach Philips Geburt hatte ich ein bißchen zugenommen, und die meisten meiner besseren Klei-

der paßten mir nicht mehr. Deswegen entschloß ich mich, Charlotte zu Rate zu ziehen, weil sie in Modefragen am besten Bescheid wußte.
Sie betrachtete die Kleider kritisch, die ich ihr zeigte, und ihre Wahl fiel auf ein taubenblaues Taftkleid.
»Das Dekolleté sollte ein bißchen tiefer ausgeschnitten sein«, sagte sie gedankenverloren und legte ihren Kopf auf eine Seite. »Wir könnten den Ausschnitt vergrößern und mit Spitze einfassen. Spitze ist zur Zeit hochmodern, glaube mir, und damit lassen sich jede Menge Sünden verbergen. Dir steht dieser Blauton, Jenny. Glaube mir, ich verstehe überhaupt nicht, warum du wegen Samstag nacht derart beunruhigt bist.«
»Vielleicht hängt es damit zusammen, daß meine Großmutter früher einmal als Küchenmädchen in Watersmeet gearbeitet hat«, bemerkte ich.
»Himmel noch mal!« Charlotte reagierte forsch, mit der Selbstsicherheit der respektablen Mittelklasse und als Absolventin der angesehensten Mädchenschule in ganz England.
Ich hatte leider keinen derartigen Hintergrund, der mich stützte, und mein kleines bißchen Selbstvertrauen schwand dahin, als ich sah, mit welchem Gesichtsausdruck mich der livrierte Lakai begrüßte. Er trug eine königsblaue Jacke mit einer gold-blau gestreiften Weste, Kniebundhosen, Strümpfe und schwarze Schuhe mit goldenen Schnallen. Eine Sekunde lang erkannte ich ihn überhaupt nicht; dann entdeckte ich, daß er niemand anderer als Tom Larkin war, der von Zeit zu Zeit im RING OF BELLS vorbeischaute. Ich hatte ihn selbst ein- oder zweimal bedient, und er war ganz bestimmt erschrocken, daß mich Lord Bollinger in sein Haus eingeladen hatte, fast so als würde ich zu den vornehmen Leuten gehören. Der Lakai nahm mir meinen Umhang ab, als wäre es ein Kleidungsstück, das ich aus der Altkleidersammlung im Dorf gerettet hätte.
Tom verschwand mit meinem Umhang, und dann mußte der Butler unser Eintreffen melden. Ich hatte ihn noch nie davor

zu Gesicht bekommen, doch ich war mir ganz sicher, daß er abfällig auf uns herunterschaute.
Ich hatte gehofft, daß eine Menge Leute eingeladen sein würden und daß ich nicht weiter auffallen würde. Aber andererseits wußte ich auch, daß Lord Bollinger inzwischen keine so großen Einladungen mehr wie früher abhielt. Ich hatte fest damit gerechnet, daß Hugh Bainbridge anwesend sein würde, denn er war wenigstens ein Freund, auf den ich mich verlassen konnte, doch ich wurde enttäuscht. Außer Lord Bollinger, der sich mühsam an seinem Stock festhielt, um uns zur Begrüßung entgegenzuhumpeln, waren nur vier weitere Gäste im Raum.
Lord Bollingers Neffe und Erbe, Mr. Gerald Melville, der wahrscheinlich dünnste Mann, den ich in meinem Leben je gesehen hatte, mit einem schmalen Kopf und Haaren wie schwarzer Firnis. Sein Händedruck war kalt und schlaff, und seine merkwürdig gelben Augen strahlten überhaupt keine Wärme aus. Ich hatte den Eindruck, daß er mich forschend und eingehend betrachtete, als wäre er erstaunt, daß Roger und ich eingeladen worden waren.
Seine Frau Lydia sah aus wie eine Schönheit von einem Gemälde und hatte eine Wespentaille. Ihre Nase war zu spitz, um noch als schön zu gelten, doch sie und ihre Freundin Lady Silcock wirkten so enorm selbstsicher und lebhaft, daß ich mich sehr eingeschüchtert fühlte.
Sir Montague Silcock, der offensichtlich eng mit Mr.Melville befreundet war, hatte nur noch wenige flachsfarbene Haare und ein hohles Gesicht, als ob man einen Marmeladelöffel hineingedrückt hätte. Wegen jeder Kleinigkeit schüttete er sich vor Lachen aus, machte permanent dümmliche Witzchen und Wortspiele und schaute dabei jedesmal seinen Freund an, als würde er auf dessen Zustimmung warten. Dadurch entstand der Eindruck einer Verschwörung, bei der alle anderen ausgeschlossen waren; so, als würden die beiden Männer zu einem Eliteclub mit nur zwei Mitgliedern gehören.

Lord Bollinger deutete auf ein vergoldetes, kleines Sofa für zwei und bat mich, neben ihm darauf Platz zu nehmen. Ich hatte ihn seit dem Sommertag an der Weide nicht mehr gesehen und erschrak darüber, wie sehr er sich verändert hatte. Ich konnte nicht sagen, daß er niemals älter würde; er wirkte bereits zerbrechlicher, als ich es mir jemals vorgestellt hatte. Er erkundigte sich nach den Kindern, machte mir Komplimente über mein Aussehen und flirtete ein bißchen so wie immer; doch im Unterschied zu unserer Begegnung im Juli, als er gemeint hatte, daß sein Geist erst fünfundzwanzig sei, hatte ich jetzt den Eindruck, daß auch der inzwischen in die Jahre gekommen war.
Ein anderer livrierter Lakai bot allen Sherry von einem Silbertablett an, und jeder nahm sich ein Glas.
»Nur eine kleine Einladung«, meinte Lord Bollinger und beugte sich verschwörerisch zu mir herüber. »Ich wollte, daß du meinen Neffen kennenlernst – er wird das Regiment übernehmen, wenn ich abdanke.«
»Ach Onkel Arthur – sag doch nicht *so was!*« Lydia Melville kam mit rauschenden Röcken zu uns herüber und setzte sich auf die Sofalehne neben ihm. »Er ist wirklich ein alter Schwindler«, wandte sie sich an mich und sprach über seinen Kopf hinweg, als sei er gar nicht anwesend. Sie klopfte ihm kokett auf die Schulter. »Er überlebt uns noch alle. Glauben Sie mir. Das heißt, wenn er das tut, was sein Arzt ihm verordnet. Onkel, dieser Drink ist wirklich nichts für dich.«
Lord Bollinger überging sie und wandte sich mir zu.
»So ein Blödsinn!« sagte er. »Angeblich soll ich nichts mehr trinken. Ich sag' ihnen, daß ich mache, was ich will.« Trotzig nippte er an seinem Sherry.
Mrs. Melville blickte ihn schmachtend an.
»Du denkst gar nicht an die Menschen, die dich gern haben.«
Lord Bollinger sagte nichts, sondern warf ihr einen neidischen Blick zu. Ich mußte an den Dorftratsch denken, der sich um die

seltenen Besuche der Melvilles in Watersmeet rankte. So groß, wie sie tat, war ihre Zuneigung vermutlich gar nicht.
Ich hörte, wie Roger mit den anderen Gästen über Rennen und Pferde sprach, und ich freute mich, daß er die Ehre seiner Familie aufrecht hielt, indem er beim Sprechen sehr viel Autorität ausstrahlte. Lydia Melville rauschte wieder ab und suchte sich ein Plätzchen bei den anderen, wobei sie offensichtlich der Meinung war, daß sie ihre Pflicht mir gegenüber erfüllt hatte.
»Blödsinn«, vertraute mir Lord Bollinger an, als sie weg war, aber seine Stimme war ganz bestimmt sogar in der hintersten Ecke des Zimmers zu hören gewesen. »Können es nicht erwarten, bis ich unter der Erde liege. Es tut mir um Collingford leid, nicht wegen mir. Aber ich werde es nie erfahren, nicht wahr?«
»Bitte sprechen Sie doch nicht so«, sagte ich. »Ich kann mir das Dorf ohne Sie gar nicht vorstellen, und das geht uns allen so.«
»Schade, daß du meine Tochter nicht kennengelernt hast«, sagte Lord Bollinger. »Die hättest du gemocht. Ein schlaues Mädchen – nicht so wie diese Milch-und-Wasser-Dinger sonst. Sie mußte ja unbedingt einen Yankee heiraten und mit ihm auf und davon gehen.«
»Ist sie denn nie wieder nach England zurückgekommen?« fragte ich.
»Im Laufe der Jahre ist sie ein paarmal hiergewesen, aber ihr Mann ist nicht gesund. Daran scheitert so manche Unternehmung. Ich habe sie auch in Boston besucht. Da drüben habe ich jede Menge Enkelinnen und Großenkel. Kleine Yankees noch und noch. Aileen und Marianne und Jessica und Sophy – jemine, ich kann mir die Namen gar nicht alle merken! Und kein einziger Junge darunter – ob du es glaubst oder nicht. Dieses lange Elend da drüben ist mein einziger männlicher Verwandter.«
Ich war dankbar, daß Mr. Gerald Melville gerade ins Gespräch vertieft war und mit seiner hohen, kreischenden Stimme von

Lord Bransteads Stall erzählte und vermutlich die abfälligen Bemerkungen seines Onkels nicht mitbekam.

»Mein Sohn war ein netter junger Mann«, fuhr Lord Bollinger fort.

»Das habe ich auch gehört, Sir. Sein Verlust war wirklich tragisch.«

Der alte Mann nickte düster.

»Bin nie darüber hinweggekommen«, sagte er kurz. »Keiner glaubte das, aber so ist es. Weder ich noch meine arme Frau, ihre Seele ruhe in Frieden. Nach dem Essen werde ich dir etwas zeigen – der Entschluß dafür steht schon lange fest. Und kürzlich dachte ich, daß mir ja vielleicht gar nicht mehr viel Zeit bleibt.«

Ich sah ihn fragend an, doch bevor ich fragen konnte, zu was er sich entschlossen hatte, wurden die Doppeltüren geöffnet, und strahlend verkündete Tom Larkin, daß das Essen serviert sei. Lord Bollinger erhob sich mühsam.

Lady Silcock trat an seine Seite. Sie war eine große, gertenschlanke Dame, die sich zu ihm hinunterbeugen mußte, wenn sie mit ihm sprechen wollte.

»Lydia sagte mir, daß ich die Ehre habe, Sie ins Eßzimmer zu geleiten«, sagte sie, lächelte und versuchte, seinen Arm zu nehmen.

»Ach, hat sie das?« Lord Bollinger bewegte sich gereizt und entzog ihr seinen Arm. »Da sind Sie aber leider falsch informiert. Ich geleite heute Jenny zu Tisch.«

Selten war ich so verlegen. Lady Silcock tat so, als sei nichts passiert, lächelte mich gnädig an und zog sich zurück, obwohl ich protestiert hatte, daß ich nicht beabsichtigte, mir ihren angestammten Platz gewaltsam anzueignen. Bei allen Regeln der Etikette hätte eigentlich die am höchsten stehende Dame mit Recht erwartet, daß Lord Bollinger sie auffordert; doch wenn ich glaubte, in diesem Moment die Fassung zu verlieren, dann war das noch gar nichts gegen den Wirbel, den es bei Tisch gab, als Lord Bollinger sah, daß ich drei

Plätze von ihm weg plaziert worden war, zur Linken von Mr. Melville.
»Ich will, daß Jenny neben mir sitzt«, sagte er. »Hier zu meiner Rechten. Simmonds!« Damit war der Butler gemeint. »Was steht hier auf dieser Karte? Lady Silcock? Gut, dann stellen sie die dort drüben hin, wo sich die von Mrs. Leyton befindet. Wen stört es schon, wenn sie neben ihrem Mann sitzt? Mag sie ihren Mann etwa nicht? Ich habe nie verstanden, warum um mich herum immerzu die Karten gemischt und verändert werden müssen. Gerald, du tauschst mit Montague, und damit belassen wir es dann.«
Das war natürlich ein unmögliches Verhalten – aber er war der Hausherr. Er trug den Titel, den die Melvilles erben würden, und er hatte das Vorrecht, sich so zu benehmen, wie er Lust hatte. Wir alle machten eine Art Blindekuhspiel um den Tisch herum.
»Ich hoffe bloß, ich finde meinen Stuhl, bevor der Abend vorbei ist – ha, ha, ha«, trötete Sir Montague.
Alle lachten höflich, aber ich spürte die Feindseligkeit.
Als wir Platz genommen hatten, begann das Essen. Was für ein Überfluß, dachte ich, als ein Gang dem nächsten folgte.
Weil die Unterhaltung fast ausschließlich von Lydia Melville und Lady Silcock dominiert wurde, die ohne Punkt und Komma über Partys und Theater in London erzählten, konnte ich ruhig dasitzen und zuschauen. Ich sah, daß Lord Bollinger fast genausoviel Wein wie alle anderen auch trank, und immer wenn sein Glas leer war, wandte er sich verärgert an den Lakai, der hinter seinem Stuhl postiert war.
Mr. Melville widmete sich seinem Essen mit voller Kraft. Wenn die Damen ihm gestatteten, zu der Unterhaltung das eine oder andere Wort beizusteuern, staunte ich, wie er gleichzeitig sprechen und riesige Mengen von Fleisch und Gemüse in seinen kleinen Mund schaufeln konnte. Irgendwie schaffte er das, ohne die Tischmanieren zu verletzen. Vielleicht brauchte er nicht wie alle anderen sonst zu kauen, überlegte ich.

»Was wollt ihr machen, wenn ihr einmal hier wohnt?« fragte Lord Bollinger Lady Melville, die gerade eine Party von Mrs. Keppel beschrieb, bei der König Edward kurz zu Gast gewesen war. »So was gibt's in Collingford nicht. Wir leben hier ganz ruhig auf dem Land.«

Mrs. Melville knipste wieder ihr besorgtes Lächeln an.

»Darüber denken wir doch *jetzt* noch nicht nach«, sagte sie. »Lieber Onkel Arthur, es werden noch viele Jahre ins Land gehen, bevor wir hierher ziehen. Doch wenn es soweit ist – warum nicht, ich bin sicher, wir finden auch hier jede Menge Zerstreuung. Was machen Sie denn den ganzen Tag, Mrs. Leyton?«

»Ich habe mein Zuhause und meine Kinder«, sagte ich.

Sie hatte sich lächelnd zu mir gewandt, und auch auf meine Antwort hin verzog sie nicht den Mund, doch in ihren Augen flackerte etwas auf – fand sie mich lächerlich? Hatte ich sie verwirrt? Ich war mir unsicher.

»Wie nett«, sagte sie, nachdem sie einen Augenblick geschwiegen hatte.

Lord Bollinger prostete mir zu.

»Wenn ich dazu mal was sagen darf«, meinte er. »Ich finde, Jenny macht sich nützlich und ist eine Zierde, was man von euch Londoner Damen nicht unbedingt sagen kann. Meine Frau war auch so. Hatte immer was zu tun.«

»Wie aufregend«, lächelte Lady Silcock, aber offensichtlich empfand sie das überhaupt nicht so. »Ich fühle mich ja wie eine Schmarotzerin, Mrs. Leyton. Darf man fragen, in welcher Hinsicht Sie sich nützlich machen? Wahrscheinlich tun Sie den ganzen Tag nur Gutes, oder?«

Ich schaute sie an und stellte fest, daß sie ihre Worte nur herablassend gemeint hatte. Ein Teufel der Verderbtheit schien mich in den Griff bekommen zu wollen.

»Bis vor kurzem habe ich im Hotel meines Mannes mitgearbeitet«, antwortete ich. »Es ist das RING OF BELLS in Collingford. Vielleicht sind Sie ja dran vorbeigekommen.«

Einen Augenblick lang herrschte völlige Stille, dann lachte jemand unbehaglich.
»Das ist ja spaßig«, bemerkte Lydia.
»Wir haben zusammen gearbeitet«, ergänzte Roger und kam mir zu Hilfe. Ich warf ihm einen dankbaren Blick zu. »Und wir hatten viel Freude dabei. Meine Frau ist die beste Köchin in ganz Oxfordshire, das können Sie glauben.« Dann fiel ihm ein, daß das womöglich keine besonders taktvolle Bemerkung am Eßtisch jemandes anderen war, und deswegen entschuldigte er sich lächelnd bei Lord Bollinger.
»Du hast schon recht, du hast schon recht«, sagte der alte Mann. »Kein Grund, sich zu entschuldigen, mein Junge. Ich weiß, was Jenny wert ist.«
»Von unschätzbarem Wert«, murmelte Gerald Melville zynisch.
Lydia Melville versuchte immer noch, das Ungeheuerliche zu begreifen, das Roger gerade gesagt hatte.
»Sie meinen – Sie meinen, Sie haben richtig *gearbeitet* im Hotel?«
»Stimmt«, antwortete ich.
»Wie spaßig.«
»Ich koche gern.«
»Ich habe mal eine Frau gekannt«, sagte Sir Montague, »die hat wirklich gern Kamine gereinigt! Mein Wort, ich mache keine Scherze. Sie war die Frau eines Bischofs, also eine durchaus respektable Person! Ihrer Meinung nach gab es nichts Befriedigenderes als zu erleben, wie der Ruß um sie herum kaskadenartig herunterrieselt – wenn sie das Haus verließ, hat sie ihre Bürsten immer hinten in ihrem Einspänner verstaut. Schließlich hätte ja ihre Gastgeberin womöglich ihre Dienste brauchen können.«
»Ach du liebe Güte!« sagte seine Frau. »Ich glaube kein Wort davon.«
»Praktiziertes Evangelium, mein Lieber – das ist wahre Nächstenliebe!« Er warf Gerald einen raschen Blick zu und zwin-

kerte. »Ich wäre oft selbst gern Gastwirt«, fuhr er fort. »Ich sehe mich schon Getränke ausschenken. Eines für Sie, eines für Sie und zwei für mich, nicht wahr? Das ist doch großartig!«

»Stell dir doch mal das Gesicht deiner Mutter vor, wenn du ihr gesagt hättest, du ergreifst einen Beruf!«

Einen Augenblick lang herrschte Schweigen, und keiner wagte etwas zu sagen. Lord Bollinger war zu sehr damit beschäftigt, sich mit dem Lakai darüber auseinanderzusetzen, ob es ratsam sei, sein Glas noch mal aufzufüllen, während es den Melvilles und den Silcocks offensichtlich die Sprache verschlagen hatte bei dem Gedanken, daß jemand aus ihren Kreisen sich so weit wie Roger und ich erniedrigen würde. Wir beide warfen uns über den Tisch einen amüsierten Blick zu.

Ich hatte Angst vor dem Moment, von dem ich wußte, daß er nur allzu bald kommen würde; daß nämlich Lady Melville sich erheben würde, um mich und Lady Silcock aus dem Eßzimmer zu geleiten, weil die Männer ihrem Portwein überlassen werden sollten.

Es wurde genauso schlimm, wie ich es befürchtet hatte. Sie unterhielten sich über Leute, von denen ich noch nie etwas gehört und über Theaterstücke, die ich nie gesehen hatte. Keine von ihnen bezog mich ins Gespräch mit ein, und ich sagte auch nichts. Ich wunderte mich abermals über die merkwürdige Laune, die Lord Bollinger dazu bewegt hatte, uns an diesem Abend dazuzubitten.

Für mein Gefühl dauerte es eine Ewigkeit, bis die Männer sich zu uns gesellten. Sie kamen mit einem besonderen Vorschlag, denn es sollte Bakkarat gespielt werden, eine Idee, die offensichtlich ganz nach Sir Montagues Geschmack war. Er rieb sich die Hände und warf Mr. Melville bedeutungsvolle Blicke voller verschwörerischer Freude zu, während der Kartentisch aufgebaut wurde.

Ich kannte das Spiel überhaupt nicht und vermutete, daß Roger auch nur wenig Ahnung hatte – doch ich war mir

sicher, daß ihn das nicht abhalten würde. Ich kannte meinen Mann gut genug und wußte, daß er alles dransetzen würde, um an einem Spiel teilzunehmen. Diese Aussicht bereitete mir ein gewisses Unbehagen. Ich hatte den Eindruck, daß diese beiden Herren, die den irdischen Dingen alles andere als abhold waren, meinem Mann ohne weiteres das letzte Hemd abnehmen würden. Dabei würden sie keinen Gedanken daran verschwenden, daß die Kleidung in diesem Augenblick womöglich ziemlich abgetragen war.
Lord Bollinger kam humpelnd auf mich zu.
»Komm, meine Liebe«, forderte er mich auf. »Ich habe dir doch gesagt, daß ich dir etwas zeigen muß. Die beiden Damen werden uns ganz sicher entschuldigen.«
Mrs. Melville und Lady Silcock warfen uns einen befremdlichen Blick zu. Lord Bollinger gelang es jedoch, die beiden Damen vom Mitkommen abzuhalten, und ich konnte richtiggehend ihre Blicke auf meinem Rücken spüren. Ob sie wohl dachten, ich habe irgendwelche Absichten bezüglich des alten Herren, oder er mit mir? In Gedanken zuckte ich mit den Schultern; laß sie doch denken, was sie wollen. Eigentlich ging sie die ganze Sache ja überhaupt nichts an.
Lord Bollinger hängte sich bei mir ein und führte mich aus dem Zimmer, den Gang hinunter, den eine ganze Reihe von Familienbildern zierte. Er legte immer mal wieder eine Pause ein, um mit seinem Stock nach oben zu deuten.
»Das war meine Großmutter«, sagte er. »Sie war eine Schönheit. Ganz London und auch ganz Bath lag ihr zu Füßen, hieß es. Und der Kerl hier war ihr Mann – mein Großvater.«
»Sie sehen ihm ähnlich.«
»Er war ein Teufelskerl, das kannst du mir glauben, vielleicht hast du ja recht. Weißt du, ich habe auch kein untadeliges Leben geführt.«
»Das hat doch niemand.«
Lord Bollinger gab ein paar Grunzlaute von sich, sagte aber weiter nichts. Wir waren an einer Tür am Ende des Gangs

angekommen, und durch die traten wir in sein privates Arbeitszimmer. Am Fenster standen ein großes Rollpult und neben dem Kamin zwei tiefe Ledersessel. Das Zimmer strahlte eine angenehm benutzte, ein bißchen schäbige Atmosphäre aus, ganz anders als der Salon, der nur zu Repräsentationszwecken möbliert war.

»Setz dich doch, setz dich nur hin«, sagte Lord Bollinger und bewegte sich unter Schmerzen zum Pult hinüber. Obwohl ich reichlich verwirrt war, tat ich, wie geheißen.

»Das hier wollte ich dir zeigen«, sagte er und kam humpelnd mit einem Foto zu mir zurück, das er aus einer Schublade geholt hatte. »Hier ist er besser getroffen als auf dem Bild oben. Das ist mein Sohn, James.«

Ich nahm ihm das braune Foto ab und warf einen Blick darauf. Ich erkannte einen munteren, entschlossen dreinblickenden Mann, der eine Kavallerieoffiziers-Uniform trug. Seine Augen strahlten intelligent und voller Humor und schauten direkt in die Kamera, und seine Lippen umspielte ein amüsiertes Zucken, als würde er gerade an etwas Lustiges denken. Seine Haare waren dunkel, und sein Kinn lief spitz zu und hatte ein kleines Grübchen. Während ich das Bild ansah, kam es mir so vor, als hätte ich den jungen Mann schon einmal irgendwo gesehen.

»Er sieht nett aus«, sagte ich. »Es tut mir sehr leid, daß er umgebracht worden ist, Sir.«

»Das hätte nie geschehen dürfen«, sagte Lord Bollinger. »Der einzige Sohn, mein Erbe, wer ist denn auch schon so verrückt und geht zum Militär. Und dann passiert irgendein idiotisches Scharmützel an einer Grenze in Indien. Was für eine Verschwendung – was für eine sinnlose Verschwendung! Aber er ließ sich nicht davon abbringen. Immer mußte er seinen eigenen Willen durchsetzen.«

»Er sieht so aus, als habe er gewußt, was er wollte.«

»Ja. Er wollte immer zum Militär. Erinnert er dich nicht an jemanden?«

Mich überraschte die Heftigkeit, mit der mir alte Herr die letzten sechs Worte entgegenschleudert hatte. Zuerst blickte ich zu ihm auf und dann wieder zum Foto.
»Ich – ich weiß nicht. Zuerst kam er mir zwar bekannt vor ... er ist Ihnen nicht sehr ähnlich, oder? Kam er eher nach seiner Mutter?«
Der alte Herr lachte leise in sich hinein.
»Das würde ich nicht sagen. Aber es überrascht mich nicht, daß er dir irgendwie bekannt vorkommt. Das liegt an seinen Augen und am Kinn. Schließlich siehst du das jeden Tag.«
Ich blickte ihn überrascht und stirnrunzelnd an.
»Verzeihen Sie bitte, Mylord. Ich verstehe nicht –«
»Das bist *du*, mein Mädchen – *du!* Erkennst du es nicht?«
Ich blickte erneut auf das Bild.
»Anscheinend gibt es da wirklich eine gewisse Ähnlichkeit«, meinte ich dann endlich. »Schon merkwürdig!«
»Ich habe es schon bei unserer ersten Begegnung festgestellt«, sagte er. »Erinnerst du dich noch, auf dem Dorfanger, als du mir meinen Hut zurückgebracht hast?«
»Ich erinnere mich noch gut. Damals sagte ich zu Ihnen, meine Großmutter würde Sie aus ihrer Küche werfen, wenn Sie sich derart unziemlich ausdrücken.«
»Eine Unverschämtheit!« Während Lord Bollinger das sagte, lachte er. »Vor allem dein Lachen erinnerte mich an James.«
»Das ist wirklich ein seltsames Zusammentreffen«, meinte ich. »Ich hoffe, das hat Sie nicht noch trauriger gemacht.«
Einen Moment lang schwieg er und sah mich merkwürdig an.
»Ich habe mich gefreut«, sagte er dann endlich. »Es war mir immer eine Freude, dich in meiner Nähe zu wissen und mitzuerleben, wie du den jungen Leyton geheiratet hast und wie euer Gasthaus wuchs und gedieh.«
Er saß im Sessel mir gegenüber, beugte sich nach vorne und streckte mir eine Hand entgegen, obwohl ich viel zu weit von ihm weg saß, als daß er mich hätte berühren können.
Auf einmal hatte ich das dringende Bedürfnis, ihn wissen zu

lassen, daß er mir immer sehr viel bedeutet hatte. Er war ein einsamer Mann, der so schnell alterte. Deswegen stand ich auf und setzte mich auf einen Stuhl neben seinem Sessel und nahm seine Hand.
»Ich hatte immer ein seltsames Gefühl Ihnen gegenüber, als hätte ich Sie in einem früheren Leben schon einmal gekannt.«
Während ich sprach, mußte ich lächeln, weil ich nicht den Eindruck vermitteln wollte, ich hätte tatsächlich so exzentrische Ansichten. Aber ich wußte nicht, wie ich die Bande erklären sollte, die ich immer zwischen uns gespürt hatte.
Lord Bollinger gab einen Grunzlaut von sich.
»Für so dummes Zeug habe ich keine Zeit«, hielt er dagegen. »Meiner Meinung nach sagt dieses Vorhandensein alles. So viele Jahre, so schnell vorbei. Ich kann es kaum glauben ...«
Seine Stimme wurde immer leiser, doch dann klang sie wieder fester.
»Ich habe mich entschlossen, es dir heute abend mitzuteilen«, sagte er. »Ein paarmal wäre ich schon fast damit herausgerückt; dann wieder dachte ich, je weniger man darüber redet, desto rascher wird alles wieder gut. Aber irgendwie kann ich den Gedanken nicht ertragen, daß mein Name mit diesem abgeschmackten Geck da draußen und dessen hohlköpfiger Frau endet. Die beiden haben keine Kinder, weißt du.«
Ich murmelte ein paar mitfühlende Worte, obwohl ich mir nicht vorstellen konnte, was er mir mitteilen wollte.
Lord Bollinger räusperte sich, als habe er trotz seiner Entschlossenheit Schwierigkeiten zu sprechen.
»Vor fünfzig Jahren«, sagte er dann, »hat deine Großmutter hier in der Küche als Dienstmädchen gearbeitet.«
»Ja?«
»Sie war ein hübsches Mädchen, temperamentvoll und einfallsreich. Und sehr schlagfertig! Wir haben viel gelacht zusammen ...« Wieder wurde seine Stimme ganz leise.
»Sie und meine Großmutter?«
»Wir waren beide jung. Und heißblütig. Ich war – ich fand sie

sehr nett, und sie – na ja, sie hat sich heftig in mich verliebt. Sie war ein gutes Mädchen und keineswegs leichtsinnig.«

Ich starrte ihn schweigend an.

»Wollen Sie mir damit andeuten, daß Sie von Ihnen ein Kind hatte?« fragte ich dann endlich.

Er ließ meine Hand locker und lehnte sich in seinen Sessel zurück.

»So ist es«, sagte er. »Deine Mutter – Eleanor.«

»Aber mein Großvater – Joe Austin –, er war doch der Vater meiner Mutter! Daran hatte es nie einen Zweifel gegeben.«

»Sarah hat sich gut mit Joe verstanden, bevor sie hierher kam. Bevor wir uns kennenlernten. Es war ganz klar, daß sie darauf drängte, daß die Ehe zustande kam.«

Ich stand auf und ging wie in Trance zu meinem Sessel zurück, von wo aus ich ihn erneut anstarrte, bevor ich mich hineinsinken ließ.

»Kein Wunder, daß sie immer ›den vornehmen Leuten‹ mißtraut hat«, bemerkte ich.

Alles klärte sich auf einmal; ihre Feindseligkeit gegenüber meinem Vater und gegenüber Roger. Sie war sich sicher gewesen, daß ich genauso wie sie nur unter meinen Gefühlen leiden würde.

»Gab es denn kein Gerede deswegen?« fragte ich. »Mir ist nie irgendein Gerücht zu Ohren gekommen.«

»Deine Großmutter hatte ein helles Köpfchen und war alles andere als auf den Mund gefallen.«

»Natürlich! Mein Großvater –« Ich schwieg, fuhr dann aber doch fort, denn der alte Joe war für mein Gefühl immer der Mann meiner Großmutter. »Mein Großvater hat mir einmal erzählt, daß meine Mutter eine Frühgeburt gewesen ist.«

»Es ist alles so lange her.« Lord Bollinger bewegte seinen Kopf unruhig hin und her. »Ich dachte nur, du solltest es vielleicht wissen.«

»Ich kann Ihnen nicht sagen, wie ich mich fühle! Mein Großvater war der netteste Mann. Er liebte meine Mutter –«

»Und die beiden hatten kein zweites Kind zusammen, vergiß das nicht!« Aus seinem tiefen Armsessel grinste mich der alte Herr an. »Vielleicht hätte er mir dankbar sein sollen.«
»Im Grunde haben Sie ihn doch zum Narren gehalten.«
»Deswegen bleibt es auch unser Geheimnis. Das versprichst du mir doch, nicht wahr, Jenny? Für mein Andenken bin ich selbst zuständig, aber ich will die Erinnerung an die Austins nicht beschmutzen.«
»Roger und ich haben keine Geheimnisse voreinander.«
»Ein gewagter Anspruch, meine Liebe.«
»Aber zurecht. Ich werde es ihm selbstverständlich erzählen.«
»Dann bring ihn dazu, daß er schwört, nichts weiterzuerzählen, unseretwegen und wegen deiner Großmutter, wenn schon nicht meinetwegen.«
»Warum sollte ich das jemandem erzählen wollen?« Ich erhob mich und entfernte mich ein paar Schritte von ihm.
»Ach, Jenny! War es ein Fehler, daß ich dir das mitgeteilt habe? Verstehst du denn nicht, daß ich stolz war? Ich wollte doch nur, daß du weißt, ich übernehme die Verantwortung!«
Ich schaute ihn an und stellte wieder fest, wie zerbrechlich und einsam er aussah, und kehrte auf den Stuhl neben ihm zurück.
»Verzeihen Sie bitte«, sagte ich. »Ich habe es nicht so gemeint. Ich dachte gerade an den alten Joe – natürlich bin ich stolz, auf diese Weise mit Ihnen verbunden zu sein.«
Bevor einer von uns noch etwas sagen konnte, klopfte jemand an die Tür, und Lady Melville trat ein.
»Ach, hier bist du also!« sagte sie. »Wir haben uns überlegt, wo du Mrs. Leyton wohl hingeschleppt haben könntest. Kommst du nicht wieder zurück, um uns Gesellschaft zu leisten?«
Lord Bollinger warf ihr einen kurzen Blick zu, aber reagierte sonst überhaupt nicht. »Kommst du wieder einmal nach Watersmeet? Du bist immer herzlich willkommen«, wandte er sich statt dessen an mich.
Ich nickte und spürte den neugierigen Blick von Mrs. Melville

auf mir. Ich erhob mich, und auch Lord Bollinger stand mühsam auf.
Meine Gedanken wirbelten wild durcheinander. Während wir unter der Ahnengalerie an der Wand entlanggingen, fiel mir ein, daß dies auch meine Verwandten waren, auch wenn das nur ich wußte. Ich sehnte mich danach, es Roger mitzuteilen.
Doch der hatte anscheinend gar nicht mitbekommen, daß ich mit Lord Bollinger eine Weile nicht im Salon gewesen war, so sehr war er ins Spiel vertieft.
Lady Silcock stand hinter ihrem Mann und biß sich vor lauter Nervosität innen auf ihre Wangen. Als wir den Salon betraten, rang sie sich ein Lächeln ab.
»Sie haben das Beste verpaßt«, sagte sie. »Mr. Leyton hat eine Glückssträhne.«
Ich konzentrierte mich auf das Spiel, das gerade lief. Roger hielt die Bank inne, sagte man mir. Ich hatte keine Ahnung, ob das gut oder schlecht war, denn sein Gesicht war ausdruckslos, während er Karten austeilte, zuerst an Gerald Melville rechts von ihm und dann an Sir Montague links. Alle Karten lagen mit dem Blatt nach unten auf dem Tisch, und darauf wurden dann die Wetteinsätze gehäuft.
Geld war nirgendwo zu sehen. Statt dessen notierte Sir Montague Zahlen auf einem kleinen Schreibblock.
Auf den ersten Blick erkannte ich, daß es hier nicht um Geschicklichkeit ging. Man brauchte einfach nur Glück. Ich wußte, daß Roger diese Art von Unterhaltung mochte, und ich lächelte die Gruppe wohlwollend an, weil ich froh war, daß Roger für eine kurze Weile seine Sorgen vergessen konnte.
»Das war wohl nichts«, sagte Gerald Melville knapp und warf sein Blatt dem Bankhalter hin.
»Sollen wir verdoppeln?« fragte Roger.
Sir Montague warf Mr. Melville einen beunruhigten Blick zu, und zum ersten Mal machte ich mir ernsthaft Sorgen. Um welche Summen wurde hier eigentlich gespielt? Ich hatte

mich bereits mit dem Verlust von ein paar Pfund abgefunden, auch wenn wir uns das momentan nicht leisten konnten. Schließlich spielten Mark und seine Freunde immer um derartige Summen. Die Atmosphäre hier war aber derartig gespannt, und wenn ich sah, wie Lady Silcock ihren Kleiderstoff in den Fingern hin und her faltete, ahnte ich, daß es an diesem Abend um sehr viel mehr ging.

»Haben Sie Lord Bollingers Porzellansammlung schon einmal gesehen?« fragte mich Lady Melville. »Er hat ein paar sehr interessante und seltene Stücke –«

Aus Höflichkeit folgte ich ihr in die andere Zimmerecke, wo sie vor einer Vitrine mit Porzellan haltmachte. Sie öffnete sie und holte eine kleine Figur heraus.

»Das ist original Staffordshire«, sagte sie. »Wunderschön, nicht wahr? Aber nicht so wertvoll wie Meissen oder Sèvres. Lord Bollinger hat von allem etwas. Eines Tages werde ich es einmal sortieren müssen. Leider ist der arme Onkel Arthur wirklich nicht in der Lage – langsam wird er immer verwirrter, der gute Alte. Diese Figuren hier sind von Bustelli und stammen aus Nymphenburg; sehr seltene Stücke. Ich glaube ...«

Verzweifelt versuchte ich zu hören, was sich am Kartentisch tat. Irgendwie mußte ich Roger doch zum Aufbruch bewegen können.

»Wir müssen jetzt gehen«, sagte ich mitten in Lydia Melvilles Ausführungen hinein. »Die Kinder –«

»Aber Sie können doch von Ihrem Mann nicht erwarten, daß er aufhört, so lange er gewinnt!« sagte sie und lächelte überheblich über soviel Dummheit.

Für meine Begriffe war jetzt die beste Zeit, um sich zu verabschieden, dennoch schwieg ich.

»Ihr Mann ist sehr attraktiv«, sagte Mrs. Melville daraufhin, legte den Kopf auf eine Seite und betrachtete schweigend die Kartenrunde in der anderen Zimmerecke. Ihre Stimme klang ein bißchen überrascht, als hätte ein Gastwirt kein Recht, gut auszusehen.

Ich hörte ihr gar nicht richtig zu, denn am Kartentisch hatte es erneut eine jähe Entwicklung gegeben.
»Lord Bollinger ist sehr müde. Ich bin sicher, wir sollten jetzt gehen«, beharrte ich.
»Wirkte er auf Sie müde? Mir kommt er immer wie so ein zäher, alter Kerl vor, auch wenn er natürlich alles andere als gesund ist. Er ist so energiegeladen und begeistert – das haben Sie doch sicher auch gemerkt, als Sie sich mit ihm unterhalten haben.« Sie stellte vorsichtig wieder ein Stück Crown Derby zurück, das sie aus der Vitrine geholt hatte. »Was war das denn, was er Ihnen so unbedingt zeigen wollte?«
»Nur ein altes Foto, von dem er dachte, daß es mich interessieren könnte.«
»Ach so.«
»Lyd-ja«, rief Lord Bollinger aus der anderen Zimmerecke. »Könntest du bitte nach Simmonds klingeln, daß er mir noch einen Brandy bringt? Diese Falschspieler hier können auch noch einen vertragen.«
»Wir müssen langsam aufbrechen«, sagte ich und ging zu ihm hinüber.
»Blödsinn! Du solltest selbst einen Brandy trinken – du siehst ein bißchen blaß aus.«
Das wunderte mich nicht. Die Zeit ging dahin, und soviel ich sah, gewann Roger immer noch; dennoch war ich zu dem Zeitpunkt bereits ganz krank vor Angst, daß ich ihn erst dann aus diesem Salon bringen würde, nachdem wir unseren ganzen Besitz verloren hatten.
»Ehrlich gesagt, fühle ich mich ein bißchen schwach auf den Beinen.«
Ich setzte mich neben ihn auf das kleine Sofa, und er tätschelte meine Hand.
»Ich habe dich doch nicht durcheinandergebracht, oder?«
»Nein, natürlich nicht. Ganz und gar nicht.«
»Dann sind wir also bessere Freunde als eh und je? Meine Güte, du bist ja ganz weiß! Es war also doch ein Schock für

dich, nicht wahr? Oder ist es hier drin zu warm? Brauchst du ein bißchen frische Luft?« Er betrachtete mich stirnrunzelnd und besorgt. »Vielleicht sollte dich dein Mann doch nach Hause bringen.« Er erhob sich vorsichtig und humpelte zum Kartentisch hinüber.

»Letzte Runde, Gentlemen; Mrs. Leyton fühlt sich nicht gut. Die Scheckbücher heraus und die Schulden bezahlt.«

»Aber das geht doch nicht!« protestierte Sir Montague.

Roger sah auf und warf mir ein zufriedenes Lächeln zu. Lady Silcock war völlig verstummt und riß die Augen auf, als könne sie nur mit Mühe ertragen, wieviel ihr Mann verloren hatte. Doch der addierte betont gleichmütig die Wetteinsätze zusammen. Ich hatte immer noch keine Ahnung, um welche Summen es ging.

»Heute abend hatten Sie aber verdammt viel Glück«, sagte Gerald Melville und schüttelte Roger die Hand. »Irgendwann müssen wir ein Rückspiel machen.«

»Mit Freuden«, antwortete Roger.

Während wir aufbrachen, überboten sich alle an Höflichkeit und Freundlichkeit. Ich bedankte mich bei Lord Bollinger für den interessanten Abend – wie interessant wußten nur er und ich – und meinte heuchlerisch, daß wir die Melvilles und Silcocks hoffentlich bald einmal wiedersehen würden. Als wir endlich in die Nacht hinaus fuhren, war ich von Herzen dankbar.

Die ersten Meter schwiegen Roger und ich; als wir uns ein Stück vom Haus entfernt hatten, begann Roger zu lachen. Anfangs war es nur ein Glucksen, das wuchs und wuchs, bis sein schallendes Gelächter in die Nacht hinaus dröhnte und er Brownies Zügel sinken ließ, um mich zu umarmen und so heftig zu drücken, daß ich dachte, er würde mir die Rippen brechen.

»Zweitausendfünfhundert Pfund«, keuchte er zum Schluß. »Jenny, ist das nicht unglaublich? Wir können wieder zahlen! Wir sind völlig aus dem Schneider. Zweitausendfünfhundert

– und diese beiden Klugscheißer haben gedacht, sie könnten *mich* über den Tisch ziehen.«

Mit versteinerter Miene stieß ich ihn von mir weg.

»Mach so was nie wieder. Ich bin tausend Tode gestorben, als ich erkannt habe, daß du um viel Geld spielst.«

»Aber es hat sich doch gelohnt! Jetzt kann ich alle Außenstände bezahlen – den Holzhändler, die Brauerei, die Bank, alle.«

»Und was, wenn du verloren hättest? Ist dir einmal durch den Kopf gegangen, daß dir das genauso hätte passieren können?«

Er griff meine Schulter und schüttelte mich.

»Ich bin ein Gewinner, Jenny, kein Verlierer! Los komm – freu dich doch ein bißchen –, lächle mal. Das Leben ist ein Spiel. Das muß dir doch gefallen.«

»Nicht, daß ich wüßte. Roger, du machst mir angst, wenn du denkst, das hier sei leicht verdientes Geld und das könntest du gut und gern öfter versuchen. Denn dann zählst du vielleicht nicht zu den Gewinnern.«

Er griff fast schmollend wieder nach den Zügeln.

»Du bist doch keine Spielverderberin, oder Jenny?« fragte er mich, und all das Lachen war aus seiner Stimme verschwunden.

»Ich bin nur Realistin«, antwortete ich. »Glück kann man auch verlieren. Was ist, wenn du das RING OF BELLS verlierst?«

»Für mich zählt nur, daß ich dich nicht verliere!«

»Auch die Möglichkeit besteht«, meinte ich kühl.

13

Da ich nicht mehr schwanger war, konnten wir unsere Schwierigkeiten bis zu einem gewissen Grad wieder im Bett lösen. Ich entschuldigte mich – daß er mich natürlich nicht verlieren würde, und wie froh ich darüber sei, daß wir jetzt unsere Schulden bezahlen konnten. Und Roger versicherte mir, daß er nie wieder um so hohe Summen spielen würde. An der Oberfläche war alles in Ordnung.

Er fand es höchst amüsant, daß meine so ungemein solide Großmutter dem Charme des Lords verfallen war und seine Tochter zur Welt gebracht hatte.
»Aber bitte, erzähl das niemandem, ja?« bat ich ihn. »Weder Mark noch John, noch sonst wem.«
»Großes Ehrenwort. Nicht einmal meine Mutter erfährt etwas, und die würde sich sehr darüber freuen, daß ihre Enkelkinder Nachkommen eines Abkömmlings des Königshauses sind.«
In dieser Zeit war mir Charlotte eine große Hilfe, denn sie war meine erste richtige Freundin. Wir hatten beide dieselben Ideen, und wir akzeptierten die Ansichten der anderen. Ich hatte Annie gemocht und würde sie auch immer mögen, aber wir würden uns nie für die gleichen Dinge interessieren, so wie Charlotte und ich.
Als ich eines Tages auf dem Weg zu ihr war, machte ich an dem Mäuerchen halt und schaute zum Priors-Anwesen hinüber. Auf einmal kam mir eine Idee, die mich verblüffend anrührte.
Das Priors-Haus war genauso das Haus meiner Vorfahren wie das von Rogers – und das um so mehr, als es Hunderte von Jahren den Bollingers gehört hatte, bevor das Watersmeet-Anwesen gebaut wurde. War es vielleicht möglich, daß die fast mystische Anziehung, die dieses Haus vom ersten Augenblick an auf mich gehabt hatte, mit der Tatsache zusammenhing, daß meine Vorfahren hier gelebt hatten?
Ich lachte ein bißchen über meine Dummheit, machte mich wieder auf den Weg und sann darüber nach, wie es Catherine heute wohl gehen würde.
Sie hatte immer noch lange Zeiten, in denen sie sich völlig zurückzog und wo sie sich jeder Art normalem Leben verweigerte. Charlotte versuchte mit äußerster Geduld und viel Humor, sie für die unterschiedlichsten Dinge zu begeistern. Doch nichts konnte Catherines Interesse wecken.
Zum Glück hatte Charlotte Peter in ihr Herz geschlossen und

sprach nicht davon abzureisen. Peter wuchs zu einem robusten, eigenwilligen Jungen heran, der ziemlich charmant war. Mark war ganz vernarrt in ihn, und zum Ausgleich für Catherines Gleichgültigkeit ließ er ihm gar manches durchgehen.

Izzie ließ sich durch nichts einschüchtern. Sie hatte ihr Baby drei Wochen vor Philips Geburt zur Welt gebracht – einen Jungen, den sie Amos nannte. Izzies Baby lag den ganzen Tag im Kinderwagen. Wenn es das Wetter erlaubte, dann stand er draußen, ansonsten in der Küche. Im Priors-Anwesen war es schon immer recht unkonventionell zugegangen, und anscheinend gab es keine Schwierigkeiten mit ihm.

»Wer eine Bemerkung macht«, sagte sie eines Tages zu mir, »dem werde ich zeigen, daß ich auch nicht auf die Schnauze gefallen bin. Ich sage einfach, daß immer zwei dazu gehören, um ein Baby zu machen.«

Izzie sagte immer gerade ihre Meinung heraus, und sie verteidigte das Priors-Anwesen gegen allen Tratsch und Klatsch.

»Auf der Post ging es schon wieder über Mrs. Mark«, erzählte sie mir einmal. »Die Leute haben mich nicht kommen gehört, wissen Sie. Es hieß, sie sei ein bißchen komisch im Kopf und würde dazu neigen, gewalttätig zu werden. Deswegen bin ich dazwischengegangen und habe den Leuten erklärt, daß sie krank ist. Da waren sie ganz still; das reichte völlig.«

»Wenn Izzie sich so oft einmischt und ihre Meinung kundtut, wie sie sagt, dann müßte sie ja eigentlich wie ein Kreisel durch die Weltgeschichte wirbeln«, meinte Charlotte eines Tages zu mir. Wir genossen gerade einen unbeschwerten Nachmittag am Fluß, und die Kinder buddelten im Schlamm.

»Stimmt es denn, daß Catherine gewalttätig wird?« fragte ich.

»Soweit ich feststellen kann, nicht. Aber, Jenny, glücklich ist sie nicht. Vielleicht auch nicht unglücklich. Nur irgendwie merkwürdig in sich zurückgezogen.«

»Denkst du daran, wieder nach London zurückzufahren?« Ich hatte mich bisher kaum getraut, die Frage zu stellen.

Charlotte schüttelte den Kopf.
»Nein. Ich glaube, ich werde hier gebraucht, und momentan kommt es mir so vor, als wäre Catherines Genesung an einem entmutigenden Stillstand angekommen.«
Seit Charlotte in Collingford war, hatte sie ein wöchentliches Treffen von Frauen angeregt, um sich über moderne Literatur auszutauschen. Der Kreis bestand aus uns beiden, Mrs. Chalmers, der Frau des neuen Pfarrers, Mary Poulson, der Frau des Anwalts, und ein paar anderen, die alle ihren Kopf mal ein bißchen benutzen wollten. Unsere Diskussionen führten uns unweigerlich immer wieder zu Fragen, die die Stellung der Frau betrafen. Und oft ging ich von solchen Treffen aufgewühlt und ruhelos nach Hause, und meine eigene Hilflosigkeit war mir nur allzu deutlich bewußt. Ich spürte, wie die Jahre vergingen. Wir standen an der Schwelle zu einem neuen Zeitalter – wie lange würden die alten Werte noch Bestand haben?
Ich hatte den Eindruck, daß es immer so weitergehen würde. Wieder kam Weihnachten, und wie üblich versammelte sich die ganze Familie. Goffy und Granny (von Ben so getauft und mit dem Namen bis an ihr Lebensende behaftet) hatten sich ein großes Haus in der Nähe von Cheltenham gekauft, und danach wurde der Traum von der Privatklinik Wirklichkeit. Von da an wurden an Weihnachten immer drei Dinge gefeiert: das Fest als solches, Peters Geburtstag und der Hochzeitstag von Goffy und Granny.
Von Annie kam eine Karte, auf der nichts weiter stand, als daß sie noch am Leben war. Roger verbrachte Silvester zum ersten Mal in seinem Leben nicht zu Hause, weil er meinte, daß seine Anwesenheit im ANGLER'S REST gebraucht werde. Ich antwortete, daß ich das natürlich verstehen würde und daß ich froh sei, diesmal nicht so lange aufbleiben zu müssen. Aber im Grunde war ich nicht zufrieden und begrüßte den Jahresbeginn 1902 mit einer Woge des Selbstmitleids und tiefem Verlustgefühl.

Als der Frühling schon fast zum Greifen nah war, erledigte ich eines Tages ein paar Einkäufe in der Hauptstraße und traf zufällig Mrs. Kingsley, die ich ein paar Monate lang nicht mehr gesehen hatte.

»Ach Mrs. Leyton!« sagte sie. »Ich bin ja so froh, Sie zu treffen. Ich dachte schon, ich würde Sie vor meiner Abreise nicht mehr sehen.«

Ich starrte sie verwirrt an.

»Was um alles in der Welt meinen Sie?« wollte ich wissen. »Heißt das, Sie wollen das RING OF BELLS verlassen?«

»Hat Ihnen denn Mr. Leyton nichts gesagt?« Sie sah mich verwundert an. »Ich gehe nach Long Branstead in den RED LION. Die Köchin ist schon benachrichtigt. Der Kellner hatte sich an der Ladenkasse vergriffen, und daraufhin hat mich Mr. Leyton als Verwalterin eingesetzt.«

»So was!« Ich war verblüfft, daß Roger mir gegenüber davon nichts hatte verlauten lassen. »Und wie soll es im RING OF BELLS weitergehen?«

»Ich habe ein neues Mädchen angelernt – Florrie Masters. Vermutlich kennen Sie ihre Mutter. Sie ist noch ziemlich jung, aber ich glaube, sie ist ein helles Köpfchen – und außerdem ist natürlich Mr. Leyton da und hat ein Auge auf alles.«

»Ja, natürlich. Sind Sie traurig, daß Sie gehen, Mrs. Kingsley?«

»Im Grunde eigentlich nicht. Wissen Sie, dort drüben verdiene ich mehr, deswegen kann ich gar nicht nein sagen. Und dann als Verwalterin! Schon komisch! Nein, wenn ich es so recht bedenke, dann ist es schon in Ordnung so – nett, Sie gesehen zu haben, Mrs. Leyton.«

»Ebenfalls«, sagte ich leise. »Und ich wünsche Ihnen alles Gute, Mrs. Kingsley. Bestimmt sehen wir uns bald einmal wieder. Ich habe jedenfalls vor, bald selbst einmal im RED LION vorbeizuschauen.«

Auf der Straße vor dem Metzger trennten sich unsere Wege, und einen Augenblick lang starrte ich wie blind auf das

baumelnde, gerupfte Geflügel, das vor dem Geschäft in einer Reihe hing.
Es geht doch nur um die Information, dachte ich, während ich die Straße hinaufging. Warum hatte mir Roger von diesen Entwicklungen nichts erzählt? Er wußte doch, daß mir das RING OF BELLS immer noch sehr am Herzen lag und daß ich an allen Vorkommnissen dort besonders interessiert war.
Als ich ihn mit einem unmißverständlichen Vorwurf in der Stimme danach fragte, sah er mich überrascht an.
»Es gab im Grunde kein Problem«, meinte er. »Du mußt dich um so viel kümmern, da wollte ich dich nicht auch noch damit beunruhigen.«
»Aber das RING OF BELLS interessiert mich immer, Roger. Das weißt du doch.«
Er lächelte mich an, wie wenn man einem Kind seinen Willen läßt.
»Es läuft alles wunderbar, Jenny. Und ich bin sicher, daß Mrs. Kingsley dem RED LION nur guttut.«
»Und was ist mit dem ANGLER'S REST? Wie läuft es da?«
»Gut, dem Himmel sei Dank.« Roger war gar nicht richtig bei der Sache, weil er gerade ein Hotel-Journal durchblätterte, das er seit kurzem regelmäßig las. »Zum Glück haben wir dort Mrs. Burdett. Diese Frau haut so schnell nichts um.«
»Das klingt ja, als wäre sie so ein Typ wie Großmutter«, sagte ich und versuchte, noch ein bißchen mehr in Erfahrung zu bringen.
»Wie?« Roger blickte auf und sah mich fragend an, während er mit einem Finger die Stelle markierte, die er gerade gelesen hatte. »Ja, vermutlich hat sie auch so etwas von einer strengen Vorgesetzten. Sie ist bestimmt sehr tüchtig.«
»Ich hoffe nur, daß sie nicht genauso schwierig ist.«
»Ach nein, ganz und gar nicht.« Seine Augen hefteten sich wieder an die Zeitschrift.
»Ich möchte sie gern mal kennenlernen«, meinte ich und ließ nicht locker, weil ich entschlossen war, mir diesmal nicht wieder mangelndes Interesse vorwerfen zu lassen.

»Sie würde dir nicht besonders gefallen«, meinte Roger, ohne überhaupt noch einmal hochzusehen.
Resigniert gab ich es auf, noch mehr aus ihm herauszuholen. Ich hatte es auch aufgegeben, Roger dazu zu überreden, Ellie nach Cheltenham aufs Mädchen-College zu schicken, aber wir hatten einen annehmbaren Kompromiß erreicht. Ich hatte vorgeschlagen, daß sie doch an der Aufnahmeprüfung für die Mädchen High-School in Oxford teilnehmen könnte. Falls es klappen würde, könnte sie von Schuljahresbeginn im September die Schule dort besuchen. John und Angela hatten angeboten, daß unsere Tochter während der Woche bei ihnen wohnen könnte. Uns war es lieber, wenn sie dort lebte und am Wochenende zu uns nach Hause käme. Ellie hatte John und Angela und ihre inzwischen vier kleinen Cousins ins Herz geschlossen, und weil die Familie in der Banbury Road ein geräumiges Haus bewohnte, von wo aus es nicht weit zur Schule war, schien alles zur besten Zufriedenheit gelöst zu werden.
Ellie selbst war sehr froh über die Aussicht. Sie malte eine Kurve der noch verbleibenden Monate, bis sie wie ein Meteor in die nichtsahnende Welt der High-School einschlagen würde. Ich liebte sie zwar sehr, und ich hoffte inständig, daß sie Erfolg haben würde, doch ich mußte immer daran denken, daß es ihr nur guttun würde, wenn der Wettbewerb möglichst hart wäre. Ehrlich gesagt, war Ellie ein bißchen größenwahnsinnig. Lucy war ein glückliches, liebevolles Kind, das schon vor langer Zeit beschlossen hatte, daß es auch gut ohne akademische Weihen auskommen würde. Sie war keineswegs dumm, konnte sich ausgezeichnet ausdrücken und war in praktischen Dingen äußerst raffiniert. Doch ihrer Meinung nach war die Schule langweilig, und weil die Welt voller anderer interessanter Dinge war, empfand sie es als Zeitverschwendung, zu rechnen und zu buchstabieren. Sie spielte gern mit ihren Puppen – etwas, das Ellie nie gemacht hatte – und malte detailgetreue und farbenprächtige Bilder.

Ben war so temperamentvoll wie eh und je und zeigte bereits die ersten Anzeichen, daß er genauso schlau wie Ellie werden würde, denn er konnte schon lange lesen, bevor er zur Balmoral Akademie ging. Philip wuchs und gedieh und machte keine Sorgen. Er war ein sonniges, gemütliches Baby, das alle in ihr Herz geschlossen hatten.

Ich sagte mir selbst, daß ich mich doch glücklich schätzen konnte. Ich hatte vier liebenswürdige Kinder, ein angenehmes Zuhause und einen netten Ehemann, der höflich zu mir war. Warum wirkte dann die Welt so aus den Fugen? Warum fühlte ich mich so, als sei ich auf einer Reise durch eine elende Wüstenei – als würden Roger und ich geräuschlos aus großer Entfernung Grimassen schneiden?

Ellie wirkte so ungeduldig, als würde der Tag für die Aufnahmeprüfung nie kommen. Sie hatte überhaupt keine Zweifel, daß sie bestehen würde, und ehrlich gesagt, ich auch nicht. Deswegen standen wir an dem Tag voller freudiger Erwartung auf, um mit dem Zug nach Oxford zu fahren.

Ich lieferte Ellie rechtzeitig in der Schule ab und machte mich dann auf den Weg zu Elliston & Cavell, um ein paar Dinge zu besorgen.

Im Geschäft sagte ich zu mir, daß ich mir doch eigentlich auch einen Hut kaufen könnte.

Er hing an einem Gestell, starrte mich an und war das erste, was mir beim Betreten des Geschäfts ins Auge fiel.

Meine Reaktion auf seinen Anblick wurde im Geschäft sofort bemerkt. Die junge Verkäuferin ließ die Dame, die sie gerade bediente, stehen und drängte mich, ihn aufzusetzen, wozu sie mich nicht lange überreden brauchte.

»Er ist ziemlich hübsch, nicht wahr?« fragte ich lächelnd das Mädchen.

»Äußerst kleidsam, Madam. Wenn ich das so sagen darf, die Farben stehen Ihnen sehr gut.«

»Ich frage mich, ob ich es wagen sollte?« grübelte ich. »Was soll er denn kosten?«

Mein eigener Wunsch, bescheiden in meinen Ausgaben zu sein, hielt mich zurück. Roger hatte mir nie etwas mißgönnt, wenn ich mir etwas für mich gekauft hatte. Und um ehrlich zu sein, hatte er mich eher zu irgendwelchen Käufen genötigt.
»Hätten Sie etwas dagegen, mich jetzt zu bedienen?« rief die Frau am Spiegel neben mir der Verkäuferin zu. »Ich glaube, ich habe meine Wahl getroffen und jetzt wird meine Zeit knapp.«
Ich warf einen Blick zur Seite, während sie mich gerade anschaute, und wir beide mußten lachen, denn ganz offensichtlich hatte ihre Eile sie nicht davon abhalten können, das gesamte Sortiment des Geschäfts anzuprobieren. Auf dem Ladentisch vor ihr stapelten sich alle möglichen Hüte.
»Ich kann mich nie entscheiden«, sagte sie zu mir und lachte wieder, während ihre Zungenspitze zwischen ihren Lippen hervorspitzte. Mir fiel ihr schwacher Londoner Tonfall auf. Nicht ganz eine Lady, dachte ich – und amüsierte mich gleichzeitig über mich selbst. Auch wenn meine Mutter Lord Bollingers illegitime Tochter war, so hatte ich im Grunde kein Recht, ein solches Urteil zu fällen. Und dennoch hatte ich das Gefühl, daß ich recht hatte. Sie war keine Lady. Aber sie war eine attraktive, glatte Frau mit einem prächtigen Teint und ziemlich losem Mundwerk.
»Was halten Sie denn von dem hier?« wollte sie wissen.
»Ich glaube, mir gefiel der andere besser, den Sie vorhin aufhatten – der blaue«, antwortete ich.
»Wirklich? Der rote hier ist zu hell, oder? Ach ja, ich glaube, Sie hatten recht, obwohl ich finde, daß ein bißchen Farbe nicht schadet. Ich sage Ihnen was, meine Liebe«, sagte sie zu der Verkäuferin so von Frau zu Frau. »Ich nehme beide. Setzen Sie sie mir auf die Rechnung, würden Sie so freundlich sein? Mein Name ist Burdett. Mrs. Rose Burdett aus dem ANGLER'S REST in Stavercote.«
Ich starrte mein Gesicht in dem vergoldeten Spiegel an und sah den wundervollen Hut nicht mehr.
Ich mußte die ganze Zeit darüber nachdenken, wie ich nur auf

die Idee hatte kommen können, sie sei wie meine Großmutter. Hatte Roger das wortwörtlich so gesagt, oder war das meine Idee gewesen? Eines jedenfalls war sicher: Mrs. Burdett hatte überhaupt keine Ähnlichkeit mit der Großmutter, die ich kannte, weder im Aussehen noch vom Wesen her.
Ich saß ganz erstarrt, blind, wie schwebend, bekam noch halbwegs mit, daß sie sich von ihrem Stuhl erhob und ihre Pakete aufsammelte. Ich konnte ihr Moschusparfum riechen, während sie an mir vorbeiging. Dann blieb sie stehen, um zu mir etwas zu sagen: »Der steht Ihnen wirklich gut, meine Liebe«, sagte sie und beugte sich zu mir hinunter, bis mich ihre warmen, braunen Augen im Spiegel ansahen. »Den nehmen Sie. Der steht Ihnen wie angegossen. Ihr Mann findet bestimmt, daß er das Geld wert ist, glauben Sie mir.«
Als sie weg war, saß ich noch einen Moment lang so da, dann nahm ich den pfirsichcrèmefarbenen Hut und setzte ihn wieder vorsichtig auf sein Gestell.
»Haben sich die Dame dagegen entschieden?« fragte mich die junge Verkäuferin und machte keinen Hehl aus ihrer Enttäuschung. »Dabei sah er doch *so* gut aus.«
»Vielen Dank – nein, ich glaube nicht.«
Ich erhob mich, lächelte das Mädchen leer an und gelangte irgendwie aus dem Geschäft auf die Straße.
Den Rest des Tages fühlte ich mich sehr merkwürdig, als würde ich neben mir stehen und mir zuschauen, wie ich mich ganz normal verhielt. Ich unterhielt mich mit der Direktorin der Schule und war im Grunde überrascht, wie selbstverständlich ich über Ellies Fähigkeiten und Interessen sprach. Dann kauften wir für Lucy einen neuen Tuschkasten und für Ben ein Buch und gingen anschließend in aller Ruhe zum Bahnhof, um wieder nach Hause zu fahren.
Ellie wirkte glücklich und voller Selbstvertrauen. Ihr hatte die Schule gut gefallen, und auf dem Heimweg plapperte sie die ganze Zeit vor sich hin, ohne zu bemerken, daß ich immer nur lächelte, aber wenig redete.

Abends aß ich allein, weil Roger zu einem Treffen von Händlern aus dem Ort und anschließend bei einem Essen im RING OF BELLS unterwegs war. Ich war froh darüber. Ich mußte unbedingt eine Weile allein sein, um in Ruhe nachdenken zu können.

Je länger ich nachdachte, desto eher verfestigte sich mein Eindruck, daß Roger mich betrogen hatte. Vielleicht war meine Auffassung bezüglich Mrs. Burdetts Alter und Aussehen wirklich ein Teil meiner Interpretation gewesen, aber selbst wenn, dann hatte Roger das doch genau mitbekommen. Ich hatte sie mehr als einmal mit meiner Großmutter verglichen, und er hatte überhaupt nicht versucht, mich eines Besseren zu belehren. Warum, fragte ich mich. Weil er soviel Zeit im ANGLER'S REST verbracht hatte? Das konnte doch im Grund nur eines bedeuten – er hatte ein Verhältnis mit ihr –, *ihr,* dieser durchschnittlichen, verblühenden Kellnerin! Ich hätte es nie für möglich gehalten – habe es nicht auch nur einen Moment lang geglaubt, wenn er mir gegenüber offen über ihre Reize gesprochen hätte. Wie aber konnte ich seine Geheimnistuerei anders jetzt interpretieren?

Es würde alles erklären: die Fremdheit zwischen uns, die oberflächliche Höflichkeit und die Freundlichkeit, die anstelle der einzigartigen Kameradschaft getreten waren. Und wann war er das letzte Mal zu mir im Bett nicht oberflächlich gewesen?

Als ich mir gerade zittrig einen Sherry eingoß, führte Carrie Mark ins Zimmer. Er zog kritisierend eine Augenbraue hoch. »Die einsame Trinkerin, oder wie?«

»Ich hatte das Bedürfnis«, meinte ich kurz angebunden. »Soll ich dir auch was eingießen?«

»Danke, gern.« Er nahm sein Glas entgegen und schaute mich neugierig an. »Stimmt etwas nicht? Du wirkst durcheinander. Wo ist Roger?«

»Welche Frage soll ich deiner Meinung nach als erste beantworten?« fragte ich leichthin und bemühte mich, die Fassung zu wahren. »Roger ist zu einem Treffen und dann zum Essen, und mich hat der Tag mit Ellie in Oxford heute ziemlich angestrengt.«

»Ach ja – die Aufnahmeprüfung! Hat sie gut abgeschnitten?«

»Sie selbst ist sich ganz sicher.«

»Wahrscheinlich mit vollem Recht.«

Mark nippte ruhig an seinem Sherry und schaute mich immer noch seltsam an.

»Wolltest du was Besonderes?« fragte ich irgendwann und brach das Schweigen.

»Ich bin nur gerade vorbeigekommen und hatte plötzlich Lust auf Gesellschaft. Aber ich habe ja schon immer einen unfehlbaren Riecher für die falsche Entscheidung im falschen Augenblick gehabt. Womöglich wäre ich besser nicht hereingeschneit.«

»Mark, es tut mir leid. Ich bin wirklich sehr müde.«

»Jenny, ist dir schon mal aufgefallen, daß du kaum mehr lachst?«

»Das kann ich nicht behaupten.« Meine Stimme klang fremd. O Gott, dachte ich, ich darf jetzt nicht weinen. Nicht vor Mark.

»Aber irgendwas ist nicht in Ordnung, nicht wahr?«

Ich erhob mich schnell und ging zu dem Tisch in der Ecke des Zimmers, um mein Glas zu füllen, aber ich zitterte so sehr, daß ich den Sherry verschüttete. Ich stand wie hypnotisiert da und sah zu, wie die Flecken immer größer wurden.

Mit zwei Schritten war Mark bei mir, nahm mir die Karaffe ab, goß den Sherry ein, geleitete mich zum Sofa und setzte sich neben mich.

»Vielleicht solltest du mir doch erzählen, was los ist«, meinte er freundlich.

Seine Fürsorge war so ungewohnt, daß meine Kontrolle fast zusammenbrach, und für ein paar Minuten war ich unentschlossen.

»Ich wüßte nicht, was ich erzählen sollte«, sagte ich endlich. »Jedenfalls hoffe ich, daß da nichts ist.«

»Hat es etwas mit der Arbeit zu tun? Hat sich Roger übernommen?«
»Nein, nein.« Ich schüttelte den Kopf und wies solcherlei Überlegungen weit von mir. Dabei war mir völlig entfallen, wie sehr ich mich über seine leichtsinnige Expansion geängstigt hatte, bis zu dem Tag, an dem er beim Kartenspiel so viel Geld gewonnen hatte. »Mark, kennst du Mrs. Burdett vom ANGLER'S REST?«
Marks Blick wandte sich von mir ab, und er stellte sehr vorsichtig sein Glas auf den kleinen Tisch neben sich. Es war so ruhig im Raum, daß ich die Uhr ticken hören konnte.
»Ja«, antwortete Mark dann, und seine Stimme klang derart herzlich, daß es mich fast schmerzte. »Eine ausgezeichnete Frau. Sie leitet das ANGLER'S REST sehr gut.«
»Roger hat eine Affäre mit ihr, oder?« fragte ich.
»Wie um alles in der Welt kommst du denn darauf?«
»Ich habe sie heute in Oxford zufällig gesehen. Sie entsprach so – so überhaupt nicht dem Bild, das mir Roger von ihr vermittelt hat. Daraufhin sind alle Begebenheiten in ein anderes Licht gerückt worden – daß er soviel Zeit dort verbracht hat, und die Tatsache, daß wir uns so auseinandergelebt haben.«
Mark beobachtete mich argwöhnisch und strich sich mit einem Finger gedankenverloren über den Bart, als würde er jedes Wort genau abwägen.
»Du solltest Roger diese Frage stellen, nicht mir«, meinte Mark. »Ich bin schließlich nicht der Aufpasser meines Bruders.«
»Also habe ich recht!«
Mir wurde klar, daß ich im Grunde darauf gehofft hatte, Mark würde heftig protestieren; obwohl alles dafür sprach, wünschte ich mir, er hätte mit ein paar unmißverständlichen Worten klargestellt, daß meine Verdächtigungen grundlos waren. Mich durchzuckte ein heftiger Schmerz, heftiger als alles, was ich bisher erlebt hatte. Ich kreuzte die Arme über meinem

Bauch, beugte mich nach vorne und schrie tonlos in meiner Pein.
»Nein, Jenny, nicht«, murmelte Mark tröstend und legte mir einen Arm um die Schulter. Eine Weile klammerte ich mich an ihn, aber weil ich nicht ruhig bleiben konnte, drängte ich mich von ihm weg.
»Warum? Warum?« fragte ich, sprang auf und lief aufgewühlt durch das Zimmer. »Liebt er mich nicht mehr? Will er mich verlassen?«
Plötzlich stand ich am Kamin, starrte mein aschfahles Gesicht im Spiegel an und hielt mich mit den Händen am kalten Marmor des Kaminsimses fest.
»So ist es nicht«, sagte Mark.
Ich drehte mich zu ihm um.
»Diese Frau«, sagte ich. »Sie ist doch nur eine ganz gewöhnliche Kellnerin.«
Mark schüttelte den Kopf.
»Nein, Jenny. Das stimmt nicht. Sie ist warmherzig, unkritisch und verständnisvoll.«
»Das bin ich auch«, rief ich.
»Früher bist du das mal gewesen«, sagte er. »Aber jetzt nicht mehr.«
»Was willst du denn damit *sagen?*« Wütend ging ich zu dem Sofa, auf dem er saß, und schüttelte ihn am Arm. »Wie kannst du so was sagen? Roger bedeutet mir alles – er hat immer –«
Mark holte von irgendwo ein Taschentuch hervor und wischte mir damit die Augen trocken, wie man es bei einem Kind macht.
»Erinnerst du dich, daß ich einmal gesagt habe, wie sehr ich dich beneide?« fragte er mich, und seine Stimme klang zwar freundlich, aber mit einem harten Unterton. »Ich beneide Roger und dich schon eine ganze Weile nicht mehr, weil ich den Eindruck habe, daß ihr das Geheimnis eurer Nähe verloren habt.«
»Meine Schuld ist das nicht«, verteidigte ich mich. »Er hält

mich auf Abstand und erzählt mir nichts mehr von seiner Arbeit. Ich weiß nicht mehr, was sich tut und ob wir Geld verdienen oder kurz vor dem Ruin stehen. Er behauptet ständig nur, daß ich mir keine Sorgen zu machen brauche – als wäre ich eine schwachsinnige Idiotin, die sich überhaupt nicht für das Geschäft interessiert! Wenn ich nur daran denke, wieviel ich am Anfang gearbeitet habe! Es ist so *ungerecht!*«

»Jenny, Jenny! Beruhige dich. Schau doch mal, Roger liebt dich ganz bestimmt noch. Da bin ich mir ganz sicher, und die Vorstellung, dich zu verlassen, bereitet ihm schreckliche Angst. Ich entschuldige ihn nicht. Ich finde nur, du solltest dich fragen, was er bei Rose Burdett bekommt, aber zu Hause nicht.«

»Ich fühle mich zur Seite geschoben«, sagte ich. »Es gab so vieles, was ich ständig im Kopf haben mußte – die Kinder und Tante Millie –, ja, und auch das Priors-Haus.«

»Ja, ja, ich weiß«, reagierte Mark schnell. »Ich weiß, daß Peter und ich genauso schuld sind.«

»Das wollte ich gar nicht sagen, wir haben Peter gern –«

»Jenny, auch wenn du ein Herz so groß wie die Albert Hall hast, dann darfst du aber nicht den Menschen außer acht lassen, der dir am nächsten steht.«

»Das ist doch absurd! Ich habe Roger nie vernachlässigt!«

»Nein, natürlich nicht. Du hast seine elementaren Bedürfnisse befriedigt; aber ich habe oft miterlebt, wie du ganz offensichtlich *nicht* zugehört hast, wenn er dir etwas erklären wollte, und ich habe gehört, wie du ihn vor anderen schlechtgemacht hast, was du vor ein paar Jahren nie getan hättest.«

Ich wußte, daß er recht hatte. Ich wußte auch, daß ich alles andere als schuldlos war, aber der Gedanke, daß er in Rose Burdetts Armen lag, rief Empörung und Wut in mir hervor. Ich könnte sie umbringen, dachte ich. Ich könnte sie beide glatt umbringen.

»Was soll ich tun?« fragte ich Mark jämmerlich und wußte doch zugleich, daß ich gar nichts Dramatisches tun brauchte.

»Was willst du denn tun?«
»Ich will, daß es wieder so wie früher wird.« Ich mußte wieder weinen und griff nach Marks Taschentuch, um den Tränen Einhalt zu gebieten.
»Ich weiß nicht, ob es mir zusteht, jemandem einen Rat zu geben«, sagte Mark. »Aber ich glaube, du solltest wieder im Hotel arbeiten.«
»Was?« Ich war so erstaunt, daß ich das Taschentuch fallen ließ und ihn anstarrte. »Wie soll ich das denn machen? Philip ist doch noch ein Baby.«
»Ellie, Lucy und Ben waren auch Babys, als du früher mitgearbeitet hast. Du mußt es eben irgendwie organisieren – oder vielleicht noch ein Kindermädchen einstellen.«
»Aber ich habe die Arbeit aufgegeben, um bei meinen Kindern sein zu können!«
»Und bist du jetzt glücklicher?«
Mein starrer Blick geriet ins Schwanken.
»Roger braucht dich«, fuhr Mark fort. »Das ist mein voller Ernst. Was haben Kinder von Eltern, die sich von Woche zu Woche weiter voneinander entfernen? Bevor du im RING OF BELLS aufgehört hast, hattest du viel zu tun und warst zufrieden. Du und Roger, ihr hattet eine wunderbare Gemeinsamkeit – ihr wart gleichberechtigte Partner und habt alles geteilt. Jetzt ist alles anders. Ich weiß natürlich nicht, warum, aber ich bin mir völlig sicher, daß Rose Burdett nur ein winziger Teil dessen ist, was eurer Ehe zu schaffen macht. Es wäre falsch, wenn du ihr die Schuld an allem gibst, und gleichzeitig ist die Art, wie du dein Leben führst, der Auslöser dafür, daß Roger und du so weit gekommen seid.«
»Andere Frauen arbeiten auch nicht! Sie sind zu Hause, ziehen die Kinder groß und sind dabei rundum glücklich. Und niemand erwartet von ihnen, daß sie noch mehr tun.«
»Wer weiß denn, ob sie wirklich glücklich sind oder nicht? Wenn ich dir und Charlotte so zuhöre, dann habe ich den Eindruck, daß Frauen erst dann glücklich sind, wenn sie das

Stimmrecht bekommen – als ob das ein Allheilmittel für sämtliche Nöte der Frauen wäre. Es geht in diesem Punkt doch nicht um andere Frauen. Wir sprechen doch gerade über dich – Jenny Leyton, eine kenntnisreiche, tüchtige Geschäftsfrau, deren Fähigkeiten brachliegen. Wußtest du nicht, daß Roger sich furchtbare Sorgen macht, weil das RING OF BELLS unter dem Weggang von Mrs. Kingsley so sehr gelitten hat? Ist dir nicht bewußt, daß er alles dafür tun würde, wenn du ihn dort wieder unterstützen würdest?«

»Woher sollte ich das wissen? Er sagt mir nie etwas.«

»Aber wahrscheinlich hast du dich auch nicht besonders bemüht, das herauszufinden, oder? Wann warst du das letzte Mal dort?«

»Schon lange nicht mehr«, nickte ich. »Aber Mark, Roger will nicht, daß ich dort bin! Sonst hätte er mich doch schon längst danach gefragt –«

»Jenny, das hättest du nur gern.«

Ich runzelte die Stirn, weil er mich verwirrte.

»Das ist doch Unsinn.«

»Du und Roger, ihr wart euch beide einig, daß du auf gar keinen Fall dein Leben im Hotel verbringen sollst. Soviel ich verstanden habe, hat er dir versprochen –«

»Aber das ist Jahre her und war noch vor unserer Hochzeit. Seither hat sich alles geändert.«

Mark sah mich an und lächelte boshaft.

»Wann hast du das letzte Mal richtig mit Roger *gesprochen?*« fragte er. »Mir kommt es so vor, als hättet ihr beide alles dafür getan, daß ein Mißverständnis zum nächsten führt.«

»Bist du dir sicher, daß er mich im RING OF BELLS braucht?«

»Da bin ich mir völlig sicher! Florrie Masters bemüht sich redlich, aber sie hat wenig Erfahrung. Im RING ist nichts mehr so gut organisiert, und das Flair von früher fehlt.«

»Eigentlich«, sagte ich langsam, »würde ich gern wieder zurückkehren.«

»Dann tu das doch.«

»Aber damit würde Rose Burdett auch nicht verschwinden, oder?«
Während des Gesprächs mit Mark hatte ich sie schon fast wieder vergessen. Doch jetzt rollte der Schmerz wieder in einer enormen Welle auf mich zu.
»Das könnte aber gut möglich sein«, sagte Mark. »Rose ist eine gutmütige, großzügige –«
»Ich habe keine *Lust*, andauernd ihre guten Eigenschaften zu hören!« unterbrach ich ihn.
»Ich wollte gerade sagen«, fuhr Mark fort, »daß sie nicht gerade übermäßig viel Köpfchen hat. Außerdem ist sie immer mit allem einverstanden, egal, wer was behauptet, und das ermüdet doch ziemlich. Wenn du mich fragst, schneidest du auf alle Fälle besser ab.«
»Aber Mark, wenn ich wieder im Hotel arbeiten würde, dann kämen große Probleme auf mich zu.«
»Aber vielleicht ließen die sich trotzdem lösen. Carrie kommt doch gut mit Philip aus, nicht wahr? Und bestimmt könntest du eine zusätzliche Hilfe für deinen Haushalt bekommen.«
»Ich fände es schrecklich, wenn Lucy und Ben sich vernachlässigt fühlen würden«, sagte ich. »Carrie kann wirklich sehr gut mit kleinen Babys umgehen, aber mit Kindern, die schon ihren eigenen Willen haben, sieht das ganz anders aus. Und dann ist da ja auch noch Tante Millie, um die muß sich ja schließlich auch jemand kümmern.«
»Jenny, du bist doch inzwischen alt genug, um zu wissen, daß es mit den Problemen wie mit den Buren und der Guerilla in Südafrika ist – wenn man sie nicht grundsätzlich löst, werden sie immer bedrohlicher. Deswegen kannst du dich nur, so gut es irgend geht, um die momentanen Dinge kümmern.«
»Und was soll ich mit Rose Burdett tun? Wie kann ich sicher sein, daß Roger sich nicht länger mit ihr trifft? Außerdem, solange sie das ANGLER'S REST leitet, sieht er sie doch ohnehin.«
Mark schürzte seine Lippen und zog die Augenbrauen hoch.
»Ich kann dir nur raten, sicherzustellen, daß er weder die Zeit

noch die Kraft dazu hat«, sagte er und erhob sich. »Ich muß jetzt aber wirklich wieder los. Versprichst du mir, daß du nicht wieder in Tränen ausbrichst, sobald ich draußen bin? Ich finde, das paßt so gar nicht zu dir.«
»Ich weiß überhaupt nicht mehr, wer ich bin«, sagte ich und stand ebenfalls auf. Ich fand nicht die richtigen Worte, um auszudrücken, was in mir vorging.
Mark griff nach meinen Händen.
»Du willst meinen Rat? Vergiß Rose Burdett. Streich sie aus deinem Kopf. Ich glaube nicht, daß sie für Roger wichtig ist, und wenn du noch einen Funken Verstand hast, dann trocknest du dir die Tränen, gehst ins Bett und wartest in deinem schönsten Nachthemd auf ihn.«
»Mark, also *wirklich!*« Ich entzog ihm meine Hände.
Während er sich verabschiedete, lachte er ziemlich reuelos, und ich hatte Zeit, über alles nachzudenken, was er zu mir gesagt hatte.
Ich dachte verzweifelt nach, weinte vor lauter Elend und lief blind vor Wut durch das Zimmer. Doch im Grunde meines Herzens wußte ich, daß Mark eigentlich recht gehabt hatte. Ich kauerte mich in den Sessel und schaute ins Feuer, während kleine, pedantische Zweifel an mir nagten.
Roger hatte sich nicht verändert. Seine alte Ungeduld, das Hotel zu erweitern, hatte ihn zum Strahlen gebracht, und ich hatte fast nur gelangweilt reagiert. Seit dem Augenblick, als wir vor unserer Hochzeit nebeneinander auf dem Hügel mit dem Blick auf das Priors-Haus gestanden hatten und von der Aussicht gepackt waren, das RING OF BELLS zu übernehmen, wußte ich, daß er ein Mann der Tat war – ein Spieler, wenn man will. Na ja, und nichts anderes hatte er im Grunde jetzt auch gemacht. Er war das Wagnis eingegangen, zwei neue Gasthäuser zu einem Zeitpunkt zu kaufen, an dem vorsichtigere Leute sich zurückgehalten hätten.
Ich aber hatte keine Zeit dafür gefunden, ihm mein Interesse zu zeigen. Das RING OF BELLS, dachte ich plötzlich – was war

aus dem RING OF BELLS geworden? Es hatte mich verletzt und überrascht, daß mir Roger nichts von Mrs. Kingsleys Wechsel erzählt hatte. Und nachts hatte ich mich des öfteren mit einer vor mich hin gemurmelten Entschuldigung zur Seite gedreht. Deswegen war es vermutlich kein Wunder, daß er Rose Burdetts unkritische Gesellschaft der meinen vorzog, oder?

Wie sehr mir die Vorstellung der beiden zuwider war! Meine Wut flackerte wieder auf, aber ihre Intensität hatte sich verändert. Das hilflose, elende Gefühl war verschwunden. Ich fühlte mich stark und entschlossen und war fast zu allem imstande.

Ich würde wieder zurückgehen. Es war jede Anstrengung wert, die harmonische Partnerschaft wiederherzustellen, in der Roger und ich geschwelgt hatten. Irgendwie würde ich es schaffen – die Kinder würden nicht leiden müssen. Außerdem hatte sich Tante Millie inzwischen mehr an unsere Dienstmädchen gewöhnt, und sie waren alle sehr freundlich zu ihr.

Roger brauchte mich! Ich war mir dessen sicher – die Tatsache, daß die Frau, der er sich zugewandt hatte, etwas mit seiner Arbeit zu tun hatte, bewies alles. O Gott, dachte ich, ich könnte sie mit ihren eigenen Waffen schlagen, wenn sie so eine gute Gesellschafterin war. Ganz egal, was sie und Roger verband, im Grunde war es doch nichts, verglichen mit den Widrigkeiten, denen wir vor unserer Ehe und in der ersten Zeit die Stirn hatten bieten müssen.

Als Roger nach Hause kam, trug ich das Nachthemd, das ich normalerweise für Besuche bei Freunden oder für Bettlägrigkeit reserviert hatte – ein feines, besticktes Batisthemd mit Spitzeneinsätzen am Halsausschnitt. Ich saß vor dem Toilettentisch und bürstete meine Haare, während ich auf ihn wartete und ständig überlegte, ob ich ihm sagen sollte, daß ich Mrs. Burdett getroffen hatte, oder nicht.

Ich hörte seine Schritte auf der Treppe, und mein Herz schlug schneller, als wäre ich ein junges Mädchen. Ich entschloß mich, nichts zu sagen; jedenfalls nicht jetzt. Und vielleicht ja auch nie. Ich wollte es davon abhängig machen, wie die Nacht verlief.

Roger öffnete leise die Tür, weil er dachte, daß ich bereits schliefe. Als er aber sah, daß ich noch auf war, schilderte er, wie sich die Ansprachen in die Länge gezogen hatten. Mitten im Satz hielt er jedoch inne.

»Du siehst anders aus«, meinte er, und seine Stimme klang verwirrt.

»Ich bin auch anders.«

»Was ist passiert?« fragte Roger.

Ich stand auf, drehte mich zu ihm hin und schlang ihm die Arme um den Hals.

»Ich liebe dich«, sagte ich. »Dich und nur dich für immer und immer. Ich hatte das Gefühl, es wäre an der Zeit, das einmal wieder zu sagen.«

Er umfaßte mich, und wir küßten uns wie die Verliebten, die wir einmal gewesen waren, und nicht wie das Ehepaar, das inzwischen aus uns geworden war. Ich sehnte mich nach ihm, und verströmte meine ganze Liebe zu ihm mit meinen Händen und meinen Lippen und durch meine gemurmelten Worte. Dann spürte ich, wie er sich von mir losmachte.

»Geh doch nicht – bitte nicht«, flehte ich.

»Ich muß aber, meine kleine Verrückte«, antwortete er zitternd und lachend zugleich. »Ich habe doch viel zuviel an.«

Sein Lachen verstummte jedoch, als er im Bett zu mir kam. Mir kam es so vor, als seien wir nach einer langen Trennung wieder zueinander zurückgekehrt, als wäre jeder Kuß und jede Berührung eine Erneuerung unseres Schwures.

Lange, nachdem unsere Leidenschaft abgeklungen war, lagen wir eng umschlungen da und sprachen miteinander.

Roger gab zu, daß er mich brauchte und daß er sich in den letzten Monaten einsam und ausgebrannt gefühlt hatte.

»Aber ich habe mir geschworen, dich nicht zum Zurückkommen zu drängen«, meinte er.

»Ich will aber«, versicherte ich ihm. »Ich will wieder alles mit dir teilen, so wie früher. Ich liebe die Kinder über alles, aber sie reichen mir nicht. Mein Lebensmittelpunkt sind wir – du und ich und unsere Ehe.«

Er drückte mich an sich und liebte mich noch einmal mit so viel Zärtlichkeit, daß ich mir sicher war, ich bräuchte niemals den Namen von Mrs. Burdett erwähnen. Vor lauter Glück wäre ich am liebsten auf der Stelle gestorben.

Obwohl wir in dieser Nacht kaum geschlafen hatten, waren wir beide am nächsten Morgen erstaunlich wach und vergnügt. Beim Frühstück erklärten wir den Kindern, daß sich demnächst einiges ändern würde, weil ich ins RING OF BELLS zurückkehren würde, um ihrem Papa zur Hand zu gehen.

»Doch zuerst«, sagte Roger, »werden eure Mutter und ich Ferien machen – nur wir beide. Wir lieben euch sehr, und gleichzeitig brauchen wir auch einmal ein bißchen Zeit für uns allein.«

»Ach Liebling, wie sollen wir das denn alles unter einen Hut bekommen?« fragte ich, froh über diese Aussicht. Ich konnte mir gar nicht vorstellen, wie die vielen Dinge erledigt werden sollten, für die wir die Verantwortung trugen.

»Wir Kinder könnten ja solange im Priors-Haus wohnen«, schlug Lucy vor.

»Das muß Onkel Mark entscheiden. Ich weiß nicht, ob er und Tante Catherine und Tante Charlotte so begeistert sind, wenn sie plötzlich vier Raufbolde im Haus haben.«

»Drei Raufbolde«, sagte Ellie, während sie ihr weiches Ei köpfte. »Und mich.«

Wir entschlossen uns für eine Reise in die Schweiz, weil Roger das Gefühl hatte, wir könnten das Geschäftliche gut mit dem Angenehmen verbinden und herauszufinden versuchen, wie in der Schweiz Hotels geführt werden. Ben war völlig am Boden zerstört, als es ihm dämmerte, daß er nicht mitfahren würde, denn er hatte sich bereits Bilder von schneebedeckten Bergen angeschaut.

»Mama wird gar nichts von der Reise haben«, meinte er

traurig. »Sie weiß ja noch nicht einmal, wie man einen Schneemann baut.«
»Wir sollten alle von Herzen dankbar sein, daß sie ein paar andere Talente hat«, antwortete Roger mit ernster Miene.
»Hast du das wirklich ernst gemeint?« fragte ich ihn, als die Kinder aus dem Haus waren.
»Ich wüßte nichts, was dagegen spricht. Was hältst du von einer zweiten Hochzeitsreise?« Er griff nach meiner Hand.
»Das wäre wunderschön. Ach, Liebling, das wäre ja wirklich wunderbar! Wie lange könnten wir denn wegbleiben?«
»Was meinst du, wie lange würde Charlotte uns vertreten? Oder sollten wir besser Angela und John bitten?«
»Ich werde so bald wie möglich mit Charlotte darüber reden.«
»Wenn du ins Priors-Haus gehst, dann komm doch auf dem Rückweg im Ring of Bells zum Mittagessen vorbei.«
Bevor er das Eßzimmer verließ, beugte er sich zu mir hinunter und gab mir einen Kuß, den er viel mehr in die Länge zog als die flüchtigen Küsse der letzten Monate.
Nachdem er verschwunden war, ging ich zu Tante Millie hinauf, die wie immer im Bett frühstückte. Sie wirkte klein und verschrumpelt und wurde von Tag zu Tag ein bißchen verwirrter. Einen Vorteil hatte ihre fortschreitende Senilität jedenfalls: Es war ihr egal, wer ihr half, und sie klammerte sich nicht mehr so sehr wie früher an mich.
Im Priors-Haus traf ich eine Charlotte, die müde wirkte. Catherine war in der Nacht geschlafwandelt und war gewalttätig und beleidigend geworden, als Mark versucht hatte, sie wieder ins Bett zu bringen.
»Richard Fenwick hat uns geraten, sie wieder in die Klinik zu schicken«, sagte Charlotte. »Es steht also nichts im Weg, daß wir deine Kinder nehmen, solange du in Ferien bist. Du kennst ja Collingford! Die Leute werden sich die Münder zerreißen, wenn Mark und ich keine Anstandsdame haben.«
Ich mußte darüber lachen, weil Mark Charlotte gegenüber höchstens Bemerkungen über Peter oder Catherine gemacht

hatte. Und was ihre Begeisterung für die Suffragetten anging, da tat er immer so, als wäre ihm das weiter nicht wichtig. Ich hatte mich schon manches Mal gefragt, wie sie einem Mann den Haushalt führen konnte, der so überhaupt keine Interessen für ihre Ideale hatte.

»Gibt's was Neues zum Thema Frauenstimmrecht?« fragte ich.

Sie zuckte die Schultern. »Zur Zeit steckt alles in einer Sackgasse.«

»Ich werde deine allwöchentlichen Treffen vermissen, wenn ich wieder zur Arbeit gehe.«

»So ein Unsinn, Jenny! Über die Emanzipation der Frauen zu reden ist nichts, verglichen mit dem, sie auch zu leben.«

Charlotte hatte recht gehabt mit ihrer Vorhersage über die Reaktion der Leute aus Collingford auf ihre Zweisamkeit mit Mark in einem Haus. Am nächsten Tag machte Ellie mir das mit einer Bemerkung deutlich.

Ben bettelte, sie sollte doch endlich mit ihm spielen und ihn beachten. Seine Stimme schallte zu mir durch das offene Wohnzimmerfenster herein, wo ich gerade an einem Brief saß.

»Ellie«, meinte er, »soll ich dir ein ganz tolles Rätsel sagen?«

»Nein, danke.« Ellie war wie immer über ein Buch gebeugt.

»Ellie, willst du deine Freunde nicht einmal mächtig beeindrucken? Ich könnte dir sagen, wie. Das weiß ich aus meinem Buch *Kleine Leute.*«

»Ben, ich lese gerade. Mach, daß du wegkommst!«

Ich hatte Mitleid mit ihr und lehnte mich aus dem Fenster, um Ben aufzufordern, zu mir heraufzukommen und sich die Hände zu waschen, um mich auf die Post zu begleiten.

»Dem Himmel sei Dank«, sagte Ellie und drehte sich auf ihrem Stuhl vor dem Fenster draußen lächelnd zu mir um.

»Ist dein Buch spannend?«

»Hm, wunderschön, *Jane Eyre.*«

»Das habe ich auch sehr gern gehabt. Aber ich fand es ein bißchen zu finster.«

»Ich mag solche Geschichten.« Ellie zögerte einen Augenblick, dann stand sie auf und kletterte auf ihren Stuhl, um sich auf der Lehne niederzulassen und mir damit ein bißchen näher zu sein.

»Die Geschichte erinnert mich an Tante Charlotte und Onkel Mark. Ich finde, Tante Charlotte ist so ähnlich wie Jane Eyre, nicht wahr? Sie ist hergekommen und kümmert sich um Peter, weil Tante Catherine krank in ihrem Kopf ist. Und irgendwie kommt mir Mr. Rochester ein bißchen wie Onkel Mark vor – dunkelhaarig, gutaussehend und ziemlich traurig.«

»Aber Jane war ein sehr junges Mädchen, und Tante Charlotte ist eine Dame, die schon einmal mit einem Mann verheiratet war, den sie geliebt hat. Nur weil sie so ein großes Herz hat, ist sie im Priors-Haus, bis sie wieder nach London zurückkehrt, um dort ihr eigenes Leben zu führen.«

»Sie hat mir alles über das Frauenstimmrecht erzählt«, sagte Ellie eifrig. »Das ist sehr aufregend, findest du nicht, Mama?«

Ich stimmte ihr zu, und als ein ungewöhnlich sauberer und ordentlicher Ben auftauchte, um mit mir zur Post zu gehen, brachen wir unser Gespräch ab. Der kurze Wortwechsel mit Ellie stimmte mich dennoch nachdenklich. Wenn sogar ein so junges und unschuldiges Mädchen wie Ellie auf die Idee kam, daß Mark und Charlotte etwas miteinander haben könnten, dann würden sich in Collingford die Leute ganz bestimmt das Maul darüber zerreißen. Nur jemand wie ich, der die beiden so gut kannte, konnte wissen, wie wenig an dem allen dran war.

In den darauffolgenden Tagen sprachen wir andauernd nur über die bevorstehenden Ferien, doch als Tante Millie die kleine Treppenstufe in den Garten übersah und sich ernsthaft verletzte, hatten wir auf einmal wieder andere Sorgen.

Ihre alten, spröden Knochen hielten den Aufprall auf die Steine nicht aus, und ihr Beckenknochen brach entzwei. Richard Fenwick war sofort zur Stelle und bestand darauf, daß sie ins Krankenhaus müßte, wo sie operiert werden sollte. Als er aber anschließend aus dem Operationssaal kam, machte er ein bedenkliches Gesicht.

»Sie müssen auf das Schlimmste gefaßt sein«, sagte er. »Ganz im Ernst, ich glaube nicht, daß sie es überlebt. Sie ist schon so alt und gebrechlich. Mich würde es wundern, wenn sie keine Lungenentzündung bekäme.«

»Dann kann sie doch auch gleich mit nach Hause kommen«, bat ich. »Sie findet es bestimmt furchtbar, wenn sie in einem fremden Zimmer aufwacht.«

»Nein, momentan darf sie nicht bewegt werden. Sie wird so und so ziemlich durcheinander sein – ich glaube nicht, daß ihr das Zimmer viel ausmacht.«

Ich war ganz und gar nicht glücklich mit dieser Regelung, aber ich mußte seine Entscheidung akzeptieren. Deswegen verbrachte ich fast die ganze Zeit bei ihr. Tante Millie war fast immer bewußtlos und atmete röchelnd, aber sonst wirkte sie unruhig, warf ihren Kopf auf dem Kissen von einer Seite zur anderen und murmelte vor sich hin. Dann hielt ich ihre Hand, und sie griff erstaunlich fest zu. Ich war mir sicher, daß sie meine Anwesenheit spürte.

Am Nachmittag des zweiten Tages öffnete sie die Augen, sah mich an, lächelte und erkannte mich ganz offensichtlich.

»Das ist doch unsere Eleanor!« sagte sie mit ziemlich klarem Verstand.

Einen Augenblick lang dachte ich, sie meinte Ellie, doch dann wurde mir klar, daß sie mich mit meiner Mutter verwechselte. Ich drückte ihre Hand und lächelte sie an.

»Ich bin Jenny, Tante Millie.«

»Unsere Eleanor! Das ist ja eine Überraschung!« Ihr Gesicht war erfreut, und ich verbesserte sie nicht noch einmal. Dann schloß sie die Augen, und während ihre Lippen noch ein Lächeln umspielten, dachte ich für einen Augenblick, sie sei wieder bewußtlos geworden. Aber ein paar Minuten danach blickte sie mich wieder an.

»Er ist ein liebenswürdiger Mann, Eleanor. Ein liebenswürdiger Mann. Mach deiner Mutter keine Vorwürfe.«
Daß sie über meinen Vater sprach, diesen vergessenen Mann, der schon vor so vielen Jahren aus meinem Leben gegangen war, bedeutete einen Schock für mich, der mir fast die Luft nahm. Ich hatte im Laufe der Jahre immer mal wieder an ihn gedacht, doch nie als realen Menschen. Er war eine Phantasiegestalt für mich, völlig unwirklich. Aber dann fielen mir die Worte wieder ein, die mir meine Mutter eingebleut hatte.
»Ein wahrer Gentleman«, sagte ich warmherzig.
»Das ist er wirklich. Und immer so gut zu mir.«
Dann machte sie die Augen zu, schlief ein, und während ich an ihrem Bett saß, schloß sie in der nächsten Stunde für immer die Augen.
Wie merkwürdig, dachte ich. Wirklich seltsam, daß ausgerechnet Tante Millie, die alle für völlig ahnungslos gehalten hatten, all die Jahre diesen Mann so inniglich hochgeschätzt haben sollte, daß sie ihn mit ihren letzten Worten erwähnte. Gerald Fitzgerald, der als Schauspieler versagt hatte, als Ehemann und als Vater; der aber trotz allem ein liebenswürdiger Mensch gewesen war.
In mir machte sich gewisse Neugierde breit. Ich überlegte, ob ich wohl jemals erfahren würde, wie seine Geschichte zu Ende gegangen war? Was war aus ihm geworden? Vielleicht hatte ich ja jahrelang viel zu hart über ihn geurteilt. Womöglich hatte er einen Unfall gehabt und war gestorben, bevor meine Mutter und ich informiert werden konnten. Und selbst wenn nicht – selbst wenn er uns einfach nur kaltblütig verlassen hatte, wie hätte er in Erfahrung bringen können, daß meine Mutter viel zu stolz gewesen war, um London wieder den Rücken zuzukehren, und daß sie ärmlich gelebt hatte, wo sie doch gut und gern bei ihren Eltern hätte Unterschlupf finden können?
Mir ging durch den Kopf, daß ich das wohl nie in Erfahrung bringen würde. Und doch war diese schattenhafte Gestalt mein Vater. Izzie hätte gesagt, es braucht immer zwei dazu.

Hatte ich vielleicht meine Vorliebe für Bücher von ihm geerbt? Oder die Begeisterung für einen wohlformulierten Satz oder die plötzliche Freude, die mir Poesie so oft vermittelte? Möglich war das alles.
Zum Abschied und aus Dankbarkeit legte ich Tante Millie die Hand auf die Wange und verließ das Zimmer, um die Schwester zu informieren, daß sie gestorben sei.

14

Zu Tante Millies Begräbnis erschienen eine Menge Leute. Sie hatte ihr ganzes beschauliches Leben in Collingford verbracht und genoß großes Ansehen. Doch trotz der vielen Freunde, die sich dem Leichenwagen angeschlossen hatten, wirkte die ganze Sache überhaupt nicht traurig.
Sie hatte ein langes und großenteils zufriedenes Leben geführt und war am Ende friedlich gegangen. Ich hörte, wie viele ihrer zurückgelassenen Altersgenossen die fromme Hoffnung hegten, ihnen möge ein ebensolches Ende beschieden sein. Und als sollte sogar noch das kleine bißchen Traurigkeit verschwinden, das wir empfanden, erreichte uns am nächsten Tag die Nachricht, daß der lange, teure Zermürbungskrieg in Südafrika endlich vorbei sei.
Tante Millie war gegangen, aber die jungen Männer, die ihr Land so fröhlich verlassen hatten, um sich dafür in den Kampf zu werfen, würden zurückkommen – oder jedenfalls einige von ihnen. Zum Glück war der Krieg nun zu Ende, und die allgemeine Stimmung im Land hob sich eindeutig.
Wir hatten unsere Reise in die Schweiz für die letzten beiden Wochen im Juni und die erste Juliwoche geplant. Mark brachte Catherine am 13. Juni wieder in die Privatklinik, und Charlotte erzählte, wie unmöglich sie sich in der letzten Zeit verhalten hatte. Verglichen damit waren meine Kinder wahrscheinlich wie eine Ruhekur.

Bevor wir aufbrachen, gab es noch eine Menge zu erledigen. Ich verabschiedete mich von Lord Bollinger, der inzwischen sehr krank und an sein Zimmer gefesselt war.
Am Abend vor unserer Abreise brachten wir die Kinder ins Priors-Haus und blieben zum Abendessen dort. Mark berichtete, daß Catherine wieder in ihr altes Zimmer in der Klinik in Wimbledon eingezogen sei und den Eindruck machte, als sei sie froh, wieder dort zu sein. Der arme Mark wirkte, als sei er um zehn Jahre gealtert, und wir vier saßen entspannt und gesellig beieinander.
Vor dem Essen hatte ich Gelegenheit, mich mit ihm kurz unter vier Augen zu unterhalten. Roger war zu den Kindern hinaufgegangen, um ihnen einen Gutenachtkuß zu geben, und Charlotte war zu Izzie in die Küche verschwunden, um nachzuschauen, was unser Abendessen machte.
»Ich habe den Eindruck«, sagte Mark, »daß sich eure Probleme von allein gelöst haben. Du siehst jedenfalls glücklicher aus als bei unserem letzten Zusammentreffen.«
»Dein Ratschlag war unschätzbar wertvoll«, gestand ich ihm.
»Hm!« Mark lehnte sich gegen den Kamin und blickte gedankenverloren in das Glas, das er in Händen hielt. »Anderen gute Ratschläge zu geben ist nichts Besonderes. Warum ist es bloß immer leichter, anderer Leute Probleme zu lösen als seine eigenen?«
»Armer Mark«, sagte ich einfühlsam. »Das Leben meint es nicht besonders gut mit dir.«
Er warf mir ein kurzes Grinsen zu.
»Aber andererseits gibt es auch einen Ausgleich. Noch besitze ich das Priors-Anwesen. Das habe ich dir voraus, mein Mädchen!«
»Da hast du wohl recht.«
Bestimmt war Mark ausgezeichneter Laune, dachte ich, als ich ihn später am Kopfende seiner eigenen Tafel bewunderte. Er diskutierte wie immer mit Charlotte, aber er zog sie ein bißchen auf, und seine Augen glänzten voller Humor. Und

endlich redete er nicht nur über landwirtschaftliche Dinge, sondern über Politik in Südafrika und über Cecil Rhodes, der erst ein paar Monate tot war, und sogar über die Aussichten der Tennismeisterschaft, die in ein oder zwei Wochen beginnen sollte. Es war so, als hätte er plötzlich bemerkt, daß es außerhalb von Collingford eine riesige und ganz andersartige Welt gab mit vielen interessanten Ereignissen. Ich hatte den Eindruck, daß das auf Charlotte zurückzuführen war.
Ich freute mich sehr auf unsere Ferien in der Schweiz. Wir hatten vor, mit dem Zug von Paris nach Luzern fahren, wo wir für zwei Nächte ein Hotel gebucht hatten. Was wir dann tun würden, hatten wir uns noch offengehalten, weil wir uns lieber treiben lassen wollten, als einer vorher festgelegten Reiseroute zu folgen. Wir suchten uns eher kleinere Hotels, die auch auf Familien eingestellt und eher mit unseren eigenen vergleichbar waren, als größere und feudalere.
Von Luzern fuhren wir nach Interlaken und ein paar Tage später mit einer Schmalspurbahn nach Grindelwald. Alle Hotels waren sauber und bequem. Wir verbrachten manch interessanten Abend im Gespräch mit den jeweiligen Besitzern, von denen die meisten ein bißchen Englisch sprachen. In Interlaken durfte ich sogar die Küche anschauen und wurde dem Küchenchef vorgestellt, der mir liebenswürdigerweise Rezepte für einige Gerichte aushändigte, die ich besonders gelobt hatte. Ich hatte genügend Erfahrung, um dieses Privileg richtig einschätzen zu können, denn wir Köche und Köchinnen hüten unsere Spezialitäten wie unseren Augapfel.
Doch so interessant und lehrreich dieser Teil unserer Reise auch war, was uns völlig in Bann gezogen hatte, war die Landschaft.
Jeden Tag gingen wir spazieren und unterhielten uns, machten Pläne und träumten uns eine Zukunft. Ich sollte nicht in die Küche des RING OF BELLS zurückkehren, um da zu kochen, erklärte Roger. Weil ich das Hotelgewerbe durch und durch kennen würde, sei ich doch viel besser dafür geeignet, anderen

etwas beizubringen, sie auszubilden und zu organisieren. Während er seine Pläne entwickelte, erkannte ich, was für eine Belastung das alles für ihn gewesen sein mußte.
Wir würden wieder gleichberechtigte Partner werden! Und Rose Burdett?
Als ich so Nacht für Nacht in seinen Armen lag, war ich sicher, daß er sie vergessen hatte, und obwohl es Zeiten gab, in denen ich gern ihren Namen erwähnt hätte, sagte mir eine innere Stimme, daß ich sie in ihrer Versenkung ruhen lassen sollte.
Auf einer Wiese außerhalb von Grindelwald fing Roger von sich aus von Rose Burdett an.
»Weißt du«, sagte er, »ich habe nachgedacht.«
Ich lag auf dem Rücken, genoß die warme Sonne auf dem Gesicht und hatte die Augen geschlossen.
»Über das ANGLER'S REST.«
Ich ließ meine Augen geschlossen, war aber mit meiner ganzen Aufmerksamkeit bei ihm.
»Im kommenden Winter würde ich es gern eine Weile zum Renovieren schließen. Soviel ich weiß, will Mrs. Burdett so schnell wie möglich wieder nach London zurückkehren, und das würde prima passen. Außerdem könnten wir die Zeit nutzen und neues, vertrauenswürdiges Personal suchen.«
Ich schwieg, während ich die Neuigkeit verdaute.
»Das ist wirklich eine gute Idee«, sagte ich ruhig.
Ich öffnete die Augen gerade so weit, daß ich sein Gesicht im Blickfeld hatte.
Roger betrachtete das Gras und zupfte mit ernsthafter Miene daran herum.
»Sie **wird** dir fehlen«, sagte ich niederträchtig.
Er wandte seinen Kopf zur Seite und blickte über das Tal.
»Nein«, entgegnete er. »Nicht im geringsten.«
Ich schloß wieder die Augen. Laß die Sache ruhen, dachte ich. Rose Burdett hat ihren Zweck erfüllt. Wer weiß, vielleicht wären wir ohne sie den Rest unseres Lebens nur halbtot dahinvegetiert.

Wir schickten den Kindern einen Berg Postkarten nach Hause und schrieben ihnen, wie sehr wir sie vermißten. Das stimmte zwar, doch andererseits waren wir auch froh, einmal nur zu zweit zu sein. Trotzdem waren wir mehr als zufrieden, als sich die letzte Ferienwoche ihrem Ende zuneigte und wir ein prickelnd aufregendes Gefühl bei dem Gedanken verspürten, daß es wieder nach Hause ging.

Bei meiner Rückkehr ins RING OF BELLS erinnerte mich nichts mehr an das Gefühl, das ich im RED LION gehabt hatte – nämlich daß ich überflüssig sei und daß meine Talente nicht gebraucht würden und unnötig seien. Vom ersten Augenblick an, als ich die Küche betrat, die die junge Florrie in ein Chaos verwandelt hatte, wurde mir bewußt, wie lange ich weggewesen war. Dann spürte ich Ärger in mir darüber aufsteigen, daß es hier überhaupt so weit hatte kommen können.

Florrie gab ich nicht die Schuld. Sicherlich hatte sie ihr Bestes versucht, doch es war ganz etwas anderes, unter der Aufsicht von Mrs. Kingsley zu arbeiten oder statt dessen allein die Initiative zu ergreifen und eigene Entscheidungen zu fällen. Florrie wirkte froh darüber, daß ich gekommen war, und hatte nichts dagegen, daß ich sie als erstes aufforderte, eine großangelegte Säuberungsaktion zu starten. Binnen kurzem waren alle Mädchen mit Schrubben, Polieren und Kehren beschäftigt, und nach und nach glich das Haus wieder dem Hotel, das ich von früher kannte.

Ich empfand es als Ansporn, daß sich die Händler über meine Rückkehr freuten.

»Wir wußten nie so recht, woran wir waren«, sagte der Fischhändler während seines wöchentlichen Besuchs.

»Du hättest mir das sagen sollen«, meinte ich vorwurfsvoll zu Roger. »Ach, ich weiß schon – sag nichts! Du wolltest mich nicht beunruhigen.«

Zu meiner großen Erleichterung ließen sich die Dinge bei uns zu Hause gut regeln. Carrie kümmerte sich fast nur noch um

Philip, und unser neues Mädchen Daisy ging Mary Anne in der Küche zur Hand.

Während der Schulferien hielten sich Ellie, Lucy und Ben entweder im Garten vom RING OF BELLS auf oder im Haus an der Brücke. Sie genossen das Leben in der Nachbarschaft des Hotels; die ständig wechselnden Darsteller, die auf der Bühne unseres Hauses auftraten, das geschäftige Hin und Her, wenn Gäste ankamen und gleichzeitig andere abreisten.

Aber es gab auch andere Ablenkungen. Eine deutsche Kapelle kam ins Dorf und spielte vor dem Hotel, und einmal kam sogar eine arme, heruntergekommene Gestalt mit einem Tanzbär – ein armes, ekliges, deprimiertes Tier. Ben konnte den Anblick nicht ertragen und kam zu mir in die Küche gerannt, wo er vor lauter Kummer wirres Zeug redete. Er bat mich, zu dem Mann zu gehen und ihm zu sagen, daß sein Bär alt und unglücklich sei und daß er ihn nicht tanzen lassen sollte; ich umarmte Ben und drückte ihn wegen seiner Feinfühligkeit.

Im September begann Ellie mit ihrer neuen Schule. Als sie am ersten Wochenende nach Hause kam, fühlte sie sich enorm wichtig und erzählte ohne Unterlaß von Miss Hinz und Miss Kunz und daß Lottie Carisbrooke einen *schrecklichen* Anschnauzer für ihre Schwätzerei während der Andacht bekommen hätte. Am Sonntag nachmittag brachten wir sie im Einspänner wieder nach Witney, von wo aus sie den Zug nach Oxford nahm und ich sie der Obhut des Schaffners anvertraute.

Das RING OF BELLS war immer eine willkommene Abwechslung für mich.

Diese Weihnachten probierten wir eine neue Geschäftsidee aus. In der Nacht nach dem Jagdtreffen, als das Hotel und die größeren Häuser weit und breit ausgebucht waren, räumten wir den Speiseraum, der schon festlich geschmückt war, und bauten ein Podest für das Orchester auf, das wir am nächsten Tag erwarteten. In dem alten Speisezimmer im ersten Stock

bauten wir ein Buffet fürs Abendessen auf. Der Abend wurde von allen rundherum als gelungen empfunden, natürlich auch von uns Besitzern, denn das Ganze brachte eine schöne Summe ein.
»Was für ein *Erfolg!*« schwärmte Roger am nächsten Tag und rieb sich ausgelassen die Hände, während er über die Zahlen gebeugt war. »Da haben mindestens vier Autos draußen gestanden, ist dir das aufgefallen? Wahrscheinlich hatten wir Gäste aus den besten Kreisen.«
»Du Snob!« machte ich mich über ihn lustig.
»Ganz und gar nicht. Ich bin nur an dem Geld dieser Leute interessiert. Ihre Herkunft kümmert mich weniger. Ist dir eigentlich bewußt, daß wir inzwischen wieder schwarze Zahlen schreiben?«
Ich stand auf und gab ihm einen Kuß.
»Ich möchte mich bei dir bedanken«, sagte ich zu ihm. »Dafür, daß du jetzt nicht bemerkt hast: ›Das habe ich dir doch gesagt!‹ Es tut mir leid, daß ich andauernd deine Expansionspläne angezweifelt habe.«
»Es gab immer mal wieder Augenblicke, da habe ich an mir gezweifelt. Da fällt mir ein, Jenny, könntest du dich bei deinem illustren Großvater nicht mal gelegentlich nach dem kleinen Haus erkundigen? Ich bin sicher, du könntest ihn davon überzeugen, daß wir Mrs. Oliver ein Wohnrecht auf Lebenszeit gewähren.«
Ich stöhnte.
»Ich will ihn nicht damit behelligen, Roger. Er ist so alt und gebrechlich in letzter Zeit. Ich glaube, es ist viel besser, wenn du Hugh Bainbridge danach fragst.«
»Aber er hat gar nicht die Befugnis, etwas zu verkaufen, auch wenn er mit allem betraut ist, was sich auf dem Grundstück tut. Ich bin mir ganz sicher, daß Lord B. sterben wird, und der dumme Melville weigert sich, mir das Haus zu verkaufen. Und nur deswegen, weil ich ihn beim Kartenspielen besiegt habe. Ich war damals zwar froh über das Geld, aber anderer-

seits könnte mir dieser Gewinn auch noch erhebliches Unglück bescheren.«
»Kann schon sein, daß du dich deswegen bei ihm nicht sonderlich beliebt gemacht hast«, stimmte ich zu.
Doch Roger war in Gedanken schon anderswo.
»Ist dir das Auto von Major Bennett aufgefallen?« fragte er mich eifrig. »So ein beeindruckendes Auto habe ich noch nie zuvor gesehen – das war ein de Dion Voiturette.«
»Wirklich wahr?« Ich konnte mich für diese scheußlichen, neumodischen Apparate nicht begeistern. »Ich finde Autos ja furchtbar. Laut und schmutzig, und ganz offensichtlich sind sie gefährlich.«
»Das ändert nichts daran, daß den Autos die Zukunft gehört, glaub mir.«
In den darauffolgenden Wochen studierte Roger immer öfter die Anzeigen für motorgetriebene Wagen, die in den Städten jetzt häufiger zu sehen waren. Auf dem Land tauchten sie zwar noch nicht so oft auf, doch offensichtlich war es nur eine Frage der Zeit, bis Roger der erste Autobesitzer von Collingford wurde.
Alles veränderte sich. Unsere Öllampen waren gegen solche mit Gaszufuhr ausgetauscht worden, und Ende des Jahres 1903 ließen wir im RING OF BELLS die Diele vergrößern, um dort einen Empfangstisch aufzustellen. Dahinter lag ein Büro, in dem wir unsere wachsende Zahl von Anmeldebüchern und Rechnungsfolianten unterbringen konnten und die ganzen Aufzeichnungen und Dokumente, die sich Tag für Tag anhäuften. Das bedeutete aber auch, daß wir jemanden einstellen mußten, der damit umgehen konnte. Kurz darauf kam Violet Perkins zu uns, eine recht steife Jungfer, der man ihr Alter nicht ansah.
Vom Drucker traf das neue Briefpapier ein, das Roger bestellt hatte, ohne davor mit mir darüber zu sprechen. Er brachte mir in die Küche einen Bogen, um es mir zu zeigen, nachdem er es ausgepackt hatte. Seine jungenhafte Begeisterung sagte mir, daß er hoch erfreut war.

Oben auf dem Papier stand The Ring of Bells Hotel, Collingford, Oxon in eleganter, fließender Schrift, und darunter in kleineren Buchstaben: »Ein Leyton-Hotel – die Garantie für Behaglichkeit und gutes Essen«. Dann folgte in kleineren Buchstaben auf der rechten Seite »Mr. und Mrs. R. C. Leyton, Gemeinsame Besitzer« und links daneben die Telefonnummer – »Collingford 3«.
»Liebling, das ist ja wunderschön«, rief ich begeistert. »Wenn du wüßtest, wie gern ich eine gemeinsame Besitzerin bin. Das sieht ja beeindruckend geschäftsmäßig aus, findest du nicht?«
»Wie gefällt dir denn das hier?« Damit deutete er auf einen ganz dünnen Strich, der unten quer über das Blatt lief und den ich vor lauter Aufregung ganz übersehen hatte.
Unter der Linie las ich: »Zu den anderen Leyton-Hotels zählen das Red Lion Hotel in Long Branstead und das Angler's Rest in Stavercote.«
»Das klingt aber merkwürdig – was willst du damit sagen?« fragte ich. »Hast du noch andere Hotels, die du nur aus dem Ärmel zu schütteln brauchst?«
»Eines Tages schon«, antwortete Roger. »Dann werde ich das beste Hotel in ganz Oxfordshire besitzen.«
»Wie geht denn die Arbeit im Angler's Rest voran?«
»Sehr gut. Wann kommst du mal vorbei, um einen Blick auf die Küche zu werfen? Ich wüßte gern, wie sie deiner Meinung nach werden sollte.«
Wie gut das doch tut, dachte ich. Wahrscheinlich ist das Gefühl, gebraucht zu werden, doch unsagbar wichtig – auch wenn man nur danach gefragt wird, wo das Spülbecken aufgestellt werden soll.
Catherine kehrte wieder aus ihrer Privatklinik zurück und wirkte so, als ginge es ihr ein bißchen besser. Hin und wieder aßen wir im Priors-Haus zu Abend, aber die Stimmung war merkwürdig. Auch die Gespräche verliefen nur zäh. Einmal kam es mir sogar so vor, als sei Catherine bei sich zu Hause eher zu Gast. Ein Besuch im Priors-Haus bedeutete für mich,

daß ich mich auf Charlotte und Mark freute. Mit Catherine mußten wir uns gezwungenermaßen abfinden.
Eines Tages sprach mich Charlotte auf diese Schwierigkeiten an.
»Catherine ist so – so *desinteressiert!*« sagte sie. »Wir versuchen wirklich alles, um sie in den Alltag im Haus mit einzubeziehen, aber ohne Erfolg. Sie wirkt so, als wollte sie sich nicht damit abgeben. Und langsam wird sie richtig wütend auf uns.«
»Der arme Mark«, sagte ich. »Natürlich habe ich Mitleid mit Catherine, aber für ihn muß das ja auch schrecklich sein!«
Charlotte zeigte keine Reaktion, und ich bekam den Eindruck, daß ich taktlos gewesen war, denn schließlich ertrug Charlotte immer noch die Hauptlast von Catherines merkwürdigen Stimmungen und verdiente eigentlich mehr Sympathie.
Ende 1905 hatte Roger mich endlich dazu überredet, daß wir aus geschäftlichen Gründen unbedingt ein Auto brauchten. Zu der Zeit hatte sich das Vorhandensein von Kraftfahrzeugen bereits offensichtlich auf die Hotels auf dem Land ausgewirkt. Doch im Gegensatz zu vielen anderen Gasthöfen in der Umgebung, die zu spät erkannt hatten, daß Wochenenden auf dem Land groß in Mode gekommen waren, hatten wir einen guten Riecher gehabt. Unsere Hotels waren bereits größer als die der Konkurrenz. Im Sommer hätten wir das RING OF BELLS doppelt und dreifach ausbuchen können. Rogers Glücksspiel mit der Übernahme des RED LION und des ANGLER'S REST zahlte sich doppelt und dreifach aus – nur der Umstand, daß Lord Bollinger inzwischen so hinfällig war, daß er keine Entscheidungen mehr über seinen Besitz treffen konnte, warf einen Schatten auf das Ganze.
»Im Grunde müßte er ja so schnell wie möglich jemandem eine Vollmacht erteilen, aber eigentlich kommt dafür nur Melville in Betracht«, sagte Roger. »Ich fürchte, ich werde das kleine Haus nie mehr bekommen.«
Mrs. Oliver blühte und gedieh wie nie zuvor. Inzwischen mußte sie schon an die Neunzig sein, aber sie konnte immer

noch selbst für sich sorgen. Und obwohl sie von Jahr zu Jahr immer mehr in sich zusammenfiel, war sie munter und voller Tatendrang und konnte immer noch ohne Brille lesen.

»Ich wünschte, du würdest sie nicht mit so offensichtlichen Hintergedanken danach fragen, wie es ihr geht«, sagte ich zu Roger.

»Könntest du mir nicht vielleicht eine kleine Wachspuppe machen, die ich dann mit Nadeln spicken kann?« bat mich Roger. »Aber wahrscheinlich hat das gar keinen Sinn. Vermutlich würde unser Freund Melville es mir nicht verkaufen, selbst wenn das kleine Nachbarhaus leer stehen würde.«

»Dann müssen wir einfach ohne das Haus auskommen«, sagte ich.

Unsere Gäste fühlten sich derweil offensichtlich sehr wohl bei uns. »Wie malerisch«, riefen sie. »Wie aus einem Roman von Charles Dickens!« Und sie kamen immer und immer wieder.

Für mich wurde das Weihnachtsfest 1905 von der Nachricht überschattet, daß Lord Bollingers Zustand sich ständig verschlechterte. Mitte Januar starb er.

Das ganze Dorf trug Trauer. Lord Bollinger war eine Institution gewesen – wie Königin Victoria –, eine allmächtige Persönlichkeit, den viele der Dorfbewohner ihr ganzes Leben lang gekannt hatten.

Ich spürte, daß ich einen Freund verloren hatte, mit dem ich liebend gern noch viel besser bekannt geworden wäre, doch dafür war es jetzt zu spät. Ich erinnerte mich an viele Kleinigkeiten seines Verhaltens – merkwürdige Dinge, wie sein plötzliches Lächeln, seine Wärme und seine Freundlichkeit. Natürlich hatte er auch Schwächen gehabt, aber die waren typisch für seine Herkunft. Er hatte meine Großmutter gekannt und hatte sie begehrt, ohne sich um die Konsequenzen zu kümmern, die das für sie haben würde. Und trotzdem war er ein liebenswürdiger Mann, und ich wußte, daß ich ihn nie vergessen würde.

An seinem Begräbnis schlossen alle Geschäfte in Collingford,

und alle Bewohner trugen zumindest schwarze Armbinden; viele kleideten sich ganz in Schwarz. Derart verschwenderische Begräbnisfeiern wie bei Königin Victoria waren zwar inzwischen aus der Mode gekommen. Bei Lord Bollinger jedoch zogen mit schwarzen Federn geschmückte Pferde einen geschlossenen, schwarzen Wagen mit dem blumengeschmückten Sarg.
Dahinter folgte ein Wagen hinter dem anderen, denn sämtliche einflußreiche Familien der Umgebung wollten dem Lord ihren letzten Gruß erweisen. Dann folgten trauernde Fußgänger – Landarbeiter, Händler, ganz normale Männer und Frauen aus dem Dorf, die wirklich traurig waren, daß der alte Lord sie verlassen hatte, auch wenn er wohlhabend in einer Villa gelebt hatte, während sie hart gearbeitet, in kleinen Behausungen gelebt und wenig verdient hatten.
Während wir einer hinter dem anderen in die Kirche traten, um an seiner Begräbnisfeier teilzunehmen, erschallte das Totenglöckchen. Als der Vikar, Reverend Chalmers, beredt von Lord Bollingers Nächstenliebe sprach und darüber, daß er sich zeit seines Lebens um weniger vom Schicksal begünstigte Menschen gekümmert hatte, entdeckte ich viele Trauernde, die ihr Taschentuch herauszogen, um sich heimlich ein paar Tränen wegzuwischen. Reverend Chalmers betonte, daß Lord Bollinger ein Mensch vom Lande gewesen war, der die Probleme der Menschen verstanden hatte, die auf seinem Grund lebten.
In der ersten Reihe saßen die Melvilles mit feierlichem Gesicht. Von nun an würden wir Lord und Lady Bollinger zu ihnen sagen müssen. Ich sah, wie die neue First Lady von Zeit zu Zeit ihre Augen vorsichtig mit einem Spitzentaschentuch betupfte, ihr Mann jedoch zeigte überhaupt keine Regung.
»Er sieht wie eine blutleere, affektierte, kleine Ratte aus«, hörte ich hinter mir einen Landarbeiter zu seinem Nachbarn flüstern. Tief in meinem Herzen mußte ich ihm zustimmen.
»Nicht zu vergleichen mit dem alten Lord«, pflichtete ihm sein Freund bei.

Nach dem Gottesdienst ging ich mit Catherine, die Mark begleitet hatte, zum Priors-Anwesen zurück; die Männer folgten uns. Charlotte war zu Hause geblieben. Sie ging nie in die Kirche, weil sie sich selbst als Agnostikerin beschrieb, was im Jahre 1906 eine recht kühne und emanzipierte Angelegenheit war. An diesem Tag war ihre Abgewandtheit von der Kirche jedoch von Vorteil, weil die Kinder für den Nachmittag bei ihr bleiben und wir sie später wieder im Priors-Haus treffen konnten.

Nach dem Tee, den wir am Kamin in der Diele tranken, zogen uns Charlotte und ich ein bißchen zurück. Lucy war inzwischen zwölf, entwickelte sich zu einer vollendeten Pianistin und fing zu ihrer eigenen Unterhaltung an, ganz leise zu spielen. Catherine und Ellie standen bei Lucy am Klavier. Peter und Philip waren irgendwohin verschwunden, vermutlich auf der Suche nach Amos. Und Ben, der sich zu alt für irgendwelche kindlichen Spielchen fühlte und bald ins Internat kam, hatte irgendwo ein Buch gefunden und sich damit auf die Fensterbank zurückgezogen.

»Ich finde, Ellie wird immer hübscher«, sagte Charlotte zu mir, während sie der Gruppe am Klavier einen Blick zuwarf.

»Glaubst du wirklich?« freute ich mich über das Kompliment. »Meistens bewundern die Leute Lucy, und die arme Ellie wird eher links liegengelassen.«

»Sie hat einen schönen Körper und so wunderbare Augenbrauen – vermutlich wird sie der Typ Frau, die von Jahr zu Jahr besser aussehen, bis ins hohe Alter. Außerdem ist sie intelligent.«

»Wie wird die Welt aussehen, in die sie hineinwächst, Charlotte?« fragte ich. »Wird das Leben anders sein für sie als für uns?«

Charlotte wandte sich mir zu und legte mir eine Hand auf den Arm.

»Dabei fällt mir etwas ein, Jenny. Könntest du dich vielleicht am 16. Februar freimachen? In der Craxton Hall in London gibt es eine Versammlung – die Frauenrechtlerin Mrs. Pankhurst soll sprechen und noch eine ganze Reihe einflußreicher Menschen. Ich will auf alle Fälle hinfahren! Hast du nicht Lust mitzukommen?«

»Ich würde schon gern«, sagte ich zögerlich.

»Was ist los? Glaubst du, daß Roger etwas dagegen hat?«

»Nein, das ist es nicht.« Ich tat zwar völlig selbstsicher, doch nach kurzem Nachdenken war ich mir nicht so sicher, ob ich die Wahrheit gesagt hatte. Ich wußte, daß Roger nichts dagegen hatte, daß ich die Ziele der Suffragetten unterstützte. Aber die Art und Weise, wie sich Christabel Pankhurst und Annie Keeney bei der Versammlung in Manchester verhalten hatten und anschließend im Gefängnis gelandet waren, fand Roger unmöglich. Womöglich machte er sich dann Sorgen, daß ich in so eine gewalttätige Auseinandersetzung verwickelt würde. »Ich dachte eher an das Hotel. Im Februar haben wir eine ganze Reihe von Festlichkeiten.«

Ein paar Tage später erreichte uns eine Nachricht, über die sich Roger mehr freute als über alles in der letzten Zeit. Mir wurde nämlich mitgeteilt, daß mir Lord Bollinger (der alte Lord, wie er inzwischen bei allen hieß) das kleine Nachbarhaus neben dem Hotel testamentarisch vermacht hatte.

»Was für ein lieber, freundlicher, netter Mann«, war ich des Lobes voll. »Siehst du, er wußte die ganze Zeit, daß wir das kleine Nachbarhaus wollten.«

Roger hatte einmal behauptet, er sei einfach von Geburt an ein Gewinner. Langsam bekam ich den Eindruck, daß er recht hatte. Wirklich erstaunlich, wie sich alles zu seinen Gunsten entwickelte – und natürlich auch zu meinen. Ich hatte mich einmal danach gesehnt, ihm das Glück zu Füßen legen zu können. Das kleine Nachbarhaus konnte man eigentlich nicht so recht als Glück bezeichnen, doch im Augenblick gab es nichts, was ihm mehr Freude gemacht hätte. Mrs. Oliver lebte immer noch in dem Haus, aber sie war genauso sterblich wie jeder andere auch. Irgendwann würde sie das Haus freimachen, und dann würden wir es mit Leben füllen, so, wie Roger es von dem Augenblick an geplant hatte, als er sich zum Kauf des Gasthauses entschlossen hatte.

»Hat sie denn nicht irgendwo Kinder?« wollte Roger von mir wissen. »Ich erinnere mich so vage an einen Sohn, der vor langer Zeit einmal aufgetaucht ist.«

»Ja, ich glaube auch, daß sie einen Sohn gehabt hat«, stimmte ich ihm zu. »Aber sie spricht nie von ihm. Ich kann mich erinnern, daß meine Großmutter ihn einen Taugenichts genannt hat – ihrer Meinung nach war er ein Gewohnheitsverbrecher. Aber ich bin mir nicht sicher, ob das nicht vielleicht nur wieder eine ihrer Übertreibungen gewesen ist. Aber im Grunde ist das auch egal, denn er holt Mrs. Oliver bestimmt nicht von hier weg. Solange ich sie kenne, ist er nicht ein einziges Mal hiergewesen.«

Roger blickte nachdenklich drein, aber sagte nichts.

Die Veranstaltung in der Caxton Hall in London rückte immer näher, doch dann war Rogers Reaktion auf einmal gänzlich untergeordnet. Ein paar von den Leuten, die im RING OF BELLS arbeiteten, waren krank geworden, und sowohl Florrie als auch Roger hatte es erwischt. Also kam es für mich überhaupt nicht in Betracht, selbst einen ganzen Tag außer Haus zu sein. Ich hatte sehr viel um die Ohren, weil an diesem Abend ein Essen des Wohltätigkeitsvereins stattfand. Trotzdem mußte ich tagsüber immer mal wieder an Charlotte denken, und ich überlegte, wie es ihr wohl ging. Ich hoffte und betete, daß die Versammlung friedlich vonstatten gehen würde. In einem Punkt mußte ich Roger recht geben, daß nämlich Schreien und Polizisten-Bespucken das Anliegen der Frauen nicht weiterbrachte. Andererseits verstand ich aber auch, daß Frauen, die immer wieder auf eine Mauer aus Gleichgültigkeit stießen, irgendwann zu verzweifelten Mitteln griffen.

Charlotte hatte mir versprochen, nach ihrer Rückkehr direkt vom Bahnhof aus zum Haus an der Brücke zu kommen, um von den Ereignissen zu berichten – ganz egal, wie spät es war.

Doch erst lange nach Einbruch der Dunkelheit traf ihre Pferdedroschke ein. Charlotte war bis auf die Haut durchnäßt und völlig aufgelöst, und ich bat Daisy, ihren Mantel und ihre Schuhe über dem Küchenherd zu trocknen. Währenddessen wärmte sich Charlotte am Kaminfeuer im Wohnzimmer und rieb ihre strumpfsockigen Füße vor dem Feuer. Roger war mit seiner Grippe bereits im Bett verschwunden, und Charlotte und ich waren allein.

»Bevor du zu erzählen anfängst, mußt du einen Schnaps trinken«, forderte ich sie auf. »Schon allein aus medizinischen Gründen! Du siehst aus, als wärst du bis auf die Knochen durchgefroren.«

»Bin ich auch«, gab Charlotte zu.

Sie nahm einen kleinen Schluck, lehnte sich in ihren Stuhl zurück und schloß mit leichenblassem, übermüdetem Gesicht die Augen.

»Oh«, seufzte sie. »So ist es schon besser.«

»Hast du etwas gegessen?« wollte ich wissen.

»Ja, eine Kleinigkeit im Zug. Aber ich hatte keinen Appetit.«

»Was ist denn passiert?« fragte ich, weil ich meine Neugier nicht länger zurückhalten konnte. »War die Versammlung ein Erfolg?«

Charlotte schwieg einen Augenblick.

»Ich weiß nicht, ob man es so nennen kann«, antwortete sie dann endlich matt. »Es gab viel Geschrei und eine Rede nach der anderen. Die Gewerkschaft hat Hunderte von Frauen aus dem Eastend herbeigekarrt, doch die wußten gar nicht, um was es eigentlich ging – ich bin mir ziemlich sicher, daß sie mit dem Versprechen auf Tee und Gebäck hergelockt worden waren, einfach um zu zeigen, daß wir von der Arbeiterklasse unterstützt werden.« Charlotte seufzte erneut. »Während der Versammlung sickerte durch, daß der König in seiner Thronrede mit keinem Wort auf das Frauenstimmrecht eingegangen ist. Deswegen sind wir aufgebrochen und durch den Regen zum House of Parliament marschiert, um die Abgeordneten auf unsere Seite zu ziehen.«

»Wie war denn Mrs. Pankhurst?«
Charlotte dachte über die Frage nach.
»Beeindruckend«, meinte sie dann. »Ihre brennende Überzeugung und völlige Hingabe an die Sache ist schon fesselnd, aber ich habe gehört, daß Christabel die bessere Rednerin sein soll.«
»War es denn nicht packend?« Ich beugte mich in meinem Sessel ungeduldig nach vorne.
»Doch vermutlich schon, jedenfalls irgendwie.« Ich runzelte die Stirn und war über ihre Antwort verwirrt. Für eine Frau, die sich so heftig für das Frauenstimmrecht eingesetzt hatte, klang Charlotte erstaunlich halbherzig. »Jenny«, fuhr Charlotte fort. »Ich habe eine ganze Reihe Freundinnen aus meiner Zeit in London getroffen.«
Plötzlich begriff ich. Sie wollte mir damit etwas andeuten, was alles andere als nebensächlich war.
»Sie wollen, daß ich wieder zurückkomme und mitarbeite. Es gibt so viel zu tun.«
»Was – was hast du denn darauf geantwortet?«
»Nichts Endgültiges. Ich habe gesagt, daß ich drüber nachdenke.«
Ich tat mein Bestes, um die selbstsüchtigen Überlegungen zu unterdrücken, die mir sofort durch den Kopf schossen; Catherine, Peter – sollten diese Probleme alle wieder von vorne beginnen, und das jetzt, wo ich erneut im Hotel zu arbeiten begonnen hatte?
»Es ist dein Leben, Charlotte«, meinte ich. »Wir schaffen es hier schon irgendwie. Peter ist ja inzwischen ein bißchen größer – und kein Baby mehr. Und du hast es bei den Leytons schon viel länger ausgehalten, als du anfangs zugesagt hast. Wir alle kennen deine Haltung zum Frauenwahlrecht.«
»Wirklich?« Charlotte ließ ihren Kopf unruhig zurück an die Lehne ihres Sessels fallen. »Dann wißt ich ja mehr als ich.«
»Was willst du damit sagen?«
Charlotte seufzte und schloß die Augen, als sei sie todmüde. Einen Augenblick lang schwieg sie.

»Ich habe stundenlang darüber nachgedacht«, sagte sie. »Den ganzen Heimweg über im Zug habe ich an nichts anderes denken können. Ja, natürlich bin ich für das Frauenstimmrecht – mit all meiner Leidenschaft. Aber ich kann das Priors-Haus nicht einfach so verlassen, Jenny. Ich kann das nicht.«
»Aber Izzie würde sich um Peter kümmern.«
»Mir geht es nicht um Peter – jedenfalls nicht in erster Linie. Ich habe ihn in mein Herz geschlossen, aber ich bin mir sicher, daß es ihm auch so gutgehen würde. Die Frage ist, ob es mir gutgehen würde. Mir liegt das Frauenwahlrecht am Herzen, aber viel mehr noch liegt mir Mark am Herzen.«
Ich starrte sie mit offenem Mund an.
»Mark!« sagte ich denn endlich.
»Ja, Mark.« Charlotte lachte bitter. »Habe ich mich nicht gut verstellt? Sind wir nicht schlau gewesen?«
»Welche Gefühle bringt er dir denn entgegen?«
»Dieselben. Er sagt, er liebt mich. Das einzige, was ich mit Sicherheit weiß, ist, daß ich ohne ihn nicht existieren kann. Ich könnte es nicht ertragen, wenn ich ihn nicht Tag für Tag sehen würde.«
Ich schüttelte ungläubig staunend meinen Kopf.
»Ich kann es einfach nicht glauben, Charlotte! Ihr seid doch wie Tag und Nacht! Auf die Idee, daß du ihn gut findest, würde ich als allerletztes kommen.«
»Schon komisch, nicht wahr? Eine ganze Weile war dem auch nicht so – oder vielleicht habe ich mir auch nur eingeredet, daß dem nicht so ist. Ich vermute mal, daß ich ihn schon immer körperlich attraktiv fand. Warum auch nicht? Er ist der bestaussehende Mann, der mir jemals begegnet ist. Er kann so lebenssprühend und charmant sein, wenn er will. Und mit seiner ironischen Selbstsicherheit und der männlichen Überlegenheit hat er mich auf intellektueller Ebene zur Weißglut gebracht. Wir haben diskutiert – meine Güte, was haben wir diskutiert, wenn wir in der Nacht allein und wenn die Bediensteten und Catherine ins Bett gegangen waren.«

»Aber dann habt ihr irgendwann aufgehört zu diskutieren?«
»Nein – das haben wir nie gemacht! Der Auslöser war eine Behauptung von ihm, die alles verändert hat. Er hat mich so wütend gemacht, daß ich ihn physisch angegriffen habe – ich bin aufgesprungen und habe mit meinen Fäusten gegen seine Brust gehämmert! Und bevor ich wußte, wie mir geschah, lag ich in seinen Armen, und –« sie machte eine unbestimmte Handbewegung und beendete den Satz nicht. »Den Rest kannst du dir wahrscheinlich denken, oder?«
»Wie lange –?«
»Wie lange das schon so geht? Du klingst wie ein wütender Ehemann. Ungefähr vier Jahre. Ich bin wirklich erstaunt, daß es nicht früher passiert ist.«
Ich seufzte. »O Charlotte! Ich bin nicht wie ein wütender Ehemann – ich bin überhaupt nicht wütend; nur sehr traurig. Es ist so ein Durcheinander, nicht wahr? Wissen es denn die Bediensteten?«
»Ich glaube nicht; höchstens vielleicht Izzie – aber sie würde nie etwas sagen. Wir sind wirklich sehr diskret gewesen.«
»Jane Eyre und Mr. Rochester«, grübelte ich.
»Und die arme Catherine hat die Rolle der bedauernswerten, verrückten Ehefrau, die im separaten Gebäudetrakt eingeschlossen ist. Aber sie hat nicht darunter gelitten, Jenny. Bitte, glaube mir das.«
»Ich weiß. Du bist immer sehr zuvorkommend ihr gegenüber gewesen und Mark auch. Aber wie soll das alles weitergehen, Charlotte? Kann es überhaupt ein Happy-End geben?«
»Nein. Ich habe mich damit abgefunden. Aber ich will, daß es so lange wie möglich anhält.«
»Mark wird dir ganz bestimmt nicht dankbar dafür sein, daß du ihm zuliebe darauf verzichtest.«
»Darum geht es doch nicht, oder? Ich mache es einzig und allein aus egoistischen Gründen. Er ist ein wunderbarer Mann, Jenny. Fremd und kompliziert und kein bißchen so, wie er auf den ersten Blick wirkt.«

Wahrscheinlich war es naiv von mir, so erstaunt darüber zu sein. Schließlich waren beide attraktive Menschen, die jahrelang unter einem Dach lebten. Nicht nur ihre Sexualität trieb sie sich gegenseitig in die Arme, sondern auch viele Kräfte von außen, wie zum Beispiel ihre gemeinsame Sorge für Peter und für Catherine mit ihrem unvorhersagbaren Verhalten. Ich war erstaunt und tief in meiner viktorianischen Seele auch geschockt, selbst wenn ich das einem so freiheitlich denkenden Menschen wie Charlotte gegenüber nur ungern zugab.

»Verurteile mich nicht allzu hart, Jenny«, sagte Charlotte mit sanfter Stimme und unterbrach meine Gedanken. »Niemand, und nicht einmal Gott persönlich, kann von Mark verlangen, im Zölibat zu leben, nicht wahr? Catherine ist ein Kind. Sie gibt ihm nichts – sie liebt ihn nicht, sie bringt ihm weder Freundschaft entgegen noch Trost oder Sorge.«

»Natürlich verurteile ich dich nicht«, sagte ich und schämte mich, daß ich mit meinem Mann und meiner Familie und dem glücklichen Leben genau in diese Falle getappt war. »Es macht mich traurig, das ist alles. Ich finde, es ist so eine Verschwendung. Du und Mark, ihr hättet so wunderbar zusammen leben können.«

Charlotte seufzte und zuckte mit den Schultern. »Das ist leider ein Luftschloß. Erst mal machen wir so weiter wie bisher.«

»Gib acht, Charlotte«, drängte ich und sorgte mich plötzlich um sie. »Die Leute können ungemein brutal sein.«

»Das ist uns mehr als deutlich bewußt.«

»Wir sind schon merkwürdige Lebewesen«, sagte ich, nachdem ich eine Weile geschwiegen hatte. »Eigentlich war ich mir sicher, daß ich zu Hause bleiben wollte, weit weg vom Hotel – aber damit bin ich völlig falsch gelegen. Ich habe es gehaßt! Und du – du hast dir in den Kopf gesetzt, dich für das Frauenstimmrecht einzusetzen. Aber als du die Möglichkeit dazu bekamst, hast du sie nicht genutzt. Beneidest du nicht auch manchmal Menschen wie Roger, die anscheinend genau wis-

sen, was sie vom Leben wollen, und die völlig glücklich sind, wenn sie das erreicht haben?«
Charlotte nickte lächelnd.
»Mark weiß auch, was er will – doch der Ärmste hat kaum eine Gelegenheit, es auch zu erreichen. Er liebt die Landwirtschaft, er hat das Priors-Haus in sein Herz geschlossen und mich. Na ja – vielleicht sind ja schon zwei von drei Dingen mehr, als die meisten Menschen ihr ganzes Leben lang überhaupt erreichen. Jenny, ich muß jetzt los. Mark macht sich bestimmt Sorgen.«
Lange nachdem Charlotte weg war, saß ich noch am Feuer und dachte über sie und Mark und Catherine nach und darüber, wie sehr ich mir wünschte, daß sich für sie alles zum Guten wenden möge. Irgendwann war dann das Feuer heruntergebrannt, und die Kälte breitete sich im Zimmer aus.
Traurig löschte ich die Lichter und ging zu Bett.

15

Roger hatte sich in den Kopf gesetzt, mit der Renovierung des Angler's Rest so fertig zu werden, daß er am ersten Mai wieder öffnen konnte.
Einer langen Tradition gemäß blieben die Studenten die ganze Nacht auf den Beinen, veranstalteten ein wüstes Gelage und lauschten bei Tagesanbruch dem Gesang vom Magdalen Turm. Danach fuhren viele von ihnen mit Stakkähnen den Fluß hinauf, um in der Forelle in Godstow zu frühstücken, aber für Roger gab es keinen Grund, warum sie nicht auch in unsere Richtung kommen sollten. Deswegen plante er zur Eröffnung des Angler's Rest ein gewaltiges Frühstück mit Champagner bis zum Abwinken und hatte dafür eine große Anzeige in den Zeitungen in der Stadt und in der Umgebung gestartet.
Besorgt beobachteten wir den Himmel am Vorabend des ersten Mai und hofften auf gutes Wetter für den kommenden

Tag. Wir blieben die Nacht über im REST, wie Roger das Hotel immer nannte, weil ich die Organisation des Frühstücks übernommen hatte. Glücklicherweise hatten wir ein Ehepaar gefunden, das uns in jeder Hinsicht geeignet vorkam und die das Gasthaus führen sollten. An diesem Tag schien es uns jedoch sinnvoll, selbst anwesend zu sein und sicherzustellen, daß alles so ablief, wie wir es uns vorgestellt hatten.

Die beiden waren ein ungleiches Paar. Edward Jepson war ein Mann vom Land, der sich langsam bewegte und eine beharrliche Zuverlässigkeit ausstrahlte. In seiner Jugend hatte er als Gärtner und Mädchen für alles im Hause eines wohlhabenden Weinimporteurs gearbeitet. Marie war gut zehn Jahre älter als Edward und hatte es anscheinend als ihr Schicksal betrachtet, altjüngferlich zu bleiben, weil sie in einem abgelegenen Dorf lebte und wenig Menschen kennenlernte. Ich war mir sicher, daß sie diejenige war, die sich entschloß, Edward zu heiraten, und nicht anders herum. Und vermutlich hatte sie ihn dazu überredet, den Dienst zu quittieren und das Glück im Hotelgewerbe zu versuchen.

Hinter dem REST zog sich bis zum Fluß hinunter ein Garten, der aber lange vernachlässigt worden war und deswegen für das Gasthaus bisher keine Bedeutung gehabt hatte. Roger wollte da Abhilfe schaffen. Er hatte bereits Rasen gesät und Blumenbeete angelegt, und die Gäste würden Boote mieten können. Roger wollte einen Cafégarten für die Studenten mit ihren Familien und Freunden eröffnen.

Das Wetter spielte auch fast mit, und erst als die Gäste eingetroffen waren, begann es im allerletzten Augenblick zu regnen. Die Boote hatten unsere kleine und erst vor kurzem fertiggestellte Anlegestelle gerade erreicht, als prompt die ersten Tropfen fielen – doch das spielte überhaupt keine Rolle. Die jungen Mitglieder verschiedener Studentenverbindungen, die aus den Booten kletterten, hatten beste Laune. Die paar Tropfen Regen machten ihnen überhaupt nichts aus.

Einige unserer Gäste schwenkten übermütig Champagnerflaschen, und in den verlassenen Booten rollten bereits geleerte Flaschen hin und her. Waren die jungen Männer etwa betrunken? Während sie in unser Gasthaus strömten und über den Frühstückstisch herfielen, spürte ich ihnen gegenüber eine Mischung aus Wohlwollen und Neid. Wenn ich die Wahl gehabt hätte und eine andere als Jenny Leyton hätte sein können, so dachte ich, dann wäre ich gern ein junger Mann geworden, der in Oxford studiert. Immer und immer wieder wurden die Teller vollgehäuft und die Gläser gefüllt, und die jungen Leute schienen weder ihre gute Laune noch die Kontrolle über sich zu verlieren.

Damals ging Lucy bereits auf dieselbe High-School wie Ellie und genoß offensichtlich das Leben, ohne sich besonders anzustrengen. Es störte sie zwar, andauernd zu ihren Ungunsten mit der zwei Klassen höheren Ellie verglichen zu werden, aber weil sie hübsch und beliebt war, schien es ihr nicht allzuviel auszumachen.

Für ihre Prüfungen mußten beide Mädchen ziemlich büffeln, Ellie für die Mittlere Reife und Lucy für einen besonderen Abschluß nach der dritten Klasse. Ellie arbeitete die ganzen Ferien vor den Prüfungen, während Lucy alle Ratschläge in den Wind schlug und überhaupt nicht unserer Meinung war, daß sich zusätzliche Anstrengungen womöglich auszahlen würden. Als sie erfuhr, daß sie durchgefallen war, reagierte sie mit dem gewohnten Gleichmut.

Als Ellie sah, wie entmutigt ich über Lucys Noten brütete, tröstete sie mich: »Es ist doch nicht dein Fehler, Mutter.« Ich machte mir Vorwürfe, weil ich mir wegen der Arbeit im Hotel nicht genügend Zeit genommen hatte, um dafür zu sorgen, daß meine jüngere Tochter auch lernte. »Lucy ist es völlig egal, ob sie gut abschneidet oder nicht.«

»Was will sie denn später einmal machen?«

»Na das, was alle anderen Mädchen auch vorhaben – oder zumindest neunzig Prozent von ihnen. Sie wollen heiraten und Kinder kriegen.«

»Aber du willst doch ein bißchen mehr, oder?«
Ellie hatte ihre Prüfungen mit Bravour bestanden und in fast allen Fächern eine Auszeichnung bekommen, bis auf Mathematik. Auf meine Frage hin nickte sie, und ihr Gesicht hellte sich auf. »Ach, ich – ich will so viel!«
»Oxford?«
Ellie grinste mich an. »Was denn sonst? Aber ich vermute, eher auf das Somerville-College als nach St. Hughs oder Lady Margaret Hall, wenn die mich nehmen. Ach Mutter, ich würde mir wirklich *wünschen,* daß sie auch Mädchen einen akademischen Abschluß verleihen.«
»Warum geht sie nicht nach London, da würde sie den doch problemlos bekommen?« fragte Roger ganz nüchtern, als das Thema beim nächsten Mal wieder zur Sprache kam.
»Ach Daddy, das geht doch nicht! Mit den Schulen in Oxford kann keine andere mithalten.«
Ich wußte genau, wie sie sich fühlte. Roger dachte einzig und allein praktisch und hatte wenig Sinn für die Anziehung, die von bestimmten Orten ausging; für ihn war es zum Beispiel ein leichtes gewesen, sich vom Priors-Anwesen zu trennen. Im Grunde war ich ihm für diese gesunde Sichtweise dankbar, weil sie meiner eher überempfindlichen Haltung gegenüber Menschen und Orten so ausgleichend gegenüberstand. Und ich war über alle Maßen dankbar, daß er nicht die Art von Vater war, der wie viele anderen verzweifelt die Hände rang, weil seine Tochter zum College gehen wollte.
Im Sommer 1908 drehte sich im Priors-Haus fast alles um die Romanze zwischen Izzie und Bert Noakes, der von der Seefahrt mit einem Papagei, einer Ziehharmonika und dem brennenden Wunsch zurückgekehrt war, sich in Collingford niederzulassen und ein Stück Land zu bearbeiten. Sein alter Vater, der eigentlich Herbert hieß, aber von allen nur Woolly genannt wurde, hatte, solange man sich erinnern konnte, als Schafhirte auf dem Priors-Gut gearbeitet und deswegen dort bei Mark ein Wort für seinen Sohn eingelegt.

Auf diese Weise wurde Bert als berühmtes Mitglied in das Heer der Priors-Arbeiter aufgenommen. Er hatte das gewisse Etwas. Und seit er da war, verlief das Frühstück in der Küche des Priors-Anwesens auf einmal ganz anders und wesentlich unterhaltsamer, weil Bert seine Geschichten zum besten gab und Zaubertricks vorführte.

Izzie drehte sich zu ihm und wiederholte ohne Unterlaß, daß sie keinen Tag frei bekäme, um mit ihm zusammen nach Oxford zu fahren – daß sie zu beschäftigt sei, daß Mrs. Leyton nicht in guter Verfassung sei und daß sie sich so und so nichts aus der Stadt machen würde. Bert ließ aber kein Nein gelten, und ich hatte den Eindruck, daß Izzie auf alle Fälle mit ihm gehen würde. Sie hatte nur panische Angst, wieder verlassen zu werden, sich zu viele Hoffnungen zu machen und erneut zum Leiden verdammt zu sein.

»Ich bin zu alt, um das noch einmal mitzumachen«, sagte sie einmal zu mir.

»Izzie!« Sie war einige Jahre jünger als ich, und ich war nun wirklich nicht zu alt, um das Leben zu genießen. »Izzie, natürlich mußt du gehen«, überredete ich sie. »Der Ausflug wird dir und Bert ganz bestimmt gut gefallen.«

Letztendlich ging sie auch mit, und die beiden amüsierten sich. Sie gingen wieder zusammen aus, und als der Sommer zu Ende ging, hatte Izzie versprochen, Bert zu heiraten, und sie hielten Ausschau nach einem kleinen Haus.

»Du solltest ein paar neue Häuser bauen, Mark«, sagte Charlotte. Wenn wir vier zusammen waren, verstellten sich die beiden inzwischen nicht mehr. Catherines Zustand hatte sich so weit verschlechtert, daß sie nur noch dann aus dem Bett kam und sich anzog, wenn Charlotte sich darum kümmerte. Dieser Rückzug wurde von Zeit zu Zeit von wütenden Zornausbrüchen unterbrochen. Catherine und Mark steckten in einer überaus schwierigen Situation, die nur dadurch erträglich wurde, weil sie sich hin und wieder wie ein verheiratetes Paar verhalten konnten, was sie ja praktisch auch waren.

»Ich weiß«, gab Mark zu. »Ich habe auch schon darüber nachgedacht. Vielleicht sollten die Häuser am besten oben bei den Gleisen an der Straße stehen, weil sie dort am leichtesten an die Wasser- und Stromversorgung angeschlossen werden können, wenn sie erst vollständig gelegt ist.«

Mark ließ an der Straße zwei solche Häuser bauen, und nach ihrer Hochzeit zogen Bert und Izzie sofort in eines ein. Seither sah man oft, wie Bert und Amos miteinander zum Fischen gingen oder wie sie mit dem Bus nach Witney fuhren, um sich ein Football-Spiel anzusehen. Izzie arbeitete immer noch jeden Tag im Priors-Haus, obwohl jetzt ein anderes Mädchen den Landarbeitern das Frühstück machte.

Ich freute mich für Amos, denn er war ein reizender Bursche und guter Freund von Philip und Peter geworden. Die drei waren unzertrennlich, streiften gemeinsam durch die Gegend und unternahmen oft geheimnisvolle Entdeckungstouren, von denen sie immer enorm schmutzig, mit aufgekratzten Knien und zerrissenen Jacken zurückkamen. Die drei verbrachten viel Zeit im Haus an der Brücke und verdrückten enorme Mengen Essen, um ihren Hunger zu stillen, den sie von der Kletterei auf die Bäume und vom Dammbau am Fluß mitgebracht hatten.

Weil Peter ein Jahr älter und einen ganzen Kopf größer als die anderen beiden waren, wurde er selbstverständlich als Anführer betrachtet. Er war ein blonder, gutaussehender Junge mit einer gehörigen Portion Selbstbewußtsein und Charme, aber manchmal erinnerte mich seine Launenhaftigkeit fast zu sehr an Catherine. Philip bewunderte Peter zwar sehr, aber andererseits war er ihm durch sein schlaues Köpfchen haushoch überlegen.

Mit den Goughs kamen wir gut aus. Rogers Mutter war schon über sechzig, aber so gesund und lebenslustig, als wäre sie viel jünger. Obwohl sie in gewisser Weise wieder so mächtig und selbstherrlich geworden war wie zu der Zeit, als ich sie kennengelernt hatte, schaffte es ihr Mann mit einem Wort oder einem Lachen, ihre hohen Ansprüche zurückzuschrauben und sie wieder mit beiden Beinen auf die Erde zu holen. Die beiden kamen oft nach Collingford und besuchten uns und auch die Bewohner im Priors-Haus. Manchmal hatte ich den Eindruck, sie ahnten, was zwischen Mark und Charlotte wirklich passierte, doch uns gegenüber ließen sie kein Wort darüber fallen.

Als wir eines Tages über Lucys Zukunft debattierten, waren sie beide gerade bei uns. Unsere Tochter hatte uns in letzter Zeit jede Menge Kopfzerbrechen bereitet. Offensichtlich ging ihre Zeit an der High-School dem Ende entgegen, auch wenn wir durchgesetzt hatten, daß sie noch ein weiteres Jahr dort bleiben konnte.

Aber was sollte dann aus ihr werden? Lucy hätte alles darum gegeben, sich als Haustochter mit all dem oberflächlichen, zeitverschwenderischen Zeug zu beschäftigen, dem sich die meisten Mädchen hingaben, während sie auf einen passenden Mann warteten, dem sie sich dann zeigen konnten. So ein Leben konnte ich einfach nicht gutheißen und war fest entschlossen, daß sie etwas *Richtiges* lernen sollte.

Rogers Mutter hatte eine Idee. Ein Freund von ihr in Cheltenham hatte vor kurzem eine Schule für junge Frauen eröffnet, wo die Mädchen nicht nur Anstandsunterricht bekamen, sondern auch kaufmännische Dinge lernten. Ich hatte den Eindruck, daß das interessant klang, doch als Roger hörte, wie teuer die Schule war, wurde er kreidebleich.

Seine Reaktion war impulsiv, aber eigentlich gar nicht nötig, auch wenn er mit dem Kauf eines weiteren Gasthauses in einem Dorf namens West Harley unsere Finanzen noch einmal bis an den Rand beansprucht hatte. Das Haus war wunderschön und hieß ROSE REVIVED, und West Harley war ein Bilderbuchdorf mit strohgedeckten Häusern, die um einen Dorfanger gruppiert waren.

Mein Aufgabengebiet hatte sich im Laufe der Jahre stark verändert. Ich hatte einen Koch angelernt – einen jungen

Mann mit Namen Alfred –, der nun im RING OF BELLS das Sagen hatte. Ich bestellte die Nahrungsmittel in großen Mengen, prüfte Qualität und Preis und legte fest, wann die Ware zu welchem unserer Häuser geliefert werden sollte. Außerdem hatte ich das Mobiliar unter meiner Regie.

In den letzten Jahren hatten wir während der Sommerferien ein Haus am Meer gemietet – ein paarmal in Wales, einmal in Torquay und einige Male an der Südküste in Sussex. Im Sommer 1910 entschied sich Roger, daß es langsam Zeit für etwas ganz anderes wäre. Die Zeiten änderten sich, sagte Roger, und es sei höchste Zeit, daß wir ein bißchen abenteuerlustiger würden. Er wollte gern im Auto nach Cornwall fahren und Ben, Philip und Peter mitnehmen. Die Mädchen und ich sollten mit dem Zug nachkommen.

»So etwas habe ich ja noch nie gehört«, sagte Mrs. Oliver zu mir, als ich ihr erzählte, was wir vorhatten. »Dieser Mr. Roger ist ja schon immer ein leichtsinniger Kerl gewesen. Was sagtest du, wo ihr hinfahren wollt?«

»Nach Cornwall«, antwortete ich.

Sie wiegte ihren Kopf, und ihr schrumpeliges, kleines Nußknacker-Gesicht überzog ein Gewirr von Linien.

»Ich vermute mal, daß das ziemlich weit weg ist. Wahrscheinlich weiter als London, nicht wahr?«

»Ein bißchen«, meinte ich.

»Ich bin mein ganzes Leben nur bis Oxford gekommen«, sagte sie. »Mir hat das auch nicht gefehlt. Aber die Zeit bleibt ja nicht stehen. Ihr jungen Leute seid heutzutage alle so unruhig – mal hierhin und mal dorthin. Was wohl deine Großmutter dazu gesagt hätte?«

»Ich glaube, ich kann es mir denken«, sagte ich, und dann lachten wir beide, denn trotz ihres hohen Alters hatte Mrs. Oliver immer noch ihre fünf Sinne beisammen.

Es erforderte ziemlich viel Geschick, die Koffer zu packen und das Gepäck zu verteilen. Roger konnte nicht besonders viel im Auto mitnehmen, weil er einen großen Vorrat an Benzin und

alle möglichen Ersatzteile dabeihaben mußte. Die Autoreise sollte drei Tage dauern, und ich hatte den Eindruck, daß wir für die Planungen genausoviel Zeit in Anspruch nahmen, wie Scott für seine Antarktis-Expedition. Natürlich waren die Jungen außer sich vor Freude, während ich die düstersten Vorahnungen hatte. Schließlich war es sehr weit bis nach Cornwall, und die Risiken des Autofahrens erschienen mir furchterregend, weil sie nicht kalkulierbar waren.
Am Tag vor unserer Reise wachten wir morgens auf, weil jemand lautstark an unsere Haustür klopfte. Wie sich herausstellte, war es der Dorfpolizist Noah Dandridge.
»Er ist völlig aufgelöst«, keuchte Mary Anne, die die Treppe heraufgelaufen war und Roger bat, er möge bitte hinuntergehen, um mit ihm zu sprechen.
Wir fürchteten, daß es sich um ein Unglück im RING OF BELLS handeln könnte, und noch bevor das Dienstmädchen zu Ende gesprochen hatte, war Roger bereits die Treppe hinuntergelaufen und währenddessen in seine Jacke geschlüpft.
Eigentlich war Collingford ein gesetzestreues Dorf. Noah fuhr immer langsam und würdevoll auf seinem Fahrrad die Straßen auf und ab und wurde nie von irgendeinem Unrecht in seinem regelmäßigen Alltag gestört. Er hatte noch nie ein Verbrechen wie das erlebt, das er Roger jetzt bis ins kleinste schilderte. Als ich die Treppe herunterkam, war er etwa in der Mitte seines Berichts angekommen.
»Es geht um Mrs. Oliver«, sagte Roger zu mir und unterbrach den Polizisten.
»Das beste wird sein, du ziehst dir etwas an und gehst mit hinüber.«
»Was ist denn passiert?«
»Bei Mrs. Oliver ist eingebrochen worden«, sagte Noah. »Mrs. Leyton, Sie brauchen nicht hinüberzugehen – für Mrs. Oliver können Sie sowieso nichts mehr tun –, sie ist mausetot. Der Doktor ist schon bei ihr.«
Ich rang erschrocken nach Luft.

»Noah, das ist ja schrecklich! Was ist denn passiert?«
»Es sieht so aus, als hätte ein Halunke ihr Küchenfenster eingeworfen, um auf diesem Wege ins Haus zu gelangen. Dann hat er das ganze Haus durchwühlt.«
»Und der Kerl hat Mrs. Oliver *getötet?*«
So etwas hatte es in Collingford noch nie gegeben.
»Mausetot«, wiederholte Noah mit grimmiger Befriedigung. »Wir haben überlegt, Sir, ob Sie nicht mal mitkommen und schauen könnten, ob der Dieb auch ins RING OF BELLS eingebrochen ist. Irgendwie ist das doch merkwürdig, in das Haus einer armen, alten Frau einzubrechen und das Hotel in Ruhe zu lassen. Sie kann doch gar keine großen Ersparnisse gehabt haben.«
Roger konnte aber kein Anzeichen entdecken, daß jemand das Hotel unerlaubt betreten hatte, und auf den ersten Blick fehlte auch nichts. Im Haus nebenan sah es aber ganz anders aus. Ein Armsessel war auf den Kopf gekippt, und jemand hatte die ganze Füllung herausgezogen. Außerdem war der Inhalt der Schubladen im ganzen Zimmer verstreut. Noch während wir uns das Durcheinander betrachteten, wurde die Leiche der armen Mrs. Oliver in das Krankenhaus zur Obduktion gebracht.
Auf dem Rückweg von dort kam Richard Fenwick für eine Tasse Kaffee ins RING OF BELLS und war so verärgert, daß er als erstes losschimpfen mußte.
»So ein elendes, kleinliches, sinnloses Verbrechen«, sagte er. »Was konnte sie schon besitzen? Vielleicht ein bißchen Geld? Etwas, das sie unter der Matratze versteckt hatte?«
»Wie ist sie umgebracht worden?« wollte ich wissen. »Hat sie sehr leiden müssen?«
»Entdeckt haben wir nichts. Aber mit Sicherheit wissen wir das erst nach der Obduktion. Ich vermute, daß sie sich wortwörtlich zu Tode erschrocken hat. So eine kleine, alte Frau – wahrscheinlich hat sie panische Angst bekommen, als sie feststellte, daß jemand Fremdes bei ihr eingebrochen ist.«

»Das ist ja furchtbar«, meinte Roger. »Einfach furchtbar! Und *warum* das Ganze? Warum ausgerechnet Mrs. Oliver? Ins Hotel einzubrechen wäre nicht schwieriger gewesen, und dort hätte er viel eher etwas Lohnenswertes gefunden.«

Richard schüttelte den Kopf.

»Ich verstehe das Ganze nicht«, sagte er. »Mir ist das völlig unverständlich. Roger, ich finde, du solltest Noah bitten, dein Hotel im Auge zu behalten, solange du weg bist.«

Dann leerte er seine Tasse und verließ uns.

Die Ferien wurden wunderschön. Ich genoß es, mit Roger spazierenzugehen, während wir Pläne machten und träumten. Uns hatte zwar der Tod von Mrs. Oliver geschockt, aber andererseits freuten wir uns, daß das kleine Haus jetzt leerstand und daß Roger nun endlich seinen Plan verwirklichen und das Nachbarhaus dem RING OF BELLS angliedern konnte. Ansonsten schwelgte ich in dem seltenen Luxus, allein zu sein und nichts zu tun zu haben, außer mich auszuruhen und dem Glitzern der Sonne auf den Wellen zuzuschauen.

Du bist wirklich eine glückliche Frau, sagte ich mir, während ich so dasaß und mich sonnte. Ich wußte, daß ich lächelte, denn ich dachte an Roger und Ellie und Lucy, Ben und Philip; und an das RING und das REST, an die ROSE und den LION. Wirklich glücklich! Im Grunde hatte ich alles, was ich mir wünschte, oder?

Das Priors-Haus!

Nein! Ich öffnete meine Augen. Das war ein Fehler – eine gedankliche Verwirrung! Ich wollte das Priors-Anwesen *nicht.* Meine Sehnsucht hatte ich doch längst überwunden. Ich besaß mehr als manche andere Frau, und es war gottlos, so einen Gedanken, wenn auch nur im Unterbewußten, zuzulassen. Dieser Gedanke würde zu nichts Gutem führen. Bitte, lieber Gott, vergib mir. Ich erhob mich und machte mich auf die Suche nach Tee. Muße war offensichtlich nichts für mich.

Nach der vierten Woche wollten wir alle genauso gern wieder

nach Hause zurückkehren, wie wir auch den Aufenthalt in Cornwall genossen hatten.
Wir hatten unsere Ankunft zu Hause sorgfältig geplant, und erstaunlicherweise trafen Roger und die Jungen und wir mit dem Zug im Abstand von nur einer Stunde im Haus an der Brücke ein. Es tat gut, wieder zu Hause zu sein, wieder den einzigartigen Geruchsmischmasch aus Dufttöpfen, Bienenwachs und Leder zu riechen, der typisch für unser Zuhause war. Aber gleichzeitig kam es mir so vor, als würde mich Mary Anne ungewohnt vorsichtig begrüßen.
»Ist alles in Ordnung?« fragte ich sie. »Was gibt's Neues in Collingford? Mir kommt es vor, als sei ich ewig weg gewesen.«
»Alles ist wie immer, Madam«, sagte sie und senkte den Blick. Ich sah sie verwundert an.
»Sind Sie sich sicher, daß alles in Ordnung ist?« Normalerweise war sie eine fröhliche Natur, doch jetzt legte sie eine sonderbare Zurückhaltung an den Tag.
»Eigentlich schon, Madam«, antwortete sie.
»Ist der Mann gefunden worden, der bei Mrs. Oliver eingebrochen ist?«
»Nein, Madam, nicht daß ich wüßte.«
»Und etwas anderes ist nicht passiert?«
»Nein, Madam.«
Sie war zwar höflich, aber irgendwas an ihrem Verhalten kam mir ungewöhnlich vor. Vielleicht hatte es ja Streit in der Küche gegeben, dachte ich. Bestimmt hatte sie sich mit Daisy oder Carrie gestritten. Das würde sich wieder legen.
Nach so langer Zeit war ich begierig darauf, Charlotte wieder zu treffen und zu hören, wie sich Catherine gemacht hatte. Ich war dankbar, daß sie im Priors-Haus doch endlich ein Telefon installiert hatten, und sobald ich in der Küche fertig war, rief ich dort an.
Charlotte war am Apparat und klang beunruhigt.
»Dem Himmel sei Dank, daß du zurück bist«, sagte sie.

»Jenny, wir müssen miteinander sprechen – je eher, desto besser. Kannst du vielleicht heute vormittag noch herüberkommen? Ich will Catherine nicht allein lassen.«
»Was ist los? Macht sie dir Sorgen?«
Es war einen Augenblick lang ruhig, bevor Charlotte antwortete, und ich konnte deutlich hören, wie heftig Mrs. Harmsworth in die Stille hineinschnaufte. Sie arbeitete als Telefonmädchen im Dorf und lauschte zweifellos allem, was wir sagten. Unter solchen Umständen war es völlig unmöglich, ein vertrauensvolles Gespräch zu führen.
»Laß gut sein«, warf ich ein. »Ich komme nachher zu dir hinüber, und dann kannst du mir alles erzählen.«
Charlotte bedankte sich und legte auf.
Ich ging die sonnige High Street hinauf und freute mich mehr darüber, wieder zu Hause zu sein, als daß ich mich wegen Charlotte gesorgt hätte.
Fast dreißig Jahre empfand ich Freude beim Anblick der steinernen Giebel und Dachrinnen und der merkwürdig verzogenen Fenster, die typisch für Collingford waren. Es tat gut, die Leute zu begrüßen, die ich bereits seit Jahren kannte, und neue Dorfbewohner zu entdecken – zu hören, daß Mrs. Barlow eine Enkeltochter bekommen hatte, und zu sehen, daß Mrs. Archers Sohn aus der Marine entlassen worden war. Und wenn die Leute keine Lust zum Tratschen hatten und es eiliger als sonst hatten, dachte ich mir nichts dabei. Schließlich war Montagmorgen – bei den meisten der Waschtag, an dem es für alle mehr Arbeit als genug gab.
Ich ging in den Lebensmittelladen und reichte Mr. Reid meine Einkaufsliste, stimmte ihm zu, daß der Tag heute wirklich schön sei und daß die Gärten ein bißchen Regen brauchen könnten. Als ich gerade gehen wollte, kam Miss Parsons herein – die mir und auch Charlotte zu vielen Anlässen bereits etwas geschneidert hatte.
Sie war Mitglied der Methodisten, aber nicht von der Sorte Christen, deren Glauben sie mit Freude erfüllte. Ich grüßte sie

höflich und fragte sie, ob sie wohl vor dem Herbst noch Zeit habe, ein paar neue Kleider zu nähen.

»Ich habe zu viel zu tun«, meinte sie säuerlich und drehte mir den Rücken zu.

Ich staunte mit offenem Mund über diese Abfuhr, denn ich wußte, daß sie das Nähen zum Überleben brauchte und daß sie bisher immer recht gern für uns gearbeitet hatte. Mr. Reid war offensichtlich peinlich berührt, wandte sich ab und begann seine ganze Konzentration und Aufmerksamkeit auf das Einwickeln der Butter zu verwenden.

Vor dem Geschäft lief ich direkt Mrs. Chalmers in die Arme, der Pfarrersfrau, die auch Mitglied des Frauen-Literaturkreises war. Sie hatte eine große und überwältigende Statur; eine Dame, die fließende Kleider trug und überschwenglich erzählte, aber das Herz auf dem rechten Fleck hatte.

»Meine *liebe* Mrs. Leyton«, sagte sie und hätte mich auf dem Bürgersteig fast umarmt. »Das ist aber schön, daß Sie wieder zu Hause sind.«

»Vielen Dank«, antwortete ich ein bißchen überwältigt von ihrer warmherzigen Begrüßung und ihrer pulsierenden, bedeutungsschweren Art. »Es ist immer wunderbar, wieder zurück zu sein, egal, wie schön die Ferien auch waren.«

»Ich möchte, daß Sie wissen«, sagte Mrs. Chalmers und senkte ihre Stimme, während sie mir tief in die Augen blickte, »wenn Sie irgend etwas brauchen, fragen Sie mich bitte einfach. Das Leben ist oftmals schwierig, das wissen wir alle, und jedes Ding hat immer zwei Seiten. Ich bin ja schließlich auch keine Heilige.« Sie wurde noch leiser und meinte dann: »Und was Mrs. Oliver angeht, das ist für mein Dafürhalten völlig ausgeschlossen. Mein Mann mußte letzten Sonntag über die böswillige Verleumdung predigen.«

Ich schaute Mrs. Chalmers völlig verstört an, und als sie davonwogte, ging ich gedankenverloren zum Priors-Anwesen.

Langsam stieg in mir der Verdacht hoch, daß Roger die Schuld an Mrs. Olivers Tod in die Schuhe geschoben wurde. Schließlich hatte er nie ein Geheimnis daraus gemacht, daß er hoffte, eines Tages Zugriff auf das kleine Haus zu bekommen; aber es konnte doch niemand ernsthaft denken, daß er in das Haus einer alten Lady einbrach und sie zu Tode erschrak? Das ergab doch gar keinen Sinn. Niemand, der ihn kannte, konnte einer derart absurden Idee Glauben schenken.

»Was passiert hier?« begrüßte ich Charlotte. »Warum werde ich wie eine gesellschaftliche Aussätzige behandelt? Hat das etwas mit Mrs. Oliver zu tun?«

»Ich habe das Geschwätz gehört«, antwortete Charlotte vorsichtig. »Aber ich glaube, es geht um mehr. Unser Geheimnis ist raus, Jenny – Marks und meines.«

»Wie denn das?« fragte ich.

»Izzie.«

»*Izzie?* Das kann ich mir nicht vorstellen. Sie würde doch nie tratschen.«

»Ach, sie hat es nicht absichtlich getan. Sie ist nur sauer gewesen, und dann hat sie es eben allen gesagt.« Charlotte versuchte zu lachen, aber es gelang ihr nicht so recht.

»Was ist genau passiert?«

»Mark hat einen Mann aus Banbury engagiert, bei dem sich herausstellte, daß er ein Cousin von deiner Mary Anne ist. Er war ein fauler Taugenichts – ein arbeitsscheuer Kerl, ganz und gar nicht so wie Mary Anne –, und nachdem Mark ihn ein paarmal verwarnt hatte, hat er diesen Mann vor ein paar Wochen entlassen.«

»So, wie es aussieht, hat der dann als erstes Mary Anne aufgesucht, um seinen Ärger über Mark abzulassen, und wahrscheinlich hat er ein paar ziemlich widerliche Anschuldigungen gegen Mark und mich losgelassen. Er hat vermutlich behauptet, daß wir nicht nur ein Verhältnis hätten, sondern daß wir auch noch Catherine schlecht behandelt und sie in die Verrücktheit getrieben hätten. Vielleicht kannst du dir das ja vorstellen. Na ja, und was glaubst du, wer in genau dem

Moment in die Küche kam? Natürlich Izzie, die Philips Gummistiefel holen wollte, weil der sie dort vergessen hatte. Und wie es so kommt, hörte sie einen Teil der Unterhaltung mit. Sie war natürlich wütend und hat für uns Partei ergriffen, aber du kennst ja Izzie – leider ist ihr dabei ein Wort zuviel herausgerutscht! Wir hätten zwar ein Verhältnis, aber zu Catherine seien wir beide immer die Freundlichkeit in Person gewesen.«

»Ach, meine Liebe!«

»Ja, so war's. Die arme Frau hat sich natürlich wahnsinnige Sorgen um uns gemacht, aber du kannst dir sicher vorstellen, daß anschließend der Teufel los war. Jetzt sitzt Collingford über uns zu Gericht.«

»Ach Charlotte, das tut mir schrecklich leid.«

Sie lachte leicht.

»Es ist alles so verrückt«, sagte sie. »Warum regen sich die Leute über das Verhältnis zwischen zwei so langweiligen, mittelalterlichen Leuten wie uns auf? Vor sieben Jahren waren wir ja vielleicht noch ein lohnendes Objekt für einen Skandal – aber jetzt? Na ja, auch verbotene Liebe kühlt irgendwann – aber jetzt? Wir sind ein Paar, das sich häuslich niedergelassen hat und das ein wenig aufregendes Leben führt – bis auf die Tatsache, daß wir nicht verheiratet sind.«

Ich zuckte hilflos mit den Schultern.

»Es tut mir so leid«, sagte ich wieder. »Wie kommst du damit zurecht?«

»Es ist schwierig. Ich versuche, nicht daran zu denken, aber wenn ich momentan ins Dorf gehe, spüre ich, wie mich die Gesichter hinter den Gardinen anstarren, so als wäre mir plötzlich noch ein zweiter Kopf gewachsen. Das ist es doch, was die Leute erwarten, nicht wahr? Ich bin eine Suffragette, eine Agnostikerin und eine Ehebrecherin.«

»Was sagt Mark?«

»Kannst du dir das nicht denken? Natürlich wünscht er sie alle zur Hölle. Er findet, wir sollten die Leute reden lassen. Aber er muß ja auch nicht zum Einkaufen ins Dorf gehen. Am meisten Sorgen mache ich mir wegen Peter, Jenny. Ich will nicht, daß er den Tratsch hört – er ist noch viel zu jung, um das alles zu verstehen. Er betet Mark an, und ich will auf keinen Fall diejenige sein, die zwischen die beiden kommt.«

»Du hast recht, in nicht mal einer Woche wird er wieder zur Schule gehen. Und was ist mit Catherine?«

»Ach ja – Catherine! Das ist vielleicht eine fürchterliche Begrüßung für dich, Jenny. Nur schlechte Nachrichten und Unannehmlichkeiten. Dazu kommt, daß Catherine vermutlich zu trinken begonnen hat. Wir haben kaum mehr etwas im Haus, und alles, was wir noch haben, ist weggeschlossen. Doch irgendwie kommt sie immer wieder an Nachschub.«

»Ich fühle mich so hilflos! Ich weiß überhaupt nicht, was ich sagen soll.«

Bevor eine von uns noch etwas sagen konnte, klopfte es an der Tür, und ein kleines Mädchen brachte die Mittagspost. Stirnrunzelnd betrachtete Charlotte den Umschlag, der ihr gereicht worden war. »Das ist aber seltsam«, sagte sie. »Wer um alles in der Welt kann das geschrieben haben? Die Schrift ist fast unleserlich.«

Während sie das sagte, öffnete sie den Brief mit einem Papiermesser, und als sie las, wechselte ihr Ausdruck von schwachem Interesse zu richtigem Horror.

»O Gott«, flüsterte sie und packte das fadenscheinige Stück Papier, bis ihre Knöchel ganz weiß wurden. »O Gott, wie schrecklich.«

Dann reichte Charlotte den Brief mir. In krakeligen Großbuchstaben stand dort:

> VOR HUNDERT JAHREN WÄRST DU VERBRANNT WORDEN, DASS DU EINE ARME FRAU VERRÜCKT GEMACHT UND MIT IHREM MANN UNZUCHT GETRIEBEN HAST. GOTT WIRD DICH DAFÜR BESTRAFEN.

Natürlich gab es keine Unterschrift. Charlotte war kreidebleich geworden. Sie sah aus, als ob sie krank sei. Ich legte den Brief auf den Tisch zwischen uns.
»Das ist ja furchtbar! Du mußt ihn einfach übergehen, Charlotte. Wer dich wirklich kennt, weiß, daß so etwas nicht stimmt.«
Mit zittrigen Fingern nahm Charlotte den Brief wieder hoch, las ihn nochmals, und dann zerriß sie ihn in winzige Stückchen, während sie ihren Mund widerwillig verzog.
»Du hättest ihn Mark zeigen sollen«, meinte ich.
»Nein – das hätte ich nicht übers Herz gebracht. Nicht so ein schreckliches, widerliches Zeug – nicht nach allem, was er für Catherine getan hat.«
Charlotte stand auf und ging ruhelos im Zimmer auf und ab, während sie ihre Hände rang. »Es gibt nur eine Lösung, Jenny«, sagte sie. »Ich werde abreisen. Catherine geht wieder in die Klinik. Und Peter braucht mich jetzt nicht mehr.«
»Und was ist mit Mark? Braucht der dich denn nicht?«
Charlotte schwieg einen Augenblick, lehnte sich aus dem Fenster und schaute auf die grünen Felder vor uns.
»Mark braucht vielleicht eher das Priors-Haus«, sagte sie dann endlich.
Dann schwiegen wir beide. Mit einem Mal fielen mir die merkwürdigen Bemerkungen von Mrs. Chalmers wieder ein.
»Charlotte, vorhin hast du gesagt, du hast gehört, wie über Mrs. Olivers Tod getratscht wird. In Gottes Namen, was ist das für ein Tratsch? Mrs. Chalmers hat mir ziemlich deutlich zu verstehen gegeben, daß man uns damit in Verbindung bringt.«
Charlotte seufzte heftig.
»Dörfer!« sagte sie. »Ist das überall so, oder ist Collingford schlimmer als die meisten? Die Leute glauben immer so bereitwillig gleich das Schlimmste. Einem unserer Burschen, weiß der Himmel welchem, ist plötzlich eingefallen, daß sich Roger vor einiger Zeit einmal nach dem Verbleib von Mrs.

Olivers Sohn erkundigt hat. Das war kurz nachdem du das kleine Nachbarhaus geerbt hattest. Als er nach dem Grund gefragt wurde, soll Roger gesagt haben, daß er eine Menge dafür geben würde, wenn er sie dazu überreden könnte, ihr Haus zu verlassen, und daß ihr Sohn ihr doch eigentlich in dem Alter ein Dach über dem Kopf bieten müßte.«

»Das ist alles?«

»Na ja, in dem Augenblick war offensichtlich die Kricket-Mannschaft da, und die Jungen hatten nichts weiter zu tun, als ein paar dumme Scherze darüber zu machen, wie man Mrs. Oliver aus ihrem Haus rausbekommen könnte. Irgend jemand hat wohl vorgeschlagen, daß sich Roger ein Tuch über den Kopf stülpen und ihr Angst einjagen soll, und jemand anderer meinte, man sollte vielleicht eine tote Katze unter ihren Fußbodendielen begraben, um sie aus dem Haus zu treiben. Alles entwickelte sich natürlich denkbar makaber, war aber zu dem Zeitpunkt einfach nur als dummer Ulk gemeint.«

Ich schloß meine Augen erbost und resigniert zugleich und konnte alles klar erkennen. Ich hatte die Kricketmannschaft gehört – ja, Roger genauso wie die anderen –, wie sie ihre dummen Bemerkungen machten und wie einer witziger sein wollte als der nächste.

»Das heißt also, Roger ist zum Halunken des Dorfes abgestempelt worden, habe ich recht?« fragte ich nach einer Weile erschöpft. »Wie kann jemand nur ernsthaft glauben, Roger sei in Mrs. Olivers Haus eingebrochen?«

»Ich glaube nicht, daß die Leute meinen, er hätte es selbst getan. Es heißt, er habe einen oder mehrere angestiftet, aber man weiß nicht, um wen es sich handelt. Und Jenny – du könntest es ja genauso getan haben. Viel schlimmer kann es eigentlich nicht kommen. Über dich wird genauso getratscht.«

»Mich?«

»Über dich und Lord Bollinger. Die Leute behaupten, daß du dich bei dem alten Herrn eingeschmeichelt hast, damit er dir euer Nachbarhaus vermacht. Es hat sich inzwischen herausge-

stellt, daß seine Haushälterin alles andere als die freundliche Person ist, für die sie jeder hielt.«
Ich hatte mich bereits erhoben, weil ich eigentlich gehen wollte – doch jetzt mußte ich mich erst einmal wieder setzen. »Würdest du es mir übelnehmen«, fragte ich sie matt, »wenn ich auf der Stelle wieder zurück nach Cornwall zurückwollte?«

16

Roger sagte natürlich ganz genau dasselbe. Wer uns kennt, kann solche Lügen doch gar nicht glauben, meinte er. Und er war der Auffassung, daß wir die Gerüchte einfach ignorieren sollten.
Ich entließ Mary Anne. Sie hatte lange für uns gearbeitet, aber ich konnte ihr nicht verzeihen, daß sie ihrem Cousin geglaubt und mitgeholfen hatte, boshafte Gerüchte zu verbreiten.
Roger hielt meine Entscheidung für falsch, und später stellte sich heraus, daß er wie immer recht hatte. Die öffentliche Meinung richtete sich gegen uns, viele Leute im Dorf behandelten mich reserviert und weigerten sich, überhaupt mit mir zu sprechen. Von einem Tag auf den anderen waren wir von den populären Wirtsleuten des besten Hotels in Collingford zu gesellschaftlichen Außenseitern degradiert worden, und das Geschäft litt darunter ganz erheblich.
Ich konnte das nur deswegen ertragen, weil unsere echten Freunde zu uns hielten. Charlotte hatte es weitaus schwerer. Wie sie schon gesagt hatte, war sie stets argwöhnisch beäugt worden, und die Leute aus Collingford schoben ihr nur allzugern sämtliche Ungeheuerlichkeiten in die Schuhe.
Eines Tages kam die Mutter von Molly, dem kleinen Dienstmädchen im Priors-Haus, hell entflammt und voller Selbstgerechtigkeit an die Hintertür, um ihre Tochter aus dieser Höhle des Frevels zu reißen, und Meg, die inzwischen für das Frühstück der Landarbeiter zuständig war, erklärte, daß sie

Ende des Monats ebenfalls gehen würde. Für die beiden konnte Charlotte keinen Ersatz bekommen.
Wenn Charlotte ein Geschäft betrat, das voller Kunden war, wurde es plötzlich still. Kalte, feindlich gesonnene Blicke folgten ihr die High Street hinunter. Und was das Schlimmste war, die Briefe nahmen kein Ende, und die Beschimpfungen wurden jedesmal heftiger.
Im November dieses Jahres ereignete sich eine Tragödie, die uns alle erschütterte.
Ein paar Kilometer von Collingford entfernt lag das winzige Dorf Little Tissington, das eigentlich völlig bedeutungslos war. Es gab dort eine sehr schöne Kirche, die aus der Zeit der Normannen stammte. Sie war nicht groß, aber die ungewöhnlich dekorative Holzdecke erregte beachtliches historisches Interesse. Als wir eines Morgens aufwachten, vernahmen wir die schreckliche Neuigkeit, daß diese Kirche dem Erdboden gleichgemacht worden sei und daß militante Frauenrechtlerinnen aus der Gegend dahintersteckten.
Anfangs weigerte ich mich, das zu glauben. Es war zu ungeheuerlich und zu sinnlos; es mußte einfach eine andere Erklärung dafür geben. Doch nach und nach kamen immer mehr unbestreitbare Tatsachen zutage. Segeltuch und mit Paraffin getränktes Werg waren an strategischen Punkten der Kirche plaziert worden; zum Beispiel unter der Orgel, im Glockenturm und unter den alten, geschnitzten Kirchenbänken. An einem Grabstein auf dem Friedhof war folgende Nachricht befestigt:

> An die käufliche Regierung und die Männer, die Frauen martern.
> Die Kirche soll ihren eigenen Geboten folgen, bevor es zu spät ist. Gott segne diejenigen, die im Namen des Gesetzes verfolgt werden, denn ihnen gehört das Himmelreich. Keine Auslieferung!

Um den Stein herum war ein langes Stück Stoff in den Farben derjenigen Gewerkschaft gebunden, die sich für die Rechte der Frauen einsetzte.
»Warum haben sie das bloß gemacht? Warum bloß?« fragte ich Roger, während mir diese böswillige Entweihung fast die Tränen in die Augen trieb.
Meine Ansicht wurde natürlich im ganzen Dorf kommentiert, und sogar Charlotte, die nun wirklich genug eigene Probleme hatte, daß ihr die Welt außerhalb weit entfernt vorkam, war empört.
»Das waren diese *idiotischen* Pankhurst-Anhängerinnen, die auf diese Weise einzig und allein Gewalt säen«, tobte sie. »So bekommen wir das Frauenstimmrecht doch *nie!* Der Anschlag wirft uns bloß um Jahre zurück!«
In den Augen der Bewohner von Collingford ging die ganze Angelegenheit natürlich einzig und allein auf Charlottes Konto – schließlich war sie es ja gewesen, die sich öffentlich für das Frauenstimmrecht eingesetzt hatte, oder? Sie hatte diese Literatur verteilt und war Kilometer um Kilometer gelaufen, um Kopien der neuesten Pamphlete in alle Briefkästen von Collingford zu stecken. Was wußten die durchschnittlichen Männer auf dem Land von den Unterschieden zwischen den militanten Flügeln der Gewerkschaft WSPU und der eher friedfertigeren Gruppierung NUWSS, die Charlotte seit langem unterstützte?
Als Mark und Charlotte an einem der nächsten Abende vom Haus an der Brücke zu sich nach Hause fuhren, sahen sie, daß der Himmel rot war, und ihnen wurde mit Schrecken deutlich, daß das die Richtung war, in der das Priors-Haus lag.
Bert und Izzie rannten bereits gemeinsam mit den Landarbeitern der drei am nächsten gelegenen Landhäuser den Weg zum Haus hinunter. Ein Schuppen brannte, zum Glück nicht das Haus selbst, und der Brand war unter Kontrolle, bevor die Feuerwehr eintraf. Der Schaden hielt sich in Grenzen, aber Mark war deprimiert darüber, daß er das Winterfutter für

seine Tiere verloren hatte und daß die Reparatur des Schuppens an die hundert Pfund kosten würde. Der Nachgeschmack des Vorfalls war ziemlich bitter.

»Warum hassen sie uns so sehr?« fragte Mark und sah völlig verwirrt aus. »Ich bin derselbe wie immer. Keiner von uns hat sich groß verändert, und im Grunde haben wir doch niemandem weh getan.«

»Die Leute brauchen solche Gehässigkeiten«, sagte Roger zynisch. »Damit können sie von ihren eigenen schmierigen, schäbigen kleinen Sünden ablenken.«

»Aber eine Scheune in Brand zu setzen! Warum denn so etwas, um alles in der Welt! Es hätte doch ein enormer Schaden entstehen können!«

»Mark, du weißt doch genau, warum.« Charlotte hatte ihren Kopf auf die Hände gestützt. Sie wollte ihn nicht anschauen. »Und du weißt auch genau, was jetzt als nächstes passieren muß. Ich werde von hier weggehen.«

»Nein!« Mark boxte sich mit der rechten Faust in die linke Handfläche. »Verdammt noch mal, nein! Ich werde nicht nachgeben, egal, wer dahintersteckt. Ich will Wiedergutmachung. Vielleicht findet die Polizei ja den Schuldigen.«

Doch die Polizei erreichte überhaupt nichts, aber man wurde den Verdacht auch nicht los, daß sie sich nicht besonders anstrengte.

Catherine ging es zunehmend schlechter, als würde sich die allgemeine Stimmung auch auf sie auswirken. Vom Personal war Izzie die einzige, die dem Priors-Haus noch die Treue gehalten hatte, und das reichte nicht aus, um Catherine rund um die Uhr zu bewachen. Es wurde immer deutlicher, daß sie irgendwer mit Alkohol versorgte.

Wenn Catherine betrunken war, glitzerten ihre Augen, und oft ging ihr Temperament mit ihr durch. Als Izzie an einem Winterabend die Lampen in der Diele anzündete, hörte sie ein merkwürdiges Rascheln hinter sich. Sie drehte sich um, und da stand Catherine mit wild entschlossenem Gesichtsausdruck und zerzausten Haaren vor ihr und hielt ein Küchenmesser in der erhobenen Hand. Glücklicherweise blieb Izzie ruhig und redete freundlich auf Catherine ein, bis Charlotte die Treppe herunterkam, mit einem erschrockenen Blick die Situation erfaßte und hinter Catherine trat, um ihr das Messer abzunehmen.

So konnte es nicht weitergehen. Mark brachte Catherine also erneut in die Klinik in der Nähe von London, nach Wimbledon, wo sie immer so gut umsorgt worden war und wo ihre Verwandten sie besuchen konnten.

Weil sie sich jetzt nicht mehr um Catherine zu kümmern brauchte, blieb Charlotte keine andere Wahl, als das Priors-Haus zu verlassen, und sie entschloß sich, andere Verwandte in Somerset zu besuchen. Sie sagte es zwar nicht, aber ich merkte, daß es eine Art Versuch war – herauszufinden, ob sie nicht doch ohne Mark leben konnte, und er ohne sie, auch wenn Weihnachten kurz vor der Tür stand. Peter wurde ebenfalls zu Hause erwartet, und deswegen willigte Charlotte entgegen besserem Wissen ein, noch über die Feiertage zu bleiben – so daß sich wenigstens jemand für die beiden da war.

Währenddessen genoß Ellie ihre Zeit in Oxford. Sie war bereits Mitglied in einem Diskussionskreis – genannt Somerville Parliament, bei dem man sich genauso verhalten mußte wie im richtigen Parlament in Westminster. Und auch wenn es mir so vorkam, als hätte sie noch nicht genügend Selbstvertrauen, um selbst zu sprechen, so ging sie doch jedesmal hin und wurde dadurch politisch ziemlich wach.

Ellie war hellauf empört über eine Zusammenkunft, die sie miterlebt hatte und bei der Keir Hardie versucht hatte, sich an seine aristokratischen Zuhörer zu wenden. Doch die Studenten hatten sich geweigert, ihm zuzuhören, und hatten ihn schändlicherweise mit Tomaten und Eiern beworfen.

»*Männer!*« schimpfte Ellie. »So etwas nennen sie Demokratie? Das ist wirklich typisch für sie – genauso verhalten sie sich auch beim Thema Frauenstimmrecht. Sie haben Angst vor der Arbeiterklasse, genauso wie vor den Frauen. Ihrer Meinung nach lohnt es sich gar nicht, bei so einem Unsinn zuzuhören! Da kann man spotten und sich lustig machen und den Redner einfach mit Gegenständen beschmeißen.«

»Im *Chronicle* ist ein Brief abgedruckt, der wird dich interessieren«, meinte Roger und hob seinen Blick beim Frühstück von der Zeitung. »Ein gewisser Colonel Fanshawe ist der Auffassung, daß das Stimmrecht für Frauen zu starker Tobak ist – daß sie damit ihre Weiblichkeit und ihre bescheidene Selbstbeherrschung einbüßen und daß es doch im Interesse der Frauen sei, wenn man ihnen das Stimmrecht vorenthalte.«

»So jemanden müßte man teeren und federn«, murmelte Ellie düster.

»Aber meine Liebe, beruhige dich. Wo bleiben deine Bescheidenheit und deine Selbstbeherrschung?«

»Die habe ich irgendwo auf dem Weg zwischen Holloway Gaol und hier verloren.«

Ich schaute sie verwirrt an.

»Ellie, du würdest doch nicht –«

»Nur, wenn ich gar keine andere Wahl hätte, Mutter. Mir liegt Gewalt genausowenig wie Frömmelei.«

Ich atmete erleichtert aus. Insgeheim hatte ich schon befürchtet, daß sich die Ausstrahlung von Christabel Pankhurst, die in diesem ereignisreichen ersten Trimester ebenfalls in Oxford gesprochen hatte, möglicherweise auf Ellie ausgewirkt haben könnte; doch abgesehen davon, daß Ellie die berühmte Frauenrechtlerin als wirkungsvolle und offene Rednerin erlebt hatte, war sie der Frau wohl nicht verfallen, die von so vielen angebetet und vergöttert wurde.

Den Jahresbeginn 1911 feierten wir wenig begeistert.

Die Kinder verschwanden wieder in ihren verschiedenen Internaten, und Charlotte traf endgültige Reisevorbereitungen. An einem Tag im Januar war ich bei ihr, und wir tranken Tee und aßen Toast. Als wir uns gerade über ihre Abreise unterhielten, klingelte in einem anderen Zimmer das Telefon.

»Izzie geht schon ran«, meinte Charlotte.
Dann klopfte es an die Tür, und Izzie steckte ihren Kopf ins Zimmer. »Entschuldigen Sie bitte, Mrs. Mannering, aber ich glaube, Sie sollten besser mal kommen«, sagte sie aufgeregt. »Ein Anruf aus London für Mr. Leyton, aber ich kann mir keinen Reim drauf machen, die Verbindung ist so schlecht.«
»London?«
Das konnte nur eines bedeuten: Catherine. Charlotte verließ eilends den Salon, und ich erhob mich von meinem Platz am Kamin, um hinter ihr herzugehen. Durch die geöffnete Tür konnte ich Charlottes hohe Stimme hören. Beunruhigt folgte ich ihr in die Diele.
»Haben Sie denn *gar keine* Idee?« sagte sie gerade. »Nein, Mr. Leyton ist nicht zu Hause. Haben Sie es bei ihren Verwandten in London versucht? Wenn sie dort nicht ist, dann *müssen* Sie die Polizei informieren! Das Ansehen ihrer Klinik ist nicht so wichtig, Oberin – mir geht es um Mrs. Leyton. Ja, ich richte ihm aus, daß er sobald wie möglich bei Ihnen anruft.«
Charlotte legte den Hörer auf, drehte sich zu mir um und sah mich an.
»Sie ist abgehauen«, sagte sie. »Verschwunden. Niemand weiß, wie oder wann oder warum.«
»Das ist doch unmöglich! Ich habe immer gedacht, daß sie dort die ganze Zeit unter Beobachtung ist.«
»Eigentlich sollte das auch so sein. Aber nichtsdestotrotz ist sie weg.«
»Glaubt man denn, daß sie nach Hause will?«
»Sie hatte kein Geld bei sich und war auch nicht ausreichend warm angezogen. Das Wetter in London ist aber genauso schlecht wie hier auch. Jenny, sie wird bis auf die Haut naß werden und dann erfrieren. Bitte suchen Sie nach Mr. Leyton, Izzie. Ich gehe in die Ställe, und schaue dort nach ihm. Schicken Sie jemanden auf die Felder. Ich weiß überhaupt nicht, wo er sein könnte.«
Izzie rannte in die Küche, und Charlotte schlüpfte in einen

Regenmantel, als Mark ins Haus trat. Er rief sofort die Klinik an, ging nervös mit seinen schmutzigen Schuhen in der Diele auf und ab, bis er endlich eine Verbindung bekam.
»Schwester Oberin, sind Sie es?« stieß Mark hervor. »Bin ich jetzt mit Whitelands Court verbunden? Ich kann Sie kaum verstehen! Mein Name ist Mark Leyton. Was ist mit meiner Frau passiert?«
Er lauschte konzentriert, wobei sein Gesicht dunkelrot anlief. Nach ein paar herrischen Bemerkungen warf er wütend den Hörer auf die Gabel.
»Meine Güte, wie kann man nur so unfähig sein! Ich zahle einen Haufen Geld, daß sie ein Auge auf sie haben – daß sie in Sicherheit ist und daß es ihr gutgeht. Ich erwarte ja gar nicht, daß sie Catherine wieder gesund machen. Nur einfach, daß sie sich um sie kümmern. Charlotte, ich muß da hinfahren.«
»Ja, natürlich. Ich packe dir ein paar Sachen zusammen.« Sie rannte die Treppe hinauf und ließ mich mit Mark in der Diele zurück.
Er stand einen Augenblick mit verdüsterter Miene da.
»Mark, es tut mir sehr leid«, sagte ich. »Sie kann doch nicht weit sein – nicht an so einem Abend.«
»Nein.« Er holte tief Luft und riß sich zusammen. »Rufst du Roger für mich an?«
»Ja, natürlich. Kümmere du dich um deine Sachen.«
Er ging langsam und schwerfällig die Treppe hinauf.
Dann ging ich zum Telefon und orderte eine Verbindung zum RING OF BELLS. Die Stimme des Telefonfräuleins klang unterdrückt aufgeregt.
»Ich hoffe, es ist nichts passiert, Mrs. Leyton«, log sie, während sie in Wahrheit nach einer Sensation lechzte.
»Ich glaube nicht«, antwortete ich eisig. Sie wußte bestimmt genausoviel wie wir, und deswegen würde es in Bälde auch ganz Collingford erfahren. Ich überlegte, wie die Leute es diesmal drehen würden, um Charlotte die Schuld in die Schuhe zu schieben.

»Könntest du bitte so schnell wie möglich mit dem Auto zum Priors-Haus kommen«, bat ich Roger.
»Was ist passiert?«
»Ich erzähle es dir, wenn du da bist. Bitte beeil dich.«
Roger kam sofort, und binnen kurzem war er mit Mark auf dem Weg zum Bahnhof. Ich überredete Charlotte, mit mir zurück ins Haus an der Brücke zu kommen, weil sie derart verzweifelt und verlassen wirkte, als die beiden Männer wegfuhren.
»Hat es jemals so eine Zeit wie diese gegeben?« fragte sie, während wir später zu dritt Abendbrot aßen. »Viel schlimmer kann es doch eigentlich gar nicht mehr kommen.«
»Wir sollten davon ausgehen, daß das nicht möglich ist«, sagte Roger. »Morgen beginnen nämlich die Bauhandwerker mit den Arbeiten, um eine Verbindung zwischen dem kleinen Haus und dem Ring of Bells zu erstellen. Die öffentliche Meinung ist derart gegen mich, daß es keinen Grund gibt, die Arbeit noch aufzuschieben. Sie können sich genausogut das Maul zerreißen, dann haben wir es wenigstens hinter uns.«
»Läuft das Geschäft schlecht?« fragte Charlotte. Sie und Mark hatten so viel mit ihren eigenen Problemen zu schaffen, daß wir nicht allzuviel von den unsrigen gesprochen hatten. Doch jetzt warfen Roger und ich uns einen jämmerlichen Blick zu.
»Es ist schlimmer als je zuvor, aber irgendwie schaffen wir es schon«, antwortete Roger. »Außerdem wird das alles im Lichte von Catherines letzter Kapriole so und so bedeutungslos.«
»Ich hoffe wirklich, daß man sie schnell findet«, ergänzte ich. »Eine Frau – nur im Kleid, mit Hausschuhen und ohne dicke Winterkleidung. Jemandem muß doch auffallen, daß da etwas nicht stimmt.«
»Ich werde das Gefühl nicht los, daß sich die Situation zuspitzt.« Charlotte wirkte regelrecht unheimlich vor lauter Sorge.
»Du brauchst Erholung«, sagte Roger. »Ihr beide, Mark und du, seid völlig am Ende. Warum fahrt ihr nicht irgendwo hin,

weit weg von Collingford, wo die Sonne scheint und wo ihr die Häßlichkeiten der letzten Monate vergessen könnt.«

»Und wer kümmert sich um den Hof?«

»Das könnte ich schon machen«, antwortete Roger. »Weißt du, früher war ich gar kein schlechter Landwirt. Und wenn ich nicht diese Frau hier getroffen hätte, dann wäre ich es wahrscheinlich noch heute. Ich war wirklich glücklich inmitten meiner Schafe und Kühe, bis sie sich mich geangelt hat und mich hinter den Tresen des Ring of Bells gezogen hat.«

»Das ist ja die beeindruckendste Variante der Wahrheit, die ich jemals gehört habe.«

Wie übertrieben munter wir waren, ging es mir durch den Kopf. Wir pfiffen im Dunkeln, mehr aber auch nicht. Roger und ich versuchten verzweifelt, lustig zu sein. Kein Wunder, daß es uns auf diese Weise nicht gelang, Charlottes Traurigkeit zu vertreiben.

»Wenn ihr irgendwas passiert«, meinte Charlotte, »dann kann ich mich in Collingford überhaupt nicht mehr sehen lassen.«

Wir beide redeten beide besänftigend auf sie ein und versuchten sie zu überzeugen, daß sie sich irrte; aber sie machte nicht den Eindruck, als hätten wir Erfolg. Niemand kannte die Wahrheit so gut wie ich.

Am nächsten Morgen riefen wir erneut in der Klinik an, doch Catherine war immer noch nicht wieder aufgetaucht, auch wenn ein paar Einzelheiten ans Tageslicht gekommen waren. Jemand vom Personal hatte zugegeben, gegen eine Belohnung eine Brosche von Catherine verpfändet zu haben.

Mark war fuchsteufelswild über diese Entdeckung und redete davon, daß er die Klinik verklagen wolle; die Privatklinik hatte im Gegenzug das Mädchen sofort entlassen und setzte Himmel und Erde in Bewegung, um Catherine ohne große Öffentlichkeit zu finden, weil sie sich ihren guten Namen erhalten wollten.

»Ich bin bloß erstaunt, daß sie so einen Schritt gewagt hat, der doch eine ziemliche Organisation erfordert«, meinte Charlotte, als wir diese Neuigkeit besprachen. »Und erst recht, daß sie sich aufgerafft hat, davonzulaufen.«

»Das erfordert genausoviel Arglist, wie sich den Schnaps zu organisieren«, meinte ich. »Hast du eigentlich jemals herausgefunden, wie sie das gemacht hat?«

»Nein. Und auch nicht, wer ihr das Zeug geliefert hat.« seufzte Charlotte müde.

»Aber sie war nicht schlau genug, sich einen Mantel mitzunehmen.«

»Hat Mark erzählt, was die Polizei im Augenblick macht?«

»Vermutlich durchkämmen sie den Park von Wimbledon.«

»Aber mit dem Geld kann sie auch noch weiter weg gelangt sein – nach Westen, ganz egal. Deine Verwandten leben in Putney, oder?«

»Ja, aber Mark hat gesagt, bei denen ist sie nicht. Sie haben nichts von ihr gehört.«

Ich dachte an meine Jugend in Fulham, die inzwischen so weit zurücklag. Offensichtlich hatte ich recht mit meiner Vermutung, daß Putney gar nicht so weit entfernt lag vom Park von Wimbledon. Vielleicht hatte Catherine sogar die Hauptstraße von ihrem Fenster aus gesehen – Mark hatte doch irgendwann mal erwähnt gehabt, daß das Haus ziemlich nah an der Straße steht. Was war, wenn Catherine die Autobusse gesehen hatte, auf denen »Putney« stand? Könnte sie da nicht auf die Idee gekommen sein, ihren Verwandten einen Besuch abzustatten? Ich teilte Charlotte meine Vermutung mit.

»Das könnte schon eine Möglichkeit sein«, gab sie zu. »Aber der Bus von Wimbledon kommt gar nicht an der Klinik vorbei.«

»Vielleicht hat sie das ja nicht gewußt. Vielleicht hat sie ja nur irgendwo so ein Hinweisschild nach Putney gesehen.«

»Meinst du, wir sollten die Klinik darauf aufmerksam machen? Vielleicht haben sie ja von allein dran gedacht. Ich will Mark nicht stören.«

»Aber vielleicht ist es nötig, selbst die kleinste Möglichkeit zu untersuchen.«

»Ich rufe noch mal an«, sagte Charlotte und hatte sich plötzlich durchgerungen.
Nachdem wir scheinbar endlos gewartet hatten, kam die Verbindung zustande, doch selbst jetzt konnten wir nicht mit Mark sprechen, weil er im Park bei der Polizei war. Deswegen verlangte Charlotte die Oberin zu sprechen.
»Sagen Sie Mr. Leyton, daß er Putney versuchen soll«, sagte sie. »Es war ein plötzlicher Einfall. Aber vielleicht ist Mrs. Leyton in einen Autobus gestiegen, um ihren Onkel und ihre Tante zu besuchen.«
Nach dem Anruf gab es nichts Sinnvolles, was wir noch tun konnten, aber andererseits konnten wir uns auch nicht auf irgend etwas anderes konzentrieren. Ich hatte zwar im RING OF BELLS einiges zu tun, aber ich wollte Charlotte nicht allein lassen.
Am Nachmittag kam ein Anruf, der uns sagte, daß man einen Omnibusfahrer gefunden hatte, der sich daran erinnerte, am Spätnachmittag des Vortages eine Frau auf der Straße aufgelesen zu haben, die hinter dem Park von Wimbledon entlangführte. Sie war ihm deswegen aufgefallen, weil sie trotz des Nieselregens keinen Mantel trug. Soweit er sich noch erinnerte, verließ sie den Bus an der Brücke von Putney. Die Nachforschungen in der Gegend hatten keinen Erfolg erbracht, und jetzt stellte sich die Polizei darauf ein, den Fluß abzusuchen.
Als ich Charlotte das mitteilte, zitterte sie am ganzen Leib.
»Wahrscheinlich ist es schon ziemlich dunkel gewesen, als der Bus an der Brücke von Putney ankam«, meinte ich.
»Ja – dunkel und naß.« Sie schlang sich die Arme um den Körper, als wollte sie sich wärmen. »Man sollte denken, daß ihr irgend jemand geholfen hat, nicht wahr? Du meinst, irgendwer muß doch mitbekommen haben, daß sie nicht für ihre Taten verantwortlich sein kann, wenn sie ohne Mantel durch so einen Regen läuft?«
»Das ist ja wie in London«, sagte ich. »Da kümmert sich auch niemand.«

»Wahrscheinlich hast du recht. Wie hörte sich denn Mark für dein Gefühl an?«
»Die Verbindung war miserabel wie immer. Er klang einfach elend und ziemlich unpersönlich. Man denkt eben immer nur an die schreckliche Mrs. Harmsworth in der Vermittlung.«
»Sie sollte angezeigt werden«, sagte Charlotte, aber ohne Zorn oder Überzeugung. Natürlich durfte ein Telefonfräulein nicht zuhören, aber andererseits würde wahrscheinlich jede andere einem solchen Skandal genauso lauschen.
»Ich wünschte, ich könnte jetzt bei ihm sein«, fügte Charlotte hinzu.
»Das verstehe ich gut. Die Warterei ist wirklich schrecklich.«
»Wenn es morgen keine Neuigkeiten gibt, dann fahre ich hin, Jenny. Schließlich bin ich mit den Godfreys genauso verwandt und kann jederzeit hinfahren.«
Am nächsten Tag gab es keine Neuigkeiten, und deswegen stieg Charlotte wie angekündigt in den Zug nach London. Ich kehrte zu meiner Arbeit zurück und lenkte mich mit den zahlreichen Kleinigkeiten ab, die meine Aufmerksamkeit erforderten. Es war gut, daß Roger und ich uns mit vielerlei ablenken konnten, weil wir noch bis zum nächsten Abend warten mußten, bis das Telefon klingelte.
Roger war als erster dran. Sein versteinerter Gesichtsausdruck und die einsilbigen Antworten ließen auf nichts Gutes schließen, und ich litt unter schrecklicher Anspannung, bis er den Hörer aufgehängt hatte.
»Catherine ist tot«, sagte Roger unverblümt. »Ertrunken.«
Ich schlug mir die Hand vor den Mund. »Wie? Was ist passiert?«
»Viel hat Mark nicht gesagt. Er wollte offensichtlich nicht am Telefon darüber sprechen, aber wahrscheinlich ist Catherine in der Nähe der Putney-Brücke ins Wasser gefallen. Er sagte, er würde es uns nach seiner Rückkehr erzählen.«
»Wann wollen sie wieder zurück sein?«
»Nicht gleich. In ein paar Tagen, hat Mark gesagt – ich

vermute, daß es einiges zu regeln gibt; vor der Beerdigung wird es eine gerichtliche Untersuchung geben.«

»Wie schrecklich. Oh, Roger, wie *schrecklich!*« flüsterte ich, als mir bewußt wurde, wie schrecklich Catherine gestorben war. Ich hatte sie nie gemocht, und es wäre scheinheilig, etwas Gegenteiliges zu behaupten. Doch das hätte ich ihr nicht gewünscht – Angst und Einsamkeit und Kälte und Verwirrung und zum Schluß auch noch die eisig kalte Themse, die sie in ihre trübe, schmutzige Tiefe gerissen hatte.

»Was sie wohl jetzt machen, Mark und Charlotte?« sagte er und fuhr dann fort: »Wenn sie vernünftig sind, dann heiraten sie.«

»Aber doch nicht sofort!«

»Warum nicht? Collingford wäre entsetzt, aber es ist ganz egal, was sie machen, weil die Leute hier so und so entsetzt wären. Sie könnten also gut und gern ihre Verbindung legalisieren und den Tratsch einfach ignorieren – das wäre dasselbe Prinzip, nach dem ich den Ausbau des RING vorantreibe. Irgendwann ist das Geschwätz zu Ende. Vielleicht gibt es ja auch einen neuen Skandal, der dann an die Stelle von unserem tritt.«

»Vielleicht hast du recht«, meinte ich voller Zweifel.

Aber er hatte nicht recht, und meine Unsicherheit war gerechtfertigt.

Mark folgte demselben Prinzip wie Roger und überredete Charlotte, mit ihm in London zu warten, bis die Gerichtsverhandlung und das Begräbnis vorbei waren. Dann erstand er eine Sondergenehmigung, und an einem kalten Januartag im Jahre 1911 wurden sie in einer zivilen Feier getraut, zu der sie zwei Fremde von der Straße als Trauzeugen geholt hatten.

Nach der kurzen Zeremonie riefen sie uns an, berichteten uns davon und fragten, ob Roger wohl für eine Woche ein Auge auf das Priors-Anwesen haben könnte, so daß sie sich ein bißchen erholen konnten.

»Eine Woche!« sagte Roger. »Was soll denn das? Nimm dir

einen Monat, alter Knabe. Fahr weg. Laß sich die Gemüter etwas beruhigen.«

Doch Mark war unnachgiebig. Er sagte, er hätte nicht geplant, wegzusein.

»Die arme Charlotte«, sagte Roger, nachdem er aufgehängt hatte. »Ich werde das Gefühl nicht los, daß Collingford ihr kalte Flitterwochen bereiten wird.«

Als sie am Bahnhof eintrafen, holte Roger sie ab und brachte sie auf ihren Wunsch hin direkt ins Priors-Haus. Die unschätzbare Izzie hatte geputzt, überall Feuer gemacht und ein Essen vorbereitet. Und bei dem Gedanken, daß sie jetzt endlich doch Mann und Frau waren und das offen leben konnten, hatte sich ihre Laune gehoben. All die Verleumdungen und gehässigen Bemerkungen waren jetzt auf einmal nur halb so verletzend, und sicherlich würde auch das wüsteste Klatschmaul eines Tages ermüden und vielleicht ein neues Ziel finden.

Sie waren müde und schliefen fest, auch wenn Mark sagte, er habe in der Nacht einmal die Hunde bellen gehört und daß er im Schlaf noch gedacht habe, daß hier in der Nähe wahrscheinlich ein Fuchs sein Unwesen trieb. Deswegen waren sie auch überhaupt nicht darauf vorbereitet, was sie am Morgen zu sehen bekamen, als Charlotte die Vorhänge zurückzog. Auf der Seite der Scheune, die dem Schlafzimmerfenster gegenüberlag, stand in roten Buchstaben und knapp einen Meter hoch ein Wort geschrieben: MÖRDER.

»Glaubst du jetzt, daß du besser daran getan hättest, Collingford für eine Weile den Rücken zuzukehren?« fragte Roger seinen Bruder, als wir uns später zu viert trafen.

»Was macht das schon für einen Unterschied? Wenn sie uns so sehen, dann haben sie auch in einem Monat noch dieselbe Meinung von uns.«

»Sie brauchen Zeit, um zu vergessen, und ihr genauso.«

»Nein.« Mark preßte seine Lippen aufeinander. »Das werde ich nie vergessen. Ich habe mein ganzes Leben in diesem Haus gelebt, ich habe jeden Stein und jeden Grashalm in mein Herz geschlossen. Ich dachte, diese Leute wären meine Freunde.«

»Das sind die meisten auch. Wie viele sind in so eine gräßliche Verleumdung verwickelt? Zwei – vielleicht drei Lümmel, mehr nicht. Gib ihnen Zeit, Mark.«

Ich war mir ziemlich sicher, daß er recht hatte. Collingford würde irgendwann vergessen.

Ein paar Tage später überprüfte ich in der Küche des Ring of Bells die Vorräte, und die geöffnete Schranktür verdeckte mich. Die Durchreiche zwischen der Küche und der Schankstube stand offen, und das Stimmenwirrwarr, das eine ganze Zeitlang vor sich hin geplätschert war und auf das ich höchstens mit halbem Ohr gelauscht hatte, klärte sich. Plötzlich verstand ich einzelne Worte. Ich hörte einen Namen und hielt neugierig inne, weil die Gäste in der Schankstube das Priors-Haus meinten.

»Ist doch klar, daß Mrs. Mannering ihr nicht wohlgesonnen war, oder? Sie ist an allem schuld, das trau' ich mir wetten.«

»Ja – du hast recht, Nobby. Und ich sage dir auch, warum ich das weiß. Schließlich ist sie es gewesen, die Mr. Mark gesagt hat, wo er suchen soll. Wie reimt sich das denn zusammen? Sollte mich nicht wundern, wenn sie ihre Hände auch beim Tod der armen Mrs. Oliver mit im Spiel gehabt hätte. Bleibt ja alles in der Familie.«

»So viel Schlechtigkeit habe ich noch nie gesehen! Kommt hierher mit ihrem Unsinn vom Frauenstimmrecht – brennt Kirchen ab und treibt gute Menschen in den Wahnsinn! So eine Hexe sollte man einsperren.«

Ich zitterte vor Wut, stellte vorsichtig das große Salzfaß ab, das ich in der Hand hielt, und war nah dran, meinen Kopf durch die Durchreiche zu stecken und den Leuten meine Meinung zu sagen. Da hörte ich plötzlich, wie mein eigener Name fiel.

»Ich weiß gar nicht, warum ihr Mrs. Mannering für alles die Schuld gebt. Ich kann mich noch an die Zeit erinnern, als Mrs.

Roger ein Mädchen war, bevor sie Mr. Roger heiratete.« Ich erkannte die Stimme von Goosey Parslow, die inzwischen unglaublich bärbeißig und alt klang. »Damals gab es viel Gerede über das alte Mädchen – die alte Sarah, die zu der Zeit das Gasthaus geführt hat. Sie ist damals ziemlich plötzlich gestorben. Viele haben damals gemeint, daß das nicht mit rechten Dingen zugegangen ist. Manche haben geglaubt, daß Mrs. Roger ihr vielleicht einen Schubs gegeben hat. Ich kann mich noch erinnern, daß es hieß, da sei etwas faul gewesen.«
»Haltet bloß eure Zunge im Zaum!« schrie ich die Männer an. Mit einem Mal war ich wieder lebendig geworden und vor der Durchreiche aufgetaucht. Eine ganze Reihe freundlicher, geistloser Bauerngesichter drehte sich zu mir hin. Allen stand der Mund offen.
»Ihr werdet alle noch wegen übler Nachrede eingesperrt, wenn ihr das verbreitet, das könnt ihr mir glauben! Ihr habt doch von nichts eine Ahnung, versteht ihr? Von nichts!«
Ich wollte noch mehr sagen, aber ich spürte, wie wütende Tränen in mir aufstiegen, und deswegen machte ich schnell kehrt und ging zum Waschhaus im hinteren Teil der Küche.
Als ich wieder die Kontrolle über mich hatte, ging ich zurück zu der Durchreiche und schaute auf die andere Seite. Der Schankraum war leer. So stößt man seine Freunde vor den Kopf, dachte ich. Und so schafft man es auch, eine Gaststätte kinderleicht auf einen Schlag zu leeren und über Nacht pleite zu gehen.
Ich hielt mich an der Holzplatte der Durchreiche fest und lehnte in einem Anflug von Furcht und Elend meinen Kopf gegen die Wand. Bei dem Gedanken daran, daß die Ereignisse der Vergangenheit so nah unter der Oberfläche lagen, bekam ich es mit der Angst zu tun. Jetzt wußte ich, wie Mark sich gefühlt hatte, als er so abgrundtief enttäuscht über die Leute war, die er bis zu diesem Tag immer als seine Freunde betrachtet hatte. Mir ging es jetzt genauso.
Wie oft hatte ich mit Goosey Parslow Witzchen gemacht? Wie oft hatte er mich angelacht und mir gesagt, wie hübsch ich sei,

und mich gefragt, warum ich ihm nicht immer sein Bier bringen könnte. Wie oft hatte er angehalten, um mit den Kindern ein Wort zu wechseln?
Wie genüßlich er dem Tratsch über Charlotte gelauscht hatte – und wie bereitwillig er die alten Geschichten über den Tod meiner Großmutter hervorgekramt hatte!
»Fühlen Sie sich nicht wohl, Mrs. Leyton?« fragte Alfred, der in die Küche gekommen war, um mit dem Abendessen anzufangen.
Ich richtete mich auf und holte tief Luft.
»Bin nur ein bißchen müde, Alfred«, antwortete ich.

Bert und einer der anderen Arbeiter brauchten eine Woche, um die Farbe von der Scheunenwand wieder zu entfernen, aber irgendwann hatten sie es geschafft.
In der darauffolgenden Nacht wachten Mark und Charlotte auf, als die Hunde wie wild bellten. Mark griff nach dem Gewehr, das er sich ans Bett gestellt hatte, schlüpfte in seinen Morgenmantel und lief auf den Hof.
Schemenhafte Gestalten rannten über das Feld davon, und während Mark mit lauter Stimme hinter ihnen herbrüllte, nahm er die Verfolgung auf. Doch an der Straße hatte er ihre Spur verloren. Inzwischen waren in den kleinen Häusern ringsum Lichter aufgeflammt, und die Männer kamen ihm zu Hilfe. Aber obwohl sie sich in alle Richtungen verstreuten, waren die Eindringlinge nicht mehr aufzufinden. Es blieb nichts weiter übrig, als zurück zum Hof zu gehen und nachzuschauen, welchen Schaden sie angerichtet hatten.
»Schaut euch genau um, Männer«, sagte er zu seinen Arbeitern, und die griffen zu ihren Taschenlampen und machten sich auf die Suche.
Mark entdeckte selbst, was die Eindringlinge gemacht hatten. Sein braunes Jagdpferd, Rob Roy – Marks Augapfel, sein jahrelanger Begleiter –, lag im Sterben, weil ihn jemand in den Kopf geschossen hatte.

Marks Gesicht war völlig eingefallen, als er mir von den Ereignissen der letzten Nacht erzählte. Und als er berichtete, wie er Rob Roy gefunden hatte, mußte er sich immer noch bemühen, nicht die Fassung zu verlieren.

Ich hielt mich allein im Haus an der Brücke auf. Roger war in diesem Jahre zum Präsidenten der Berufsgenossenschaft der Schankwirte gewählt worden und hatte sich bereits am Abend zuvor nach Oxford aufgemacht, wo die festliche Jahresversammlung mit einem Essen stattgefunden hatte. Anschließend hatte er dann im ANGLER'S REST übernachtet. Ich nahm Mark in meine Arme, genauso wie ich Ben oder Philip getröstet hätte.

»Und das ist noch nicht alles«, sagte er nach einem Augenblick. »Sie haben das hier an die Tür genagelt. Charlotte weiß nichts davon.«

Er gab mir ein Stück Papier, das er von der Tür gerissen hatte. »Als nächstes ist die rothaarige Hexe dran«, stand drauf.

»Mark, du mußt damit zur Polizei gehen! Das ist ja schrecklich.«

»Ja.« Seine Stimme klang gleichgültig, fast leblos. »Natürlich werden sie die Kugel finden; diejenige, die – die –« Er schwankte und drehte sich um. »Jenny, ich habe eine Entscheidung gefällt. Letzte Nacht, im Stall.«

»Was für eine Entscheidung, Mark? Ich habe nicht den Eindruck, daß du überhaupt –«

»Das ist die einzige Entscheidung, die mir noch *bleibt*. Komisch, daß ich es dir zuerst sage.«

»Noch vor Charlotte?«

»Charlotte ist zu traurig, um vernünftig nachdenken zu können – außerdem hat sie die Drohung, die sie betrifft, nicht gesehen. Ich weiß, daß ich mich richtig entschieden habe.«

»Mark, wovon sprichst du?«

Er blickte mich wieder an und legte mir die Hände auf die Schultern.

»Jedenfalls haben Charlotte und ich auf diese Weise wenig-

stens eine Chance, glücklich zu werden. Wir sind jetzt auch legal miteinander verbunden, und zwischen uns gibt es nichts und niemanden – aber wie lange? Vielleicht noch zehn Jahre. Wir brauchen uns nicht mehr zu verstecken und nach Ausflüchten zu suchen. Das einzige, was zwischen uns und dem Glück liegt, sind ein paar Morgen Land und ein Haufen Cotswold Steine. Mit einem Wort – das Priors-Anwesen.«
Ich starrte ihn an und biß mir auf die Lippe.
»Das ist es nicht wert, Jenny. Ich schaue nicht zu, wie sie unser restliches Leben vernichten. Gott allein weiß, wie viele Jahre wir noch haben – aber es sind bereits zu viele vergeudet. Es gibt schließlich auch andere Plätze, andere Höfe.«
»Aber Priors –«
»Ich habe es tief in mein Herz geschlossen. Du weißt noch am ehesten, wie sehr ich es mag.«
»Wie kannst du dich dann vertreiben lassen?«
»Weil ich es mir nicht leisten kann, zu warten und zuzuschauen, was noch alles passiert, bevor dieses Dorf zufrieden ist mit dem Preis, den ich bezahlt habe.«
»Aber es ist doch nicht das Dorf als Ganzes – es sind nur ein paar verrückte Halbstarke.«
»Auch wenn es nur ein einziger ist. Nein, Jenny. Nein. Das ist es einfach nicht wert. Erinnerst du dich noch an den Tag, als Roger erklärte, er würde mir das Priors-Haus überlassen? Jetzt kann er mir den Gegenwert dafür bezahlen, und ich mache mich auf die Suche nach neuen Weidegründen.«
»Du solltest besser hierbleiben und dich verteidigen, Mark.«
Er legte den Kopf auf eine Seite und sah mich an, während ein kleines, amüsiertes Lächeln seine Lippen umspielte.
»Willst du damit andeuten, daß du das Haus nicht willst, Jenny?«
Stumm starrte ich ihn an. Es war nicht nötig, diese Frage zu beantworten. Mark kannte meine Gefühle diesbezüglich genau; er hatte sie schon immer gekannt.
Während wir uns wortlos in die Arme fielen, schluchzte er auf.

17

Hätten wir jemals einen Beweis dafür gebraucht, daß Wohlwollen ein unabdinglicher Bestandteil für unsere Arbeit war, in diesem schrecklichen Winter spürten wir das jedenfalls zur Genüge.

Es ist schwierig zu sagen, warum ein Gasthaus beliebter ist als ein anderes, denn die »Atmosphäre« läßt sich schwer messen. Es hängt nicht nur vom Wirt ab und wie der die Gäste bedient, sondern von allen Leuten, die ihren Fuß über die Schwelle setzen. Als sogar Goosey Parslow, Nobby Clark und Dutchy Holland nicht mehr im RING auftauchten, war der Schankraum verwaist. Wo früher einmal Wärme und Freundlichkeit regiert hatten, war plötzlich alles still.

Der Anblick war niederschmetternd, und Roger litt mehr darunter als unter irgendeinem anderen Schicksalsschlag der letzten Jahre.

»Du weißt doch, daß sie vermutlich wieder zurückkommen«, hielt ich dagegen.

»Ja, aber nur vermutlich. Und mir fällt plötzlich auf, wie zerbrechlich alles ist.«

Ich tat alles, um ihn aufzuheitern, doch seine Laune besserte sich erst, als bekannt wurde, daß Mrs. Olivers Einbrecher gefaßt worden war und jetzt hinter Schloß und Riegel saß.

Offenbar war ihr Sohn bei ihr eingebrochen, der gewußt hatte, daß sie ihre Ersparnisse in der Polsterung ihres Sessels versteckt hatte. Eigentlich hatte er vorgehabt, einzusteigen, das Geld zu nehmen und wieder zu verschwinden, ohne ihr ein Haar zu krümmen. Aber die Dinge entwickelten sich anders. Noah Dandridge erzählte uns, daß der elende Kerl das Geld nicht wie erwartet in dem Stuhl gefunden und daß ihn seine Mutter dabei überrascht hatte, wie er die Schubladen durchwühlte. Er hatte sie gar nicht umbringen wollen, betonte er der Polizei gegenüber. Aber offensichtlich hatte sie ihn

nicht erkannt und war, wie bereits Richard Fenwick gemutmaßt hatte, aus Angst gestorben.
»Ich danke Gott, daß das aufgeklärt ist«, sagte Roger. »Die Polizei hat ja lange genug gebraucht, um ihn zu finden. Diese Angelegenheit hat uns ja Hunderte von Pfund gekostet.«
»Das Geld hätten wir so und so verloren«, meinte ich. »Unsere Einnahmen sind in diesem Winter schließlich auch noch aus anderen Gründen an einem Tiefpunkt angelangt.«
»Wir sollten kein Geld für ein Haus ausgeben, das viel zu groß ist für uns. Brauchen wir denn das Priors-Anwesen wirklich, Jenny? Und was machen wir mit dem ganzen Land?«
Roger saß mit dem Rücken zu mir an seinem Schreibtisch, während er redete. Doch dann schien er zu spüren, daß ich vor lauter Angst nicht reagieren konnte, und drehte sich zu mir um. Ich starrte ihn wie betäubt an, und als er meinen Gesichtsausdruck sah, mußte er lachen.
»So viel Interesse hast du an dem Haus?«
»Du weißt doch, wie sehr ich es in mein Herz geschlossen habe! Ja, ja, mir ist bekannt, daß das Dach undicht ist und daß in der Küche die Wände schimmeln. Und auch wenn du das Land nicht bebauen willst, so könnten wir doch ein paar Morgen an George Goodson verpachten und für uns wenigstens ein bißchen Gemüse pflanzen. Überleg doch mal, was das für einen Vorteil hätte, Roger! Stell dir vor, wie es wäre, wenn wir zuschauen müßten, wie Fremde dort leben.«
Roger hob seine Hände mit einer Geste, die besagt, ich ergebe mich ja.
»Ist gut, ist gut – ich gebe nach! Wir bestellen einen unabhängigen Gutachter, der soll das Priors-Anwesen schätzen. Wenn die Summe nicht völlig aberwitzig ist, dann sollst du es haben.«
So machten wir es. Mark und Charlotte fanden einen Hof in Somerset, ganz in der Nähe von Huish Episcopi, der ihnen zusagte. Er hieß Paternoster-Hof, und das Wohnhaus stammte noch aus einer Zeit vor der Reformation. Charlotte schwärmte,

daß das Anwesen wunderschön eingebettet in eine Landschaft sei, die weicher und üppiger war als die Gegend bei Collingford. Roger und mir kam es als ein gutes Zeichen vor, daß auch dieses Haus vor Urzeiten einmal Mönchen gehört hatte.

Charlotte war meine beste Freundin gewesen, und ich vermißte sie sehr; aber das Gefühl, das ich hatte, als wir das Priors-Anwesen übernahmen, war unbeschreiblich. Ich schaute in alle Ecken und freute mich, daß ich es nach meinen Ideen gestalten konnte. Lucy entwickelte sich zu einer fähigen Ratgeberin, was die Einrichtung anging, und weil sie ein weitaus besseres Gespür für Farben hatte, unternahmen wir zusammen zahlreiche Einkaufsfahrten nach Oxford.

Weihnachten 1911 waren wir fertig, und das Priors-Haus glänzte wie ein Juwel. Die dunklen, veralteten Möbel hatten wir durch helle Farben und geblümte Stoffe ersetzt. Die besten Stücke hatten wir aufarbeiten lassen, den Rest ausrangiert, und in der Küche stand der allerneueste Gasofen. Roger wollte wissen, ob ich vorhätte, ihn in den Ruin zu treiben. Doch im Grunde seines Herzens war er genauso froh wie wir anderen alle auch, und zur Einweihung wollte er ein großes Fest geben. Verständlicherweise sahen sich Mark und Charlotte noch nicht imstande, nach Collingford zurückzukommen, aber die Gough-Großeltern aus Cheltenham kamen und bewunderten gebührend die Veränderungen, die wir zustande gebracht hatten.

Als es darum ging, wen wir einladen sollten, überlegten wir lange, ob wir die Bollingers dazubitten sollten oder nicht. Sie hatten kein einziges Mal eine freundliche Geste uns gegenüber an den Tag gelegt, aber wir waren auch nicht besonders darauf erpicht gewesen. Andererseits hätten wir es ganz normal gefunden, sie in ihrer Eigenschaft als Graf und Gräfin einzuladen. Inzwischen war zwar eine Reihe von Jahren ins Land gegangen, doch wenn der alte Graf noch leben würde, dann hätte man ihn zu so einem Anlaß auf alle Fälle dazugebeten.

Roger fand, wir sollten die Bollingers wenigstens auffordern. Ich war mir zwar nicht so sicher, aber letztendlich willigte ich ein, weil ich glaubte, daß sie an Weihnachten bestimmt gar nicht in Collingford wären und deswegen absagen würden. Doch ich mußte mich eines Besseren belehren lassen. Die jungen Bollingers ließen ausrichten, daß sie gern kommen würden, und ich sinnierte, wie sie mir wohl im Grunde ihres Herzens gesonnen waren. Glaubten sie das, was man im Dorf behauptete? Nämlich, daß ich mich nur deswegen bei ihrem Onkel eingeschmeichelt hätte, um daraus einen Vorteil zu ziehen? Mir wurde nur allzu deutlich, daß die Ereignisse des Abends, an dem wir in Watersmeet zum Essen eingeladen gewesen waren, diese Auffassung auch noch untermauerten. Auf unserer Party herrschte jedoch überall wohlwollende Liebenswürdigkeit, und es sah so aus, als ob die Schatten der Vergangenheit jetzt endlich verschwinden würden.

Das Haus sah wunderschön aus, Alfred und ich hatten ein prächtiges Buffet vorbereitet, und außerdem erwarteten wir ein Orchester aus Oxford. Mein Kleid war aus Seide, die mit Spitzen besetzt war, und paßte in seinem Blauton hervorragend zu der Saphirkette, die mir Roger zu unserem letzten, einundzwanzigsten Hochzeitstag geschenkt hatte. Er war der auffallendste Mann im ganzen Haus. Seine leicht grauen Schläfen unterstrichen seine Besonderheit noch, und in weißer Krawatte und Frack hatte er schon immer eine gute Figur gemacht. Wir eröffneten den ersten Tanz zusammen, drehten uns in schicklichen Kreisen zum Walzer und lächelten uns gegenseitig glücklich an.

»Ach Roger – findest du nicht, daß unsere Mädchen wunderschön aussehen?« fragte ich mit berechtigtem Stolz.

Ellie trug ein Kleid aus rosenroter Spitze. Ich hatte mir noch den Kopf darüber zerbrochen, ob das Kleid nicht zu übertrieben für sie war, doch jetzt erkannte ich, daß Ellie genau die richtige Wahl getroffen hatte. Es war typisch für sie, daß sie eindeutig wußte, was sie wollte, und daß sie dann ruhig, aber

beständig darauf hinarbeitete, bis sie ihr Ziel erreicht hatte. Sie sah chic und außergewöhnlich aus.
Das schönste Mädchen des ganzen Balls war jedoch eindeutig Lucy. Ihr Kleid bestand aus schaumigem, weißem Tüll, der mit kleinen rosa Rosen übersät und von einer rosafarbenen Seidenschärpe gekrönt war – süß und mädchenhaft wie eine Schale mit Baiser und Eis.
Lord und Lady Bollinger sahen so aus, als würden sie sich amüsieren. Eine ganze Reihe unserer Gäste kümmerte sich darum, daß sie sich wohl fühlten, und Lady Bollinger genoß es sichtlich, mit Roger einen Twostep aufs Parkett zu legen.
Mir gegenüber war sie die Freundlichkeit in Person, gratulierte mir zu dem Haus, lobte das Essen, die Musik und meine Töchter. Sie machte sogar ein Kompliment über mein Kleid. Dennoch war sie nicht die Sorte Frau, mit der ich mich wohl fühlte.
Als sie sich auf den Heimweg machten, schlugen sowohl sie als auch ihr Mann vor, daß wir uns in nächster Zeit doch einmal wieder treffen sollten. Lady Bollinger bestand darauf, daß wir sie in Watersmeet besuchen sollten.
»Vermutlich finden sie das Leben auf dem Land ziemlich stumpfsinnig«, bemerkte Roger, als wir nach der Verabschiedung der Bollingers wieder zu den anderen Gästen zurückgingen.
»Lady Bollinger findet Daddy *phantastisch!*« kicherte Lucy. »Ich habe gehört, wie sie das zu Mrs. Irwin gesagt hat.«
»Das ist ja interessant!« Am nächsten Tag fühlte ich mich ein bißchen flau, als wir in den erstaunlichsten Ecken des Hauses leere Gläser, zerplatzte Luftballons und die Überreste von Schneiderkreide auf dem Fußboden in der Diele vorfanden. Ich war froh, daß wir am Abend zu John und Angela zum Essen eingeladen waren.
»Es war wirklich die *prächtigste* Party«, fuhr Lucy verträumt fort. »Ich habe mich in meinem ganzen Leben noch nie so wohl gefühlt.«

»Und wie hat es dir gefallen, Ellie?« wollte ich wissen.
»Ach, es war ganz schön«, antwortete sie, aber es klang so lauwarm, daß ich den Eindruck hatte, im Grunde wollte sie mich nur nicht verletzen.
»Soviel ich gesehen habe, hast du ja ständig getanzt!«
»Ach, ja«, seufzte sie. »Ich wünschte nur, daß wenigstens einer der jungen Männer hier nicht nur übers Jagen, Schießen und Fischen reden würde. Ich muß sagen, es ermüdet doch ziemlich, wenn man andauernd zustimmen muß, daß nicht gekennzeichneter Stacheldraht natürlich ein Verstoß ist. Oder dazu, daß Lord Branstead eigentlich erhängt gehört, aufs Streckbett gespannt und gevierteilt, weil er die Füchse vergiftet, nur um seine Fasane zu retten. Eines Tages werde ich ihnen vielleicht wirklich sagen, was ich in Wahrheit von der Fuchsjagd halte.«
»Aber Ellie«, sagte Ben mit einer betont süßlichen Verständigkeit, »weißt du denn nicht, daß Füchse so etwas *mögen?«*
Ben war inzwischen fünfzehneinhalb, lang und schlaksig, und wenn er erst einmal seine Pickel los wäre, würde er gut aussehen. Wir alle versicherten ihm, daß das sicher bald passieren würde. In der Zwischenzeit starrte er hoffnungslos in jeden Spiegel und war mal bestürzt, mal gelassen, manchmal sogar überrascht über seine Verwandlung. In der Schule tat er sich leicht – so leicht, daß er seinen Altersgenossen ein Jahr voraus war. Doch der Heimleiter drängte ihn dazu, noch ein Jahr in der sechsten Klasse zu bleiben, um ganz sicher ein Stipendium für Oxford zu bekommen.
Ellie war immer noch begeistert von Somerville. Vor kurzem hatte sie an einem Rhetorikwettbewerb teilgenommen, zu dem das Somerville Parliament von der Arnold Gesellschaft des Balliol College herausgefordert worden war. Ellie hatte zum Thema Frauenstimmrecht gesprochen und erzählte hinterher erleichtert, daß die Unterstützer der Gleichberechtigung im Verhältnis sechsundachtzig zu sechsundzwanzig gewonnen hatten.

Ellie und Roger debattierten immer über Politik. Roger war zeit seines Lebens ein Liberaler gewesen und hatte jeder Erneuerung offen gegenübergestanden. In unserer Umgebung gab es eine ganze Reihe von Leuten, die in ihm einen Verräter sahen – doch was konnte man schon groß von einem Kerl erwarten, der sein Land aufgegeben hatte und ins Gastgewerbe eingestiegen war?
Ellie ging aber noch weiter. Schlagfertig jonglierte sie mit Begriffen wie »ausbeuterische Kapitalisten«, »ausgenutzte Massen« und »Solidarität mit den Arbeitenden«. Ich sah, wie Roger wegen solcher plakativen Ausdrücke zusammenzuckte, doch Ellie meinte es ganz ehrlich. Sie setzte sich flammend für die Rechte der Unterdrückten ein. Manchmal verlor Roger die Geduld mit ihr, aber im großen und ganzen teilte er ihre Auffassung, daß eine Veränderung mehr als gesund wäre. Im Laufe der Jahre würde ihr Urteil bestimmt milder werden, tröstete er sich.
Doch diese Jahre vergingen meiner Ansicht nach nur allzu schnell.
Als Lucy Ende Juli endgültig mit der Schule fertig war, stand auf ihrem Zeugnis: »Lucy ist eine liebenswürdige und beliebte Schülerin, und mit etwas Selbstdisziplin kann sie eine fruchtbare und lohnenswerte häusliche Tätigkeit übernehmen.«
Roger und ich waren uns einig, daß dies im Grunde hieß, Lucy habe während der letzten sechs Jahre an der High-School ihre Zeit vergeudet. Im September ging sie aufs College von Mrs. Brimacombe nach Cheltenham, vermeintlich um die Grundlagen der Büroarbeit zu lernen und um ein bißchen Halbwissen über Kultur anzuhäufen – aber ich hatte so meine Zweifel, ob, wo schon die Oxforder Mädchen High-School versagt hatte, Mrs. Brimacombe etwas erreichen würde.
Lucy mußte im College wohnen, aber natürlich würde sie einen Großteil ihrer Freizeit mit ihren Großeltern verbringen, die eine Straße weiter lebten. Granny hatte jede Menge Pläne geschmiedet. Sie und Goffy kannten ein paar nette Leute in

Cheltenham, sagte sie. Sie würde es sich zur Aufgabe machen, daß Lucy die geeignetsten und passendsten jungen Männer kennenlernte.

»Eigentlich sollte sie aber arbeiten«, sagte ich zu Granny.

»Aber doch sicher nicht die ganze Zeit, oder? Sie muß doch die richtigen Leute kennenlernen, Jenny. Ich kann mich darum kümmern.«

Philip war inzwischen fast elf und lief in diesem Sommer etwas verloren durch die Gegend. Er vermißte Peter und fuhr dann für ein paar Wochen nach Somerset auf den Paternoster-Hof. Amos hatte weniger Freizeit als früher, denn er verbrachte viel Zeit mit Bert und half ihm auf dem kleinen Stück Land, das wir von dem ursprünglichen Besitz des Priors-Anwesens noch behalten hatten.

Aus lauter Langeweile begann Philip in der Küche des Ring of Bells herumzulungern. Weil Alfred stets freigebig mit einem Rest Pastete oder Kuchen war, hatte die Küche schon immer als beliebte Anlaufstelle gedient. Philip begann sich jetzt jedoch stärker zu interessieren, sah Alfred über die Schulter, fragte dies und jenes und trat immer mehr in seine Fußstapfen.

»Wir werden schon noch einen Küchenchef aus ihm machen«, sagte Alfred.

Wie ich es vorausgesagt hatte, kamen unsere Stammgäste nach und nach wieder zurück. Weil Mrs. Earnshawe aus dem Waggon sie irgendwie verärgert hatte, füllte sich unser Schankraum sofort wieder mit Lärm und Rauch, mit lauten Geschichten und mit Gelächter. Ich hatte das Gefühl, daß wir mit diesem Erlebnis noch rechtzeitig an unsere Verwundbarkeit erinnert worden waren.

Lucys Jahr in Cheltenham endete am letzten Julitag, und anschließend sollte sie eigentlich wieder nach Hause kommen, weil ihre Ausbildung beendet war. Roger wollte sie am Bahnhof abholen, aber an dem Morgen, als wir sie erwarteten, kam statt dessen ein Telefonanruf, daß sie nicht abgeholt zu werden bräuchte.

»Ein Freund von mir bringt mich her«, sagte Lucy. »Es ist schon in Ordnung, Mummy – reg dich nicht auf! Granny kennt ihn und findet ihn überaus nett.«
Ich reichte Roger den Hörer, der hilflos stotterte, als er die Nachricht hörte.
»Es ist wirklich *in Ordnung,* Daddy! Ehrlich! Er fährt wunderbar, *sehr* verantwortlich und vorsichtig. Und Granny kennt seine Mutter sehr gut – sie spielen jeden Donnerstag zusammen Bridge –, er ist in Winchester gewesen und ein *vollendeter* Gentleman. Du siehst also, es gibt keinen Grund, sich Sorgen zu machen.«
Roger sorgte sich dennoch. Jeden jungen Mann, der seine Augen auf Lucy geworfen hatte, betrachtete Roger mit äußerstem Argwohn, und das bedeutete für uns ein überaus unruhiges Leben, weil unsere Tochter fast jeden Menschen in Hosen in ihren Bann zog.
Lucy und ihr Begleiter erschienen am Nachmittag. Ihr Freund war ein dunkelhaariger junger Mann mit Namen Nicholas Marchant, der gerade in Cambridge seinen Abschluß gemacht hatte. Er hatte freundliche braune Augen, einen üppigen Bart, angenehmes Auftreten und war wild entschlossen, so lange wie irgend möglich in Lucys Nähe zu verweilen.
Natürlich bat ich ihn zum Tee herein. Roger war höflich, wenn auch ein bißchen kühl, bis sie auf Autos zu sprechen kamen, wo dann seine natürliche Neugier die Oberhand gewann, und daraufhin diskutierten sie den Lagonda bis ins kleinste Detail. Lucy hob mit einem Blick zu mir eine Augenbraue, um auf komische Art und Weise ihre Resignation auszudrücken.
Gerade als Nicholas Marchant sein letztes Examen in Cambridge abgelegt hatte, brachte auch Ellie ihre letzten Prüfungen in Oxford hinter sich. Ihre Noten waren sehr gut, doch während sich Nicholas trotz seiner drittklassigen Noten mit einem »Bachelor of Arts« schmücken durfte, mußte sich Ellie allein mit dem Zeugnis und dem frommen Wunsch zufrieden-

geben, daß irgendwann in der Zukunft vielleicht einmal Gerechtigkeit herrschen würde. Sie wirkte nachdenklich und war sichtlich traurig darüber, daß die Zeit in Oxford sich ihrem Ende näherte. Sie hatte keine klare Vorstellung davon, was sie als nächstes tun wollte, außer daß sie keine Lust hatte zu unterrichten – was jedoch die meisten ihre Altersgenossinnen planten.

In diesem Sommer fuhren wir nach Somerset zu Mark und Charlotte und freuten uns, daß die beiden tatkräftig und zufrieden waren. Sie hatten ein schönes Haus, und Mark wirkte weniger niedergeschlagen als in den ganzen letzten Jahren.

»Du kümmerst dich jetzt an meiner Stelle um das Priors-Haus, nicht wahr?« fragte er mich einmal, als wir zufällig allein waren.

Ich lächelte ihn an. Es war schon merkwürdig, daß ausgerechnet Mark ebenfalls diesen sonderbaren Reiz des Priors-Hauses empfand und nicht Roger, mit dem ich doch sonst alles teilte.

»Darauf kannst du dich verlassen«, meinte ich. »Ich wünschte mir wirklich, ihr würdet uns besuchen. Meinst du, es würde immer noch zu sehr weh tun?«

Er überlegte einen Augenblick.

»Eines Tages«, sagte er. »Eines Tages kommen wir bestimmt.«

Während wir wieder nach Collingford zurückkehrten, blieb Ellie noch dort. Sie hatte sich schon immer gut mit Charlotte vertragen, und ich wußte, daß sie es viel einfacher fand, mit ihr wichtige Dinge zu besprechen als mit mir. Charlotte war eine unabhängige Ratgeberin. Deswegen hatte ich eingewilligt, daß unsere Tochter noch ein bißchen länger dort blieb.

Lucy dagegen konnte es kaum erwarten, endlich wieder zurückzukommen. Eine ganze Reihe dicker Briefe war für sie eingetroffen, seit wir auf dem Paternoster-Hof zu Besuch waren, und ich wußte, daß sie von Nicholas Marchant stammten. Auf dem Heimweg hatten wir im Zug ein Abteil für uns allein und konnten uns daher ungestört miteinander unter-

halten. Ich zog Lucy ein bißchen mit ihrem Verehrer auf, und sie lachte glücklich.
»Er ist ziemlich nett«, meinte sie.
Roger ließ seine Zeitung sinken und starrte sie über den Rand hin an.
»Ich bin mir nicht sicher, ob ich diesem jungen Mann trauen soll«, sagte er.
»Daddy! Wie kannst du nur so etwas Häßliches sagen.«
»Ich bitte dich – was tut er denn schon? Ich halte ihn für einen untätigen Kerl.«
»Das stimmt doch überhaupt nicht! Er schaut sich gerade ein bißchen um und ist auf der Suche nach der richtigen Gelegenheit.«
Roger schnaubte empört. Amüsiert erinnerte ich mich an Großmutters Urteil über ihn. Ein ausschweifender Junge, hatte sie gesagt. Das hat doch keine Zukunft.
»Ich kannte mal einen, der war deinem Nicholas ziemlich ähnlich«, meinte ich unschuldig zu Lucy. »Er ist sogar bis nach Amerika gekommen und hat versucht, in einer Bank an der Wall Street zu arbeiten, aber das hat ihm gar nicht gefallen. Deswegen hat er gelernt, wie man das Land bestellt –«
»Danke, ich habe verstanden«, erwiderte Roger und lächelte unwillkürlich.
»Mummy, du magst Nicholas aber doch, oder?« fragte mich Lucy zu Hause. Sie war mir ins Schlafzimmer gefolgt, hatte sich auf mein Bettende gesetzt und sah mir beim Auspacken zu.
»Ich kenne ihn doch noch gar nicht richtig, oder?« antwortete ich vorsichtig und tastete mich vor. »Er wirkt recht nett. Viel wichtiger ist aber, wie du ihn findest.«
Ich setzte mich auf meine Fersen und sah zu ihr hinauf. Trotz all ihrer kürzlich erworbenen Sicherheit wirkte sie plötzlich sehr verwundbar.
»O ja«, schnaufte sie. »Ich mag ihn sehr gern.«
»Mehr als die anderen?«

»Viel mehr. Viel, viel mehr. Ich liebe ihn, Mummy.«
»Ach Lucy, du kennst ihn doch noch gar nicht richtig.«
Und was, fragte ich mich im stillen, hat das damit zu tun? Was für ein kurzes Gedächtnis Erwachsene manchmal haben.
»Liebt er dich?« fragte ich.
Lucy nickte und lächelte. »Er will mich heiraten. Und sag jetzt nicht, daß ich zu jung bin, denn schließlich warst du achtzehn, als du Daddy geheiratet hast, oder?«
»Im Grunde war ich älter, denn mein Leben verlief längst nicht so behütet wie deines.«
»Ach Mummy«, sie kam auf mich zu, kniete sich neben mich auf den Fußboden und umarmte mich. »Ich weiß, daß ich ihn liebe. Die Leute denken, nur weil ich relativ hübsch bin und nicht so schlau wie Ellie, daß ich flatterhaft und dumm bin, aber das stimmt nicht – überhaupt nicht. Ich will einfach nur Nick heiraten und jede Menge Babys bekommen und ihm treu sein, bis daß der Tod uns scheidet, so wie Daddy und du.«
Ich kämpfte ein paar gerührte und freudige Tränen zurück.
»Wenn er dich wirklich heiraten will«, sagte ich und konzentrierte mich rasch wieder auf das Auspacken. »Dann sollte er sich so schnell wie möglich eine einträgliche Beschäftigung suchen. An deiner Stelle würde ich das Ganze erst dann deinem Vater erzählen, wenn sich Nicholas eine Arbeit mit ordentlicher Zukunft gesucht hat. Es sei denn, er stammt aus einer sehr reichen Familie. Hat er denn ein unabhängiges Einkommen?«
»Leider nicht. Er ist der jüngste von drei Brüdern und kann von zu Hause nicht viel erwarten. Aber das kümmert mich nicht! Wir würden auch in einem kleinen Haus glücklich zusammen sein.«
»Hmm!« Ich hatte so meine Zweifel. Lucys Geschmack tendierte zu einfachen, aber teuren Kleidern, und während sie sich jetzt gerade mit mir unterhielt, packte Izzie für sie die Koffer aus. Mir war aufgefallen, daß Nicholas schnelle Autos und guten Schnaps mochte. »Wie dem auch sei«, meinte ich, »eine Arbeit wäre nicht das schlechteste.«

»Ach, das weiß er schon!« sagte Lucy. »Er ist ja schon dabei, ehrlich.«

Er versuchte es bis zu einem gewissen Maß, und dabei gelang es ihm, eine Stelle in der Universitätsdruckerei aufzutun, die ziemlich verheißungsvoll klang.

»Siehst du«, drängte Lucy voller Freude. »Er ist wirklich schrecklich schlau. Er ist literarisch *sehr* gebildet!«

Ben hatte sein Stipendium in Christ Church bekommen, wollte das große Schlußexamen machen und bereitete sich zur Zeit auf die Zwischenprüfungen vor, welche die erste wichtige Hürde in seinem Studium darstellten.

»Wie findest du Nick?« fragte ich ihn, weil ich viel Wert auf seine Meinung legte.

»Ich mag ihn«, sagte er, und damit besänftigte er meine Zweifel. »Ich glaube es wenigstens«, fügte er hinzu und erweckte sie damit wieder zum Leben. »Ach Mutter, er ist ein netter Kerl, und außerdem ist er verrückt nach Lucy. Vielleicht tut er ihr sehr gut.«

»Klingt da vielleicht eine Spur eines Vorbehalts durch?«

»Na ja, er ist nicht unbedingt meine Kragenweite, aber ich will ihn ja auch nicht heiraten, oder? Ich habe den Eindruck, er sieht in mir den gefährlichen Bolschewiken.«

»Und, bist du auch einer?«

»Daß ich nicht lache! Aber offensichtlich wirke ich auf Nick so. Vermutlich ist er ultra-konservativ, was meinst du?«

»Menschlich oder politisch?«

»Wahrscheinlich beides.«

»Aber du magst ihn trotzdem?«

»Ich glaube, er ist im Grunde gut und freundlich. Ein vernünftiger Kerl. Und ehrlich, ob ich ihn nun mag oder nicht, das zählt doch nun wirklich nicht.«

»Ich schätze deine Meinung über die Menschen.«

»Herzlichen Dank, Madam.« Er strich sich eine Locke aus dem Gesicht, grinste mich an, und ich dachte, daß er seinem Vater sehr ähnlich geworden war.

Nicht nur Nick hatte eine Arbeit gefunden. Ellie war von Charlotte mit nützlichen Informationen überhäuft worden und hatte sich im Hauptquartier der NUWSS in London vorgestellt. Jetzt arbeitete sie für eine Zeitschrift, welche die Frauen einmal pro Woche herausgaben. Sie verdiente einen Hungerlohn, den Roger noch aufbessern mußte, so daß sie wenigstens in einem angesehenen Mädchenheim wohnen konnte – was sie vermutlich ziemlich enttäuschte. Sie hatte sich schon darauf eingestellt, in einer Dachkammer vor sich hin zu darben und für ein großes Ziel zu leiden – doch Roger war unerbittlich. Entweder wohnte sie im Mädchenheim, oder sie durfte überhaupt nicht nach London. Verständnisvoll lenkte Ellie ein.
Rogers Mutter machte sich große Sorgen. Junge Damen lebten nicht in London, weder in einem Heim noch sonstwo; sie wurden auch nicht Mitglied in einer sozialistischen Gesellschaft und arbeiteten Tag und Nacht für eine derart verlorene Sache wie das Frauenstimmrecht. Wie, fragte sie uns, sollte Ellie denn auf diese Weise einen Mann finden?
»Ich glaube nicht, daß sie bereits nach einem Ausschau hält«, antwortete ich. »Ellie hat viel zu tun, und sie ist glücklich. Mir kommt es so vor, als ob ihr das im Augenblick reicht.«
»Na ja, da kann ich ja froh sein, daß Lucy anscheinend mehr Verstand an den Tag legt. Ein Besserer als Nicholas Marchant hätte ihr gar nicht begegnen können. Seine Mutter ist eine gute Freundin von mir, und die Familie hat gute Beziehungen.«
Roger war nicht so glücklich wie alle anderen – doch vermutlich hätte er keinen von Lucys Verehrern gutgeheißen –, ausgenommen vermutlich nur den Prinzen von Wales, der in dieser Zeit auch in Oxford war. Und da Nick jetzt eine geeignete Beschäftigung gefunden hatte, waren Rogers Einwände gegenstandslos geworden. Nick erwies sich als ein durch und durch gut erzogener junger Mann, und er hatte sich Hals über Kopf in Lucy verliebt.

An Weihnachten wurde die Verlobung bekanntgegeben, und am Neujahrsabend wollten wir ein großes, förmliches Essen für die beiden veranstalten.

Das Eßzimmer bei uns im Priors-Haus sah genauso aus, wie ich es mir vorgestellt hatte mit dem schimmernden Tischleinen und den Kristallgläsern. Die Marchants konnten noch soviel auf sich halten, aber bei allem, was heilig war, wollte ich ihnen doch zeigen, daß die Leytons sich auch nicht zu schämen brauchten.

Oberst Marchant, der in Indien gedient hatte, war lang und dünn, hatte eine Adlernase und einen verkniffenen Mund. Ein Mund, der gewohnt war, andere anzuschnauzen und Befehle zu erteilen; ein Mund, der offensichtlich selten lächelte, und voller Mitgefühl dachte ich an die jungen Offiziere, die unter ihm gedient hatten. Mrs. Marchant war drall und umgänglich und wirkte so, als würde ihr Mann sie ziemlich einschüchtern. Das überraschte mich nicht. Ich mußte mich sehr konzentrieren, um mich nicht auch von ihm einschüchtern zu lassen.

Um den langen Tisch herum saßen die Leytons – wir alle sechs, dazu John und Angela mit ihren beiden älteren Töchtern Jessica und Hester. Rechts von Roger saß Mrs. Marchant und der Oberst rechts von mir. Links neben mir saß Dr. Gough – der liebe Goffy, der inzwischen ein hochgeschätzter Freund geworden war –, links neben Roger kam seine inzwischen weißhaarige und bebrillte Mutter, die aber immer noch genauso heftig und energiegeladen war wie eh und je. Und in der Mitte thronten Lucy und Nick und hatten nur Augen für einander.

Wenn zwei oder drei Leytons zusammenhingen, gab es immer etwas zu erzählen, und trotz des grimmigen Oberst Marchant plätscherte die Unterhaltung auch bei diesem Anlaß munter dahin. Ich spürte, daß es ihn eine Menge Überwindung kostete, leutselig zu sein. Aber bis zu dem Augenblick, in dem Goffy Ellie unglücklicherweise nach ihrer Arbeit bei der NUWSS fragte, schlug er sich recht tapfer.

»Du – du bist eine *Suffragette?*« fragte der Oberst, als würde er seinen eigenen Ohren kaum glauben.
Vor meinem imaginären Auge sah ich meine bisher so gelungene Einladung bereits platzen. Ellie holte schon tief Luft, um zu einer entsprechenden Antwort anzusetzen, und in meiner Not warf ich Roger einen hilfesuchenden Blick zu. Er reagierte gekonnt, indem er sofort mit einer lebhaften, aber völlig bedeutungslosen Aufzählung von Ausstellungen begann, die wir kürzlich in Oxford besucht hatten. Damit hatte er die Situation gerettet.
Lange vor Mitternacht gingen wir in die Diele, und dort wurde rechtzeitig Champagner serviert, um anzustoßen. Als wir dem neuen Paar zugeprostet hatten und den Marchants und den Leytons, schlug die Standuhr zwölfmal, und es war Zeit für einen weiteren Trinkspruch. Alle Gäste erhoben die Gläser.
»Auf 1914«, sagte Roger. »Ein glückliches neues Jahr für euch alle!«
»Frohes neues Jahr«, riefen wir alle ausgelassen und umarmten uns voller unschuldiger Freude. »Frohes neues Jahr! Frohes neues Jahr!«
Alles würde gut werden. Etwas anderes war doch undenkbar, oder? Lucy und Nick würden heiraten, Ben würde in Oxford Furore machen, Ellie würde ihrem guten Stern folgen und die Welt verändern und Philip – tja, Philip würde in die Fußstapfen seines Vaters treten.
Und ich? Ich hatte Roger und unser Priors-Haus. Ich war die glücklichste Frau auf der Welt.
Was mein Glück ein wenig überschattete, war die Tatsache, daß Roger immer mehr in den Kreis der Bollingers mit einbezogen wurde. Aber nicht etwa deswegen, weil er einen der Leute besonders sympathisch gefunden hatte, sondern weil Lord Bollinger ihn einfach immer wieder auf ein Spiel am Abend einlud, und Roger konnte dem nie widerstehen.
»Es ist wirklich völlig harmlos, Jenny«, beruhigte er mich, wenn ich Einwände erhob. »Ich habe dir doch versprochen,

daß ich nie wieder mit hohem Einsatz spiele, und daran habe ich mich auch gehalten. Übrigens laden uns die Bollingers zu ihrer Party zur Feier des Gold Cups ein. Lydia beklagte sich bereits, daß sie dich so lange nicht mehr gesehen hätte.«

Ich lächelte zynisch in mich hinein. Jetzt war es also Lydia? Das war die neueste Entwicklung. Ich machte mir nicht vor, daß die Bollingers auch nur eine unserer Einladungen angenommen hatten, weil die Lady mich hatte sehen wollen; es ging ihr um Roger – und das auch nur deswegen, weil sie sich zu Tode langweilte in Collingford, dessen war ich mir sicher. Roger gegenüber ließ ich nichts von meiner Überzeugung verlauten. Schließlich gab es in dieser Angelegenheit keine Anzeichen, die mich glauben ließen, er würde ihr anders als lauwarm freundlich gesonnen sein. Und ich unterdrückte auch meine Einwände gegen die Spielerei, weil er die Spannung anscheinend brauchte.

Die Hochzeit von Lucy und Nick sollte in der letzten Juliwoche stattfinden. Wunderbar, schrieb Mark – genau zwischen dem Heumachen und der Ernte! Er und Charlotte würden auf alle Fälle kommen. Für mich war das die Krönung der Feierlichkeiten, und mit größter Begeisterung begann ich mit den Vorbereitungen.

Ellie und ihre vier Cousinen sollten die Brautjungfern sein. In unserem Haus wollten wir die Gäste empfangen.

»Oh, es ist so *schön*, zu heiraten!« sagte Lucy, während sie Geschenke öffnete und das Papier in alle vier Winde streute, das die geduldige Izzie dann wieder aufhob. »Es ist so, als hätte man jeden Tag Geburtstag. Das sind jetzt vier Toastwärmer und sechs Keksdosen.«

»Im Grunde braucht jeder Haushalt vier Toastwärmer und sechs Keksdosen«, sagte Roger und lachte Lucy dabei an. »Ganz zu schweigen von den Dutzenden von chinesischen Vasen.«

»Das mit Abstand Fürchterlichste ist dieser Regenschirmhalter in der Form eines Elefantenfußes, den uns Nicks Onkel und Tante geschenkt haben«, beschwerte sich Lucy, wobei es sie richtig schauderte. »So ein monströses Ding habe ich noch nie gesehen. Mummy, kommst du zu meiner Anprobe, bitte? Und könntest du mich unterstützen, wenn ich Miss Ponting erkläre, daß das Kleid noch nicht eng genug sitzt, denn ich will es wirklich eng, eng, eng! Das engste aller engen Kleider.«

Der Tag begann wunderbar. Ich fürchtete, daß ich womöglich losweinen würde, weil meine Tochter heiratet, doch soweit kam es gar nicht, weil sie so unverschämt glücklich war und in ihrem engsten aller engen Kleider so lächerlich kleine Schritte machen mußte; außerdem waren meine allerliebste Charlotte und ihr Mark da, und alle Männer sahen in ihren schwarzen Anzügen wunderbar aus. Ellie war auf ihre eigene Art und Weise wunderschön in ihrem blaßgoldenen Brautjungfernkleid, und ich war glücklich über mein eigenes Kleid und den neuen Hut.

Bei uns im Priors-Haus gab es jede Menge Champagner – und die Tatsache, daß Mark hier war und nicht so wirkte, als würde es ihm etwas ausmachen, daß sein ehemaliges Haus jetzt Roger und mir gehörte, freute mich am allermeisten. Er billigte alle Veränderungen und bewunderte die neuen Farben – dann erging er sich begeistert über die Renovierungen, die er auf dem Paternoster-Hof ausgeführt hatte, was mir das Gefühl gab, daß er inzwischen wirklich von Oxfordshire nach Somerset umgezogen war und es nicht bedauerte.

»Lieber Mark«, sagte ich und gab ihm einen Kuß auf die Wange. »Es ist wirklich merkwürdig, daran zu denken, daß wir vor einer Million Jahren einmal Feinde gewesen sind.«

Dann wurden Reden gehalten – eine witzige von Goffy, eine stockende von Nicks bestem Freund, der blaß vor sich hin schwitzte, und zum Schluß ein kurze, aber sehr anrührende von Nick selbst. Dann war es Zeit für Lucy, die Treppe hinaufzugehen und sich umzuziehen, denn sie wollten den Zug nach London noch erwischen, wo sie die Nacht vor ihrer Fahrt nach Paris am nächsten Tag verbringen wollten.

Als sie die Treppe wieder herunterkam, warf sie ihren Blumenstrauß in die Menge. Weil Ellie sich aber nicht einmal bemühte, ihn aufzufangen, landete er in Jessicas Armen. Jessica war Johns vierzehnjährige Tochter, und alles lachte und klatschte Beifall, und sie wirkte froh über sich selbst. Mir gab es einen richtigen Stich, weil mir plötzlich bewußt wurde, daß Lucy vor noch gar nicht allzu langer Zeit selbst erst vierzehn gewesen war, und ihre Hochzeit war uns unvorstellbar weit weg erschienen.

Wir begleiteten die beiden zum Zug, und während ich neben Roger auf dem Bahnsteig stand, wußte ich, daß er genauso wie ich an unsere Hochzeit dachte.

Nach unserer Rückkehr vom Bahnhof mußte ich mich um die Verwandtschaft kümmern. Außerdem war für ein ausführliches Gespräch mit Charlotte auch noch keine Zeit gewesen.

Plötzlich sehnte ich mich nach Ruhe. Ich schaute in den Garten hinaus und sah, wie er in der sanften Abendsonne leuchtete.

Ich ging hinaus, stand einen Moment lang da, atmete die duftende Sommerluft ein und beobachtete, wie die honiggelben Steine unseres Priors-Hauses im nachlassenden Licht fast grau wirkten. Ich drehte meinen Kopf ein bißchen und entdeckte Ellie und Ben auf einer Holzbank unter einem wilden Jasmin sitzen. Ich verließ die Terrasse und ging zu ihnen hinüber, während der Duft der weißen Blüten in meine Nase drang. Die beiden waren ins Gespräch vertieft.

»War es nicht ein schönes Fest?« rief ich ihnen zu, als ich auf sie zutrat.

Sie wandten sich mir, ohne zu lächeln, zu, einen Moment lang zögerte ich und blieb wie festgewurzelt stehen.

»Was ist los?« fragte ich.

Beide schwiegen.

»Jetzt kommt schon, ihr beiden! Was ist denn Schlimmes passiert?«

Sie sagten immer noch nichts. Dann stand Ben auf und legte

mir einen Arm um die Schulter, schlug wieder den Weg zum Haus zurück ein, und gemeinsam gingen wir an den Blumen vorbei.

»Wir haben gerade über Europa gesprochen, Mutter«, sagte Ben.

»Über Europa? Du meinst wohl das Attentat, oder?« Mir war wieder eingefallen, daß vor kurzem ein Erzherzog umgebracht worden war, und zwar an dem Tag, an dem Lucy zu ihrer letzten Anprobe für ihr Hochzeitskleid gegangen war.

»Was soll's?« meinte ich. »Das kümmert uns doch nicht, oder?«

»Das könnte es schon. Europa ist zur Zeit ein Pulverfaß. Im Grunde ist nur ein einziger Funke nötig.«

Ich dachte, Ben sei vielleicht nur ein bißchen müde. Es war schon richtig, sich darum zu kümmern, was sich um einen herum auf der Welt so tat, aber heute feierten wir eine Hochzeit und keinen Leichenschmaus.

»Dann danke ich Gott für den Kanal«, erwiderte ich ziemlich scharf.

»Die paar Kilometer Wasser retten uns auch nicht.«

»Ben, jetzt doch nicht.« Ellie kam hinter uns her und zog ihn am Ärmel. »Nicht heute.«

»Doch«, widersprach ich ihr und fror plötzlich. »Ich will, daß er ausredet.«

»Wenn Deutschland Frankreich oder Belgien angreift, dann werden wir mit hineingerissen. Es gibt kein Entrinnen.«

Ich blieb stehen und sah Ben an, wie er hier auf dem Weg stand, atmete den Duft der Blumen um uns herum ein und erkannte dahinter das vertrauenerweckende Gemäuer unseres Hauses.

»Was willst du damit sagen, Ben?« fragte ich.

»Daß es Krieg geben wird. Einen Krieg mit Deutschland.«

Es war ganz still im Garten. In der Nähe bellte ein Hund, und auf der anderen Seite des Tals antwortete ihm ein anderer. Und aus dem Haus heraus erklang Gelächter.

18

Wie konnte eine derartige Katastrophe so unbemerkt über uns hereinbrechen? Im nachhinein war es immer sehr einfach, zu sagen, man hätte alles kommen sehen müssen. Wir aber hatten es nicht sehen wollen. Wir wollten unser angenehmes, geordnetes Leben nicht durcheinanderbringen lassen. Selbst wenn wir die Anzeichen gesehen und richtig gedeutet hätten, so hätte doch keiner von uns gewußt, was als nächstes auf uns zukam.

Ben fuhr an diesem Sommerferientag zurück nach Oxford. Er war den ganzen August über in sich gekehrt und gedankenverloren. Vermutlich hätte uns das stutzig machen müssen, aber die Nachricht, daß er sich der ersten Kompanie des vierten Bataillons der Oxfordshire and Buckinghamshire Light Infantry angeschlossen hatte, war wie eine Ohrfeige für uns. Sogar Roger – der normalerweise ein Herz für die abenteuerlustige Jugend hatte – fühlte sich viel zu niedergeschlagen.

»Du hättest wenigstens die Universität zu Ende machen können«, sagte er zu Ben. »Wenn du jetzt unterbrichst, wird nachher alles viel schwieriger für dich.«

»Aber Vater, ich brauche mindestens noch drei Jahre! Für das große Examen braucht man insgesamt über vier Jahre, erinnerst du dich nicht mehr? So lange kann ich doch auf gar keinen Fall warten!«

»Warum willst du denn überhaupt in den Krieg ziehen?« fragte ich. »Du bist kein Soldat. Du kannst nicht einmal einer Fliege was zuleide tun, geschweige denn eine Spinne töten! Und was war mit der vormilitärischen Ausbildung in der Schule? Du hast dich immer nur darüber beschwert, wie sehr du es verabscheust.«

»Ich weiß das alles«, sagte er. »Aber eins ist doch klar, Mutter. Deutschland rüstet bereits seit Jahren auf. Wer behauptet, an Weihnachten sei alles vorbei, macht sich doch nur lächerlich. Deutschland ist arrogant und unterjocht die anderen, und das kann man doch nicht einfach so hinnehmen. Außerdem habe ich die vormilitärische Ausbildung damals mit einem sehr guten Zertifikat A abgeschlossen.«

Izzie war wütend und klapperte in der Küche mit den Töpfen. »Zertifikat A, Zertifikat A – was heißt das schon? Er kann noch so ein gutes Zeugnis haben. Sie sollten es ihm einfach verbieten, Mrs. Leyton.«

Aber es war bereits zu spät, um Ben noch aufzuhalten, und ich mußte zugeben, daß sein Anblick in der Uniform mich mit Stolz erfüllte.

Nach Lucys Hochzeit war Ellie sofort wieder nach London zurückgekehrt und hatte sich bei der Organisation gemeldet, die für die Soldaten an den Bahnhöfen Tee kochte. Die ersten Krankenhauszüge aus Mons trafen schon nach ein paar Wochen ein. Ellie schrieb Berichte, die uns unter die Haut gingen, über den Humor und die Tapferkeit der Männer; über den Jungen mit dem Verband über einem Auge, der gesagt hatte, daß er glücklich sei, solange er noch so hübsche Mädchen wie Ellie sehen konnte; und von dem graugesichtigen Mann mit den blutleeren Lippen, der gelächelt und heiser in einem nördlichen Dialekt geflüstert hatte: »Das war vielleicht ein kurzer Krieg, das kann man wohl sagen.«

Angesichts solcher Schicksale waren unsere eigenen Probleme unbedeutend, aber irgendwie mußten wir trotzdem damit fertig werden. Fast über Nacht gab es eine ungeheure Nachfrage nach unseren Betten. Es waren jede Menge Menschen unterwegs durch das Land. In ländlichen Gebieten, wo noch nie ein Soldat aufgetaucht war, wurden Soldatencamps errichtet, und imposante Häuser wurden in Hospitäler verwandelt. Überall waren auf einmal Fremde, und unsere Hotels waren gefragt. Während wir anfangs noch mit dem Zustrom fertig wurden, so gestaltete sich das langsam immer schwieriger, weil uns viele unserer gut ausgebildeten Leute verließen. Bald mußten wir jeden nehmen, der den Besen schwingen oder ein Bett machen konnte.

»Die Hinkenden, die Lahmen und die Blinden«, murmelte Roger mir einmal voller Mitleid zu, als er zusah, wie die arme, alte Gimpy Gower mit einem Tablett Gläser durch das Eßzimmer hinkte und bei jedem Schritt etwas verschüttete.

Ende März 1915 war es unsere kleinste Sorge, daß die Gäste mit Bier überschüttet würden, denn Ben war mit seinem Bataillon auf der anderen Seite des Kanals, nach Ploegstreert Wood verlegt worden. Er schrieb lustige Briefe, in denen er die Gefahr und die Unbill herunterspielte.

Aus dem *Oxford Chronicle* erfuhren wir vom Gasangriff in Ypres und davon, daß die erste Kompanie des vierten Bataillons mit Gasmasken ausgerüstet worden sei. Die ständig wachsende Liste der Opfer erzählte ihre eigene Geschichte. Weil Alfred dem RING OF BELLS den Rücken kehrte, um als Koch zu den Soldaten zu gehen (ach, diese glücklichen Soldaten!), mußte ich meine alten Pflichten in der Küche wieder aufnehmen, denn sonst wäre ich vor lauter Sorge um Ben wahrscheinlich verrückt geworden.

Mit der Zeit wurden die Nahrungsmittel knapp, und nur mit Hilfe meiner gesamten Erfindungsgabe konnte ich sicherstellen, daß wir auch ohne Luxuszutaten vernünftige Speisen anbieten konnten. Überall tauchten Plakate auf, die zum Sparen aufriefen, und denjenigen, die immer noch ihren Champagner schlürften und nach Zigarren, Kaviar und geräuchertem Lachs verlangten, wurde vorgeworfen, daß sie dem deutschen Kaiser in die Hände arbeiteten. Roger entwickelte sich zum Gärtner, bearbeitete die wenigen Quadratmeter Boden, die uns vom Priors-Anwesen noch geblieben waren, und war genauso stolz wie alle anderen im Dorf auch, wenn er frisches Gemüse ernten konnte.

Watersmeet wurde in ein Krankenhaus umgewandelt, und viele Patienten spazierten in ihren hellblauen Uniformen auf Krücken oder an Stöcken durch das Dorf. Ich unterhielt mich mit einem von ihnen, der erst vor kurzem aus Flandern zurückgekommen war.

»In den Gräben herrscht die reinste Hölle«, sagte er, ohne zu wissen, daß mein Sohn dort ist. »Wir waren halb begraben im Schlamm – all meine Kameraden sind umgekommen. Ich war der einzige, der lebend herausgekommen ist. Ich hätte nicht mehr damit gerechnet, daß mir das gelingen würde.«

Nacht für Nacht, wenn ich schlaflos dalag, gingen mir seine Worte durch den Kopf, und ich machte mir Sorgen wegen Ben. Es kam vor, daß ich todmüde sofort eingeschlafen war und um drei Uhr wieder von Sorgen gequält aufwachte und einfach nicht wieder einschlafen konnte – da half weder beten noch der dreiundzwanzigste Psalm, noch nachdenken darüber, wie man Rüben oder Pastinaken anders zubereiten könnte, und auch nicht die Gedanken über die Zukunft meines Enkels. Lucy erwartete nämlich im November ihr Kind.

Was war das für eine Welt, in die das arme Kind da hineingeboren wurde, dachte ich. Nick war immer noch zu Hause, widerstand den Aufforderungen, sich freiwillig zu melden, und mußte sich von seinem Vater vorwerfen lassen, er würde sich Zeit lassen, bis Lucy sicher das Baby zur Welt gebracht hatte. Doch gleichzeitig litt er schrecklich unter den Blicken seiner Mitmenschen.

Der arme Nick! Sein Entschluß, bei Lucy zu bleiben, war das tapferste, was er hatte tun könnten, denn im Grunde war er der konformistischste und konservativste Patriot, den man sich überhaupt denken konnte. Sein Vater schrieb ihm wütende Briefe, die Nick tief verletzten, doch nachdem Lucy eine kleine Tochter zur Welt gebracht hatte, waren alle Verleumdungen und Andeutungen vergessen – das kleine Ding war rosig und weiß und gesund, genau wie seine Mutter.

Jetzt konnte Nick nichts mehr davon abhalten, »sich den Truppen anzuschließen«, wie es auf den Plakaten hieß – als wäre das nur eine Sache von ein paar Momenten. Es klang so, als würde er die Freiheit besitzen, je nach Lust und Laune wieder etwas anderes zu machen. Nick ging zu den Worcesters, dem alten Regiment seines Vaters, sonnte sich im Beifall der alten Haudegen, was vielleicht in gewisser Weise ein Trost war, denn auch er wurde nach einer kurzen Ausbildung in den Schlamm und ins Elend nach Flandern geschickt.

»Sollte Ben nicht mal einen kurzen Heimaturlaub bekommen?« fragte ich Roger, als das Jahr 1915 sich seinem Ende neigte.

»Hm?« Er drehte sich um und blickte mich schuldbewußt an. Ich hatte ihn dabei überrascht, wie er in den Spiegel gestarrt hatte – und das nicht zum ersten Mal. Dabei erinnerte er mich an Ben, als der sich mit fünfzehn ständig wegen seiner Pickel Sorgen gemacht hatte.

»Ich meinte, langsam könnte Ben ja mal auf Heimaturlaub kommen. Jetzt ist er schon über ein Jahr weg.«

»Wie die Zeit vergeht«, antwortete Roger abwesend.

Nachdem Nick nicht mehr in Collingford war, zogen Lucy und ihr Baby, das zwar Elizabeth getauft worden war, aber immer nur Beth genannt wurde, wieder bei uns im Priors-Haus ein. Ihr kleines Haus in Oxford wurde einem älteren Arzt vom Radcliffe Krankenhaus vermietet, und traurig ging mir durch den Sinn, wie aufgeregt Lucy und Nick das Haus gemeinsam eingerichtet hatten.

Sie tat sich schwer, das Haus zurückzulassen, aber es war vernünftiger, wenn sie nach Hause kam, und ich hoffte, daß Roger sich über ihre Anwesenheit freuen würde. In letzter Zeit war er oft so still – fast mürrisch, was gar nicht zu ihm paßte, auch wenn er sich quälte.

Am nächsten Tag traf ich ihn wieder dabei an, wie er sich im Spiegel betrachtete, während er sich über seinen langsam grau werdenden Schnurrbart strich und die Stirn runzelte.

»Sag mal ernsthaft«, meinte er, »sehe ich wie fünfzig aus?«

»Ja«, antwortete ich ohne Umschweife – was aber nicht der Wahrheit entsprach, denn die viele Gartenarbeit hatte ihn schlanker gemacht, außerdem hatte er auch noch eine gute Farbe bekommen, und er hatte kein Gramm Fett zuviel. »Liebling, sag bloß, du überlegst, ob du dich auch freiwillig melden sollst.«

»Ich fühle mich so nutzlos«, sagte er traurig. »Sogar Bollinger ist weg.«
»Aber doch sicherlich nur an irgendeinem trostlosen Schreibtisch im Heeresministerium! Außerdem ist er jünger als du.«
»Man sieht es ihm aber gar nicht an!«
Beleidigt ging er davon, und ich schaute ihm verärgert hinterher.
Auch Hugh Bainbridge meldete sich freiwillig, und für ihn sprang auf Watersmeet ein ältlicher Mann ein. Für Lady Bollinger war das anscheinend Grund genug, zu jeder Tages- und Nachtzeit nach Roger zu schicken, der sich dann mit allen möglichen häuslichen Problemen abzugeben hatte. Roger erzählte, daß sie eine eigens für sie geschneiderte Schwesternuniform zu tragen pflegte, daß sie aber weiter nichts tat, außer ständig huldvolle Bemerkungen an die verletzten Männer zu verteilen. Eine zähe, kleine Schwester aus Schottland und ein paar überarbeitete Krankenschwestern versorgten die Verletzten und verrichteten die ganze Arbeit; weil aber Lady Bollinger ihr Haus zur Verfügung gestellt hatte, hatte ich den Eindruck, es würde sich für mich nicht schicken, ihr übelzunehmen, daß sie andauernd über Rogers Zeit verfügte.
Anfangs reagierte er noch gutmütig darauf und half ihr bei ihren Problemen mit den Pächtern und den verpachteten Feldern. Doch im Laufe der Zeit wurde Roger ein bißchen weniger gefügig.
»Du bist vielleicht dumm«, sagte ich zu ihm. »Warum sagst du ihr das beim nächsten Mal nicht ins Gesicht?«
»Das ist leichter gesagt als getan. Es ist ziemlich schwierig, bestimmt aufzutreten, wenn sie dasitzt und so beseelt wie eine Florence Nightingale dreinschaut.«
»Ich finde, du bist viel zu freundlich«, meinte ich.
Ich war mir ziemlich sicher, daß an der ganzen Angelegenheit nicht mehr dran war, auch wenn ich niemals ehrlich zugegeben hätte, daß ich mich über die viele Zeit ärgerte, die er in Watersmeet verbrachte.

Eines Abends, als Roger sich nach einem harten Tag im Garten und einem heißen Bad gerade mit einem Glas Whisky vor dem Kamin ausruhte, klingelte das Telefon.

Es war Lady Bollinger.

»Es ist ein Notfall«, sagte sie zu mir. »Ich verabscheue es, Roger zu belästigen, aber ich wäre ihm so dankbar, wenn er kommen könnte – glauben Sie mir, ich rufe nur an, weil ein wirklicher Notfall vorliegt.«

Ich schnitt eine Grimasse zu Roger hin, der mir von der anderen Seite des Raumes aus zuhörte.

»Er ist ziemlich müde«, meinte ich.

»Meine Liebe, sind wir das nicht *alle?* Ich meine, wir haben Krieg, nicht wahr? Da muß man schon einmal eine kleine Mühe zusätzlich auf sich nehmen. Manchmal kommt es mir so vor, als würde ich die Anspannung kaum mehr aushalten – all diese armen, kranken, tapferen Männer!«

»Vielleicht sprechen Sie besser mit ihm persönlich«, meinte ich dann resigniert.

Es ging aus, wie ich es mir gedacht hatte. Er sagte, er würde gleich nach dem Abendessen kommen. Ich war ein wenig schmallippig, und je weiter der Abend voranschritt, ohne daß er aus Watersmeet zurückkam, desto schlechter wurde meine Laune.

»Immer noch auf?« sagte er überrascht, als er endlich kam und mich unten am Kamin antraf, wo ich seine Hemden ausbesserte. Ich legte die Arbeit weg und starrte ihn an.

»Und was für ein Notfall hat dich bis so spät in die Nacht noch aufgehalten?« Mir kam es so vor, als würde er an der Türschwelle ein bißchen schwanken.

»Ich hoffe doch, du bist nicht ärgerlich, oder? Lydia hat eine Art *Nervenzusammenbruch* gehabt. Das Ganze geht ihr wohl doch ziemlich nah.«

»Na ja, solange du ihr nicht zu nah kommst.«

Einen kurzen Augenblick lang sah er mich verblüfft und erstaunt an, und dann konnte er sich vor Lachen kaum halten.

»Jenny Leyton, du hast mich zutiefst erschreckt, das kann man wohl sagen! Was hast du bloß für eine unanständige Phantasie! Ich möchte nicht wissen, was deine arme, alte Großmutter dazu gesagt hätte.«

»Meine arme, liebe Großmutter hätte wahrscheinlich mit dem Nudelholz hinter der Tür gestanden und auf dich und diese Lady aus Watersmeet gewartet. Nicht genug, daß ich dich der Dame tagsüber als Ersatzmann leihen muß, jetzt soll es wohl nachts auch so gehen, oder?«

Roger kam zu mir herüber, setzte sich neben mich und lachte immer noch, als er seine Wange an meinen Haaren rieb.

»Ach Jenny, wenn du wüßtest, wie unrecht du mir tust!«

»Ich fresse einen Besen, wenn ich Lydia unrecht tue. Gib doch zu, Roger, sie ist seit Jahren hinter dir her.«

»Hast du etwas dagegen?«

Ich setzte mich aufrecht und stieß ihn weg von mir.

»Natürlich habe ich das, du Ekel! Hör sofort auf zu lachen! Was meinst du, wie ich mich gefühlt habe, als ich stundenlang dasaß und mir Gedanken darüber gemacht habe, was jetzt wohl auf Watersmeet passiert?«

Roger sah mich gedankenverloren durch seine zusammengekniffenen Augen an.

»Du ertappst mich auf frischer Tat«, sagte er. »Ich bin schon ganz still – gestehe alles – und bitte um Gnade. Es wäre gut, wenn du dir alles anhören würdest. Dann würdest du nämlich erfahren, daß andere Frauen meine feineren Charakterzüge und ungewöhnlichen Talente schätzen.«

»Ach ja?«

Roger stand auf, stellte sich auf den Kaminvorleger und sah auf mich herunter, während er die Daumen in die Armlöcher seiner Weste geklemmt hatte.

»Als ich in Watersmeet eintraf«, sagte er, »hatte Lydia, wie ich ja bereits erwähnte, einen *Nervenzusammenbruch* – oder, wie man im Krankenhaus dazu sagt, einen Koller. Die Lady und die schottische Schwester waren kurz davor, sich die Augen auszukratzen, weil sie sich nicht einigen konnten, ob ein Helfer von den dringenden Arbeiten in der Küche abgezogen werden konnte, um Lydias Wasserleitung zu reparieren oder nicht. Aus irgendeinem Grund hatte sich die Toilettenspülung festgefressen, und inzwischen stand bereits das ganze Bad unter Wasser. Nachdem ich zuerst die Schwester beruhigt hatte, bekam ich Mitleid mit dem Küchenfaktotum, füllte Lydia mit Brandy ab und stiefelte dann hinunter, um den Fehler zu finden und das Durcheinander zu beseitigen. Ich habe also alles andere als herumgetrödelt, du süße und argwöhnische Liebe. Die meiste Zeit war ich von einer Rohrzange und einem undichten Wasserbehälter in Beschlag genommen.«

Jetzt mußte ich lachen.

»Das geschieht dir recht«, sagte ich. »Das kommt davon, wenn man immer so *bereitwillig* ist!«

»Lydia war wirklich am Ende. Sie kann die ganzen Gestalten nicht mehr sehen – sie glaubt, daß Gerald sie mehr braucht als die armen, tapferen Jungen in Watersmeet.«

»Na ja, Gott sei Dank.«

Auf Rogers Gesicht lag immer noch ein Lächeln, aber jetzt vor Selbstzufriedenheit.

»Ich muß sagen, es tut meinem alten Ego sehr gut, wenn ich sehe, daß du nach all den Jahren noch so eifersüchtig bist. Fast schade, daß nichts gewesen ist.«

»Sei doch mal ehrlich«, meinte ich. »Ihr hattet doch was miteinander, oder?«

Roger kam wieder zu mir und setzte sich erneut neben mich, dann streichelte er mir zart mit den Fingern über die Wange.

»Sie wäre vielleicht gar nicht so abgeneigt«, meinte er dann endlich. »Aber nur, weil ihr so schrecklich langweilig ist. In ihren Kreisen in London wäre ich doch nichts weiter als der Trottel vom Lande. Aber das brauche ich doch eigentlich nicht noch einmal zu erwähnen, oder, Jenny? Für mich wird es nie eine andere geben – nie. Das kannst du mir glauben.«

»Ich glaube dir«, sagte ich und gab ihm einen Kuß.

Dann grämte sich Roger wieder über seine, wie er es nannte, Nutzlosigkeit, obwohl er nicht nur unsere eigenen Hotels mit Gemüse versorgte, sondern noch dazu die beiden Krankenhäuser in Oxford.

»Es gibt nichts, was ein älterer Mann tun könnte«, sagte er. »Schon ist ein jüngerer da. Amos hat heute wunderbare Arbeit geleistet. Er ist ein guter, starker Junge.«

»Das finde ich auch. Und *er* redete auch davon, daß er sich vielleicht freiwillig melden will.«

»Aber er ist doch noch nicht einmal vierzehn.«

»Das ist auch nicht verrückter, als wenn ein Mann in deinem Alter so tut, als könne er ebenso einrücken wie ein Dreißigjähriger.«

Roger starrte mich an und schwieg.

Ein paar Tage später kam er von einem Besuch in Oxford zurück und stürzte sich ohne ein Wort und verdrießlicher als je zuvor auf die Arbeit. Auch wenn er von seinem Körper her nicht so aussah wie ein Mann in den mittleren Jahren, so konnte ich mir nur zusammenreimen, daß es ihm vermutlich nicht gelungen war, die Leute von der Rekrutierungsstelle dazu zu bewegen, ihn noch auf die Freiwilligenliste zu nehmen.

Sowohl die NUWSS als auch die WSPU hatten den Kampf um das Frauenwahlrecht für die Kriegsdauer ausgesetzt, und mit einem Mal hatte Ellie keine Arbeit mehr. Ein paar Monate half sie in den Teeküchen, aber das genügte ihr nicht, und 1915 bekamen wir einen Brief, in dem sie uns mitteilte, daß sie zur Probe als Schwester in einem Krankenhaus in Paddington eingestellt worden sei.

»Das gefällt mir nicht«, sagte Roger gereizt. »Allein die Vorstellung, daß sie jetzt all die schrecklichen Dinge tut, die Schwestern eben tun müssen.«

»Unsinn!« fuhr ihm seine Mutter über den Mund. Sie war auf ein paar Tage bei uns zu Besuch, um ihre Urenkeltochter kennenzulernen. Goffys Klinik war in ein Militärhospital umgewandelt worden, und er hatte jetzt mehr zu tun als je zuvor. Sie selbst bedauerte es, daß sie schon so alt sei, ansonsten hätte sie sich auch als Schwester ausbilden lassen. Das war die einzige Arbeit, die zur Zeit gebraucht wurde.

Im Frühjahr 1916 war Ellie mit ihrer Ausbildung fertig und meldete sich freiwillig nach Frankreich. Ben lag immer noch in den Gräben in und um Hebuterne, wurde immer mal wieder zur Erholung privat in Courcelles einquartiert, mußte dann aber erneut an die Front zurück.

»Er *muß* doch endlich mal Heimaturlaub bekommen«, sagten wir uns, als das Jahr 1916 stetig voranschritt.

Wenn man die Listen der Verwundeten sah, konnte einem angst und bange werden. Es gab fast keinen Sonntag, an dem ich mich nicht vor dem Kirchgang fürchtete, denn fast jedesmal hörten wir von einem Jungen aus Collingford, der entweder gestorben oder verwundet worden war. Reverend Chalmers erwies sich als der tapferste Mann, den ich jemals getroffen hatte. Denn am Tag, als er erfahren hatte, daß sein einziger Sohn an der Somme gefallen war, hielt eine einfache und bewegende Rede.

Eines Tages stand ich in der Tür des RING OF BELLS, und während ich die Straße hinunterschaute, sah ich den Telegrammjungen mit dem Fahrrad um die Ecke biegen und auf mich zuhalten.

Ich hatte das Gefühl, als sei alles Blut aus meinem Körper gewichen, als hätte man mir das Herz, die Lungen und alle Organe in meinem Inneren herausgerissen und als sei stattdessen ein einziger schwerer Eisblock an deren Stelle getreten. Stumm sah ich zu, wie er pfeifend immer näher kam; und als er an mir vorbeigefahren war, schloß ich die Augen vor lauter Dankbarkeit, als er um die Ecke bog und auf ein anderes Haus zusteuerte, das neben dem RING OF BELLS am Dorfanger lag. Gott sei Dank, dachte ich; oh, Gott sei Dank! Dann ging ich ins Haus, begrub meinen Kopf in den Armen und weinte für mich in meinem Büro, weil der Krieg mich schon so weit gebracht hatte, daß ich froh darüber war, wenn der Sohn einer anderen Mutter gestorben war, und nicht Ben.

In diesem Sommer zog Lucy die Hosen an und verrichtete die Landarbeiten. Wir hatten immer noch drei Pferde, der Lieferwagen aber war von der Armee in Beschlag genommen worden, und Lucy hatte die Pflicht übernommen, sich um sie zu kümmern. Ihre zarte Haut wurde vom Wetter gegerbt, und ihre Hände waren im Nu rauh wie Sandpapier. Lucy kümmerte sich auch um unsere Kühe – eine Aufgabe, die bereits im Sommer recht hart war, im Winter jedoch grausam, wenn die Fenster sogar innen vereisten und ihre Stiefel über zugefrorene Pfützen im Hof auf dem Weg zum Kuhstall knirschten.

Izzie kümmerte sich um das Baby. Izzie kümmerte sich um alles und jeden, nur nicht um Amos, der sich um sie sorgte. Zu Kriegsbeginn war Bert wieder zur Marine gegangen, und Izzie nahm seine Abfahrt resigniert zur Kenntnis. Sie beobachtete Amos ständig ängstlich aus dem Augenwinkel, weil sie wußte, daß er sich auch danach sehnte, zu gehen.

Amos war ein großer, stämmiger Kerl, der viel älter als Philip wirkte, obwohl beide gleich alt waren. Philip war immer noch ein übermütiger Schuljunge, der kleine Fähnchen auf eine Karte steckte und der befürchtete, der Krieg könnte vorbei sein, bevor er womöglich alt genug für das Königlich Britische Fliegerkorps war. Er und Peter wollten sich zum erstbesten Augenblick melden, und Philip war neidisch, weil Peter schon fast soweit war. Er würde an Weihnachten siebzehn werden.

Währenddessen half Philip in den Ferien im RING OF BELLS. Längst ging es nicht mehr darum, ihm etwas zu tun zu geben, um ihm einen Gefallen zu erweisen. Wenn er in der Küche auftauchte, dann bedeutete das ein zusätzliches Paar Hände, und ich schwankte, ob ich seinen dringenden Bitten nicht nachgeben und ihm gestatten sollte, daß er die Schule verließ, um den ganzen Tag über zu helfen.

»Wenn du die Schule nicht fertig machst, dann hast du keine Chance beim Fliegerkorps«, sagte Roger.

Meinetwegen hätte er ruhig mit der Schule aufhören können, wenn das eine Garantie dafür gewesen wäre, daß er nicht zum Militär geht. Doch im Grunde meines Herzens wußte ich, daß ich unlogisch war. Natürlich mußte er weiter zur Schule gehen. Der Krieg würde nicht ewig dauern, und es war wichtig, daß er auf die Welt vorbereitet war, die herrschen würde, wenn das alles vorbei war, ganz egal, wie weit entfernt und unwirklich uns diese Welt jetzt vorkam.

Im Dezember 1916 erschien sie uns jedenfalls ungeheuerlich weit weg. In Verdun wurde nun schon seit Februar gekämpft; es hatte bereits eine ganze Reihe Zeppelinüberfälle gegeben; Kitchener war ertrunken, als sein Schiff auf eine Mine gelaufen war; seit der Schlacht von Jütland hatte England an Selbstvertrauen auch auf dem Wasser eingebüßt. Ben befand sich seit achtzehn Monaten in Belgien oder Frankreich, war fast andauernd im Gefecht, und seine Überlebenschancen verringerten sich von Tag zu Tag.

Dann plötzlich hieß es, er würde zu Weihnachten nach Hause kommen. Weihnachten zu Hause! Diese Nachricht hallte von den Mauern unseres Hauses wider, und unsere Herzen wurden leichter – bis Izzie das Telegramm bekam. Berts Schiff war in der Nordsee mit Mann und Maus gesunken, es gab keine Überlebenden.

Falls Izzie weinte, dann jedenfalls so, daß ich es nicht zu Gesicht bekam. Sie verrichtete ihre Arbeit mit einer Art wütendem Zorn, während sie Amos mit ihren schwarz umrandeten Augen noch verzweifelter anschaute.

Dann hieß es wieder, daß Ben und Ellie gemeinsam heimkommen würden, aber das war nur ein Wunschtraum, und wir erhielten keine Bestätigung. Es wäre wunderschön gewesen, sie alle an Weihnachten zu Hause zu haben, aber andererseits, sagte ich mir, war es vielleicht auch besser so – zuerst Ben und dann Ellie. Auf diese Weise konnten wir unsere Freude besser

verteilen, und wenn Ben wieder an der Front war, konnten wir uns immer noch auf etwas freuen.
Aber als sein Zug dann endlich einrollte und er auf dem Bahnsteig auf uns zukam, schaffte ich es nicht, an seine Abreise zu denken. Ich überlegte, ob er schon immer so groß gewesen war. Oder wirkte er nur größer, weil er dünner war? Sein Gesicht war blaß und hatte die letzten Reste seiner jungenhaft runden Wangen verloren. Er sah hager aus und zum Umfallen müde.
John Leyton war wütend, weil er sich freiwillig zur Armee gemeldet hatte, aber immer noch an einem Schreibtisch in Whitehall schmachtete. Er war auch auf Heimaturlaub, und er und Angela und ihre Angehörigen kamen uns am Weihnachtsfeiertag besuchen.
Unsere Feier war ausgesprochen lustig. Ben lächelte und machte Witzchen, neckte seine Cousins, spielte mit uns Scharade und ließ kein Wort über das Leben auf der anderen Seite des Ärmelkanals verlauten. Sogar wenn man ihn direkt fragte, wich er aus. »Nicht besonders angenehm«, meinte er zum Stellungskrieg, und »ziemlich großartig« nannte er die Stimmung der ganz normalen Soldaten.
»Wie kommst du denn mit den Franzosen zurecht?« fragte ihn Angela.
»Ach, ziemlich großartig«, antwortete er.
Ob er wohl Lucy mehr erzählte? Vielleicht – vielleicht auch nicht, denn was konnte er einem Mädchen schon Tröstendes sagen, deren Mann an der Front kämpfte! Es war schade, daß Ellie nicht da war, denn mit der hatte er immer reden können – und konnte es auch noch, wie wir erfuhren, denn er hatte einen »ziemlich großartigen« Tag mit ihr kurz vor seiner Heimreise verbracht.
Alles ging so schnell. Ben ging viel zu Fuß, jagte Kaninchen, spielte mit Beth und half Lucy mit den Pferden. Und manchmal saß er einfach nur da und starrte in die Luft.
»Ich hätte nie gedacht, daß zehn Tage so schnell vorbeigehen

können«, sagte Lucy am Vorabend seiner Abreise, und in ihren Augen schimmerte so etwas wie Verzweiflung.
»Ja, es ist wirklich ziemlich schnell gegangen«, nickte er und lächelte höflich. Ich wartete nur noch darauf, daß er wie ein gut erzogener, kleiner Junge sagen würde: »Vielen Dank, daß ich hiersein durfte.«
»Solange du dich wohl fühlst«, meinte Roger.
»O ja, vielen Dank. Es war ziemlich großartig.«
»Hast du das Gefühl, er *hat* sich wohl gefühlt?« fragte ich Roger, als wir an diesem Abend zu Bett gingen.
»Natürlich.«
»Findest du ihn denn nicht ein bißchen schwierig?« fragte ich. »So weit weg. Als wären wir Fremde, zu denen er höflich sein muß.«
»Wir sind Fremde«, antwortete Roger nach kurzem Nachdenken. »Wahrscheinlich kommt ihm unser Leben reichlich unwirklich vor. Das Leben draußen ist das, was für ihn zählt.«
»Aber wir lieben ihn doch so!«
»Das weiß er auch. Vielleicht will er uns einfach nur nicht zu nah kommen, weil er Angst hat, daß er sonst das Leben an der Front nicht mehr erträgt.«
Ich konnte nicht einschlafen. Ich hörte, wie die Standuhr in der Diele Mitternacht schlug, halb eins und dann eins, aber ich war immer noch wach.
Ich beschloß, mir etwas Warmes zu trinken zu machen, schlüpfte vorsichtig aus dem Bett und stahl mich aus dem Zimmer.
Der Flur war hell erleuchtet, weil der Vollmond durch die hohen Fenster oberhalb der Treppe leuchtete. Ich brauchte das Licht gar nicht anzumachen, um mich zurechtzufinden. Als ich an Bens Zimmer vorbeikam, sah ich, daß ein Lichtschein darunter hervorkam.
Also konnte er auch nicht schlafen.
Ich zögerte einen Augenblick, denn klopfte ich an und steckte meinen Kopf in sein Zimmer.

»Ich wollte mir gerade eine Tasse Kakao machen«, sagte ich. »Möchtest du auch welchen haben?«

»Hmm?« Er saß vollständig angezogen in einem Lehnstuhl mit dem Rücken zur Tür und drehte sich auf meine Worte hin mit einem Ausdruck höflichen Fragens auf dem Gesicht zu mir.

»Ich dachte, du möchtest vielleicht ein bißchen Kakao«, wiederholte ich.

»Danke – aber ich glaube, ich bleibe hierbei.« Er hob eine Flasche hoch, die auf einem kleinen Tisch neben ihm stand. Es war Rogers bester Kognak. »Willst du was davon? Es gibt auch noch ein zweites Glas.«

Ich zögerte, weil ich nicht wirklich Lust auf Kognak hatte; aber irgend etwas lag in der Luft, und ich hatte das Gefühl, wenn ich jetzt das Zimmer wieder verließe, dann wäre jede Chance zu einem Gespräch mit Ben vertan.

»Vielleicht ja doch«, sagte ich, trat in sein Zimmer und griff nach einem Stuhl. »Aber warum läßt du das Feuer so herunterbrennen, Ben, man erfriert ja beinahe hier drin.«

»Tatsächlich?« meinte er und wirkte überrascht. Er stand auf, legte Kohlen nach, stocherte mit dem Schürhaken so lange, bis die Flammen wieder aufloderten, goß ein bißchen Kognak in ein zweites Glas und reichte es mir.

»Ich habe nicht viel getrunken«, verteidigte er sich.

»Stimmt«, nickte ich. Er wirkte völlig ruhig und ganz und gar nüchtern.

»Aber irgendwie«, fuhr er fort, als hätte ich nichts gesagt, »ist mir so, als könnte ich die ganze Flasche austrinken, ohne irgend etwas zu spüren. Ich wünschte, das Gegenteil wäre der Fall. Ich wünschte mir wirklich, es wäre ...«

Seine Stimme wurde immer leiser.

»Ben«, setzte ich an. »Ben.«

Ich beugte mich nach vorne und hielt mein Glas fest umfaßt. Ich wußte nicht, wie ich das in Worte fassen sollte, was mir so auf dem Herzen lag, und wußte nur, daß die Sekunden unvermeidlich wie Sandkörner in einer Eieruhr dahinrannen.

»Wir kommen dir hier sicherlich ziemlich weit weg vor – weit entfernt von dem Leben, das du in Frankreich führst, meine ich. Ist dir bewußt, daß du überhaupt nichts erzählt hast?«
Ben schwieg einen Moment, schwenkte das Kognakglas, und sein Gesicht wirkte plötzlich viel älter.
»Eigentlich hatte ich schon darüber sprechen wollen«, sagte er dann. »Auf dem Weg hierher dachte ich – ich muß versuchen, euch klarzumachen, wie es ist. Aber irgendwie, als ich euch dann alle hier so gesehen habe, genauso wie immer und völlig unberührt vom dem da draußen, da sind mir einfach die Worte weggeblieben. Ich wußte überhaupt nicht, wo ich anfangen sollte.«
»Ich habe mich mit einem Feldwebel unterhalten«, sagte ich. »Er war Patient in Watersmeet. Ich denke andauernd an dich, Ben. Und es stimmt nicht, daß wir hier nichts mitbekommen.«
»Unsinn! Du kannst dir nicht einmal *in Ansätzen* vorstellen, wie es ist!« Seine Stimme klang ärgerlich, doch dann schaute er mich sofort zerknirscht an. »Es tut mir leid, Mutter. Ich weiß, ich bin gereizt. Ich würde alles in der Welt dafür geben, wenn ich meine akademische Laufbahn wieder aufnehmen könnte. Aber das ist natürlich nicht möglich, und selbst wenn, dann würde ich das wahrscheinlich nicht machen. Denn ich glaube immer noch, daß wir Deutschland aufhalten müssen.«
»Ben, du unternimmst aber nichts furchtbar Tapferes und Dummes, einverstanden?«
Er mußte lachen.
»Nur per Zufall. Du weißt, ich bin kein guter Soldat. Ach, ich stehe diese Unbill durch wie jeder andere auch – vielleicht ist das Leben in einem englischen Internat die beste Vorbereitung für die Schützengräben, die es gibt! Aber wenn es darum geht, andere zu töten ...«
Ben verstummte wieder, und mir kam in den Sinn, daß es immer er gewesen war, der den Fuchs bemitleidete, wenn die Jagdgesellschaft mit lautem Geheul losgestürmt war.

»Es muß unbeschreibbar schrecklich sein«, meinte ich.
»Ja«, stimmte er hölzern zu.
Zwischen uns stand jetzt wieder diese undurchdringliche Glasscheibe.
»Welchen Eindruck hattest du von Ellie, als du sie gesehen hast?« wollte ich wissen. »Ich meine, welchen ehrlichen Eindruck. Und«, fügte ich noch hinzu, »wenn du noch einmal ›wirklich großartig‹ sagst, dann kann ich für nichts mehr garantieren!«
»Ellie?« Ben lächelte dankbar, als sei er froh, daß ich die Unterhaltung auf ein anderes Thema gelenkt hatte. »Es geht ihr gut. Sie ist dünn und blaß und überarbeitet wie jede Krankenschwester, aber in mitreißender Verfassung.«
»Exaltiert?«
Ben schwieg, wurde wieder ernst und schien jedes Wort aufs genaueste abzuwägen.
»Sie ist verliebt, Mutter«, sagte er dann endlich. »Schrecklich verliebt. Schrecklich«, wiederholte er, als wäre er selbst überrascht, daß er dieses Wort benutzt hatte und daß er es ständig wiederholte.
»In wen?« fragte ich. »Hast du ihn kennengelernt?«
»Ja, habe ich. Wir haben zu dritt zu Abend gegessen. Er ist Kapitän in Lincolnshire und war verwundet. Sie hat ihn gepflegt.«
»Was ist er für ein Mensch?«
»Oh – ein ziemlich großartiger –«
»Ben!«
»Entschuldige. Er ist um die Dreißig, vielleicht ein bißchen älter. Bräunliche Haare und graue Augen. Sehr intelligent und schlau. Humorvoll. Belesen. Und ganz versessen auf Ellie.«
»Das klingt ja fast perfekt!«
»Es gibt nur einen kleinen Makel. Er muß an die Front zurück. Und das ist alles andere als perfekt.«
»Ach, meine arme Kleine«, flüsterte ich und litt mit Ellie.
»Wenn sie sich schon verliebt, dann macht sie keine halben

Sachen, nicht wahr? Wie schade, daß sie Weihnachten nicht nach Hause kommen konnte.«
»Ja, da hast du wohl recht«, meinte Ben mit seiner höflichen Stimme. »Mutter – ich bin mir nicht völlig sicher, ob du das alles überhaupt wissen sollst.«
»Ich bin dir trotzdem dankbar dafür.«
»Ich wollte nicht zurückfahren, ohne – ich meine, wenn ihm irgendwas passiert und wenn mir etwas zustößt, dann hättest du womöglich gar nicht verstanden, wie ernst ihr das alles ist.«
Jetzt hatte Ben seine distanzierte Art wieder abgelegt. Er litt auch wegen Ellie, doch für einen Moment hatte ich die Gedanken an meine Tochter beiseite geschoben und konzentrierte mich nur auf das, was er gesagt hatte. Seine Stimme hatte derart nüchtern geklungen, als er die Möglichkeit erwähnt hatte, daß ihm etwas passieren könnte, daß mich die volle Bedeutung seiner Aussage erst eine Zehntelsekunde später erreichte. Ich schluckte heftig und versuchte, den Gedanken wegzuschieben. Aber im Grunde ging mir ja genau das seit fast zwei Jahren andauernd durch den Kopf.
»Aber jetzt ist sie doch glücklich?«
»Strahlend«, antwortete Ben und grinste mich an, und wir beide dachten daran, wie strahlend Ellie sein konnte.
»Wie heißt er?«
»Lawrence Durward.«
»Und jetzt ist er fast wieder gesund? Oder liegt er sogar schon wieder im Schützengraben?«
»Noch nicht ganz. Er ist noch ein paar Tage in Paris, bevor es wieder losgeht.«
Wir schwiegen eine ganze Weile. Dann legte Ben schnell noch etwas Kohle nach.
»Ellie ist bei ihm, nicht wahr?« Das war keine wirkliche Frage. Plötzlich wußte ich, warum sie im letzten Moment doch nicht nach Hause hatte kommen können.
Ben atmete langsam aus und lehnte sich in seinen Sessel zurück.

»Ja, es stimmt, Ellie ist bei ihm. Bist du ihr jetzt deswegen böse? Ihr ist der Entschluß ziemlich schwer gefallen.«

»Nein, böse bin ich nicht. Ich kann mir gut vorstellen, wie hin- und hergerissen sie war.«

Ich dachte an meine einfühlsame, mutige Ellie, die verliebt war und momentan der Tatsache ins Auge blicken mußte, daß die wenigen Tage jetzt womöglich alles sein würden, was sie jemals von ihrem Lawrence hätte. »Ich verurteile sie deswegen nicht«, meinte ich. »Wie könnte ich so etwas tun?«

»Vielleicht solltest du Dad gegenüber besser nichts erwähnen«, sagte Ben.

»Er würde sofort mit einer Peitsche über den Kanal stürmen, oder?«

»Und damit würde er keinem etwas nützen. Lawrence ist kein verdorbener Verführer, das kannst du mir glauben. Er liebt Ellie wirklich.«

»Möglich ist alles«, meinte ich, und als ich an sie dachte, standen mir plötzlich die Tränen in den Augen. Ach Gott – warum habe ich bloß früher nie geglaubt, daß man so viel weinen kann?

»Lucy hat wirklich Glück gehabt, nicht wahr?« sagte Ben. »Ich hätte nie gedacht, daß sie diese harte Arbeit durchhält. Und ich bin so froh, daß ich Beth gesehen habe.«

Ich nickte und lächelte. Da geht er nun also wieder – und geht stillschweigend davon aus, daß dieser Besuch möglicherweise seine einzige Chance gewesen ist. Plötzlich fühlte ich mich erschöpft, jegliche Kraftreserve, die ich noch gehabt hatte, war völlig geleert, und die Uhr auf dem Kaminsims zeigte bereits halb drei.

»Wir müssen jetzt beide versuchen, ein bißchen zu schlafen«, sagte ich. »Du hast morgen eine lange Reise vor dir, und auf mich wartet viel Arbeit.« Dennoch erhob ich mich langsam, weil ich Ben nur widerwillig verließ. »Ich bin so froh, daß wir ein paar Worte miteinander gewechselt haben.«

Er stand auch auf, sah mich an und spielte nervös mit dem leeren Glas in der Hand.
»Kannst du jetzt schlafen?« fragte er mich.
Ich nickte und streckte mich, um ihm einen Kuß zu geben.
»Gute Nacht, mein Lieber. Gott schütze dich.«
Ich ging zur Tür, und er folgte mir unbeholfen, als gäbe es noch eine letzte Sache, die er loswerden wollte.
»Mutter«, sagte er, als ich schon fast zur Tür hinaus war. »Vielen Dank.«
Gott im Himmel, dachte ich. Jetzt bedankt er sich wirklich dafür, daß er hiersein darf!
Ich ging schnell aus dem Zimmer, bevor er sehen konnte, daß ich schon wieder weinte, und als sein Zug am nächsten Tag aus dem Bahnhof rollte, brachte ich sogar ein Lächeln zustande. Wenigstens für ein oder zwei Tage ist er sicher. So lange brauchte er, bis er wieder die Schützengräben erreicht hatte. Noch brauchte ich mir keine Sorgen zu machen.
Eines hatte Bens Abfahrt uns jedoch recht klar vor Augen geführt. Wie auch immer dieser Krieg ausging – wie viele Männer zurückkamen und wie lebhaft sich die Daheimgebliebenen das Leben an der Front vorstellten –, es würde immer eine unüberbrückbare Kluft zwischen den Männern geben, die im Schützengraben gelegen hatten, und denen, die nicht an der Front gewesen waren.

19

Alle Gedanken reichten immer nur bis zum Kriegsende. Lucy, die noch vor kurzem ein gutgelauntes, sorgenfreies Schulmädchen gewesen war, wurde blaß und verstummte und wollte ganz untypischerweise lieber allein anstatt mit Freunden zusammensein. Sie wirkte so, als könnte sie sich nur allein darauf konzentrieren, Nick am Leben zu erhalten. Ich konnte sie verstehen.

Peter war inzwischen beim Fliegerkorps und absolvierte seine Grundausbildung. Wir hatten ihn eine Zeitlang nicht mehr gesehen, und jetzt erschien er mir völlig verändert. Er war schon immer voller Selbstvertrauen gewesen. Aber jetzt, wo er in der begehrten Uniform steckte, begann er plötzlich unablässig aufzuschneiden und zu prahlen. Er benutzte nur noch Ausdrücke aus der Fliegersprache, und Philip hing bewundernd an seinen Lippen.

»Fliegen ist überhaupt nicht so, wie ich es mir vorgestellt habe«, erklärte Peter. »Ich hatte immer gedacht, es sei so ein Gefühl wie Schweben, als wäre man ein riesiger Adler mit enorm weiten Schwingen. Aber weit gefehlt. Beim Fliegen gerät einfach die Erde aus deinem Sichtfeld.«

Mich schauderte.

»Ich verstehe überhaupt nicht, daß du so etwas machen kannst!«

»Bist du auch schon allein geflogen?« wollte Philip wissen.

»Ja sicher! Am Anfang fühlst du dich ein bißchen einsam, doch wenn du dich dran gewöhnt hast, ist es wirklich prächtig. Der Leiter meinte, ich sei ein Naturtalent.«

»Du bist vielleicht ein Glückspilz«, beneidete ihn Philip.

Ich verkniff mir eine Bemerkung darüber, daß die Lebensdauer eines durchschnittlichen Piloten zur Zeit eher in Tagen als in Wochen gemessen wurde. In den zerbrechlichen Flugzeugen über den feindlichen Linien kamen so viele Flieger um, daß man inzwischen schon kaum ausgebildete junge Burschen in die Luft schickte.

»Was gibt es Neues von deinem Vater?« fragte ich Peter.

»Er wirbelt von früh bis spät, weil er den Hof fast allein und ohne Hilfe bewirtschaftet. Er hatte sich freiwillig zur Armee gemeldet, aber da wollten sie ihn nicht. Dann haben sie ihm im Ministerium gesagt, daß Leute, die Nahrungsmittel anbauen, genauso gebraucht werden.«

»Stimmt ja auch«, pflichtete ich bei.

»Das ist ja alles schön und gut«, warf Lucy düster ein. »Aber man hat nicht das Gefühl dazuzugehören.«

»Arme Schwester«, bedauerte Philip sie.
Ich sah Lucy an. Sie war gerade von draußen hereingekommen und rieb sich jetzt ihre kalten Finger an dem winzigen Feuer. Sie trug eine merkwürdige Kombination von Kleidungsstücken gegen die Kälte, eine Lage über der anderen. Niemand hätte geglaubt, daß darunter ein so hübsches Mädchen von dreiundzwanzig Jahren steckte.
Wahrscheinlich fühlt sie sich so, als hätte das Leben eine Pause eingelegt, ging mir durch den Kopf. Im Frieden wäre sie eine junge, verheiratete Frau, die mit ihren Freunden unterwegs wäre und die sich um ihr Zuhause und die Familie kümmern würde. Als alleinstehende Frau im Krieg konnte sie höchstens von der Barmherzigkeit und Kameradschaft der anderen profitieren.
»Ich habe eine Idee«, sagte ich plötzlich. »Lucy, was hältst du davon, wenn wir uns einen Tag freinehmen? Peter und Philip kümmern sich um die Tiere, und Izzie freut sich bestimmt, wenn sie Beth bekommt. Wir machen uns einen schönen Tag in Oxford und kaufen uns was Neues zum Anziehen.«
Lucys Miene hellte sich ein bißchen auf, und mir erschien die Idee, mal einen Tag aus dem Trott herauszukommen, auch recht verlockend. Es fiel uns auf, daß die Straßen von Oxford voller olivgrüner Uniformen waren anstelle der schwarzen Universitäts-Talare von vor dem Krieg. Doch andererseits leuchtete eine schwache Sonne, und mir kam es so vor, als würde sich Oxford im Grunde nicht verändern. Wir genossen wie immer die zeitlose Schönheit der Stadt, und ein paar kurze Augenblicke lang vergaßen wir die Sorgen, die uns das Leben so schwer machten.
Ich konnte Lucy nicht dazu bringen, viel zu kaufen. Sie sagte, ihre ganze Brautausstattung sei noch tadellos erhalten, und wenn sie jetzt etwas Neues kaufen würde, sei das gänzlich unpatriotisch. Trotzdem erstand sie einen Hut, und ich wagte mich an ein hübsches, grünes Kostüm.
Beim Mittagessen kam Lucy mit dem Vorschlag, ins Kino zu gehen.

»Ich habe da ein Plakat in der Stadt gesehen«, fügte sie hinzu. »In dem Film spielt dieser Chaplin mit. Da gehen wir jetzt hin, Mutter! Er soll wirklich sehr gut sein.«
»Meinst du wirklich, wir sollten das machen?« fragte ich zweifelnd. Wenn überhaupt, dann sollte ich doch eigentlich mit Roger dort hingehen. Ich empfand es reichlich gewagt, einfach so in ein Kino zu gehen; aber Lucy machte seit langem einmal wieder einen gutgelaunten Eindruck, und nachdem ich kurz darüber nachgedacht hatte, kam mir die Idee gar nicht mehr so schrecklich vor.
Der Film hieß »Shanghaied«, und wir amüsierten uns köstlich. Charlie Chaplin spielte hervorragend. Ich atmete auf, als ich hörte, wie Lucy neben mir über den Hauptdarsteller lachte, der auf seinem Schiff bei enormem Seegang darauf wartete, bei Tisch etwas vorgesetzt zu bekommen. Der Film endete mit einem furiosen Pianoschlußakkord.
Die Zeitung nannte den Film Flucht in eine Phantasiewelt, wahrscheinlich auch deswegen, weil wir für einen kurzen Augenblick in eine Welt eintauchten, in der es keinen Krieg gab. Von da an machten uns Lucy und ich immer mal wieder nach Witney auf, wo es ein Kino gab, das Volkspalast hieß. Wir schauten uns Theda Bara an, Pearl White und Lillian Gish. Wir lachten über die Keystones und schmolzen dahin wegen Douglas Fairbanks. Alles existierte nur in der Phantasie, und das war uns sehr wohl bewußt. Aber es half uns ein bißchen.
Der Krieg auf dem Meer bescherte den Amerikanern und den anderen Verbündeten eine Reihe von Verlusten, und im April schlugen sie sich endgültig auf unsere Seite. Es gab uns Engländern einen erheblichen Auftrieb, weil wir jetzt von neuen und schlagkräftigen Truppen unterstützt wurden. Ellie schrieb, daß die amerikanischen Soldaten neben unseren abgehalfterten Tommies wie überirdische Wesen wirkten.
»Jetzt kann es nicht mehr lange dauern«, sagten wir uns. »Ganz bestimmt nicht mehr lang.«

Ben war immer noch unverletzt, ebenso Nick – auch wenn Lucy erzählte, daß Colonel Marchant jede Nacht darum betete, daß er das Viktoriakreuz erhalten möge. Von Zeit zu Zeit fuhr Lucy nach Cheltenham, um ein paar Tage mit ihren Schwiegereltern zusammenzusein. Sie kam jedesmal voller angestauter Wut und Enttäuschung zurück.

»Der Colonel ist so versessen auf diese Anerkennung, daß es ihm vermutlich noch nicht einmal etwas ausmachen würde, wenn sie posthum verliehen würde«, beklagte sich Lucy verbittert. »Er behauptet, er würde sich um Nick sorgen, aber im Grunde zählen nur seine eigene Ehre und sein Ruhm. Wenn ich dort bin, muß ich mir die ganze Zeit nur auf die Zunge beißen.«

»Sie sind eben alle Helden«, meinte ich. »Sogar der Allerletzte, ganz egal, ob mit oder ohne Orden.«

Andererseits erfüllte es mich mit Stolz, daß Ben für das Militärverdienstkreuz vorgeschlagen worden war, auch wenn ich zuerst empört reagiert hatte.

»Ich habe ihm doch *eingeschärft,* daß er vorsichtig sein soll«, erregte ich mich. »Er ist so ein ungehorsamer Junge! Er hört überhaupt nicht auf mich.«

Zur gleichen Zeit wurde Nick im Kriegsbericht lobend erwähnt. In den Augen seines Vaters war das ein zweitklassiges Verdienst, ja fast schon eine Schande, und Lucy erzählte, daß nur ihre Anwesenheit den Colonel davon abgehalten hatte, Nicks Foto an die Wand zu werfen. In diesem Moment jedoch hatte sich Mrs. Marchant auf einmal ihrem Mann widersetzt und behauptet, daß er ein Sohn sei, auf den man stolz sein könne, ein guter, tapferer Junge!

In einem Brief an Ellie hatte ich nebenbei erwähnt, daß Ben mir von Lawrence Durward berichtet hatte und daß ich hoffte, es würde ihm gutgehen. Sie antwortete, sie sei froh, daß wir von seiner Existenz wüßten. Sie habe eigentlich selbst von ihm schreiben wollen, doch dann habe sie gehofft, wir würden uns von Angesicht zu Angesicht sehen und daß sie dann ihre

Gefühle ihm gegenüber schildern könnte. Sie liebte ihn, und nach dem Krieg wollten sie heiraten. Im großen und ganzen ginge es ihm gut, meinte sie; und danach erwähnte sie ihn nur hin und wieder, entweder weil sie einen wunderschönen Brief von ihm bekommen oder weil sie schon ewig lange nichts mehr von ihm gehört hatte.

Ich war erleichtert, als ich erfuhr, daß Bens Bataillon im Juli für sechzehn Tage von der Front zu verstärkten Übungen abgezogen wurde. Doch dann dämmerte mir, daß das ja eigentlich nur einen erneuten Vorstoß zur Folge haben konnte.

»Wenigstens ist Peter immer noch in England«, meinte ich zu Roger. »Und Nick hat Heimaturlaub bekommen, ist das nicht wunderbar?«

Seine ernste Miene verzog sich zu einem Lächeln.

»Lucy ist so aufgeregt. Wir müssen sie davor wieder auf den Boden der Tatsachen zurückholen, sonst fliegt sie höher als Peter. Stimmt es, daß sie Nick in London abholen will?«

»Ja. Sie wollen zwei Nächte dort bleiben, dann hierher kommen, um Beth mitzunehmen und mit ihr zu den Marchants zu fahren.«

Lucy lief singend durchs Haus und steckte uns alle mit ihrer guten Laune an. Lloyd Georges Koalitionsregierung war an der Macht; Winston Churchill saß im Kriegsministerium; die Amerikaner schickten immer mehr Truppen herüber, und die Sonne schien. Ben war hinter der Front bei seinem Training. Für ein paar Wochen konnte ich aufhören, mir Sorgen zu machen.

Lucy fuhr nach London, sah wieder aus wie früher und hatte die wollenen Schichten abgelegt, aber die Woche war so kurz – sogar mir kam es so vor, als wären sie im Handumdrehen wieder aus Cheltenham zurück. Lucy und Nick hatten vermutlich den Eindruck, daß alles kaum wahr gewesen war.

Ich lag neben Roger, blickte in die Dunkelheit und war starr vor lauter Trauer.

»Was hast du, Liebling?« fragte er und zog mich an sich.

»Ach Roger«, schluchzte ich an seiner Brust. »Ich kann es fast nicht mehr aushalten! Lucy und Nick zählen jede Minute, die sie miteinander verbringen können – und Ellie weiß, daß der Mann, den sie liebt, in ständiger Gefahr schwebt, und Ben, dem jede Sekunde ein Greuel ist. Erinnerst du dich noch, wie er als kleiner Junge über den Tanzbären geweint hat, der hier vorbeigekommen ist? Er konnte es nicht ertragen, was das arme Ding aushalten muß! Sie tun mir so leid, Roger – sie tun mir so leid!«
Roger schwieg eine Weile, drückte mich nur an sich und strich mir über die Haare.
»Das glaube ich dir gern«, sagte er mit einer kleinen Stimme, die fast nur noch ein Seufzer war.
»Aber es ist so schwer, hier zu sitzen und sie leiden zu sehen!«
»Das heißt doch nicht, daß wir gleichgültig sein sollen. Weiß der Himmel, ich würde mein Leben sofort hergeben, wenn das eine Lösung bringen würde. Ich sage doch nur, Jenny, daß wir das Leben annehmen müssen, so wie es ist, und nicht jede Minute des Tages dagegen angehen so wie du. Sie müssen ihr eigenes Leid ertragen, genauso wie ihre Liebe und Freude. Du machst dich nur selbst fertig, wenn du versuchst, alle ihre Gefühle selbst nachzuempfinden.«
Ich atmete tief aus und versuchte, mich zu entspannen.
»Natürlich hast du recht. Ich zwinge mich ja schon dazu, ein bißchen ruhiger zu werden.«
Noch bevor die Woche zu Ende war, kam Peter zu Besuch und sagte, daß er jetzt nach Frankreich aufbrechen würde.
Bevor Mark und Charlotte das Priors-Anwesen verkauft hatten, war Peter für uns fast wie eines unserer Kinder gewesen. Mir ging es auch jetzt noch so, obwohl mich seine aufgeblasene Selbstzufriedenheit amüsierte und verärgerte. Trotzdem empfand ich sehr viel für ihn. Er war so unglaublich jung und so stolz darauf, daß er dem Fliegerkorps angehörte. Am meisten betraf Peters Aufbruch nach Frankreich aber Izzie, weil sie sich viele Jahre genauso hingebungsvoll um ihn gekümmert hatte wie um Amos.

»Ich habe dir das hier mitgebracht, Master Peter«, sagte sie und wickelte einen wollenen Kopfschützer aus, den sie selbst gestrickt hatte, und verstaute ihn in seinem Kleidersack. »Es ist kalt dort oben. Zieh ihn immer an – ich weiß, wie heikel du mit Kleidungsstücken bist und daß du dich nie darum kümmerst, daß man sich manchmal warm anziehen muß. Jetzt sei ein guter Junge, Izzie zuliebe, und mach keinen Unsinn.«

»Du bist ein Engel, liebe Izzie, ich werde die Mütze immer tragen«, bedankte sich Peter und zwinkerte Philip versteckt zu. »Und immer wenn ich hineinschlüpfe, werde ich an dich denken.«

Peter beugte sich zu Izzie hinunter, um ihr einen Kuß auf die Wange zu geben, und sie ließ es mit zusammengepreßten Lippen über sich ergehen.

»Liebes, altes Mädchen«, murmelte er, nachdem sie gegangen war. »Ich bin überrascht, daß sie sich nicht noch mal umgedreht hat, um mir zu sagen, wie verrückt die Fliegerei ist.«

»Wenn Gott wollte, daß du fliegst«, sagte Philip, wobei er Izzies Stimme nachahmte, »dann hätte er dir schon Flügel wachsen lassen.«

»Du bist als nächster dran, alter Knabe«, nickte Peter ihm zu und rückte vor dem Spiegel an der Wand seine Uniformmütze zurecht.

»Es wird längst vorbei sein, noch bevor Philip alt genug ist«, erwiderte ich rasch.

Philip schnitt eine Grimasse zu Peter hin.

»Vielleicht hat sie ja recht, du weißt ja – ich bin erst sechzehn. Ich muß noch ein Jahr in die Schule gehen, bevor ich mich melden kann.«

»Zu schade, alter Knabe.« Peter grinste sich selbst im Spiegel an. »Na ja, ich mach' mich besser auf die Socken, sonst verpasse ich noch den Zug.«

Ende Juli begann die dritte Schlacht bei Ypres. Das war also der Angriffsschlag, für den Ben und sein Bataillon einen ganzen Monat lang trainiert hatten.

Eines Morgens im August, als Roger bereits in den Red Lion aufgebrochen war und ich gerade ins Ring of Bells hinübergehen wollte, sah ich durch das Fenster, wie der Telegrafenjunge die Straße herunterkam. Es war der Anblick, den ich schon so oft in meinen Gedanken durchgespielt hatte. Ich hatte mir immer überlegt, wie ich wohl reagieren würde. Jetzt wußte ich es; ich stand einfach nur da und sah ihm zu, ohne irgend etwas dabei zu empfinden. Ich konnte mich weder bewegen noch etwas denken.

Ich sah, wie Lucy durch den Hof kam, um den Jungen abzufangen, dann verschwand sie aus meinem Blickfeld, während sie auf die Haustür zukam und den Umschlag aufriß. Ich konnte mich immer noch nicht bewegen.

»Mutter.« Hinter mir erklang ihre Stimme, die seltsam erstickt und fremd klang, und mit einer ungeheuren Anstrengung drehte ich meinen Kopf zu ihr.

Sie kam auf mich zu und umarmte mich.

»Mutter, es ist Ben.«

Ich nahm ihr das Telegramm ab, starrte darauf und versuchte zu lesen, was da stand.

»Wir bedauern, Ihnen mitteilen zu müssen ... Kommandant Roger Benjamin Leyton ... wird vermißt und ist wahrscheinlich nicht mehr am Leben.«

»Vermißt«, sagte ich und zog das Wort in die Länge. »Nur vermißt. Das heißt, es besteht noch Hoffnung.«

»Natürlich gibt es Hoffnung«, nickte Lucy. »Da drüben muß ja ein schreckliches Durcheinander herrschen.«

Ellie schrieb dasselbe in einem Brief. Manchmal war ich mir ganz sicher, daß er noch lebte. Und dann wieder hätte ich schwören können, er sei längst tot. Den ganzen Spätsommer über und auch während des wunderschönen, goldenen Herbstes schwankte ich zwischen Hoffnung und Verzweiflung.

Zur gleichen Zeit lief Amos von zu Hause weg und ging zur Seefahrt. Er war zwar erst sechzehn, doch weil er so groß und stark aussah, konnte er gut und gern für siebzehn durchgehen.

»Er braucht doch deine Erlaubnis, Izzie«, reagierte ich, als sie mit versteinertem Gesicht zu mir kam, um mir mitzuteilen, daß er gegangen war. »Hol ihn wieder zurück.«
»Er war fest entschlossen«, sie zuckte resigniert mit den Schultern. »Nachdem Bert verschollen ist, hat sich Amos dazu entschlossen. Ich habe ihm so und so oft gesagt, immer und immer wieder –« Izzie drehte sich um, weil sie ihre Tränen vor mir verbergen wollte, und verstummte.
An einem feuchten Oktoberabend, als Roger, Lucy und ich gerade zu Abend gegessen hatten, saßen wir noch einen Moment im kleinen Salon. Nachdem Amos uns verlassen hatte, war Izzie wieder ins Priors-Haus zurückgekommen, teils aus wirtschaftlichen Gründen und zum Teil, weil sie sonst so viel allein war. Ich hörte, wie sie das Eßzimmer hinter uns aufräumte. Lucy schrieb Nick einen Brief, Roger las Zeitung und schüttelte dabei den Kopf, und ich strickte und war mit den Gedanken ganz woanders.
Plötzlich hörte ich Porzellan zerschellen und dann Izzie überrascht aufschreien. Die Tür zwischen unserem Salon und der Diele ging auf, wir alle hoben den Kopf und sahen eine schmächtigen Gestalt in einem feuchten, dunkelblauen Overall hereinkommen.
»Ellie!« rief ich und sprang von meinem Stuhl auf.
Wir drei redeten auf einmal los, zogen sie ins Zimmer und in die Nähe des Feuers, umarmten sie und zogen ihr die nassen Sachen aus. Es dauerte eine ganze Minute, bis mir klar wurde, daß sie selbst noch kein Wort gesprochen hatte.
»Liebes Kind, warum hast du denn nicht vom Bahnhof aus angerufen?« fragte Roger. »Warum um alles in der Welt hast du nicht gesagt, daß du kommst?«
Ellie beantwortete seine Frage nicht, sah uns nur an. Ihr Gesicht war ein kleines, weißes Dreieck unter einem Turm dunkler Haare, die hervorgequollen waren, als sie den Hut abgenommen hatte. Sie schaute mich an, und ihre großen Augen waren völlig leer vor lauter Elend. Dann stürzte sie

sich auf mich und schluchzte, als würde es ihr das Herz zerreißen.

»Ist es Lawrence?« fragte ich.

Ellie nickte und unterdrückte ihre Schluchzer.

»Ich habe ihm immer noch geschrieben. Ich wußte es ja nicht. Sie haben mir nichts gesagt, weil ich ja nicht direkt mit ihm verwandt war – seine Eltern haben es natürlich erfahren, aber ich nicht. Und jetzt sind alle Briefe wieder zurückgekommen.«

Roger zog Ellie hoch und trug sie zu seinem Lehnstuhl, wo er sie auf seinen Knien wie ein Baby hin- und herwiegte. Lucy kniete neben ihnen beiden, und über ihre Wangen rannen stumme Tränen. Ich ging hinaus, um für Ellie etwas Warmes zu essen und zu trinken zu holen, und lehnte mich einen Moment lang mit geschlossenen Augen an die Tür hinter mir. Gab es denn gar kein Ende?

Ich merkte, wie Izzie etwas zu mir sagte.

»Es tut mir leid, Madam. Aber ich bin so erschrocken, als ich sie da gesehen habe, wo ich doch gar niemanden erwartet hatte, wissen Sie. Sie hat ausgesehen wie ein Geist! Ich habe einen der besten Teller kaputtgemacht, nicht wahr? Es ist immer dasselbe. Viele sind jetzt nicht mehr übrig.«

»Das spielt keine Rolle, Izzie. Machen Sie sich keine Sorgen. Ist noch ein bißchen Suppe übrig?«

»Ich habe sie schon auf den Herd gestellt und kümmere mich auch gleich um das Bett. Sie wird mehr als eine Wärmflasche brauchen, so wie sie aussieht: spitz, nicht wahr – die Arme! Zum Glück habe ich in ihrem Kamin schon Holz aufgeschichtet – jetzt brauche ich nur noch ein Streichholz dranhalten.«

Oh, diese unschätzbare Izzie! Wäre es doch nur möglich, mit Wärmflaschen, Feuer und weichen Betten die Wunden zu heilen, die der Krieg hinterlassen hat.

»Mußt du zurück?« fragte ich Ellie, als sich ihr Besuch dem Ende neigte, der auf Richard Fenwicks dringendes Anraten bereits auf eine Woche ausgedehnt worden war. Er hatte Ellie untersucht und festgestellt, daß sie völlig erschöpft war.

»Ich muß, Mutter. Ich muß einfach wieder los.«
»Na ja«, meinte ich. »Vermutlich weißt du am besten, was du tun mußt.«
»Das heißt doch nicht, daß ich gehen will.«
»Ich verstehe.«
»Ich wünschte, ihr hättet Lawrence kennengelernt!«
»Ben mochte ihn sehr. Und ich bin mir sicher, daß es uns genauso gegangen wäre.«
»Ich wollte ihn so gern mit hierherbringen. Ich habe oft von euch allen erzählt. Er mochte Ben auch.«
»Ellie – wo ist Ben abgeblieben? Ist es verrückt, wenn ich die Hoffnung nicht aufgebe?«
Ellie zuckte hilflos die Schultern.
»Wie kann man die Hoffnung *nicht* sinken lassen?«
Kurz vor Weihnachten kam der Telegrafenjunge noch einmal zu uns, aber diesmal brauchte ich ihm nicht zuzuschauen, wie er auf das Haus zukam. Ich wußte, welche Nachrichten er gebracht hatte, denn als ich in die Küche kam, weinte Izzie in ihre Schürze. Amos.
»Ach Izzie, Izzie!« Ich hielt sie fest, und wir weinten beide.
»Ich habe ja damit gerechnet«, sagte sie wütend, als sie endlich wieder reden konnte. »Das ist jetzt die Strafe.«
»Was um alles in der Welt meinst du denn damit?« fragte ich.
»Für meine Sünde. Dafür, daß ich ihn überhaupt auf die Welt gebracht habe.«
»Das glaubst du doch selbst nicht! Izzie, ich will nicht, daß du so etwas sagst – das ist doch völliger Unsinn! Als ob Gott so eine Vergeltung fordern würde!«
»Ich glaube nicht an einen Gott der Liebe«, antwortete Izzie. »Jedenfalls nicht mehr.«
»Aber Reverend Chalmers tut das, obwohl er auch einen Sohn verloren hat«, erwiderte ich. »Sprich mit ihm, Izzie. Vielleicht sollten wir auch beide mit ihm reden«, fügte ich noch hinzu. Es war nur allzu leicht, in so einer Zeit zu glauben, daß Gott seine Verantwortung für uns alle aufgegeben hatte.

Trotz der vielen Arbeit ging ich immer mal wieder über den Dorfanger in die Kirche – manchmal für ein Gebet, manchmal einfach nur, um dazusitzen und die Gebete längst verstorbener Generationen in mich aufzusaugen. Überall im Land gingen die Menschen in die Kirche. Ich überlegte, ob Gott etwas dagegen hatte, daß wir ihn vergaßen, wenn alles gut lief. Aber wenn wir uns keinen Ausweg mehr wußten, dann erinnerten wir uns an ihn.
Als ich ein paar Tage später wieder den Telegrafenjungen auf seinem schon bekannten roten Fahrrad den Weg zum Priors-Haus heraufkommen sah, war mein erster Gedanke, daß ich ihn vor Lucy abfangen mußte. Es gab immer noch keine Nachricht von Ben. Als einziger blieb Nick übrig.
Wir wußten, daß er in großer Gefahr schwebte. Seine Division war an die italienische Front verlegt worden, wo eine heftige Schlacht mit den Österreichern tobte. Ich sah, daß Lucy die Anspannung bald nicht mehr ertragen konnte. Wenn der Junge schlechte Neuigkeiten brachte, dann wollte ich sie als erste erfahren; ich konnte die Vorstellung nicht ertragen, daß sie die Nachricht schwarz auf weiß las.
Doch obwohl ich schnell zur Haustür rannte, war ich zu langsam. Lucy hatte den Jungen vom Hof aus gesehen und war schneller gewesen. Sie riß bereits den gelben Umschlag mit zittrigen Fingern auf, und ich hielt inne und schlug mir eine Hand vor den Mund.
Doch sie sah mich voller Freude an.
»Mutter, es geht um Ben – es ist Ben! Er ist in Gefangenschaft. Er ist in Sicherheit!«
Der Junge stieg auf sein Fahrrad, stieß sich mit einer Fußspitze ab, sah grinsend zu uns herüber und freute sich zweifelsohne, daß er endlich einmal gute Nachrichten gebracht hatte. Ich rannte ins Haus und suchte nach meiner Geldbörse, weil ich ihm ein Trinkgeld geben wollte. Dann rief ich Izzie und allen, die im Haus waren, zu, daß Ben in Sicherheit war. Und ich ärgerte mich schrecklich, daß Roger den ganzen Tag in

Oxford unterwegs war und nicht benachrichtigt werden konnte.

Wir machten uns nicht vor, daß es besonders angenehm wäre, irgendwo als Kriegsgefangener herumzuvegetieren; aber andererseits war Ben am Leben, und das zählte mehr als alles andere. Außerdem hatte das Telegramm erneut keine schlechte Nachricht über Nick enthalten. Sein guter Stern hielt also noch an.

»Es kann jetzt nicht mehr lange dauern«, sagten wir uns. »Immer mehr Amerikaner strömen ins Land. Wie kann Deutschland bloß standhalten?« Offensichtlich war das aber doch möglich.

An einem wunderschönen Frühlingsmorgen im April traf ein kurzer Brief von Ben ein. Er selbst hatte ihn vor Monaten geschrieben, und es stand nichts Bedeutungsvolles darin. Inzwischen konnte wer weiß was passiert sein, aber unsere Freude war unermeßlich.

Izzie strickte ihm einen warmen Kopfschützer aus Wolle. Sie hatte sich darauf spezialisiert, und sie strickte wütend und mit nicht nachlassendem Eifer einen nach dem anderen. Wenn sie in der High Street Bekannte traf, fragte sie, ob es Verwandte an der Front gäbe, und dann sofort: »Würde er sich über wollene Kopfschützer freuen?« Sie hatte sogar einen an Davey English nach Ägypten geschickt.

»Ich habe mir sagen lassen, daß es nachts in der Wüste sehr kalt ist«, sagte sie und schürzte ihre Lippen wissend, als Roger sie damit aufzog.

Ich war mir sicher, daß Ben sich über eine ihrer Mützen freuen würde. Ganz egal, wohin es ihn verschlagen hatte, ich war mir sicher, daß es dort kalt und unwirtlich war – aber bestimmt, ganz bestimmt würde er nicht noch einen Kriegswinter durchhalten müssen, oder?

Im Laufe der Zeit veränderte sich Izzies Gesicht. Es wurde schroff, und ihre Augen traten zurück, fast so, als wollte sie jegliche Sympathie zurückweisen. Gleichzeitig ging sie ihrer

Arbeit nach und machte eifriger als je zuvor sauber, putzte Schuhe oder bügelte. Und wenn sie sich ausruhte, dann saß sie in dem hölzernen Schaukelstuhl am Herd, und die Stricknadeln flogen nur so hin und her.

Eines Nachmittags, als es Zeit für den Tee war, trat ich in die Küche, als sie ihr Strickzeug aus schlaffer, khakifarbener Wolle auf den Fußboden warf.

»Verflixt!« schimpfte sie. »Jetzt ist mir der Fehler *schon wieder* passiert! Ich hätte bereits vor vier Reihen abnehmen sollen. Dreiundfünfzig Mützen habe ich nie einen Fehler gemacht; und jetzt kann ich mich noch so anstrengen, mir gelingt einfach keine mehr. Diese mistigen Dinger! Ich kann keine khakifarbene Wolle mehr sehen – und marineblaue erst recht nicht!«

Sie stützte ihre Ellbogen auf die Stuhllehne und schlug die Hände vors Gesicht. Die kleine Beth stand starr neben mir, hatte sich einen Daumen in den Mund geschoben und starrte Izzie verwirrt an.

»Oma«, sagte sie. »Izzie hat einen Schluckauf.«

»Lauf und such deine Mutti, Kleine«, sagte ich und schob sie in Richtung Hintertür. »Sieh mal nach, was die kleinen Küken machen.«

Beth marschierte brav in den Hof hinaus, und ich ging zu Izzie hinüber.

Sie war nicht die Sorte Frau, die man leicht umarmte, aber diesmal klammerte sie sich an mich. »Du hast dich viel zu lange am Riemen gerissen«, sagte ich. »Nimm dir ein bißchen frei, Izzie. Du fährst irgendwohin, wo es schön ist und wo die Leute zur Abwechslung mal auf dich warten.«

»Sonst noch was!« Vor lauter Entrüstung hörte sie sofort zu weinen auf. »Ich werde Ferien machen, wenn der Kaiser besiegt ist, aber nicht davor.«

»Ein ›Nein‹ kommt überhaupt nicht in Frage«, erwiderte ich. »Du solltest erst einmal darüber nachdenken. Wir buchen dir ein Hotel.«

Sie brauchte ein paar Tage, um sich mit dem Vorschlag anzufreunden, aber dann rückte sie ziemlich schüchtern damit heraus, daß sie im Grunde schon immer einmal nach Bognor hatte fahren wollen.

»Dort soll es wunderschön sein«, sagte sie. »Schließlich fährt der König dorthin, und der *muß* es doch wissen.«

Also wurde der Entschluß gefällt.

Während Izzie weg war, erfuhr Lucy, daß Nick verwundet war – nicht im Kampf, sondern bei einer Klettertour in den italienischen Bergen, wohin sein Bataillon für ein Trainingslager verlegt worden war. Er war abgestürzt und hatte sich den Beckenknochen gebrochen.

»Sie schicken ihn nach Hause«, sagte Lucy mit strahlendem Gesicht. »Das ist die beste Nachricht der Welt, findest du nicht?«

Eine merkwürdige Welt ist das, dachte ich, in der ein gebrochenes Becken als freudige Nachricht galt – aber natürlich hatte Lucy recht. Mit ein bißchen Glück war der Krieg für Nick gelaufen.

Nick sah das Ganze jedoch aus einer völlig anderen Perspektive. Er war wütend über diesen schmählichen Unfall.

»Männer sind wirklich merkwürdig, findest du nicht?« fragte Lucy eines Tages und blickte stirnrunzelnd von einem Brief auf, den sie soeben erhalten hatte. »Er schämt sich wirklich darüber, daß er gestürzt ist, obwohl es, soweit ich verstehe, gar nicht seine Schuld gewesen ist – denn er hatte einen Satz gemacht, um einen seiner Männer zu retten, der von einem Felsen abgerutscht war. Nick behauptet, es sei etwas völlig anderes, ob man im Kampf verwundet wird – das sei eine ehrenhafte Sache. Er hat das Gefühl, er habe sein Bataillon im Stich gelassen. Er will seinem Vater schreiben, um – um sich *zu entschuldigen!* Verstehst du das?«

»Nein«, mußte ich zugeben. »Aber die Gedankenwelt von Oberst Marchant ist mir sowieso ein Rätsel.«

»Na ja«, meinte Lucy philosophisch und schob den Brief wieder in den Umschlag. »Wichtig ist ja nur, daß er nach Hause kommt. Vermutlich sieht er das Ganze doch etwas anders, wenn er erst einmal hier ist – jedenfalls kann niemand behaupten, er habe nicht seine Pflicht getan. Wäre es nicht wunderbar, wenn wir ihn nach Watersmeet bringen könnten?«

Letztendlich wurde Nick in ein Krankenhaus nach Gloucester verlegt, und da Lucy und Beth im Juli mit den Marchants in Cheltenham verbrachten, konnte sie ihn häufig besuchen. Ihre Wiedersehensfreude wurde jedoch empfindlich durch den Gedanken gedämpft, daß sie dafür eine unbestimmte Zeit unter dem Dach ihrer Schwiegereltern verbringen mußte.

Das Haus lag merkwürdig still und leer da, als Lucy und Beth verschwunden waren. Es schien dumpf, aber friedlich vor sich hin zu brüten, als wüßte es, daß alle Kinder irgendwo draußen waren und eines Tages zerquetscht und mit Narben übersät zurückkommen und Trost brauchen würden.

Im Laufe des Sommers wurden die Gegenangriffe der Amerikaner immer heftiger, und plötzlich erschien Deutschland nicht mehr völlig unbesiegbar. Das Kriegsende war zum Greifen nah und kein Traumgespinst mehr.

Und endlich hatten die Frauen das Stimmrecht – oder jedenfalls die von uns, die über dreißig waren. Charlotte schrieb mir einen Brief, der eine Mischung aus Freude und Zynismus war. »Jetzt haben wir es also doch geschafft«, schrieb sie. »Und nur, weil es Krieg gegeben hat! Ich bin ja immer noch der Meinung, daß wir womöglich mit einer weniger militanten Vorgehensweise wesentlich früher zum Ziel gekommen wären – aber wer weiß? Man muß ja denen, die gekämpft haben, dankbar sein, oder? Auch wenn die Politiker meiner Meinung nach auf rigorosere Methoden eher zurückhaltend reagieren. Jetzt sieht es nämlich fast so aus, als wären sie erpreßt worden, ganz egal, wie sie der ganzen Sache innerlich tatsächlich gegenüberstanden. Ach, Jenny, was für einen hohen Preis wir bezahlt haben! Ich frage mich, ob wohl nach dem Krieg noch irgend etwas genauso sein wird wie davor.«

Ich stand da und blickte über die Mauer an der oberen Straße, während unter mir das Priors-Haus in der Sonne träumte. Es war Herbst geworden, die Blätter färbten sich golden, die Hecken waren voller roter Beeren, und überall schwebten Altweibersommerfäden durch die Luft. Die kleinen Häuser, die Mark hatte bauen lassen, als Izzie und Bert geheiratet hatten, waren von hier aus nicht zu sehen, weil sie hinter einer Straßenbiegung lagen. Das etwas weiter entfernte Gelände war an einen andern Bauern verpachtet, und die Schafe, die auf dem Hügel weideten, gehörten nicht den Leytons. Doch vor mir sah ich genau dasselbe wie in dem Winter vor so langer Zeit, als ich mit Herzklopfen hier gestanden hatte. Damals war ich ein Mädchen von siebzehn gewesen.
Wie durch ein Wunder hatten wir es alle überlebt.
Erst vor ein paar Tagen hatten wir von Ben erfahren, daß es ihm gutgehe. In Charlottes Brief stand, daß Peter bester Laune und bisher unverletzt sei. Und Nick befand sich bereits in England.
Was wohl Izzie dachte, ging es mir durch den Kopf. Wie würde ich mich an ihrer Stelle fühlen, wenn ich nicht nur den Mann, sondern auch den Sohn verloren hätte?
Das Leben konnte so ungerecht sein und mir fiel auf, was für ein Glück ich hatte mit meinen Kindern, die in Sicherheit waren, mit meinem Mann neben mir und mit dem Priors-Haus, in dem ich wohnte.
Priors!
Ich öffnete die Augen und betrachtete es noch einmal, wie es so warm und golden in der Sonne dalag, und wo mir jedes Fenster und jeder Giebel und alle Schornsteine vertraut waren.
»Sie kommen alle bald wieder zurück«, sagte ich in Gedanken zu dem Haus dort unten.

BUCH 3

1923 – 1939

20

Die Schatten längst verstorbener Mönche müssen sich heute nacht in acht nehmen«, meinte Roger, während wir in der Diele standen und den Feiernden lauschten, die wie die Verrückten zu einem wilden, aufdringlichen Jazz-Rhythmus hin und her hüpften.

»Na wenn schon«, antwortete ich.

Für mich war es nicht nur allein Philips einundzwanzigster Geburtstag, den wir heute nachfeierten, sondern der Beginn einer neuen, sorgenlosen Zeit, in der wir das Leben genießen konnten, ohne uns ständig um unsere Lieben zu sorgen.

Die Welt außerhalb unserer vier Wände ging nicht völlig an mir vorbei. Mir war klar, daß Lloyd Georges Versprechen von einem Land, in dem Helden leben könnten, sich als Hirngespinst eines Dichters erweisen würde. Ich wußte, daß es wirtschaftliche Probleme gab, Arbeitslosigkeit und Hunger und Not. Und wenn ich von all dem noch nichts gewußt hätte, so hätte mir Ellie zweifellos davon berichtet.

Aber andererseits herrschten auch Freude und kindliche Ausgelassenheit, die mir nicht besonders verwerflich vorkamen. Ich genoß es, daß das Haus wieder farbenfroh und voller Gelächter war. Ich beneidete die Mädchen darum, daß sie ohne Korsett herumlaufen konnten, und um die Leichtigkeit, mit der sie sich mit den jungen Männern zusammentaten. Meiner Meinung nach hatten es diejenigen gut, die im Jahre 1923 jung waren, denn vor uns lagen einzig und allein Frieden und vielleicht Wohlstand.

»Los kommt, ihr beiden – macht mit«, rief ein junges Mädchen in einem knallroten Kleid und lächelte uns über ihre

nackte Schulter hinweg an, während sie in Peters Armen an uns vorbeihüpfte. »Das ist ein tolles Stück!«
»Ich warte lieber auf einen schönen ruhigen Walzer«, antwortete Roger und lächelte zurück – aber das Mädchen war schon in der Menge von ähnlich hüpfenden Leibern verschwunden.
Die Musikkapelle stand an einem Ende der Diele auf einem Podest, und die Türen zum Eßzimmer hatten wir weit geöffnet, so daß man von einem Raum in den anderen tanzen konnte. Das Büfett war in dem kleineren Wohnzimmer aufgebaut worden, und die Bar befand sich in Rogers Arbeitsraum. Ich betrachtete das Szenario, während die Wirtin in mir ständig auf der Hut war. Alles schien gut zu klappen. Kellner mit Tabletts voller Cocktails und Fruchtpunsch gingen ständig hin und her. John und Angela hatten sich kaum verändert und waren mit ihren beiden jüngeren Töchtern Christine und Virginia gekommen, die jetzt sechzehn und achtzehn waren.
Peter war am Abend zuvor ziemlich spät eingetrudelt. Er hatte das Fliegerkorps offensichtlich mit ein paar Flugkenntnissen verlassen, ansonsten jedoch mit nichts, es sei denn man zählte ein übergroßes Maß an Charme dazu. Zuerst tat er einige Monate lang nichts weiter, als mit einer Gruppe ordinärer Freunde zwischen Südfrankreich und England hin und her zu fliegen.
Ich wußte, daß Mark sich Sorgen machte. Er hatte sofort nach dem Krieg aufgehört, der strenge Vater zu sein, weil Peter seine Jugend noch ein bißchen genießen sollte, jetzt, wo wir die ständige Todesangst los waren. Andererseits hatten wir alle das Gefühl, Peter könnte sich ruhig ein bißchen verantwortungsvoller verhalten. Mark hatte ihn bereits ins Gebet genommen – mit dem Ergebnis, daß Peter jetzt mit einem ehemaligen Freund vom Fliegerkorps eine Firma gegründet hatte. Sie hatten einen fliegenden Circus, fuhren von einer Stadt in die nächste und führten Kunststückchen mit dem Flugzeug vor – spazierten auf den Flügeln, vollführten todes-

mutige Drehungen und so weiter. Wir kamen zu der Überzeugung, daß er es *mochte*, wenn der Tod ihm ins Angesicht lächelte!

Wie auch immer, was Peter auf alle Fälle mochte, war die Gegenwart hübscher Mädchen. Es gab Zeiten, da wünschte ich, nur eine von ihnen würde ihm eine wohlverdiente Rüge erteilen; jedenfalls solange er sie wie Kegel umlegte.

»Findest du, daß Lucy wie eine gestandene, verheiratete Frau und Mutter von drei Kindern aussieht?« fragte Roger und riß mich damit aus meinen Gedanken. Er schaute zu ihr hinüber, wie sie da auf einer Ecke des Tisches saß, einen Fuß in einem smaragdgrünen Schuh hin und her schwang und um sich herum eine Gruppe junger Leute versammelt hatte.

»Ich bin froh, daß sie sich amüsiert«, bemerkte ich und lächelte. Und wirklich, es war schon eine ganze Weile her, seit ich sie mit diesem Gesichtsausdruck gesehen hatte.

Nicht daß sie sich bei mir beschwert hätte. Aber es war nur zu offensichtlich, daß Nick nicht mehr der unkomplizierte, junge Mann war, der 1915 von zu Hause weggegangen war. Seltsamerweise schien alles damit zusammenzuhängen, daß er verletzt worden war, aber nicht im Kampf, sondern bei einem Unfall, der jederzeit überall hätte passieren können.

Der Rest seines Bataillons war auf dem Asiago Plateau völlig ausgelöscht worden. Für Menschen weiblichen Geschlechts war es einfach nicht nachvollziehbar, warum die Tatsache, daß er zur selben Zeit in einem Krankenhaus in England in Sicherheit war, ein Betrug sein sollte; aber ich vermutete, daß die Haltung seines Vaters beträchtlich zu Nicks Schuldgefühlen beigetragen hatte.

Wo war er denn jetzt? Ich sah mich um und erkannte seinen Rücken drüben bei der Tür. Er beobachtete Ellie vermutlich, ohne ein Wort zu sagen, obwohl ich sein Gesicht nicht sehen konnte. Aber dafür hatte ich das von Ellie im Blickfeld und erkannte, daß sie für zwei redete.

Ellie war am Abend davor in ihrem kürzlich erstandenen

Austin Seven aus London gekommen. Sie war jetzt dreißig. (Hatten Roger und ich wirklich schon eine Tochter mit *dreißig?*) Sie war schmal und dünn, sah jünger aus, und ich wußte, daß sie mit ihrem adretten Aussehen auf den politischen Veranstaltungen eine auffällige Erscheinung darstellte. Andererseits war sie energisch gegenüber Zwischenrufern und war eine gute und leidenschaftliche Rednerin, ganz und gar verantwortungsvoll und ernsthaft.

Ich bewunderte Ellie. Ich sah mich als junges Mädchen in ihr. Es hatte eine Zeit gegeben, da hätte ich mich genauso vehement ihrer Sache verschrieben. Ich dachte an meine rechtschaffene Wut, als Jed und Annie Collingford hatten verlassen müssen und wie ich gegen das System gewettert hatte. Ich sah immer noch die Ungerechtigkeit, aber inzwischen wußte ich, daß es immer zwei Seiten einer Medaille gibt. Gut und schlecht war nicht mehr so deutlich voneinander getrennt.

Ellie hatte jede Menge Freunde – alle politisch ziemlich links eingestellt und mit eindeutigen Ansichten über so einfache Dinge wie Heiraten und Kinderkriegen. Sie arbeitete viel zuviel. Sie reiste durchs ganze Land, hielt Vorträge über die Labour Party und den Völkerbund. Und gleichzeitig hatte sie eine Stelle im Innenministerium; sie war zu dünn und rauchte zuviel.

Einmal hatte ich sie gefragt: »Gibt es denn gar keine Männer unter deinen Freunden, die *in Frage kommen?*«

Sie lachte über mich. »Mach dir keine Sorgen, Mutter. Glaub mir, ich bin glücklich. Ich trauere jetzt nicht mehr andauernd wegen Lawrence, auch wenn ich ihn nie vergessen werde. Es ist halt nur so, daß ich bisher noch keinen anderen Mann getroffen habe, mit dem ich von jetzt bis an mein Lebensende zusammen frühstücken wollte – und weil so viele Männer meiner Generation in Flandern umgekommen sind, schätze ich mich glücklich, daß ich zumindest eine Arbeit habe, die mich ausfüllt.«

Und damit hatten wir uns zufriedenzugeben.

Der Krieg hatte schuld, sagte ich mir. Überall herrschte eine Ruhelosigkeit, die es vor 1914 so nicht gegeben hatte. Sogar Ben war immer noch Junggeselle.
Mein Herz machte einen kleinen Satz, als ich an Ben dachte, und heimlich hielt ich im Zimmer nach ihm Ausschau. Er konnte doch nicht ernsthaft etwas mit dem Mädchen anfangen wollen, das er heute mitgebracht hatte, oder?
Da war sie. Zoë. Sie lehnte sich gegen Ben, lachte kreischend laut, und Ben betrachtete sie, als sei sie der personifizierte Kunstschatz des Louvre.
Sie arbeitete als Hausmutter in der Schule in Somerset, wo er Englisch unterrichtete.
»Oh, Roger, ich hoffe wirklich mit ganzem Herzen, daß sie nett ist«, meinte ich. Ich hatte ihm so lange gewünscht, er möge das richtige Mädchen finden, um sich mit ihr häuslich niederzulassen. Nach dem Krieg hatte er eine Weile so gewirkt, als würde er nirgendwo so recht dazugehören, aber in der letzten Zeit war er mir ein bißchen heiterer vorgekommen. Vermutlich war seine Entscheidung, Lehrer zu werden, doch richtig gewesen.
Ellie hatte Bens Entscheidung in Rage gebracht.
Ich lächelte ein bißchen, als ich an die heftige Diskussion über Bens Zukunft zurückdachte, die an einem Sommernachmittag kurz nach seiner Rückkehr aus dem Gefangenenlager in unserem Garten stattgefunden hatte. Ich hatte in einem Liegestuhl gesessen und so getan, als ob ich ernsthaft nähen würde. Ellie saß im Gras und hatte die Arme um die Knie geschlungen, während Ben ausgestreckt dalag, die Hände im Nacken.
»Stell dir vor, Mutter, Ben kann sich nicht entscheiden, ob er wieder nach Oxford gehen soll oder nicht«, bemerkte Ellie voller Verzweiflung.
»Stimmt gar nicht«, korrigierte Ben und öffnete ein Auge. »Natürlich gehe ich wieder hin. Der Gedanke deprimiert mich zwar, aber ich mache es trotzdem. Ich weiß nur noch nicht, ob ich vielleicht besser Englisch studieren sollte.«

»Ich finde die Idee gar nicht so schlecht«, ermunterte ich ihn unschuldig und strahlte ihn an, während Ellie sich mit wutverzerrtem Gesicht zu ihm hin beugte.
»Ben, ehrlich, bist du noch ganz bei Trost?«
»Was spricht denn dagegen, Englischlehrer zu werden?« wollte ich wissen.
Ben wartete nicht, bis Ellie es mir erklärte.
»Das ist nicht so anspruchsvoll«, antwortete er lächelnd. »Doch mir ist das egal. Ich will die Ausbildung einfach so schnell wie möglich hinter mich bringen.«
»Und was dann?« fragte Ellie derart entsetzt, als hätte er gerade erklärt, er wolle Lumpensammler werden.
»Und dann werde ich unterrichten.«
»Unterrichten!« Sie klang erstaunt und spöttisch, fast so, als würde sie sogar Lumpensammeln noch besser finden. »Ehrlich, Ben – du kannst doch nicht durchs Leben treiben und immer das Einfachste tun, was dir gerade über den Weg läuft.«
»Jetzt übertreibst du aber!« Ben setzte sich auf und hatte aufgehört zu lächeln. »Du veränderst die Welt auf deine Weise, Ellie, und ich auf meine. Du kannst Politikern Vertrauen schenken, wenn du willst; ich für meinen Teil setze eher auf die nächste Generation. Ich *will* unterrichten – verstehst du das nicht? Meiner Meinung nach ist das eine vernünftige, lohnende Arbeit für mich.«
»Ben, du bist ein intelligenter Junge – ein sehr intelligenter. Siehst du denn nicht, daß du als besserer Kindergarten-Onkel verheizt wirst, wenn du Sportveranstaltungen organisierst und Eltern besänftigst? Früher hattest du einmal Ideen und Überzeugungen. Du kannst dir Gehör verschaffen und dich äußern. Du kannst andere mitreißen.«
»So ein Unsinn!« behauptete Ben herablassend und amüsiert, legte sich wieder auf seinen Rücken und schloß erneut die Augen. »Ich habe kein Vertrauen in meine Fähigkeit, die Welt zu verändern. Aber wenn ich ein paar Jungen die Augen

öffnen und ihnen etwas zum Nachdenken geben kann, dann habe ich nicht umsonst gelebt.«

Ben hatte seine Ansicht nicht geändert, und seit einem Jahr unterrichtete er an der Jungenschule in Somerset.

Und jetzt also Zoë! Wieder durchzuckte ihr Lachen das Stimmengemurmel. Überall war es laut, aber ihre Äußerungen der Belustigung durchdrangen alles.

»Was sieht er bloß in ihr?« fragte ich Roger.

Er zog cinc Augcnbrauc in dic Höhc. »Kannst du dir das nicht denken?«

Na ja, natürlich wußte ich das. Ihre Haut hatte eine so zarte Farbe wie Magnolienblätter, und ihre großen, braunen Augen würden jeden Dichter inspirieren. Ihr Haar schimmerte, und sie hatte eine kleine Stupsnase. Ich konnte mir gut vorstellen, daß ihre äußere Anziehungskraft überwältigend war.

Ich wollte *auf gar keinen Fall* ihre Stimme kritisieren, deren winselnde Vornehmheit auf einen Londoner Slang aufgesetzt war; auch nicht die Tatsache, daß sie sich vor allen Leuten die Lippen anmalte; und auch nicht, daß sie so betont vornehm »Söhr erfreut« sagte, wenn sie mit jemandem bekannt gemacht wurde. Aber ich empfand es peinlich, daß sie Roger albern anlächelte und dabei wie ein Vamp in einem Hollywood-Film mit ihren langen Wimpern klimperte und mich links liegenließ. Doch nichts davon wäre besonders wichtig gewesen – jedenfalls redete ich mir das ein –, wenn sie freundlich und großzügig gewesen wäre, intelligent und liebenswert. Aber von all dem konnte ich nichts entdecken.

Sie und Ben waren am Abend zuvor aus Somerset gekommen, und während des Essens beobachtete ich sie. Von meinem günstigen Platz am Kopfende des Tischs sah es so aus, als würde sie ihn zappeln lassen, wobei sie ihn in einem Augenblick kokett mit der Zungenspitze zwischen den Zähnen anlächelte und ihm im nächsten Moment die kühle Schulter zuwandte, weil sie mit Peter flirtete.

»Ach wie schön, endlich mal nicht nur die kleinen Jungen um

sich zu haben«, ließ sie wissen, während sie ihn unter ihren Wimpern affektiert anlächelte.

»Was hat denn eine derart exotische Gestalt wie Sie in die Wildnis von Somerset verschlagen?« wollte Peter wissen. »Ich wohne auch dort und weiß, wie wild es da zugehen kann!«

»Es ist schön dort, nicht wahr? Vielleicht ein bißchen ruhig, aber einfach hübsch. Ich bin schon immer gern auf dem Land gewesen.«

»Stammen Sie aus Somerset, Miss Patterson?« fragte Roger.

»O nein, ich doch nicht! Ich bin ein richtiges Stadtmädchen – aus Harrow –, aber als ich noch klein war, haben meine Schwester und ich immer die Gegend unsicher gemacht.«

»Ach, Sie reiten?« fragte Roger. »Bestimmt können wir da für Sie ein –«

»Vater, ich glaube, Zoë meinte, daß sie mit dem Fahrrad gefahren sind«, korrigierte Ben freundlich.

»Ich persönlich finde ja vier Räder noch besser«, warf Philip ein, um ihr über die Peinlichkeit hinwegzuhelfen. »Ich muß Sie unbedingt mal in meinem neuen Auto mitnehmen. Heute morgen bin ich auf der Cheltenham Road über siebzig gefahren.«

»Philip, du mußt aber aufpassen«, meinte ich zutiefst erschrocken. »Wir haben dir das Auto nicht geschenkt, damit du dich umbringst und andere in Gefahr bringst.«

»Mach dir keine Sorgen, Mutter – ich entscheide mich entweder für das eine oder das andere«, sagte er. »Aber Sie fahren schon mit mir mit – oder, Miss Patterson?«

»Hast du das Auto zum Geburtstag bekommen? Ist es neu? Du bist ja ein richtiger Glückspilz, oder?« Sie beugte sich nach vorne und berührte seinen Arm. »Natürlich komme ich mit. Nenn mich doch einfach Zoë.«

»Kann ich Sie auch Zoë nennen?« Peter neigte sich zu ihr hinüber und warf ihr einen Blick zu, mit dem er ihr sämtliche Kleider vom Leib riß. »Nichts gegen sein Auto. Aber ich habe ein Flugzeug, wissen Sie. Ich fliege Sie bis hoch hinauf – bis halb ins Paradies.«

Sie kicherte.
»Oh, Sie sind mir einer! Ben, ist er nicht ein gräßlicher Kerl?«
Ja, dachte ich – und denke es auch immer noch, Peter ist wirklich ein gräßlicher Kerl.
»Das ist ein Walzer«, unterbrach Roger plötzlich meine Gedanken. »Los komm, wir wollen diesen jungen Dingern mal zeigen, was wir können.«
»Weißt du, wer mir das Walzertanzen beigebracht hat?« fragte ich ihn, als wir zusammen übers Parkett schwebten.
»Ja. Das war John auf dem Dorfanger. Du hast mir das bereits erzählt.«
Ich sah ihn schief an.
»Entschuldige bitte! Ich bin ja schon so vergeßlich wie der alte Goosey Parslow.«
Ich jedoch fühlte mich überhaupt nicht alt. Im Grunde meines Herzens war ich genauso jung wie die Mädchen, die in ihren knappen Kleidchen zu der Ragtime Musik hin und her tanzten, und nur wenn ich mich selbst im Spiegel an der Wand betrachtete, dann wurde mir klar, daß uns doch eine ziemliche Kluft trennte.
Doch das beunruhigte mich nicht besonders.
Dann schon viel eher Bens Glückseligkeit. Er tanzte ein ums andere Mal mit Zoë und drückte sie fest an sich. Sie hatte sich entschlossen, ihm all ihre Aufmerksamkeit zu widmen, jedenfalls sah es so aus, und er schwebte im siebten Himmel und war nicht empfänglich für den Charme all der anderen Mädchen, die auch eingeladen worden waren.
»Ben, bitte, sei ein guter Junge und kümmere dich ein bißchen um die kleine Doris Westerby«, sagte ich, als ich ihn einmal zwischen zwei Tänzen in unsere improvisierte Bar lockte. »Sie sitzt da schon stundenlang allein herum und sieht ganz elend aus.«
»Ach, die dumme Doris Westerby! Entschuldige Mutter – du hast natürlich recht. Aber ehrlich – ist Zoë nicht süß? Ist sie nicht das schönste Mädchen, das du je zu Gesicht bekommen hast?«

Glücklicherweise für meine unsterbliche Seele war er, ohne eine Antwort abzuwarten, gleich wieder mit zwei Gläsern gegangen, und ich brauchte keinen Meineid zu leisten.
»Ich tanze mit ihr«, sagte jemand hinter mir gefaßt und beruhigend.
Gott sei Dank, es war Philip.
Ich drehte mich zu ihm um und lächelte ihn dankbar an.
»Mach dir keine Sorgen«, tröstete er mich. Ich wußte, er meinte Zoë.
»Leider aber deuten alle Anzeichen darauf hin«, widersprach ich.
»Das hält nicht lange. Der alte Ben ist viel zu schlau –«
»Manchmal wundere ich mich wirklich! Du weißt ja, dein Vater sagt immer – die größten Dummköpfe sind die akademischen Dummköpfe.«
Philip lachte und ging zu Doris Westerby, um seiner Pflicht nachzukommen.
Ben strahlte eine derartige Naivität aus – ja, fast schon Unschuld. Damit machte er sich natürlich für Zoë zur leichten Beute.
Im Vergleich dazu war Philip wesentlich praktischer, eher wie Roger. Seit dem Tag, an dem er Alfred in der Küche des RING OF BELLS zur Hand gegangen war, hatte er gewußt, daß seine Zukunft irgendwie mit den Hotels verknüpft sein würde. Und nur das wollte er.
Er war 1919 mit der Schule fertig geworden und hatte dann ein Jahr im ANGLER'S REST unter der Aufsicht von Marie Jepson gearbeitet. Edward Jepson hatte im Krieg einen Gasangriff durchmachen müssen. Anschließend wurde er als Invalide aus der Armee entlassen und konnte nur noch leichte Gartenarbeiten verrichten. Beide waren froh, daß Philip im Hotel mithalf und überall mit anpackte. Und für Philip war es eine unschätzbare Übung. Nach diesem Jahr ging er auf die Hotelfachschule nach Lausanne, wo er gerade seinen Abschluß gemacht hatte – deswegen auch seine längst überfällige

Party zum einundzwanzigsten Geburtstag –, und jetzt hatte er das Glück, für eine Zeitlang ins Savoy nach London zu gehen. Verglichen mit den anderen dreien brauchte ich mir um Philip keine Sorgen zu machen. Er war glücklich und ging in der Arbeit auf, die er tat. Er genoß das Leben auf einfache Art und Weise. Auf ihn konnte man sich verlassen.
Die Tanzerei ging noch bis zwei Uhr, und erst um drei war schließlich auch das letzte Auto vor dem Haus verschwunden. Ich stützte mich auf Philips Schulter, als wir die letzten singenden Nachtschwärmer verabschiedet hatten. Ich war völlig erschöpft und gleichzeitig aufgekratzt und nicht gewillt, ins Bett zu gehen.
»*Das* war vielleicht eine Party«, sagte Philip und legte mir seinen Arm um die Schulter. »Wer hat noch Lust auf ein Glas Schampus? Los kommt – ihr könnt doch jetzt noch nicht schlappmachen.«
»Du kannst tun, was du willst«, sagte Roger. »Schließlich bist du jetzt einundzwanzig. Ich jedoch bin eine ganze Ecke älter und komme mir vor wie hundert, so fertig bin ich. Kommst du mit, Jenny?«
»Ich komme sofort nach«, versprach ich.
Ich sammelte einige meiner besten Gläser zusammen, die überall in der Diele in den verschiedensten Ecken standen, zuckte die Schultern, als mir klar wurde, wie aussichtslos es war, zu so später Stunde noch aufzuräumen, und ging dann in die Küche hinter Philip her. Ben, Zoë, Lucy, Nick, Peter und Ellie folgten ihm.
»O Mutter, du kannst doch jetzt nicht mitten in der Nacht abwaschen«, protestierte Ellie, als sie sah, daß ich ein paar Gläser mitbrachte.
»Keine Sorge«, antwortete ich. »Das ist hoffnungslos.«
»Ich habe noch nie so viel schmutziges Geschirr gesehen«, Philip beugte sich zu mir, um mir noch einmal Champagner einzuschenken.
»Nein danke«, meinte ich zu Philip. »Vielen Dank, aber ich möchte nichts mehr. Ich falle sofort ins Bett.«

»Wir auch«, verkündete Nick. »Lucy, komm, laß den Champagner stehen.«
»Ach Nick, ich will noch nicht gehen! Wenn du müde bist, laß dich nicht aufhalten. Aber ich amüsiere mich noch ein bißchen.« Ihre Stimme klang leicht und voller Lachen.
»Lucy – ich sagte, es reicht, hast du nicht gehört? Stell das Glas ab! Du hast genug getrunken.«
»Das habe ich nicht! Ach Nick, sei doch nicht so verknöchert. Wir sind schon ewig nicht mehr auf einer Party gewesen, und mir hat es wunderbar gefallen.«
»Komm schon, alter Junge – sei kein Spielverderber«, bekräftigte Philip. »Was ist dabei? Morgen können wir doch ausschlafen.«
»Ich will jetzt ins Bett gehen!« Nicks Stimme klang verkniffen vor lauter Wut.
»Ist das eine Einladung? Bezaubernd, das kann man wohl sagen«, kicherte Zoë.
»Das ist ein Befehl«, sagte Nick und funkelte Lucy an.
Sie rührte sich nicht vom Fleck, sondern nippte immer wieder an ihrem Champagner, während sie Nick herausfordernd über den Glasrand ansah.
»Ja, *mein Herr.* Natürlich, *mein Herr.*«
»Wenn dem so ist«, sagte Ben, der immer die Rolle des Schlichters übernahm. »Vielleicht hat Nick ja recht. Es ist schon ziemlich spät, und wir haben ja wirklich schon eine Menge getrunken.«
»Ja los, komm, Lucy, sei ein Engel«, sagte ich und versuchte, beiläufig zu klingen. »Ich schaffe es garantiert nicht, allein aus diesem Kleid herauszukommen, und vermutlich schläft dein Vater inzwischen bereits tief und fest.«
»Ellie kann das genauso machen«, wich Lucy aus. »Ich bleibe hier noch ein bißchen. Peter, du gibst mir doch sicher eine Zigarette, oder?«
»Aber natürlich.« Peter holte sein Zigarettenetui heraus und reichte es ihr. »Ich wußte gar nicht, daß du rauchst«, sagte er, als er ihr eine Zigarette anzündete.

»Normalerweise nicht. Aber heute abend habe ich einmal Lust, etwas ganz anderes zu machen.«
»Lucy –« fing Nick wieder an.
»Ich bleibe, Nick. Ehrlich«, wiederholte sie und blies ungeübt den Rauch aus. »Ich habe mir überlegt, daß ich vielleicht ein paar Tage im Priors-Haus bleiben könnte – oder Wochen, oder Monate.«
»Mach dich doch nicht lächerlich«, hielt Nick dagegen. »Du weißt ja gar nicht, was du da sagst.«
»Ganz im Gegenteil. Ich fühle mich völlig klar im Kopf.«
»Schau doch mal, Lucy«, begann ich, »es ist bereits schrecklich spät.«
»Ja«, nickte auch Ellie plötzlich entschlossen und drückte ihre Zigarette aus. »Komm, Lucy.«
Philip stand an der Tür und knipste in einem fort das Licht an und aus, an und wieder aus.
»Wir schließen, meine Damen und Herren, bitte«, verkündete er autoritär wie ein Oberkellner.
Irgendwie gelang es uns, Lucy aus dem Zimmer zu geleiten. Nick wünschte allen mit wütendem Gesicht gute Nacht, ging dann rasch hinter ihr her und schnitt ihr den Rückzug ab. Das war das unschöne Ende eines wunderbaren Abends. Bestimmt würden sich am nächsten Morgen alle beruhigt haben, und vermutlich würde Lucy glücklich mit Nick nach Hause fahren. Wenn er doch nur nicht so verbissen wäre, dachte ich, als ich kurz darauf schlaflos im Bett lag.
Warum, oh, warum wurde Schlaflosigkeit immer noch lästiger dadurch, daß jemand, der einem nah und lieb ist, so unbarmherzig schnarcht? Die Standuhr schlug zuerst vier und dann halb fünf. Das war doch lächerlich! Ich war seit dem Morgengrauen auf den Beinen und hatte den ganzen Tag gearbeitet.
Weil ich aber inzwischen überhaupt nicht mehr müde war, ging ich die Treppe hinunter in die Küche. Die Schwierigkeit war, daß mir viel zuviel durch den Kopf ging. Nick und Lucy –

Ben und Zoë; meine Gedanken drehten sich in einem fort. O Gott, dachte ich, *das kann doch nicht sein:* Ben und Zoë! Nicht, daß ich dachte, kein Mädchen sei gut genug für meinen kostbaren Sohn. Ich wünschte ihm von ganzem Herzen, daß er heiratete, und ganz sicher würde ihm die Beständigkeit einer Ehe guttun. Aber nur einer *guten* Ehe. Ich war mir ganz sicher, daß er sich mit ihr, großzügig geschätzt, schon in einem halben Jahr zu Tode langweilen würde. Sie hatte nicht für fünf Pfennig Grips.

In der Küche kochte ich mir einen Tee und setzte mich zum Trinken an den Tisch. Die Uhr auf dem Kaminsims setzte zeitweise aus und schnarrte wie eh und je. Aber da waren noch andere Geräusche. Gab es hier etwa Mäuse?

Das waren keine Mäuse, nein. Aber irgend etwas anderes. Da kam jemand genauso wie ich die Treppe herunter. Ich drehte mich zur Küchentür und sah Lucy mit einer Hand auf der Klinke und vor Staunen ganz stumm über meinen Anblick.

»Konntest du auch nicht schlafen?« wollte sie wissen.

Ich schüttelte den Kopf. »Nein. Zu viel Champagner – davon bekomme ich immer Durst. Willst du Tee?«

»Hm. Bitte ja.«

Sie schob mir einen Becher über den Tisch, ich goß ihr ein und reichte ihn ihr, während Lucy auf der anderen Seite des Tisches Platz nahm. Einen Moment lang schwieg sie.

»Entschuldigung für diese Szene vorhin«, sagte sie dann endlich und wich meinem Blick aus.

»Passiert so etwas öfter?«

Sie überlegte.

»Nein, eigentlich nicht. Aber hin und wieder schon. Ich glaube, ich muß mich die ganze Zeit am Riemen reißen – versuchen, daß ich mich nicht darüber ärgere, angebunden zu sein.« Sie starrte niedergeschlagen auf den Tisch, schob ihr Kinn trotzig nach vorne und ballte die Fäuste.

»Mutter, ich frage mich ständig, ob das wohl alles ist?«

»Aber Lucy, du hast drei wunderbare Kinder.«

»Ja, ich weiß. Als Nick zum ersten Mal nach Hause kam und die Zwillinge geboren wurden, war ich die glücklichste Frau auf der Welt. Ich dachte, das Leben würde wunderbar werden. Ich arbeitete. Nick war stolz auf seine Söhne und froh, zu Hause zu sein. Alles war einfach wunderbar.«

»Und jetzt ist es das nicht mehr?«

»Nein. Seit Nico und Jamie in den Kindergarten gehen, langweile ich mich zu Tode. Nick will anscheinend, daß ich mich als Frau voll und ganz unterordne. Ich glaube, ihm gefällt überhaupt nicht, daß ich über vier Jahre lang selbst Entscheidungen gefällt habe und mich gezwungen habe, unabhängig zu sein. Ich kann mich einfach nicht mit der Art von Leben anfreunden, das seine Mutter geführt hat.«

»Liebes, du übertreibst! Nick ist doch nicht wie sein Vater.«

»Doch, bis zu einem gewissen Punkt schon. Er lehnt alles ab, was nicht vollkommen konventionell und *comme il faut* ist. Der äußere Schein muß gewahrt werden.«

»Was meinst du damit?«

»Sagt dir der Name Prudence Wintringham noch etwas? Sie war meine Schulfreundin – du erinnerst dich sicher an sie, damals hieß sie Prudence Fellowes. Ihr Mann kam im Krieg um, und seither ist sie ziemlich verzweifelt; sie ist allein mit ihren beiden kleinen Kindern. Sie hat gerade ein Bekleidungsgeschäft in Oxford eröffnet – sehr teuer und sehr chic –, und sie möchte, daß ich ihr dabei helfe.«

»Und Nick hat etwas dagegen?«

»Nick hätte fast einen Schlaganfall bekommen. Weißt du, ich habe immer gedacht, daß ich einzig und allein ein Zuhause und einen Mann und Babys haben will, und jetzt beneide ich Ellie um ihre Freiheit.«

Ich ließ meinen Becher lautstark auf die Untertasse krachen und starrte sie wütend an.

»Untersteh dich, jemals wieder so etwas zu mir zu sagen, Lucy! Glaubst du denn, daß deine Schwester auch nur einen Tag nicht an den Mann denkt, den sie geliebt hat – den Mann,

den sie vielleicht geheiratet hätte? Ellie beißt die Zähne zusammen und hat sich entschlossen, gut allein zurechtzukommen, weil sie weiß, daß sie gut und gern für immer allein bleiben könnte.«
»Ich weiß, ich weiß. Entschuldige, so habe ich das nicht gemeint.«
»Das hoffe ich auch.«
»Ich bin unzufrieden, und das ist auch zum Teil euer Fehler – der von dir und Vater. Ihr habt einen ziemlich hohen Standard gesetzt was das Thema Ehe angeht. Ich kann dir gar nicht sagen, wie sehr ich euch beneidet habe, als ich hörte, wie ihr zusammen gelacht habt; ihr wirkt so, als seid ihr gute Freunde und obendrein noch Mann und Frau.«
Waren wir wirklich so außergewöhnlich, überlegte ich. Mark hatte irgendwann einmal auch etwas in der Art gesagt.
»Wir sind nicht immer so gute Freunde gewesen«, sagte ich und dachte an früher. »Und wenn ich jetzt so drüber nachdenke, dann war der Grund für unser Unglück eigentlich genau derselbe wie für dich.«
»Wann seid ihr unglücklich gewesen?« fragte Lucy. »Ich kann mich daran nicht erinnern.«
»Na ja, das glaube ich dir schon, daß du das nicht mehr weißt. Damals warst du noch sehr klein – und außerdem denkt niemand, daß Eltern auch einmal Probleme und Gefühle haben.«
»Und was habt ihr dann gemacht?«
Ich schwieg einen Augenblick und dachte noch einmal an die schreckliche Zeit. »Ich habe wieder zu arbeiten begonnen«, antwortete ich.
»Ach, so ist das.« Lucy beugte sich über den Tisch zu mir hinüber, um ihren Worten Nachdruck zu verleihen. »Wir sind uns ziemlich ähnlich, du und ich. Wir brauchen noch etwas anderes, nicht nur Heim und Kinder. Aber ich wünschte wirklich, daß ich anders wäre, das kannst du mir glauben.«
»Kannst du denn Nick nicht irgendwie überreden?«

»Nein, du kannst mir glauben, daß ich das versucht habe.«
»Er liebt dich, Lucy.«
Sie griff nach der Kanne und goß sich noch eine Tasse Tee ein. »Ich weiß«, räumte sie ein. »Und im Grunde liebe ich ihn auch. Ich wünschte mir nur –« Sie sprach nicht weiter und seufzte schwer.
»Macht er sich wegen etwas anderem Sorgen? Er wirkte so ernst und gedämpft in letzter Zeit.«
»Er fühlt sich verantwortlich, glaube ich. Das und diese lächerliche Geschichte mit dem Unfall am Ende des Krieges – er macht sich immer noch Vorwürfe, daß er nicht mit den anderen Männern zusammen umgekommen ist.«
»Und vermutlich bewirkst du mit deinem Wunsch nach einer Tätigkeit, die über Heim und Herd hinausgeht, daß er an seinem männlichen Selbstbewußtsein noch mehr zweifelt.«
Lucy dachte über meine Frage nach.
»So habe ich das noch gar nicht gesehen«, räumte sie ein. »Aber Mutter, das ist doch lächerlich. Daddy hat nichts von seiner Männlichkeit dadurch eingebüßt, daß du all die Jahre im Hotel mitgearbeitet hast.«
»Jeder ist anders. Und die Menschen verändern sich, Lucy. Wenn sich Nick jetzt so fühlt, dann bedeutet das noch lange nicht, daß das immer so bleibt. Möglicherweise wäre es das beste, wenn du ihm jetzt ein bißchen den Rücken stärkst.«
»Aber Mutter, ich bin doch keine Heilige. Ich bin eine normale Frau, und ich bin *jetzt* unglücklich.«
»Konzentrier dich auf deine Liebe«, drängte ich. »Die Ehe ist kein ewig glückliches Märchen! Jeder hat mal gute Zeiten und mal schlechte –«
»Aber wenn ich mir vorstelle, daß es mein ganzes Leben so weitergeht!«
»Lucy, es *wird* nicht immer so weitergehen! Nichts hält ewig! Genau das versuche ich dir doch zu sagen. Die Menschen verändern sich. Und die Verhältnisse auch.«
Lucy seufzte. »Na ja«, sagte sie nicht überzeugt. »Mach dir

keine Sorgen, daß ich eine Dummheit begehe. Schließlich muß ich ja auch an die Kinder denken. Leicht ist das aber nicht, Mutter.«

»Das ist es selten«, nickte ich.

»Ich bete ja zu Gott, daß Ben nicht diese dumme, kleine Hure heiratet, die er da heute mitgebracht hat.«

»Lucy!« Ich teilte zwar ihre Meinung, doch diese Ausdrucksweise fand ich völlig unpassend.

»Stimmt doch! Ich bin wirklich erstaunt, daß er auf eine Frau reinfällt, die so offensichtlich nichts taugt.«

»Und mich überrascht, daß sie ihn attraktiv findet«, sagte ich. »Ich hätte gedacht, daß er viel zu ernst und zu belesen für ihren Geschmack ist. Peter wäre doch viel eher ihr Typ.«

»Dem ist sie heute abend auch schon ganz schön nähergekommen – vielleicht verlagert sie ihre Gefühle ja auch noch.« Lucy schwieg einen Augenblick und sah so aus, als überlegte sie, ob sie sagen sollte, was ihr durch den Kopf ging. Dann gab sie sich einen Ruck.

»Weißt du, Zoë hat etwas Merkwürdiges gesagt«, berichtete sie. »Es geht um eine Sache, die Peter betrifft. Er soll behauptet haben, daß das Priors-Haus juristisch gesehen eigentlich ihm gehört.«

Ich starrte meine Tochter verwirrt an.

»Das hat er gesagt? Peter?«

»Jedenfalls sagt Zoë das. Ein himmelschreiendes Unrecht ist das ihrer Meinung nach – wortwörtlich so hat sie es gesagt. Sie meint, er habe durch seine Geburt ein Recht an dem Haus.«

»Ich bitte dich, wie soll das denn alles zusammenpassen? Wir haben das Haus offen und ehrlich gekauft. Dein Onkel Mark hat den Preis genannt, und wir haben, ohne mit der Wimper zu zucken, bezahlt.«

»Mutter, sie ist eine Unruhestifterin – ehrlich, ich würde sie gar nicht weiter beachten. Im Grunde ist diese Äußerung gar nicht weiter erwähnenswert, aber ich fand, du solltest wissen, was für ein Mensch sie ist.«

»Ich glaube, ich weiß, was für ein Mensch sie ist«, sagte ich. Aber das, was Lucy da zu mir gesagt hatte, nagte trotzdem noch lange an mir, nachdem wir uns gute Nacht gewünscht hatten und in unseren Betten verschwunden waren.
Auch nach vielem Nachdenken konnte ich nicht sagen, was für ein Mensch Peter eigentlich war. Jedenfalls jetzt nicht mehr. Überhaupt nicht.

21

»Wenn Alfred zurück ist«, hatte ich im Krieg immer zu Roger gesagt, »dann bringen mich keine zehn Pferde wieder ins RING OF BELLS zurück.«
Eine lächerliche Bemerkung, von der ich hoffte, daß sie nicht ernst genommen werden würde, denn es wäre mir unsagbar schwergefallen, mich völlig zurückzuziehen. Das Hotel war inzwischen ein Stück von mir, und ich fühlte mich dort genauso zu Hause wie in meiner eigenen Küche. Jedes Schlafzimmer hatte eine eigene Atmosphäre, ich liebte jeden Millimeter der schiefen Decken und knarrenden Dielen und das ganze Drum und Dran.
Inzwischen hatte ich aufgehört zu kochen. Wir mußten nicht mehr knausern und sparen und uns Rezepte aus zwei Pastinaken und einer Roten Beete ausdenken, um daraus ein verlockendes Mahl zu zaubern. Aber es gab immer noch jede Menge Arbeit für mich.
Mir machte das Spaß, weil es nicht automatisch bedeutete, daß ich früh anfangen oder regelmäßig arbeiten mußte. Ende 1923 verfügte ich bereits über ein eigenes Auto. Aber weil ich sehr ängstlich war und noch nicht fahren gelernt hatte, stellten wir einen jungen Mann namens Sidney als Chauffeur ein. Unserem alten Fahrer Dick war die Umstellung vom Pferdewagen auf das Auto relativ leicht gefallen. Nach wie vor kümmerte er sich um Fahrzeuge und kutschierte uns ebenfalls durch die Gegend.

Roger und ich hatten oft Gelegenheit, zusammen Auto zu fahren, und uns gefiel das beiden recht gut; andererseits aber saß Roger oft in seinem Büro über der Buchführung und der Steuer. Immer öfter entdeckte ich zwischen den Papieren auf seinem Schreibtisch halbangefangene Pläne und Zeichnungen.

Wir hatten aus dem Krieg Kapital geschlagen, aber besonders wohl war uns dabei nicht. Doch unser schlechtes Gewissen fand ich nicht gerechtfertigt. Es hatte Not geherrscht, und wir hatten geholfen; wir hatten keinen Profit gemacht oder den Schwarzmarkt unterstützt. Wir hatten hart gearbeitet für unser Geld. Roger spendete eine Menge für ein Kriegs-Ehrenmal, und – was für mein Dafürhalten noch konstruktiver war – er gab Geld für das Krankenhaus, das im Andenken an die gefallenen Männer von Collingford erweitert wurde. Außerdem engagierte er sich jetzt im Gemeinderat.

Ich wußte, daß er trotz alledem immer noch unter Schuldgefühlen litt – jedenfalls bis zu dem Tag, an dem seine Pläne für ein neues Hotel konkreter wurden. Von da an nahm ihn das neue Projekt so sehr in Beschlag, daß die Vergangenheit in Vergessenheit geriet.

Philip war in London und wurde im Savoy hart rangenommen, so daß er nicht oft nach Hause kommen konnte. An den Wochenenden aber, an denen er es einrichten konnte, saßen er und sein Vater stundenlang zusammen und entwarfen jede Menge neuer Skizzen und Pläne. Es sollte das perfekte Hotel werden; ein Gebäude, das von außen wie ein echtes Oxfordshire-Landhaus aussah, das aus den traditionellen Steinen gebaut war und den typischen Giebel und die Kaminkästen haben sollte, denn das alles machte auch das Priors-Haus zu einer Zierde. Innen sollte es jedoch luxuriös und modern sein. Für einen Zweiundzwanzigjährigen hatte Philip schon eine Menge Erfahrungen gesammelt und wußte ganz genau, was er wollte. Ständig schleppte er Bilder von neuen Ausstattungsgegenständen und Hefte mit Kücheneinrichtungen her-

an, obwohl alles für meinen Geschmack eher nach Operationssaal aussah.
Mir wurde klar, wie unprofessionell wir noch waren. Natürlich hatten wir eine Menge dazugelernt seit der Übernahme des RING OF BELLS. Doch Philips Ideen, die er bei seiner Ausbildung in der Schweiz und im Savoy gesammelt hatte, ließen unsere Arbeitsweise nach bewährten Faustregeln ein wenig überaltert aussehen. Sogar die Küche im ROSE REVIVED, dem neuesten Hotel weit und breit, wirkte antiquiert im Vergleich mit den Abbildungen in den Hotelfachzeitschriften, die Philip uns zeigte. In unserem neuen Hotel sollte alles aus rostfreiem Stahl sein. Viele Zimmer würden ein eigenes Bad haben. Es sollte eine Zentralheizung und einen Ballsaal und gemütliche Gesellschaftsräume geben.
»Tennisplätze«, sagte Philip eines Tages beim Frühstück ohne irgendeine Einleitung zu Roger.
»Gras?«
»Hartplatz. Golf?«
»Neun Löcher. Wird eine ziemliche Attraktion werden.«
»Na ja, vielleicht.«
Langsam gewöhnte ich mich daran, daß die beiden sich im Stenogrammstil austauschten und daß ihre Ideen wie beim Tennis in Wimbledon nur so hin und her flogen.
»Wo soll der Palast denn stehen?« fragte ich.
»Ganz genau weiß ich es noch nicht«, meinte Roger, »aber ich halte nach einem Stückchen Land in der Nähe von Woodstock Ausschau. Es sollte leicht von Oxford aus zu erreichen und doch ruhig gelegen sein. Irgendwo auf dem Land, aber in der Nähe der Hauptstraße.«
»Woodstock hört sich gut an«, gab ich zu. »Dort werden es immer mehr Touristen. Neulich habe ich sogar eine Gruppe Amerikaner da gesehen. Die Welt wird wirklich immer kleiner.«
»Amerikaner? Das ist ja ganz etwas Neues«, bemerkte Roger.
Das war es wirklich – doch im Jahr 1923 passierten überall unge-

wohnte Dinge. Ellie schwebte in den höchsten Sphären, als die Sozialisten am ersten Dezember dieses Jahres ihr Amt übernahmen. Zugegeben, es war zwar nur ein Minderheiten-Kabinett und hielt sich auch nur durch die zaghafte Unterstützung der Liberalen. Doch andererseits wurden dadurch die Sozialisten als zweitwichtigste Partei bestätigt, was für Ellie ein persönlicher Erfolg war, weil sie sich engagiert für einen Labour-Kandidaten in einem Ostlondoner Wahlbezirk eingesetzt hatte.
In unserem Wahlbezirk gab es keinen Labour-Kandidaten, und das war vermutlich gut so, denn dadurch blieb der Familienfriede gewahrt. Roger und ich konnten wie immer die Liberalen wählen und mußten unsere Entscheidung nicht vor Ellie verteidigen. Doch wie in den meisten ländlichen Gegenden siegten auch diesmal wieder die Konservativen.
In Collingford herrschte große Aufregung, obwohl das Ergebnis der Wahl abzusehen gewesen war. Es gab politische Diskussionen auf dem Dorfanger, bei denen auf beiden Seiten versucht wurde, die Gegner aus dem Konzept zu bringen. Doch im großen und ganzen posaunte niemand heraus, wem er seine Stimme geben würde.
Während der Wahlkampagne lernte ich Clare Matheson kennen. Ich hatte sie schon einmal in der Kirche gesehen und wußte, daß sie die neue Lehrerin an der Schule war, die jetzt vergrößert und für Jungen und Mädchen getrennt war. Wir begrüßten uns zwar lächelnd, wenn wir uns begegneten, aber mehr auch nicht.
Wir hatten uns beide freiwillig dazu bereit erklärt, für den liberalen Kandidaten Wahlbriefe zu falten – Clare sollte falten und ich die Aufrufe dann in Umschläge schieben. Und als wir den Stapel Papier vor uns abgetragen hatten, bestand eine Verbindung zwischen uns, die unser unterschiedliches Alter keineswegs beeinträchtigte.
Clare hatte eine Menge im Kopf und besaß einen trockenen Humor, der mich sofort ansprach. Ihre Augen leuchteten dunkelbraun warm und schimmerten intelligent und lebhaft.

Ich weiß nicht mehr, wann ich erfuhr, daß sie mit einem Soldaten verlobt gewesen war, der in Mons gefallen war. Sie hatte darüber kein Wort verloren und wollte auch kein Mitleid. Offensichtlich waren ihre Tränen alle längst geweint, und ebenso wie Ellie blickte sie voller Zuversicht und Freude in die Zukunft.

Sie wäre genau die Richtige für Ben, dachte ich.

Doch Ben wollte Weihnachten wieder Zoë mit nach Hause bringen, was mich überhaupt nicht freute, vor allen Dingen, weil er in seinen Briefen angekündigt hatte, daß er uns möglicherweise »etwas mitzuteilen« habe.

»Sie können doch unmöglich ihre Verlobung bekanntgeben, oder?« fragte ich Roger besorgt.

»Ich kann mir nicht vorstellen, daß Ben wirklich so dumm ist«, antwortete Roger.

Doch ich war mir da nicht so sicher.

»Kommt Peter denn in diesem Jahr?« fuhr Roger fort, nachdem er einen Moment überlegt hatte.

»Ich glaube nicht. Aber andererseits, du kennst ihn ja – ihm ist zuzutrauen, daß er im letzten Augenblick auftaucht. Warum fragst du?«

»Ich dachte nur, wir könnten ihm zehn Shilling in die Hand drücken und ihn bestechen, daß er die köstliche Zoë verführt«, meinte Roger. »Aber wenn ich so darüber nachdenke, dann macht er es vielleicht auch schon für fünf.«

»Roger, bitte!«

»Ben sollten wirklich einmal die Augen geöffnet werden. Ich sage es ja immer – die größten Dummköpfe sind die –«

»Die akademischen Dummköpfe. Ich weiß. Aber Ben kann noch so unvorsichtig sein, eigentlich bin ich heilfroh, daß er nicht so wie Peter ist, du nicht? Ich habe eine Theorie über Peter. Nein, zwei sogar.«

»Und die wären?«

»Erstens – daß Peter im Grunde Frauen gar nicht mag, was ich Mark auch lange unterstellt habe. Na ja, er flirtet liebend gern herum, und er ist gern mit Frauen zusammen, aber er *mag* sie nicht. Und wenn die Flirtphase vorbei ist, dann weiß er nichts mehr mit einer Frau anzufangen; ist dir das auch schon aufgefallen?«

»Hm. Du könntest recht haben. Und was ist deine zweite Überlegung?«

»Daß er Catherine enorm ähnlich ist.«

»Catherine? Ach Jenny, wie kommst du denn darauf?«

»Ich bin mir ganz sicher. Peter ist amüsant und lustig, wenn er im Mittelpunkt steht. Aber wenn dem nicht so ist, dann verliert er schnell den Spaß.«

»Ich dachte, du magst ihn!«

»Stimmt. Das war schon immer so – wie du weißt. Aber seit kurzem sehe ich ihn in einem anderen Licht.«

»Na ja, bestimmt wäre er uns wegen Zoë sehr zu Dank verpflichtet. Aber wenn er nicht kommt, müssen wir uns etwas anderes überlegen.«

Doch dann hatte ich viel zuviel um die Ohren, um noch an etwas anderes zu denken. Ich kümmerte mich um die jährliche Spielzeugsammlung für die Kinder im Armenhaus und um all die normalen Weihnachtsvorbereitungen für ein geplantes Familienfest. Da Rogers Mutter an einer Grippe-Epidemie gestorben war, lebte Goffy inzwischen traurig für sich allein und wollte eine Woche zu uns kommen. Lucy und Nick hatten sich mit ihren drei Kindern für den Weihnachtsabend angekündigt, ebenso wie Ellie. Nur Philip hatte uns am Telefon wissen lassen, daß er arbeiten müsse und deswegen erst am zweiten Feiertag kommen könne. Ben und Zoë wollten mit Beginn der Weihnachtsferien schon etwa eine Woche vor dem Heiligen Abend nach Collingford kommen.

An dem Tag, an dem sie eintreffen sollten, stellte ich die letzten Weihnachtskarten auf den Kaminsims, als ich hörte, daß Bens Auto laut krachend und mit stotternden Fehlzündungen vor dem Haus zum Stehen kam. Ich nahm mich zusammen und ging hinaus, um Zoë zu begrüßen.

Zu meinem größten Erstaunen war Ben allein.
»Wo ist sie?« fragte ich ihn, nachdem wir uns umarmt und begrüßt hatten.
»Sie kommt nicht«, antwortete Ben knapp.
»Was?« Ich sah ihn fragend an, aber er erklärte weiter nichts, sondern eilte ins Haus ans warme Feuer.
»Es tut gut, wieder zu Hause zu sein«, stellte er fest und hielt seine Hände vor die Flammen.
»Hat sie es sich anders überlegt?« wollte ich wissen.
Er warf mir einen vielsagenden Blick über die Schulter zu.
»Es ist vorbei, Mutter – was dich ja vermutlich aufrichtig freut.«
»Ben, ich habe dir doch keinen Anlaß gegeben –«
»Es war nicht zu übersehen, daß du sie nicht mochtest. Besonders geheim hältst du deine Empfindungen jedenfalls nicht.«
»Das tut mir leid«, versicherte ich. »Ich habe es versucht. Aber das ist doch sicher nicht der Grund, warum –«
»Warum es zu Ende ist? Nein, das glaube ich nicht. Wenn da wirklich etwas war – etwas Wesentliches zwischen uns, dann hätte das dem eisigen Verhalten meiner hochgeschätzten Eltern sicherlich standgehalten.«
»Ach Liebes«, bemerkte ich elend, »es tut mir leid, wenn wir dich im Stich gelassen haben.«
»Das habt ihr nicht«, widersprach Ben. »Es hatte überhaupt nichts mit euch zu tun. Wir haben uns schrecklich gestritten, und du weißt ja, wie sehr mir so etwas zuwider ist. Schon komisch«, fügte er nachdenklich hinzu, als wäre ihm das gerade erst klargeworden. »Zoë schien der Streit zu gefallen. Sie wurde regelrecht lebhaft, als sie mich angriff und sich verteidigte.«
»Sich verteidigte?« Ich zog eine Augenbraue hoch.
»Wogegen?«
Er zuckte mit den Schultern.
»Ach, es war alles so dumm und unbedeutend und erbärmlich – wie so ein Sturm im Wasserglas. Sie hat eine ganze

Reihe von Pflichten vernachlässigt, um die sie sich eigentlich hätte kümmern müssen. Und als alles herauskam, schob sie doch tatsächlich einem der Jungen die Schuld in die Schuhe. Und zwar ausgerechnet demjenigen, der sich am wenigsten wehren konnte. Ich habe ihr meine Meinung dazu gesagt, daraufhin warf sie mir Selbstgefälligkeit vor, und damit ging alles los.«

Ich fühlte mich plötzlich enorm erleichtert, als wäre mir eine Zentnerlast von den Schultern genommen.

»Hast du nicht Lust auf eine Tasse Tee?« fragte ich Ben. »Wir toasten ein Stück Brot, und außerdem hat Izzie wie in alten Zeiten Pfefferkuchen gebacken.«

Dann hockten wir uns nebeneinander vor das Feuer, Ben hatte eine Scheibe Weißbrot auf eine lange Gabel gespießt, und ich beobachtete, wie sich die Flammen auf seinem Gesicht spiegelten.

»Macht dir das mit Zoë sehr viel aus?« wollte ich wissen.

Ben seufzte und schüttelte den Kopf.

»Nein, nicht wirklich. Sie sieht so gut aus, daß ich dachte, sie müßte auch wunderbare Charaktereigenschaften haben. Aber das Mädchen, von dem ich dachte, daß ich es liebte, gab es nur in meiner Vorstellung – ich bin nicht besonders fair gegenüber der wahren Zoë Patterson gewesen. Mach dir keine Sorgen, Mutter – mir geht es recht gut.«

»Und du bist wirklich gern an dieser Schule?«

»Ja.« Er lächelte in sich hinein und beobachtete aufmerksam das Brot, das langsam braun wurde. »Pfui, wie Ellie sagen würde!« Ben drehte sich um und grinste mich an, und plötzlich sah er viel jünger und überhaupt nicht mehr niedergeschlagen wegen Zoë aus.

»Was ich dir noch sagen wollte«, kam mir in den Sinn. »Wir müssen dich heute abend nach dem Essen leider allein lassen – es sei denn, du hast Lust, mich zu einem Konzert in der Schule zu begleiten. Dein Vater ist irgendwo zum Essen eingeladen.«

»Wir gehen zu einem Schulkonzert?« Ben sah mich erstaunt

an. »Warum denn das um alles in der Welt? Du bist ja eine Masochistin, Mutter. Hast du denn noch nicht genügend solche Veranstaltungen besucht, als wir klein waren? Warum tust du dir das an?«

Ich erzählte ihm von meiner Freundschaft mit Clare.

»Ich bin froh, daß du eine Freundin gefunden hast«, meinte Ben gönnerhaft und ein bißchen von oben herab. »Aber wenn du nichts dagegen hast, würde ich lieber zu Hause bleiben und mir die neuen Platten anhören, die ich mitgebracht habe. Ich war in den letzten Wochen bei genügend Schulkonzerten, mein Bedarf ist eigentlich gedeckt.«

Ich wollte zwar unbedingt, daß er Clare kennenlernte, aber bestimmt ließ sich das auch auf später verschieben, zumal ich sicher war, daß Clare an diesem Abend gar keine Zeit für uns haben würde. Genauso kam es dann auch. Es war kaum möglich, auch nur ein Wort mit ihr zu wechseln, und ich lud sie nur zu unserem Familienfest am zweiten Feiertag ein, wenn Philip auch nach Collingford kommen würde.

Am Heiligen Abend holte Roger Goffy vom Bahnhof ab und ein bißchen später auch Ellie, die behauptete, es würde bereits Stein und Bein frieren und bestimmt noch schneien. Lucy und Nick und die Kinder trudelten kurz nach dem Tee ein, und mit jedem Besucher wuchs der Berg bunt verpackter Geschenke unter dem Baum, und wir lachten und waren froh, wieder einmal zusammenzusein.

Ausnahmsweise gingen die Kinder einmal, ohne zu protestieren, ins Bett und waren gespannt, was der nächste Morgen wohl bringen würde. Davor aber baten wir unser ganzes Personal aus Haus und Garten in die Diele, wo Beth ihnen unsere Geschenke überreichte, und anschließend tranken wir zusammen einen Schluck auf Weihnachten.

Die Kinder befestigten am Fußende ihrer Gitterbetten sorgfältig ihre Socken.

»Ihr braucht euch keine Sorgen zu machen«, versicherte Beth Nico und Jamie gegenüber. »Ich habe dem Weihnachtsmann geschrieben, daß wir in diesem Jahr hier im Priors-Haus sind. Er weiß also, wo er uns finden kann.« Dann schaute sie mich mit ihrem kleinen, ernsten Gesicht an und warf mir einen verschwörerischen Blick zu. Wir Älteren müssen doch dafür sorgen, daß die Kleinen noch an Märchen glauben, sagte ihr Blick. Ich umarmte Beth, sie kicherte froh und war plötzlich nicht das kleinste bißchen erwachsen, sondern genauso aufgeregt wie Nico und Jamie, was wohl am nächsten Tag in den Socken sein würde.

Als sie sich behaglich in ihre Betten gekuschelt hatten, überließen wir sie Izzie, die sich in der Küche aufhielt. Wir anderen gingen ins RING OF BELLS zum Essen.

Im Speisesaal saßen Menschen, die jedes Jahr an Weihnachten herkamen, und andere, die zum ersten Mal hier waren. An uns sollte es nicht liegen, wenn sie nicht wiederkamen, denn das Essen schmeckte wie immer wundervoll.

Als wir gerade beim Mokka waren, tauchten die singenden Kinder auf, die am Weihnachtsabend immer von Haus zu Haus zogen. Jedes Jahr wieder mußte ich an das junge Mädchen denken, das damals beim ersten Weihnachten im RING OF BELLS so von den Sängern bezaubert gewesen war. Das Gasthaus hatte sich verändert, aber nicht die glühende, weihnachtliche Stimmung, die unsere Besucher dazu brachte, in ihre Taschen zu greifen und den Kindern etwas in ihre Sammelbüchse zu stecken.

»Hast du den Eindruck, daß Lucy und Nick ein bißchen ausgeglichener sind?« fragte ich Roger an diesem Abend vor dem Einschlafen.

Ich hörte, wie er neben mir in der Dunkelheit seufzte.

»Vielleicht wirkt sie deswegen so zahm, weil sie langsam älter wird. Andererseits ...« Seine Stimme verstummte. Er macht sich genauso Sorgen wie ich, dachte ich.

»Was andererseits?« wollte ich wissen.

»Sie strahlen eine schreckliche Leblosigkeit aus. Sie sind so höflich zueinander.«

Ich wußte genau, was er meinte. Bei uns war es damals genauso gewesen, und ich fand es sehr unangenehm, wieder daran zurückzudenken.
»Ich wünschte, ich würde eine Lösung wissen«, murmelte ich. »Wenn Nick nur nicht so aufgeblasen wäre und ihr gestatten würde, außerhalb des Hauses zu arbeiten. Ich wünschte, sie würden einfach mal ein bißchen *Spaß* miteinander haben.«
»Und ich wünschte, du würdest jetzt schlafen«, antwortete Roger. »Hör auf, dir Sorgen zu machen, Liebling. Morgen ist Weihnachten.«
Am nächsten Tag gingen wir zusammen in die Kirche und spazierten über das gefrorene Gras zurück zu Geschenken, zu Truthahn und Plumpudding.
»Ich werde Wohlstand nie mehr als etwas Selbstverständliches hinnehmen«, meinte Ellie zu mir. »Jedenfalls nicht, nachdem ich im East End Wahlkampfhilfe gemacht habe. Die Lebensbedingungen dieser Leute sind für uns unvorstellbar, Mutter – dort herrschen so viel Armut und Elend! Für die ist das Leben eine Tretmühle, ein Teufelskreis aus Arbeitslosigkeit, Not und Unterernährung. Und trotzdem sind die Menschen dort tapfer, freundlich und humorvoll. Das System muß verändert werden – und es *verändert* sich auch schon, Mutter. Wir sind mittendrin. Die Party läuft. Jetzt beginnt eine neue Zeit.«
»Wäre schön, wenn das stimmen würde«, meinte ich. »Wir sind gespannt. Die Frauen haben es jetzt jedenfalls besser.«
»*Wie?*« Ellie blieb wie festgewurzelt stehen und sah mich an, als wüßte sie nicht, ob sie weinen oder lachen sollte. »Mutter, ehrlich! Du glaubst ja wirklich alles!«
»Wahrscheinlich hast du recht, Liebes«, räumte ich geistesabwesend ein, weil mir gerade unsinnige Haushaltsfragen durch den Kopf gingen.
Als am Tag darauf Philip eintraf, hörte ich amüsiert einem Wortwechsel zwischen ihm und Ben zu.
»Mutter hat ihre Schuldame heute abend eingeladen, habe ich gehört«, sagte Ben. »Das ist etwas für dich!«

»Nicht das kleine, vertrocknete Küken mit den vorstehenden Zähnen?«

Zynisch-belustigt beobachtete ich den kurzfristigen Schock meiner Söhne, als Clare am Abend eintraf. Sie trug ein Kleid aus cremefarbener Spitze, das wunderbar zu ihren kastanienbraunen Haaren paßte und ganz und gar nichts Vertrocknetes an sich hatte.

Der Abend begann ganz ruhig, aber dann spielten wir Scharade, wie jedes Jahr. Und weil wir ziemlich genügsam waren, lachten wir jedes Jahr wieder über dieselben Witzchen.

Clare und Philip tanzten, nachdem die Herren ihre Jacken abgelegt hatten, zu Lucys Musik; einer stillen, nachdenklichen Lucy, die ihnen über das Klavier hinweg mit einem unerklärlichen Ausdruck in den Augen zusah.

Und Ben? Ich hätte nicht sagen können, was Ben dachte, es sei denn – aber er tanzte auch mit Clare, und nachdem der Abend zu Ende war, brachte er sie auch nach Hause.

Alles in allem, dachte ich, als ich mich nachts neben Roger zusammenrollte, war der Tag mehr als zufriedenstellend verlaufen.

22

In diesem Winter schien die Entfernung zwischen Oxfordshire und Somerset zusammenzurücken, und Ben kam überraschend oft am Wochenende nach Hause. Aber ich war mir immer noch nicht sicher, was er Clare gegenüber wohl empfand.

»Sie ist ein prima Kumpel«, hatte er einmal mir gegenüber fallenlassen, was in meinen Ohren nicht besonders romantisch geklungen hatte.

Doch eines Tages im April schaute ich zufällig aus dem Fenster und sah die beiden lachend die Weide hinter unserem Vordergarten überqueren – ich mußte auch lachen, weil ich

mich so über diesen Anblick freute. Und eingedenk der versteinerten Lucy fand ich, daß gemeinsames Lachen nicht zu unterschätzen war.
Ich machte mir immer noch Sorgen wegen Lucy. Wir trafen uns häufig, oft aßen wir mit ihr und Nick zusammen in Oxford, gingen hin und wieder ins Theater, manchmal nur mit Lucy und ihrem Mann und manchmal auch noch mit John und Angela.
Eines Tages hatten wir nach einem Abend bei Gilbert und Sullivan zu sechst bei John noch verspätet zu Abend gegessen, als Angela unwissentlich den Stein ins Rollen brachte.
»Ich bin neulich in dem kleinen Geschäft von Prudence Wintringham gewesen«, sagte sie leichthin und ohne Hintergedanken. »Sie hält ihren Laden wirklich gut in Schuß.«
»Ja, das glaube ich auch«, pflichtete Lucy ihr steif bei.
»Sie hat mir erzählt, daß sie sich sogar noch vergrößert«, fuhr Angela ahnungslos fort und merkte nicht, was sie damit anrichtete.
»Ich weiß. Sie will, daß ich ihr zur Hand gehe.«
»Wirklich? Das wäre ja eine prima Sache, oder?«
»Das kommt gar nicht in Frage«, sagte Nick und lächelte Lucy gönnerhaft an. »Lucy hat zu Hause schon genügend zu tun.«
»Das habe ich nicht, Nick. Das ist ja der springende Punkt.«
»Liebling, bitte, bring das Thema nicht wieder zur Sprache.« Nick zog die Schultern hoch und schaute uns an. »Mein angebetetes Weib hat viele gute Qualitäten.« Er tätschelte ihr die Hand. »Sie ist eine gute Köchin, und ich habe immer ein sauberes Hemd und einen ordentlich gebügelten Anzug. Ich verstehe nur nicht, wie sie auf die Idee kommt, sie könnte Kleidung verkaufen!«
»Ich interessiere mich für Mode«, stellte Lucy fest und zog verstohlen ihre Hand weg.
»Liebling, ich interessiere mich für Musik, aber das bedeutet noch lange nicht, daß ich ein Symphonieorchester dirigieren kann!«

»Das ist doch wohl etwas anderes, oder?« bemerkte ich und mischte mich dummerweise in etwas ein, an das sich sonst niemand heranwagte.
»Es gibt keinen Grund, *warum* sie arbeiten müßte«, betonte Nick und starrte mich an.
Ich senkte den Blick und spürte, wie in mir Ärger aufkam, als mir klar wurde, daß Nick mir die Schuld für Lucys Ruhelosigkeit gab.
»Aber Lucy, ich habe mich darauf verlassen, daß du mir im RED LION zur Hand gehst«, sagte ich, hob meinen Kopf und sah Nick direkt ins Gesicht. »Sie hat einen so guten Geschmack«, fuhr ich fort, »und deswegen brauche ich ihre Hilfe bei der Umgestaltung des Wohnzimmers dort. Ich weiß noch, wie unschätzbar ihr Rat beim Einrichten des Priors-Hauses war – erinnerst du dich auch noch, Roger? Sie war einfach unschlagbar, nicht wahr?«
»Sie hatte schon immer was für Kunst übrig«, unterstrich Roger.
»Ich würde gern helfen«, betonte Lucy.
»Gut, das ist abgemacht.« Ich lächelte Nick zuckersüß an. »Bestimmt können wir das so organisieren, daß du auf alle Fälle dein perfektes Abendessen bekommst.«
Es blieb Nick nichts anderes übrig als einzuwilligen, und Lucy fuhr immer öfter mit mir von einem Hotel zum anderen, beeindruckte mich mit ihrem Farbempfinden und mit der Sicherheit, mit der sie von vornherein wußte, wie das Endergebnis aussehen würde.
Roger hatte das ideale Grundstück für das neue Hotel in der Nähe von Woodstock gefunden, und ein Architekturbüro in Oxford hatte bereits geeignete Pläne erstellt.
Als ich auf der Baustelle stand und zusah, wie die Bauarbeiter das Fundament erstellten, überkam mich ein äußerst merkwürdiges Gefühl. Das hier war ein so großes Vorhaben – aufregend und gleichzeitig erschreckend. Wo sollten die Menschen herkommen, die ein so riesiges Gebäude füllten? Für

mein Gefühl war das hier ein haarsträubendes Wagnis, doch Roger hatte in der Vergangenheit bereits viel zu oft recht behalten, so daß ich meine Zweifel für mich behielt.

Das Projekt nahm Roger völlig in Beschlag, und Philip kam, sooft es ging, aus London, um liebevoll die wachsenden Wände zu betrachten und um pausenlos gute Ratschläge zu geben. Ich war mir sicher, daß die beiden sowohl den Architekten als auch die Bauarbeiter in den Wahnsinn treiben würden; doch wegen – oder vielleicht trotz – ihrer Einmischung wuchs das neue Hotel im Sommer 1924 beständig.

In der ersten Hälfte des Jahres hatten wir Ellie kaum zu Gesicht bekommen. Sie hatte ihre Arbeit in der Verwaltung aufgegeben und war jetzt rund um die Uhr in der Zentrale der Labour Party tätig. Abends hielt sie in den unterschiedlichsten Gegenden von London Vorträge über die Ziele des Sozialismus.

Ende März besuchte sie uns für ein Wochenende, und im Auto neben ihr saß ein dünner, dunkler, junger Mann mit braunen Augen und einem schmalen, ernsthaften Mund. Ich begrüßte ihn überrascht, denn ich hatte nicht damit gerechnet, daß sie einen Freund mitbringen würde.

»Das ist Robert Stephens, Mutter. Annies Sohn«, stellte Ellie ihn mir vor.

»Annies Sohn! Ja natürlich, du bist Robbie – jetzt erkenne ich dich. Wie schön, dich wiederzusehen! Ich habe schon jahrelang nichts mehr von deiner Mutter –«

»Sie ist leider im Krieg gestorben.«

»O nein! Ach, die arme Annie. Ihr letzter Brief ist schon ein paar Jahre her, und danach hat sie nichts mehr von sich hören lassen. Aber ich habe oft an sie gedacht. Wie ist das passiert?«

»Sie hatte Lungenentzündung, war überarbeitet und unterernährt.«

»Die arme Annie«, sagte ich wieder. »Wenn ich das nur gewußt hätte. Und dein Vater und die restliche Familie?«

»Die sind alle wohlauf und leben immer noch in Manchester.«

»Das freut mich aber. Komm doch rein – ich bin so froh, daß Ellie dich mitgebracht hat. Wie um alles in der Welt habt ihr euch getroffen? Und warum hast du uns nicht vorher Bescheid gesagt, Ellie?«

»Ich habe ihn erst gestern abend kennengelernt; ich habe mich von einer Minute auf die nächste dazu entschlossen, nicht wahr, Robert? Weißt du, Mutter, er und ein paar andere haben zusammen die Veranstaltung in Maida Vale organisiert, auf der ich gesprochen habe. Aber erst nach einer unsäglichen Tasse Kaffee haben wir herausgefunden, daß wir beide aus Collingford stammen und daß seine Mutter früher einmal im RING OF BELLS gearbeitet hat.«

»Ist dein Vater noch immer an Politik interessiert?« wollte ich wissen.

»Es ist sein ein und alles. Solange ich mich erinnern kann, hat er für die Gewerkschaft gearbeitet.«

»Und du trittst in seine Fußstapfen?«

»Ich tue, was ich kann.«

»Du siehst aus wie er«, bemerkte ich. Und in der Tat, wenn ich jetzt Robert genauer ansah, dann entdeckte ich eine geradezu unheimliche Ähnlichkeit mit seinem Vater. Zwar sahen seine Gesichtszüge anders aus, aber die Form seines Gesichts und die Art seiner Haare waren genauso wie bei seinem Vater. Darüber hinaus hatten beide eine ähnliche Ausdrucksweise; sie hatten eine ruhige Wachsamkeit an sich, die sich nur allzu schnell in ein Grinsen verwandelte.

Doch als ich dasaß und ihm beim Dozieren über den Eßtisch hinweg zuhörte, fand ich es auf einmal nicht mehr ganz so erfreulich, daß Ellie ihn mit nach Hause gebracht hatte. Denn soweit ich es beurteilen konnte, dachte und sprach Robert hauptsächlich in Klischees.

»Der Junge ist ja todlangweilig«, stellte Roger später fest, als wir unter uns waren. »Ellie interessiert sich doch nicht ernsthaft für ihn, oder?«

»Ich vermute, sie sieht eher den Genossen in ihm. Ellie hat

wahrscheinlich gedacht, daß ich mich über ein Wiedersehen freue. Weißt du, je mehr er geredet hat, desto eher erinnerte er mich an Jed.«

»Jed hat aber nie viel gesagt!«

»Nein, aber was er gesagt hat, war auch oft mit dieser Art von kaum unterdrücktem Ärger gefärbt – erinnerst du dich nicht mehr?«

»Ich weiß nur noch, daß der Mann ein ziemlicher Dummkopf war«, bemerkte Roger.

Ellie und Robert fuhren nach Berry Cross, um das kleine Haus anzuschauen, in dem die Familie Stephens anfangs gewohnt hatte, und auf dem Rückweg machten sie einen Abstecher ins RING OF BELLS, um dort einen Schluck zu trinken. Irgendwie ging das Wochenende vorbei, aber mit einem leichten Pochen in den Schläfen winkten wir ihnen zum Abschied zu, während sie wieder nach London fuhren.

»Irgendwann kommt der Punkt«, sagte ich zu Roger, »an dem man von Politik und unterprivilegierten Massen genug hat. Ich würde jetzt gern eine Beethoven-Platte hören, die Füße hochlegen und mich bei Elinor Glyn entspannen.«

»Du bist ein lasterhaftes Weib«, schüttelte Roger den Kopf. »Ich sage dir, wenn die glorreiche Revolution kommt, dann wird dein Kopf als erster rollen.«

»Ach, kümmere du dich um deine Sachen«, antwortete ich nur.

Das nächste Mal tauchte Ellie im Juni auf, diesmal allein und ohne irgendeine Ankündigung. Ich war im ROSE REVIVED gewesen, und als ich heimkam, stellte ich fest, daß inzwischen Ellie nach Hause gekommen und sich sofort ins Bett gelegt hatte.

»Sie sieht überhaupt nicht gut aus, Mrs. Leyton. Ich mache mir Sorgen um sie«, teilte mir Izzie mit. »Sie sah aus wie ein Geist. Getrunken hat sie ein bißchen etwas, aber zu essen wollte sie nichts.«

Ich ging die Treppe hinauf in Ellies Zimmer. Sie sah wirklich schrecklich aus. Ihr Gesicht wirkte grünlich weiß, und unter ihren tiefen Augen hingen dunkle Schatten.

»Ellie, Liebes«, sagte ich und schaute sie besorgt und geschockt an. »Was um alles in der Welt ist los? Du bist doch krank! Soll ich Richard holen?«

»Nein – nein, bitte Mutter, mach das nicht! Mir geht es ehrlich gut. Ich bin nur müde, das ist alles. Ich habe mich einfach überanstrengt.«

Ich setzte mich an ihr Bett und sah sie an.

Sie sah erschöpft aus, wirkte bedrückt und kleinmütig, genauso wie damals, als sie mit der Nachricht aus Frankreich zurückgekommen war, daß Lawrence tot war.

»Kann ich irgendwas für dich tun?« fragte ich. »Hast du Kopfweh?«

Ellie schüttelte den Kopf.

»Laß mich einfach schlafen«, forderte sie mich auf.

Sie schloß die Augen, und nachdem ich sie ein paar Momente lang besorgt angesehen hatte, verließ ich auf Zehenspitzen das Zimmer und ging wieder in die Küche zurück.

»Das hängt mit diesem ausschweifenden Leben zusammen, das sie führt«, schimpfte Izzie und klapperte im Spülbecken mit den Töpfen, um ihrem Unmut Ausdruck zu geben. »Ehrlich, Mrs. Leyton, Sie sollten sie sich vornehmen und ihr sagen –«

»Ich glaube, dafür ist sie schon ein bißchen zu alt«, erwiderte ich. »Aber wahrscheinlich hast du recht, Izzie. Sie arbeitet den ganzen Tag, dann hetzt sie durch London, um ihre Vorträge zu halten, und dann sitzt sie die halbe Nacht mit ihren Freunden zusammen.«

»Und sie raucht zu viel«, fand Izzie.

»Da hast du recht.«

Am nächsten Tag hatte Ellie schon wieder ein bißchen Farbe angenommen, aber sie war immer noch gedämpft und aß kaum etwas von dem, was ich ihr auf dem Frühstückstablett brachte.

»Ellie, irgendwas stimmt nicht, oder?« fragte ich vorsichtig.

»Ich habe doch gesagt, daß ich müde war!« Ihr Tonfall war scharf, aber nachdem sie das gesagt hatte, wirkte sie regelrecht reumütig. »Bitte entschuldige Mutter«, sagte sie zerknirscht. »Aber ehrlich, ich muß mich ausruhen, mehr nicht. Bitte reg dich nicht auf.«

»Warum treibt sich Ellie da leichenblaß im Garten ganz allein herum?« fragte Roger nachmittags mit einem Blick aus dem Fenster.

»Ich weiß nicht«, meinte ich. »Aber komm weg vom Fenster – sie haßt es, wenn sie den Eindruck bekommt, daß wir jede ihrer Bewegungen aufmerksam verfolgen.«

»Sie sieht überhaupt nicht gut aus«, stellte Roger fest.

Ich konnte ihm nur beipflichten, aber wenn Ellie uns nicht vertraute, dann konnten wir nicht allzuviel machen.

Später am Abend ging ich die Treppe hinauf, um mir etwas zum Ausbessern aus meinem Zimmer zu holen. Vor Ellies Tür zögerte ich einen Augenblick, aber sie hatte sich so nachdrücklich jede Störung verbeten, daß ich der Versuchung widerstand, zu ihr hineinzugehen. Ein paar Sekunden später kam ich wieder zurück, und diesmal hielt ich inne, denn jetzt konnte ich hören, daß sie weinte.

Ellie weinte nicht leicht. Als sie aus Frankreich zurückgekommen war, hatte sie geweint, nachdem Lawrence umgekommen war. Doch seither hatte ich nicht erlebt, daß sie ihren Gefühlen freien Lauf ließ. Im Normalfall war sie so ausgeglichen und beherrscht; ich wußte, es wäre ihr überhaupt nicht recht, wenn sie jemand dabei ertappen würde, wie sie sich diese Blöße gab. Andererseits brachte ich es nicht übers Herz, noch mal an ihrem Zimmer vorbeizugehen.

Ellie hatte sich in ihrem Bett zusammengerollt und wurde von Schluchzern gebeutelt. Ich nahm sie in die Arme, und einen Augenblick lang klammerte sie sich an mich, als wäre sie wieder das kleine Mädchen.

»Ellie, Liebes, was ist los?« fragte ich, als ihr Schluchzen nachließ. »Was ist passiert?«

Sie schüttelte stumm den Kopf.
»Ich bin nur – am Ende meiner Kräfte«, gab sie dann zu.
Ich hielt meinen Handrücken gegen ihre Stirn.
»Ich bin sicher, daß du Fieber hast. Ellie dir geht es nicht gut – ganz egal, was du sagst, ich rufe Richard.«
»*Nein!* Bitte nicht, Mutter – ich will nicht.«
»Aber warum denn nicht, Liebes? Du bist doch offensichtlich krank.«
»Ein für allemal, ich will *nicht*, daß du Richard holst!«
Ich stand da und schaute sie verwirrt und bestürzt an.
Während ich sie ansah, kam mir plötzlich eine Idee. Zuerst erschien sie mir so ungeheuerlich, daß sich mein Kopf dagegen wehrte, und ich schob den Gedanken weit von mir; doch je länger ich darüber nachdachte, desto eher fand ich, daß kaum etwas anderes Ellies Abneigung gegen Richards Untersuchung erklärte.
»Ellie«, sagte ich. »Ellie, Liebes – bist du schwanger?«
Sie hatte den Kopf weggedreht, aber jetzt wandte sie sich mir zu. Dann brach sie erneut in Tränen aus, diesmal geräuschlos.
Stumm schüttelte sie ihren Kopf, und einen Moment lang stand ich hilflos da und tadelte mich selbst. Wie kann man nur eine solche Frage stellen, dachte ich. Ellie, von allen Menschen – die empfindsame, anspruchsvolle Ellie.
»Hättest du denn etwas dagegen gehabt?« wollte sie plötzlich wissen.
»Dagegen gehabt?« Ich zuckte mit den Schultern und lachte kurz. »Na ja, es ist nicht unbedingt das, was man seiner Tochter wünscht, oder? Aber wir würden dich nicht davonjagen, wenn du das gemeint hast. Du wärst uns nach wie vor willkommen!«
Ellie seufzte lange und zittrig.
»Ich war schwanger, Mutter. Aber ich habe es nicht mehr.«
Einen Augenblick lang war es völlig still; ich hatte plötzlich den Eindruck, als würde ich keine Luft mehr bekommen. Ich

öffnete den Mund, um zu sprechen, aber mir blieben die Worte im Hals stecken. Die Stille wurde immer länger.

»Mutter, bevor du über mich zu Gericht sitzt, denk bitte dran, was ein Baby für mich bedeutet hätte«, erklärte Ellie rasch mit hoher Stimme. »Was um Himmels willen hätte ich damit angefangen? Wie hätte ich das bewältigen sollen? Es gibt vielleicht eine Möglichkeit – nur eine kleine –, daß ich bei der nächsten Wahl als Parlamentskandidatin angenommen werde! Stell dir vor, ich müßte das ablehnen, weil ich mich um ein Baby kümmern muß, das ich nicht einmal haben wollte. Und sieh es dir auch mal aus dem Blickwinkel eines Kindes an. Wer will schon gern ein Bastard sein?«

»Tu doch nicht so, als hättest du dir Gedanken um das Baby gemacht!«

»Na ja, natürlich nicht richtig.«

»Du hast eine Abtreibung machen lassen?«

»Das sagte ich doch bereits, oder? Ich wollte es dir nicht mitteilen – ach, ich wünschte, ich hätte es nicht getan!«

»Ach Ellie!« Ich drehte ihr meinen Rücken zu und ging zum Fenster hinüber.

»Mutter, ich hatte keine andere Wahl.« Jetzt klang ihre Stimme ruhiger und weniger nach Verteidigungshaltung.

»Du hättest das Baby zur Welt bringen können. Du hättest den Mann heiraten können.«

»Nein! Das wäre überhaupt nicht in Frage gekommen.«

»Warum?« Ich drehte mich zu ihr hin und betrachtete sie mit versteinerter Miene. »War er bereits verheiratet?«

»Nein. Ich – ich habe ihn einfach nicht geliebt, Mutter. Es war ein Fehler, die ganze Angelegenheit – ein schrecklicher, gräßlicher Fehler, der noch hundertmal schlimmer geworden wäre, wenn wir geheiratet hätten.«

»Hat er dir angeboten, zu heiraten?«

»So weit kam es nicht. Ich habe ihm nichts von dem Baby erzählt.«

Nichts in meinem Leben hatte mich auf etwas Derartiges

vorbereitet. Frauen wurden schwanger; das passierte immer wieder. Unehelich geboren zu werden war eine traurige Sache, aber verständlich. Doch das – das! Für mein Verständnis war so etwas gottlos, undenkbar und häßlich. Es war Mord, unmißverständlich Mord.

»Wie – wie geht es dir?« brachte ich dann irgendwann hervor. »Ich meine, das kann gefährlich sein.«

»Es geht«, antwortete Ellie. »Mach dir keine Sorgen um mich. Es war alles steril und sehr, sehr teuer.«

»Tu nicht so, als wärest du hart, Ellie«, sagte ich. »Du bist nicht hart. Wenn du das wärst, dann würdest du nicht weinen.«

Ellie legte sich wieder in ihre Kissen und schloß die Augen, und ihr Gesicht hatte fast dieselbe Farbe wie die Bettwäsche angenommen.

»O Gott«, sagte sie bitter. »Wie sehr haben wir uns für die Gleichberechtigung der Frauen eingesetzt und uns die Beine ausgerissen dafür. Wenn es aber einmal drauf ankommt, dann ist doch alles vergebens: Die Männer haben für einen Augenblick ihren Spaß, und dann gehen sie davon, während wir Frauen die Rechnung bezahlen müssen.«

Ich schüttelte hilflos den Kopf, dann setzte ich mich auf ihre Bettkante und schlang meine Arme liebevoll um sie.

»Ich weiß nicht, Ellie«, antwortete ich. »Ich bin nicht so schlau. Ich weiß keine Antwort auf solche Fragen. Ich denke nur – hat denn das Baby nicht auch Rechte?«

»Meine Güte, wie kann man nur so verknöchert sein! Das sind ja Ansichten wie zu Zeiten von Queen Victoria.«

»Schon möglich. Aber selbst wenn, willst du mir das etwa zum Vorwurf machen? Schließlich war ich ziemlich lange Viktorianerin. Ich habe immer den Eindruck, daß ihr mit euren ganzen furchtlosen, modernen Ansichten auch nicht ganz glücklich seid, oder?«

»Ich hatte keine andere Wahl.«

»Warum bist du dann so traurig? Und warum mußt du so hemmungslos weinen?«

Ellie wußte keine Antwort darauf, statt dessen gab sie eine Art Keuchen von sich und begann wieder erbärmlich zu schluchzen.

»Mein Leben ist ein einziges Durcheinander«, keuchte sie dann dumpf. »Ein elendes, hoffnungsloses Durcheinander.«

Ich umarmte sie und hätte ihre Sorgen am liebsten in mich aufgesogen, auch wenn ich wußte, daß das unmöglich war. Sie bat mich nicht, Roger gegenüber Schweigen zu bewahren, und ich war tatsächlich so traurig, daß ich meine Gefühle vor ihm nicht verbergen konnte. Er war genauso sprachlos wie ich, doch als er dann endlich wieder ein Wort hervorbrachte, richtete sich seine ganze Wut auf den Mann, der in die Geschichte verwickelt war.

»Wenn ich den zwischen die Finger bekomme!« tobte er. »Mein Gott – ein anständiges Mädchen wie Ellie –«

»Aber Roger, sie ist doch nicht mehr sechzehn! Man kann ihm gar nicht vorwerfen, ein unschuldiges, junges Ding ausgenutzt zu haben.«

»Ich hatte immer etwas dagegen, daß sie in London lebt, von Anfang an«, meinte Roger. »Das ist doch kein Leben für eine Frau. Und dann diese Bolschewiken, mit denen sie ständig zusammen ist –«

Obwohl ich tieftraurig war, versuchte ich seinen Argumenten etwas entgegenzuhalten, aber Roger ließ sich nicht beirren und ging wütend im Zimmer auf und ab.

»Soll das etwa Emanzipation sein? Ist das die neue, befreite Frau? Wenn ja, dann sollten wir so schnell wie möglich wieder zu den alten Zeiten zurückkehren.«

»Die alten Zeiten sind vorbei«, wandte ich ein. »Es gibt kein Zurück.« Rogers Wut brachte mich dazu, Ellie zu verteidigen. »Freiheit bedeutet, daß wir jetzt die Wahl haben – noch vor ein paar Jahren wäre das unmöglich gewesen.«

»Wer die Wahl hat, muß auch die Verantwortung übernehmen!«

»Ellie ist nicht verantwortungslos. Sie hat wahrscheinlich

einen Fehler gemacht – aber sie ist bestimmt nicht verantwortungsloser als Männer, die seit Jahrhunderten, ohne an die Folgen zu denken, ungewollte Kinder in die Welt setzen.«
»Jenny – du klingst so, als würdest du ihr verzeihen.«
Unglücklich ließ ich meinen Kopf gegen die Sessellehne sinken und starrte ins Nichts.
»Nein«, sagte ich. »Ich muß immer noch an das Baby denken. Theoretisch kann ich Ellie schon verstehen, wenn sie fragt, warum ausgerechnet die Frauen die Konsequenzen tragen sollen. Wenn ich an die Gleichberechtigung der Frauen glaube – was ja auch der Fall ist –, dann sollte ich wahrscheinlich derselben Meinung sein. Vermutlich bin ich aber zu sehr ein Geschöpf der viktorianischen Zeit, denn dieser Gedanke macht mich krank.«
»Zur Hölle mit all diesen Gedanken und Theorien! Ich erlaube nicht, daß Ellie wieder zurückfährt.«
»Roger, wir wissen doch beide, daß sie uns schon längst nicht mehr um Erlaubnis fragt.«
»Das werden wir ja sehen!«
Roger tobte lautstark, doch als er und Ellie sich am nächsten Tag begegneten, schloß er sie in seine Arme, und ich war nicht überrascht, als ich sie ein paar Minuten später nebeneinander durch den Garten gehen und sich dabei ruhig unterhalten sah. Im Laufe der nächsten Tage gewann Ellie die Fassung wieder, war aber immer noch blaß und schweigsam. Auf unsere Bitten hin, doch noch eine Woche zu Hause zu bleiben, bis sie sich völlig ausgeruht hatte, willigte Ellie ein. Ihre Verpflichtungen ließen sich mit ein paar Telefongesprächen regeln, und Ellie gab sich dem schamlosen Nichtstun hin.
»Je weniger man macht, desto fauler wird man«, bemerkte sie eines Tages zu mir, als wir zusammen durch den Garten schlenderten. »Ich sollte längst wieder zurückfahren.« Doch so ganz überzeugt klang sie nicht. Ihr Londoner Leben war irgendwie unwirklich geworden, so, als hätte es der Rauch aus den Kaminen verschluckt.

»Geht es dir inzwischen ein bißchen besser?« wollte ich wissen.
»Viel besser.« Ellie lächelte mich an. »Inzwischen kommt es mir vor wie ein Alptraum.«
»Bleib doch noch ein bißchen«, bat ich sie. »In London ist es in diesen Tagen schrecklich heiß.«
»Ich weiß. Allein der Gedanke daran bedrückt mich schon.«
»Dann kehr der Stadt eine Weile den Rücken zu.«
»Führ mich nicht in Versuchung! Die Arbeit wird nicht weniger.«
»Das Parlament macht doch sicherlich auch eine Sommerpause, oder?«
»Aber nicht so lang; und selbst wenn, dann gibt es in der Zentrale immer noch jede Menge Arbeit.«
»Trotzdem solltest du noch nicht fahren.« Ich hängte mich bei ihr ein. »Wir haben dich gern hier.«
»Ich wüßte nicht, warum. Ich bereite dir doch nur Kopfschmerzen.«
»Unsinn!«
Wir kamen an einer Bank an und setzten uns neben den wilden, weißen Jasmin – mir ging plötzlich durch den Kopf, daß genau hier auch Ben und Ellie nach Lucys Hochzeit gesessen hatten.
»Ein wunderschöner Abend, findest du nicht«, meinte ich und setzte mich hin. »Warum ist es bloß nicht jeden Tag so?«
»Nichts bleibt, wie es ist«, erwiderte Ellie. »In jedem Paradies haust irgendwo auch eine Schlange und wartet nur drauf, daß sie zubeißen kann.«
»Ach Ellie«, sagte ich. »Ich würde dir so gern helfen.«
»Hast du mir denn verziehen?«
»Du bist unverzeihlicher dir selbst gegenüber, als ich es jemals sein könnte.«
»Vielleicht. Ich habe so lange darüber nachgedacht, Mutter, und ich sehe immer noch nicht, wie ich es hätte anders machen können.«

»Findest du nicht, daß der Vater des Kindes ein Recht gehabt hätte, es zu wissen?«

»Nein!« Ellie schwieg einen Moment und drehte unschlüssig ein Gänseblümchen zwischen ihren Fingern hin und her. »Willst du eigentlich gar nicht wissen, wer der Vater war?«

»Doch«, antwortete ich nach einer Weile. »Doch, das will ich schon.«

»Ich erzähle es dir, weil du dann vermutlich besser verstehst, warum wir nie und nimmer hätten heiraten können. Es war Robert Stephens.«

Ich sah Ellie an und dachte erstaunt an den dunklen kleinen Mann mit den wütenden Augen in dem glänzenden Anzug, und ich erinnerte mich wieder an seine vielen abgedroschenen Phrasen.

»Annies Sohn also!« sagte ich.

»Jeds Sohn. Ein merkwürdiger Mensch, Mutter. Ein Fanatiker. Verbittert und voller Haß und hoffnungslos. Ich hätte ihn nie heiraten können.«

»Aber Ellie – warum um alles in der Welt –?«

»Warum ich dann überhaupt mit ihm ins Bett gegangen bin? Ich habe doch schon gesagt, daß es eine verrückte, ganz spontane Sache gewesen ist. Wahrscheinlich waren wir beide ein bißchen betrunken – von Wörtern, meine ich, nicht vom Wein, obwohl wir auch davon ziemlich viel intus hatten. Wir waren bei einem Treffen gewesen, in einer Wohnung, und dann hat er mich zu mir nach Hause begleitet. Plötzlich hatte ich das Gefühl, mich überrollt die Einsamkeit, und deswegen habe ich ihn mit nach oben genommen. Weißt du, er hat eine merkwürdige Ausstrahlung. Glaube mir, er kann umwerfend charmant sein, wenn er will.«

»Jed war genauso«, versicherte ich. »Und ich glaube nicht, daß Annie ihn jemals zurückgewiesen hätte.«

»Aber sieh doch nur, was aus ihr geworden ist! Nein, Mutter – es war eine bedauerliche und bittere Erfahrung, und so etwas wird mir nie wieder passieren; aber es mußte so ausgehen.«

Danach erwähnte Ellie ihre Abreise nach London nicht mehr, wirkte zufrieden, wenn sie sich in der Sonne aalte, über die Hügel marschierte oder mit unserem alten Spaniel am Fluß entlangwanderte. Manchmal ging sie ins RING OF BELLS, um dort Roger zu treffen, und am Sonntag sahen sie sich beide das Spiel der Kricketmannschaft auf dem Dorfanger an. Wahrscheinlich war es ein merkwürdig friedlicher Kontrast zu ihrem rasanten Leben in London, und Izzie und ich registrierten zufrieden ihren wachsenden Appetit und daß sie im großen und ganzen entspannter wirkte.

Während sie eines Tages dem Kricketspiel auf dem Dorfanger zusah, stellte Ellie fest, daß sich unser Spaniel Kim einen Dorn in die Pfote getreten hatte. Zum Glück war der neue Tierarzt ein Kricketspieler und konnte gleich helfen.

»Ich kenne ihn gar nicht«, meinte ich. »Ist er nett?«

»Er ist ein brauchbarer Schläger«, antwortete Roger. Daraufhin wechselten Ellie und ich einen amüsierten Blick.

»Treffender kann man ihn eigentlich nicht beschreiben, oder?« murmelte ich.

»Er wirkt ganz angenehm«, bemerkte Ellie fest, aber damit sagte sie eigentlich auch nicht mehr über ihn aus. »Sein Gesicht ist so freundlich knorrig.«

Als ich zwei oder drei Tage später abends aus dem RED LION zurückkam, saß der Mann mit dem freundlich knorrigen Gesicht auf dem Rasen unseres Hauses unter der Blutbuche und trank mit Ellie Tee. Er hieß Geoffrey Maskell und erklärte mit einer lahmen Ausrede seine Anwesenheit: Er behauptete, er sei gekommen, um Kims Pfote zu kontrollieren.

Das konnte stimmen, oder auch nicht, dachte ich. Für mich war wichtiger, daß Ellie sich offensichtlich mit ihm wohl fühlte. Sie unterhielt sich mit ihm und sprühte dabei fast wie früher Funken, und Geoffrey betrachtete sie dabei amüsiert und ungläubig staunend. So, als habe er sich immer gewünscht, einmal eine solche Frau zu treffen, hätte aber nie gedacht, daß das tatsächlich Wirklichkeit werden könnte. Bevor er sich verabschiedete, lud er sie für den darauffolgenden Tag ein, mit ihm zu einem abgelegenen Hof zu fahren, wo er Tests mit einer Kuhherde machen mußte. Ellie sagte zu.

Am nächsten Tag teilte uns Ellie am Telefon mit, daß sie zum Abendessen nicht nach Hause kommen würde, weil sie mit Geoffrey ins ROSE REVIVED gehe.

»Ich hoffe nur, sie zieht sich nicht wieder eine Verletzung zu«, äußerte sich Roger, als wir zu zweit zu Abend aßen. »Was hältst du von ihm?«

»Ich fand ihn sehr nett«, meinte ich. »Er wirkte nicht wie jemand, der andere verletzen will. Er strahlte eine ruhige Kraft aus.«

Stabilität, dachte ich. Das braucht Ellie jetzt, und Geoffrey Maskell hat sie.

Er schaute kurz zum Tee vorbei, wenn er es sich einrichten konnte, und dann und wann fuhren sie nach Oxford ins Theater oder zu einem Konzert. »Es ist so einfach mit ihm«, sagte Ellie. »Nicht anspruchsvoll. Ich mag ihn sehr gern. Aber mach dir keine Hoffnungen, Mutter – wir sind Freunde, mehr nicht. Nur Freunde.«

Eines Abends hatten Roger und ich mit den Fenwicks außerhalb gegessen, und als wir nach Hause kamen, war es schon spät. Kurz vor dem Priors-Haus kam uns Geoffreys zerbeulter Wagen entgegen.

Es war einer der Sommerabende, an denen es erst spät dämmrig wird, doch bis auf eine kleine Lampe in der Diele lag unser Haus bereits im Dunkeln. Als ich eintrat, knipste ich die Deckenbeleuchtung an. Da entdeckte ich, daß sich Ellie auf einem Fensterbrett zusammengerollt hatte und uns wie eine Katze anblinzelte.

»Herrje, ich wußte nicht, daß hier jemand ist«, erschrak ich. »Warum sitzt du denn im Dunkeln?«

Sie richtete sich auf und streckte sich.

»Ich habe nachgedacht«, antwortete Ellie. »Und das war ziemlich anstrengend. Ich glaube, ich gehe besser zu Bett.«

Sie sagte gute Nacht, verschwand, und ich war mir ziemlich sicher, daß Geoffrey ihr einen Heiratsantrag gemacht hatte. Aber ich war mir überhaupt nicht sicher, was sie ihm wohl darauf geantwortet hatte.

Ich mochte Geoffrey. Ich hätte alles dafür gegeben, wenn Ellie in unserer Nähe leben, eine Familie gründen und ein normales Leben führen würde. Aber andererseits konnte ich mir sie auch überhaupt nicht als Landfrau vorstellen. Bei ihrem Besuch hatte sie diesmal fast gar nicht von Politik geredet, und mir gegenüber hatte sie einmal fallengelassen, daß sie mit Geoffrey nie darüber sprach. Andererseits war Ellies Politik immer auch eng mit dem Leben verknüpft gewesen, und ich konnte mir Ellie gar nicht anders als mitten im Geschehen vorstellen.

In den darauffolgenden Tagen war sie still und nachdenklich, und Geoffrey ließ sich nicht blicken. Eines Abends Ende Juli sah ich sie Hand in Hand den Weg hinunterbummeln, während sie immer mal wieder stehenblieben, ein Wort wechselten oder sich küßten, und da wußte ich, welche Antwort sie ihm gegeben hatte.

»Denk doch bloß, wie gut es ist, einen Tierarzt in der Familie zu haben«, kommentierte Ellie, nachdem die beiden das Haus erreicht hatten und wir auf ihr Glück angestoßen hatten.

»Nur so lange, wie er der Versuchung widerstehen kann, seine Schwiegermutter um die Ecke zu bringen.« Ich lächelte Geoffrey zu, und er lächelte von seinem Platz neben Ellie aus zurück.

»Ich hoffe, du bist einverstanden«, bemerkte Geoffrey, als wir kurz allein waren.

»Ellie braucht jemanden wie dich«, versicherte ich. »Wir sind hoch erfreut.«

»Ich kann es immer noch nicht ganz fassen.« Geoffrey lachte kurz und atemlos. »Ich verstehe überhaupt nicht, was sie in mir sieht.«

»Unterschätz dich nicht. Du hast Ellie glücklich gemacht –

schau sie dir doch bloß an. Für mein Gefühl ist sie eine glückliche Frau.«

»Aber ich finde, ich bin der Glückspilz«, widersprach er und hielt Ausschau, wo Ellie blieb.

Am nächsten Tag traf mit der Post ein Brief für Ellie aus London ein. Sie kam in bester Laune zum Frühstück herunter, gab Roger einen Kuß auf den Kopf im Vorbeigehen und zog Kim am Ohr, während sie zur Anrichte ging, um sich von den Eiern und dem Speck zu holen.

»Habt ihr schon jemals so ein Wetter erlebt?« wollte sie wissen. »Ist das nicht himmlisch? Tag für Tag denkt man, daß es jetzt bestimmt vorbei ist, und dann scheint doch jeden Tag wieder die Sonne.« So plapperte sie glücklich, während sie den Briefumschlag untersuchte und ihn mit dem Messer öffnete, bevor sie sich ihrem Frühstück zuwandte. Ich dachte noch, wie jung sie aussieht – jung und lebhaft und wunderschön. Bitte, lieber Gott, laß sie glücklich sein. Sie hat schon so viel durchmachen müssen.

Ellie las ihren Brief und verstummte. Dann legte sie den Brief zitternd auf den Tisch, stand plötzlich auf und ging ans Fenster, schob die Hände tief in ihre Rocktaschen, zog die Schultern hoch und starrte in den Garten hinaus.

»Was ist passiert?« wollte Roger wissen. »Hast du schlechte Nachrichten bekommen?«

Er sah bange zu ihr hinüber. Ellie drehte sich um, schwang schnell und nervös den Kopf, als wollte sie sich eine Haarsträhne aus der Stirn schütteln.

»Nein«, antwortete sie. »Nicht direkt schlecht. Aber der Zeitpunkt läßt doch etwas zu wünschen übrig.« Ihre Stimme war hoch und angespannt.

»Ellie?«

Sie schaute mich an und wirkte so, als könnte sie nur mit Mühe schlucken.

»Es ist etwas, das ich mir immer gewünscht habe – etwas, das ich mir zeit meines Lebens gewünscht habe.«

Ihr Gesicht war käseweiß.
»Die Regierung wird Ende der Sitzungsperiode Neuwahlen ausschreiben – und sie wollen, daß ich mich zur Verfügung stelle. Versteht ihr? Sie wollen mich.«
Ellie stand einen Augenblick da, kaute an ihrer Lippe, und wir starrten sie wortlos mit aufgerissenen Augen an. Dann griff sie nach dem Brief und rannte aus dem Zimmer.

23

Obwohl die Sozialisten letztendlich die Wahl verloren, bei der sich Ellie hatte aufstellen lassen, fand sie das Ergebnis gar nicht so betrüblich, denn der Gegner hatte seine Mehrheit eingebüßt. Falls sie es jemals bedauerte, sich am Ende doch gegen Geoffrey entschieden zu haben, so vertraute sie mir das nicht an. Der arme Kerl ging uns aus dem Weg, was ich ihm nicht übelnehmen konnte. Ich sah ihn manchmal mit seinem verbeulten, kleinen Auto übers Land fahren, und dabei wirkte er wie ein eingefleischter und ziemlich einsamer Junggeselle.
Ich war enttäuscht, daß ich am Ende von Bens Sommerferien noch immer nicht wußte, was nun aus seiner Bekanntschaft mit Clare geworden war.
»Dieser elende Krieg ist an allem schuld«, beklagte ich mich eines Tages mürrisch bei Roger. »Wahrscheinlich ist Ben nur deswegen viel zu vorsichtig.«
Roger lachte über mich.
»Eine derart seltsame Beschwerde habe ich ja noch nie von einer Mutter gehört. Ich dachte immer, die Eltern sollten die rasche Vergänglichkeit der Jugend betrauern.«
»Ich glaube, Ben weiß gar nicht, was das Wort Jugend überhaupt bedeutet. Er wirkt so, als habe er schreckliche Angst, sich irgendwie festzulegen. Weißt du, Roger, ich glaube, eine arrangierte Hochzeit hat doch viel für sich.«

»Ach ja? Und was glaubst du, wohin uns das führen würde? Wenn ich mich recht erinnere, dann hättest du eigentlich hinter der Theke einer Metzgerei in Witney stehen sollen, und bei mir war vorgesehen, daß ich mich mit der gräßlichen Miss Dodwell aus Standlake verbinde. Im Grunde findest du doch, daß eine Menge für Ehen spricht, die *du* eingefädelt hast!«
Ich lachte gequält.
»Ja, vermutlich stimmt das. Aber mich ärgert es, wenn ich zwei wie Ben und Clare sehe, die so auffallend gut zusammenpassen, daß es jedem außer ihnen selbst auffällt. Aber sie umkreisen sich unschlüssig. Zuerst sieht es so aus, als ob Ben einen Schritt nach vorne tut, während Clare zurückweicht. Und dann bekommt Ben es mit der Angst zu tun, und Clare macht einen mutigen Eindruck.«
»Aber es gibt nichts, was du tun könntest, Liebling. Sie brauchen ihre Zeit und treffen ihre Entscheidungen allein.«
Ich stimmte Roger zu. Aber am liebsten hätte ich sie beide von Zeit zu Zeit geschüttelt.
Erst an Weihnachten trafen sich die beiden wieder, und inzwischen kannten sie sich schon ein ganzes Jahr. Mit wilder Entschlossenheit befestigte ich Mistelzweige an strategisch günstigen Plätzen, doch soweit ich es überblicken konnte, wollte außer Peter an Weihnachten niemand kommen. Dann würde er eben davon profitieren. Peter traf Clare zum ersten Mal und bemühte sich, ihr gegenüber charmant zu sein. Währenddessen stand Ben etwas säuerlich daneben und tat nichts, um Clare auf seine Seite zu ziehen. Mein Wunsch, ihn zu schütteln, wuchs enorm.
Goffy fuhr in diesem Jahr zu seinem Bruder nach Nottingham, aber letztendlich kamen John, Angela, Mark und Charlotte zu uns, was mich sehr freute. Die drei Brüder waren schon so lange nicht mehr zusammengewesen – das letzte Mal bei der Beerdigung ihrer Mutter, was keine besonders glückliche Zusammenkunft gewesen war. Roger und John waren inzwischen Großvater geworden, und Mark hatte bereits

schneeweißes Haar, aber über das Wiedersehen waren sie so glücklich wie Buben, die noch die Schulbank drücken.

Ich war ganz außer mir vor Freude über das Wiedersehen mit Charlotte. Anscheinend gelang es uns, genau dort die Unterhaltung weiterzuführen, wo wir sie vor Jahren aufgehört hatten. Bei Charlotte hatte ich immer das Gefühl, daß ich mich oder meine Gedanken nicht erklären brauchte. Als wir unsere Neuigkeiten und Beobachtungen austauschten, wußte ich mit Bestimmtheit, daß ich nie wieder so eine Freundin wie sie finden würde. Ich spürte, daß so eine Freundschaft wie die unsere in der Jugend geschmiedet werden mußte und dann durch gemeinsame Freude und Leid wuchs.

Da das Haus voller Leute war, hatte ich ein paar Tage keine Gelegenheit zu einem ruhigen Gespräch mit Roger. Doch während wir uns beide zum Ball schönmachten, brachte er es fertig, so etwas wie eine Bombe zu zünden.

»Peter hat mich heute früh vor dem Jagdtreffen abgefangen«, begann er.

»Ach ja?«.

»Er will mit ins Geschäft einsteigen.«

»*Wie?* Warum denn das, Roger? Wollte er denn nicht eine Flugshow machen?« Mit einem Mal war ich hellwach.

»Diese Fliegerei-Geschichte macht er doch nicht allein – da ist er von einem Freund abhängig, und der ist allem Anschein nach ein ziemlich verrückter Kerl. Peters Flugzeug ist immer noch einsatzfähig, sagt er, aber die Bestätigung dafür, daß das andere noch lufttüchtig ist, kostet mehr, als sie gedacht haben. Und deswegen will der andere aufhören.«

»Was hast du Peter gesagt?«

»Nur, daß ich darüber nachdenken werde. Natürlich will ich dem Jungen helfen.«

»Liebling, sei vorsichtig!«

»Mach mir keine Angst! Vorsichtig wovor?«

»Ich weiß nicht. Ich kann Peter inzwischen nicht mehr einschätzen.«

»Was spricht dagegen, daß er ein überaus kompetenter Manager wird, wenn er lernt und bereit ist, hart zu arbeiten.«
»Aber nur dann, wenn das auch der Fall ist«, erwiderte ich skeptisch.
»Er kann mit Menschen gut umgehen. Das ist in unserem Geschäft wichtig. Und Miss Perkins will im Frühjahr aufhören.«
»Aber Roger, Peter kann doch unmöglich ihre Stelle einnehmen! Sie schreibt mit der Schreibmaschine, bedient das Telefon, stellt Rechnungen aus und zeigt den Gästen ihre Zimmer – das sind alles langweilige, kleine Tätigkeiten, die unbedingt sein müssen, aber nichts hermachen. Das ist ganz und gar nicht Peters Art.«
»Nein – aber selbst wenn, vielleicht findet sich ja doch irgendwo etwas für ihn.« Roger schwieg einen Moment und mühte sich mit seiner Krawatte ab.
»Warte – laß mich.« Ich ging zu ihm hin und rückte den weißen Knoten zurecht. »Du siehst immer so vornehm im Frack aus. So, jetzt sitzt sie.«
»Du sagst Mark aber nichts, oder?«
»Wenn du mich darum bittest. Aber warum?«
»Peter will erst einmal abwarten, bevor er ihn beunruhigt.«
Damit brachen wir das Thema ab, aber bei dem Gedanken, daß Peter ständig anwesend sein würde, fühlte ich mich ganz und gar nicht wohl. Im RING OF BELLS später waren wir eine große Gruppe, und er saß ziemlich weit weg von mir. Ich beobachtete ihn, wie er auf der anderen Seite der Tafel saß und überlegte, wie er sich wohl einfühlen würde.
An dem Abend war Peter offensichtlich bester Laune, und wenn er gut gelaunt war, dann strahlte er eine ungeheure Kraft aus. Er hatte das Aussehen seiner Mutter und ihre Halsstarrigkeit, aber er hatte auch etwas von seiner Großmutter; eine starke Persönlichkeit, die sowohl Anziehung als auch Verdruß auslöste. Ganz egal, wie man ihn fand, übersehen konnte man ihn jedenfalls nicht.

In diesem Jahr trugen die Gäste Kleider aus schimmernden Stoffen mit orientalischer Stickerei, Perlen und in hellen, leuchtenden Farben. Es gab fließende Gewänder und mit Juwelen besetzte Stirnbänder und vergoldete Turbane mit Federn. Immer mehr Frauen hatten sich inzwischen die Haare abgeschnitten, und in unserer Gruppe waren Charlotte und ich die einzigen, die sie noch lang trugen. Ein paar junge Männer trugen ein zweireihiges Dinnerjacket anstelle des üblichen Fracks.

»Das sieht ein bißchen ungehobelt aus, findest du nicht?« wandte sich Mark an mich. »Ich glaube nicht, daß sich das durchsetzt.«

»Das habe ich am Anfang auch über das Auto gesagt«, fiel mir ein.

»Und vom Flugzeug ganz zu schweigen! Was hältst du denn davon, Jenny? Ein erdverbundener Mann wie ich hat einen Sohn, der sein Geld mit Loopingdrehen verdient.«

Vielleicht ja nicht mehr besonders lange, dachte ich.

»Ich wünschte mir wirklich, er würde damit aufhören«, fuhr Mark fort. »Ich mache mir solche Sorgen um ihn. Manchmal kommt es mir so vor, als sei der Krieg noch gar nicht vorbei.«

Ich blickte auf meinen Teller und überlegte, ob ich etwas sagen sollte, doch dann entschied ich mich dagegen. Schließlich hatte ich Roger mein Wort gegeben.

»Jedenfalls schießt man hier nicht auf ihn«, sagte ich und versuchte Mark zu trösten. Ich sah noch einmal zum Tischende, wo links neben Clare Ben saß und auf der anderen Seite Peter. »Trotzdem habe ich das Gefühl, als würde er heute abend noch einen Schuß abkriegen.«

Mark folgte meinem Blick. Peter hatte Clare in Beschlag genommen und hatte seinen Kopf nah an den ihren geschoben. Er lachte und machte mit seiner Hand ein näher kommendes Flugzeug nach. Er wendete den Kopf, um die mit einzubeziehen, die neben ihm saßen, und um sie beim Erzählen mit in seinen Bann zu ziehen. Lucy, Nick und Clare bogen sich vor Lachen.

Ben saß verdrießlich da, biß sich innen auf die Wange und kratzte mit seiner Gabel Muster auf das Tischtuch. Später gab er sich Mühe und riß sich so weit zusammen, daß er mit Lucy und Ellie tanzte. Einmal forderte er auch Clare auf, doch dann drehten sie mit versteinerter Miene ihre Kreise, sahen sich nicht an und sprachen kein Wort miteinander.
Mir wurde das Herz schwer, und der Abend büßte ein bißchen von seinem Glanz ein. Als Mark gähnte und fragte, ob er sich zurückziehen dürfe, denn er sei wirklich schon zu alt, um morgens auf die Jagd zu gehen *und* dann auch noch so lange aufzubleiben. Mir war es nur recht, daß die jüngeren Familienmitglieder ohne uns weiterfeierten.
»Hast du etwas dagegen?« fragte ich Roger.
»Gütiger Gott, nein! Ich habe mir in der letzten Zeit oft genug die halbe Nacht um die Ohren geschlagen. Wir werden älter, Jenny.«
»Ich weiß selbst, wie alt ich bin«, antwortete ich sauer; doch als ich später nicht einschlafen konnte, dachte ich, daß ich mich an diesem Abend wirklich sehr alt gefühlt hatte.
Ich trauerte immer noch darüber, daß nichts aus Ellies Romanze geworden war, besonders weil sie gar nicht ins Parlament gewählt worden war, obwohl sie sich das so erhofft hatte.
»Ich habe nie erwartet, daß es schon aufs erste Mal hinhaut«, behauptete sie. »Es wird ein zweites Mal geben. Die Partei ist ziemlich zufrieden mit mir.«
Das mochte ja alles sein, dachte ich. Aber ist das ein Trost, wenn man alt ist?
Mein Gesicht hatte meine Gefühle wohl allzu deutlich widergespiegelt.
»Ich kann nichts dafür, daß ich so bin«, fuhr Ellie fort. »Schließlich habt ihr mich erst drauf gebracht, du und Tante Charlotte. Sie lieferte die Theorie für die Emanzipation der Frauen, und du hast sie gelebt. Wenn ich an euch beide dachte, dann konnte ich doch gar nicht auf die Idee kommen, daß

Frauen auf irgendeine Art und Weise weniger wert sind als Männer. Und ehrlich gesagt lassen sich alle meine politischen Überzeugungen auf diesen Grundsatz zurückführen.«

Mich beruhigte das nur zum Teil, denn meine Sorgen waren damit nicht vom Tisch.

Und dann Lucy.

Sie wirkte so, als würde sie sich inzwischen mehr auf das Leben mit Nick einlassen; doch besonders *lustig* war es ja nicht, wenn man sich gerade mal auf etwas einließ. Ich wünschte, sie würde ihr Köpfchen und ihr zweifellos vorhandenes künstlerisches Talent irgendwie einsetzen, dann würde sie bestimmt viel glücklicher sein.

Und was Ben anging – den hätte ich am liebsten kalt lächelnd gewürgt! Es geschah ihm ja recht, wenn er Clare an Peter oder sonst wen verlor. Vor meinen eigenen Augen verwandelte er sich in einen staubtrockenen Akademiker; oder lag das nur an Peters weltgewandtem Charme? Ob Clare ihn wohl jetzt auch so sah, im Vergleich zu seinem Cousin?

Irgendwann schlief ich ein, doch als später Autos vorfuhren, wachte ich wieder auf. Ich hörte Türen schlagen und Stimmen rufen, gefolgt von beschwichtigendem »Psst«, als die eine Hälfte der Gruppe die andere Hälfte ermahnte, nicht das ganze Haus aufzuwecken. Die jungen Leute sind nach Hause gekommen, dachte ich; aber nicht, so wie ich meine Familie kannte, um schlafen zu gehen. Sie würden in der Küche sitzen, sich etwas Heißes zu trinken machen und bis tief in die Nacht diskutieren.

Im Halbschlaf überlegte ich, wer wohl Clare nach Hause gebracht hatte. Ich hoffte, daß es Ben gewesen war – doch als ich ihre Stimme vor dem Fenster hörte, war ich mit einem Mal hellwach. Das mindeste, was das Mädchen machen könnte, wäre doch, leise zu sein, dachte ich gereizt. Was dachte sie sich eigentlich dabei, einen solchen Krach zu machen? Dann fiel mir auf, daß alle unverhältnismäßig laut waren. Normalerweise waren sie nicht so gedankenlos, und ich runzelte in der Dunkelheit die

Stirn, während ich die Ursache für das ganze Durcheinander zu ergründen suchte – denn zweifellos herrschte da unten ein ziemliches Tohuwabohu. Plötzlich hörte ich, wie Lucy etwas rief.

»Ben«, rief sie. »Mach keinen Blödsinn!«

Dann hörte ich ein Geräusch auf dem Kies, als wäre eine Balgerei im Gange, ein Gegenstand zerbrach mit einem dumpfen Knall, und dann tat eine Frau einen erstickten Schrei.

»Hört endlich mit dem Blödsinn auf, ihr beiden!« Das war Nick, knapp und militärisch und autoritär. Doch die beiden Raufbolde schienen nicht die geringste Notiz von ihm zu nehmen, und die Balgerei ging weiter. Ich war inzwischen hellwach, weckte Roger und sprang aus dem Bett.

»Was zum Teufel passiert da draußen?« fragte er schläfrig.

»Roger, da draußen gibt es eine Rauferei. Wach auf, um Himmels willen.«

Ich lief zum Fenster, zog die Vorhänge zur Seite, starrte in den Garten, wo im Licht, das aus der Haustür kam, Ben und Peter in einen Kampf verwickelt waren.

Lucy sprang um die beiden herum und versuchte erfolglos, sie an ihrer Kleidung festzuhalten, während sie immer wieder bat, die beiden sollten aufhören. Clare stand auf der einen Seite und rang verzweifelt die Hände. Dann tauchte Philip auf, der Nick davon abhielt, auch noch einzugreifen, und der versuchte, Ellie und Clare ins Haus zu treiben.

»Das sind vielleicht Idioten«, fand Roger und kam zu mir ans Fenster.

Ben landete einen schnellen Aufwärtshaken auf Peters Kinn, so daß der nach hinten taumelte. Doch dann fing er sich wieder und griff Ben an. Die beiden kamen einander immer näher, und ich öffnete das Fenster, um etwas zu ihnen hinunterzurufen. Doch meine Worte gingen völlig in den grunzenden Geräuschen und den gedämpften Flüchen der beiden unter.

»Roger, kannst du denn nichts machen?« sagte ich hilflos zu meinem Mann, der mit wachsendem Amüsement zusah.

Er antwortete nicht.
»Jetzt Ben, paß auf«, sagte er freundlich. »Da kommt deine Chance – eine schnelle Rechte –«
»Roger, hör auf! Die bringen sich doch gegenseitig um.«
»Unsinn«, erwiderte er. »Die sind sich doch den ganzen Abend nicht grün gewesen; vielleicht schaffen sie es damit ein für allemal aus der Welt.«
»Sie stören doch alle.«
»Die Gästezimmer gehen nach hinten raus. Ach du liebes bißchen, schau dir das an!«
Ich hatte gar nicht mitbekommen, daß Ellie nicht mehr bei den anderen unten war, bis ich sie mit einem weißen Emailleeimer zurückkommen sah. Als wollte sie zwei kämpfende Hunde auseinandertreiben, kippte sie den Eimer über Ben und Peter aus und durchnäßte sie von Kopf bis Fuß mit dem eiskalten Wasser.
Ben schnappte mit am Kopf klebenden Haaren nach Luft, ging auf Ellie zu und warf ihr einen mörderischen Blick zu. Bevor er jedoch ein Wort herausbrachte, hatte sie ihm den Eimer übergestülpt, und damit war er bewegungsloser, als man noch vor ein paar Sekunden vermutet hätte.
Peter stand kurz wie vom Donner gerührt da, aber dann sah er, wie Ben sich aus dem Eimer befreite, und plötzlich änderte sich seine Stimmung. Er begann zu lachen. Ben hatte den Kampf gewonnen, stand mit dem Eimer in der Hand da und starrte Peter mit ohnmächtiger Wut an, bis auch er plötzlich zu lachen begann – lautes, brüllendes Gelächter, das sich mit Peters Lachen mischte, bis sie beide taumelnd aneinander festhielten und offensichtlich alle Unbill verflogen war.
»Männer!« sagte ich und schüttelte völlig entsetzt den Kopf.
»Was habe ich dir gesagt?« äußerte sich Roger und schaute blasiert drein.
»Aber sie müssen ins Haus reinkommen – ich muß hinuntergehen –, die sind ja völlig durchnäßt und werden sich den Tod in der Kälte holen.«

»Laß sie«, meinte Roger nur. »Um Himmels willen, komm endlich wieder ins Bett zurück. Wenn sie nicht wissen, wie sie ihre nassen, kalten Kleidungsstücke loswerden sollen, dann verdienen sie auch das, was ihnen blüht.« Er gluckste. »Und was sagst du zu Ellie? Das war der geschickteste Trick, den es in so einem Fall überhaupt gibt. Sie behält einen kühlen Kopf, wenn es schwierig wird, nicht wahr?«

Es war nicht überraschend, daß wir am nächsten Morgen erst spät aufwachten.

»Ich verstehe überhaupt nicht, was das hier soll«, stellte Izzie erstaunt fest, nachdem sie zwei Fracks gefunden hatte, die am Küchenherd trockneten.

»Das ist eine lange Geschichte«, erklärte ich.

Etwas später hatte ich gefrühstückt und war noch in meinem Schlafzimmer, als Ellie ihren Kopf zur Tür hereinsteckte.

»Vermutlich hast du mitbekommen, was für ein Spektakel letzte Nacht war«, sagte sie.

»Du vermutest richtig! Worum drehte sich das Ganze überhaupt? Clare?«

»Ja. Vermutlich werden sich heute morgen zwei ziemlich zerknirschte junge Männer bei dir entschuldigen – aber am meisten zerknirscht ist Clare. Sie hat übrigens bei mir übernachtet. Hast du irgendwas, das du ihr zum Anziehen leihen könntest? Meine Sachen sind ihr alle viel zu klein.«

»Ich kann ja mal schauen«, meinte ich. »Warum haben sich die zwei so gestritten?«

»Ich glaube, Clare hat gemerkt, daß Ben der Hut hochgeht, wenn sie Peter ein bißchen Aufmerksamkeit schenkt. Hättest du dir jemals vorstellen können, daß der nette, friedliebende Ben wirklich jemanden *angreifen* könnte? Clare war geradezu überwältigt, als sie sah, was sie da losgetreten hatte.«

»Hatte es den erwünschten Effekt?«

Ellie zuckte mit den Schultern. »Das muß sich zeigen. Aber ich wäre ganz und gar nicht überrascht. Sie umsorgte Ben letzte Nacht wie eine Henne ihr Küken, brachte ihm Wärmflaschen und etwas Warmes zu trinken, während Peter sich um sich selbst kümmern mußte. Weißt du, ich kann Ben nicht einmal böse sein. Schließlich ist Peter wirklich ein schrecklicher Schwerenöter!«

»Sie waren ungezogen«, bemerkte ich streng, »alle miteinander, Clare ganz genauso. Ellie, es war *schrecklich*, sie so zu durchnässen – und das ausgerechnet bei diesen Temperaturen!«

»Aber es hat geholfen, nicht wahr?«

Und sie grinste mich reuelos an, während ich ihr für Clare etwas zum Anziehen reichte.

Die Jungen entschuldigten sich, und Roger und ich vergaben ihnen großzügig mit der Vereinbarung, daß ein derart kindisches Verhalten sich nicht wiederholen würde. Clare kam auch zu mir und gestand, daß es ihr sehr leid tue, die Ursache für den Streit gewesen zu sein.

»Ich habe mich unmöglich benommen«, gab sie zu. »Ich schäme mich in Grund und Boden, weil ich überhaupt kein Interesse an Peter hatte, wirklich – ich wollte einfach nur ein für allemal wissen, wie Ben zu mir steht.«

»Und weißt du es jetzt?« wollte ich wissen.

Ihr Gesicht erhellte ein strahlendes Lächeln.

»Ich glaube ja.«

Als ich das nächste Mal mit Roger allein war, konnte ich ihm voller Freude berichten, daß sich Ben und Clare anscheinend geeinigt hatten.

»Das ist ja gut«, stellte er fest, wobei er sich ziemlich geistesabwesend anhörte.

»Ist etwas nicht in Ordnung, Roger?«

»Nichts Schlimmes. Ich habe nur noch einmal mit Peter gesprochen.«

»Und was habt ihr entschieden?«

Roger und ich saßen allein in unserem kleinen Wohnzimmer. Bevor er antwortete, klopfte Roger gedankenverloren seine Pfeife aus.

»Mir fällt einfach kein Platz ein, wo ich ihn brauchen könnte«, gab er dann endlich zu. »Und das habe ich auch zu Peter gesagt. Doch seine Reaktion hat mich einigermaßen verblüfft. Er meinte nämlich mehr oder weniger, daß ich es ihm schuldig sei – oder daß ich es wenigstens Mark gegenüber schuldig sei.« Diese Bemerkung erstaunte mich genauso.

»Peter meint also, wir hätten ihn von seinem Erbe vertrieben«, stellte ich fest. »Zoë hatte das ja auch schon erwähnt – erinnerst du dich, daß ich dir erzählt habe, was Lucy mir gesagt hat?«

»Ich muß zugeben, daß er mich verwirrt hat«, fuhr Roger fort. »Vermutlich war er zu jung, um alle Ereignisse richtig einschätzen zu können – daß Mark damals unbedingt aus Collingford wegwollte und daß wir für das Haus den ganz regulären Marktpreis bezahlt haben.«

»Ich hoffe, du hast ihm das gesagt?«

»Ja, das habe ich – das habe ich getan. Aber ich hatte nicht den Eindruck, daß ich ihn überzeugen konnte.«

»Und was hast du jetzt vor?«

Roger schaute mich von unten vorsichtig an, wandte sich dann mit seiner ganzen Aufmerksamkeit seiner Pfeife zu und zündete sie an.

»Ich habe ihm gesagt, daß ich ihm eine Chance gebe. Ich glaube, er ist bis über den Kragen verschuldet.«

»Aber er hatte doch Catherines ganzes Geld!«

»Nichts hält ewig. Wenn ich mir überlege, wie er es in den letzten fünf Jahren rausgeschmissen hat, dann wundert mich, daß überhaupt noch etwas übrig war.«

»Aber was wird er *tun*, Roger? Du hast selbst gesagt, daß es eigentlich keinen Platz für ihn gibt.«

»Vielleicht können wir ja einen schaffen. Wenn Violet Perkins geht, dann können wir ein junges Mädchen für die Tipparbeiten und die Reservierungen einstellen. Peter kann sofort anfangen und die kompliziertere Buchführung von Violet lernen, und ich kann ihm die Kniffe beim Alkoholverkauf

beibringen. Unsere Arbeit lernt man nur durch eigenes Mitanpacken.«
»Ich sehe keinen Grund, warum du dich verpflichtet fühlen solltest –«
»Ich weiß. Aber er ist der Sohn meines Bruders, und ich sollte ihm eine Chance geben.«
Mark machte sich Sorgen wegen Peters Fliegerei, ging mir wieder durch den Kopf. Er und Charlotte wären wahrscheinlich überglücklich, wenn sie wüßten, daß er eine Arbeit hätte, bei der er mit beiden Beinen auf der Erde ist.
»Na ja.« Ich nahm wieder meine Näharbeit hoch und wollte mich mit der ganzen Sache abfinden. »Hoffentlich kannst du ihn zurechtbiegen. Aber du mußt ihm die Leviten lesen, was die weiblichen Gäste angeht! Wütende Ehemänner und Väter, die sich beschweren, daß er ihre Frauen und Töchter verführt hat, können wir uns nicht leisten.«
»Wie bitte? Ach, ich bin mir sicher, daß Peter zumindest so viel Einfühlungsvermögen hat.«
Ich war mir da nicht so sicher. Aber ich war mir keiner Sache sicher, außer der, daß ich einen großherzigen Ehemann hatte, der jeder Unglücksgeschichte sofort aufsaß.

24

Ben und Clare heirateten in den Osterferien an einem regnerischen Apriltag im Jahre 1925. Beth, ganz in Gold und Grün gekleidet, war die Brautjungfer, und Nico und Jamie begleiteten sie, wenn auch nur widerspenstig.
Ein Teil von Rogers Geschenk war eine Hochzeitsreise nach Florenz und Venedig. Ich war froh, daß sie nicht in England waren, als wir die Nachricht von Goffys Tod bekamen, der noch an der Hochzeit teilgenommen und jeden Augenblick genossen hatte. Auf dem Rückweg nach Cheltenham hatte er einen Autounfall und starb auf der Stelle.

Wir trauerten alle um ihn. Er war ein Teil unserer Familie geworden, und manchmal vergaß ich regelrecht, daß er ja nicht Rogers richtiger Vater war, weil die Erinnerung an Mr. Leyton so verblaßt war.

In diesem Jahr würde Roger seinen sechzigsten Geburtstag feiern. Doch anstatt ein bißchen kürzerzutreten, schien er neue Lebenskraft aus dem Traum zu ziehen, der langsam auf dem Land in der Nähe von Woodstock Form annahm – das neue Hotel, das Philip und er gemeinsam geplant hatten.

Nach langen Debatten im Kreise der Familie beschlossen wir, daß das Hotel den Namen CHANTRY COURT bekommen sollte.

Im Sommer 1925 drehten sich die Gespräche zwischen Roger und Philip einzig und allein um den Bau, doch mir gelang es nicht, dieselbe Begeisterung dafür aufzubringen. Die beiden gingen nämlich selbstverständlich davon aus – so dämmerte mir langsam –, daß Philip zwar für die Ausrüstung zuständig war, daß ich aber die Inneneinrichtung und die Möbel aussuchen sollte.

Dieser Gedanke entsetzte mich ganz und gar, und ich äußerte meine Befürchtungen.

»Was für ein Unsinn, Liebling«, beruhigte mich Roger. »Du hast das doch bisher immer wunderbar hingekriegt.«

»Aber diesmal ist es ein größeres Unterfangen«, wandte ich mutlos ein. »Philip will, daß das Haus sich von den anderen völlig unterscheidet.«

Das waren meines Wissens nach die Tatsachen. Als wir eines Tages zu dritt nachdenklich den Rohbau betrachteten, fing ich einen vielsagenden Blick auf, den Philip Lucy zugeworfen hatte. Mit unschuldiger Begeisterung hatte ich gemeint, daß eigentlich in die Eingangshalle ein schwerer goldener Spiegel aus dem RED LION passen würde. Doch ich merkte, daß in den Augen der beiden anderen sowohl der Spiegel als auch meine überkommenen Ideen auf den Schrotthaufen gehörten.

»Das Haus soll modern werden, Mutter. Leicht und ziemlich leer«, erklärte Lucy.

»Warum nimmst du nicht die Sache in die Hand?« In meiner Stimme schwang die Spur einer Verärgerung mit.
»Das würde ich gern tun.« Lucy seufzte, während sie wegging.
Peter hatte angefangen, im RING OF BELLS zu arbeiten, und binnen kurzem lagen ihm alle Mädchen zu Füßen. Alfred ließ sich jedoch nicht so leicht blenden. Mir fiel auf, daß in der Küche, wo es sonst immer sehr harmonisch zugegangen war, eine merkwürdige Unruhe ausgebrochen war.
Meine Befürchtungen hinsichtlich der weiblichen Gäste erwiesen sich als sehr wohl begründet. Auf der Suche nach einer alten Rechnung von Ellison und Cavell kam ich eines Morgens unangemeldet ins RING OF BELLS.
Vermutlich war meine Ankunft erst im allerletzten Moment zu hören gewesen, denn im Büro traf ich auf ein sehr aufgeregtes junges Mädchen, das in einer Ecke des engen Raumes ihre Haare ordnete, während Peter verzweifelt nonchalant in einer anderen Ecke in irgendwelchen Papieren wühlte. Ich stand da und sah mich mit kühlem Blick um.
»Oh – guten Morgen, Tante Jenny. Kennst du schon Miss King?« Peter bemühte sich, möglichst normal zu klingen.
Das Mädchen zog den Kopf ein und wirkte verwirrt.
»Ein toller Morgen, nicht wahr? Peter – Mr. Leyton – hat mir gerade erzählt, wie schön es hier in der Gegend ist.«
»Wirklich?« Plötzlich sah ich, wie ich hier stand und ebenso widerwärtig aussah wie meine Großmutter. Das Mädchen trat von einem Bein aufs andere, warf Peter einen verzweifelten Blick zu und ging dann zur Tür.
»Ich wollte sowieso gerade gehen. Danke für Ihre Hilfe, Mr. Leyton.«
»War mir ein Vergnügen, Miss King.« Peter sah boshaft belustigt aus. Ich wartete, bis sie die Tür hinter sich geschlossen hatte.
»Peter«, stellte ich fest. »Das geht so nicht.«
»Ach, Tante Jenny!« Für ihn war alles nur ein Scherz, nicht

mehr. »Daphne King hatte es doch vom ersten Moment an auf mich abgesehen.«
»Und du hast natürlich überhaupt nichts dazu getan.«
»Na ja – so habe ich das nicht gemeint. Wer bin ich, daß ich solche Geschenke ablehne?«
»Das kannst du dir als Manager eines angesehenen Hotels nicht erlauben. Vermutlich ist das Mädchen die Tochter von Mr. und Mrs. Howard King aus Bristol, die hochgeschätzte Gäste von uns sind. Sie kommen schon seit vielen Jahren hierher. Sie haben einmal von ihrer Tochter erzählt, aber sie haben sie noch nie mitgebracht. Wahrscheinlich ist sie noch gar nicht lange mit der Schule fertig.«
»Mädchen wie Daphne werden doch bereits alt geboren.«
»Ihr Alter macht alles noch viel schlimmer, aber im Prinzip ändert es nichts an der Sache. Der Manager eines Hotels zieht keinen Vorteil aus seiner Position, was die weiblichen Gäste angeht. Das können wir auf gar keinen Fall hinnehmen.«
Peter drehte seine Augen gegen die Decke und hob die Schultern.
»Nein, Tante Jenny.«
»Ich meine das ernst, Peter. Wir können nicht das Ansehen des Hotels aufs Spiel setzen.«
»Natürlich nicht, Tante Jenny. Mach dir keine Sorgen, ich werde der Anstand in Person sein.«
Ich fand die Rechnung, deretwegen ich gekommen war, und verließ das Hotel alles andere als zufrieden. Ich erwähnte den Vorfall Roger gegenüber nicht, weil ich den Eindruck hatte, er habe im Augenblick genügend eigene Sorgen. Als sich aber zwei oder drei Wochen später ein anderer Gast bei Roger beschwerte, wünschte ich, ich hätte das Erlebnis doch nicht für mich behalten. Der Gast fand Peters Aufmerksamkeit gegenüber seiner Tochter beleidigend und plump-vertraulich.
»Hast du Peter deswegen zur Rede gestellt?« fragte ich Roger.
»Natürlich – aber ich habe fast den Eindruck, ich sollte seinen Unschuldsbeteuerungen glauben. Wenn du mich fragst, dann

könnte es sich sehr wohl um Wunschdenken handeln. Das arme Mädchen war zweifellos von der Natur nicht besonders gut bedacht worden, was ihr Aussehen angeht.«
»Ich überlege nur«, meinte ich und erzählte ihm die Sache mit Miss King.
»Doch nicht die Tochter von Howard King? Die Leute aus Bristol? Mein Gott – wann ist das gewesen?«
Ich überlegte.
»Vor zwei oder drei Wochen. Ich habe ihn ziemlich streng verwarnt und gehofft, daß er sich am Riemen reißt.«
An diesem Nachmittag hatte Roger im RING OF BELLS zu tun, doch gerade heute hatte Peter frei. Mit nachdenklichem Blick kehrte Roger am Abend ins Priors-Haus zurück.
»Bist du dir ganz sicher, daß die Kings im RING gewesen sind?« fragte er mich. »Ich konnte Peter nicht selbst fragen, weil er nicht da war, aber ich habe im Gästebuch nachgesehen, und da gab es nirgendwo einen Beleg dafür, daß sie überhaupt bei uns gewesen sind – keinen Eintrag, keine Rechnung.«
»Aber ich habe das Mädchen doch selbst gesehen!«
»Ich habe auch noch ein paar andere Untersuchungen angestellt. Alfred behauptete, es seien letzten Sonntag vierzigmal Frühstück ausgegeben worden, aber laut der Unterlagen waren sechzehn Doppel- und drei Einzelzimmer belegt.«
Lange sahen wir uns bestürzt an.
»Meinst du, es gibt doppelte Rechnungen?« wollte ich wissen.
»Das ist doch völlig unmöglich! So etwas würde Peter nicht machen – andererseits, für diese Jahreszeit sind die Einnahmen ein bißchen niedrig.«
Am liebsten hätten wir darüber nicht weiter nachgedacht, doch nachdem der Verdacht einmal aufgetaucht war, konnten wir nicht einfach wieder zur Tagesordnung übergehen.
»Ich muß mit ihm sprechen«, entschied Roger. »Er soll herkommen, weil wir hier ein Gespräch unter vier Augen führen können.«
Peter erschien an diesem Abend nur recht widerwillig bei uns

im Priors-Haus. Ich ließ Roger mit ihm allein, sofort nachdem er eingetroffen war. Doch als ich die Treppe hinaufging, hörte ich ihre Stimmen.

»Verdammt noch mal, ich habe heute frei, Onkel Roger. Hat das denn nicht Zeit bis morgen?«

»Es dauert nicht lang.«

Ich schloß die Tür meines Nähzimmers und hörte weiter nichts mehr, und als ich dann endlich irgendwann wieder nach unten ging, war Peter gerade dabei zu gehen. Er lächelte mich an, freundlich und charmant und offensichtlich völlig furchtlos.

»Tante Jenny! Kein Film- oder Bühnenstar könnte diese Treppe anmutiger herabschreiten als du.«

Ich warf ihm einen alles andere als belustigten Blick zu. Über sein Gesicht huschte der Ausdruck eines kleinen Jungen, der seine Schuld einsieht.

»Du wirkst nicht so, als wärst du besonders erfreut über mich, Tante Jenny.«

»Nein?«

»Ich war ein gemeiner Kerl. Ich kann es nur zugeben, bedauern, mich dafür entschuldigen und auf deine Barmherzigkcit hoffen.«

In diesem Moment hatte ich den Fuß der Treppe erreicht, und seine Augen blickten mich aufrecht an.

»Ihr seid immer wunderbar zu mir gewesen, du und Onkel Roger. Das hier ist mein zweites Zuhause gewesen.«

»Ja.« Ich hatte überhaupt keine Lust, ihm entgegenzukommen, und war wütend, als ich trotzdem in mir die gewohnte Mischung aus Langeweile und Zuneigung aufsteigen fühlte, die Peter immer in mir erweckte.

»Morgen früh sprechen wir darüber weiter, Peter«, sagte Roger und trat auf uns zu.

»Und inzwischen nicht böse sein?« Peter streckte eine Hand aus, und nachdem Roger eine Sekunde gezögert hatte, nahm er sie.

»Er hat in den letzten drei Monaten systematisch Einnahmen beiseite geschafft«, erklärte Roger, nachdem Peter aus der Tür war.

»Das ist ja unglaublich! Und du willigst ein, daß du nicht böse bist?«

»Er sicherte mir zu, daß es eine Anleihe war und daß er es zurückzahlen wolle.«

»Aber *warum* hat er das gemacht? Hat er wirklich das ganze Geld von Catherine durchgebracht?«

»Ja, so scheint es jedenfalls. Er behauptet, er habe hohe Schulden.« Roger seufzte, setzte sich in seinen Lieblingssessel und wirkte müde und ausgelaugt.

»Ich fühle mich einfach schuldig«, seufzte er.

»*Du* fühlst dich schuldig? Das wird ja immer besser!«

»Peter hat mir erzählt, daß er mich von klein auf bewundert habe, weil ich im Vergleich zu Mark so unbekümmert dahinlebe – es beeindruckt ihn, wie erfolgreich wir sind, daß ich einen solchen Geschäftssinn habe und so weiter. Er behauptete, den Spieltrieb habe er von mir.«

»Das heißt also, du hast auf deinen unschuldigen Neffen einen schlechten Einfluß gehabt.«

»Offensichtlich. Ich habe Peter zu seinem ersten Ascot-Rennen mitgenommen, erinnerst du dich noch daran? Er ist damals höchstens dreizehn gewesen. In dem Jahr habe ich auf einen hochgradigen Außenseiter gesetzt, der dann spielend leicht das Rennen machte. Das hat Peter angeblich nicht vergessen. Seither ist er meinem Beispiel gefolgt – verschuldete sich über beide Ohren –, wußte nicht mehr ein noch aus –«

»Und alles ist dein Fehler? Wann siehst du bloß endlich ein, daß Peter immer anderen die Schuld gibt an seinen eigenen Unzulässigkeiten, nur nicht sich selbst? Er wird nie erwachsen werden, wenn er nicht lernt, für sich selbst Verantwortung zu übernehmen. Und du hilfst ihm nicht, solange du sein Verhalten entschuldigst. Wenn ich mich recht erinnere, dann hast du damals Philip auch mit zu diesem Rennen genommen, und soweit ich weiß, hat er weder Schulden, noch bestiehlt er die Leute.«

»Es sollte ja alles wieder zurückbezahlt werden – jedenfalls hat Peter mir das versichert.«

»Du gibst ihm also noch eine Chance?«

»Ich habe ihm gesagt, daß ich darüber nachdenke – aber ich glaube schon. Er wirkte reumütig.«

Mit einem Blick auf Roger schüttelte ich langsam den Kopf, während mich die schlimmsten Befürchtungen überfielen. »Ich traue ihm nicht, Roger. Er ist so ein glatter, raffinierter Blender. Er erzählt dir alles, was du hören willst, nur um seinen Hals aus der Schlinge zu ziehen – er beteuert großmächtig all den kitschigen Quatsch von wegen Priors sei sein zweites Zuhause und wie wunderbar wir immer zu ihm gewesen sind. Früher hat er so etwas nie gesagt. Sogar dir gegenüber deutet er an, daß wir ihn irgendwie um sein Erstgeburtsrecht gebracht haben und ihm jetzt einen Lebensunterhalt schulden.«

»Ich weiß, ich weiß.« Roger seufzte. »Aber du kannst nicht bestreiten, daß ich ein schlechtes Vorbild war. Warum fängt ein Mann zu spielen an, Jenny? Es ist eine Art Sucht. Ich liebe es – das war schon immer so, aber ich hatte auch immer Schuldgefühle dabei.«

»Außer an dem Abend, als du 2500 Pfund gewonnen und damit unsere Schulden bezahlt hast.«

»Das war damals eine ungeheure Summe für uns – und man konnte viel damit anfangen! Aber du hast nicht recht – auch damals fühlte ich mich schuldig. Mir bleibt gar nichts anderes übrig, als ihm noch eine Chance zu geben und die Vergangenheit ruhen zu lassen.«

Ich erwiderte nichts darauf, aber meine schlimmen Befürchtungen waren keineswegs zerstreut.

In der Zwischenzeit nahm der Bau des neuen Hotels Form an, und ich machte mir immer noch Sorgen wegen der Innen-

einrichtung. Ein paar Abende später schnitt ich das Thema an, als wir in Oxford mit Nick und Lucy zu Abend aßen. Ich vertrat die Meinung, daß Lucy mit ihren künstlerischen Fähigkeiten die Arbeit wesentlich besser als ich machen könnte.
»Aber sie hat doch gar keine Erfahrung«, wandte Nick ein und lächelte sie zärtlich an.
»Lucy hat aber eine natürliche Begabung«, versicherte ich. »Wenn wir in den anderen Hotels etwas verändert haben, dann war sie mir immer eine große Hilfe. Insbesondere was Farben angeht, ist sie mir haushoch überlegen.«
»Na ja, sie hat bestimmt nichts dagegen, ab und an auf einen Sprung vorbeizukommen.« Jetzt schenkte Nick mir ein wohlwollendes Lächeln. »Natürlich hat sie viel um die Ohren, nicht wahr, Liebling? Wir haben viele gesellschaftliche Verpflichtungen, wißt ihr. Da ist der Golfclub und jeden Freitag Bridge spielen, und natürlich brauchen auch die beiden Jungen ein bißchen Aufmerksamkeit.«
Ich sah Lucy an, doch die zeigte keine Reaktion.
Er hat sie kleingekriegt, dachte ich. Einzig und allein mit seiner unerbittlichen Freundlichkeit hat er sie kleingekriegt.
Auf dem Heimweg im Auto teilte ich Roger meine Beobachtung mit.
»Lucy kommt mir so vor, als hätte sie ihren ganzen Schwung verloren.«
Roger warf mir einen kurzen, überraschten Blick zu.
»Mir kommt sie in letzter Zeit eher glücklicher vor.«
»Vielleicht. Es heißt ja auch, daß lebenslänglich Gefangene sich mit dem Leben hinter Gittern abfinden.«
»Jenny – jetzt übertreibst du aber!«
Ich seufzte und sagte weiter nichts, denn ich war mir sicher, daß irgendwo in Lucy drin ihre früheren Träume von einem erfüllten Leben noch immer wach waren. Und ich seufzte noch einmal, als ich an die schreckliche Aufgabe dachte, das neue Hotel zu Philips Zufriedenheit zu möblieren.
Irgendwann ließ es sich nicht mehr länger hinausschieben,

und wir legten fest, wann ich Philip und den Architekten treffen sollte, um ein paar Ideen für die Grundausstattung zu sammeln. Ich redete mir ein, daß es dumm von mir gewesen war, mich derart in Panik zu steigern. Schließlich hatte ich so etwas ja bereits schon einmal gemacht. Warum also nicht jetzt auch?

Bis es soweit war, fuhr ich nach Oxford und graste die Möbelgeschäfte in der Hoffnung auf eine Eingebung ab. Doch genau das Gegenteil trat ein. Die Aufgabe, die vor mir lag, machte mich immer unglücklicher, und schließlich fuhr ich müde und ohne eine Idee wieder nach Hause zurück.

Als ich nachts aufwachte, fühlte ich mich hundeelend und hatte abscheuliche Magenschmerzen. Mir war sofort klar, wo das herkam, denn ich hatte, ohne mir weiter Gedanken zu machen, in Oxford in einem kleinen Café in der Nähe des Möbelgeschäftes zu Mittag gegessen. Sonst kehrte ich immer ins RANDOLPH-HOTEL ein, aber an dem Tag hatten mir meine Sorgen das Leben so schwer gemacht, daß ich nicht auch noch die ganze Stadt hatte durchqueren wollen. Jetzt mußte ich den Preis dafür zahlen. Ich war so selten krank, daß Roger es mit der Angst zu tun bekam; und selbst ich war mir nicht völlig sicher, ob nicht doch mein letztes Stündchen geschlagen hätte.

»Als erstes holen wir morgen früh Richard«, versprach Roger, als ich zum zehnten Mal zur Toilette und zurück wankte. »Soll ich dir irgend etwas bringen? Vielleicht einen Brandy?«

Ich schüttelte schwach den Kopf, als mich die nächste Welle von Übelkeit überrollte.

»Eigentlich war für morgen ein Treffen mit dem Architekten am Hotel draußen verabredet«, sagte ich in einer Pause zwischen zwei aufsteigenden Übelkeitswellen.

»Mach dir deswegen keine Sorgen. Das läßt sich leicht ein oder zwei Tage verschieben.«

Ich stöhnte. Ich hatte mir schon Hoffnungen gemacht, daß ich die Gelegenheit dafür nützen könnte, die Hoteleinrichtung doch an jemanden abzugeben.

»O Roger, ich fühl' mich so elend! Ich werde nie wieder Fisch in einem fremden Restaurant essen.«

Am nächsten Tag bestätigte mir Richard eine klassische Lebensmittelvergiftung.

»Aber so tragisch ist das Ganze nun auch wieder nicht«, meinte er dann rasch. »In ein oder zwei Tagen bist du wieder auf dem Posten.«

Erneut schwanden meine Hoffnungen, aber ich beschloß, nichtsdestotrotz das Beste aus meiner Krankheit zu machen und länger als nötig im Bett zu bleiben, so daß sie sich anderswo nach einer Beraterin umsehen mußten – am liebsten wäre mir Lucy gewesen.

»Ich fühle mich ein *kleines* bißchen besser«, ließ ich Roger am nächsten Tag mit schwacher Stimme wissen. »Aber ich kann noch nicht wieder aufstehen. Und was das Hotel angeht – ich fürchte, das wird mindestens noch eine Woche dauern.«

»Dann warten wir eben solange.«

»Ich glaube nicht, daß ihr das tun solltet. Es ist noch so viel Arbeit.«

»Na ja, vielleicht kann Philip die Vorarbeiten auch allein machen.«

»Aber er hat doch schon genug um die Ohren. Liebling, ich finde, wir sollten Lucy fragen, ob sie nicht doch einspringen kann. Für mich wäre das wirklich eine Erleichterung.«

»Aber Nick wäre doch sicher nicht damit einverstanden, oder?«

»Frag du ihn, Roger. Vielleicht läßt er sich umstimmen, wenn du ihm erklärst, daß Lucy uns wirklich aus der Klemme helfen würde.«

»*Kann* sie es denn, Jenny?«

»Aber ja!« antwortete ich begeistert, und erst im letzten Augenblick fiel mir ein, daß ich ja schwach war, und dämpfte meine Stimme entsprechend. Roger sah mich mit ängstlichem Stirnrunzeln an, und ich fühlte mich schrecklich schuldig – aber fest entschlossen.

Als Roger Nick in dessen Büro anrief, klang er zweifellos noch genauso besorgt. Und als er ihm erklärte, daß ich nicht in der Verfassung sei, alles allein zu machen, gab Nick ziemlich widerstrebend seine Einwilligung. Lucy durfte also die zusätzliche Belastung auf sich nehmen, und Philip reagierte begeistert.

»Du hättest das sicher auch gut gemacht, Mutter«, versicherte er mir gegenüber eilends. »Aber mit der alten Lucy macht die Arbeit bestimmt viel Spaß, weil sie oft so gute Einfälle hat.«

»Ich weiß«, versicherte ich ihm. »Sie läßt dich nicht im Stich.«

Die zehn Tage, die ich im Bett verbrachte, waren für mich die anstrengendsten meines ganzen Lebens. Am Anfang genoß ich es, liegen und lesen zu können, doch dann wurde ich unruhig.

Lucy stürzte sich Hals über Kopf in Diskussionen über die unterschiedlichsten Materialien und Farben, und seit Jahren sah sie zum ersten Mal wieder wie das Mädchen aus, das wir kannten: Sie war lebhaft und munter und voller Pläne. Ich genoß es, sie so begeistert zu sehen, und mußte insgeheim lächeln, als ich mich selbst zu meinem Erfolg beglückwünschte. Im selben Augenblick unterbrach sie sich in ihrem Wortschwall und sah mich vorwurfsvoll an.

»Aber Mutter, du hörst mir ja gar nicht zu.«

»Doch Liebes, das mache ich sehr wohl! Du hast gerade über Tapeten gesprochen.«

»Das ist aber mindestens schon drei Sätze her. Mutter, dir fehlt doch nichts Ernsthaftes, oder?«

»Nein, natürlich nicht. Ich bin stark wie ein Ochse«, antwortete ich. »Aber ich werde nicht jünger, Lucy, und ich habe wirklich einen heftigen Krankheitsanfall hinter mir. Für mich ist es eine große Erleichterung, wenn ich dir das alles übergeben kann.«

»Ich glaube aber, Nick erwartet, daß ich dir sofort alles wieder übertrage, sobald es dir bessergeht.«

»Willst du das denn?«

»Nein, *überhaupt* nicht! So viel Freude wie das hier hat mir in meinem ganzen Leben noch nichts gemacht. Ich bringe die Kinder in die Schule, dann mache ich mich auf den Weg, und natürlich hält Molly das Haus wie immer sauber. Die Tätigkeit hier ist viel besser, als den Tag mit Tennis, Bridge und Arbeit für den Wohltätigkeitsbazar zuzubringen.«

»Dann solltest du Nick die Stirn bieten!«

»Aber Mutter!« Lucy tat so, als sei sie geschockt. »Aus dem Mund eines Menschen, der mich immer zum Gehorsam gedrängt hat, klingt das ja ziemlich merkwürdig.«

»Als gute Ehefrau braucht man nicht unbedingt Fußabtreter zu werden.«

»Ich denke daran.«

»Bist du denn zufrieden damit, wie es im CHANTRY COURT läuft?«

»Ja – die Plattenleger sind fast mit den Bädern fertig, und heute ist ein Teil der Kücheneinrichtung eingetroffen. Philip ist hellauf begeistert.«

»Das ist aber schön.« Ich lehnte mich wieder in meine Kissen zurück und war dankbar, daß ich von weitem mitschwärmen konnte.

Das CHANTRY COURT verkörperte all unsere Träume, und wir steckten alles hinein, was wir hatten.

25

In diesem Frühjahr 1926 drehte sich alles um die schweren Arbeitsbedingungen der Bergleute. Ellie kam für ein Wochenende zu Besuch und äußerte sich leidenschaftlich über deren Unrecht. Ich konnte ihr nur beipflichten. Es ging sogar das Gerede von einer bevorstehenden Revolution. Doch als es dann soweit war, hatten die durchschnittlichen, bequemen Engländer für solche extremen Maßnahmen nicht genügend Mumm, und der Generalstreik artete zu einer Art Jux aus, bei dem die Studenten die Busse fuhren und Männer, die sonst mit dem Kopf arbeiteten, Kohlen schippten, so daß die Züge fahren konnten.

Streikbrecher hatte Ellie sie genannt. Klassenverräter. Zum ersten Mal war eine Andeutung von Groll in ihren Debatten mit Roger zu spüren. Er persönlich hatte nicht für Stanley Baldwin gestimmt, doch ihn beeindruckten die Auswirkungen seiner Politik gerade in ländlichen Gegenden. Es gehe den Engländern so gut wie lange nicht mehr nach dem Krieg, behauptete Roger. Slums wurden beseitigt und Häuser gebaut. Die Arbeitslosigkeit war zurückgegangen. Das alles ließ Ellie wohl gelten, doch nichts beeindruckte sie wirklich. Und deswegen ging die Auseinandersetzung weiter, und keiner von beiden gab nach. Sie fanden einfach kein Ende.

Dankbar kümmerte ich mich um meine eigenen Angelegenheiten und ließ Lucy mit der Arbeit am CHANTRY COURT allein. Schließlich bereiteten mir meine eigenen Angelegenheiten schon genügend Kummer.

Eines Tages fuhr ich ins RING OF BELLS, weil ich von Alfred aus der Küche einen Rat brauchte. Als ich eintraf, hatte er gerade eine Art Nervenzusammenbruch gehabt. Die Mädchen gingen schweigend ihrer Arbeit nach, warfen ihrem Chef hin und wieder ängstliche Blicke zu, und der klapperte wutentbrannt und mit zusammengebissenen Zähnen mit Töpfen und Pfannen.

Ich war völlig unschuldig auf einen kurzen Plausch gekommen, weil ich Alfred nun schon eine ganze Weile kannte.

»Ich bin ja *so* froh, daß Sie hier sind, Mrs. Leyton«, sagte Alfred zu mir. »Wirklich, wenn Sie nicht hier aufgetaucht wären, dann wäre ich zu Ihnen gekommen – das können Ihnen die Mädchen bestätigen, nicht wahr? Ich habe zu ihnen gesagt: ›Mrs. Leyton muß erfahren, was hier gespielt wird.‹ Meiner Meinung nach ist es nicht recht, wirklich nicht. Nicht nach all den Jahren. Als könne man mir nicht vertrauen.«

»Alfred, *bitte!*« Ich drückte ihn auf einen Stuhl, er nahm seine

Kochmütze ab und wischte sich über die Stirn. »Bitte erzählen Sie mir doch, was los ist.«
»Am liebsten möchte ich nicht darüber sprechen«, antwortete er. Doch dann schickte er die Mädchen ins Waschhaus und sprach weiter. »Es hängt mit Mr. Peter zusammen. Es tut mir leid, Mrs. Leyton, aber so ist es eben. Entweder er oder ich.«
»Ach, Alfred – ich kann es kaum glauben. Was ist so Schlimmes passiert, daß es sich nicht mehr reparieren läßt?«
»Es geht um Einmischung, Mrs. Leyton. Und um Inkompetenz. *Er* ist derjenige, der die Bestellungen aufgibt! Ich sage ihm, wenn mir etwas ausgeht, genauso wie bei Mrs. Perkins auch, aber jetzt habe ich schon zwei Wochen keinen Knoblauch mehr, und so geht das einfach nicht. Mir sind die Hände *gebunden,* Mrs. Leyton, im wahrsten Sinne des Wortes. Oder nehmen Sie zum Beispiel Mandeln. Die wurden bisher immer bei Reids gekauft. Jetzt plötzlich kann ich keine mehr kommen lassen – und muß warten, bis Mr. Peter mit einer enormen Liste zu Robinson und Whites geht.«
»Robinson und Whites? Mit denen machen wir doch normalerweise keine Geschäfte, oder?«
»Jetzt schon, Mrs. Leyton. Und sie liefern dreckiges, billiges Zeug obendrein.«
»Aber warum? Ich verstehe immer noch nicht den Zusammenhang.«
»Es steht mir nicht an, andere Leute zu beschuldigen – aber zufälligerweise war Mr. Peter mit dem jungen Mr. Robinson in der Schule, und wenn Sie *mich* fragen, bei der Sache ist irgend etwas faul.«
»Haben Sie das Mr. Leyton gegenüber schon einmal erwähnt?«
»Er taucht ja in letzter Zeit kaum mehr bei uns hier auf, weil er fast nur noch in seinem neuen Hotel ist.«
Das stimmte. Ich mußte Roger daran erinnern, daß er bei all seiner Begeisterung für das neue Haus die alten Hotels nicht vergaß.

»Ich kümmere mich um die Angelegenheit«, versprach ich. »Und Alfred – Sie wissen, wie wertvoll Sie für uns sind. Wir unterstützen Sie in allem, was Sie tun – so wie früher auch. Bitte halten Sie noch so lange mit uns aus, bis wir das wieder in Ordnung gebracht haben.«

»Es herrscht auch nicht mehr die Atmosphäre, die ich früher gewohnt war«, sagte Alfred und wollte sich überhaupt nicht mehr beruhigen. »Und es geht nicht nur um die Geschäfte, Mrs. Leyton. Ich will wirklich nicht tratschen, Sie kennen mich ja –«

»Aber?« hakte ich nach, weil ich wußte, daß nach einer solchen Bemerkung immer ein »Aber« kommt.

»Na ja!« Alfred wirkte unbehaglich. »Ich will keinen Ärger, Mrs. Leyton.«

»Was für Ärger?«

Alfred beugte sich näher zu mir, warf einen raschen Blick über seine Schulter, als wolle er prüfen, ob die Mädchen wirklich alle die Küche verlassen hatten. »Frauen, Mrs. Leyton. *Die* Sorte Ärger.«

Ich starrte ihn an.

»Ich fürchte, das müssen Sie mir genauer erklären«, brachte ich dann endlich heraus.

»Letzte Woche waren Mr. Foster und seine Frau hier. Er ist schon recht betagt – und sehr vermögend, sozusagen –, er fuhr im Rolls-Royce oder, besser gesagt, saß sein Chauffeur am Steuer. Seine Frau war viel jünger.«

Mein Herz rutschte mir in die Hosentasche. Eigentlich brauchte ich den Rest nicht mehr zu hören.

Alfred warf nochmals einen Blick über die Schulter und senkte seine Stimme erneut. »Es gab mitten in der Nacht Streit. Ich habe das natürlich nicht gehört – ich habe geschlafen, aber am nächsten Morgen haben sie bezahlt und sind noch vor dem Frühstück abgereist. Natürlich hat *mich* niemand informiert. Ich stand da mit meinen beiden vorbereiteten Frühstückstabletts, aber in Nummer drei war bereits alles ausgeflogen.

Später habe ich erfahren, daß Mrs. Foster bei Mr. Peter im Zimmer angetroffen worden ist und daß Mr. Foster sie aus dem Raum gezerrt hat.«

Mir blieb die Spucke weg.

»Vielleicht hätte ich ja doch nichts sagen sollen«, zögerte Alfred und sah sich unsicher um.

»Nein – nein, Sie haben ganz recht getan, mich zu informieren. Es ist wichtig, daß wir solche Dinge erfahren. Aber Alfred, bitte sprechen Sie mit niemandem anderen darüber, ja?«

Überschwenglich versicherte er mir, daß er Stillschweigen bewahren könne.

Ich ging ins Büro nach vorne, wo Roger bei einem seiner seltenen Besuche im RING OF BELLS beim Addieren von Zahlenreihen hinter seiner Brille weit entfernt wirkte. Von Peter war nichts zu sehen. Ich schloß die Tür hinter mir.

»Roger?«

»Hm?« Er rechnete weiter.

»Schlechte Nachrichten.«

Er sah mich an, und ich berichtete, was mir Alfred soeben erzählt hatte. Roger nahm seine Brille ab und sah mich unglücklich an.

»O Gott«, seufzte er. »Peter ist so dumm! Vor ein paar Minuten habe ich ihm noch gratuliert, daß er seine Sache jetzt viel besser macht. Ich habe ihm sogar in Aussicht gestellt, daß ich ihn ins ANGLER'S REST mit hineinnehmen könnte. Mrs. Jepson will nämlich jetzt endgültig aufhören, und ich dachte, wenn Peter sich jetzt hier anstrengt, dann könnten wir ihm einen Koch zur Seite stellen und ihm die Leitung des Hauses übertragen. Aber davon kann jetzt natürlich nicht mehr die Rede sein, jedenfalls nicht, wenn an dem, was du gesagt hast, auch nur ein Körnchen Wahrheit ist.«

»Mir will es einfach nicht in den Sinn, daß er versucht hat, uns mit den Vorräten zu betrügen«, sagte ich. »Doch nicht nach den letzten Vorkommnissen. Aber die Sache mit Mrs. Foster ist wirklich passiert.«

Roger seufzte.
»Ich muß natürlich mit ihm sprechen. Er hat das Recht, seine Sichtweise darzustellen.«
Während des Abendessens an diesem Tag erfuhr ich, wie die Geschichte ausgegangen war.
Peter behauptete, daß Mrs. Foster sich buchstäblich in sein Zimmer gedrängt habe. Nein – er habe sie nicht im geringsten dazu ermutigt! Die Frau sei unausgeglichen und hysterisch gewesen, er habe sie überhaupt nicht beruhigen können. Mr. Foster habe sich geweigert, irgendeine Erklärung anzuhören. Es sei ein überaus niederschmetterndes Erlebnis gewesen! Und was Robinson und Whites angeht – da würde er *selbstverständlich* sofort wieder auf den alten Modus zurückgreifen, wenn alle das wünschten. Er habe nur einem alten Kumpel unter die Arme greifen wollen.
»Ich hoffe, du hast Peter deutlich gemacht, daß Alfred für uns wesentlich wertvoller ist als er«, kommentierte ich wütend.
»Daran habe ich keinen Zweifel gelassen«, versicherte Roger. »Ich glaube, daß es jetzt keinen Ärger mehr gibt.«
Es gelang mir nicht, Rogers Optimismus zu teilen, doch das RING OF BELLS schien im Moment wieder in seiner gewohnten Ruhe zu versinken.
Im CHANTRY COURT dagegen ging es zu wie in einem Ameisenhaufen, das berichtete jedenfalls Lucy. Ich hatte mir vorgenommen, erst dann hinzugehen, wenn wenigstens die Vorhänge hingen und ein paar Möbelstücke geliefert worden waren.
Als ich mich dann endlich auf die Socken machte, bekam ich einen regelrechten Schock.
Neugierig durchquerte ich die großen Eingangstüren und freute mich auf das, was Lucy und Philip innen aus dem Haus gemacht hatten. Ich war bereit, vor lauter mütterlichem Stolz überzufließen und Glückwünsche über Glückwünsche loszulassen, und der Anblick der Eingangshalle mit der lederbespannten Rezeption, den tiefen Ledersesseln und den Glastischen begeisterte mich auch.

»Wir sind noch nicht ganz fertig«, wandte Lucy eilig ein. »In diese Nische dort hinten soll noch ein Tisch, und darüber möchten wir ein großes Bild aufhängen – wir haben es eigens in Auftrag gegeben, und es wird von einem Maler gemacht, den ich in Oxford kennengelernt habe.«

»Der Raum ist wunderschön«, jubelte ich begeistert. »Sehr warm und angenehm und auch beeindruckend, und der Teppich scheint ja gar kein Ende mehr zu nehmen.«

»Komm, ich zeige dir den Salon«, forderte mich Lucy auf und geleitete mich zu einer flachen Treppenflucht mit drei Stufen, durch die man die Eingangshalle verlassen konnte.

Während des Gehens formulierte ich bereits übertriebene, hocherfreute Sätze; doch als ich den Raum dann sah, den Lucy dekoriert hatte, war ich nur noch sprachlos. Es gab keine Rokoko-Verzierungen, die ich bestimmt ausgesucht hätte. Es gab keine vergoldeten Engelchen oder überladene Schnitzereien; nur Raum und eine nackte, honigfarbene Kälte, die fast streng war.

»Ich wollte den Saal nicht vollstopfen«, kommentierte Lucy.

»Na ja, davon kann nun wirklich nicht die Rede sein«, kommentierte ich kraftlos.

Der Teppich war blaß, in einem verschwommenen Blau, und neben den riesigen Verandatüren hingen Vorhänge in einem helleren Ton derselben Farbe. Die Wände waren schlicht, und die großen, rechteckigen Stühle und kleinen Sofas hatten die Farbe der Cotswold-Steine. Überall gab es weiße Flächen – die Wände, die Tische, die Kissen und die Säulenreihe auf jeder Seite der Tanzfläche am anderen Ende des Raums. Wie unpraktisch, dachte ich.

»Es gefällt dir nicht, stimmt's?« Lucys Stimme klang ängstlich.

»Es ist – ungewöhnlich«, gab ich zögernd zu. »Es sieht aus wie in einem Film von Cecil B. de Mille.«

»Es ist wunderschön«, fand Philip. »Schau dir doch mal die Decke an, Mutter.«

Ich wandte meinen Blick nach oben und entdeckte dort auf der weißen Decke zarte Blumen in dem gleichen Blau und Gold der Möbel.
»Das ist sehr hübsch«, sagte ich ohne irgendeinen Vorbehalt.
»Versuch dir den Raum überall mit Blumen dekoriert vorzustellen«, schlug Lucy vor. »Hier zwischen die Tür und das Fenster soll eine klassische Säule mit einer riesigen griechischen Urne kommen, die wir mit Blumen füllen, und dort drüben an der Wand soll ein Tisch mit einer anderen Schale stehen. Und die Spiegel sind auch noch nicht eingetroffen.«
»Es ist sehr schön, Liebes«, lobte ich.
»Aber ganz sicher bist du dir nicht«, stellte Lucy mit ganz kleiner Stimme fest.
»Es ist so völlig anders.«
»Aber das genau ist ja beabsichtigt«, antwortete Philip begeistert. »Die Einrichtung ist anders und ganz und gar modern – schließlich haben wir inzwischen 1926 –, aber es ist überhaupt nicht unüberlegt, sondern sehr luxuriös. Setz dich doch mal auf diesen Stuhl hier, Mutter, und spür es. Noch mehr Komfort gibt es nicht, oder? Und schau dir mal den Raum hier an. Laß dir Zeit. Findest du es nicht erholsam?«
Ich tat wie befohlen und schaute mich um.
»Doch«, räumte ich dann ein und schwieg. »Es ist bestimmt erholsam hier. Ich *mag* es, Lucy.« Nach dem ersten Schock überraschte mich die Anziehungskraft des Raumes.
»Hat euer Vater es schon gesehen?«
»Mit den Vorhängen noch nicht.«
»Er hat mich überhaupt nicht vorgewarnt.«
»Ich weiß, was du erwartet hast«, lachte Philip. »Chintz und Engelchen und solche Sachen.«
»Und Sofaschoner«, ergänzte Lucy.
»Ihr habt keinen Grund, so zu tun, als hätte ich von Tuten und Blasen keine Ahnung! Los kommt, jetzt will ich sehen, welche Überraschungen ihr noch für mich habt.«
Lucy und Philip führten mich durch das ganze Haus, und ich

bewunderte pflichtgemäß die glänzenden Küchen und Bäder und die in warmen Pastellfarben gehaltenen Schlafzimmer. Das Speisezimmer war seltsam mittelalterlich mit Eichenstühlen, die mit Leder gepolstert waren, und mit einem riesigen Kronleuchter aus Eisen.

»Ich wußte ja, daß du eine natürliche Begabung hast«, ermunterte ich Lucy. »Ich möchte mir noch einmal den Salon ansehen.«

Ich stellte mich in die Mitte und betrachtete ganz in Ruhe alles. Mein Blick wanderte von den mit blauem Stoff behangenen Türen an einem Ende bis zu der Tanzfläche, die mit Säulen umstanden war, auf der anderen Seite.

»Wollt ihr noch Bilder aufhängen?« fragte ich.

»Ja, zwei, auf beiden Seiten der Fensterfront. Etwas Impressionistisches mit verwischtem Blau und Grün.«

»Und Aschenbecher?«

»Wir dachten an massive Glasbehälter. Solche, die zu schwer sind, um sie als Andenken mitzunehmen.«

»Na, ich weiß ja nicht!« Ich hatte meine Zweifel, ob es so etwas wirklich gäbe. »Reicht denn das Licht aus?«

»Ich glaube schon.« Philip berührte einen Lichtschalter, und ich sah sowohl die Wandbeleuchtung als auch indirektes Licht hinter den mit Stoff verkleideten Vorhangleisten.

Ich nickte.

»Das habt ihr gut gemacht, ihr beiden«, lobte ich. »Und ich kann nur sagen, Philip – dem Himmel sei Dank, daß Lucy dir geholfen hat, denn ich hätte mir so etwas nicht mal im Traum ausdenken können. Ich hätte dich bitter enttäuscht.«

Roger hatte es sich zur Gewohnheit gemacht, die Eröffnung seiner Hotels mit einer verschwenderischen Party zu feiern, zu der alles mit Rang und Namen aus der näheren Umgebung eingeladen wurde. So auch diesmal. Sogar Lord und Lady Bollinger, die zu einem ihrer regelmäßigen Besuche auf dem Familiensitz in Collingford weilten, beehrten uns mit ihrer Anwesenheit.

26

Ich stand mit Nick im CHANTRY COURT, bevor die Gäste alle eintrudelten, und wir betrachteten das Spektakel, das sich vor uns abspielte.

»Ich habe doch immer gesagt, daß Lucy nicht sehr viel Erfahrung hat«, begann er. Er klang so, als wollte er sich entschuldigen und als fühlte er sich verantwortlich dafür, daß Lucy uns alle mit ihrer ungewöhnlichen Raumgestaltung überrascht hatte. Darüber hinaus jedoch hatte sich Nick aber auch gegen mögliche Angriffe gewappnet und war jederzeit bereit, sich für sie einzusetzen.

»Mit gefällt es«, sagte ich.

Er warf mir einen erstaunten Blick zu, aber bevor er noch irgend etwas sagen konnte, trat Lady Bollinger auf uns zu.

»Meine Liebe, was für eine *phantastische* Einrichtung«, schwärmte sie in gänzlich übertriebenem Tonfall, was aber sehr en vogue war. »Ich habe gehört, daß Ihre Tochter dahintersteckt.«

»Darf ich Ihnen den Mann meiner Tochter vorstelle, Lydia? Das ist Mr. Nicholas Marchant. Nicholas, Lady Bollinger.«

Sie warf ihm einen lächelnden Blick zu.

»Sie sind wahrscheinlich *schrecklich* stolz, nicht wahr? Ich bin regelrecht *verrückt* darauf, mich mit ihr zu unterhalten. Wo versteckt sie sich denn bloß? Oh, ich glaube, ich sehe sie. Sie entschuldigen doch, nicht wahr?«

»Na ja!« äußerte sich Nick wenig begeistert über diese Begegnung.

»Siehst du? Andere Leute mögen das.«

»Für meinen Geschmack ist das hier ein eigenartiger Raum. Er wirkt so, als sei er erst halb eingerichtet.« Erneut sah er sich um, als wäre ihm vielleicht noch etwas entgangen.

»Lucy wollte, daß es hier nicht vollgestopft aussieht«, erklärte ich nüchtern und ließ nichts darüber verlauten, daß ich beim ersten Anblick ebenfalls ziemlich ins Schlingern geraten war.

»Jetzt, wo es fertig ist, mit den Blumen und den Gästen, die Wärme ausstrahlen, sieht es wirklich bezaubernd aus. Entschuldige bitte, Nick – ich muß mich unters Volk mischen.«

Ich verließ ihn, um Gäste zu begrüßen, die inzwischen in großer Anzahl eingetroffen waren. Ich sprach mit den Goodsons und dann mit Sloane Bryson, unserem Parlamentsabgeordneten, der sich gerade mit John und Angela unterhielt. Als ich ihre Glückwünsche entgegennahm, trat Philip auf uns zu.

»Ist es nicht großartig?« sagte er und lächelte breit.

»Es ist wunderschön«, lobte Angela Philip.

»Wie lange wird es dauern, bis das Haus etwas abwirft?« fragte John.

»Dieses Jahr und im nächsten bestimmt noch nicht, vermute ich jedenfalls; aber mach dir keine Sorgen, Onkel John, bald schwimmen wir im Geld.«

Philip drehte sich um und nahm die Glückwünsche einer angesehenen Oxforder Gastwirtin entgegen.

»Vielen Dank, ich freue mich, wenn es Ihnen gefällt. Dieser Raum hier? Das hat meine Schwester allein gemacht – Mrs. Marchant. Ja, stimmt, ziemlich ungewöhnlich.«

Ich ließ ihn zurück und gesellte mich zu Roger, der seine Gastgeberpflichten erfüllte und von einem Gast zum nächsten ging. Er begrüßte mich lächelnd.

»Es ist ein Erfolg, Liebling. Ich bin froh, daß wir es nicht abgesagt haben«, sagte ich.

»Den Leuten gefällt es, oder?«

»Ein Traum wird wahr. Du hast eine denkwürdige Nacht verdient, Roger.«

»Das gleiche gilt für Lucy und Philip. Ich freue mich, daß sie mitgemacht haben.«

»Wobei Lucy wahrscheinlich ziemlich traurig ist, daß sie jetzt wieder zu Heim und Herd zurückkehren muß«, meinte ich.

Peter hatte sich den ganzen Tag nicht im RING OF BELLS blicken lassen, aber jetzt tauchte er elegant und charmant im CHANTRY COURT auf. Obwohl ich mich bemühte, ihm auszu-

weichen, stand ich ihm mitten am Abend plötzlich doch gegenüber.
»Ich habe angenehme Neuigkeiten für dich«, begann Peter. »Ich habe dem Freund geschrieben, mit dem zusammen ich die Flugshow gemacht habe. Er ist in Australien und betreibt dort irgendwo im Busch eine kleine Firma – nur ein paar Flugzeuge –, und er will, daß ich ihm eine Weile zur Hand gehe. Letzte Nacht habe ich mich entschlossen, das Angebot anzunehmen.«
»Ich hoffe, du verschwindest baldmöglichst«, entgegnete ich.
Sein Lächeln erstarb.
»So rasch als möglich. Soll ich dir noch etwas zu trinken besorgen? Bist du sicher? Dann hast du bestimmt nichts dagegen, wenn ich –«
»Aber bitte.«
Ich sah ihm hinterher, wie er sich seinen Weg durch die Leute zu einem Kellner mit einem Tablett Gläser bahnte. Bereits auf halbem Weg hatte sich rechts und links ein Mädchen bei ihm eingehängt.
Lucy unterhielt sich immer noch mit Lady Bollinger, oder genauer gesagt, hörte sie ihr zu. An Lucys Gesichtsausdruck erkannte ich, daß sie erfreut war über die Art des Gesprächs, doch mir kam es so vor, als würde sie Nick einmal einen unsicheren Blick zuwerfen.
Ich gesellte mich zu Ben und Clare.
»Fühlt ihr euch wohl?« fragte ich.
»Es ist wunderbar. Wie schade, daß Onkel Mark und Tante Charlotte nicht kommen konnten.«
»Ich hätte mich sehr über ihren Besuch gefreut. Aber ich weiß, was Onkel Mark gesagt hätte: ›Du riskierst ganz schön was, alter Knabe!‹«
Ben lachte, aber mir kam es so vor, als hätte ich in seinen Augen Angst aufblitzen sehen.
»Er hätte recht. Dad muß für das hier ja ganz schön den Kopf hingehalten haben. Ich hoffe, seine Investitionen rentieren sich.«

»Inzwischen müßtest du doch wissen, daß er einen guten Geschäftssinn hat.«
»Er hat aber auch schon mal auf Verlierer gesetzt.«
»Nur auf dem Rennplatz!«
»Ach, Ben, hör auf, eine derart gedrückte Stimmung zu verbreiten«, unterbrach ihn Clare. »Es ist sehr schön geworden, und Lucy hat wahre Wunder vollbracht. Sie hat wirklich eine gute Vorstellungsgabe! Da ist sie ja – Lucy, du bist phantastisch! Komm her und laß dir gratulieren!«
»Danke – wie schön, daß euch das Haus gefällt. Aber ihr ahnt nicht, was passiert ist!«
Sie schwieg, grinste mich an und freute sich über ihr Geheimnis.
»Erzähl doch schon«, drängte ich sie.
»Lady B. ist so beeindruckt von der Innenausstattung, daß sie mich beauftragt hat, Watersmeet umzugestalten.«
»Watersmeet?«
»Ja, neu einrichten, Mutter. Das ganze Haus. Sie meinte, sie würde auf Partys nicht gern über Geschäfte sprechen, doch dann fand sie gar kein Ende mehr. Na ja, das Endergebnis ist jedenfalls, daß ich hingehen und mir einen Eindruck verschaffen muß, was zu tun ist, und dann will sie einen Kostenvoranschlag haben.«
»Gott im Himmel«, sagte ich leise, denn daran hatte ich bisher noch gar nicht gedacht. »Du meinst, sie will dich dafür bezahlen? Hast du das auch richtig verstanden, Lucy? Sie denkt doch sonst immer, daß wir Landvolk für einen Apfel und ein Ei für sie springen sollen. Dein Vater kann davon ein Lied singen.«
Es machte mir überhaupt nichts aus, daß Lydia Bollinger bei unseren seltenen Besuchen auf Watersmeet ihre kurzzeitige Freundlichkeit wieder zurückgenommen hatte. Doch ich fühlte mich immer noch ein bißchen verärgert, wenn ich daran dachte, wie sie Roger im Krieg ausgenutzt hatte.
»Sie hat mir unmißverständlich klargemacht, daß sie sich

schon darauf eingestellt hatte, jemanden aus London zu engagieren. Daß ich aber genau den Stil habe, den sie sucht, und daß sie am liebsten mich für diese Aufgabe gewinnen würde. Ich hatte den Eindruck, als wollten sie in Zukunft öfter nach Watersmeet kommen. Ist das nicht wunderbar? Natürlich wurde jahrelang nichts mehr daran gemacht. Es ist noch voller Möbel aus der Zeit von Queen Victoria, die damals der alte Lord angeschafft hat.«

Meine Gedanken gingen zu jener merkwürdigen Nacht zurück, als er das Bild seines Sohnes aus dem alten Rollpult hervorgeholt und mir eröffnet hatte, daß meine Mutter auch sein Kind gewesen sei.

»Manche Möbel sind viel älter.«

»Lady B. meint, die meisten Stücke seien scheußlich und sie wolle sie wegwerfen. Aber ich werde aufpassen, daß sie nichts Wertvolles ausrangiert. Das ist das Schöne an diesem kühlen, klaren Stil – er holt das Beste aus diesen merkwürdigen, liebenswürdigen Möbelstücken heraus. Am liebsten würde ich sofort anfangen.«

Lucy war hellauf begeistert, doch als sie ihren Mann entdeckte, der in der Nähe stand, wurde ihr Optimismus etwas gedämpft.

»Natürlich«, fügte sie hinzu, »weiß ich nicht, was Nick sagen wird.«

»Hoffentlich kannst du ihn überreden.«

»Vermutlich ist er überaus begeistert«, äußerte Clare. Ich lächelte, aber stimmte ihr nicht zu.

Kurz darauf verabschiedeten sich Lucy und Nick, weil sie wieder nach Oxford zurückfahren wollten, und irgendwie kam es mir so vor, als würde Lucy wie eine Gefangene abgeführt. Andererseits, als Nick gute Nacht sagte, war er so umgänglich wie selten, und seine Hand ruhte nur leicht auf ihrem Arm. Vielleicht bildete ich mir auch nur etwas ein, sagte ich mir.

Ellie wollte mit Ben und Clare ins Priors-Haus zurückfahren.

Weil Philip sein Quartier im CHANTRY COURT aufgeschlagen hatte, machten uns Roger und ich allein auf den Heimweg.
Eine Weile schwiegen wir beide. Ich beobachtete, wie die Hecken vorbeihuschten, während wir die Straßen Richtung Collingford entlangfuhren. Die Scheinwerfer erleuchteten die Büsche, die Steinmauern, die Gittertore, und einmal blitzte der merkwürdig kurze Schwanz eines Kaninchens auf.
Jetzt, wo alles vorbei war und ich mich ein bißchen entspannen konnte, tauchte wieder dieses nervöse, ängstliche Gefühl auf – das Gefühl, am Abgrund zu stehen.
»Roger«, meinte ich zaghaft nach einer langen Pause, »ist das Hotel nicht im Grunde eine Nummer zu groß für uns?«
Er lachte kurz auf.
»Für Zweifel ist es aber schon ziemlich spät am Tag.«
»Kann sein. Aber wieviel hast du aufs Spiel gesetzt?«
In dem Moment, als ich das sagte, wurde mir bewußt, daß ich ihn das seltsamerweise noch nie davor gefragt hatte. Es hatte mir immer genügt, mich mit den kleinen, praktischen Problemen in dem Moment auseinanderzusetzen, wenn sie auftauchten. Nie hatte ich mich unnötig mit der finanziellen Seite dieses Hin und Hers beschäftigt.
Roger schwieg einen Augenblick, dann nahm er eine Hand vom Steuer und griff nach der meinen.
»Alles«, sagte er. »Ich habe alles auf CHANTRY COURT gesetzt. Ich habe alles mit einer Hypothek belastet.«
Mein Herz sackte nach unten.
»Auch das RING OF BELLS?«
»Alles. Du mußt mir vertrauen, Jenny, so wie immer. Es kann nicht schiefgehen, ich verspreche es dir.«
Ich schwieg. Was war wohl in ihn gefahren, überlegte ich. Mit sechzig noch einmal alles, was wir im Laufe der Jahre mühevoll aufgebaut hatten, für einen Traum einzusetzen – einen wunderschönen Traum, das mußte ich zugeben. Aber andererseits war es ein ungewöhnliches Gebäude, das bestimmt trotz des Golfplatzes, der Tennisplätze und der ganzen ande-

ren Attraktionen nicht immer leicht vollzubekommen sein würde.
»Bitte halt an«, sagte ich plötzlich, als er in Collingford in der High Street gerade links eingebogen und am Dorfanger vorbeigefahren war. Roger bremste.
Ich öffnete die Autotür und stieg aus, zog meine Seidenstola etwas enger um die Schultern, weil es am Abend kalt geworden war. Ich lief ein Stück über den Dorfanger, kam an dem Friedhof vorbei, auf dem Sarah und Joe gemeinsam mit Tante Millie und unserem ersten Baby lagen und so viele andere gute Freunde, die wir im Laufe der vielen Jahre in Collingford kennengelernt hatten.
Als ich unter den Kastanienbäumen stand, trat Roger zu mir und blickte mit mir über die weite Grasfläche in Richtung RING OF BELLS, das sich dort wie eine schlafende Katze niedrig und vertraut zusammengekauert hatte, weder geplant noch entworfen. Es hatte jede Menge merkwürdige Winkel, Ritzen und unangenehme Ecken, war alles andere als perfekt und hatte zahlreiche bauliche Mängel.
»Es ist verdammt schwer sauberzuhalten«, meinte ich.
»Die Küche ist schon seit Jahren veraltet.«
»Und in den oberen beiden Zimmern ist es immer bitterkalt, obwohl wir schon alles ausprobiert haben.«
»Und der Speiseraum ist auch nicht mehr groß genug. Ich sage dir was, Jenny – wir reißen es ab, Stein für Stein.«
Ich warf den Kopf herum und sah Roger schockiert an, dann legte er mir seine Hände auf die Schultern und schüttelte mich ein bißchen.
»Jenny, das war ein Witz! Eigentlich habe ich erwartet, daß du lachst.«
Ich blickte ihn einen Augenblick sprachlos an und war alles andere als fröhlich.
»Ich könnte das nicht ertragen«, sagte ich endlich fast flüsternd. »Es ist ein Teil von mir, Roger – meine Jugend, meine Hochzeit, mein eigen Fleisch und Blut. Ich habe dich immer

unterstützt, bei allem, was du getan hast. Aber das RING OF BELLS darf nicht verlorengehen. Allein der Gedanke daran ...« meine Stimme verlor sich, während mein Blick wieder zu dem Hotel wanderte.

»So weit wird es nie kommen.«

Er klingt alt, dachte ich; alt und seiner selbst nicht mehr sicher. Ich hing mich bei Roger ein und schüttelte meine Zweifel ab.

»Na komm«, forderte ich ihn auf. »Diese Woche war im Grunde viel zuviel für uns. Das beste wird sein, wir fahren nach Hause und trinken eine schöne Tasse Tee.«

Ben und Clare waren vor uns im Priors-Haus eingetroffen, und ich unterhielt mich mit ihnen über Lucys Wunsch, Watersmeet umzugestalten, und ich lenkte die Unterhaltung entschlossen weg von der Zukunft des CHANTRY COURT.

»Was könnte Nick denn dagegen haben?« fragte Clare.

»Die Frau gehört ins Haus«, antwortete ich feierlich. »Er hat meine Art nie gebilligt, weißt du.«

»Ich spreche mit Nick«, bot Roger an. »Bisher bin ich immer gut mit ihm zurechtgekommen. Bestimmt lenkt er ein, wenn er erst einmal versteht, was das für Lucy bedeutet.«

»Hoffentlich hast du recht. Aber vergiß nicht, besonders taktvoll zu sein«, warnte ich ihn.

Ein paar Tage später bekam Roger seine Gelegenheit, als wir nach einem nachmittäglichen Orgelkonzert in Oxford Lucy und Nick einen Besuch abstatteten. Während des Essens kam das Gespräch bereits darauf.

»Ich glaube, daß es eine völlig harmlose Beschäftigung ist«, meinte Roger freundlich und griff damit das auf, was auch ich dachte.

Nick saß stumm da, rührte in seinem Kaffee, und sein zusammengekniffener Mund signalisierte äußerstes Mißfallen.

»Für mein Gefühl gibt es keinen Unterschied zum Aquarellmalen oder Sticken«, ergänzte ich. »Jedenfalls ist es eine Form von Kunst.«

»Kunst?« Nick verbarg seinen Ärger nur knapp unter dezenter Amüsiertheit. »Ich fürchte, dem kann ich überhaupt nicht zustimmen.«

»Er mißbilligt, daß ich Geld für meine Anstrengungen bekomme«, erklärte Lucy. »Nutzlose, kleine Bilder zu malen und sie dann dem Wohltätigkeitsbazar zu überlassen ist eine Sache. Aber gegen Honorar die Häuser anderer Leute zu verschönern eine ganz andere.«

Die ruhige Verzweiflung in ihrer Stimme ließ erkennen, daß das kein neues Argument war, sondern die Fortführung einer lang anhaltenden Meinungsverschiedenheit.

Nick holte tief, langsam und geduldig Luft.

»Du weißt, wie ich darüber denke«, sagte er. »Ein verheirateter Mann bringt das Geld nach Hause. Es tut mir leid, wenn das altmodisch klingt, aber für mich sind das Werte, für die ich gekämpft habe. Ich will *nicht*, daß meine Frau auf den Marktplatz geht und als Verkäuferin –«

»Ich erwäge nicht, auf die Straße zu gehen, Nick!«

»Lucy, wirklich! Das reicht jetzt!«

»Nein, verdammt, das tut es nicht. Du kannst mir glauben, ich würde wirklich sehr viel dafür geben, wenn ich endlich nicht mehr sehen müßte, wie du das Gesicht verziehst. Nick, für mich ist die Arbeit wichtig. Ich weiß, daß du genügend Geld nach Hause bringst, darum geht es doch gar nicht. Ich würde die Arbeit einfach gern machen – und ich kann sie gut machen. Du bist doch nur deswegen dagegen, weil dadurch dein männlicher Stolz verletzt wird.« Lucys Stimme war lauter geworden, ihr Mund zitterte, und ihre Augen füllten sich mit Tränen.

»Lucy«, sagte ich friedfertig, »vielleicht möchte Nick das nicht in unserer Anwesenheit diskutieren.«

»Nick will das überhaupt *nie* besprechen. Na ja, das ist sein gutes Recht! Es ödet mich an, Nick – öde, öde, öde. Kannst du das nicht verstehen? Du gehst jeden Tag zur Arbeit, bist wichtig, und ich soll zu Hause bleiben und mich mit Bridge, Tennis und Kaffeekränzchen herumschlagen. Die Kinder brauchen mich ja nicht mehr –«

»So ein Blödsinn!« Nicks Gesicht war tiefrot angelaufen, und er sah Lucy wütend an.
»Sie sind den ganzen Tag in der Schule. Ich muß etwas machen, sonst werde ich verrückt.«
»Es gibt doch jede Menge zu tun. Was machen denn andere Ehefrauen?«
»Es *interessiert* mich nicht, was andere Frauen machen! Wenn sie dabei glücklich sind, die Blumen für die Kirche zu arrangieren oder beim Bridge Tee zu trinken und zu tratschen, dann soll mir das recht sein. Ich freue mich für sie. Aber für *mich* ist das nichts!«
»Und vermutlich bist du der Auffassung, es muß wundervoll für mich sein, meinen Freunden gegenüber zuzugeben, daß meine Frau eine bezahlte Arbeit –«
»*Oh!*« Zitternd vor Wut erhob sich Lucy vom Tisch. »Du hast überhaupt nicht zugehört, was ich gesagt habe, stimmt's?« Sie sah so aus, als wollte sie noch etwas sagen, doch dann lief sie weinend aus dem Zimmer.
Um uns breitete sich eine unangenehme Stille aus. Ich erhob mich halb von meinem Stuhl und setzte mich dann doch wieder hin.
»Könntest du nicht vielleicht doch noch einmal darüber nachdenken?« schlug ich schüchtern vor. »Es ist schließlich eine sehr weibliche Beschäftigung.«
»Ich habe da meine eigene Meinung.« Nicks Stimme klang eisig.
»Wunderbar.« Ich erhob mich. »Ich glaube, es ist besser, wenn ich mich mal um Lucy kümmere. Ich will nicht, daß sie in ihrer Verzweiflung irgendwas Dummes anstellt.« Als ich an der Tür des Eßzimmers angekommen war, blickte ich ihn über meine Schulter an und sagte: »Wie zum Beispiel, dich zu verlassen.«
Ich wartete nicht, wie dieser Hieb auf ihn wirkte, sondern ging in Lucys Zimmer hinauf, wo sie auf dem Bett lag, ihr Gesicht in die Kissen vergraben hatte und schrecklich weinte. Ich

setzte mich neben sie, tätschelte ihr die Schulter und versuchte, sie mit meinen nichtssagenden Worten zu trösten.
»Mach dir keine Sorgen, Liebes. Es wird alles gut werden – sei nicht so traurig. Ich bin mir sicher, daß er einlenkt.«
»Du verstehst das nicht«, behauptete Lucy, als sie sich endlich so weit unter Kontrolle hatte, daß sie wieder sprechen konnte. »Es geht doch nicht darum, daß ich diesen speziellen Auftrag in Watersmeet haben will. Es geht eher darum, daß Nick gar nicht versucht zu verstehen, wie viel mir das bedeutet. Ihm geht es einzig und allein nur um seine männliche Würde.«
»Das glaube ich nicht wirklich. Ihm ist es wichtig, das glaube ich schon, aber andererseits liebt er dich, Lucy.«
»Vielleicht als eine Art Anhängsel. Aber ich soll kein eigenes Leben außerhalb seines Wirkungskreises führen.«
»Der arme Nick«, meinte ich.
»Armer *Nick?*« Lucy blinzelte mich erstaunt an.
»Er hat ein süßes, gefügiges kleines Mädchen geheiratet, das nicht sehr viel im Kopf hatte und nichts weiter als ein Zuhause und Babys wollte. Dann ist er aus dem Krieg zurückgekommen, und das Mädchen war nicht mehr da. Inzwischen bist du eine ganz andere geworden.«
»Ich bin erwachsen geworden, vermute ich. Was blieb mir anderes übrig?«
»Ich weiß ja.«
»Und ich habe viele unabhängige Frauen unter meinen Vorfahren.«
»Das ist mir nicht verborgen geblieben.«
Ich stand auf, ging im Zimmer hin und her, hob einen Socken auf, der heruntergefallen war, und betastete die Bürsten und Gefäße auf ihrem Toilettentisch. Lucy beobachtete mich und schwieg.
»Du sprichst nie über deine Mutter«, meinte sie dann endlich. »Wie war sie?«
Ich kam zurück und setzte mich wieder zu ihr aufs Bett.
»Eigensinnig«, bemerkte ich. »Stur und voller Stolz. Sie hat

sich oft geirrt, aber sie war auch bewundernswert. Ich verdanke ihr viel.«

»Und deine Großmutter? Sie war doch bestimmt enorm. Wie kann Nick von mir erwarten, daß ich so unterwürfig bin? Schau doch bloß Ellie an!«

»Es muß doch eine Lösung geben. Vielleicht könntest du ihm ja erklären ...«

»Ach, ich habe mir doch den Mund fast fusselig geredet mit lauter Erklären. Er hört einfach nicht zu. In seinem Kopf ist die Vorstellung fest zementiert, daß eine nette, gut erzogene Ehefrau eines Herrn von Welt sich nicht die Finger mit einer gewinnbringenden Beschäftigung schmutzig macht.«

»Könntest du es denn nicht umsonst machen? Ich meine, Lady Bollinger einen Tip geben, einfach weil es dir Spaß macht und Befriedigung verschafft?«

»Nein! Sie nimmt viel mehr Notiz von mir, wenn ich als bezahlte Beraterin zu ihr komme. Außerdem – wer weiß, wohin das führt? CHANTRY COURT brachte mir den Auftrag in Watersmeet, und der könnte mir noch etwas anderes bringen. Vielleicht könnte ich regelrecht ins Geschäft einsteigen.«

»Ach Lucy! Wenn Nick noch nicht einmal damit einverstanden ist –«

»Mutter, seit wann zählt für dich, ob Ehemänner mit dem, was ihre Frauen tun, nicht *einverstanden* sind?«

»Ich will eure Ehe nicht zerstören, das ist alles.«

»Ich habe das Gefühl, daß meine Ehe längst zerstört ist«, entgegnete Lucy verbittert.

Ich rutschte näher zu ihr und legte ihr meinen Arm um die Schultern.

»Das glaube ich nicht«, widersprach ich.

»Ich kann so nicht leben.«

So ging es noch eine Weile, bis Lucy sich im großen und ganzen wieder beruhigt hatte. Ich überredete sie, sich auszuziehen und ins Bett zu gehen. Dann dachte ich darüber nach, was sich unten in der Zwischenzeit wohl getan hatte. Roger war am Abendbrottisch ziemlich ruhig gewesen. Er hatte nur dagesessen, zugehört und nachdenklich seine Zigarre geraucht. Wenn mich nicht alles täuschte, dann hatte er etwas mit Nick vor, sobald die beiden unter sich waren.

Ich war erschöpft. Ich wünschte Lucy eine gute Nacht und ging ins Gästezimmer, wo ich mich hinlegte und mich dankbar in mein Buch vertiefte.

Irgendwann war ich wohl eingenickt, denn obwohl die Leselampe leuchtete und ich meine Brille noch aufhatte, schreckte ich plötzlich auf, weil das Buch vom Bett gerutscht und auf den Boden gefallen war. Ich warf einen Blick auf den Wecker neben dem Bett. Es war schon zwei Uhr und von Roger keine Spur! Was um alles in der Welt tat sich da unten bloß? Wenigstens schien alles ruhig, und ich hörte keine lauten Stimmen oder Türenknallen.

Während ich lauschte, hörte ich plötzlich einen dumpfen Schlag, gefolgt von einer murmelnden Stimme, die etwas ausstieß, was gut und gern ein Fluch sein konnte. Ich machte einen Satz aus dem Bett, wickelte mich in meinen Morgenmantel und ging zur Tür, wobei ich mich noch sehr gut an Bens Rauferei mit Peter erinnerte. So unvernünftig würden die beiden dort unten doch nicht sein – aber dann fiel mir wieder ein, daß Roger Ben sogar noch angefeuert hatte. Ich hatte kein rechtes Vertrauen mehr in die friedlichsten Männer.

Ängstlich öffnete ich die Tür und spähte hinaus. Der obere Teil der Treppe lag direkt in meinem Blickfeld, und während ich so schaute, sah ich Roger und Nick herauftaumeln, langsam und unter großen Schwierigkeiten. Es war schwer zu sagen, wer wen stützte.

Roger, der ein bißchen weiter vorne ging, hob den Kopf und entdeckte mich, wie ich in der Schlafzimmertür stand.

»Hallo Liebling«, begrüßte er mich vergnügt. »Ich dachte, du wärst schon vor Stunden ins Bett gegangen.«

»Bin ich auch«, antwortete ich eisig.

»Nicht so laut, alter Mann«, flüsterte Nick durchdringend und boxte ihn freundschaftlich in den Rücken. »Du weckst ja die Kinder auf.«
Der Knuff war zwar harmlos, doch Roger war so überrascht, daß er nach vorne auf die Treppe fiel, und weil ihm Nick direkt auf dem Absatz folgte, rutschten ihm ebenfalls die Füße weg. Da lagen sie nun in einem Durcheinander von Armen und Beinen und kicherten hilflos.
In diesem Augenblick war auch Lucy an ihrer Tür erschienen, und wir wechselten einen Blick voller Staunen, Amüsiertheit und Ärger. Dann gingen wir auf die Treppe zu und halfen unseren außer Gefecht gesetzten Ehemännern wieder auf.
»Roger, du hast ja getrunken«, stellte ich fest. »Das paßt doch gar nicht zu dir.«
»Verdammt gutes Zeug hast du, alter Junge«, sagte Roger und legte Nick vertraulich den Arm um die Schultern. »Der Mann kann nicht völlig schlecht sein, wenn er so einen guten Kognak zu Hause hat.«
Nick lehnte sich gegen die Wand und lachte hilflos.
»Die letzten beiden«, sagte er und konnte kaum sprechen. »Die letzten beiden ...«, er bog sich vorne über und wischte sich die Lachtränen aus den Augen.
Roger blinzelte ihn wie eine Eule an.
»Was ist mit den letzten beiden, alter Junge?«
»Kochwein«, antwortete Nick. »Der Napoleon war bereits zu Ende. Du – du hast gar keinen Unterschied gemerkt.«
Roger schaute Nick stumm und erschrocken an, und ich fürchtete schon, daß ihre neue Freundschaft vor meinen Augen wieder zerbrechen würde. Roger zog seinen Arm von Nicks Schultern weg.
»Ziemlich schlechter Stil, oder alter Junge? Einem Kameraden Kochwein anzudrehen. Außerdem bin ich ein Wein..., ein Wein...«
»Weinkenner?« half ich, und obwohl ich ärgerlich war, konnte ich mir ein Lachen nicht verkneifen.

Rogers empörter Gesichtsausdruck war einem Lächeln gewichen, und jetzt lehnte auch er an einer Wand und schluchzte vor Lachen.

»Um Himmels willen, beruhige dich doch wieder!« Ich zog an Rogers Arm, und obwohl er vor lauter Heiterkeit sogar einen Schluckauf bekam, ließ er sich zu unserem Bett führen.

»Na ja«, bemerkte ich am nächsten Morgen, als er schließlich seine Augen geöffnet hatte. »Das war eine reife Leistung gestern nacht.«

Er seufzte und schloß die Augen wieder.

»Jenny, mir geht es dreckig«, sagte er.

»Kein Wunder. Hier – ich habe dir eine Tasse Tee gebracht.«

»Wie spät ist es?« Roger kämpfte sich auf und zuckte vor Schmerzen zusammen.

»Es ist zehn, und wir sollten längst hier weg sein. Lucy hat die Kinder zur Kirche gebracht, und wir müssen ins Priors-Haus zurück, weil die Fenwicks zu einem sonntäglichen Mittagessen zu uns kommen – erinnerst du dich?«

»O Gott!«

Roger seufzte wieder, nahm aber den Tee dankend in Empfang und nippte daran mit äußerstem Widerwillen.

»Erinnere mich bitte dran, daß ich so etwas nie wieder mache!«

»Was habt ihr eigentlich die ganze Zeit *getan*, außer zu trinken?«

»Hä?« Roger hob eine Augenbraue erstaunt, als hätte er die dramatischen Ereignisse vergessen, die zu Lucys plötzlichem Aufbruch vom Abendbrottisch geführt hatten. »Ach, wir haben uns nur unterhalten. Alles lief wie geschmiert.«

»Was soll das heißen, es lief wie geschmiert?«

»Na ja, Lucy kann den Auftrag annehmen, Nick hat eingewilligt.«

»Das glaube ich nicht!«

Ich sank erstaunt aufs Bett, und Roger zuckte wieder zusammen.

»Liebling, bitte vorsichtig! Jede plötzliche Bewegung –«

»Wie hast du ihn dazu gebracht?«

»Mit Fingerspitzengefühl«, antwortete Roger. »Wir haben alles durchgesprochen, haben über das Leben geredet, die Frauen und die Ehe. Ich habe ihn an meinen Erfahrungen teilhaben lassen.«

»Ach, das hast du?« Ich zog meine Augenbrauen hoch.

»Das habe ich. Meine nicht unerheblichen Erfahrungen.«

»Und er hat dir zugehört? Und sie zur Kenntnis genommen?«

»Natürlich. Ich glaube, ich habe ihn überzeugt, daß ich trotzdem noch ein Mann bin, obwohl meine Frau immer mitgearbeitet hat.«

Ich mußte lachen.

»Weil du Alkohol verträgst? Mein Lieber, wenn du dich nur sehen könntest!«

»Er ist schon in Ordnung, dieser Nick. Er hat eingewilligt, wenigstens einmal einen Versuch zu wagen.« Roger runzelte die Stirn. »Liebling, könntest du bitte vom Bett aufstehen? Du bringst es so zum Wanken.«

»Nur, wenn du versprichst, jetzt aufzustehen. Wir müssen wirklich langsam los, Roger.«

Ich nahm seinen leeren Becher und ging die Treppe hinunter, wo Lucy und die Kinder zusammen frühstückten.

»Kein Nick?« fragte ich.

»Kein Nick. Ob du es glaubst oder nicht, er fühlt sich heute morgen ein bißchen unpäßlich.«

»Hat er denn schon genügend Kraft, um zu sprechen?« wollte ich wissen.

»Das hat er! Daddy hat irgendwas gesagt, was den Ausschlag gegeben hat. Jedenfalls meinte Nick vorhin, wenn mein Glück wirklich von diesem Einrichtungsauftrag abhinge, dann sollte ich es doch einfach versuchen.«

»Ich wäre gern Mäuschen bei dem Gespräch gewesen, du nicht auch? Dein Vater meinte, sie hätten über das Leben, die Frauen und die Ehe gesprochen. Vielleicht hätte ich noch etwas lernen können.«

»Ich bin so dankbar! Ich war schon fest entschlossen, den Auftrag auf alle Fälle anzunehmen. Aber ich finde es wunderbar, daß Nick seinen Segen dazu gibt, wenn auch widerwillig. Jetzt muß ich ihm nur noch beweisen, daß er auch davon profitiert, wenn ich einen solchen Auftrag annehme.«

»Ich bin mir sicher, daß dir das auch gelingt. Ich freue mich ja so für dich, mein Liebes.«

Auf der Fahrt zurück ins Priors-Haus schwiegen Roger und ich fast die ganze Zeit. Roger war gedämpft und beklagte sich bitterlich, daß Aspirin heutzutage längst nicht mehr so gut half wie früher; aber mir war sehr viel wohler zumute, und ich spürte, daß das jetzt ein Neubeginn für Lucy sein würde.

27

Die Renovierung von Watersmeet stellte einen Wendepunkt in Lucys Leben dar. Lady Bollinger war hoch erfreut über das Ergebnis und machte Lucy mit einer Reihe ihrer Freundinnen bekannt. Alle wollten sie so schnell wie möglich die letzten Überbleibsel der viktorianischen Epoche loswerden und sich statt dessen den klaren, kubistischen Stil zu eigen machen, den Lucy vorzog.

Natürlich hatte Nick nicht über Nacht alle seine Bedenken beiseite gewischt. Er weigerte sich immer noch, auf Lucys Arbeit Rücksicht zu nehmen, und wenn sie mit Handwerkern oder Händlern zu tun hatte, mußte sie sich immer mal wieder seinetwegen einschränken. Zudem bestand er unverrückbar auf dem formellen, viergängigen Abendessen, bei dem Molly sie feierlich bediente. Irgendwie schien Lucy aber genügend Kraft für alles zu haben.

Etwa zwei Jahre später begann sie darüber nachzudenken, ob sie nicht in Oxford Geschäftsräume anmieten sollte, um dort ein paar Stoffe zu lagern, die sie dann bei Bedarf sofort zur Hand hätte.

»In der Little Clarendon Street steht ein kleiner Laden leer«, erzählte sie mir. »Wie ich gehört habe, ist er zu verpachten. Für mich wäre das genau das richtige.«
»Was sagt Nick dazu?« fragte ich vorsichtig.
Lucy lachte.
»Eigentlich sollten wir auf Daddy das Glas erheben. Er ist zwar nicht über die Maßen glücklich damit, aber ich schätze, daß ich ihn schon noch rumkriege. Jedenfalls bin ich inzwischen schon fast finanziell unabhängig.«
»Um Himmels willen, Lucy, das darfst du auf keinen Fall offen zeigen. Damit kannst du das ganze Vorhaben möglicherweise kippen.«
»Ich trage es schon nicht offen zur Schau – aber es stimmt trotzdem. Bestimmt könnte ich auf mein Guthaben inzwischen einen Bankkredit bekommen.«
»Könnten wir denn Lucy nicht das Geld leihen?« fragte ich Roger später.
»Wenn Lucy wirklich Geld braucht, dann treiben wir bestimmt welches auf«, antwortete er. Aber während er das sagte, hatte er eine düstere Miene, und ich wußte, daß er sich wegen seiner finanziellen Situation Sorgen machte. Als sich nach dem Anfangserfolg alles gut eingependelt hatte, lief das CHANTRY COURT nicht gerade besonders gut, und selten war es zu mehr als drei Vierteln ausgebucht – was sowohl Philip als auch Roger hartnäckig immer wieder als »ganz normal und völlig erwartungsgemäß« bezeichneten.
Der arme Philip! Er arbeitete so hart und steckte so viel Begeisterung in das Hotel, daß es für ihn bestimmt deprimierend war, wenn er die leeren Räume sah. Aber er wollte sich auf keinen Fall unterkriegen lassen. Ich seufzte, wenn ich an ihn denken mußte.
»Stimmt etwas nicht?« fragte mich Roger.
»Nein. Na ja, nur Philip. Ich wünschte mir halt –«
»Er würde sich irgendwo häuslich niederlassen und ein *nettes* Mädchen finden«, beendete Roger meinen Satz.

»Ja, stimmt.«
Philip war inzwischen siebenundzwanzig Jahre alt und wurde seinem Vater von Tag zu Tag ähnlicher, obwohl er sich einen auf Hochglanz polierten, weltmännischen Anstrich gab, der sehr an Noel Coward erinnerte, welcher soeben mit seinen humorvollen Schätzen die Londoner erheiterte und schockierte. Sogar Philips Stimme hatte denselben brüchigen Tonfall angenommen wie die seines Vorbildes.
Wegen dieser Masche hatte ich manchmal das Gefühl, daß sich Philip über all das lustig machte, was mir heilig war: Kirche, Heim und die Zuneigung der Familie. Zum Glück aber bewies er mir dann im nächsten Augenblick durch Worte oder Taten, daß ihm damit gar nicht ernst war und daß er unter seinem kühlen Zynismus derselbe liebende und warmherzige Mensch wie immer war. Ich war mir sicher, daß er schon in Ordnung war. Schließlich hatte Ben sich ja auch nicht besonders mit der Gründung einer Familie beeilt, und letztendlich hatte er doch die richtige Wahl getroffen. Bestimmt würde es bei Philip genauso werden.
Meine Gedanken wanderten wieder zu Lucy.
»Sprichst du mit ihr über den Laden?« bat ich Roger. »Wenn sie morgen übers Wochenende nach Cheltenham fahren, dann liefern sie die Kinder bei uns ab.«
Er willigte ein, und als ich ihn am nächsten Tag mit beiden darüber reden hörte, mußte ich unwillkürlich lächeln. Roger hätte einen wunderbareren Diplomaten abgegeben, dachte ich. Als Lucy und Nick aufbrachen, hatte Roger seinen Schwiegersohn irgendwie davon überzeugt, daß eine so gute Idee eigentlich nur von ihm stammen konnte und daß nur mit seiner Hilfe beim Verhandeln des Pachtvertrages des Geschäfts in der Little Clarendon Street das Vorhaben noch gerettet werden konnte.
Ende 1928 war der Laden Wirklichkeit geworden, und Lucys Geschäft wirkte so, als würde es sich sehr zufriedenstellend entwickeln.

Das Jahr war aber auch in anderer Hinsicht bedeutsam, denn alle Frauen ab einundzwanzig bekamen jetzt das Wahlrecht zugesprochen. Jetzt war Schluß mit der lächerlichen Ungleichheit zwischen einem einundzwanzigjährigen Arbeiter, der wählen durfte, und einer Frau, die zur Schule gegangen und vielleicht sogar studiert hatte, die aber erst mit dreißig zur Urne hatte gehen dürfen.

In diesem Jahr brachen wir mit einer unserer Traditionen und fuhren über Weihnachten nach Somerset, um dort mit Mark und Charlotte zu feiern. Clare erwartete ein Baby und fühlte sich nicht in der Lage, die lange Reise bis nach Oxfordshire zu machen.

Im Grunde jedoch blühte Clare gesundheitlich und vor Glück richtig auf, und Ben sah ebenfalls gut aus. Er hatte endlich ein paar Gramm zugenommen und strahlte eine Ernsthaftigkeit aus, die neu war. Seine Spannung war ein für allemal von ihm abgefallen. Seit seiner Kindheit hatte ich ihn nicht mehr so entspannt erlebt, und insgeheim dankte ich Clare von Herzen für dieses Wunder. Ben war ganz begeistert bei der Aussicht auf ein Baby.

»Wenn es ein Mädchen ist, soll es Genevieve heißen.«

»Oh, macht das nicht! Das arme Ding!«

»Ich finde den Namen schön«, meinte Clare.

»Meine Großmutter meinte, es klänge etepetete, und ich finde, sie hatte recht.« Ich mußte lächeln und an den Tag denken, an dem ich das Ring of Bells zum ersten Mal betreten hatte. »Aber ich freue mich über die Ehre«, fügte ich noch hinzu. »Und bestimmt wird das Kind die Meinung widerlegen.«

Doch das Kind kam gar nicht soweit, denn es wurde ein Junge, der in St. Peter in Collingford auf den Namen Roger Benjamin getauft wurde, wobei er dasselbe Taufkleid trug, das sein Vater schon angehabt hatte.

Nick und Philip mußten gefragt werden, ob sie Paten werden wollten und Ellie die Patin. Ich wußte, daß sie sich darüber freute, gefragt zu werden. Doch von dem Moment an, als sie ins Priors-Haus trat, spürte ich, daß sie eine tiefergreifende Aufregung erfaßt hatte. Bald erfuhren wir, um was es ging.

»Es sieht so aus, als würde Baldwin im Mai Neuwahlen ausschreiben«, sagte sie. »Und da haben sie mich gefragt, ob ich nicht als Ersatz einspringen könnte. Ist das nicht wunderbar? Ich bin so begeistert, daß ich es kaum glauben kann.«

»Aber Broxton ist doch ziemlich konservativ, oder?« wollte Roger wissen.

Ich konnte mir nur mit Mühe vorstellen, wo der Ort überhaupt lag. Ich wußte einzig und allein, daß es irgendwo im Süden von London war.

»Da stehen ein paar riesige, neue Fabriken und viele Wohnsiedlungen«, schilderte Ellie.

»Wer ist denn der momentane Parlamentsabgeordnete?«

»Er heißt Sir Horace Vigar.«

»Den Namen habe ich ja noch nie gehört.«

»Das geht allen so! Und genau das ist der Knackpunkt! Dieser Mann ist ein dummer, alter Kerl, der schon eine Ewigkeit nichts mehr von sich gegeben hat und nur zuschaut, wie seine Mehrheit mit jeder weiteren Wahl schwindet.«

»Und was ist mit dem Kandidaten der Liberalen?«

»Die haben in Broxton eine festgefügte Reihenfolge. Der Mann, der beim letzten Mal für sie kandidiert hat, läßt sich jetzt für die Unabhängigen aufstellen, und deswegen wird jede abgegebene Stimme auf verschiedene Kandidaten aufgeteilt. Es wird wirklich langsam Zeit, daß sich jemand in den Kampf mit einmischt!«

»Das sind doch wunderbare Neuigkeiten«, sagte ich und umarmte Ellie. »Ich freue mich so, Liebling. Roger, ist das nicht wunderbar?«

»Gewaltig«, nickte er.

In Rogers Stimme klang eine Spur erzwungener Begeisterung mit, und ich warf ihm einen Blick zu. Ich fand, daß jetzt nicht der Zeitpunkt für politische Eitelkeiten war, die einen davon

abhielten, sich mit Ellie gemeinsam zu freuen. Er nahm den Wink dankbar an und umarmte sie ebenfalls.
»Ich bin stolz auf dich, mein Liebes. Die Partei hält sicher große Stücke auf dich.«
»Ich hoffe es! Na ja, wahrscheinlich hast du recht.«
»Du weißt, daß wir dir alles Gute wünschen – aber du mußt versprechen, daß du mich nicht zu bekehren versuchst, einverstanden? Damit vergeudest du nur deine Zeit.«
»Versprochen!« Sie schmiegte sich eine Sekunde lang an ihn. »Wenn alle alten Leute so wie du wären, dann wäre die Welt nicht in einem so erbärmlichen Zustand. Aber sag den anderen noch nichts, abgemacht? Ich möchte nicht dem Baby den Wind aus den Segeln nehmen. Das ist sein Festtag – seiner und Clares und Bens.«
Es wurde dann aber doch noch eines unserer traditionellen Familienfeste im Priors-Haus. Roger Benjamin lächelte zuerst engelgleich den Pfarrer an und verschlief dann den Rest des Gottesdienstes.
Ellie fuhr nach London zurück, weil sie sich sofort in die Vorbereitungen zu den nächsten Wahlen stürzen mußte. Sie bezog eine Wohnung in Broxton, und wir hörten und sahen nichts mehr von ihr, was uns überhaupt nicht weiter überraschte. Es war typisch für sie, daß sie jeden wachen Augenblick nutzte, um ihre Wählerschaft besser kennenzulernen.
»Ich hoffe, sie kümmert sich auch ein bißchen um sich selbst«, meinte ich eines Tages zu Roger.
»Ellie ist eine erwachsene Frau, Jenny.«
»Das weiß ich auch. Aber sie ißt nichts, wenn sie von ihrer Arbeit so in Anspruch genommen ist! Und dann wird sie krank.«
»Jenny, um Himmels willen ...!«
Ich verfiel in ein unglückliches Schweigen, fühlte mich aber keineswegs getröstet.
»Ich werde sie besuchen«, kündigte ich eines Tages an. »Wenigstens kann ich dafür sorgen, daß sie etwas Ordentliches zu essen bekommt.«

Roger lachte mich aus.
»Wenn du es nicht lassen kannst, dann fahr hin«, meinte er. »Ich vermute ja, daß du insgeheim nur mal wieder ein bißchen Abwechslung haben willst, oder?«
»Na ja, ganz falsch ist das nicht«, gab ich zu.
Also packte ich einen kleinen Koffer und fuhr am nächsten Tag mit dem Zug nach London. Vom Bahnhof aus waren es nach Broxton nur ein paar Kilometer mit der U-Bahn. Ich trat auf die Straße, und als erstes fiel mein Auge auf ein überlebensgroßes Plakat von Ellie, das auf einem Bretterzaun klebte. Darunter stand: »Eleanor Leyton kümmert sich.«
Ganz egal, welche Politik sie machte, es war einfach eine große Sache, da konnte man sagen, was man wollte. Ich hatte eine Tochter, auf die ich stolz war.
Weil ich keine Vorstellung davon hatte, wo die Zentrale der Labour Partei in Broxton wohl ihren Sitz haben könnte, hielt ich nach jemandem Ausschau, den ich fragen konnte. Ein paar Meter weiter stand ein Polizist, auf den ging ich direkt zu, weil ich hoffte, er würde mir den Weg zeigen.
»Es ist nicht weit«, ließ er mich wissen. »Ein paar hundert Meter geradeaus und dann links in die Gladstone Street. Sie können es gar nicht verpassen.«
Ich bedankte mich bei ihm, und er deutete einen Gruß an.
»Hoppla – Moment eben noch, gnädige Frau«, hielt er mich an, als ich gerade in die von ihm gezeigte Richtung gehen wollte. »Da kommt gerade der andere Knabe.«
Ich sah, wie ein großer Rolls-Royce neben der Grünfläche zum Halten kam. Hinter ihm her fuhren eine ganze Reihe kleinerer Autos, das Ganze wirkte wie eine Flottille kleiner Schiffe, die ein riesiges Schlachtschiff begleiteten. Alle Autos waren mit Plakaten und blauen Bändern geschmückt. Aus den kleinen Autos sprangen die Wahlhelfer und hatten im Nu eine Rednertribüne aufgebaut. Als das fertig war, stieg aus dem Rolls-Royce eine hochgewachsene, beeindruckende Gestalt.

»Das ist Horace Vigar«, erklärte mir der Polizist. »Lächerliche Figur, nicht wahr?«
Überall in der Stadt hingen seine Fotos, genauso wie die von Ellie; aber niemand würde ihm einen Bart ins strahlende Antlitz malen, aus dem einfachen Grund, weil er schon einen der beeindruckendsten Bärte trug, die ich je gesehen hatte. Lang und blond und gelockt. Über seinen buschigen Augenbrauen wölbte sich eine breite, rosarote Stirn. Ich überquerte die Straße und mischte mich unter die Verkäuferinnen und Arbeiter, die sich nach und nach um die Tribüne versammelt hatten. Ich drängelte mich so nah wie möglich heran, weil ich mir ein Bild über die Macht von Ellies stärkstem Gegner machen wollte.
Er begann so langweilig, daß ich fast den Eindruck hatte, ich hätte ihm die Rede selbst schreiben können.
Als dem Redner mit Zwischenfragen zugesetzt wurde, kam Leben in die Veranstaltung.
»Was ist mit der Arbeitslosigkeit? Setzen Sie sich für neue Arbeitsplätze ein?« rief ein junger, schmalgesichtiger Mann im kragenlosen Hemd und mit einer Stoffmütze auf dem Kopf.
»Ja, das betrifft uns am meisten!«
»Was werden Sie dafür tun?«
»Wir brauchen Wirtschaftswachstum – Wirtschaftswachstum wird es aber unter einer sozialistischen Regierung nicht geben.«
»Die Kerle, die jetzt das Sagen haben, tun doch auch nichts«, rief der Mann.
»Das stimmt nicht, Sir! Zur Zeit haben wir hunderttausend Arbeitslose weniger als bei der letzten Wahl. Und damals mußten wir uns als erstes um das Durcheinander kümmern, das die Labour Regierung angerichtet hatte.«
Die Zahl schien den Zwischenrufer zum Schweigen zu bringen, und Sir Horace nutzte die Gelegenheit, um seine Arme weit auszubreiten und sein Publikum väterlich anzustrahlen.

»Liebe Freunde«, begann er. »Ich spreche so zu euch, weil ich schon so viele Jahre als Abgeordneter für euch tätig bin. Eure Sorgen sind die meinen – eure Ziele sind auch meine Ziele. Ihr habt doch die Plakate gesehen, nicht wahr? ›Eleanor Leyton kümmert sich.‹« Er klang sehr sarkastisch. »O ja, liebe Freunde. Eleanor Leyton kümmert sich sehr wohl. Sie kümmert sich nämlich vor allem um eines –«, und dabei beugte er sich nach vorne und unterstrich seine Worte, indem er mit seiner geballten Faust auf das Geländer der Rednertribüne einhieb. »Sie kümmert sich darum, daß ihre eigenen extremen politischen Ansichten mehr Anhänger finden. Und diese Ansichten werden nicht von den Bedürfnissen der Menschen in Broxton diktiert; und nicht einmal aus Westminster, sondern aus Moskau!«

Er trat zurück, und auf seinem Gesicht zeichnete sich empörte Vaterlandsliebe ab. Aber er war noch nicht fertig und beugte sich wieder nach vorne.

»Ich frage euch, sind wir denn deswegen Schulter an Schulter in den Schützengräben gelegen? Wollen wir dieses ruhmreiche, erlauchte Land wirklich einer Gruppe von Spinnern übergeben, die sich uns gegenüber kein bißchen verpflichtet fühlen, sondern ganz anderen –«

»Wie *können* Sie es wagen!« rief ich. Meine Stimme bahnte sich ihren Weg durch die Wut, die sich in mir angestaut hatte. »Eleanor Leyton ist mindestens ebenso patriotisch wie Sie! Sie hat zwar nicht im Schützengraben gekämpft, aber sie hat während des ganzen Kriegs im Lazarett in Frankreich als Krankenschwester gearbeitet. Das hängt sie nur deswegen nicht an die große Glocke, weil ihrer Meinung nach die Zukunft zählt, und nicht die Vergangenheit.«

»Schon gut, schon gut«, strahlte mich Sir Horace an. »Dann hat Miss Leyton ja zumindest eine Unterstützerin. Sie sind eine schneidige, kleine Lady – das muß der Neid Ihnen lassen.«

»Aber diese Frau hat recht«, rief ein Mann mit Glatze neben

mir. »Die Vergangenheit liegt hinter uns – aber was haben Sie daraus gelernt? Nichts!«

»Was hat denn die Labour Partei mit der Macht angefangen, als sie am Ruder war? Sie haben ein derartiges Durcheinander angerichtet, liebe Freunde, daß wir jetzt immer noch aufräumen. Politik ist eine Sache für Menschen mit Erfahrung, liebe Freunde; da muß ein Mann ran! Unsere Regierung hat den Frauen das Wahlrecht verschafft. Ich bitte euch inständig, unterstützt damit den Kandidaten, der bereits Erfolg vorweisen kann, und nicht eine junge Frau, die sich an euch, Bewohnern von Broxton, die ersten politischen Sporen verdienen will.«

»Sie sieht aber viel besser aus als du«, rief ein Witzbold.

»Daran gibt es nichts zu rütteln«, pflichtete Sir Horace bei, drohte mit dem Finger und lächelte schelmisch. »Aber edel ist, wer edel handelt –«

»Nennen Sie eine Sache, die Sie für uns getan haben«, forderte ich laut.

Er ging überhaupt nicht auf mich ein. Die Versammlung näherte sich dem Ende, und die Leute strebten wieder zu ihren Arbeitsplätzen. Sir Horace kam von seiner Rednertribüne herunter und ging zu den Zuhörern, die immer noch dastanden, klopfte Männern auf den Rücken, beugte sich, um Kindern die Wange zu tätscheln, faltete die Hände und lächelte unablässig.

Der Glatzkopf neben mir drehte sich zu mir hin.

»Ich würde dem Mann nicht über den Weg trauen«, bemerkte er. »Ich bin mir sicher, er hätte Ihnen gar keine Antwort auf Ihre Frage geben können, auch wenn er die ganze Nacht darüber nachgedacht hätte.«

»Eleanor Leyton kümmert sich *sehr wohl*«, behauptete ich.

»Ich weiß.«

»Und ihre Befehle bekommt sie auch nicht aus Moskau!«

»Lady, mir brauchen Sie das nicht zu sagen. Ich arbeite für sie.«

»Das machen Sie wirklich?« Ich lächelte ihn an und streckte ihm meine Hand entgegen. »Wie schön. Ich freue mich, Sie kennenzulernen. Ich bin Ellies Mutter und war gerade auf dem Weg ins Parteibüro.«

»Ich kann Sie begleiten«, bot er sich an. »Wenn wir uns beeilen, dann fangen wir sie vielleicht noch vor ihrer Nachmittagstour ab.«

Als ich im Büro ankam, begrüßte Ellie mich warmherzig, aber unter Zeitdruck. Ihre verzweifelten Mitarbeiter klagten, daß sie schon vor zehn Minuten in der Halle eines Wohltätigkeitsordens hätte sein sollen, die aber ziemlich weit entfernt lag. Ellie drückte mir ihren Wohnungsschlüssel in die Hand und forderte mich auf, zu ihr zu gehen und mich da wie zu Hause zu fühlen.

Zu Hause! Gab es etwas, das noch weniger heimatlich war als die drei staubigen Zimmer über einem Zeitungsladen? Auf dem Ofen stand eine fettige Pfanne, und das Spülbecken war bis oben mit schmutzigem Geschirr voll. Die ungewaschene Wäsche stapelte sich bereits so hoch, daß ich mich wunderte, wie Ellie überhaupt noch etwas Sauberes zum Anziehen haben konnte. Ich zog meinen Mantel aus und legte den Hut ab, krempelte die Ärmel auf und machte mich an die Arbeit. Bei fremden Leuten an die Tür zu klopfen oder Ansprachen zu halten wäre nichts für mich, dachte ich, aber auf hausfraulichem Gebiet konnte ich Sinnvolles leisten. So konnte ich den guten Taten von Ellie wenigstens ein bißchen etwas entgegensetzen.

Nach einer Woche war ich so tief in Ellies Angelegenheit und den Wahlkampf verwickelt, daß ich mit ihren besten Unterstützern zusammenarbeitete und plötzlich merkte, daß ich noch nie in meinem Leben so viel Spaß gehabt hatte. Unter uns herrschte Nähe und Kameradschaft, und die Tage endeten oft in spätabendlichen und ausgelassenen Zusammenkünften in Ellies Wohnung, wo wir den Tag noch mal durchgingen und den nächsten planten.

Ich telefonierte oft mit Roger und war erleichtert, daß er auf meine längere Abwesenheit mit einer Mischung aus Resignation und verdeckter Belustigung reagierte. Er habe eigentlich auch nichts anderes erwartet, meinte er zu mir.
»Aber ich vermisse dich«, sagte er. »Ich freue mich, wenn du wieder zu Hause bist.«
Auch ich vermißte ihn. Als wir am Wahltag nervös Kaffee in der Küche des Parteibüros tranken, kam ein Helfer herein und meinte, daß sich jemand nach mir erkundigt habe – »ein großer, weißhaariger Geck«, hatte er noch gesagt. Hoffnungsvoll rannte ich hinaus und sah Roger vor dem Büro stehen, als er gerade mit einem spöttischen Blick den nackten Fußboden und die Zeichentische, die Broschüren und die Bilder von Ellie betrachtete. Wir umarmten uns, als sei ich ein Jahr weg gewesen.
Ellie schmiegte sich an ihn und bohrte ihm ihre angespannten Finger in die Schultern. Rogers freudig begrüßte Ankunft war der Auftakt zu einem schier endlosen Tag. Später gingen wir ins WHITE HART essen. Ellies Gesicht wirkte schmaler und grünlich blaß. Sie trommelte unablässig mit einem Fingernagel auf den Tisch, bis ich ärgerlich wurde und sie anschnauzte, sie solle aufhören. Als sie mich jedoch mit schmerzgeplagtem Blick ansah, entschuldigte ich mich.
»Wir können doch genausogut auch zusammen ins Rathaus hinübergehen und dort gemeinsam einen Nervenzusammenbruch erleiden«, schlug Roger vor.
Immer noch wurden die Stimmen ausgezählt. Jemand meinte, es gäbe ein Kopf-an-Kopf-Rennen. Ein anderer berichtete, Sir Horace sei sich seines Sieges völlig sicher. Ellie reagierte darauf überhaupt nicht, und sogar Roger verstummte, weil er mit seinen Versuchen, eine normale Unterhaltung in Gang zu bringen, andauernd ins Leere lief. Dann kam der Wahlleiter, bat uns alle nach draußen auf den Balkon des Rathauses, während sich unten auf der Straße eine unabsehbare Menschenmenge versammelt hatte.

Ich griff nach Rogers Hand und drückte sie fest. Ellie stand wie aus Stein gemeißelt da.

»Sir Horace Vigar: 20560 Stimmen«, verkündete der Mann, der die Zukunft in seinen Händen hielt. Es gab Applaus, der aber schnell wieder abbrach, als der Mann fortfuhr. »Mr. George Carson: 5409 Stimmen. Mr. Edward Thomas: 3282 Stimmen. Miss Eleanor Leyton 22375 Stimmen. Ich erkläre also –«

Was er weiter sagte, ging in dem Gebrüll unter, in das Ellies Unterstützer ausgebrochen waren. Sie mußten ihrer Freude einfach Luft machen, während sie sich gegenseitig umarmten, tanzten und herumsprangen. Mit feuchten Augen wandte sich Ellie zu uns hin.

»Du hast es geschafft, du hast es geschafft!« Mit Tränen der Freude und des Stolzes in den Augen umarmten wir sie, lächelten uns durch den Schleier hindurch an, während sie nach vorne ging, um ein paar Worte an die Menschen zu richten.

Ich weiß nicht mehr, was sie genau gesagt hat. Ich sah nur ihre schmale, immer noch mädchenhafte Gestalt; ihr Gesicht drückte Idealismus und Hingabe aus.

»Sie hat es geschafft«, flüsterte ich zu Roger. »Ist das nicht wunderschön?«

Natürlich nickte er, doch als am nächsten Tag offensichtlich wurde, daß die Labour Party möglicherweise gewinnen könnte, nahm seine Euphorie merklich ab.

»Ramsay MacDonald zettelt bestimmt wieder ein riesiges Durcheinander an, glaub mir, Jenny.«

Diese Meinung wurde in Ellies Büro zwar nicht geteilt, jedenfalls nicht an diesem Freudentag. Doch im Laufe der nächsten Monate wurde nur allzu deutlich, daß mit dem Sieg der Labour Party keineswegs überall der Wohlstand einziehen würde.

28

Nach der ganzen Aufregung saß Ellie gerade mal zwei Jahre im Parlament.

Im Herbst 1931 war die Anzahl der Arbeitslosen so angewachsen, und die finanziellen Probleme des Landes erschienen derart enorm, daß Ramsay MacDonald erneut aufs Land hinaus fuhr. Diesmal bat er um »ärztliche Hilfe«, um die Probleme zu lösen. Im Klartext war das ein Angebot für eine Koalitionsregierung – einen Schritt, den Ellie ganz und gar ablehnte. Roger und ich dagegen waren anderer Auffassung. Unserer Meinung nach konnten Englands Schwierigkeiten nur vom Staat gelöst werden, doch wir diskutierten schon lange nicht mehr mit Ellie über unsere unterschiedlichen Ansichten. Ich fand es nur schade, daß die ganze harte Arbeit und die Aufregung in Broxton offensichtlich umsonst gewesen waren.

»Ich bin sicher bald wieder zurück«, behauptete Ellie. Und ich war mir sicher, daß sie recht hatte.

Überall waren die Zeiten schwieriger geworden. Gezwungenermaßen mußten wir das Personal im CHANTRY COURT verringern, weil das Haus nie ausgelastet war, aber der Umsatz all unserer Hotels ging dramatisch zurück. Alfred raufte sich die Haare und bekam hysterische Anfälle, als ich ihn dringend zum Sparen aufforderte, doch bald stellte er fest, daß die teureren Gerichte auf der Speisekarte gar nicht mehr verlangt wurden. Ich mußte an den Krieg denken, wo wir an allen Ecken und Enden gespart hatten. Zwar kamen die Männer immer noch auf ihr Bier am Abend, doch anstelle des großen wurde jetzt meistens nur ein kleines Glas bestellt.

Obwohl das CHANTRY COURT nie ausgelastet war, zog es immer noch die Reichen an, die anscheinend die Wirtschaftskrise ohne Veränderung ihrer Lebensverhältnisse überlebten. Es gab Zeiten, da saß ich am Rand, lauschte den in dezenter Lautstärke geführten gepflegten Unterhaltungen und fragte mich, ob diese Menschen wußten, was fünfundsiebzig Prozent der Bevölkerung zur Zeit durchmachten. Ich hatte berechtigte Zweifel.

»Es bleibt uns keine Lösung«, meinte Roger eines Morgens zu mir. Sein sorgenvoller Gesichtsausdruck tat mir in der Seele weh. »Wir müssen das ANGLER'S REST verkaufen, auch wenn mir dabei schwer ums Herz wird. Es ist das einzige Haus, das zur Zeit noch Geld bringt, und deswegen werde ich vermutlich noch am ehesten einen Käufer finden. Jedenfalls könnten wir so die Rückzahlung unserer Anleihe vermindern.«

»Aber wir haben auch weniger Einnahmen, um unsere Rückzahlungen *überhaupt* zu leisten! Was meint Philip denn dazu?«

Roger lächelte und zuckte mit den Schultern.

»Philip strahlt jugendlichen Optimismus aus. Er meint, ich sollte es nicht aufgeben – aber, Jenny, ehrlich gesagt glaube ich nicht, daß das noch lange möglich ist.«

»Vertrau Philip«, drängte ich ihn. »Er ist so, wie du als junger Mann vor dreißig Jahren warst, Roger. Erinnerst du dich noch, welche Angst ich hatte, als du das Haus gekauft hast, und wie du mich mit deiner Begeisterung und deinem Vertrauen mitgerissen hast? Im Endeffekt hast du recht behalten.«

»Aber damals gab es einen wirtschaftlichen Aufschwung, Jenny. Und jetzt haben wir eine Wirtschaftskrise.«

»Die dauert aber nicht ewig«, behauptete ich verwegen.

CHANTRY COURT, dachte ich wütend. Das hat uns Kopf und Kragen gekostet. Langsam mochte ich nicht einmal mehr daran denken.

Nach unserem Gespräch sagte Roger nichts mehr davon, daß er das ANGLER'S REST verkaufen wollte, aber ich wußte, daß seine Gedanken sich nur um dieses Thema drehten, auch wenn Philip ihn drängte, es nicht zu tun.

Die Rettung nahte von einer ganz und gar unerwarteten Seite. Eines Morgens traf für Roger ein Brief ein, der eine amerikanische Marke trug und von seinem Cousin stammte, mit dem er vor vielen Jahrzehnten einmal in New York zusammengearbeitet hatte. Ebenso wie Roger war auch Charles Leyton ein richtiges Stehaufmännchen. Denn auch wenn die Familienbank zugrunde gegangen war, so hatte er sich auf einem völlig anderen Gebiet wieder nach oben gestrampelt – er war Reiseunternehmer geworden. Jetzt wollten Leytons Luxus-Reisen anscheinend auf dem britischen Markt expandieren. Charles ließ anfragen, ob wir wohl mit Gruppen reicher amerikanischer Touristen fertig werden würden.

»Ich dachte immer, Amerika leide unter der Wirtschaftskrise noch mehr als wir«, äußerte ich.

»Wahrscheinlich ist es wie überall auch, die Reichen werden eben immer reicher.« In Rogers Stimme schwang etwas Hoffnungsvolles, das ich lange vermißt hatte. »Charles schreibt, daß sie ein bißchen etwas von der ländlichen Atmosphäre in Oxfordshire schnuppern wollen und daß wir ihnen ja vielleicht die Kultur näherbringen könnten.«

»Kultur?« ich griff begeistert nach Rogers Hand. »Kultur ist hier überall. Wir haben Oxford und den Blenheim-Palast, und sogar Stratford-on-Avon ist nicht sehr weit.«

»Wenn's sein muß, kutschiere ich sie sogar selbst dorthin«, meinte Roger. »Und auf dem Weg rezitiere ich die ganze Zeit Shakespeare. Liebling, ist dir klar, daß das womöglich der Unterschied zwischen Leben und – völligem Untergang bedeutet?«

»Gott segne Amerika«, murmelte ich.

Es dauerte natürlich seine Zeit, bis wir alles organisiert hatten, und die Leytons Luxus-Reisen sollten auch erst im darauffolgenden Jahr über den Atlantik kommen, aber im Sommer 1934 waren wir wieder gut im Geschäft und hatten große Hoffnungen.

Den Händlern in der Umgebung ging es langsam auch wieder besser. Und in den nächsten beiden Jahren erschien es uns sinnvoll, ein kleines Café in Collingford in der High Street zu eröffnen (ein umgebautes Cottage mit einem Messingschild an der Tür, auf dem »LEYTON-HOTELS« geschrieben stand). Ein junger Mann namens Michael Blanchard, ein Freund von Philip aus seiner Zeit im SAVOY-HOTEL, übernahm den Papierkram, den die Leitung und Verwaltung von fünf Hotels mit sich brachte.

Dann folgten wirklich goldene Jahre. Wir brauchten keine Angst mehr zu haben, unsere Hotels zu verlieren. Wir konnten uns zurücklehnen und uns an unseren Kindern und Enkeln freuen; jedes Jahr genossen wir die Schönheit der Landschaft mehr – manchmal auch deswegen, weil wir sie durch die Augen unserer amerikanischen Besucher sahen. Wir fuhren nach Oxford ins Theater und machten einige erholsame Reisen durch Europa. Roger hätte zwar nie zugegeben, daß er sich langsam aus der aktiven Arbeit zurückzog, doch mit Philip und Michael und unseren vortrefflichen Verwaltern konnte sich Roger immer längere Ferien gönnen, was unter dem Strich auf dasselbe hinauslief.

Wir hörten zwar Radio und lasen Zeitung, aber trotzdem gingen die beunruhigenden Töne aus Deutschland irgendwie an uns vorbei. Hätte uns jemand nach unserer Meinung über Adolf Hitler befragt, dann hätten wir wahrscheinlich geantwortet, daß er sein Land aus der Krise führt – so blind und satt waren wir. Wenn wir uns in dieser Zeit überhaupt um irgendwas Sorgen machten, dann um Philip, der anscheinend hauptsächlich zwei Leidenschaften hatte: CHANTRY COURT und den Müßiggang. Manchmal kam es mir so vor, als sei der Müßiggang sein ein und alles. Philip wirkte nicht besonders glücklich, während er von einem gesellschaftlichen Ereignis zum nächsten hetzte, wobei ihm Michael Blanchard ziemlich atemlos an den Rockschößen hing.

»Ich wünschte wirklich, er würde eine Familie gründen«, meinte ich zu Roger eines Tages. »Er bekommt langsam einen schlechten Ruf. Kürzlich hörte ich, wie ein Mädchen zu einer anderen sagte, Philip sei einer von dieser ›Heute-hier-morgen da‹-Generation. So witzig ist das nun wieder auch nicht«,

setzte ich noch hinzu, als Roger eher amüsiert darauf reagierte. »Philip wird ein ältlicher Lebemann, bevor er sich überhaupt die Hörner abgestoßen hat.«
»Unsinn – er arbeitet hart und pokert hoch, mehr nicht«, tröstete Roger mich.
Als Philip plötzlich ein lebhaftes, dunkelhaariges Mädchen namens Kitty gleich zweimal innerhalb einer Woche ins Haus schleppte, dachte ich, daß er jetzt doch noch die Richtige getroffen habe. Als sie danach jedoch nie wieder bei uns auftauchte, fragte ich Philip, was aus ihr geworden sei, woraufhin er lachte.
»Ich habe erkannt, daß sie mehr *quakt* als spricht«, antwortete er. »Und offen gesagt, Mutter, ist mir eine Ente à l'orange da lieber.«
»Aber Philip! Sie war doch so ein nettes Mädchen!«
»Was für eine vernichtende Bemerkung! Kitty hätte sich bestimmt schrecklich gedemütigt gefühlt.«
»Philip, du bist unausstehlich«, rügte ich ihn und ärgerte mich über seine weltmännische Pose. »Dir würde es nur guttun, wenn du heiraten würdest.«
»Stellst du damit die Ehe nicht auf dieselbe Stufe wie Lebertran?« fragte Philip und zog belustigt eine Augenbraue nach oben.
Im Juli 1934 waren Lucy und Nick schwindelerregende zwanzig Jahre miteinander verheiratet. Wo war die Zeit bloß geblieben? Ich erinnerte mich an die hübsche, kleine Braut, mit dem engsten aller engen Röcke, und den hageren, hübschen Offizier, der 1915 in den Krieg zog. Glücklicherweise hatten sie inzwischen zu einem harmonischen Miteinander gefunden.
Im Frühjahr 1935 fanden wieder Parlamentswahlen statt, bei denen Ellie ein weiteres Mal als Abgeordnete aus Broxton gewählt wurde. Stanley Baldwin und seine konservative Mehrheit dominierten zwar das Parlament, aber Ellie war ein Teil der stimmgewaltigen Oppositionspartei.

Inzwischen war Ellie dreiundvierzig Jahre alt, aber immer noch so schlank und vital wie immer, und ihre dunklen Haare durchzogen nur hin und wieder ein paar graue Strähnen. Sie hatte sich natürlich auf andere Art verändert. Sie legte eine nachgiebigere, tolerantere Haltung gegenüber dem Leben an den Tag; keine Toleranz gegenüber Armut oder Gier oder schwachen Leistungen, aber eine weniger aggressive Haltung gegenüber denen, die nicht ihrer Meinung waren. Am Wochenende kam sie gern zu Besuch zu uns, um sich im Garten auszuruhen, in alten Kleidungsstücken herumzulaufen, in den Feldern spazierenzugehen und die Anwesenheit ihrer Neffen und Nichten zu genießen.

Manchmal ging sie sogar mit Geoffrey Maskell aus – ins Theater oder zum Essen. Inzwischen waren sie Freunde geworden, und ich genoß es, ihn wieder in unserem Priors-Haus zu Besuch zu haben.

Auch Ben, Clare und ihre drei Söhne Roger, Christopher und Alan waren oft bei uns zu Besuch. Ben war inzwischen Heimleiter an seiner Schule und lebte in einem Flügel eines geschmackvollen, alten Gebäudes im georgianischen Stil. Bei meinen wenigen Besuchen dort wuselten die Jungen vom Dach bis zum Keller und ließen das ganze Haus freundlich pulsieren. Clare beschwerte sich, daß sie sich einem derartigen Regiment von Männern hoffnungslos unterlegen fühlte, und schwor, sie würde nicht aufgeben, bis sie nicht auch eine Tochter hätte, die sie sich so sehr wünschte. Im Sommer 1935 war sie wieder schwanger. Diesmal, sagte sie, *mußte* es eine Genevieve werden.

Philip war immer noch Junggeselle. Er hatte eine Wohnung im CHANTRY COURT, wo er die meiste Zeit unabhängig für sich lebte. Sein Zimmer im Priors stand ihm jedoch immer zur Verfügung, und er kam oft nach Hause, wenn er das Gefühl hatte, daß er dem Hotel mit all seinen Anforderungen entfliehen mußte. Im CHANTRY COURT lief der Betrieb zufriedenstellend, und damit hatte sich sein früherer Optimismus und der von Roger bestätigt.

Roger und ich litten ein bißchen unter Rheuma, und unsere Augen waren früher sehr viel besser gewesen. Wir waren jetzt beide an die Sechzig, doch – Gott sei Dank – gesund und aktiv und immer noch lebhaft am Geschäft interessiert.

An einem Herbsttag war ich auf dem Heimweg vom RING OF BELLS.

Ich kam um die Kurve, und meine Schritte verlangsamten sich. Ein Mädchen hatte sich mit ihren Ellbogen auf die Mauer zum Grundstück des Priors-Hauses gestützt und schaute das Gebäude an. Sie war jung und schlank und dunkelhaarig und völlig in den Anblick des Anwesens versunken. Als ich näher kam, sah sie mich an, und ich erkannte, daß sie lächelte. Allerdings war nicht klar, ob sie das aus Höflichkeit tat oder weil sie sich über den Anblick des Hauses freute.

»Guten Morgen«, grüßte ich, als ich auf ihrer Höhe war.

»Hallo!«

Sie war offensichtlich Amerikanerin. Vielleicht war sie eine von den Touristen, die mit den Leytons Luxus-Reisen gekommen waren. Sie trug eine exquisit geschnittene Jacke und einen dazu passenden Rock, und ihre Kleidung wirkte sehr teuer und modern. Sie hatte hohe Wangenknochen, und ihr Gesicht wirkte ein bißchen lausbübisch, ihre dunklen Locken waren so kurz geschnitten wie bei einem Jungen, und ihre gepflegte Ausstrahlung wirkte für mein Dafürhalten typisch amerikanisch.

»Entschuldigen Sie bitte«, sagte sie, als ich bei ihr angekommen war, und hörte sich dabei ein bißchen schüchtern an. »Könnten Sie mir wohl sagen – wer in diesem Haus dort lebt?«

»Das kann ich«, ich trat neben sie und legte wie so viele Male davor meine Arme auf die Mauer und starrte das Priors-Haus an. »Es gehört mir – meiner Familie. Ich bin Mrs. Roger Leyton.«

»Oh!« Sie lachte verwirrt. »Bitte verzeihen Sie meine Neugier. Aber ich habe noch nie ein so schönes Haus gesehen. Ich

heiße Laura Maybury, komme aus Amerika und mache hier Urlaub.«
»Das habe ich mir fast gedacht.« Ich schaute sie neugierig an. Sie kam mir irgendwie bekannt vor. Vielleicht waren wir uns ja schon einmal begegnet. »Sind Sie zum zweiten Mal hier?« fragte ich.
»O nein, ich bin noch nie hier gewesen. Das macht die ganze Angelegenheit ja gerade so merkwürdig! Wissen Sie, beim ersten Blick auf dieses Haus fühlte ich – ich fühlte mich –«, sie gestikulierte unbeholfen mit den Händen. »Ich weiß, es klingt verrückt. Aber mir kommt es so vor, als hätte ich es irgendwo schon einmal gesehen.«
Ich drehte mich zu ihr hin und betrachtete die junge Frau näher.
»Das ist wirklich *sehr* ungewöhnlich«, stimmte ich ihr zu. »Doch als ich dieses Haus zum ersten Mal gesehen habe, ist es mir ganz genauso ergangen. Ich war ein ganzes Stück jünger als Sie jetzt – gerade siebzehn – und lebte noch nicht lange in Collingford; und doch hatte ich das merkwürdige Gefühl, nach Hause zu kommen.«
»Genauso ist es.«
»Möchten Sie es sich von innen anschauen? Was halten Sie davon, mich nach Hause zu begleiten und mit mir eine Tasse Kaffee zu trinken?«
»Ist das Ihr Ernst? Das würde ich gern annehmen.«
Sie paßte ihre langen Schritte den meinen an, und so gingen wir nebeneinander die Straße hinunter.
»Wohnen Sie im RING OF BELLS?« fragte ich sie.
»Meinen Sie das Hotel da hinten im Dorf? Nein, nein. Ich besuche Verwandte. Sie haben auch ein großes Haus, aber für mein Gefühl ist es nicht halb so schön wie Ihres.«
Ich blieb abrupt stehen und sie auch.
»Doch nicht Watersmeet?« fragte ich.
»Doch, genau. Wahrscheinlich kennen Sie die Bollingers? In so einem kleinen Dorf kennt wahrscheinlich jeder jeden.«

»Und insbesondere die Bollingers! Wenn ich mich nicht täusche, dann müssen Sie mit der Tochter vom alten Lord Bollinger verwandt sein, oder?«
»Richtig, sie war meine Großmutter. Der momentane Lord Bollinger ist ihr Cousin. Aber sie ist vor fünf Jahren gestorben.«
»Ja natürlich!« Wir gingen wieder weiter. »Ich erinnere mich, daß mir der alte Lord Bollinger erzählt hat, seine Tochter habe einen Yankee geheiratet und daß es eine ganze Reihe Enkel gäbe.«
»Meine Mutter war eines von fünf. Kannten Sie ihn gut?«
Ich zögerte.
»Jedenfalls sehr viel besser als den momentanen Lord«, sagte ich nach einer Weile. »Er ist ein wunderbarer Mann gewesen – warmherzig und humorvoll und freundlich. Ich mochte ihn sehr gern.«
Sie zuckte mit den Lippen.
»Dann war er wohl ganz anders als der jetzige Lord Bollinger, oder?«
»Da haben Sie wahrscheinlich nicht ganz unrecht.«
Unsere Blicke begegneten sich, und wir lachten schuldbewußt.
»Sie sind ihm irgendwie ähnlich«, bemerkte ich. »Ich meine dem alten Lord. Ihr Lächeln und Ihre Augen ...« Meine Stimme verlor sich, während mir einfiel, daß er in der Nacht, als er mir das Foto seines Sohnes gezeigt hatte, fast dasselbe zu mir gesagt hatte.
»Ich wollte Ihnen noch etwas sagen – das Priors-Haus, das Sie so beeindruckt, hat nämlich früher den Bollingers gehört, bevor sie sich Watersmeet gebaut haben. Vielleicht gibt es ja tief in Ihrem Unterbewußtsein etwas, das dieses Haus erkennt.«
Die junge Frau blieb abrupt stehen.
»Dieses wunderschöne Haus hat früher wirklich einmal unserer Familie gehört? Und dann haben sie es verkauft, um sich

dieses – Grabmal hinzubauen? Da müssen sie aber ziemlich verrückt gewesen sein!«

»Ganz meiner Meinung.«

»Ich überlege nur, wie das funktionieren könnte – ich meine, wie sollte ich mich Ihrer Meinung nach an das Haus erinnern? Das erscheint mir doch recht merkwürdig, Ihnen nicht?«

In einer ersten Reaktion wollte ich ihr von meiner eigenen Verknüpfung mit den Bollingers erzählen. Doch das verwarf ich. Was sollte das nach so vielen Jahren bringen?

»Sind eigentlich Ihre Mutter und Ihr Vater auch mit nach Collingford gekommen?«

»Nein.« Ihre Stimme klang schroff und abweisend. Offensichtlich wollte sie ganz und gar nicht über ihre Eltern sprechen. Andererseits war sie auch nicht die erste junge Frau, die sich ihre Unabhängigkeit beweisen wollte.

»Bleiben Sie lange?«

»Nur eine Woche. Ich bin eigentlich beruflich in Europa, aber ein Besuch bei meinen Verwandten mußte einfach drin sein. Ich bin Assistentin des Moderedakteurs bei *Chic*. Sie können sich bestimmt vorstellen, wie begeistert ich war, als ich den Auftrag bekam, nach Paris zu fahren!«

»Meine Güte, ja.« Ich sah sie respektvoll an. Die Zeitschrift *Chic* kannte ich nur deswegen, weil amerikanische Gäste manchmal eine Ausgabe mitbrachten. Mich hatte immer der Glanz beeindruckt, der die Seiten überzog, die Qualität der Bilder und die Reportagen. Lag hier möglicherweise die Erklärung für ihre Schweigsamkeit, was ihre Eltern anging? Vielleicht waren sie nicht damit einverstanden, daß ihre Tochter Karriere machte?

Inzwischen waren wir an unserem Haus angekommen, und ich bat Laura hinein. Die Herbstsonne schien durch die Sprossenfenster herein und ließ die Buchenblätter in der Kupfervase hellgolden leuchten. Die Chrysanthemen und die Michaelistag-Blumen strahlten in der Schale auf dem steinernen Kaminsims. Laura sah sich anerkennend um.

»Wie schön«, sagte sie. »Das hier ist wahrscheinlich das schönste Haus auf der ganzen Welt. Die Proportionen sind einfach perfekt – genauso wie die Fenster und die Treppe!«
Ich lächelte sie an.
»Es freut mich, wenn Sie das Haus mögen. Bitte nehmen Sie doch Platz, dann hole ich uns eine Tasse Kaffee.«
»Vielen Dank. Sie sind sehr freundlich.«
Nein, dachte ich. Nicht freundlich. Nur seltsam angezogen von dieser verblüffend vertrauten, fremden, jungen Frau. Als ich wieder zurückkam, wandte sie sich im Flur mir zu.
»Wissen Sie, ich bin nicht besonders abergläubisch. Aber in diesem Haus fühle ich mich einfach willkommen. Aber wahrscheinlich geht das hier jedem so! Es ist irgendwie wohlwollend, jedenfalls kommt es mir so vor – warm und in der Geschichte verwurzelt.«
»Erzählen Sie mir doch noch ein bißchen über Ihre Arbeit«, bat ich sie und nahm neben ihr Platz. »Das klingt ja phantastisch.«
»Das stimmt – aber ich bin zum Teil auch deswegen nach Collingford gekommen, um mir zu überlegen, wie es mit meiner Arbeit bei *Chic* weitergehen soll. Ich habe hier in England nämlich meinen Paten getroffen, den Chefredakteur von *Here and Now.*«
»Die lese ich immer.«
»Sie ist ganz gut, nicht wahr? Mir wäre nicht im Traum eingefallen, für dieses Blatt zu schreiben – ich wollte einfach nur Paul Maddox wiedersehen. Mein Vater und er haben zusammen das College besucht, aber seit Paul in England war, haben sie sich auseinandergelebt.«
»Aber er hat Ihnen angeboten, für sein Blatt zu arbeiten?«
»Ja, ist das nicht erstaunlich? Ohne mein Wissen hat er sich über meine Arbeit informiert, und anscheinend ist er zufrieden!«
»Aber Sie haben dennoch Zweifel?«
Laura nahm die Kaffeetasse entgegen, die ich ihr reichte, und rührte gedankenverloren um.

»Ich fühle mich *Chic* irgendwie verbunden, besonders jetzt, nachdem ich den Auftrag in Paris bekommen habe. Auf der anderen Seite aber ...«

»Ich wußte gar nicht, daß *Here and Now* auch eine Modeabteilung hat.«

»Die haben sie nicht – das ist ja der springende Punkt. Ich würde mich aus der Modebranche in eine ganz andere Art von Journalismus einarbeiten müssen. Paul möchte gern, daß ich mich in Europa umsehe – in erster Linie soll ich einen Blick auf Nazi-Deutschland werfen. Dann will er, daß ich herausfinde, ob in Italien unter Mussolini die Züge wirklich pünktlicher fahren und was dieser Mann wohl im Grunde vorhat. Paul glaubt, daß von jetzt an Frauen mehr und mehr ins politische und nationale Geschehen mit einbezogen werden, und da gehört Kriegsberichterstattung auch dazu. Die Zeiten, in denen Männer arbeiten mußten und Frauen hinter ihnen hergeputzt haben, sind längst vorbei – der Weltkrieg hat das euch hier drüben doch zur Genüge gezeigt. Wenn es noch einmal einen solchen Krieg geben sollte, was der Himmel verhindern möge, dann werden Frauen und Männer gleichermaßen davon betroffen sein. Doch bisher gibt es noch keine Frau, die darüber berichtet, was sich zur Zeit in Europa tut.«

Sie hatte ihren Kaffee völlig vergessen, saß nach vorne gebeugt auf ihrem Stuhl, und ihre Augen leuchteten aufgeregt.

»Wo liegt das Problem?« fragte ich sie belustigt. »Auf mich wirken Sie wie eine junge Frau, die sich längst entschieden hat.«

Laura ließ sich zurücksinken und seufzte.

»Wahrscheinlich haben Sie recht. Ich habe eben nur diese schrecklichen Schuldgefühle, daß ich *Chic* im Stich lasse – ich weiß schon, daß das dumm ist, weil sie mich selbstverständlich zehnmal ersetzen können – und meine Eltern sind natürlich auch kein bißchen damit einverstanden.«

»Warum denn nicht?«

»Sie wollen, daß ich einen schrecklich ehrbaren, vielversprechenden Rechtsanwalt aus Boston heirate. Er ist nett und intelligent. Er ist reich und verrückt nach mir –«
»Aber Sie lieben ihn nicht?«
»Mrs. Leyton, was müssen Sie von mir denken? Ich bin Ihnen doch völlig fremd und habe kein Recht, Ihnen all diese persönlichen Nöte von mir aufzuladen.«
»Trinken Sie Ihren Kaffee, solange er noch heiß ist. Manchmal kommt es vor, daß es sich mit Fremden sehr viel leichter sprechen läßt als mit Bekannten.«
»Sie erscheinen mir aber gar nicht so fremd.«
Laura hob gehorsam die Tasse zum Mund und nippte an ihrem Kaffee.
»Es gibt da noch etwas«, fuhr sie fort, als sie die Tasse wieder abgestellt hatte. »Ich überlege andauernd, ob ich diese neue Arbeit überhaupt bewältigen kann –«
»Aber *natürlich* können Sie das!«
Sie mußte über meine Antwort lachen, und ich stimmte ein, denn selbstverständlich hatte ich überhaupt keinen Beweis dafür, weil ich noch nie etwas von ihr gelesen hatte. In diese harmonische Übereinstimmung trat mit einem Mal Philip, unerwartet und nicht angekündigt.
Ich stellte beide einander vor und bat Philip, noch eine dritte Tasse zu holen. Er kam damit zurück und setzte sich auf ein kleines Sofa neben Lauras Stuhl.
»Miss Maybury wird demnächst Auslandskorrespondentin«, ließ ich ihn wissen. Laura widersprach sofort.
»Die Bezeichnung ist viel zu groß. Ich werde eine Art reisende Reporterin.«
»Gut«, reagierte Philip. »Was auch immer sich derzeit in Europa tut, muß meiner Meinung nach realistisch und nicht abgehoben geschildert werden, und das kann eine Frau, glaube ich, besser als ein Mann.«
Laura starrte ihn erstaunt und mit offenem Mund an.
»Ich hatte jetzt eher erwartet, daß Sie sagen, ich sollte mich

um französische Küche und spanische Spitzenklöppeleien kümmern! Sie glauben also wirklich, daß Frauen nicht unbedingt in die Küche gehören?«

»Sie kennen meine Schwester nicht«, sagte Philip. »Eventuelle Gedanken an männliche Vorherrschaft hat sie mir schon vor langer Zeit ausgetrieben.«

»Du arme, mit Füßen getretene Kreatur«, drückte ich mein Beileid aus. »Bist du nur einfach mal so vorbeigekommen, oder hattest du einen besonderen Grund dafür?«

»Ich bin wegen meiner Golfsachen hier. Als ich neulich zu Besuch war, habe ich sie hiergelassen. Erinnerst du dich? Und weil ich heute frei habe, dachte ich, ich könnte doch heute nachmittag mal eine Runde allein spielen, da Michael sich vor Arbeit kaum retten kann. Als wir das letzte Mal zusammen gespielt haben, habe ich einen grausamen Schlag mit Rechtsdrall gelernt, mit dem ich miserabel geputtet habe.«

»Sie kennen doch sicher das Sprichwort«, bemerkte Laura, »›Großzügig beim Abschlag und kleinlich beim Einlochen‹.«

»Spielen Sie Golf?« wandte er sich zu ihr. »Hätten Sie vielleicht Lust auf ein Spiel heute nachmittag?«

»Ich habe gar keine Golfsachen –«

»Im Hotel können Sie sich was leihen. Ich würde es Ihnen umsonst geben – das ist doch ein akzeptabler Vorschlag, oder?«

»Tja –« Laura war offensichtlich unentschlossen. »Es würde wahrscheinlich viel Spaß machen.«

»Sie verpassen wirklich etwas, wenn Sie nicht mit mir Golf spielen!«

»Ich glaube nicht, daß Tante Lydia irgend etwas für mich vorbereitet hat.«

»Ich kann Sie ja nach Watersmeet fahren, um das herauszufinden.«

Wir saßen noch eine Weile bei unserem Kaffee und erzählten Laura ein paar interessante Geschichten über das Priors-Haus und das Dorf im allgemeinen.

»Besuchen Sie mich doch wieder«, forderte ich sie auf, als Philip und sie sich dann auf den Weg machten.
»Das würde ich gern machen«, erwiderte Laura, und ich spürte, daß es ihr ernst war. Ich hatte sie vom ersten Blick an in mein Herz geschlossen.
Philip fuhr sie nach Watersmeet, und ich ging davon aus, daß die beiden am Nachmittag ihre Partie Golf miteinander spielten. Den Rest der Woche hörte ich nichts weiter von Philip.
In meinem Hinterkopf hatte ich die Idee, Lydia Bollinger zu schreiben und sie alle zum Essen einzuladen. Doch in dieser Woche war so viel zu tun, daß mir die Zeit unter den Fingern zerrann. Als Philip wieder auftauchte, schnitt ich gerade im Garten die armen, verwelkten Sommerblumen zurück.
»Ich bin immer überrascht über deine freien Tage«, sagte ich, als er sich zu mir herunterbeugte, um mir einen Begrüßungskuß zu geben. »Es ist wirklich beängstigend, wie schnell die Zeit verfliegt.«
»Manche gehen schneller vorbei als andere.«
Ich warf ihm einen fragenden Blick zu. Die Bemerkung schien mir bedeutsam.
»Wie war das Golfspielen?« wollte ich wissen.
»Golf? Ach ja, Golf! Wunderbar, danke.«
»Ich wollte eigentlich die Bollingers und Miss Maybury zum Essen einladen –«
»Sie ist weg.«
»Ach, so was – wie blöd von mir.«
»Ich soll dir noch einen herzlichen Gruß ausrichten. Eigentlich wollte sie sich selbst bei dir verabschieden – aber wie du ja selbst sagst, verrinnt die Zeit so schnell. An ihrem Abreisetag hat sie noch bei dir angerufen, aber da war niemand zu Hause.«
»Wie schade.« Ich widmete mich wieder meinen Blumen. »Sie war wirklich ein sehr nettes Mädchen. Du hast sie sicher noch ein paarmal gesehen, oder?«

»Ja.«
Seine Stimme klang freudlos und einsilbig, und ich erkannte, daß er ungewöhnlich unentschlossen war, ob er jetzt ins Haus gehen oder draußen bleiben sollte, ob er mir seine Sorgen mitteilen oder schweigen sollte. Ich wartete.
»Sie hatte das Gefühl, sie müßte wieder nach New York zurückfahren«, sagte er.
»Ja, natürlich. Hat sie sich denn jetzt entschieden, ob sie die Stelle bei *Here and Now* annimmt?«
»Ja.«
»Dann kommt sie ja wahrscheinlich wieder zurück.«
»Ich weiß nicht. Sie war nicht besonders begeistert von den Bollingers.«
»Das zeigt doch, daß sie einen gesunden Menschenverstand hat, und außerdem teile ich da ihre Meinung«, bemerkte ich, streckte mich und lächelte ihn an. Doch Philip reagierte gar nicht. »Philip? Stimmt etwas nicht?«
Er seufzte, zuckte mit den Schultern und fuhr sich mit der Hand durch die Haare.
»Ich weiß nicht. Ich glaube nicht.« Er hob einen Stein hoch und warf ihn über den Rasen. »Es ist nur zum Verrücktwerden, wenn ich schon mal ein Mädchen finde, das mir das Gefühl gibt, daß – daß –« Seine Stimme brach ab. »Egal, Mutter. Vergiß es. Ich bin sicher, ich werde es auch vergessen. Ist Dad im Haus? Ich müßte mal kurz mit ihm über einen Urlaubsantrag von jemandem aus dem Personal sprechen.«
Ich sah ihm beunruhigt nach. Mir drängte sich der schreckliche Verdacht auf, daß, wenn Laura Maybury einmal die Phantasie eines Mannes angeregt hatte, sich dieser davon nur unter vielen Mühen wieder losmachen konnte.
In diesem Winter zog sich Philip auf seine Arbeit zurück. Die internationalen Nachrichten klangen freudlos. Italien war im Oktober in Abessinien einmarschiert. Uns allen war bewußt, daß wir das arme, kleine Land im Stich ließen. Und trotzdem

war unsere eigene Erinnerung an den Verlust und die Leiden des Weltkrieges erst so kurz her, daß wir zitternd am Rand standen und gemeinsam mit Frankreich stillschweigend die Tatsache ignorierten, daß Mussolini immer noch auf Afrika zumarschierte.

Laura hätte viel zu berichten, dachte ich, wenn sie überhaupt jemals nach Europa kommen würde. Bis jetzt war sie nämlich immer noch in New York, wo sie ihre Beobachtungen bei *Chic* unterbrachte. Ich wußte das, weil Philip mir mitgeteilt hatte, daß er diverse Briefe von ihr bekommen habe.

Eine Woche vor Weihnachten fuhr Philips Auto vor unserem Haus vor, daß der Kies nur so beiseite stob. Und sobald ich ihn aussteigen sah, wußte ich, daß etwas für ihn sehr Angenehmes passiert sein mußte. Als er ins Haus trat, lag auf seinem Gesicht eine jungenhafte Aufregung.

»Na, hast du gute Nachrichten?« wollte ich wissen.

»Laura ist nun doch wieder in London. Mutter – was hältst du davon, wenn ich sie auffordere, mit uns Weihnachten zu feiern?«

»Hier bei uns? Und was ist mit den Bollingers? Ich fürchte, das wird ihnen gar nicht gefallen.«

»Ich glaube, sie wollen wegfahren.«

»Na dann. Natürlich ist sie herzlich eingeladen. Bist du dir denn sicher, daß sie überhaupt so engen Kontakt mit einer Familie will?«

»Ich frage sie heute abend. Ich fahre hin, um sie zum Essen auszuführen.«

»Nach *London?*«

»Falls nötig, würde ich noch ganz woanders hinfahren, das kannst du mir glauben.«

Ich glaubte ihm aufs Wort.

»Ich dachte, er sei vernünftiger geworden«, bemerkte Roger, als ich ihm das erzählte. »Was ist in ihn gefahren?«

»Ich glaube, er ist verliebt.«

»Oje!« Roger war skeptisch. »Das habe ich doch schon ein

paarmal gehört. Ich kann mir nicht vorstellen, daß dieses Mädchen sich von den anderen unterscheidet.«

»Du hast sie noch nicht gesehen«, hielt ich ihm entgegen.

Und natürlich, als sie erst einmal bei uns war, zeigte sich Roger so beeindruckt, wie ich es erwartet hatte.

Ich konnte nur schwerlich einschätzen, was Laura wohl für Philip empfand. Schließlich kannten sich die beiden ja kaum. Ich wußte nicht, wie oft sie sich in dieser Woche getroffen hatten, als sie in Collingford Urlaub gemacht hatte. Selbst wenn sie sich jeden Tag gesehen hatten, so konnten es unter dem Strich nur ein paar Stunden gewesen sein. Andererseits, welchen Unterschied machte das schon?

Ich versuchte, die beiden nicht zu beobachten. Doch als Laura immer häufiger bei uns auftauchte, merkte ich, wenn ich mit den beiden zusammen war, daß die Luft vor lauter Spannung knisterte.

Am Weihnachtsabend waren Clare, Ben und Ellie gekommen, und ich hatte das Gefühl, das Haus würde wie eine zufriedene Katze schnurren. Die Wände warfen das aufgeregte Lachen der Kinder zurück, und als sie schliefen, hallte es wider von den Gesängen des Kings College Chors. Wir saßen am Feuer und lauschten – Ellie ließ sich bei ihrem Vater auf die Sessellehne nieder und lehnte sich halbwegs bei ihm an; Clare war hochschwanger und saß neben Ben. Laura wirkte winzig in dem geschwungenen, grünen Samtsessel, und Philip saß ein bißchen im Schatten.

Laura hörte zu und hatte ihren Kopf auf die Hand gestützt, aber aus dem Augenwinkel registrierte ich eine Bewegung, sah auf und stellte fest, daß ihr Kopf sich eine Winzigkeit nach rechts bewegt hatte. Ihr Gesichtsausdruck war unerklärlich. Während sie Philip anschaute, hatte sie ihre Augenbrauen zu einer Linie zusammengezogen. Unmerklich rutschte ich ein kleines bißchen, so daß ich Philip besser sehen konnte. Er starrte Laura mit gleicher Intensität an, hatte sich die Unterlippe zwischen die Zähne geklemmt, und plötzlich fühlte ich mich schrecklich beschämt, weil ich merkte, daß ich mich zwischen Philip und Laura gedrängt hatte – zwischen denen gerade etwas Privates und gleichzeitig Schmerzhaftes ablief. Ich wandte meinen Blick zum Feuer, wo die Scheite aus Eschenholz vor sich hin brannten.

Lucy und Nick und die Kinder kamen am nächsten Tag kurz vor dem Weihnachtsessen. Nicks Eltern waren auch eingeladen gewesen, aber sie hatten im letzten Moment abgesagt, weil es nicht zum besten um Mrs. Marchants Gesundheit bestellt war.

»Es ist nichts Ernsthaftes«, beruhigte mich Lucy. »Sie hat nur mal wieder ihre Krise. Weißt du, endlich hat sie einen Weg gefunden, sich gegen den Colonel durchzusetzen! Sie wartet so lange, bis sie sich eigentlich auf den Weg machen müssen, und dann fühlt sie sich so komisch, daß daraus dann doch nichts wird.«

»Lach doch nicht über sie. Vielleicht ist sie ja wirklich krank –«

»Unsinn! Sie amüsiert sich großartig. Hat sich Philip in dieses Mädchen verliebt?«

Erstaunt über diesen plötzlichen Themenwechsel hob ich den Kopf.

»Möglich wäre es schon«, antwortete ich.

»Gütiger Gott! Wie kommt er denn darauf? Sie ist doch ziemlich einfach, oder? Und so schweigsam.«

Einfach? Schweigsam? Das wäre wirklich das letzte, was ich mit Laura verbinden würde. Doch jetzt, als Lucy es erwähnte, fiel mir auf, daß sie irgendwie leblos war, sie sah mager aus und farblos, und ihre elfenbeinfarbene Haut spannte sich über ihren Wangenknochen. Ihre rot angemalten Lippen wirkten wie eine Clownsmaske, und ihre großen Augen hatten tiefe dunkle Schatten.

Wir aßen und tranken und lachten und waren vergnügt, und ich mußte den ganzen Tag über sie nachdenken. Sie tat ihr Bestes, um nicht außen vor zu bleiben. Sie redete, wenn man sie etwas fragte, und lächelte viel, aber ich hatte den Eindruck,

daß sie sich ungemein anstrengte, sowenig Platz in unserem Leben wie nur möglich einzunehmen – sich bescheiden zurückzuhalten, wenn es nur irgend möglich war.
Auch Philip war ruhig. Spätnachts, nachdem Bens Jungen im Bett waren und Lucy und Nick mit ihrer Familie wieder abgefahren waren, ging Philip zu Laura hinüber, die sich in die Ecke des kleinen Sofas gedrückt hatte. Er setzte sich neben sie und sah ihr lange in die Augen.
»Fröhliche Weihnachten«, sagte er kläglich.
Sie drehte den Kopf weg.
»Bitte, Philip!«
Er sah sie wieder an, diesmal noch ein bißchen länger, dann lehnte er sich mit geschlossenen Augen zurück.
»O Gott, was jetzt?« fragte er in den Raum.
Laura erhob sich ernst und höflich, entschuldigte sich und wünschte uns allen eine gute Nacht.
»Es war ein wunderschöner Tag«, bedankte sie sich bei mir. »Vielen Dank, daß Sie mir das Gefühl gegeben haben, ich würde zu Ihrer Familie dazugehören.«
Sie verschwand, und wir anderen gingen auch zu Bett. Nur Philip blieb schrecklich allein zurück.
Am nächsten Tag kam Laura in mein Schlafzimmer und teilte mir mit, daß sie abfahren wolle.
»In Ihren Augen ist das sicherlich schrecklich unverschämt –«
»Nein«, erwiderte ich rasch. »Das würde ich von Ihnen nie denken. Ich bin mir sicher, daß etwas schiefgelaufen ist, oder?«
Sie wandte sich von mir ab und drehte sich zum Fenster, während sie sich ihre Arme um den Körper geschlungen hatte, als wollte sie sich selbst wärmen.
»Es ist mein Fehler«, sagte sie. »Ich hätte gar nicht erst kommen dürfen.«
»Philip wollte unbedingt, daß Sie kommen.«
»Ich hätte die Gefahr erkennen müssen. Das heißt, ich habe sie ja auch erkannt, nur war da noch irgendwas anderes, was mich veranlaßt hat, weiter mit ihm in Verbindung zu bleiben. Aber

ich hatte nicht erwartet, daß er sofort nach meiner Ankunft mit Lichtgeschwindigkeit nach London rast und mich für Weihnachten zu sich nach Hause einlädt.«

»Das ist typisch Philip«, meinte ich lächelnd. »Er hat immer schon ganz genau gewußt, was er vom Leben wollte.«

»Glücklicher Philip.«

»Frieren Sie?« Ich sah, wie sie zitterte und die Schultern hochzog.

»Nein, nicht richtig. Nervöse Spannung wirkt sich bei mir immer so aus. Keine Sorge.«

»Müssen Sie denn wirklich schon los? Schauen Sie – nehmen Sie doch einen Augenblick Platz. Auf die Minute kommt es doch nicht an, oder?«

Ich dirigierte sie in Richtung Bett, auf das sie sich widerstandslos setzte. Ich setzte mich daneben.

»Ganz egal, was zwischen Ihnen und Philip passiert ist, Sie wissen, daß Sie jederzeit gern hier gesehen sind. Wissen Sie noch, daß Sie bei Ihrem ersten Besuch meinten, das Haus käme Ihnen so vertraut vor?«

»Das ist das Allerschlimmste. Alles könnte so einfach sein!«

Laura schwieg einen Augenblick, biß sich auf die Lippe, dann schien sie es sich doch anders zu überlegen.

»Mrs. Leyton, Sie sind so nett zu mir gewesen. Ich glaube, ich bin Ihnen eine Erklärung schuldig.«

»Sie stehen kurz vor dieser neuen Karriere – jeder hätte doch Zweifel an Ihrer Stelle.«

»Das ist noch nicht alles. Sie müßten meine Mutter kennen, um es ganz zu verstehen – und meinen Vater auch. Ich kann Ihnen gar nicht sagen, wie *wütend* mich mein Vater immer gemacht hat mit der Art, wie er meine Mutter behandelt hat. Sie war eine schön gekleidete, verhätschelte, gutaussehende Sklavin – so darauf abgerichtet, diese Rolle zu akzeptieren, daß sie meinte, es wäre am besten für mich, wenn ich genau wie sie heiraten würde. Ich mußte enorm kämpfen, um mein Zuhause verlassen zu können, für meine Karriere kämpfen und für meine Unabhängigkeit. Wie Sie schon sagen, jetzt stehe ich vor dieser neuen Karriere und muß mich zum ersten Mal gegen Männer behaupten.« Laura brach ab und zog nervös an einem Faden an der Bettdecke.

»Philip will mich heiraten. Er sagt, er liebt mich.«

»Das glaube ich ihm auch«, meinte ich.

»Ja. Na ja – vielleicht habe ich mich auch in ihn verliebt, aber ich finde es nicht richtig, daß ich die Opfer bringen soll. Warum soll der Mann das gottgegebene Recht haben, an seiner Karriere weiterzubasteln, während seine Frau die ihre vernachlässigt und sich voll und ganz um die häusliche Pflege und die Aufzucht der Kinder kümmert?«

Ich öffnete den Mund zu einer Antwort, doch dann schloß ich ihn wieder. Ich konnte nicht mit ruhigem Gewissen hochtrabende Dinge sagen, geloben, daß Heim und Familie für jede Frau die perfekte Erfüllung seien. Wie sollte ich auch? Ich war ja selbst auch nicht zufrieden gewesen. Ich war nur einfach glücklich, daß meine Arbeit und mein Familienleben sich so harmonisch miteinander verbinden ließen.

»Ein Teil von mir *schreit*, ich soll einwilligen«, fuhr sie fort. »Es zerreißt mich innerlich, wenn ich ihn jetzt verlasse.« Laura schloß die Augen und schüttelte den Kopf. »Aber es nützt alles nichts – ich weiß, daß es nicht gutgehen würde! Ich habe die höhere Schule besucht und das College bestanden, ich bin gewohnt, meinen Kopf zu gebrauchen. Und mein Kopf sagt mir, daß ich hoffnungslos in der Rolle der Ehefrau und Mutter enden würde.«

»Philip ist der letzte Mann auf der Welt, der davon ausgeht, daß man eine Frau wie eine Sklavin behandeln muß! Er hat immer erlebt, daß seine Mutter arbeitet. Könntet ihr euch denn nicht auf einen Kompromiß einigen?«

»Wie soll der denn aussehen? Hier in Collingford finde ich keine Arbeit. Außerdem – ich bin mir nicht sicher, ob ich eine Hochzeit wirklich unbedingt so gut finde. Diese Idee, sich ein für allemal an einen Mann zu binden, kommt mir doch ziemlich althergebracht vor. Ich bin mir nicht sicher, ob das heute noch nötig ist. Vielleicht ist das ja eine alte, überkommene Konvention.«

»Ich bin sicher, daß es das nicht ist!«

»Meine Eltern haben sich überhaupt nichts zu sagen. Sie hatten sich bereits drei Monate nach ihrer Hochzeit nichts mehr zu sagen, glaube ich – aber damals war ich nicht dabei. Ich beobachte nur, was ich heute sehe – vielleicht haben die beiden auch nur gedacht, daß sie verliebt wären, als sie sich die Treue gelobt haben.«

»Und was ist dann Ihrer Meinung nach die Lösung? Keine lang andauernde Beziehung? Immer wieder andere Männer?«

»Vielleicht – aber ich weiß es auch nicht. Ich weiß nur, daß ich Philip nicht heiraten kann, daß ich nicht die Frau bin, die er wollte.« Sie legte mir die Hand auf den Arm. »Es tut mir leid, Mrs. Leyton. Ich wollte ihm nicht weh tun.«

»Ich weiß.« Ich holte tief Luft. Ein Teil von mir war ihrer Meinung, und ein anderer haßte sie, weil sie meinen Sohn unglücklich machte. »Sie fangen jetzt mit ihrer neuen Arbeit an, Laura. Warten Sie doch erst mal ab, wie es sich entwickelt. Vielleicht ändern Sie Ihre Meinung –«

»Das glaube ich nicht. Ich glaube es wirklich nicht.«

Kurz nach unserem Gespräch brach sie auf, und Philip brachte sie blaß wie die Wand zum Zug. Unglücklich sah ich ihnen nach, wie sie davonfuhren.

Hätte ich nicht doch etwas sagen können, um sie umzustimmen? Mein Instinkt sagte mir, daß sie sich mit ihrer Auffassung über die Ehe täuschte; doch weil mir bewußt war, daß ich mehr Glück im Leben als andere gehabt hatte, fielen mir die richtigen Worte sehr schwer.

Ich drehte mich um und entdeckte mein Bild im Flurspiegel. Ich war eine kleine, grauhaarige Frau mit Runzeln und vielen Falten um die Augen herum; auch meine beste Freundin könnte mich nicht anders beschreiben. Ich würde nie mehr wieder einen bewundernden Blick vom anderen Geschlecht einheimsen. Niemals mehr würden mich attraktive junge Gäste im Hotel in ein flirtendes Gespräch verwickeln oder wenigstens versuchen, mich zu einem Stelldichein zu bewegen. Ich war eindeutig alt.

Andererseits wußte ich, daß im Zimmer drin, in das ich gleich wieder zurückkehren würde, ein Mann saß, für den ich immer noch attraktiv und begehrenswert war, der mich immer noch gern umarmte, der mein Mann war, mein Liebhaber und mein Freund.

Ach Laura, dachte ich. Es spricht immer noch sehr viel für die Ehe – schmeiß nicht gleich alles über Bord!

»Schade, daß sie weg ist«, meinte Ellie. »Ich mochte sie.«

Ich nickte. »Wahrscheinlich verstehst du ihre Einstellung gut. Schließlich liegt ihr beide auf derselben Linie. Du hattest dasselbe Ziel im Leben wie sie.«

»Ja, Befreiung! Aber wovon, Mutter? Vermutlich von der Frömmelei und Unterwürfigkeit und von der Vorstellung, daß Frauen Männern untergeordnet sind, das bestimmt. Aber wer befreit mich von der Einsamkeit?«

»Bist du einsam?«

»Nur manchmal. Es gibt immer so viel zu tun – und so wenig Zeit, wie jemand Schlaues mal gesagt hat.«

»Das war Cecil Rhodes. Bleibst du über Silvester?«

»Im Wahlbezirk gibt es eine Party. Ich habe bereits zugesagt.«

Wir blieben zu Hause, gingen in die Mitternachtsmesse von St. Peter, kehrten ziemlich melancholisch wieder zurück, hörten Radio und lauschten den Nachtschwärmern im Savoy Ballsaal in London. Doch dann machte Roger das Radio verärgert aus.

»Ich weiß gar nicht, warum die sich so freuen«, sagte er. »Die Welt ist in einem schrecklichen Zustand.«

Ich lachte ihn an.

»Du bist doch nur ein bärbeißiger alter Griesgram, der sich

den lieben langen Tag fragt, was wohl aus den jüngeren Leuten werden wird.«

»Da magst du wohl recht haben«, nickte er grinsend.

Doch obwohl ich lachte, spürte ich, daß es im Grunde wenig Anlaß zur Freude gab. Es lag eine Unsicherheit in der Luft. Seit Laura in Deutschland gewesen war und ihre Reportagen an *Here and Now* geschickt hatte, verfolgte ich die Ereignisse dort sehr viel aufmerksamer.

»Sie schreibt wirklich gut«, meinte ich zu Philip, als er uns eines Tages wieder im Priors-Haus besuchte und ich ihm einen Beitrag über die Hitlerjugend vorlas. Der Artikel jagte einem einen Schauer über den Rücken, was durch den anfänglichen Eindruck noch verstärkt wurde, daß es sich um eine durchaus sinnvolle, große Veranstaltung handelte, so eine Art Pfadfindertreffen. Erst beim Lesen wurden einem die unheimlichen Zwischentöne bewußt.

»Ja«, nickte er knapp und warf die Zeitschrift auf den Tisch in der Nähe.

Kurz nach Jahresbeginn hörten wir in den Nachrichten, daß der König schon sehr hinfällig sei und daß in Bälde mit seinem Ableben gerechnet werden müsse. Der Gedanke, daß er nicht mehr dasein würde, hatte etwas unbeschreiblich Bewegendes. Ich hatte ihn in meinem Leben nur einmal kurz gesehen, aber mir ging sein Verlust näher als bei anderen Monarchen, vielleicht weil wir etwa gleich alt waren. Als Ellie anbot, uns nach Westminster Hall zu begleiten, wo der Sarg des Königs aufgebaut war, um ihm einen letzten Gruß darzubieten, willigten wir sofort ein.

Als wir in Westminster ankamen, war bereits der Abend hereingebrochen, weil Ellie den ganzen Tag im Parlament zu tun gehabt hatte. Zwar waren wir schon vor unserer Ankunft bewegt, doch der Anblick der drei Kilometer langen Schlange, bestehend aus immer zehn Menschen nebeneinander, die darauf warteten, am königlichen Sarg vorbeidefilieren zu können, verstärkte unsere Verlustgefühle.

Er war tot, wurde betrauert und mit dem ihm angemessenen Pomp und allen Zeremonien beerdigt; doch dann bestieg der von allen verehrte Prinz von Wales den Thron, und als das feierliche Begräbnis vorbei war, hatten wir den Eindruck, als ob England jetzt eine andere Form der Monarchie bekäme. Edward war ein Mann des Volkes gewesen. Er hatte abgelegene Gegenden besucht und war beim Militär gewesen. Wir alle wußten, daß man ihn nur mit Mühe davon abhalten hatte können, die Männer auf dem schlimmsten Schlachtfeld zu unterstützen. Wir hatten ihn mit einem Sicherheitshelm beim Besuch einer Mine gesehen. Die Wochenschauen im Kino hatten uns darin bestärkt, daß er einer von uns war.

Bis er sich in eine bereits zweimal geschiedene Amerikanerin verliebte.

Jeder nahm Stellung dazu, ob der König nun abdanken sollte oder nicht. Die einen fühlten sich betrogen; andere waren der Auffassung, es sei eine Sünde und Schande – warum sollte es ihm nicht gestattet sein, die Frau zu heiraten, die er liebt? Und dann gab es noch diejenigen, die spürten, daß Heuchelei die Oberhand gewonnen hatte. Ich mußte am Tag darauf in Oxford ein paar Besorgungen erledigen und sah dort bei Woolworth's schimmernde Bilder von ihm in billigen Rahmen mit dem Antlitz nach unten auf der Ladentheke liegen.

»Eigentlich hätte sich das nicht gehört«, sagte Roger traurig. »Man fühlt natürlich für ihn, aber das hätte sich nicht gehört.«

Ich war derselben Meinung. Andererseits waren der Herzog und die Herzogin von York ein attraktives Paar, und außerdem hatten sie diese beiden lieben, kleinen Prinzessinnen. England würde weiterbestehen und diese Angelegenheit sowie andere Stürme wie immer überstehen.

Diese Ereignisse hatten die Bevölkerung erfolgreich davon abgelenkt, was gleichzeitig in Spanien passierte, wo inzwischen der Bürgerkrieg ausgebrochen war.

»Laura ist bis nach den Olympischen Spielen in Berlin, und dann fährt sie nach Madrid«, berichtete Philip.
»Ihr schreibt euch?«
Es war das erste Mal, daß er mir gegenüber eine Andeutung machte.
»O ja. Briefe sind eine merkwürdige Sache, findest du nicht? Ich habe fast den Eindruck, das Briefeschreiben kommt mir entgegen – als könnten wir auf diesem Wege viel eher unsere Meinungen äußern und diskutieren, als wenn wir uns gegenübersitzen würden.«
»Worüber diskutiert ihr denn?«
»Eigentlich über recht wenig, wenn ich es so bedenke. Weißt du, ich will sie nicht festbinden –«
»Aber im Grunde ist doch jeder irgendwie festgebunden.«
»Du weißt genau, was ich meine! Wenn sie als Journalistin arbeiten will, dann soll sie als Journalistin arbeiten. Wenn sie unbedingt ein persönliches, privates Ziel erreichen will, dann ermutige ich sie eben dazu. Wenn sie ins Ausland will, dann verstehe ich das – jedenfalls so lange, wie sie wieder zurückkommt.«
»Aber Philip, was soll denn das für eine Art Ehe sein? Und was ist mit Kindern? Oder einem festen Zuhause?«
Er lachte verbittert.
»Ich will keine Familie oder ein festes Zuhause ohne Laura. Außerdem ist das alles so und so nur graue Theorie – ich glaube, sie ist rundum glücklich mit ihrer neuen Arbeit.«
Für Philip jedoch traf das überhaupt nicht zu. Er arbeitete immer noch hart und effektiv, hatte aber keinerlei Freude dabei. Er kam jetzt öfter zu uns. Die meisten seiner Freunde waren verheiratet, viele hatten inzwischen Familien. Ich hatte aufgehört zu zählen, wie oft er als Trauzeuge fungieren mußte, und als Pate war er auch sehr begehrt. Ich machte mir Sorgen um ihn.
Und er sorgte sich um Laura, denn die Nachrichten aus Spanien waren alles andere als gut. Obwohl Frankreich und

Belgien sich neutral verhielten, unterstützten Deutschland und Italien die Aufständischen mit derartig viel materieller Hilfe, und Francos Streitkräfte marschierten gen Madrid. Wir hörten, daß San Sebastian von Panzern der Luftwaffe und der Infanterie angegriffen wurde und daß es Ende September fiel – Madrid jedoch machte den Eindruck, als ob es standhalten würde.

Ich erlebte, wie Ellie und Philip zum ersten Mal in ihrem Leben die gleiche Meinung zu politischen Ereignissen hatten, weil beide lautstark für die spanischen Republikaner waren und höchste Bedenken gegenüber Hitlers Eingriffen im restlichen Europa hatten. Als Lord Halifax' Äußerung bekannt wurde, daß »das Hitler-Deutschland das Bollwerk in Europa gegen den Bolschewismus« sei, kannte Ellies Wut keine Grenzen mehr.

»Der Mann ist verrückt«, fand Philip. »Sieht der denn nicht, daß der Krieg in Spanien nur der Auftakt ist?«

»Und Chamberlain versichert uns, daß Hitler völlig aufrichtig einen Friedensvertrag im Rheinland will«, fügte sie angewidert hinzu. »Wann ist dieser Mann jemals aufrichtig gewesen? Irgendwann muß ihn jemand aufhalten.«

Als wir hörten, daß die Nazis in Österreich einmarschiert waren und dort ohne einen einzigen Schuß die Macht übernommen hatten – weil sie im Gegenteil von einem Großteil der Bevölkerung jubelnd begrüßt worden waren –, wußten wir überhaupt nicht mehr, was wir noch denken sollten.

Philip bemerkte das kaum mehr. Er dachte nur noch über Lauras Sicherheit in Spanien nach. Noch nie davor hatte es ein derart ausgedehntes Bombardement auf Städte und Dörfer gegeben. Und während Laura an ihren Artikeln feilte und sogar Zeit für einen seltsamen Brief an ihn hatte, machte sich Philip andauernd Sorgen darüber, daß ihr irgend etwas zustoßen könnte.

Wenn keine Briefe kamen, dann rief er immer wieder im Büro von *Here and Now* an, ob dort Nachrichten von ihr eingetroffen waren. Doch da erhielt er immer die gleiche Antwort. Ihre Reportagen kamen noch durch. Sie waren unschätzbar – sie berührten jeden. Es hatte mehr Leserbriefe zu ihnen gegeben als jemals davor zu irgendeinem anderen Thema. Die Beschreibung der Verwirrung in Irun nach der Bombardierung; das verlorene Kind, das nach seiner Mutter weinte; die Braut, die auf ihrem Heimweg von der Kirche umkam. Der Herausgeber vertrat die Auffassung, daß Laura möglicherweise mehr als jeder andere für den Frieden in der Welt tat.

Dann war es ziemlich lange ruhig. Wir hörten, daß Madrid gefallen war und daß die Republikaner sich in die Hügel zurückgezogen hatten, um von dort aus den Kampf als Guerilla weiterzuführen. Von Laura gab es keine Nachrichten. Philip rief alle an – die Büros der Zeitschrift, die Spanische Botschaft, sogar ihre Eltern in New York. Nichts.

»Ich fahre selbst hin und suche sie«, verkündete er schließlich.

»Aber das Land versinkt doch völlig im Chaos!«

»Deswegen muß ich ja dringend hin. Irgendwie komme ich schon nach Madrid.«

Ich zweifelte nicht daran, daß ihm das gelingen würde.

Er wollte innerhalb von drei Tagen unten sein. Sein Assistent sollte für ihn einspringen; Michael Blanchard war im Büro und war jederzeit telefonisch erreichbar, wenn es nötig war.

»Verdammt, ich bin aber auch hier«, bemerkte Roger. »Weißt du, noch lebe ich.«

»Daran habe ich keinen Augenblick gezweifelt. Ein Toter würde bestimmt nicht so viel von meinem besten Weinbrand wegsüffeln. Aber ich glaube nicht, daß du dich beunruhigen solltest.«

Ich hatte den Eindruck, daß Roger enttäuscht wirkte, aber es war nun mal offensichtlich, daß ihm das Rheuma immer mehr zusetzte und ihn immer lahmer machte. Er trainierte und

überging es, soweit es möglich war, aber er wurde viel früher müde als noch vor ein paar Jahren.
Mir ging es natürlich nicht viel besser. Aber ich kümmerte mich immer noch um das RING OF BELLS, weil es mein ganzer Stolz und meine Freude war, und ich hatte jeden Winkel in mein Herz geschlossen.
An dem Tag, bevor Philip nach Spanien aufbrechen wollte, kehrte ich gerade aus dem RING zurück. Ich kam um die Kurve, und da war sie. Ein paar Jahre davor wäre ich losgerannt und ihr entgegengelaufen. Jetzt aber stand ich stocksteif und flüsterte ihren Namen. Laura! Wie hatte sie es geschafft, hierher zu kommen? Einfach so aus heiterem Himmel, ohne daß sie Philip oder sonstwem Bescheid gesagt hatte?
Sie wirkte, als bemerkte sie gar nicht, daß ich mich ihr näherte, und war ganz versunken in den Anblick des Priors-Hauses. Als ich mich aber zu ihr an die Mauer gesellte, drehte sie sich zu mir.
»Es ist so schön«, sagte sie, als würden wir eine Unterhaltung fortsetzen. »Unterwegs mußte ich oft daran denken; und ich hatte Angst vor einer Enttäuschung beim Wiedersehen, aber es ist nicht so – ich finde es noch immer genauso schön wie davor!«
»Laura, was machen Sie hier? Wir haben uns unglaubliche Sorgen gemacht Ihretwegen! Philip –«
»Ich habe versucht ihn von London aus anzurufen und später auch aus Oxford. Aber er war nirgendwo aufzufinden.«
»Er bereitet seine Reise für morgen nach Spanien vor, um Sie zu suchen.«
»Dann müssen wir ihn aufhalten.«

29

Es war eine seltsame Hochzeit. Roger wiederholte das ständig mit trauriger Stimme, und auch mir erschien es eine merkwürdige Art von gemeinsamem Leben zu sein, daß Laura die meiste Zeit in ihrer Wohnung in London wohnte und nur am Wochenende nach CHANTRY COURT in Philips Apartment zurückkam.

»Wie kommt's, daß du deine Meinung geändert hast?« fragte ich sie kurz vor ihrer beschaulichen Hochzeit.

»Der Krieg«, antwortete Laura, nachdem sie einem Augenblick nachgedacht hatte. »Die ganzen Unruhen, der Tod und die Unsicherheit und Familien, die auseinandergerissen werden. Plötzlich wurde mir bewußt, daß Philip alles das repräsentierte, was das Leben lebenswert macht – die ganze Stabilität und das Glück, nach dem sich die meisten Menschen sehnen.«

»Aber du bist doch nicht bereit, ein häusliches Leben zu führen, oder?«

»Nein, noch nicht – vielleicht auch nie. Dem Himmel sei Dank, daß sich Philip glücklicherweise so mit mir zufriedengibt, wie ich bin, und nicht so, wie irgend jemand denkt, daß ich sein sollte. Paul hat mich eine Weile in London eingesetzt, so daß ich nicht so weit weg bin.«

Die Bollingers reagierten völlig konsterniert auf diese Entwicklung. Einen Leyton zu heiraten war in diesen verrückten, demokratischen Zeiten ja vielleicht gerade noch akzeptabel – insbesondere für eine amerikanische Bollinger-Nachfahrin, die ja nicht wissen konnte, was man von ihr erwartete; aber einen Mann zu heiraten und dann weiterhin von ihm getrennt zu leben, das war ihnen einfach unbegreiflich.

»Ich *verstehe* die jungen Leute heutzutage nicht«, sagte Lady Bollinger nach der Hochzeit zu mir. »Schließlich steht in der Bibel so viel davon, daß man *zueinander halten* soll – nur wie, frage ich Sie, soll man zueinander halten, wenn man kilometerweit entfernt ist?«

»Vielleicht eher geistig?« meinte ich schüchtern.
Sie sah mich amüsiert an, als würde ich mit fremder Zunge sprechen, dann wandte sie sich an Roger und sprach mit ihm über die Aussichten des Derbys.
»Wir schaffen das schon«, sagte Laura zu mir, als wir für ein paar Minuten unter uns waren. »Mach dir unseretwegen keine Sorgen. Wir wollen eine Ehe, in der meine Arbeit und Philips Arbeit gleich wichtig sind. In deinen Ohren klingt das bestimmt verrückt, aber für uns ergibt es einen Sinn. Wer kann schon sagen, was die Zukunft bringt. Weißt du, mir kommt es so vor, als ob in Europa etwas zerbricht – als ob eine verheerende Umwälzung auf uns zukommt. Und ich hoffe nur, daß Philip und ich zusammen sind, wenn das passiert.« Sie lächelte mich an. »Ich mache ihn glücklich, glaub mir. Wir schaffen uns unseren eigenen, ganz besonderen Himmel mit Unterbrechungen, das verspreche ich dir.«
»Ich bin sicher, daß ihr das tut«, antwortete ich.
»Und du weißt, daß mich das Priors-Haus immer wieder zurückzieht.«
Wir müssen dafür sorgen, daß Philip das Priors-Haus bekommt, wenn wir einmal sterben, dachte ich. Für Ben ist es nie so bedeutsam gewesen – er konnte das anderweitig kompensieren.
»Meinst du, sie werden glücklich?« fragte Charlotte, während wir nebeneinander standen und dem Brautpaar von fern zusahen.
»Ich glaube schon«, antwortete ich. »Vielleicht werden sie nicht so leben, wie man sich das vorstellt. Aber ich glaube, es wird für sie richtig sein. Sie leben das, woran wir immer geglaubt haben, Charlotte. Gleichberechtigung.«
Sie lächelte mich an.
»Dann haben sie aber einen weiten Weg hinter sich«, meinte sie. »Haben sie denn das Ziel wirklich schon erreicht?«
Obwohl es eine ruhige Hochzeit war, hatte ich doch alle Hände voll zu tun gehabt, und erst als alle Gäste verschwun-

den waren und Roger und ich wieder für uns sein konnten, dachte ich über Lauras Worte nach.
Eine verheerende Umwälzung, hatte sie gesagt. Oh, bitte Gott – nicht noch einen Krieg, betete ich. Lernten die Menschen denn gar nichts von der Generation davor?
Später im Jahr erfuhren wir, daß Hitler in die Tschechoslowakei einmarschiert war.
Ben und Clare waren bei uns und Roger und Christopher und Alan und, schließlich, Genevieve, die schon laufen konnte; ein sonniges, glückliches Kind, das in Todesgefahr schwebte.
»Jetzt müssen sie ihn aber doch auf alle Fälle aufhalten«, bemerkte Roger wütend.
Ben nickte ebenso wütend.
»Ich stimme dir zu – aber womit? Deutschland rüstet seit Jahren auf.«
»Krieg«, sagte Clare tonlos, als würde sie das Wort aus dem Regal holen, es von allen Seiten betrachten und sich daran erinnern, was es beim letzten Mal bedeutet hatte. Ich blickte Ben an und erkannte, daß er sich auch erinnerte. Seine Haut hatte sich über seinem knochigen Gesicht zusammengezogen, und in seinen Augen schimmerte Elend.
»Es gibt Schlimmeres«, sagte er nach einer langen Pause.
»Ach ja?« Clare klang verbittert.
»Natürlich. Verrat. Hinterlist. Feigheit.«
Ich wußte, daß er recht hatte. Doch als Chamberlain aus München mit seinem Stück Papier zurückkam, auf dem er die Zusicherung für »Frieden in dieser Zeit« bekommen hatte, da ließ ich mich voller Erleichterung in meinen Sessel zurücksinken.
»Gott sei Dank, Gott sei Dank«, flüsterte ich.
»Nein!« Ben war aufgesprungen und hatte mit einer heftigen Bewegung ein Kissen auf den Boden geschmissen. »Nein«, sagte er noch mal heftig, und dann verließ er mit völlig verzweifeltem Gesichtsausdruck das Zimmer. Clare saß auf der Kante ihres Stuhls und hatte ihre Arme um sich geschlungen; dann ging auch sie hinaus.

Roger sah mich an, und einen Augenblick lang bewegten sich seine Lippen geräuschlos.

»Er hat recht«, fand er dann irgendwann mit heiserer Stimme. »Zum ersten Mal in meinem Leben schäme ich mich dafür, daß ich Engländer bin.«

»Aber Krieg, Roger!« Ich beugte mich zu ihm hinüber. »Überleg doch mal, was das bedeutet. Denk an Jamie und Nico.«

»Und denk du an die Kinder in der Tschechoslowakei und in Österreich. Das ist ja unerträglich, Jenny.«

»Du hast recht«, pflichtete ich ihm bei und schloß müde die Augen. »Es ist unerträglich.«

Roger setzte sich auf die Armlehne meines Sessels, und wir umarmten uns. Zwei traurige, alte Leute, dachte ich – aber gemeinsam konnten wir das durchstehen, was auf uns zukommen würde.

Noch mehr Verrat. Das war es, was auf uns zukam. Hitler hielt sich nicht an die Vereinbarung, mit der er das Sudetenland zugesichert bekommen hatte, und kurz darauf besetzte er Danzig in Polen. Das Wetter war wunderschön, wie 1914 auch.

Eines Nachmittags saßen Roger und ich im Schatten der Bäume und sahen Nico und Jamie beim Tennisspielen zu. Sie hatten gerade ihr erstes Jahr in Oxford hinter sich. Genauso wie Ben 1914, dachte ich. Wie konnte man das bloß alles aushalten?

Ben und Clare wollten uns in diesem Sommer wieder besuchen, denn am dritten September würden wir goldene Hochzeit feiern, und aus diesem Anlaß planten wir ein großes Familienfest.

»Wir werden daraus einen Jahrestag machen, den man nicht wieder vergißt«, beschloß Roger. »Weiß der Himmel, wann wir uns alle wiedersehen. Wahrscheinlich wäre es das beste, wenn wir eine Gästeliste anlegen.«

Ich war auch der Meinung, daß wir das auf alle Fälle tun sollten; doch statt anzufangen, saßen wir faul herum, genossen die Sonne und lauschten dem hin- und herspringenden Tennisball und den Stimmen der Zwillinge.

»Kannst du dich noch an unsere Hochzeitsreise erinnern?« zwinkerte Roger mir vielsagend zu.

»Lebhaft!« lächelte ich ihn an.

»Haben wir damals nicht auch über unsere Goldene Hochzeit gesprochen? Wir saßen im Zug auf dem Weg nach Wales und haben sie uns ausgemalt. 1939 haben wir damals gesagt. Es erschien uns unmöglich weit weg, und jetzt ist es ganz nah.«

»Ich bereue keine Minute.«

»Ich auch nicht.«

Eine Weile saßen wir zufrieden schweigend da, bis ich sah, daß jemand mit dem Fahrrad den Weg zu unserem Haus herunterkam.

»Wer ist denn das?« fragte ich und schirmte meine Augen mit einer Hand ab. »Die Post ist doch schon längst da.«

»Das ist Jock McKay«, sagte Roger nach einer Weile. »Was um alles in der Welt will der bloß von uns?«

»Vermutlich Geld«, lachte ich.

Jock war ein kleiner, drahtiger Schotte, der irgendwann in den letzten zwanzig Jahren aus dem Nichts aufgetaucht war und seither in Collingford lebte. Er hatte in der Armee gedient und lebte von seiner Rente. Weil er aber noch voller Energie steckte, verrichtete er eine ganze Reihe freiwilliger Tätigkeiten. Viele Leute machten sie über ihn lustig, aber Roger wußte, daß Jock McKay der richtige Mann war, wenn es darum ging, etwas zum Wohle der Gemeinde auf die Beine zu stellen.

Binnen kurzem hatte er uns sein Anliegen mitgeteilt. Er war verantwortlich dafür, Privatquartiere für Schulkinder zu organisieren, die im Rahmen eines Evakuierungsprogramms aus London aufs Land geschickt werden sollten, wenn der Krieg sich nicht mehr vermeiden lassen würde.

»Wie viele kann ich für euch aufschreiben?« wollte er wissen, während er ein Notizbuch durchblätterte und dabei energisch und geschäftig seinen Bleistift anleckte.

»Platz haben wir genug«, antwortete ich. »Wie viele sollen wir denn nehmen?«
»Könntet ihr vielleicht einer ganzen Familie Unterschlupf gewähren? Sagen wir mal drei oder vier?«
»Wenn's nicht anders geht.«
»Jenny, Jenny – dafür haben wir doch gar nicht genügend Personal!« Roger wandte sich erregt an mich.
»Irgendwie kriegen wir das schon hin.«
»Meinen Dank, das ist sehr freundlich von Ihnen, Mrs. Leyton. Sehr freundlich. Ich halte Sie auf dem laufenden und lasse Sie so bald wie möglich wissen, was wir brauchen.«
»Wollen Sie nicht auf einen Kaffee bleiben?«
»Nein, vielen Dank, ich bin Ihnen sehr verbunden für das Angebot. Aber ich muß heute noch eine ganz schöne Strecke abradeln. Guten Tag, Mrs. Leyton – und Ihnen auch, Sir.« Er grüßte gewandt militärisch und ging davon.
»Na ja«, meinte Roger heftig und sah hinter Jock her. »Wahrscheinlich hast du jetzt das Gefühl, deine Pflicht getan zu haben, wo du still und heimlich eingewilligt hast, daß aus dem Priors-Haus ein Heim für ich weiß nicht wie viele kreischende Kinder wird.«
»Vermutlich ja«, pflichtete ich ihm bei. Ich klopfte ihm auf den Arm. »Sei doch nicht so ein alter Miesepeter! Priors muß voller Leben sein, und das weißt du ganz genauso.«
Er lächelte, und ich wußte, daß er in Gedanken weit in der Vergangenheit war.
»Du hast recht«, bemerkte er dann. »Wie immer. Und voller Leben war es nun wirklich in all den Jahren, so oder so, nicht wahr?« Roger runzelte die Stirn nachdenklich. »Was ist eigentlich aus diesem Zug geworden, mit dem Ben und Philip immer gespielt haben? Wir hatten doch genügend Gleise, um damit das ganze Dachgeschoß auszulegen. Wenn wir aus London ein paar Jungen bekommen, dann müssen wir den Zug auspacken.«
»Ich weiß schon, wo er ist«, meinte ich. »Ich habe ihn in die

braune Truhe im alten Kinderzimmer geräumt, neben der Kiste mit den Festtagskleidern.«

»*Wirklich?*« Roger freute sich, als hätte ich ihm mitgeteilt, daß ihn demnächst ein alter Freund besuchen will, den er jahrelang nicht mehr zu Gesicht bekommen hat. »Ich werf' mal einen Blick darauf – um sicherzugehen, daß alles da ist.«

Er erhob sich, und ich blickte lächelnd zu ihm hinauf.

»Liebling, das hat doch keine Eile! Du brauchst nicht so ein Tempo vorzulegen.«

»Ich mache es gern«, erwiderte er.

Ich schüttelte den Kopf voller jämmerlicher Zuneigung und ließ ihn gehen. Wann war ich schon jemals in der Lage gewesen, etwas anderes zu tun?

EPILOG

3. September 1939

Langsam wurde es Zeit, in die Kirche zu gehen. Izzie konnte sich verkneifen, noch ein letztes Mal durch die grüne Küchentür zu gehen.

Sie stand einen Augenblick in ihrem besten Mantel und mit ihrem schönsten Hut auf dem Kopf da, hielt mit beiden Händen, die heute in Handschuhen steckten, ihre Handtasche eng umklammert, betrachtete traurig den Raum, der vor ihr lag. Ihr Blick fiel auf die elegant geschwungene Treppe, die nach oben führte, und die hohen Sprossenfenster am anderen Ende, durch die das Sonnenlicht ungehindert hereinströmte.

Dieser Raum war immer das Herzstück des Hauses gewesen. Im Winter brannte hier in der großen Feuerstelle die ganze Zeit ein Holzfeuer. Hier traf sich die Familie und saß in den tiefen, bequemen Stühlen, die mit einem mit Blumenmuster bedruckten Stoff bezogen waren.

An diesem Tag – diesem schrecklichen Tag – war die Diele für ein Fest geschmückt. Der lange Tisch aus dem Eßzimmer war hier hereingebracht und mit zwei kleineren Tischen hufeisenförmig unter dem Fenster aufgestellt worden. Darauf gedeckt waren die besten Spitzendeckchen und das feinste Tischleinen, glänzendes Silber und schimmerndes Kristall.

Überall standen Rosen – goldene Rosen. Eine riesige Schale zierte den Treppenabsatz, und jeder Tisch war besonders geschmückt.

Auf dem mittleren Tisch thronte ein Hochzeitskuchen, der aus drei Lagen bestand, nicht weiß, aber zart golden. Seine Glasur trug ein kompliziert gewundenes Gittermuster und

war gekrönt von einer einzigen makellos gelben Rose in einer schmalen, goldenen Vase.
So etwas mußte man die Leute vom CHANTRY COURT machen lassen, dachte Izzie. Die verstanden ihre Arbeit. Alles sah wunderschön aus.
Und tragischerweise war alles umsonst!
Jedenfalls – fast. Mr. Ben und seine Frau waren in ihre Schule nach Somerset zurückgekehrt, und Mr. und Mrs. Mark waren noch nicht einmal angekommen. Die ganze Hereford-Verwandtschaft hatte plötzlich abgesagt, und Miss Ellie war stehenden Fußes nach Whitehall zurückgefahren, als das Wort »Krise« öffentlich gefallen war.
»Wir werden zu spät kommen, Mrs. Noakes.« Das neue Küchenmädchen Doreen mit ihrer gekräuselt roten Haarpracht, auf der ein keckes Hütchen mit einem winzigen Schleier saß, stand in der Küchentür und machte ein ängstliches Gesicht.
Izzie überging Doreens drängende Bitte und blickte wild entschlossen auf all die Pracht vor sich.
»Ich könnte Hitler wirklich einiges nachsehen«, bemerkte sie dann endlich und schob mit einem einzigen Satz Konzentrationslager, Völkermord, Einmarsch in Polen, in der Tschechoslowakei und in Österreich beiseite. »Aber nicht dafür, daß er ihr ausgerechnet diesen Tag vermiest. Seit Monaten hat sie sich darauf gefreut, daß mal wieder die ganze Familie zusammenkommt. Es ist eine Schande, wirklich. Ich könnte ihn umbringen.«
Izzie drehte sich zu Doreen um und nahm zum ersten Mal wahr, was das Mädchen auf dem Kopf trug.
»So willst du heute gehen?« fragte sie.
Die Frage war überflüssig. Doreen hätte gar keine Zeit mehr gehabt, sich etwas anderes aufzusetzen, selbst wenn sie gewollt hätte. Wegen der unterschwelligen Kritik preßte das Mädchen die Lippen aufeinander, sagte aber nichts, sondern warf trotzig den Kopf herum und steuerte durch die Diele auf die Haustür zu.
»Jetzt, wo wir schon hier sind, können wir genausogut auch

den Haupteingang nehmen«, sagte sie. »Ich will nicht zu spät kommen, auch wenn dir das egal ist.«
Izzie folgte mit äußerst mißbilligendem Blick. Schließlich gab es vieles, was ihr Mißfallen erregte, angefangen von Doreens unpassendem Hut, bis zu den Mätzchen des verrückten Kerls auf der anderen Seite des Kanals; von der Feier, die so verhängnisvoll ins Wasser gefallen war, bis zu der Frechheit des Küchenmädchens, die mit größter Selbstverständlichkeit die Haustür benutzte.
Es war an der Zeit, daß ihnen endlich jemand Bescheid sagte, dachte Izzie – angefangen von Hitler, bis Doreen, all diesen Leuten. Nichts war mehr so, wie es sich gehörte, das ließ sich nun wirklich nicht mehr abstreiten.
Langsam ebbte das Glockengeläute ab, dann herrschten ein oder zwei Sekunden Ruhe, und anschließend ertönten einzelne Glockenschläge. Izzie verließ das Haus, hastete den Weg hinauf, und je schneller sie lief, desto atemloser wurde sie. Währenddessen dröhnten die Glockenschläge und verkündeten das Ende eines ganzen Zeitalters.

In der Kirche wurde ein Präludium von Bach gespielt. Bis auf das Farbenspiel am Ostfenster war es dämmrig. Die Überbleibsel der Leytons hatten sich bereits versammelt und saßen in der Kirchenbank, in der seit Menschengedenken immer Angehörige der Leyton-Familie gesessen hatten.
Jenny griff nach Rogers Hand und lächelte ihn kurz nervös an, als sie spürte, wie er die ihre ebenfalls warm und bestärkend drückte.
Es hätte so ein fröhlicher Tag werden sollen. Familie und Freunde sollten von nah und fern kommen, um gemeinsam zu feiern, und der Gottesdienst war ein besonderes Geschenk für fünfzig Jahre glückliche Ehe. Welch Ironie! Wer konnte sich freuen, wo jeder wußte, daß sich alles wiederholen würde; das Elend von Verlust und Trennung; die Verschwendung von wertvollen, jungen Leben.

Noch hatte Deutschland die Chance, die drohende Kriegsgefahr abzuwenden. Jenny spürte eine kleine aufflackernde Hoffnung, daß Hitler seine Truppen womöglich im letzten Moment doch noch aus Polen zurückzog und der Welt gestattete, wieder tief durchzuatmen. Die Entscheidung mußte jeden Augenblick fallen, und dann wußten alle, wie es weiterging; entweder so oder so.
Die Prozessionshymne setzte ein, und die Kirchengemeinde erhob sich. Das vertraute Ritual und die gemächliche Feier der traditionellen Zeremonie waren beruhigend, doch Jenny war das Gefühl zutiefst verhaßt, daß diesmal die Familie nicht vollständig war – daß Ben und Clare und Ellie fehlten und Mark und Charlotte ebenfalls. Es war schon verständlich, daß man in diesen Tagen zögerte, eine längere Reise anzutreten. Möge Gott geben, daß ihre Befürchtungen gegenstandslos waren und daß sich das Leben wieder normalisierte.
Als Jenny aber Ned English aus der Sakristei treten sah, wußte sie, daß ihre Gebete nicht erhört worden waren. Ned hatte die Aufgabe übernommen, Radio zu hören und die Kirchengemeinde zu informieren, wenn der Premierminister seine Ansprache beendet hatte.
Jenny hatte einmal irgendwo gelesen, daß ein Mann auf der Anklagebank immer wußte, wenn man ihm zum Tod am Strang verurteilt hatte, denn dann wich das Gericht seinen Blicken aus, wenn es nach der Beratung wieder in den Gerichtssaal kam.
So ähnlich war es mit Ned English. Er stapfte schwerfällig durch das Querschiff und zog das Bein nach, das an der Somme verwundet worden war. Er schaute weder nach rechts noch nach links und hatte seinen grimmigen Blick fest auf den Steinfußboden geheftet. Die Kirchengemeinde reagierte auf ihn mit einer nahezu greifbaren Stille; alle hielten die Luft an. Dann reichte Ned English Reverend Chalmers ein Papier und setzte sich ausdruckslos in eine Kirchenbank.
Der Pfarrer, der inzwischen alt, gebeugt und weißhaarig ge-

worden war, hielt das Papier in zittrigen Händen. Er hatte genauso Gründe, wie alle anderen auch, sich vor einem neuen Krieg zu fürchten. Im letzten Krieg hatte Chalmers einen Sohn verloren; und seine Enkelsöhne waren genau im richtigen Alter, um jetzt ins Feld zu ziehen. Jennys Aufmerksamkeit wurde von dem zittrigen Papier angezogen.

»Liebe Freunde«, sagte der Pfarrer dann endlich, und seine Stimme klang erstaunlich fest. »Ich habe die traurige Aufgabe, euch zu sagen, daß wir von heute an mit Deutschland im Krieg liegen. Ich fasse jetzt die Ansprache des Premierministers an das Volk zusammen.«

Jenny beugte ihren Kopf. Es war ihr unmöglich, sich auf die Worte zu konzentrieren; es reichte aus, daß sie das Ergebnis erfahren hatte.

Sie hielt sich immer noch an Rogers Hand fest, wie ein Ertrinkender, der sich an ein Rettungsfloß klammert. Solange sie beide zusammen waren, dachte Jenny, konnten sie einiges ertragen. Jetzt hatten sie sich fünfzig Jahre gegenseitig gestützt, und das würde auch noch weiter so gehen.

Und Großmutter hatte damals noch behauptet, daß Roger eher einer von der ausschweifenden Sorte sei.

Von ihrem Platz an der Tafel blickte Jenny sich um. So viele fehlten. Wenigstens Philip und Laura waren gekommen, Lucy und Nicholas und die Kinder, Beth, Jamie und Nico. Und John und Angela zusammen mit zwei ihrer Töchter und deren Männern und Kindern hatten den Weg hergefunden. Und Izzie saß da bei der Familie, wie es ihr gutes Recht war, und andere enge Freunde; die Goodsons, die Fenwicks und die Chalmers.

Das Stimmengemurmel der Gespräche war gedämpft. Alle ruhig geführten Unterhaltungen drehten sich nur um eines, denn niemand konnte so recht glauben, daß es jetzt wirklich so weit gekommen war. Andererseits schwang fast so etwas wie Erleichterung mit, daß letztendlich wenigstens eine Entscheidung gefallen war. Nach so vielen Monaten Unsicherheit wußte man jetzt, was zu tun war.

Das Essen wurde von den Kellnern des CHANTRY COURT serviert – viel zuviel Essen von viel zu vielen Kellnern. Danach wurde der goldene Kuchen angeschnitten, und dann erhob sich Philip, nachdem er sichergestellt hatte, daß alle Gläser gefüllt waren.

»Liebe Freunde«, begann er. »Eigentlich hätte Ben ein paar Worte auf meine Eltern sprechen sollen, aber weil er in seine Schule zurückfahren mußte, ist die Ehre mir zugefallen. Ein armseliger Ersatz, denken Sie bestimmt – und das zu Recht! Ich bin längst nicht so redegewandt wie Ben. Und selbst wenn – selbst wenn ich so wie er Bonmots und geschliffene, humorvolle Bemerkungen machen könnte, dann wäre euch heute wahrscheinlich dennoch überhaupt nicht zum Lachen zumute. Deswegen werde ich keine Ansprache halten, sondern euch nur bitten, die Gläser auf dieses innig geliebte Paar zu erheben.«

Er blickte auf seine Mutter neben sich hinunter und legte ihr die Hand auf die Schulter. Jenny lächelte zu ihm hoch, und dann sahen sie sich lange an.

»Andererseits«, bemerkte Philip dann. »Vielleicht sollte ich trotzdem eine Rede halten.«

Ein paar Gäste hatten sich bereits mit dem Glas in der Hand erhoben, doch jetzt setzten sie sich wieder lachend hin. Das war bisher der entspannteste Augenblick.

»Meine Rede wird nicht so gut wie diejenige, die mein akademischer Bruder gehalten hätte, aber zum Teufel damit – nicht einmal Hitler kann mich davon abhalten, diese Gelegenheit mit einigen Floskeln zu würdigen, auch wenn die Nachrichten heute sehr wenig Anlaß zur Freude bieten.«

Philip zögerte und blickte auf den Tisch, hob sein Glas, drehte den Stiel nervös hin und her, als wäre er sich unsicher, wie er weitermachen sollte. Vielleicht sollte er einfach seinen Trinkspruch ausbringen und es dann gut sein lassen, überlegte er.

Wer kümmerte sich schon um Reden am Vorabend des Zweiten Weltkriegs? Aber nein! Da war noch etwas, das er sagen wollte, und loswerden wollte er das, auch wenn er sich dabei ungeschickt anstellte.
»Ihr denkt vielleicht«, fuhr Philip fort, »daß wir heute wenig Grund zum Feiern haben, und natürlich habt ihr recht. Andererseits aber sollte man über fünfzig Jahre Liebe, Freundschaft und Sorge für andere nicht einfach so hinweggehen.«
Einige der Gäste meinten: »Hört, hört.«
»In der Kirche vorhin«, fuhr Philip fort, »ist mir durch den Kopf gegangen, daß das Priors-Haus eigentlich immer eine Zufluchtsstätte gewesen ist. Und zwar nicht nur vor vielen Jahrhunderten, als es ein Kloster war, in dem Arme und Bedürftige Beistand gefunden haben. Sondern auch heutzutage auf ganz persönliche Art für unsere Familie und hoffentlich auch für unsere Freunde. Unabhängig davon, welchen Strapazen und Belastungen wir in der großen, grausamen Welt da draußen ausgesetzt gewesen waren, und egal, was andere über uns gedacht haben, in diesem Haus haben wir immer Zuflucht gefunden. Bestimmt haben Mutter und Dad nicht immer alles gut gefunden, was wir gemacht haben« – und dabei lächelte Philip erneut seine Eltern an – »aber das hier war immer unser Zuhause; immer eine Oase aus Liebe und Verständnis, wo wir so sein konnten, wie wir waren. Und dafür unseren immerwährenden Dank, ihr Lieben.«
Jenny mußte fast weinen und tätschelte Philip den Arm.
»In den nächsten Tagen wird hier eine Gruppe von Kindern aus London einquartiert werden. Also, Ladies und Gentlemen, das Priors-Haus setzt seine Tradition als Zufluchtsstätte fort.«
»Und das ist vielleicht das Wichtigste, woran wir uns heute erinnern sollten. Ganz egal, was in den nächsten Jahren geschehen wird, das Priors-Haus wird bleiben, und das RING OF BELLS wird bleiben, denn die beiden sind immer eng miteinander verknüpft gewesen – und ich hoffe, daß die Werte, für die sie stehen, auch bestehen bleiben. Ganz egal, was die nächsten

Jahre bringen werden, ich hoffe, daß wir beim nächsten Mal wieder in Frieden in dieser unvergleichlichen Landschaft zusammentreffen und uns darüber freuen, daß wir nicht nur überlebt haben, sondern mit Ehre und ohne Verbitterung überlebt haben.«

Philip lachte ein bißchen verlegen und sah sich um.

»So«, sagte er dann, »nachdem ich fest versprochen hatte, keine Rede zu halten, habe ich euch jetzt doch vollgequatscht, und vermutlich hätte Laura euch bereits vorher sagen können, daß das zu erwarten gewesen war. Jetzt habe ich so viel gesagt, daß fast untergegangen wäre, worauf wir eigentlich die Gläser heben sollten.«

»Natürlich auf Mutter und Vater, denn das ist ihr Tag, und wir haben sie in unser Herz geschlossen. Und was noch? Auf den Mut, vielleicht, denn den werden wir brauchen; und auf Entschlossenheit und Humor, denn ohne die kommen wir nirgendwohin.«

»Und wenn alles gesagt und getan ist, dann bleibt nur noch eine Sache, die wir auf gar keinen Fall vergessen sollten. Bitte steht auf und hebt eure Gläser – auf die Liebe!«

Familie und Freunde standen und lächelten das weißhaarige Paar am Kopfende des Tisches an.

»Auf die Liebe!« riefen alle.

Lesen macht Spaß

(60485)

(60429)

(60537)

(60382)

(60265)

(60554)

Gesamtverzeichnis
bei Knaur, 81664 München

Knaur